COLLECTION
FOLIO CLASSIQUE

Sainte-Beuve

Portraits de femmes

Édition présentée, établie et annotée
par Gérald Antoine
de l'Institut

Gallimard

Préface

Lorsqu'en 1844 il donne une «édition nouvelle» des Portraits littéraires *resserrés cette fois en deux tomes, Sainte-Beuve se hâte d'apporter dans la Préface une précision: il entend «n'en pas séparer le volume des* Portraits de femmes» *qu'il «a jugé plus commode d'isoler [...] mais* qui fait partie intégrante *de ce que j'appelle ma présente liquidation* [1] ».

On n'abordera point la lecture du recueil que voici sans garder présent à l'esprit ce clair avertissement: Portraits littéraires *et* Portraits de femmes *appartiennent à la même période et au même courant d'inspiration. Passer des premiers aux seconds invite seulement à observer au plus près les attitudes comme les prises de position de l'homme et du peintre envers soit* LA *femme en général, soit telles femmes en particulier, à commencer par celles qu'il a choisi de «pourtraire».*

À supposer que l'épigraphe du livre dise vrai, comment ne pas chercher à cerner ce qui, dans sa nature et ses habitudes, rend l'auteur si proche du beau sexe

1. *Portraits littéraires* [...] Édition revue et corrigée. Paris, Didier, 1844. Préface sans titre.

et le conduit irrésistiblement vers un certain modèle ou, pour employer son mot, un certain groupe de femmes, surtout de femmes qui écrivent ? — Du type de femme-auteur choyé au type d'écrits féminins goûté la transition, suivant son propre exemple, se fera comme de soi. Encore restera-t-il à situer et à classer, selon la chronologie, les caprices de l'humeur ou des rencontres, les divers portraits de femmes tels qu'il a plu à l'artiste de nous les offrir, au sein du recueil qui porte ce titre, mais aussi de l'œuvre de Sainte-Beuve en sa totalité.

Un peintre qui « se mire » en ses modèles

« — Avez-vous donc été femme, Monsieur, pour prétendre ainsi nous connaître ? » — La suite passe à côté de la question. Mais nous pouvons bien, après avoir relu en tous sens ce livre et plusieurs autres, y répondre pour notre compte : l'auteur des Portraits de femmes était assurément en droit d'affirmer, comme Don Camille à Rodrigue dans Le Soulier de satin, à propos de la femme élue : « — Je la comprends mieux que vous, il y a de la femme en moi. » Il avait murmuré, un jour de mars 1845, dans une lettre à George Sand : « Voyez-vous, j'avais la nature un peu femme. »

Que faut-il donc mettre au juste dans cette part de son être qui le distingue d'emblée, en l'opposant à la nature mâle, au génie conquérant d'un Hugo ou d'un Balzac ? — Il revient à l'un de leurs héritiers directs, également puissant et viril, d'avoir su définir le plus caractéristique. Parmi les Marbres et plâtres de Zola (1867), Sainte-Beuve apparaît, comme il se doit, tout en déliés et en nuances. La reprise insistante de quelques touches n'en fait pas moins tableau :

« souplesses exquises... douceurs coquettes... flatteries pénétrantes... » Vient en clausule le qualificatif presque trop attendu : « ... une curiosité ardente, une érudition profonde, un besoin d'adoration vague, une mobilité toute féminine ».

Plus travaillé, mieux assorti au genre de la critique sérieuse, un article de septembre 1866 sur le sixième volume des Nouveaux Lundis, *détaille et complète le mode d'approche : « ... Au fond, il [Sainte-Beuve] est resté poète. Il a des câlineries adorables, il se plaît dans un demi-jour voluptueux. Et il y a de la femme nerveuse en lui, car sous la caresse on sent la griffe rose, aiguë et tranchante [...]. Je préfère ses brutalités. »*

Un écrivain soucieux de ne pas s'aliéner le maître quasi officiel de la critique ne pouvait se permettre davantage. Par bonheur, au-delà du Rhin, un autre créateur de forte stature et qui n'avait pas les mêmes raisons d'amollir le trait va s'employer à reprendre point par point le jugement de Zola, sans craindre de souligner les attendus ni d'alourdir le verdict. Voici, en abrégé, la page du Crépuscule des idoles *(1888) où Nietzsche, à sa fabuleuse manière, pense remettre Sainte Beuve à son exacte place, entre homme et femme, entre prosateur et poète, entre Aristarque et Zoïle : « Il n'a rien qui soit de l'homme, il est plein de petite haine contre tous les esprits virils. Il erre çà et là, raffiné, ennuyé, aux écoutes — un être féminin au fond, avec des vengeances de femme et des sensualités de femme. En tant que psychologue, un génie de médisance, inépuisable dans les moyens de placer cette médisance ; personne ne s'entend aussi bien à mêler du poison à l'éloge. [...] Suffisamment poète et demi-femme pour sentir encore la puissance de ce qui est grand. [...] Sans mesure dans sa critique, sans point d'appui et sans épine dorsale, avec souvent la langue du libertin cosmopolite. »*

Et maintenant rendons la parole à l'accusé. D'un mot, il est prêt à tout reconnaître : son naturel de « demi-femme » et tout ce qui en découle, nous le savons déjà. Son horreur des génies sans mesure, il l'a confessée sur tous les tons, à toutes les époques. Son intarissable désir d'ouvrir la voie, d'un coup ou tour à tour, à des jugements divers, voire contradictoires, il l'a laissé tantôt deviner, tantôt clairement entendre — par exemple, dans son article de 1863 sur Théophile Gautier où, sous le couvert transparent d'« un homme d'esprit et de tact », il édicte ce code de prudente conduite : « Un critique, en restant ce qu'il doit être, peut avoir jusqu'à trois jugements » — l'un « secret, intime », l'autre « réfléchi et pondéré », le troisième « modifié, mitigé » par les circonstances.

Rien ne le trahit mieux que ces paravents derrière lesquels il se protège, souvent dans « le sous-sol » d'une note, pour avancer ce qui lui tient le plus à cœur. L'« homme d'esprit et de tact » ne manque pas en effet de frères jumeaux : ainsi, sous le portrait de Jouffroy, « un penseur mélancolique » ou, dans un recoin de Port-Royal, *son double d'une vertigineuse ambiguïté : « un sceptique mélancolique et qui n'est pas sûr de son doute*[1] *». Au hasard d'une effusion épistolaire, il advient que le masque tombe. Sur le visage mis à nu se découvre alors une blessure inguérissable. « Malade de la fin du vieux monde et du commencement de celui-ci » : c'est le diagnostic qu'il croit pouvoir proposer après coup à Prosper Enfantin, compagnon des espoirs déçus de jadis*[2]*. Et sur le moment même à Lamennais, tandis qu'il dessine ses premiers portraits de femmes : « il ne reste plus en moi que l'intelligence sans chaleur, un vide immense et un ennui croissant*[3]*. »*

1. *Port-Royal*, éd. Pléiade, t. I, p. 844, n.
2. Lettre du 9 janvier 1859, *C.G.*, XI, 216.
3. Lettre du 24 mai 1831. *C.G.*, I, 237.

Six mois plus tôt il s'était déjà reconnu, avec une acuité extrême, à travers l'œuvre et le destin d'Hoffmann : « Il sait l'artiste à fond, sous toutes ses formes [...] et dans ce qu'il fait et dans ce qu'il ne fera jamais, et dans ses rêves, et dans son impuissance, et dans la dépravation de ses facultés aigries, et dans le triomphe de son génie harmonieux, et dans le néant de son œuvre, et dans le sublime de ses misères[1]*. »*

Ces complaintes de « la muse du désappointement[2]*» sont-elles avant tout féminines ? Il est permis d'en douter : le mal du siècle a plutôt choisi pour s'exprimer des bouches d'hommes : Werther, René, Oberman, Adolphe, etc. Mais ce qui est sûr, c'est que tous éprouvent une brûlante soif d'amour, qu'ils demandent à la femme de l'étancher, et que cette quête passionnée, vouée à l'échec, immanquablement se meurt en élégie ou finit en tragédie. Aucun des doubles de Sainte-Beuve, qu'il ait nom Joseph Delorme, ou Amaury, ou qu'il languisse auprès de Mme de Pontivy, ne se soustrait à la règle.*

« Je ne suis qu'un humble mortel qui vous a beaucoup aimées », déclare sur le seuil le tendre Sainte-Beuve. — Beaucoup, *certainement.* Mal, *plus certainement encore. Sa seule « grande victoire*[3]*» ne fait même pas exception. Adèle le plaisante au bout de six mois sur la difficulté qu'il rencontre à la posséder tout à fait*[4]*. Plus tard elle se lassera des rendez-vous répétés dans la pénombre des églises (volontiers il choisissait — ô ironie ! — la chapelle dédiée à la*

1. Article paru dans *Le Globe* (7 décembre 1830). *Premiers Lundis*, éd. Pléiade, I, 384.
2. L'expression est de son ami Ch. Magnin (*Le Globe* du 25 mars 1829).
3. Cf. *Mes poisons*. Éd. J. Corti, p. 16 : « En amour je n'ai eu qu'un grand et vrai succès (mon *Adèle*) ; je suis comme ces généraux qui vivent sur une grande victoire... »
4. Lettre de 1831, d'après le sommaire rédigé par Henry Havard, *in* éd. de *Volupté* par A. Guyaux, Folio, Gallimard, 1986, p. 464.

Vierge) : elle rêvait de plus audacieux délires dans la chaleur des alcôves. Mais que penser de l'unique « clou d'or » qu'il ne sut planter avec Mme d'Arbouville ? De la main que « sa » Frédérique, puis la gracieuse Ondine lui refusèrent ? Ou du terme que Buloz dut mettre si brutalement à sa tentative enfiévrée auprès de Mme Ortigue ? Ou pis encore peut-être : de son repli devant les généreuses avances d'Hortense Allart. Celle-ci, amicale et féroce, lui lance la dernière flèche : « ... vous qui aimez comme un Parthe combat, en fuyant[1] ».

Impuissant à triompher dans le face-à-face intime avec les femmes, il les aimera en surabondance à travers les conversations dans les salons qui deviendront « causeries » dans les journaux puis les livres, à travers aussi, et même d'abord, le truchement de la poésie, du roman, ou du portrait : il trouve dans le tête-à-tête avec l'écriture une consolation douce-amère aux défaites de la vie. Osons dire plus : il ira jusqu'à se faire femme pour moitié de manière à nouer en lui-même une étreinte impossible à réaliser hors de soi.

Amoureux trop craintif pour devenir amant, enfant disgracié, à l'en croire, de dame Nature, il souhaite trouver réunies chez la femme et la délicatesse et la grâce naturelle dont l'alliance est le signe le plus sûr de la finesse et de la distinction, vertus chères à son esprit comme à son cœur. Celles-ci supposent de l'intelligence et du savoir, à condition toutefois que nul pédantisme ne vienne gâter l'harmonie du bouquet.

Vingt textes témoigneraient là-dessus. On mettra seulement en regard deux ou trois indices significatifs de convergences d'une part, de distances à ménager de l'autre. Le signe de convergence le moins visible

1. Lettre du 21 déc. 1841. Éd. L. Séché, p. 34.

et le plus probant est le retour assidu des mots délicat, délicatesse *dans les portraits des femmes admirées. Ici Mme de Caylus : presque inconnue, elle incarne « la délicatesse extrême » à l'état pur. Là les femmes écrivains de son goût : Mmes de Sévigné, de La Fayette au Grand Siècle ; Mmes de Souza, de Duras, de Charrière, etc., plus près du sien. Chez elles la délicatesse se communique de la nature au talent.*

La première distance que le peintre tient à marquer est précisément celle-ci : elle sépare la délicatesse native de celle qui se réverbère dans l'œuvre. La deuxième importe à l'homme autant qu'à l'artiste : il ne faut surtout pas confondre grâce *et* délicatesse. *Celle-ci est la fleur la plus exquise. Une citation au moins s'impose : « La grâce est quelque chose de tout distinct de la délicatesse ; celle-ci est plus rare et se rapproche plus étroitement du moral et peut manquer là où l'autre existe dans tout son brillant. Hugo, Janin, George Sand ont par endroits une grâce infinie, mais ils manquent tout à fait de délicatesse[1]. »*

Serrons de plus près ce point crucial. La grâce peut épouser la force : Sainte-Beuve ne s'y risquera point. Elle peut épouser la délicatesse : c'est son alliance de prédilection. Quant à unir force, grâce et délicatesse, il ose à peine l'imaginer, comme on le voit le jour où il aborde l'art de Fromentin : il « retrouve » en lui avec bonheur « quelqu'un qui [le] prend par [ses] fibres délicates », mais au fond de soi il ne détesterait point de lui trouver, mêlée à la délicatesse, une parcelle d'énergie. Le vrai, c'est que cette trinité — force, grâce, délicatesse — ne saurait appartenir qu'à un génie divin. Virgile représentera pour lui cet idéal

1. *Mes poisons*. Éd. cit., p. 37.

de perfection. Encore souhaitera-t-il qu'on le « laisse l'appeler une suprême délicatesse » : la même formule, à un rien près, lui servait naguère à peindre l'« urbanité » de Mme de Caylus ! Après cela, ne demandez point à Sainte-Beuve de seconder sans réserves les vœux de certaines femmes moitié hommes et qui déjà lui posent la question, comme nous dirions à présent, de leur statut. Il est assez bon historien, moraliste et critique pour reconnaître aux femmes autant de dons et de droits intellectuels et moraux qu'aux hommes. Il applaudit aux efforts que prodiguent George Sand, Mmes de Staël ou de Rémusat en faveur de l'éducation des filles. Mais il ne peut réprimer un mouvement d'inquiétude, sinon d'effroi devant les dangers d'une masculinisation des « personnes du sexe » : au lieu d'y gagner, elles y perdraient ce qui leur offre une chance de supériorité sur leurs rivaux. On l'a compris : il songe toujours à cet inestimable trésor d'essence féminine qu'est la délicatesse.

Épisode éclairant : son ami Jean Reynaud lui suggère, en 1850, de donner au Constitutionnel *un article, en marge de* L'Histoire morale des femmes *d'Ernest Legouvé. Nous avons la réponse, prodige d'esquive et de pesée au trébuchet. Il n'a pas encore, dit-il, proposé ce sujet à la direction du journal :*

« ... n'aimant pas à effleurer même ces sujets de l'émancipation des femmes, n'ayant guère mission pour parler de la moralisation de la société par elles ; trouvant bien fade de prêcher la famille et bien coupable d'insinuer le contraire, — enfin sentant en moi bien des contradictions, si je veux aborder cette question de la Femme en général (comme on dit aujourd'hui).

« Au lieu de cela, un portrait de femme isolée, détachée, me prend et m'occupe souvent avec plaisir,

parce que, pour le pourtraire, je n'ai pas besoin de ces solutions générales qui ne me vont pas.

« Voilà ma confession[1]*... »*

Femmes et œuvres : lesquelles choisir ?

Quel dommage que le pénitent n'ait pas poussé plus loin ses aveux. En précisant par exemple quels types de femmes il aimait davantage « pourtraire », quelles sortes de talents et d'œuvres de femmes il se plaisait à redécouvrir. Au moins nous a-t-il laissé ailleurs de quoi nous mettre à sa place.

Comme on pouvait s'y attendre, il se délecte à faire poser devant lui des femmes dont le tempérament et les écrits s'accordent au mieux avec ses goûts dans l'ordre esthétique et moral. Cela le conduit à faire une place non exclusive mais de choix à des modèles possédant les dons que nous savons : grâce et délicatesse, naturel et discrétion. Ajoutons-y un trait fréquent, déconcertant aux yeux d'un grand nombre, mais qui est le corollaire à peu près obligé des précédents : Sainte-Beuve n'aime rien tant que peindre des visages en demi-teinte, des femmes écrivains de peu d'éclat, moins auteurs que femmes et qui d'ailleurs ne cherchent nullement à se faire voir de loin. Il revient sur ce sujet en divers lieux, ne fût-ce que pour sa défense. Ainsi dans la préface des Critiques et Portraits littéraires *(1836) : « Tout en croyant [...] autant que personne au génie et aux œuvres dominantes, tout en m'inclinant devant les monuments que consacre la gloire, je ne suis pas de ceux qui ne s'inquiètent que du grand, et les hommes [il mêle encore à cette date les femmes avec les hommes], les*

1. Lettre du 20 mai 1850. *C.G.*, VIII, 149.

œuvres secondaires m'intéressent singulièrement en bien des circonstances.»

Trois ans plus tard, avant de planter son chevalet aux pieds de Mme de Charrière, non content de prévenir les objections, il livre ses plus profonds secrets: «En choisissant avec prédilection des noms peu connus ou déjà oubliés, et hors de la grande route battue, nous obéissons à ce goût de cœur et de fantaisie qui fait produire à d'autres, plus heureux d'imagination, tant de nouvelles et de romans. Seulement nos personnages, à nous, n'ont rien de créé, même quand ils semblent le plus imprévus. Ils sont vrais, ils ont existé. [...] Il résulte de ce soin même et de ce premier mystère de notre étude avec eux, que nous les aimons et qu'il s'en répand un reflet de nous à eux [...]»

Cette fois tout est dit. Il reste seulement à mettre des noms d'auteurs et de livres sous ces portraits de minores, — à moins qu'il ne convienne d'abord, selon une habitude très beuvienne, de relativiser les choses et d'y introduire «un certain contraire». Au fait, la première figure offerte à qui ouvre les Portraits de femmes n'est pas celle d'une inconnue, mais bien d'une femme de génie que le peintre tient pour l'un de nos plus grands classiques: Mme de Sévigné, mise par lui sur le même pied que La Fontaine, La Bruyère et Bossuet. Mme de La Fayette, toute proche, côtoie, elle aussi, le premier rang. Et, pour en rester au Grand Siècle, que penser de cet étrange coup d'éclat: La Rochefoucauld, écrivain mâle installé au beau milieu de cette galerie féminine, flanqué, il est vrai, de deux égéries dont les images exercent leur influence sur la sienne!

Si l'on passe du XVIIe siècle aux suivants, deux portraits accrochés à la suite et conçus à bien des égards en diptyque l'emportent de loin sur les autres par *leurs dimensions. Or ils représentent deux types de femmes fortes incarnant, l'une la pensée et les lettres européennes, l'autre l'épopée révolutionnaire. L'auteur n'est pas avare de justifications. Il veut bien reconnaître chez elles tels excès qui le font souffrir: d'un côté la course trop hâtive et voyante vers la gloire, de l'autre la fougue dans l'action publique manifestée sans retenue. Mais quels mérites en contrepartie! Mme de Staël, comme Chateaubriand, est le chef de file d'un «groupe littéraire» et d'une famille intellectuelle: or on sait de quel prix sont pour l'auteur de* Port-Royal *ces liens de famille ou de groupe. Et puis elle a mis au monde* Delphine *et mieux encore* Corinne, *chefs-d'œuvre de l'art romanesque qu'il préfère à* Indiana *et à* Lélia*: il les loue pour leur naturel, le style de conversation, la grâce et la finesse des portraits. Quant à Mme Roland, sous ses dehors héroïques il s'évertue à nous persuader qu'elle cache des qualités plus humbles. À cet égard, la fin de l'article d'août 1835 confirme et aggrave les prudences de la lettre à Jean Reynaud: «À ceux qui citeraient Mme Roland comme exemple, nous rappellerons qu'elle ne négligeait pas d'ordinaire ces formes, ces grâces qui lui étaient un empire commun avec les personnes de son sexe; et que ce génie qui perçait malgré tout et s'imposait souvent, n'appartenant qu'à elle seule, ne saurait, sans une étrange illusion, faire autorité pour d'autres.» La leçon est trop limpide. Que les hommes dérobent aux femmes grâce au singulier, voire au pluriel, finesse, délicatesse: fort bien. Mais que les femmes ne ravissent surtout pas aux hommes la puissance et la force!*

Il est cependant des femmes qui unissent en elles, par décret de nature et comme à leur insu, l'intelligence, l'art de plaire et celui d'écrire. C'est vers elles qu'au fond de son cœur incline l'auteur de leurs Por-

traits. Il en retient au moins six qui forment un groupe riche en affinités. Toutes appartiennent à la seconde moitié du XVIIIe siècle et au début du XIXe. La Révolution a traversé, souvent cruellement, leur vie. Leur admirateur les inscrit dans la lignée de Mme de La Fayette. Quatre d'entre elles ont composé des livres d'imagination, nouvelles ou romans : Mmes de Souza, de Duras, de Krüdner, de Charrière. Les deux autres, Mme Guizot (née Pauline de Meulan) et Mme de Rémusat, s'essayèrent, elles aussi, à la fiction, mais valent mieux par leurs efforts généreux et leurs travaux en matière d'éducation, plus spécialement destinés aux personnes de leur sexe — Lettres de famille sur l'éducation *pour l'une, essai sur l'*Éducation des femmes *pour l'autre.*

Mais quelles sont donc, en regard de ses modèles féminins, les sortes d'œuvres littéraires qu'affectionne Sainte-Beuve ? — Ses goûts esthétiques déjà répertoriés indiquent une direction. Le début du Portrait de femme — si l'on peut garder ce nom à un essai aussi miroitant — qui s'intitule « Du roman intime ou Mademoiselle de Liron » permet d'approfondir. Le titre est à soi seul un repère, à condition d'être bien entendu[1]*. Il s'applique à « certains livres exquis et rares [...] qui ne ressemblent pas à des livres, et qui [...] vous saisissent par des parfums suaves et des fleurs toutes naturelles [...]. C'est d'amour que se composent nécessairement ces trésors cachés. »*

Une forme qui favorise de telles réussites, note Sainte-Beuve un peu plus loin, est celle des « lettres écrites au moment de la passion ». Et de citer les lettres d'une Portugaise, celles de Mlle de Lespinasse,

1. On rapprochera le début de l'essai « Du roman intime... » cité ici (v. *infra*, p. 60 et n. *a* de Sainte-Beuve) et la mise en garde développée dans l'article sur *Lélia*, *P.C.* (b), I, 495-506.

de Mlle Aïssé la Circassienne, de Mme de Staal-Delaunay, les Lettres écrites de Lausanne *par Mme de Charrière. Il y joindra, au fil des Portraits suivants, les* Lettres Neuchâteloises, *dues à la même, et combien d'autres romans qui, sans porter le titre de* Lettres, *n'en adoptent pas moins l'aspect épistolaire. Retenons* Delphine *de Mme de Staël,* Ourika, Édouard, Olivier ou le Secret *de Mme de Duras, l'un peu trop célèbre* Valérie *de Mme de Krüdner, etc.*

Il ne manque plus qu'une appellation à cette délicate variété de romans entre toutes préférée. On l'apercevra en rapprochant dans la suite des Portraits de femmes *certaines pages consacrées à Mme de Staël d'une part, à Mme de Souza de l'autre. Évoquant le temps où, encore plus comblée des Muses que* Delphine, Corinne *va « éclore », le peintre hasarde un coup de pinceau composite : « Revenue à Coppet en 1805, et s'occupant d'écrire son* roman-poëme, *Mme de Staël [...][1] ». Plus loin, à deux reprises, il va récidiver, à propos du même chef-d'œuvre : « Presque tous les romanciers poëtes peuvent dire ainsi [...]. Cette Rome, cette Naples, que Mme de Staël exprimait à sa manière dans le* roman-poëme *de* Corinne *[...] ». Un an auparavant, étudiant les œuvres de Mme de Souza, il disait déjà : si l'auteur « a élevé le roman jusqu'au poëme, c'est dans* Eugène de Rothelin *qu'il l'a fait[2] ».*

Il est difficile, ici, de ne pas songer que juste à ce moment Sainte-Beuve, troublé par l'insuccès de ses recueils de vers, s'essaie à l'écriture romanesque et publie Volupté, *« production née du cœur » s'il en est, où se mêlent à plaisir tous les ingrédients qu'il fait entrer dans le « roman intime » et le « roman-poëme ».*

De ces ingrédients les uns tiennent davantage à la

1. Voir *infra*, p. 192. — C'est nous qui soulignons.
2. Voir *infra*, p. 206 et p. 94.

forme : mots choisis pour leurs inflexions suggestives, abondance et saveur des images, cadence et fluidité de la phrase. D'autres se rangent plutôt du côté des thèmes. Il en est au moins deux — ils ont d'ailleurs partie liée — dont la fréquence est telle qu'elle apparaît comme une marque de genre, voire un phénomène d'époque[1]*. La plupart, pour ne pas dire la totalité des romans auxquels vont les faveurs du peintre — à commencer par le sien propre — sont en effet des romans nourris autant d'amour que de désenchantement, de passion ardemment partagée et néanmoins vouée à la fatalité de l'échec — issue brutale ou douloureuse dissolution. Souvent cet échec procède — c'est le second thème majeur — d'un obstacle social jugé insurmontable. Mais ce n'est point une constante absolue. Il arrive même que la passion se trouve contrariée sans qu'on sache au juste par quoi : ainsi se perdent dans un lointain évanescent les* Lettres Neuchâteloises *de Mme de Charrière. Ou bien encore l'écueil est fait d'un non-dit scabreux : c'est le cas d'*Olivier ou le Secret *de Mme de Duras, dont Stendhal se souviendra dans* Armance.

Les exemples de ces romans aux contours immuables, généralement écrits par des femmes, ne se dénombrent plus. On retiendra parmi ceux devant lesquels Sainte-Beuve s'est arrêté : Eugène de Rothelin, Adèle de Sénange *de Mme de Souza ;* Ourika, Édouard, Olivier *de Mme de Duras ;* Valérie *de Mme de Krüdner ;* Caliste *de Mme de Charrière ; — et n'oublions pas de rappeler les deux titres de gloire de Mme de Staël :* Delphine *et* Corinne, *bien qu'ils se jouent sur un registre un peu différent.*

1. Paul Bénichou en traite de manière approfondie dans *L'École du désenchantement*. Le premier chapitre est justement consacré à Sainte-Beuve.

*Correspondance remarquable et qui atteint au plus intime le poète-romancier devenu critique-peintre : tous ces ouvrages sont des frères cadets d'*Oberman *de Senancour, lequel fut naguère le livre de chevet de Joseph Delorme. Rencontre plus frappante encore : celui-ci, parvenu à l'ultime stade de sa détresse, cède sans retenue aux mêmes « défaillances » et « frénésies » que les héros des livres dont on vient d'égrener les titres. L'ami qui raconte sa vie ne manque pas d'évoquer « ces lectures vives et courtes qui fondent l'âme ou la brûlent ; tous les romans de la famille de* Werther... ». *Et parmi eux il mentionne, auprès d'*Adolphe *et de* René, *quatre des œuvres qui vont retrouver place dans les* Critiques *et* Portraits *à venir.*

Un voisinage vaut symbole : le premier livre de poèmes de Sainte-Beuve voit le jour en avril 1829, le premier de ses portraits féminins est publié dans la Revue de Paris *le mois suivant. L'écart chronologique creusé entre la naissance des articles et leur entrée tardive en volume ne doit pas cacher la réalité : de* Joseph Delorme, *réunissant si l'on y songe une courte nouvelle, un recueil de poèmes et des pages de critique, aux* Portraits de femmes, *en passant par* Volupté, *il y a étroite proximité de période, de cœur et d'inspiration.*

Portraits de femmes : une galerie parmi d'autres

Cette mise en perspective invite à une nouvelle quête, d'apparence plus matérielle et documentaire, non moins utile pour autant et porteuse de sens. Il s'agit de situer avec assez d'exactitude ce recueil baptisé Portraits de femmes *au sein de la production lit-*

téraire de Sainte-Beuve en son entier, et spécialement par rapport à l'ensemble des travaux qu'au long de sa vie il a consacrés à des personnages et à des ouvrages féminins.

Il a lui-même, on le sait, présenté son existence d'écrivain comme scindée en deux « carrières » ou « phases » franchement distinctes. La Révolution de 1848 trace une ligne de partage externe, soulignée dans une lettre de mars 1848[1] : « Je n'ai plus qu'une idée : achever les travaux que j'ai commencés, terminer Port-Royal et aussi quelques portraits littéraires [...] ; mais ne pas franchir cette date de février 1848 qui clôt la littérature des cinquante premières années de ce siècle et qui nous range définitivement dans le passé. »

Cependant, les déceptions très tôt rencontrées dans sa vie artistique et sentimentale lui avaient imposé dès 1840 la vision d'un premier « tournant » en forme de rupture. Il faut relire avec grand soin la note qu'il introduira, quelques semaines avant de mourir, à la suite de l'article sur La Rochefoucauld, dans la réédition des Portraits de femmes[2]. Un passage de « Quelques vérités sur la littérature » (1843) accuse le trait sous un angle plus strictement esthétique et moral : « Cette Revue [la Revue des Deux Mondes] a publié de la plupart des poëtes et romanciers du temps, des portraits qui, eu égard au peintre comme aux modèles, ne peuvent être considérés en général que comme des portraits de jeunesse : Juvenis juvenem pinxit. Le temps est venu de refaire ce qui a vieilli [...] après l'expérience décisive d'une seconde phase[3]. »

Nous voilà dûment avertis : les Portraits de femmes,

1. Lettre du 22 mars 1848 à André Sayous. *C.G.*, VII, 237.
2. Voir *infra*, p. 391, n. *a* de S.-B.
3. *P.C.* (a), II, 344.

dans leur édition de 1844, appartiennent à la première époque de Sainte-Beuve, celle de sa jeunesse qui, à bien y regarder, se referme sur eux. Tous furent composés entre 1829 et 1840 (sauf celui de Mme de Rémusat et le poème Maria, *introduits après coup) : ils ne sont d'ailleurs que le produit de ce que, prosaïquement, il appelle sa « présente liquidation ».*

Les portraits d'écrivains seront désormais disposés selon une double clef de répartition : d'un côté entre hommes et femmes, de l'autre entre disparus et vivants. Cette décision va donner naissance à trois séries de volumes séparés :

1º — Les Portraits littéraires *en deux tomes (1844) que suivront à distance (1852) les* Derniers Portraits littéraires.

2º — Les Portraits de femmes *(1844).*

3º — Les Portraits contemporains *en trois tomes (1846).*

Si le principe est net, l'exécution le fut moins. Première occasion de flottement : à la fin de 1842, Sainte-Beuve avait fait imprimer à ses frais un petit volume : La Bruyère et La Rochefoucauld, Mme de La Fayette et Mme de Longueville. *Cette brochure regroupe en réalité six Portraits : les quatre qu'annonce le titre, plus « Une ruelle poétique sous Louis XIV » et « Christel ». Sur ces six, cinq se retrouvent dans les* Portraits de femmes *et dans le même ordre. Ceux-ci apparaissent dès lors pour une part comme directement issus de ce recueil discret. S'il restait des doutes, la préface des* Portraits littéraires *de 1844 est là pour les dissiper.*

Autres marques de désordre : parmi ses portraits de femmes il faufile ceux de deux hommes. L'un sans chercher le moins du monde à s'en cacher : La Rochefoucauld ; le second : Étienne Delécluze — de surcroît bien vivant — qu'il dissimule sous une enseigne à demi féminine: «Du roman intime ou Mademoiselle de Liron». Plus grave: Delécluze n'a droit qu'à une phrase, et ce «portrait de femme» n'est en vérité ni celui d'une femme écrivain, ni non plus celui de l'homme auteur d'un roman, mais bien plutôt celui de son héroïne, Mlle de Liron.

Encore ces bizarreries pèsent-elles peu, face à une anomalie beaucoup plus troublante. Le parti déclaré à plusieurs reprises «d'isoler et d'assortir en une même suite»-variante: «de ranger de suite et de réunir en un volume les divers portraits de femmes», et le titre même de Portraits de femmes inscrit sur le volume de 1844, et repris jusqu'en 1869, donnent assez à croire que tous ses modèles féminins y sont rassemblés. Or il n'en est rien. Peu après, le peintre fait à nouveau poser côte à côte des femmes et des hommes dans les Portraits contemporains. L'avant-propos du tome III (1846) est à cet égard d'un parfait sans-gêne: «on y trouvera tour à tour des portraits de femmes, d'historiens ou de poëtes.» En 1852, alors qu'il publie, en même temps que les Derniers Portraits littéraires, une «nouvelle édition» des Portraits de femmes, il ne songe même point à y regrouper l'ensemble de ses figures féminines: quatre femmes prennent place dans cette ultime série des Portraits littéraires: Mlle Aïssé, Mmes de Charrière, de Krüdner, de Staal-Delaunay. Le plus surprenant, c'est que Mlle Aïssé bénéficie là d'un vrai portrait, au milieu des hommes, tandis qu'elle recevait juste l'aumône de quelques lignes dans les Portraits de femmes sous le fameux titre «Du roman intime, ou Mlle de Liron». Sainte-Beuve n'est décidément pas un parangon de méthode ni de rigueur: il camoufle ses caprices sous des dehors spécieux d'ordre et de classement.

Au long de sa «seconde carrière», il n'aura pas

davantage le souci de respecter son double principe de répartition. Les Causeries du Lundi *et les* Nouveaux Lundis *font tout au long voisiner les hommes et les femmes, les vivants et les morts. En 1858 paraîtra, il est vrai, une* Galerie de femmes célèbres/tirée des Causeries du Lundi, *suivie en 1864 d'une* Nouvelle Galerie de femmes célèbres/tirée des Causeries du Lundi, des Portraits littéraires, etc.*; mais ce sont les éditeurs Garnier qui en prendront l'initiative et choisiront les portraits, « de concert avec l'auteur ».*

Le lecteur des Portraits de femmes *ici présentés devra en tout cas se souvenir que ce volume ne le dispense point de rechercher, offerts à travers toutes les œuvres de Sainte-Beuve, nombre d'autres visages de femmes, écrivains ou non, d'une qualité comparable : Cioran le savait si bien qu'ayant à choisir en vue de son* Anthologie du Portrait *un personnage féminin peint par Sainte-Beuve, il est allé le prendre non dans les* Portraits de femmes, *mais dans la première série des* Causeries du Lundi[1]*! Sainte-Beuve lui-même se plaît à signaler, dans* Port-Royal *par exemple, la présence de nombreux portraits d'hommes et de femmes, dont certains « de premier ordre » : « la partie originale et neuve [de* Port-Royal*], ce sont mes personnages religieux, mes* messieurs *[...]. En fait de femmes les deux mères Angélique*[2]*». Une note des* Portraits de femmes, *insérée dès 1844, va jusqu'à spécifier l'endroit du tome Ier où apparaît la princesse Louise de Bourbon, première épouse du duc de Longueville.*

1. Il s'agit de Mme Récamier. Sainte-Beuve lui consacra, à l'occasion de sa mort, le plus délicat des portraits (*C.L.*, I, 121-137). Cioran n'en reproduit par le fait que les deux derniers tiers, d'après la *Galerie de femmes célèbres*, pp. 312-320.

2. Lettre à Ch. Labitte du 21 mars 1838 (*C.G.*, II, 367). Vingt ans plus tard il baptisera *Port-Royal* « le plus énorme de mes Portraits » en désignant les « cinq ou six principaux » et la « douzaine de secondaires » (lettre à Adèle Couriard du 6 décembre 1857. *C.G.*, X, 525).

Port-Royal *n'est pas seul, au demeurant, à faire revivre des figures féminines: depuis ses premiers essais de journaliste jusqu'aux derniers articles du* Constitutionnel *et du* Moniteur, *son regard n'a jamais cessé de se poser sur elles. Déjà cinq chroniques, entre 1824 et 1826, sont consacrées dans* Le Globe *à des livres de femmes. Cinq encore en 1832-1833 dans* Le National *et la* Revue des Deux Mondes. *Les* Portraits contemporains *accueillent quatre femmes dans l'édition de 1846. Durant les vingt années qui lui restent à vivre après la révolution de 1848, œuvres et figures de femmes continuent à le solliciter fortement: cinquante-deux* Causeries du Lundi *leur sont consacrées, suivies par vingt-six* Nouveaux Lundis.

N'oublions point, au passage, Chateaubriand et son groupe littéraire*: l'auteur ne pouvait pas éviter d'y rencontrer à nouveau Mme de Staël; mais il réserve en outre une esquisse, demeurée célèbre, à Lucile de Chateaubriand et aux «sœurs de grands hommes, d'hommes distingués, quand la nature les a faites les dignes sœurs de leurs frères». Autre portrait à main levée: celui de Mme de Beaumont dans son «petit salon», réceptacle de toutes les grâces...*

Ce survol est assez éloquent dans sa brièveté: si Sainte-Beuve a beaucoup aimé les femmes, il a de tout temps et partout beaucoup aimé écrire sur elles, avec un art qui n'a peut-être pas retenu la longue attention qu'il mérite. Leur fervent observateur, travaillant en «critique-peintre[1]*», ne saurait laisser indifférent: comme «critique», il recourt à des*

1. Sainte-Beuve dit tantôt «nous autres critiques (littéraires)» (*C.L.*, XV, 126; *C.G.*, XII, 510), tantôt «nous autres peintres à la plume» (*C.G.*, XVII, 147). Autant dire d'un seul trait: «nous autres critiques-peintres»!

moyens d'investigation et d'expression sagacement calculés ; comme « peintre », il recherche à la fois la ressemblance et l'effet.

Du peintre à son public

Les Portraits de femmes, *comme les autres portraits littéraires, possèdent en commun un certain nombre de caractères touchant aux thèmes, à la composition, à la manière ou au style. Ils portent de surcroît quelques marques qui leur sont propres. Les premiers ont fait ailleurs l'objet d'une étude suivie*[1]. *Mais rien ne vaut, si l'on nous en croit, la relecture approfondie de quelques textes témoins où Sainte-Beuve s'emploie à définir, par le truchement de l'écrivain dont il parle, les éléments d'un portrait réussi.*

Trois de ces textes se lisent dans les Portraits littéraires. *Le premier est le début du portrait de Diderot. Le peintre reconstitue pas à pas la démarche de son modèle jusqu'au moment où, par l'effet de l'art, « l'analyse disparaît dans la création » — ce qui est le véritable objectif à atteindre. Le deuxième est un passage de l'article justement réputé « Du génie critique et de Bayle » : y sont énumérées et définies cinq composantes du « génie critique » que Bayle « représente à un degré merveilleux » ; or le génie critique fait corps avec celui du portrait. Le troisième se situe vers la fin du portrait de M. de Rémusat. Non dépourvu de méandres, il débouche sur cette conclusion : « le parfait critique » se doit finalement d'être « artiste dans tous les genres ».*

Un quatrième texte hautement révélateur appar-

1. Voir notre Introduction à l'édition des *Portraits littéraires* (R. Laffont, 1993), pp. LXII-LXXXIV.

tient aux Causeries du Lundi *(t. II, p. 5): c'est un superbe éloge de Saint-Simon, peintre inégalé*[1]. *Le lundiste tient ses* Mémoires *pour le plus pur chef-d'œuvre qui soit dans l'art de «pénétrer» à fond les êtres «à travers les physionomies et les visages», de pratiquer l'«observation perçante des masques», de «fouiller [...] en anatomiste avide [...] la plaie cachée». Ces trois pouvoirs —* pénétrer, percer, fouiller *— relèvent du même don que Sainte-Beuve met au-dessus de tous les autres: l'acuité du physiologiste et du psychologue réunis. Le généreux usage des mots «pénétrer, pénétrant, pénétration», en particulier dans les* Portraits de femmes, *en est un indice irrécusable, voire, si l'on se sent un penchant freudien, dénonciateur*[2]. *Et puisque nous retournons aux* Portraits de femmes, *saluons cette aubaine: il en existe un, signé de Saint-Simon et loué par Sainte-Beuve qui le qualifie d'«unique»: c'est celui de Mme la marquise de Villars dans sa vieillesse. La moindre des sagesses est d'y aller voir*[3].

À quelles ressources et nuances particulières le peintre doit-il donc en appeler, lorsque son modèle est une femme? — Il prend à nouveau soin de nous guider, selon sa manière faite de prises à témoin et de confidences dispersées.

Le mouvement le plus ample prélude au portrait de Mme de Charrière. Il embrasse par le fait quatre espaces concentriques: la critique en général; le por-

1. Cet éloge de Saint-Simon figure au début d'un article consacré à Fénelon: Sainte-Beuve y renvoie en toute modestie au portrait insurpassable de ce dernier dû au «double génie» de l'auteur des *Mémoires*.

2. À titre d'exemples, *pénétrer* et ses proches se retrouvent dans: *Portraits de femmes, infra,* pp. 272, 273; *Mes poisons*, p. 190; *Notes inédites*, D 569, n° 26. Cf. le témoignage de J. Troubat, «Sainte-Beuve intime», *Livre d'or*, p. 267.

3. L'hommage rendu à Saint-Simon peintre de la marquise de Villars se lit dans *N.L.*, II, 30. Sainte-Beuve y cite largement le portrait tant admiré.

trait; le portrait de femme; celui de Mme de Charrière. On en a déjà cité un fragment; en voici deux autres. Le portrait, nous glisse à l'oreille Sainte-Beuve, est «un moyen quelquefois [...] de continuer peut-être l'élégie interrompue». La présence de la femme l'y incline, on le pressent, davantage encore. À quelques pages de là il ajoute à propos des modèles choisis: «Nous les aimons, et il s'en répand un reflet de nous à eux, une teinte [...]: c'est souvent l'intérêt unique de ces petites nouvelles à un seul personnage.»

Comme on comprend mieux, à lire ces derniers mots, l'initiative qu'a prise l'auteur de joindre à ses portraits de femmes réelles trois figures de femmes inventées: Madame de Pontivy, Christel, Maria *— avec un effet de crescendo, si l'on parcourt la trajectoire du volume en son ensemble: d'abord les critiques-portraits, ensuite deux portraits-poëmes en prose et, pour finir, un portrait-poëme en vers. Un feuillet du* Cahier vert *lève indiscrètement le voile: «mes portraits [...] ne sont véritablement pas de la critique, mais le plus souvent une moyenne composition poétique, mi-partie d'analyse et de citations: mon effet par là est obtenu, et mon invention, sans en avoir l'air, y trouve son compte. En faisant* Maria *qui a réussi, j'ai [...] réalisé en vers à peu près ce que je voulais*[1]*.»*

Ayant à peindre Mme de Krüdner, tout à côté de Mme de Charrière, Sainte-Beuve laisse échapper un autre de ses secrets autant d'inspiration que de facture: «Je ne demande pas mieux [...], quand je fais

1. *Cahier vert*, n° 856. Éd. R. Molho, p. 226. Sainte-Beuve lui-même a baptisé, eu égard au coloris de leur reliure, *Cahier vert* et *Cahier brun* deux recueils de notes conservés dans la collection Lovenjoul sous les cotes D 571 et D 573. Ont été réunies sous la cote D 572 des feuilles volantes d'abord glissées dans le *Cahier vert*.

un portrait de femme, [...] de ne pas pousser à bout les choses, de respecter le nuage et de me prêter à certaines illusions; je crois, en cela, être fidèle encore à mon modèle[1]*.»*

Il s'agit pour lui de ne pas nuire au «charme», apanage féminin par excellence. Comment faire l'économie, à ce propos, de deux «fusées» qui (la seconde surtout) nous éloignent de son registre habituel? L'une est empruntée au portrait de Mme Récamier: «Je me garderai bien d'essayer de donner d'elle une biographie, vilain mot à l'usage des hommes, et qui sent son étude et sa recherche. Même lorsqu'elles n'ont rien à cacher, les femmes ne sauraient que perdre en charme au texte d'un récit continu. Est-ce qu'une vie de femme se raconte[2]*?»*

L'autre est restée dans son armoire à poisons: «L'article de Cousin sur les femmes du XVII*e siècle a eu grand succès; [...] pourtant c'est choquant pour qui a du goût (mais si peu en ont!); il traite les femmes comme il ferait des élèves dans un cours de philosophie; [...] il les classe, il les clique, il les claque, il leur déclare comme faveur suprême qu'il les admire. Tout cela manque de délicatesse. Quand on parle des femmes, il me semble que ce n'est point là la véritable question à se faire et qu'il serait mieux de se demander tout bas, non pas si l'on daigne les accueillir, mais si elles vous auraient accueilli*[3]*.»*

Le Lundi *de mai 1851 intitulé «Saint-Évremond et Ninon» sera une nouvelle occasion d'évoquer les pri-*

1. «Mme de Krüdner et ce qu'en aurait dit Saint-Évremond», *P. lit.*, éd. R. Laffont, p. 905.

2. *C.L.*, I, 124. — Cf. *Mes poisons*, p. 121, à propos de Michelet croyant découvrir la femme: «Le *charme*, il ne l'a pas du tout.» Et surtout lettre à F. Morand du 22 août 1841 (*C.G.*, IV, 137): «Dans ce genre de Portraits [...], j'ai toujours choisi, autant que possible, des personnages qui eussent un certain côté poétique, ou, du moins, un certain charme...»

3. *Mes poisons*, p. 67-68.

vilèges liés de manière plus étroite à un portrait de femme. Plusieurs nous sont déjà connus ; mais il en est un qu'il signale ouvertement pour la première fois, tout en le présentant sur le mode optatif :

« Ce serait une histoire intéressante que [...] celle des femmes célèbres qui présidèrent aux principales sociétés de Paris dans le XVIIIe *siècle [...] ; on y puiserait des détails utiles à la connaissance soit du caractère et de l'esprit français en particulier, soit même de l'esprit humain en général. »*

Pourquoi escompte-t-il ce bénéfice de la compagnie des femmes plus que des hommes ? — Parce que l'art d'animer les salons, d'y répandre l'esprit de la conversation, les conduit à exercer un rôle social prééminent. L'observation vaut d'abord, il est vrai, pour les femmes du XVIIIe *siècle, et c'est bien pourquoi le critique leur consacre, de mars à juillet 1850, une suite de sept portraits*[1]*. Cependant, une note de premier jet « à propos de Mme de Souza ou de Duras » étend le même pouvoir aux femmes qui ont vécu sous l'Empire et la Restauration. Certains auteurs, constate-t-il une fois de plus, recherchent « les individus de premier ordre » ; et d'enchaîner : « Ils font bien, mais moi je ne prends pas par ces grands côtés qui me seraient accablants [...] mais par d'autres plus détournés, plus à l'écart, croyant qu'après tout on arrive également à pénétrer la vie d'une époque et à retrouver tout l'essentiel de la vie humaine*[2]*. »*

1. Les sept « portraits » en question sont ceux de Mmes Du Deffand, de La Tour-Franqueville, Mlle de Lespinasse, Mmes d'Épinay, de Graffigny, du Châtelet, Geoffrin. Le premier figure au t. I, les six autres au t. II des *C.L.*

2. Notes inédites, nº 26. *RHLF*, t. 41 (1934), p. 78. — Sainte-Beuve mentionnait en privé un autre pouvoir de séduction lié aux portraits de femmes. D'essence plus humble il n'en est pas moins de première importance : « Je persiste à désirer vivement dans nos intérêts », écrit-il à son éditeur le 28 février 1852 (*C.G.*, IX, 72), « que le volume de *Portraits de femmes* soit mis en vente immédiatement, avec les *Nouveaux portraits*. Il est propre (si je ne m'abuse) à se vendre le double des autres. »

Un mot, encore, sur ses choix de style. Ils changent peu des Portraits littéraires *aux* Portraits de femmes. *Cependant, son attrait pour l'univers féminin et pour les jeux de miroir le prédisposait à se faire, jusque dans l'expression, plus proche de son modèle lorsque celui-ci est une femme. Entreprend-il de donner des exemples : deux sur trois reviennent aux* Portraits de femmes. *Le fragment est d'une si confondante franchise qu'on ose, pour une fois, le reprendre, après l'avoir cité en marge des* Portraits littéraires*: «Je tâche de disparaître dans le personnage que je reproduis. Je me fais à lui, même par le style, j'emprunte et je revêts sa diction : sentimental et à plaisir nuageux avec Mme de Krüdner, légèrement abstrait et serré avec M. Vinet, clair et courant à la façon* XVIIIe *siècle avec Mme de Charrière.»*

«Je est un autre» — avec une variante fréquente : «Je est une autre» : l'illustre formule pourrait servir à définir au plus près le critique-peintre que Sainte-Beuve entendit être. Resterait à examiner si la réalité de l'œuvre répond bien à la volonté de l'artiste. Sans doute fut-il assez bon critique des autres, surtout lorsqu'il s'agissait de génies mesurés, pour n'être pas trop mauvais analyste de soi. La plupart de ses lecteurs, de son temps comme du nôtre, l'ont en tout cas pensé, les uns pour s'en réjouir et savourer, les autres pour s'en irriter ou s'en plaindre.

À chacun sa liberté! Si l'on nous demandait toutefois les impressions les plus insistantes qui se dégagent des Portraits de femmes, *nous mettrions en avant d'abord une constante et soyeuse bigarrure, ensuite un invincible goût de l'en-deçà. En-deçà de la critique comme du portrait, car selon l'auteur ni l'une ni l'autre n'ont de fin. En-deçà de la biographie, car elle sent trop l'érudition. En-deçà de la poésie, fût-elle en prose, car sauf exception il n'ose y prétendre. Au bout du compte, les* Portraits de femmes *sont un subtil assortiment de tout cela, et la somme est un fruit dont les saveurs composites flattent la gourmandise, sans toujours l'apaiser.*

Mais puisque Sainte-Beuve aimait la commodité des citations (parfois trop!), usons-en pour finir. Il s'est un jour, dans l'abandon d'un brouillon préparatoire, atteint lui-même mieux que nul ne saurait faire, tout en visant Diderot: «Créateur dans la critique: de ces demi-poètes qui se font entiers dans la critique[1]*».*

Impossible de toucher plus juste! Pourtant c'est à l'un de ses modèles féminins que l'on donnera le tout dernier mot. Mme de Charrière a laissé un conte intitulé Aiglonette et Insinuante, ou la Souplesse. *On y voit une princesse éblouie par les qualités d'une inconnue qui s'est introduite en sa cour. Elle finit par lui demander qui elle est pour posséder pareilles vertus: «... vous n'outrez rien,... vos empressements sont modérés, votre politesse n'est point rampante, il y a dans ce que vous faites & dites une mesure, un à-propos...» Cette mystérieuse créature répond: «Je suis fée. Je m'appelle Insinuante [...]. Je vous apportois la souplesse; on m'assure que vous n'en aviez aucun besoin.» Mme de Charrière publie ce récit en 1791: elle était donc loin de songer à son peintre futur. Mais quel portrait prodigieusement prémonitoire et qui se trouve être un double portrait de femme!*

1. *Cahier brun*. f° 220, cité d'après R. Fayolle, *Sainte-Beuve et le* XVIIIe *siècle*, p. 287.

Portraits de femmes

— Avez-vous donc été femme, Monsieur, pour prétendre ainsi nous connaître ?

— Non, Madame, je ne suis pas le devin Tirésias, je ne suis qu'un humble mortel qui vous a beaucoup aimées.

(Dialogue inédit[1]*.)*

Il a semblé plus commode et même assez piquant de ranger de suite et de réunir en un même volume les divers portraits de femmes qui étaient disséminés dans les cinq tomes des *Critiques* et *Portraits*; on y a ajouté trois ou quatre articles, avec le soin d'excepter toujours les vivants. En commençant par un morceau sur Mme de Sévigné, on n'a pas prétendu donner un portrait étudié de cette personne incomparable: ce ne sont que quelques pages légères, autrefois improvisées au courant de la plume après une lecture des *Lettres*, et antérieures aux recherches récemment publiées; mais on les a replacées ici bien plutôt à titre d'hommage, et parce qu'il est impossible d'essayer de parler des femmes sans se mettre d'abord en goût et comme en humeur par Mme de Sévigné. Cela tient lieu d'une de ces invocations ou libations qu'on aurait faites dans l'antiquité à la pure source des grâces.

1845.

MADAME DE SÉVIGNÉ

Les critiques, et particulièrement les étrangers, qui, dans ces derniers temps, ont jugé avec le plus de sévérité nos deux siècles littéraires, se sont accordés à reconnaître que ce qui y dominait, ce qui s'y réfléchissait en mille façons, ce qui leur donnait le plus d'éclat et d'ornement, c'était l'esprit de conversation et de société, l'entente du monde et des hommes, l'intelligence vive et déliée des convenances et des ridicules, l'ingénieuse délicatesse des sentiments, la grâce, le piquant, la politesse achevée du langage. Et en effet c'est bien là, avec les réserves que chacun fait, et deux ou trois noms comme ceux de Bossuet et de Montesquieu qu'on sous-entend, c'est là, jusqu'en 1789 environ, le caractère distinctif, le trait marquant de la littérature française entre les autres littératures d'Europe. Cette gloire, dont on a presque fait un reproche à notre nation, est assez féconde et assez belle pour qui sait l'entendre et l'interpréter.

Au commencement du dix-septième siècle, notre civilisation, et partant notre langue et notre littérature, n'avaient rien de mûr ni d'assuré. L'Europe, au sortir des troubles religieux et à travers les phases de la guerre de Trente ans, enfantait laborieusement un ordre politique nouveau; la France à l'intérieur épuisait son reste de discordes civiles. À la cour, quelques salons, quelques *ruelles* de beaux-esprits étaient déjà de mode; mais rien n'y germait encore de grand et d'original, et l'on y vivait à satiété sur les romans espagnols, sur les sonnets et les pastorales d'Italie. Ce ne fut qu'après Richelieu, après la Fronde, sous la reine-mère et Mazarin, que tout d'un coup, du milieu des fêtes de Saint-Mandé et de Vaux[1], des salons de l'hôtel de Rambouillet[a] ou des antichambres du jeune roi, sortirent, comme par miracle, trois esprits excellents, trois génies diversement doués, mais tous les trois d'un goût naïf et pur, d'une parfaite simplicité, d'une abondance heureuse, nourris des grâces et des délicatesses indigènes, et destinés à ouvrir un âge brillant de gloire où nul ne les a surpassés. Molière, La Fontaine, et Mme de Sévigné appartiennent à une génération littéraire qui précéda celle dont Racine et Boileau furent les chefs, et ils se distinguent de ces derniers par divers traits qui tiennent à la fois à la nature de leurs génies et à la date de leur venue[2]. On sent que, par tournure d'esprit comme par position, ils sont bien plus voisins de la France d'avant Louis XIV, de la vieille langue et du vieil esprit français; qu'ils y ont été bien plus mêlés par leur éducation et leurs lectures, et que, s'ils sont moins appréciés des étrangers que certains écrivains postérieurs, ils le doivent précisément à ce qu'il y a de plus intime, de

a. Dans un *Mémoire pour servir à l'Histoire de la Société polie* (1835), M. Rœderer a suivi de près et démêlé tout ce qui se rapporte à l'hôtel de Rambouillet en particulier, avec une prédilection et une minutie qui ne nuisent, selon nous, ni à l'exactitude ni à l'agrément de son livre. — Il y faudrait pourtant absolument, pour les noms propres et les dates, une impression plus correcte.

plus indéfinissable et de plus charmant pour nous dans leur accent et leur manière. Si donc aujourd'hui, et avec raison, l'on s'attache à réviser et à remettre en question beaucoup de jugements rédigés, il y a quelque vingt ans, par les professeurs d'Athénée[3], si l'on déclare impitoyablement la guerre à beaucoup de renommées surfaites, on ne saurait en revanche trop vénérer et trop maintenir ces écrivains immortels, qui, les premiers, ont donné à la littérature française son caractère d'originalité, et lui ont assuré jusqu'ici une physionomie unique entre toutes les littératures. Molière a tiré du spectacle de la vie, du jeu animé des travers, des vices et des ridicules humains, tout ce qui se peut concevoir de plus fort et de plus haut en poésie. La Fontaine et Mme de Sévigné, sur une scène moins large, ont eu un sentiment si fin et si vrai des choses et de la vie de leur temps, chacun à sa manière, La Fontaine, plus rapproché de la nature, Mme de Sévigné plus mêlée à la société ; et ce sentiment exquis, ils l'ont tellement exprimé au vif dans leurs écrits, qu'ils se trouvent placés sans effort à côté et fort peu au-dessous de leur illustre contemporain. Nous n'avons en ce moment à parler que de Mme de Sévigné ; il semble qu'on ait tout dit sur elle ; les détails en effet sont à peu près épuisés ; mais nous croyons qu'elle a été jusqu'ici envisagée trop isolément, comme on avait fait longtemps pour La Fontaine, avec lequel elle a tant de ressemblance. Aujourd'hui qu'en s'éloignant de nous, la société, dont elle représente la face la plus brillante, se dessine nettement à nos yeux dans son ensemble, il est plus aisé, en même temps que cela devient plus nécessaire, d'assigner à Mme de Sévigné son rang, son importance et ses rapports. C'est sans doute faute d'avoir fait ces remarques et de s'être rendu compte de la différence des temps, que plusieurs esprits distingués de nos jours paraissent assez portés à juger avec autant de légèreté que de rigueur un des plus délicieux génies qui aient existé. Nous serions heureux si cet article aidait à dissiper quelques-unes de ces préventions injustes.

On a beaucoup flétri les excès de la *Régence*; mais, avant la régence de Philippe d'Orléans, il y en eut une autre, non moins dissolue, non moins licencieuse, et plus atroce encore par la cruauté qui s'y mêlait; espèce de transition hideuse entre les débordements de Henri III et ceux de Louis XV. Les mauvaises mœurs de la Ligue, qui avaient couvé sous Henri IV et Richelieu, se réveillèrent, n'étant plus comprimées. La débauche alors était tout aussi monstrueuse qu'elle avait été au temps des *mignons*, ou qu'elle fut plus tard au temps des *roués*; mais ce qui rapproche cette époque du seizième siècle et la distingue du dix-huitième, c'est surtout l'assassinat, l'empoisonnement, ces habitudes italiennes dues aux Médicis; c'est la fureur insensée des duels, héritage des guerres civiles. Telle apparaît au lecteur impartial la régence d'Anne d'Autriche[4], tel est le fond ténébreux et sanglant sur lequel se dessina un beau matin la Fronde, qu'on est convenu d'appeler *une plaisanterie à main armée*. La conduite des femmes d'alors, les plus distinguées par leur naissance, leur beauté et leur esprit, semble fabuleuse, et l'on aurait besoin de croire que les historiens les ont calomniées. Mais, comme un excès amène toujours son contraire, le petit nombre de celles qui échappèrent à la corruption se jetèrent dans la métaphysique sentimentale et se firent *précieuses*; de là l'hôtel de

Rambouillet[a]. Ce fut l'asile des bonnes mœurs au sein de la haute société. Quant au bon goût, il y trouva son compte à la longue, puisque Mme de Sévigné en sortit.

Mlle Marie de Rabutin-Chantal, née en 1626, était fille du baron de Chantal, duelliste effréné, qui, un jour de Pâques, quitta la sainte table pour aller servir de second au fameux comte de Bouteville. Élevée par son oncle le bon abbé de Coulanges, elle avait de bonne heure reçu une instruction solide, et appris, sous les soins de Chapelain et de Ménage, le latin, l'italien et l'espagnol[b]. À dix-huit ans, elle avait épousé le marquis de Sévigné, assez peu digne d'elle, et qui, après l'avoir beaucoup négligée, fut tué dans un duel en 1651[5]. Mme de Sévigné, libre à cet âge, avec un fils et une fille, ne songea pas à se remarier. Elle aimait à la folie ses enfants, surtout sa fille; les autres passions lui restèrent toujours inconnues. C'était une blonde rieuse, nullement sensuelle, fort enjouée et badine; les éclairs de son esprit passaient et reluisaient dans ses prunelles changeantes, et, comme elle le dit elle-même, dans ses *paupières bigarrées*[6]. Elle se fit *précieuse*; elle alla dans le monde, aimée, recherchée, courtisée[c], semant autour d'elle des

a. On a fort écrit dans ces derniers temps sur l'hôtel de Rambouillet: on en pourrait noter depuis Rœderer quatre ou cinq petites histoires ou notices diverses. Il me semble qu'on s'est efforcé en général de le faire finir un peu trop tôt. Il apparaît en pleine floraison et il a tout son éclat au début de la Régence (1643-1648).

b. Les talents les plus libres et les plus originaux ne deviennent parfaits que s'ils ont eu une discipline première, s'ils ont fait une bonne *rhétorique*; Mme de Sévigné fit la sienne sous Ménage et sous Chapelain.

c. Mme de La Fayette lui écrivait: «Votre présence augmente les divertissements, et les divertissements augmentent votre beauté lorsqu'ils vous environnent; enfin la joie est l'état véritable de votre âme, et le chagrin vous est plus contraire qu'à personne du monde.» Mme de Sévigné avait ce qu'on peut appeler de l'*humeur*, dans le sens d'*humour*, mais une *belle humeur* à chaque instant colorée et variée de passions malheureuses auxquelles elle ne prenait pas trop garde, et conservant généreusement pour amis ceux même dont elle ne voulait pas pour amants. Son cousin Bussy, son maître Ménage, le prince de Conti, frère du grand Condé, le surintendant Fouquet, perdirent leurs soupirs auprès d'elle ; mais elle demeura inviolablement fidèle à ce dernier dans sa disgrâce ; et quand elle raconte le procès du surintendant à M. de Pomponne, il faut voir avec quel attendrissement elle parle de *notre cher malheureux*[7] ! Jeune encore et belle sans prétentions, elle s'était mise dans le monde sur le pied d'aimer sa fille, et ne voulait d'autre bonheur que celui de la produire et de la voir briller[a]. Mlle de Sévigné figurait, dès 1663, dans les brillants ballets de Versailles, et le poëte officiel, qui tenait alors à la cour la place que Racine et Boileau prirent à partir de 1672, Benserade, fit plus d'un madrigal en l'honneur de cette *bergère* et de cette *nymphe* qu'une mère idolâtre appelait *la plus jolie fille de France*. En 1669, M. de Grignan l'obtint en mariage, et, seize mois après, il l'emmena en Provence, où il

---

la plus vive imagination. Ces éclairs-là et cette gaieté de couleurs font parfois comme un voile au-devant de sa sensibilité, qui, même aux moments de deuil, ne peut s'empêcher encore de prendre les livrées gracieuses : il faut s'habituer à la voir là-dessous. Il y a un coin de Mme Cornuel dans Mme de Sévigné.

a. On a un charmant portrait de Mme de Sévigné *jeune* par l'abbé Arnauld ; il faut qu'elle ait eu bien de l'éclat et de la couleur pour en communiquer un moment au style de ce digne abbé, qui ne paraît pas avoir eu, comme écrivain, tout le talent de la famille : « Ce fut en ce voyage, dit-il en ses *Mémoires* (à l'année 1657), que M. de Sévigné me fit faire connoissance avec l'illustre marquise de Sévigné, sa nièce... Il me semble que je la vois encore telle qu'elle me parut la première fois que j'eus l'honneur de la voir, arrivant dans le fond de son carrosse tout ouvert, au milieu de M. son fils et de mademoiselle sa fille : tous trois tels que les poëtes représentent Latone au milieu du jeune Apollon et de la jeune Diane, tant il éclatoit d'agrément dans la mère et dans les enfants ! » Que c'est bien elle ! un esprit, une beauté, une grâce à plein soleil, dans un carrosse *tout ouvert*, et radieuse entre deux beaux enfants !

commandait comme lieutenant général, durant l'absence de M. de Vendôme. Désormais séparée de sa fille, qu'elle ne revit plus qu'inégalement après des intervalles toujours longs, Mme de Sévigné chercha une consolation à ses ennuis dans une correspondance de tous les instants, qui dura jusqu'à sa mort (en 1696), et qui comprend l'espace de vingt-cinq années, sauf les lacunes qui tiennent aux réunions passagères de la mère et de la fille. Avant cette séparation de 1671, on n'a de Mme de Sévigné qu'un assez petit nombre de lettres adressées à son cousin Bussy, et d'autres à M. de Pomponne sur le procès de Fouquet. Ce n'est donc qu'à dater de cette époque que l'on sait parfaitement sa vie privée, ses habitudes, ses lectures, et jusqu'aux moindres mouvements de la société où elle vit et dont elle est l'âme.

Et d'abord, dès les premières pages de cette correspondance, nous nous trouvons dans un tout autre monde que celui de la Fronde et de la Régence ; nous reconnaissons que ce qu'on appelle la société française est enfin constitué. Sans doute (et, au défaut des nombreux mémoires du temps, les anecdotes racontées par Mme de Sévigné elle-même en feraient foi), sans doute d'horribles désordres, des orgies grossières se transmettent encore parmi cette jeune noblesse à laquelle Louis XIV impose pour prix de sa faveur la dignité, la politesse et l'élégance ; sans doute, sous cette superficie brillante et cette dorure de carrousel, il y a bien assez de vices pour déborder de nouveau en une autre régence, surtout quand le bigotisme d'une fin de règne les aura fait fermenter. Mais au moins les convenances sont observées ; l'opinion commence à flétrir ce qui est ignoble et crapuleux. De plus, en même temps que le désordre et la brutalité ont perdu en scandale, la décence et le bel-esprit ont gagné en simplicité. La qualification de *précieuse* a passé de mode ; on se souvient encore, en souriant, de l'avoir été, mais on ne l'est plus. On ne disserte point comme autrefois, à perte de vue, sur le sonnet de Job ou d'Uranie, sur la carte de *Tendre* ou sur le caractère du *Romain*[8] ; mais on *cause* ; on cause nouvelles de cour, souvenirs du siége de Paris ou de la guerre de Guyenne ; M. le cardinal de Retz raconte ses voyages, M. de La Rochefoucauld moralise, Mme de La Fayette fait des réflexions de cœur, et Mme de Sévigné les interrompt tous pour citer un mot de sa fille, une espièglerie de son fils, une distraction du bon d'Hacqueville ou de M. de Brancas[9]. Nous avons peine, en 1829, avec nos habitudes d'occupations positives, à nous représenter fidèlement cette vie de loisir et de causerie. Le monde va si vite de nos jours, et tant de choses sont tour à tour amenées sur la scène, que nous n'avons pas trop de tous nos instants pour les regarder et les saisir. Les journées pour nous se passent en études, les soirées en discussions sérieuses ; de conversations à l'amiable, de causeries, peu ou point. La noble société de nos jours, qui a conservé le plus de ces habitudes oisives des deux derniers siècles, semble ne l'avoir pu qu'à la condition de rester étrangère aux mœurs et aux idées d'à présent[a]. À l'époque dont nous parlons, loin d'être un obstacle à suivre le mouvement littéraire, religieux ou politique, ce genre de vie était le plus propre à l'observer ; il suffisait de regarder quelquefois du

a. Depuis que ces pages sont écrites, j'ai eu souvent l'occasion de remarquer tout bas avec bien du plaisir qu'on exagérait un peu cette ruine de l'esprit de conversation en France : sans doute l'ensemble de la société n'est plus là, mais il y a de beaux restes, des coins d'arrière-saison. On est d'autant plus heureux d'en jouir comme d'un retour et presque d'un mystère.

coin de l'œil et sans bouger de sa chaise, et puis l'on pouvait, le reste du temps, vaquer à ses goûts et à ses amis. La conversation, d'ailleurs, n'était pas encore devenue, comme au dix-huitième siècle, dans les salons ouverts sous la présidence de Fontenelle, une occupation, une affaire, une prétention; on n'y visait pas nécessairement au trait; l'étalage géométrique, philosophique et sentimental n'y était pas de rigueur; mais on y causait de soi, des autres, de peu ou de rien. C'était, comme dit Mme de Sévigné, des conversations *infinies*: «Après le dîner, écrit-elle quelque part à sa fille[10], nous allâmes causer dans les plus agréables bois du monde; nous y fûmes jusqu'à six heures dans plusieurs sortes de conversations si bonnes, si tendres, si aimables, si obligeantes et pour vous et pour moi, que j'en suis pénétrée[a].» Au milieu de ce mouvement de société si facile et si simple, si capricieux et si gracieusement animé, une visite, une lettre reçue, insignifiante au fond, était un événement auquel on prenait plaisir, et dont on se faisait part avec empressement. Les plus petites choses tiraient du prix de la manière et de la forme; c'était de l'art que, sans s'en apercevoir et négligemment, l'on mettait jusque dans la vie. Qu'on se rappelle la visite de Mme de Chaulnes aux *Rochers*[11]. On a beaucoup dit que Mme de Sévigné soignait curieusement ses lettres, et qu'en les écrivant elle songeait, sinon à la postérité, du moins au monde d'alors, dont elle recherchait le suffrage. Cela est

a. Mademoiselle de Montpensier, du même âge que Mme de Sévigné, mais qui s'était un peu moins assouplie qu'elle, écrivant en 1660 à Mme de Motteville sur un idéal de vie retirée qu'elle se compose, y désire des *héros* et des *héroïnes* de diverses manières: «Aussi nous faut-il, dit-elle, de toutes sortes de personnes pour pouvoir parler de toutes sortes de choses dans la conversation, qui, à votre goût et au mien, est le plus grand plaisir de la vie et presque le seul à mon gré.»

faux ; le temps de Voiture et de Balzac était déjà loin. Elle écrit d'ordinaire au courant de la plume, et le plus de choses qu'elle peut ; et quand l'heure presse, à peine si elle relit. « En vérité, dit-elle, il faut un peu entre amis laisser trotter les plumes comme elles veulent : la mienne a toujours la bride sur le cou. » Mais il y a des jours où elle a plus de temps et où elle se sent davantage en humeur ; alors, tout naturellement, elle soigne, elle arrange, elle compose à peu près autant que La Fontaine pour une de ses fables : ainsi la lettre à M. de Coulanges sur le mariage de Mademoiselle[12] ; ainsi celle encore sur ce pauvre Picard qui est renvoyé pour n'avoir pas voulu *faner*[13]. Ces sortes de lettres, brillantes de forme et d'art, et où il n'y avait pas trop de petits secrets ni de médisances, faisaient bruit dans la société, et chacun désirait les lire. « Je ne veux pas oublier ce qui m'est arrivé ce matin, écrit Mme de Coulanges à son amie ; on m'a dit : Madame, voilà un laquais de Mme de Thianges ; j'ai ordonné qu'on le fît entrer. Voici ce qu'il avoit à me dire : Madame, c'est de la part de Mme de Thianges, qui vous prie de lui envoyer la lettre du *cheval* de Mme de Sévigné et celle de la *prairie*. J'ai dit au laquais que je les porterois à sa maîtresse, et je m'en suis défaite. Vos lettres font tout le bruit qu'elles méritent, comme vous voyez ; il est certain qu'elles sont délicieuses, et vous êtes comme vos lettres[14]. » Les correspondances avaient donc alors, comme les conversations, une grande importance ; mais on ne les composait ni les unes ni les autres ; seulement on s'y livrait de tout son esprit et de toute son âme. Mme de Sévigné loue continuellement sa fille sur ce chapitre des lettres : « Vous avez des pensées et des tirades incomparables. » Et elle raconte qu'elle en lit *par-ci par-là* certains endroits choisis aux gens qui en sont dignes: «quelquefois j'en donne aussi une petite part à Mme de Villars, mais elle s'attache aux tendresses, et les larmes lui en viennent aux yeux[15].»

Si on a contesté à Mme de Sévigné la naïveté de ses lettres, on ne lui a pas moins contesté la sincérité de son amour pour sa fille; et en cela on a encore oublié le temps où elle vivait, et combien dans cette vie de luxe et de désœuvrement les passions peuvent ressembler à des fantaisies, de même que les manies y deviennent souvent des passions. Elle idolâtrait sa fille et s'était de bonne heure établie dans le monde sur ce pied-là. Arnauld d'Andilly l'appelait à cet égard une *jolie païenne*. L'éloignement n'avait fait qu'exalter sa tendresse; elle n'avait guère autre chose à quoi penser; les questions, les compliments de tous ceux qu'elle voyait la ramenaient là-dessus; cette chère et presque unique affection de son cœur avait fini par être à la longue pour elle une contenance, dont elle avait besoin comme d'un éventail. D'ailleurs, Mme de Sévigné était parfaitement sincère, ouverte, et ennemie des faux-semblants; c'est même à elle, une des premières, qu'on doit d'avoir dit une personne *vraie*; elle aurait inventé cette expression pour sa fille, si M. de La Rochefoucauld ne l'avait déjà trouvée pour Mme de La Fayette: elle se plaît du moins à l'appliquer à ce qu'elle aime[16]. Quand on a bien analysé et retourné en cent façons cet inépuisable amour de mère, on en revient à l'avis et à l'explication de M. de Pomponne: «Il paroît que Mme de Sévigné aime passionnément Mme de Grignan? Savez-vous le dessous des cartes? Voulez-vous que je vous le dise? *C'est qu'elle l'aime passionnément*[17].» Ce serait en vérité se montrer bien ingrat que de chicaner Mme de Sévigné sur cette innocente et légitime passion, à laquelle on est redevable de suivre pas à pas la femme la plus spirituelle, durant vingt-six années de la plus aimable époque de la plus aimable société française[a].

La Fontaine, peintre des champs et des animaux, n'ignorait pas du tout la société, et l'a souvent retracée avec finesse et malice. Mme de Sévigné, à son tour, aimait beaucoup les champs ; elle allait faire de longs séjours à Livry chez l'abbé de Coulanges[18], ou à sa terre des *Rochers* en Bretagne ; et il est piquant de connaître sous quels traits elle a vu et a peint la nature. On s'aperçoit d'abord que, comme notre bon fabuliste, elle a lu de bonne heure l'*Astrée*, et qu'elle a rêvé dans sa jeunesse sous les ombrages mythologiques de Vaux et de Saint-Mandé[19]. Elle aime à se promener *aux rayons de la belle maîtresse d'Endymion*, à passer deux heures seule avec les *hamadryades* ; ses arbres sont décorés d'inscriptions et d'ingénieuses devises, comme dans les paysages du *Pastor fido* et de l'*Aminta*[20]. « *Bella cosa far niente*, dit un de mes arbres ; l'autre lui répond : *Amor odit inertes* ; on ne sait auquel entendre. » — Et ailleurs : « Pour nos sentences, elles ne sont point défigurées ; je les visite souvent : elles sont même augmentées, et deux arbres voisins disent quelquefois les deux contraires : *La lontananza ogni gran piaga salda*, et *Piaga d'amor non si sana mai*. Il y en a cinq ou six dans cette contrariété[21]. » Ces réminiscences un peu fades de pastorales et de romans sont naturelles sous son

a. M. Walckenaer (*Mémoires* sur Mme de Sévigné) remarque très-bien qu'elle, qui eut le sentiment maternel si développé, n'eut pas le temps d'avoir le sentiment filial, étant restée orpheline en si bas âge. Toute sa passion de cœur fut comme tenue en réserve pour descendre ensuite et se reporter sur sa fille. Veuve de bonne heure, aux belles années de sa jeunesse, elle paraît n'avoir jamais aimé d'amant. Que d'épargne, quel trésor d'amour ! Sa fille hérita de tout, et des intérêts accumulés.

pinceau, et font agréablement ressortir tant de descriptions fraîches et neuves qui n'appartiennent qu'à elle : « Je suis venue ici *(à Livry)* achever les beaux jours, et dire adieu aux feuilles ; elles sont encore toutes aux arbres, elles n'ont fait que changer de couleur ; au lieu d'être vertes, elles sont aurore, et de tant de sortes d'aurore que cela compose un brocard d'or riche et magnifique, que nous voulons trouver plus beau que du vert, quand ce ne seroit que pour changer[22]. » Et quand elle est aux Rochers : « Je serois fort heureuse dans ces bois, si j'avois une feuille qui chantât : ah ! la jolie chose qu'une feuille qui chante[23] ! » Et comme elle nous peint encore *le triomphe du mois de mai*, quand *le rossignol, le coucou, la fauvette, ouvrent le printemps dans nos forêts !* comme elle nous fait sentir et presque toucher *ces beaux jours de cristal de l'automne, qui ne sont plus chauds, qui ne sont pas froids !* Quand son fils, pour fournir à de folles dépenses, fait jeter bas les antiques bois de Buron, elle s'émeut, elle s'afflige avec toutes ces *dryades* fugitives et ces *sylvains* dépossédés[24] ; Ronsard n'a pas mieux déploré la chute de la forêt de Gastine, ni M. de Chateaubriand celle des bois paternels.

Parce qu'on la voit souvent d'une humeur enjouée et folâtre, on aurait tort de juger Mme de Sévigné frivole ou peu sensible. Elle était sérieuse, même triste, surtout pendant les séjours qu'elle faisait à la campagne, et la rêverie tint une grande place dans sa vie. Seulement il est besoin de s'entendre : elle ne rêvait pas sous ses longues avenues épaisses et sombres, dans le goût de Delphine ou comme l'amante d'Oswald[25] ; cette rêverie-là n'était pas inventée encore[a] ;

a. « La joie de l'esprit en marque la force », écrivait en ce temps Ninon à Saint-Évremond.

il a fallu 93, pour que Mme de Staël écrivît son admirable livre de l'*Influence des Passions sur le Bonheur*[26]. Jusque-là rêver, c'était une chose plus facile, plus simple, plus individuelle, et dont pourtant on se rendait moins compte : c'était penser à sa fille absente en Provence, à son fils qui était *en Candie* ou à l'armée du roi, à ses amis éloignés ou morts ; c'était dire : « Pour ma vie, vous la connaissez : on la passe avec cinq ou six amies dont la société plaît, et à mille devoirs à quoi l'on est obligé, et ce n'est pas une petite affaire. Mais, ce qui me fâche, c'est qu'en ne faisant rien les jours se passent, et notre pauvre vie est composée de ces jours, et l'on vieillit, et l'on meurt. Je trouve cela bien mauvais[27]. » La religion précise et régulière, qui gouvernait la vie, contribuait beaucoup alors à tempérer ce libertinage de sensibilité et d'imagination, qui, depuis, n'a plus connu de frein. Mme de Sévigné se défiait avec soin de ces pensées sur lesquelles il faut *glisser*[28] ; elle veut expressément que la morale soit chrétienne, et raille plus d'une fois sa fille d'être entichée de cartésianisme[a]. Quant à elle, au milieu des accidents de ce monde, elle incline la tête, et se réfugie dans une sorte de fatalisme providentiel, que ses liaisons avec Port-Royal et ses lectures de Nicole et de saint Augustin lui avaient inspiré. Ce caractère religieux et résigné augmenta chez elle avec l'âge, sans altérer en rien la sérénité de son humeur ; il

a. On a souvent discuté sur les mérites de Mme de Grignan, et sa mère lui a fait quelque tort à nos yeux en la louant trop ; c'est un rôle embarrassant à soutenir devant les indifférents, que d'être tant aimée. Le fils, un peu libertin, nous paraît bien plus aimable. Selon moi, on peut se figurer assez bien que la raison et l'enjouement de Mme de Sévigné, si agréablement mélangés en elle, s'étaient divisés et comme dédoublés entre ses enfants : l'un, le fils, avait la grâce, mais non pas très-raisonnable et solide ; l'autre, la fille, avait la raison, mais un peu *rêche*, ce semble, non assez tempérée, non plus enchanteresse et piquante.

communique souvent à son langage quelque chose de plus fortement sensé et d'une tendresse plus grave. Il y a surtout une lettre à M. de Coulanges sur la mort du ministre Louvois[29], où elle s'élève jusqu'à la sublimité de Bossuet, comme, en d'autres temps et en d'autres endroits, elle avait atteint au comique de Molière.

M. de Saint-Surin, dans ses estimables travaux sur Mme de Sévigné, n'a perdu aucune occasion de l'opposer à Mme de Staël et de lui donner l'avantage sur cette femme célèbre. Nous croyons aussi qu'il y a intérêt et profit dans ce rapprochement, mais ce ne doit être au détriment ni de l'une ni de l'autre. Mme de Staël représente toute une société nouvelle, Mme de Sévigné une société évanouie ; de là des différences prodigieuses, qu'on serait tenté d'abord d'expliquer uniquement par la tournure différente des esprits et des natures. Cependant, et sans prétendre nier cette profonde dissemblance originelle entre deux âmes, dont l'une n'a connu que l'amour maternel, et dont l'autre a ressenti toutes les passions, jusqu'aux plus généreuses et aux plus viriles, on trouve en elles, en y regardant de près, bien des faiblesses, bien des qualités communes, dont le développement divers n'a tenu qu'à la diversité des temps. Quel naturel plein de légèreté gracieuse, quelles pages éblouissantes de pur esprit dans Mme de Staël, quand le sentiment ne vient pas à la traverse, et qu'elle laisse sommeiller sa philosophie et sa politique ! Et Mme de Sévigné, est-ce donc qu'il ne lui arrive jamais de philosopher et de disserter ? À quoi lui servirait-il autrement de faire son ordinaire des *Essais de Morale*, du *Socrate chrétien* et de saint Augustin[30] ? car cette femme, qu'on a traitée de frivole, lisait tout et lisait bien : cela donne, disait-elle[31], *les pâles couleurs* à l'esprit, de ne pas se plaire aux solides lectures. Elle lisait Rabelais et l'Histoire des *Variations*, Montaigne et Pascal, la *Cléopâtre*[32] et Quintilien, saint Jean Chrysostome et Tacite, et Virgile, non pas *travesti*, mais *dans toute la majesté du latin et de l'italien*. Quand il pleuvait, elle lisait des *in-folio* en *douze jours*. Pendant les carêmes elle se faisait une joie d'aller *en Bourdaloue*[33]. Sa conduite envers Fouquet dans la disgrâce donne à penser de quel dévouement elle eût été capable en des jours de révolution. Si elle se montre un peu vaine et glorieuse quand le roi danse un soir avec elle, ou quand il lui adresse un compliment à Saint-Cyr après *Esther*, quelle autre de son sexe eût été plus philosophe en sa place[34] ? Mme de Staël elle-même ne s'est-elle pas mise en frais, dit-on, pour arracher un mot et un coup d'œil au conquérant de l'Égypte et de l'Italie ? Certes, une femme qui, mêlée dès sa jeunesse aux Ménage, aux Godeau, aux Benserade, se garantit, par la seule force de son bon sens, de leurs pointes et de leurs fadeurs ; qui esquive, comme en se jouant, la prétention plus raffinée et plus séduisante des Saint-Évremond et des Bussy ; une femme qui, amie, admiratrice de Mlle de Scudéry et de Mme de Maintenon, se tient à égale distance des sentiments romanesques de l'une et de la réserve un peu renchérie de l'autre ; qui, liée avec Port-Royal et nourrie des ouvrages de ces *Messieurs*, n'en prise pas moins Montaigne, n'en cite pas moins Rabelais, et ne veut d'autre inscription à ce qu'elle appelle *son couvent* que *Sainte liberté*, ou *Fais ce que voudras*, comme à l'abbaye de Thélème[35] ; une telle femme a beau folâtrer, s'ébattre, *glisser sur les pensées*, et prendre volontiers les choses par le côté familier et divertissant, elle fait preuve d'une énergie profonde et d'une originalité d'esprit bien rare.

Il est une seule circonstance où l'on ne peut s'empêcher de regretter que Mme de Sévigné se soit abandonnée à ses habitudes moqueuses et légères ; où l'on se refuse absolument à entrer dans son badinage, et où, après en avoir recherché toutes les raisons atténuantes, on a peine encore à le lui pardonner : c'est lorsqu'elle raconte si gaiement à sa fille la révolte des paysans bas-bretons et les horribles sévérités qui la réprimèrent. Tant qu'elle se borne à rire des *États*, des gentilshommes campagnards et de leurs galas étourdissants, et de leur enthousiasme à tout voter *entre midi et une heure*, et de toutes les autres folies du *prochain* de Bretagne après dîner, cela est bien, cela est d'une solide et légitime plaisanterie, cela rappelle en certains endroits la touche de Molière : mais, du moment qu'il y a eu de petites *tranchées* en Bretagne, et à Rennes une *colique pierreuse*, c'est-à-dire que le gouverneur, M. de Chaulnes, voulant dissiper le peuple par sa présence, a été repoussé chez lui à coups de pierres ; du moment que M. de Forbin arrive avec six mille hommes de troupes contre les mutins, et que ces pauvres diables, du plus loin qu'ils aperçoivent les troupes royales, se débandent par les champs, se jettent à genoux, en criant *Mea culpa* (car c'est le seul mot de français qu'ils sachent) ; quand, pour châtier Rennes, on transfère son parlement à Vannes, qu'on prend *à l'aventure* vingt-cinq *ou* trente hommes pour les pendre, qu'on chasse et qu'on bannit toute une grande rue, femmes accouchées, vieillards, enfants, avec défense de les recueillir, sous peine de mort ; quand on roue, qu'on écartèle, et qu'à force d'avoir écartelé et roué l'on se relâche, et qu'on pend : au milieu de ces horreurs exercées contre des innocents ou de pauvres égarés, on souffre de voir Mme de Sévigné se jouer presque comme à l'ordinaire ; on lui voudrait une indignation brûlante, amère, généreuse ; surtout on voudrait effacer de ses lettres des lignes comme celles-ci : « Les mutins de Rennes se sont sauvés il y a longtemps : ainsi les bons pâtiront pour les méchants : mais je trouve tout fort bon, pourvu que les quatre mille hommes de guerre qui sont à Rennes, sous MM. de Forbin et de Vins, ne m'empêchent point de me promener dans mes bois, qui sont d'une hauteur et d'une beauté merveilleuses ; » et ailleurs : « On a pris soixante bourgeois ; on commence demain à pendre. Cette province est un bel exemple pour les autres, et surtout de respecter les gouverneurs et les gouvernantes, de ne leur point dire d'injures et de ne point jeter de pierres dans leur jardin ; » et enfin : « Vous me parlez bien plaisamment de nos misères : nous ne sommes plus si roués ; un en huit jours seulement pour entretenir la justice : la *penderie* me paroît maintenant un rafraîchissement. » Le duc de Chaulnes, qui a provoqué toutes ces vengeances, parce qu'on a jeté des pierres dans son jardin et qu'on lui a dit mille injures dont la plus douce et la plus familière était *gros cochon*, ne baisse pas pour cela d'un cran dans l'amitié de Mme de Sévigné ; il reste toujours pour elle et pour Mme de Grignan *notre bon duc* à tour de bras ; bien plus, lorsqu'il est nommé ambassadeur à Rome et qu'il part du pays, il laisse toute la Bretagne *en tristesse*. Certes, il y aurait là matière à bien des réflexions sur les mœurs et la civilisation du grand siècle ; nos lecteurs y suppléeront sans peine. Nous regretterons seulement qu'en cette occasion le cœur de Mme de Sévigné ne se soit pas davantage élevé au-dessus des préjugés de son temps. Elle en était digne, car sa bonté égalait sa beauté et sa grâce. Il lui arrive quelquefois de recommander des galériens à M. de

Vivonne ou à M. de Grignan. Le plus intéressant de ses protégés est assurément un gentilhomme de Provence, dont le nom n'a pas été conservé: « Ce pauvre garçon, dit-elle, étoit attaché à M. Fouquet: il a été convaincu d'avoir servi à faire tenir à Mme Fouquet une lettre de son mari; sur cela il a été condamné aux galères pour cinq ans: c'est une chose un peu extraordinaire. Vous savez que c'est un des plus honnêtes garçons qu'on puisse voir, et propre aux galères comme à prendre la lune avec les dents[36]. »

Le style de Mme de Sévigné a été si souvent et si spirituellement jugé, analysé, admiré, qu'il serait difficile aujourd'hui de trouver un éloge à la fois nouveau et convenable à lui appliquer; et, d'autre part, nous ne nous sentons disposé nullement à rajeunir le lieu-commun par des chicanes et des critiques. Une seule observation générale nous suffira: c'est qu'on peut rattacher les grands et beaux styles du siècle de Louis XIV à deux procédés différents, à deux manières opposées. Malherbe et Balzac fondèrent dans notre littérature le style savant, châtié, poli, travaillé, dans l'enfantement duquel on arrive de la pensée à l'expression, lentement, par degrés, à force de tâtonnements et de ratures. C'est ce style que Boileau a conseillé en toute occasion; il veut qu'on remette vingt fois son ouvrage sur le métier, qu'on le polisse et le repolisse sans cesse; il se vante d'avoir appris à Racine à faire difficilement des vers faciles. Racine, en effet, est le plus parfait modèle de ce style en poésie; Fléchier fut moins heureux dans sa prose. Mais à côté de ce genre d'écrire, toujours un peu uniforme et académique, il en est un autre, bien autrement libre, capricieux et mobile, sans méthode traditionnelle, et tout conforme à la diversité des talents et des génies. Montaigne et Regnier en avaient déjà donné d'admirables échantillons, et la reine Marguerite un charmant en ses familiers mémoires, œuvre de quelques *après-disnées*[37] : c'est le style large, lâché, abondant, qui suit davantage le courant des idées ; un style de première venue et *prime-sautier*, pour parler comme Montaigne lui-même ; c'est celui de La Fontaine et de Molière, celui de Fénelon, de Bossuet, du duc de Saint-Simon et de Mme de Sévigné. Cette dernière y excelle : elle laisse *trotter* sa plume *la bride sur le cou*, et, chemin faisant, elle sème à profusion couleurs, comparaisons, images, et l'esprit et le sentiment lui échappent de tous côtés. Elle s'est placée ainsi, sans le vouloir ni s'en douter, au premier rang des écrivains de notre langue.

« Le seul art dont j'oserais soupçonner Mme de Sévigné, dit Mme Necker, c'est d'employer souvent des termes généraux, et par conséquent un peu vagues, qu'elle fait ressembler, par la façon dont elle les place, à ces robes flottantes dont une main habile change la forme à son gré. » La comparaison est ingénieuse ; mais il ne faut pas voir un artifice d'auteur dans cette manière commune à l'époque. Avant de s'ajuster exactement aux différentes espèces d'idées, le langage est jeté à l'entour avec une ampleur qui lui donne l'aisance et une grâce singulière. Quand une fois le siècle d'analyse a passé sur la langue et l'a travaillée, découpée à son usage, le charme indéfinissable est perdu ; c'est à vouloir alors y revenir qu'il y a réellement de l'artifice.

Et, maintenant, si dans tout ce qui précède nous paraissons à quelques esprits difficiles avoir poussé bien loin l'admiration pour Mme de Sévigné, qu'ils nous permettent de leur adresser une question :

L'avez-vous lue ? Et nous entendons par lire, non point parcourir au hasard un choix de ses lettres, non point s'attacher aux deux ou trois qui jouissent d'une renommée classique, au mariage de Mademoiselle, à la mort de Vatel, de M. de Turenne, de M. de Longueville[38] ; mais entrer et cheminer pas à pas dans les dix volumes de lettres (et c'est surtout l'édition de MM. Monmerqué et de Saint-Surin que nous conseillons[39]), mais tout suivre, tout *dévider*, comme elle dit ; faire pour elle enfin comme pour *Clarisse Harlowe*, quand on a quinze jours de loisir et de pluie à la campagne. Après cette épreuve fort peu terrible, qu'on s'en prenne à notre admiration, si on en a le courage, et si toutefois l'on s'en souvient encore.

Mai 1829.

DU ROMAN INTIME

ou

Mademoiselle de Liron[a]

Quelque agités que soient les temps où l'on vit, quelque corrompus ou quelque arides qu'on les puisse juger, il est toujours certains livres exquis et rares qui trouvent moyen de naître ; il est toujours des cœurs de choix pour les produire délicieusement dans l'ombre, et d'autres cœurs épars çà et là pour les recueillir. Ce sont des livres qui ne ressemblent pas à des livres, et qui quelquefois même n'en sont pas ; ce sont de simples et discrètes destinées jetées par le hasard dans des sentiers de traverse, hors du grand chemin poudreux de la vie, et qui de là, lorsqu'en s'égarant soi-même on s'en approche, vous saisissent par des parfums suaves et des fleurs toutes naturelles, dont on croyait l'espèce disparue. La forme sous laquelle se réalisent ces sentiments délicats de quelques âmes est variable et assez indifférente[1]. Parfois on retrouve dans un tiroir, après une mort, des lettres qui ne devaient jamais voir le jour. Parfois l'amant qui survit (car c'est d'amour que se composent nécessairement

a. Ceux qui feront attention à la date de cet article (juillet 1832) remarqueront que c'est la première fois peut-être qu'il était question de ce genre et de ce mot *Roman intime*, dont on a tant abusé depuis[2].

ces trésors cachés), l'amant qui survit se consacre à un souvenir fidèle, et s'essaie dans les pleurs, par un retour circonstancié, ou en s'aidant de l'harmonie de l'art, à transmettre ce souvenir, à l'éterniser. Il livre alors aux lecteurs avides de ces sortes d'émotions quelque histoire altérée, mais que sous le déguisement des apparences une vérité profonde anime ; ou bien il garde pour lui et prépare, pour des temps où il ne sera plus, une confidence, une confession qu'il intitulerait volontiers, comme Pétrarque a fait d'un de ses livres, *son secret*. D'autres fois, enfin, c'est un témoin, un dépositaire de la confidence qui la révèle, quand les objets sont morts et tièdes à peine ou déjà glacés. Il y a des exemples de toutes ces formes diverses parmi les productions nées du cœur ; et ces formes, nous le répétons, sont assez insignifiantes, pourvu qu'elles n'étouffent pas le fond et qu'elles laissent l'œil de l'âme y pénétrer au vif sous leur transparence. S'il nous fallait pourtant nous prononcer, nous dirions qu'à part la forme idéale, harmonieuse, unique, où un art divin s'emparant d'un sentiment humain le transporte, l'élève sans le briser, et le peint en quelque sorte dans les cieux, comme Raphaël peignait au Vatican, comme Lamartine a fait pour *Elvire*, à part ce cas incomparable et glorieux, toutes les formes intermédiaires nuisent plus ou moins, selon qu'elles s'éloignent du pur et naïf détail des choses éprouvées. Le mieux, selon nous, est de s'en tenir étroitement au vrai et de viser au roman le moins possible[a], omettant quelquefois

a. « Toutes les histoires de l'*Astrée* ont un fondement véritable, mais l'auteur les a toutes *romancées*, si j'ose user de ce mot. » C'est Patru qui dit cela (*Œuvres diverses*, tome II) dans ses curieux éclaircissements sur l'ouvrage de D'Urfé. Le sens qu'il donne à ce mot et celui d'*idéalisation*, d'*ennoblissement*, de *quintessence des choses réelles* ;... leur traduction au clair de lune, en quelque sorte. Ainsi, au lieu de parler de

avec goût, mais se faisant scrupule de rien ajouter. Aussi les lettres écrites au moment de la passion, et qui en réfléchissent, sans effort de souvenir, les mouvements successifs, sont-elles inappréciables et d'un charme particulier dans leur désordre. On connaît celles d'une Portugaise[3], bien courtes malheureusement et tronquées. Celles de Mlle de Lespinasse[4], longues et développées, et toujours renaissantes comme la passion, auraient plus de douceur si l'homme à qui elles sont adressées (M. de Guibert) n'impatientait et ne blessait constamment par la morgue pédantesque qu'on lui suppose, et par son égoïsme qui n'est que trop marqué. Les lettres de Mlle Aïssé, les moins connues de toutes ces lettres de femmes, sont aussi les plus charmantes, tant en elles-mêmes que par ce qui les entoure[5].

L'auteur de *Mademoiselle Justine de Liron*[a][6], qui connaît cette littérature aimable et intime beaucoup mieux que nous, vient de l'augmenter d'une histoire touchante, qui, bien qu'offerte sous la forme du roman, garde à chaque ligne les traces de la réalité observée ou sentie. Pour qui se complaît à ces ingénieuses et tendres lectures ; pour qui a jeté quelquefois un coup d'œil de regret, comme le nocher vers le rivage, vers la société dès longtemps fabuleuse des La Fayette et des Sévigné ; pour qui a pardonné beaucoup à Mme de Maintenon, en tenant ses lettres attachantes, si sensées et si unies ; pour qui aurait volontiers partagé en idée avec Mlle de Montpensier cette retraite chimérique et divertis-

---

l'impuissance de son frère aîné, D'Urfé suppose que l'amant prétendu est une fille déguisée en garçon : ainsi, au lieu de la petite vérole, que prend par dévouement la princesse de Condé, il suppose une beauté qui se déchire le visage avec la pointe d'un diamant.

a. M. E. Delécluze.

sante dont elle propose le tableau à Mme de Motteville, et dans laquelle il y aurait eu toutes sortes de solitaires honnêtes et toutes sortes de conversations permises, des bergers, des moutons, point d'amour, un jeu de mail, et à portée du lieu, en quelque forêt voisine, un couvent de carmélites selon la réforme de sainte Thérèse d'Avila ; pour qui, plus tard, accompagne d'un regard attendri Mlle de Launay[7], toute jeune fille et pauvre pensionnaire du couvent, au château antique et un peu triste de Silly, aimant le jeune comte, fils de la maison, et s'entretenant de ses dédains avec Mlle de Silly dans une allée du bois, le long d'une charmille, derrière laquelle il les entend ; pour qui s'est fait à la société plus grave de Mme de Lambert[8], et aux discours nourris de christianisme et d'antiquité qu'elle tient avec Sacy ; pour qui, tour à tour, a suivi Mlle Aïssé à Ablon, où elle sort dès le matin pour tirer aux oiseaux, puis Diderot chez d'Holbach au Granval, ou Jean-Jacques aux pieds de Mme d'Houdetot dans le bosquet ; pour quiconque enfin cherche contre le fracas et la pesanteur de nos jours un rafraîchissement, un refuge passager auprès de ces âmes aimantes et polies des anciennes générations dont le simple langage est déjà loin de nous, comme le genre de vie et de loisir ; pour celui-là, Mlle de Liron n'a qu'à se montrer ; elle est la bienvenue : on la comprendra, on l'aimera ; tout inattendu qu'est son caractère, tout irrégulières que sont ses démarches, tout provincial qu'est parfois son accent, et malgré l'impropriété de quelques locutions que la *cour* n'a pu polir (puisqu'il n'y a plus de cour), on sentira ce qu'elle vaut, on lui trouvera des sœurs. Nous lui en avons trouvé trois : l'une, déjà nommée, Mlle Aïssé ; les deux autres, Cécile et Caliste, des *Lettres de Lausanne*[9]. Elle ne serait pas désavouée d'elles. Bien qu'un peu raisonneuse, elle reste autant naïve qu'il est possible de l'être aujourd'hui, et, ce qui rachète tout d'ailleurs, elle aime comme il faut aimer.

Mlle de Liron est une jeune fille de vingt-trois ans qui habite à Chamalières, près Clermont-Ferrand en Auvergne, avec son père, M. de Liron, dont elle égaie la vieillesse et dirige la maison, suffisant aux moindres détails, surveillant, dans sa prudence, les biens, la récolte des prairies, et aussi l'éducation de son petit cousin Ernest, de quatre ans moins âgé qu'elle, et qui, depuis quatre ans juste, est venu du séminaire de Clermont s'établir chez son grand-oncle et tuteur. Le père d'Ernest était dans les ambassades ; M. de Liron trouve naturel qu'Ernest y entre à son tour : voici l'âge ; pour l'y introduire, il a songé à l'un de ses anciens amis, M. de Thiézac, qui, de son côté, se voyant au terme décent du célibat, songe que Mlle de Liron lui pourrait convenir, et arrive à Chamalières après l'avoir demandée en mariage. Or, Ernest est amoureux de sa cousine, laquelle aime sans doute son cousin, mais l'aime un peu comme une mère et le traite volontiers comme un enfant. Mlle de Liron, toute campagnarde qu'elle est, a un esprit mûr et cultivé, un caractère ferme et prudent, un cœur qui a passé par les épreuves : elle a souffert et elle a réfléchi. Une année avant qu'Ernest vînt habiter du collége à la maison, il paraîtrait qu'elle aurait fait une absence, et perdu, durant cette absence, une personne fort chère : elle portait du deuil au retour, et c'était précisément l'époque de la fameuse bataille de B… (Bautzen peut-être ?) où tant d'officiers français périrent.

Quoi ! l'héroïne a déjà aimé ? Quoi ! Ernest ne sera pas le seul, l'unique ; il aura eu un devancier dans le cœur, et qui sait ? dans les bras de sa charmante cousine ! Eh ! mon Dieu, oui ; qu'y faire ?

L'historien véridique de Mlle de Liron pourrait répondre comme Mlle de Launay disait d'une de ses inclinations non durables : « Je l'aurais supprimée si j'écrivais un roman. Je sais que l'héroïne ne doit avoir qu'un goût ; qu'il doit être pour quelqu'un de parfait et ne jamais finir ; mais le vrai est comme il peut, et n'a de mérite que d'être ce qu'il est. Ses irrégularités sont souvent plus agréables que la perpétuelle symétrie qu'on retrouve dans tous les ouvrages de l'art. »

C'est ainsi, à propos d'irrégularités, que ce petit village de Chamalières, assemblage singulier de propriétés particulières, maisons, prés, ruisseaux, châtaigneraie et grands noyers compris, le tout enfermé de murs assez bas dont les sinuosités capricieuses courent en labyrinthe, compose aux yeux le plus vrai et le plus riant des paysages.

Mlle de Liron a donc aimé déjà : ce qui fait qu'elle est femme, qu'elle est forte, capable de retenue, de résolution, de bon conseil ; ce qui fait qu'elle ne donne pas dans de folles imaginations de jeune fille, et qu'elle sent à merveille qu'Ernest lui est de beaucoup trop inégal en âge, qu'il a sa carrière à commencer, et que si elle se livrait aveuglément à ce jeune homme, il ne l'aimerait ni toujours, ni même longtemps. Elle ne se figure donc pas le moins du monde un avenir riant de vie champêtre, de domination amoureuse et de bergerie dans ces belles prairies à foin, partagées par un ruisseau qu'elle a sous les yeux, ou dans quelque rocher ténébreux de la vallée de Villar, qui n'est qu'à deux pas : elle ne rêve pas son Ernest à ses côtés pour la vie. Mais tout en se promenant avec lui sous une allée de châtaigniers devant la maison, tout en prenant le frais près de l'adolescent chéri sur un banc placé dans cette allée, elle le prépare à l'arrivée de

M. de Thiézac qu'on attend le jour même ; elle l'engage à profiter de cette protection importante pour mettre un pied dans le monde, et elle lui annonce avec gravité et confiance qu'elle est décidée à se laisser marier avec M. de Thiézac : « car, dit-elle, mon père, qui est âgé et valétudinaire, peut mourir. Que ce malheur arrive, et je me retrouve dans le cas d'une jeune fille de seize ans, forcée de se marier sans avoir le temps de concilier les convenances avec ses goûts. C'est ce que je ne veux pas. »

L'emportement d'Ernest, sa bouderie, son dépit irrité, ses larmes, le détail du mouchoir, gracieux encore dans sa simplicité un peu vulgaire, c'est ce que le narrateur fidèle a reproduit bien mieux qu'on ne saurait deviner. Qu'il nous suffise de dire que la fermeté amicale de Mlle de Liron tient en échec Ernest ce jour-là et le suivant ; que le mot *vous n'êtes qu'un enfant*, à propos jeté à l'amour-propre du jeune cousin, achève de le décider ; que M. de Thiézac, qui arrive en litière avec son projet de contrat de mariage et un brevet de nomination pour Ernest, est accueilli fort convenablement, et que celui-ci annonce bien haut, avec l'orgueil d'une résolution soudaine, qu'il part le lendemain de grand matin pour Paris.

Mais le soir même, quand tout le monde est retiré, quand la maison entière repose, et que Mlle de Liron, après avoir fait son inspection habituelle, entre dans sa chambre, non sans songer à ce pauvre Ernest qu'elle craint d'avoir affligé par sa dernière brusquerie, que voit-elle ? Ernest lui-même qui est venu là, ma foi ! pour lui dire adieu, pour lui reprocher sa dureté, pour la voir encore, et partir en la maudissant... Mais Ernest ne part qu'au matin, ivre de bonheur, bénissant sa belle cousine, oubliant une montre qui ne quittera plus cette chambre sacrée, ayant promis, par un inviolable vœu, de ne revenir qu'après un an révolu, et de bien travailler durant ce temps à son progrès dans le monde. Ernest s'était glissé dans cette chambre comme un enfant : il en sort déjà homme.

Le matin même, M. de Liron a reçu à son réveil une lettre de sa fille, qui lui annonce qu'après y avoir sérieusement réfléchi, elle croit devoir refuser la main de M. de Thiézac et les avantages dont il voulait bien l'honorer.

Un an se passe. Mais c'est ici le lieu de dire que Mlle de Liron était belle, et comment elle l'était ; car sa beauté va s'altérer avec sa santé jusque-là si parfaite, et quand Ernest la reverra après le terme prescrit, malgré l'amour d'Ernest et ses soins de plus en plus tendres, elle lira involontairement dans ses yeux qu'elle n'est plus tout à fait la même. Mlle de Liron est blanche comme le lait ; elle a de beaux cheveux noirs et des yeux d'un bleu de mer, genre de beauté assez commun parmi les femmes du Cantal où sa mère était née. Elle est *un peu grasse*, s'il faut le dire, ce qui n'est pas méprisable assurément, mais ce qui nuit quelque peu à l'idéal. Au reste, je loue de grand cœur l'historien véridique de nous avoir montré Mlle de Liron *un peu grasse*, puisqu'elle l'était sans nul doute au commencement de cette aventure ; mais je voudrais qu'il se fût trompé en nous le rappelant vers la fin, et lors d'une saignée au pied qu'on lui pratique avec difficulté dans sa dernière maladie. Les souffrances de Mlle de Liron avaient dû la maigrir à la longue. Mlle Aïssé, qui mourut, il est vrai, d'une phthisie aux poumons, et non d'un anévrisme au cœur, était devenue bien maigre, comme elle le dit : « Je suis extrêmement maigrie : mon changement ne paraît pas autant quand je suis habillée. Je ne suis pas jaune, mais fort pâle ; je n'ai pas les yeux mauvais ; avec une coiffure avancée je suis encore assez bien ; mais le déshabillé n'est pas tentant, et mes pauvres bras, qui, même dans leur embonpoint, ont toujours été vilains et plats, sont comme deux cotrets[10]. » Si Mlle Aïssé, même dans son meilleur temps, a toujours été *un peu maigre*, il est certes bien permis à Mlle de Liron d'avoir toujours été *un peu grasse* ; cela nous a valu au début une jolie scène domestique de pâtisserie, où l'on voit aller et venir dans la pâte les mains blanches et potelées, et les bras nus jusqu'à l'épaule de Mlle de Liron. Mais, je le répète, je désirerais fort que vers la fin, au milieu des douleurs et de la sublimité de sentiments qui domine, il ne fût plus question de cette disposition insignifiante d'une si noble personne : la flamme de la lampe, en s'étendant, avait dû beaucoup user. J'imagine, pour accorder mon désir avec l'exactitude bien reconnue du narrateur, qu'ayant su par un témoin que la saignée au pied avait été difficile, il aura attribué cette difficulté à un reste d'embonpoint, tandis que la saignée au pied est quelquefois lente et pénible, même sans cette circonstance. Quoi qu'il en soit, la nuit de la visite et du départ d'Ernest, Mlle de Liron, pâle, en robe blanche, à demi pâmée d'effroi, ses grands cheveux noirs, que son peigne avait abandonnés, retombant sur son visage, et ses yeux éclatant de la vivacité de mille émotions, Mlle de Liron, en ce moment, était au comble de sa beauté et atteignait à l'idéal ; c'est ainsi qu'Ernest la vit, et qu'elle se grava dans son cœur.

Puisqu'on connaît le portrait de Mlle de Liron, puisque j'ai osé citer un passage de Mlle Aïssé malade, qui, en donnant une incomplète idée de sa personne, laisse trop peu entrevoir combien elle fut vive et gracieuse, cette aimable Circassienne achetée comme esclave, venue à quatre ans en France, que convoita le Régent, et que le chevalier d'Aydie posséda ; puisque j'en suis aux traits physiques des beautés que Mlle de Liron rappelle et à l'air de famille qui les distingue, je n'aurai garde d'oublier la Cécile des *Lettres de Lausanne*, cette jeune fille si vraie, si franche, si sensée elle-même, élevée par une si tendre mère, et dont l'histoire inachevée ne dit rien, sinon qu'elle fut sincèrement éprise d'un petit lord voyageur, bon jeune homme, mais trop enfant pour l'apprécier, et qu'elle triompha probablement de cette passion inégale par sa fermeté d'âme. Or Cécile a des rapports singuliers de contraste et de ressemblance avec Mlle de Liron ; écoutons sa mère qui nous la peint : « Elle est assez grande, bien faite, agile ; elle a l'oreille parfaite : l'empêcher de danser serait empêcher un daim de courir... Figurez-vous un joli front, un joli nez, des yeux noirs un peu enfoncés ou plutôt couverts, pas bien grands, mais brillants et doux ; les lèvres un peu grosses et très-vermeilles, les dents saines, une belle peau de brune, le teint très-animé, un cou qui grossit malgré tous les soins que je me donne, une gorge qui serait belle si elle était plus blanche, le pied et la main passables ; voilà Cécile... Eh bien ! oui, un joli jeune Savoyard habillé en fille, c'est assez cela. Mais n'oubliez pas, pour vous la figurer aussi jolie qu'elle l'est, une certaine transparence dans le teint, je ne sais quoi de satiné, de brillant que lui donne souvent une légère transpiration : c'est le contraire du mat, du terne ; c'est le satiné de la fleur rouge des pois odoriférants. Voilà bien à présent ma Cécile. Si vous ne la reconnaissiez pas en la rencontrant dans la rue, ce serait votre faute. » Ainsi tout ce que Mlle de Liron a de brillant par la blancheur, Cécile l'a par le rembruni ; ce que l'une a de commun avec les femmes du Cantal, l'autre l'a avec les jolis enfants de Savoie ; le cou visiblement épaissi de Cécile est un dernier caractère de réalité, comme d'être un peu grasse ajoute un trait distinctif à Mlle de Liron. Pour ne pas nous apparaître poétisées à la manière de Laure ou de Médora, elles n'en demeurent pas moins adorables toutes les deux, et on ne s'en estimerait pas moins fortuné pour la vie de leur agréer à l'une ou à l'autre, et de les obtenir, n'importe laquelle.

Mais au milieu de ces discours un an s'est écoulé. Ernest, secrétaire d'ambassade à Rome, a reçu un ordre de retour ; il part demain pour Paris ; de là il courra à Chamalières. Il va faire sa visite d'adieu à Cornélia. Cornélia est une belle et jeune comtesse romaine qui s'est éprise d'amour pour Ernest ; Ernest lui a loyalement avoué qu'il ne pouvait lui accorder tout son cœur, et Cornélia n'a pas cessé de l'aimer. Ce n'est pas un héros de roman qu'Ernest : nous l'avons connu adolescent vif, impétueux, d'une physionomie spirituelle, ni beau ni laid ; il est devenu homme, appliqué aux affaires, modérément accessible aux distractions de la vie, fidèle à sa chère et tendre Justine, mais non pas insensible à Cornélia. Ernest est un homme distingué autant qu'aimable : Mlle de Liron l'a voulu rendre tel, et y a réussi. Par moments, plus tard surtout, je le voudrais autre ; je le voudrais, non plus dévoué, non plus soumis, non plus attentif au chevet de son amie mourante ; Ernest en tout cela est parfait ; sa délicatesse touche ; il mérite qu'elle lui dise avec larmes, et en lui serrant la main après un discours élevé qu'elle achève : « Ô toi ! tu entends certainement ce langage ; toi, tu sais vraiment aimer ! » Ernest est parfait, mais il n'est pas idéal ; mais, après cette amère et religieuse douleur d'une amie morte pour lui, morte entre ses bras, après cette sanctifiante agonie au sortir de laquelle l'amant serait allé autrefois se jeter dans un cloître et prier éternellement pour l'âme de l'amante, lui, il[11] rentre par degrés dans le monde ; il trouve moyen, avec le temps, d'obéir à l'ordre de celle qui est revenue à l'aimer comme une mère ; il finit par se marier et par être raisonnablement heureux. Cet Ernest-là est bien vrai, et pourtant je l'aurais voulu autre. Le chevalier d'Aydie me satisfait mieux. Il est des douleurs tellement irrémédiables à la fois et fécondes, que, malgré la fragilité de notre nature et le démenti de l'expérience, nous nous obstinons à les concevoir éternelles ; faibles, inconstants, médiocres nous-mêmes, nous vouons héroïquement au sacrifice les êtres qui ont inspiré de grandes préférences et causé de grandes infortunes ; nous nous les imaginons comme fixés désormais sur cette terre dans la situation sublime où l'élan d'une noble passion les a portés. — Mais nous n'en étions qu'au départ de Rome.

Lorsque Ernest, profitant d'un congé, arrive à Chamalières, il y trouve donc, outre M. de Liron, fort baissé par suite d'une attaque, Mlle Justine, souffrante depuis près d'un an : elle déguise en vain, sous un air d'indifférence et de gaieté, ses appréhensions trop certaines. La nouvelle position des deux amants, l'embarras léger des premiers jours, le rendez-vous à la chambre, le bruit de la montre accrochée encore à la même place, le souper à deux dans une seule assiette[a], cette seconde

a. Quelques personnes ont trouvé à redire à ce petit souper d'Ernest et de mademoiselle de Liron. Pour moi, je l'avoue, ce repas très-frugal bien qu'appétissant, et où préside d'ailleurs une exacte privation, n'a rien qui me choque, comme le font, dans la charmante correspondance

nuit qu'ils passent si victorieusement et qui laisse leur ancienne nuit du 23 juin unique et intacte, les raisons pour lesquelles Mlle de Liron ne veut devenir ni la femme d'Ernest ni sa maîtresse, l'aveu qu'elle lui fait de son premier amant, cette vie de chasteté, mêlée de mains baisées, de pleurs sur les mains et d'admirables discours, enfin la maladie croissante, la promesse qu'elle lui fait donner qu'il se mariera, l'agonie et la mort ; tout cela forme une moitié de volume pathétique et pudique où l'âme du lecteur s'épure aux émotions les plus vraies comme les plus ennoblies. Écoutons Mlle de Liron dans cette seconde nuit, qui n'amène ni rougeur ni repentir : « Ah ! mon ami, crois-moi, il faut laisser venir le bonheur de lui-même : on ne le fait pas. As-tu jamais essayé dans ton enfance de replacer ton pied précisément dans l'empreinte qu'il venait de laisser sur la terre ? On n'y saurait parvenir : on écorne toujours les bords !... Va ! nous sommes bien heureux !... Peu s'en est fallu que nous ne gâtions aujourd'hui notre admirable bonheur de l'année dernière ! Crois-moi donc, conservons notre 23 juin intact : c'est le destin qui l'a arrangé, c'est Dieu qui l'a voulu ; aussi son souvenir ne nous donne-t-il que de la joie. »

Si Ernest eût vécu à une époque chrétienne, j'aime à croire qu'il ne se fût pas marié après la perte de son amie, et qu'il fût entré dans quelque

---

de Diderot, certains aveux *sur les quinze mauvais jours dont mademoiselle Voland paie un petit verre de vin et une cuisse de perdrix de trop* ; et ce n'est pas du tout non plus le cas épicurien de Ninon vieillie écrivant au vieux Saint-Évremond : « Que j'envie ceux qui passent en Angleterre, et que j'aurois de plaisir à dîner encore une fois avec vous ! N'est-ce point une grossièreté que le souhait d'un dîner ? L'esprit a de grands avantages sur le corps : cependant le corps fournit souvent de petits goûts qui se réitèrent, et soulagent l'âme de ses tristes réflexions. » Ici, dans notre tête-à-tête des jeunes amants, la saveur de réalité, donnée par le petit festin, est tout aussitôt corrigée et relevée par le sacrifice.

couvent, ou du moins dans l'Ordre de Malte. Si Mlle de Liron avait vécu à une semblable époque, elle se fût inquiétée, sans doute, de sa faute comme Mlle Aïssé ; elle eût exigé un autre confesseur que son amant ; elle eût tâché de se donner des remords, et s'en fût procuré probablement à force d'en échauffer sa pensée. C'est, au contraire, un trait parfait et bien naturel de la part d'une telle femme en notre temps que de lui entendre dire : « Sais-tu, Ernest, que pendant ton absence et dans l'espérance d'adoucir les regrets que j'éprouvais de ne plus te voir, j'ai fait bien des efforts pour devenir dévote à Dieu ? Mais il faut que je te l'avoue, ajouta-t-elle avec un de ces sourires angéliques comme on en surprend sur la figure des malades résignés, je n'ai pas pu. J'en ai honte, mais je te le dis. Encore à présent, je sens bien qu'entre l'amour et la dévotion il n'y a qu'un cheveu d'intervalle, et cependant je ne puis le franchir. Hélas ! faut-il que je te dise tout ?... Ce livre que tu vois (et elle montrait *l'Imitation de Jésus-Christ*), j'en ai fait mes délices : je l'ai lu et relu nuit et jour. Dieu me le pardonnera, je l'espère, puisque je m'en accuse sans détour ; mais à chaque ligne je substituais ton nom au sien ! Oui, ma vocation, l'objet de ma vie, était sans doute de t'aimer, et ce qui me le fait croire, c'est que rien de ce que j'ai fait pour t'en donner des preuves n'excite en mon âme le moindre remords. »

Nous avons entendu quelques personnes, d'un esprit judicieux, reprocher à Mlle de Liron de la seconde moitié de n'être plus Mlle de Liron de la première, et de s'être modifiée, platonisée, vaporisée en quelque sorte, grâce à son anévrisme, de façon à ne plus nous offrir la même personne que nous connaissions pour pétrir si complaisamment la pâtisserie et pour avoir eu un amant. Ce reproche ne nous a paru nullement fondé. Le changement qui nous est sensible chez Mlle de Liron, à mesure que nous lisons mieux dans son cœur et que sa bonne santé s'altère, n'est pas plus difficile à concevoir que tant de changements à nous connus, développés dans des natures de femmes par une rapide invasion de l'amour. Les indifférents du monde en sont quittes pour s'écrier, d'un air de surprise, comme les lecteurs assez indifférents dont il s'agit : « Ma foi ! qui jamais aurait dit cela ? » Et pourtant dans l'histoire de Mlle de Liron, comme dans la vie habituelle, cela arrive, cela est, et il faut bien le croire. Quant à la circonstance de récidive et à l'objection d'avoir déjà eu un amant, je ne m'en embarrasse pas davantage, ou plutôt je ne craindrai pas d'avouer que c'est un des points les mieux observés, selon moi, et les plus conformes à l'expérience un peu fine du cœur. Toute femme organisée pour aimer, toute femme non coquette et capable de passion (il y en a peu, surtout en ces pays), est susceptible d'un second amour, si le premier a éclaté en elle de bonne heure[12]. Le premier amour, celui de dix-huit ans, par exemple, en le supposant aussi vif et aussi avancé que possible, en l'environnant des combinaisons les plus favorables à son cours, ne se prolonge jamais jusqu'à vingt-quatre ans ; et il se trouve là un intervalle, un sommeil du cœur, entrecoupé d'élancements vers l'avenir, et durant lequel de nouvelles passions se préparent, des désirs définitifs s'amoncellent. Mlle de Lespinasse, après avoir pleuré amèrement et consacré en idée son Gustave, se prend un jour à M. de Guibert, l'aime avec le remords de se sentir infidèle à son premier ami, et meurt, innocente et consumée, dans les flammes et les soupirs.

Si Mlle de Liron n'était bien autre chose pour

nous qu'une charmante composition littéraire ; si nous ne l'aimions pas comme une personne que nous aurions connue, avec ses défauts même et ses singularités de langage, nous reprendrions en elle certains mots qui pourraient choquer les oreilles non accoutumées à les entendre de sa bouche. Nous ne voudrions pas qu'elle dît à son ami : « Vous connaissez *les êtres*. — Mets ton épaule près de l'oreiller, afin que *je m'accote* sur toi. — Dans toutes les actions de ma vie, il y a toujours eu quelque chose qui *ressortissait* de la maternité. » Mademoiselle de Clermont, à Chantilly, ne se fût pas exprimée de la sorte en parlant à M. de Meulan[13] ; mais Mlle de Liron était de sa province, et l'accent qu'elle mettait à ces expressions familières ou inusitées les gravait tellement dans la mémoire, qu'on a jugé apparemment nécessaire de nous les transmettre.

Il nous reste, pour rendre un complet hommage à Mlle de Liron, à dire quelques mots des deux opuscules touchants, desquels nous avons souvent rapproché son aventure. C'est la louer encore que de louer ce qui lui ressemble si diversement, et ce qui l'appelle à voix basse d'un air de modestie et de mystère sur la même tablette de bibliothèque d'acajou, non loin du chevet, là où était autrefois l'oratoire. Les *Lettres de Lausanne*, publiées en 1788 par Mme de Charrière[a], et aujourd'hui fort rares, se composent de deux parties. Dans la première, une femme de qualité établie à Lausanne, la mère de la jolie Cécile dont nous avons cité le portrait, écrit à une amie qui habite la France les détails de sa vie ordinaire, le petit monde qu'elle voit, les préten-

a. Je suis revenu plus tard et avec plus de détail sur madame de Charrière, dans un article à part qu'on peut lire ci-après (dans le présent volume), ainsi que sur mademoiselle Aïssé (voir *Derniers Portraits*, ou au tome III des *Portraits littéraires*, édit. de 1864). Ce n'a été cette fois qu'une première atteinte.

dants de sa fille et les préférences de cette chère enfant qu'elle adore ; le tout dans un détail infini et avec un pinceau facile qui met en lumière chaque visage de cet intérieur. L'amoureux préféré est un jeune lord qui voyage avec un de ses parents pour gouverneur. Il aime Cécile, mais pas en homme fait ni avec de sérieux desseins ; aussi la tendre mère songe-t-elle à guérir sa fille, et cette courageuse fille elle-même va au-devant de la guérison. On quitte Lausanne pour la campagne, et on se dispose à venir visiter la parente de France : voilà la première partie. La seconde renferme des lettres du gouverneur du jeune lord à la mère de Cécile, dans lesquelles il raconte son histoire romanesque et celle de la belle Caliste. Caliste, qui avait gardé ce nom pour avoir débuté au théâtre dans *The fair Penitent*, vendue par une mère cupide à un lord, était promptement revenue au repentir, et à une vie aussi relevée par les talents et la grâce qu'irréprochable par la décence. Mais elle connut le jeune gentilhomme qui écrit ces lettres, et elle l'aima. On ne saurait rendre le charme, la pudeur de cet amour partagé, de ses abandons et de ses combats, de la résistance sincère de l'amante et de la soumission gémissante de l'amant. — « Un jour, je lui dis : Vous ne pouvez vous résoudre à vous donner, et vous voudriez vous être donnée. — Cela est vrai, dit-elle ; — et cet aveu ne me fit rien obtenir, ni même rien entreprendre. Ne croyez pourtant pas que tous nos moments fussent cruels et que notre situation n'eût encore des charmes ; elle en avait qu'elle tirait de sa bizarrerie même et de nos privations... Ses caresses, à la vérité, me faisaient plus de peur que de plaisir ; mais la familiarité qu'il y avait entre nous était délicieuse pour l'un et pour l'autre. Traité quelquefois comme un frère, ou plutôt comme une sœur, cette faveur m'était précieuse et chère. » C'était, comme on voit, à peu près la situation de la seconde nuit entre Ernest et Mlle de Liron, mais il n'y avait pas eu la première, et les mêmes raisons de patience n'existaient pas. Le père du jeune gentilhomme s'étant opposé au mariage de son fils et de Caliste, mille maux s'ensuivirent, et la mort de Caliste les combla. On ne lit toute cette fin que les yeux noyés de *larmes aveuglantes*, suivant une belle expression que j'y trouve.

Les *Lettres de Lausanne* sont un de ces livres chers aux gens de goût et d'une imagination sensible, une de ces fraîches lectures dans lesquelles, à travers de rapides négligences, on rencontre le plus de ces pensées vives, *qui n'ont fait qu'un saut du cœur sur le papier* : c'est l'historien de Mlle de Liron qui a dit cela.

Quant à Mlle Aïssé, il y a mieux encore. Ce sont de vraies lettres écrites à une amie sous le sceau de la confidence, destinées à mourir en naissant, puis trouvées et publiées dans la suite par la petite-fille de cette amie. M. de Ferriol, ambassadeur de France à Constantinople, acheta en 1698, d'un marchand d'esclaves, une jolie petite fille d'environ quatre ans. Elle était Circassienne, et fille de prince, lui assura-t-on. Il la ramena en France, la fit très-bien élever, abusa d'elle, à ce qu'il paraît[a], dès qu'il la crut en âge, et mourut en lui laissant une pension de 4.000 livres. Mlle Aïssé vivait chez Mme de Ferriol, belle-sœur de l'ambassadeur et propre sœur de Mme de Tencin. D'Argental, le correspondant de Voltaire, et Pont-de-Veyle, étaient fils de Mme de

a. Nous avons été assez heureux depuis pour *démontrer* positivement le contraire, et de la seule manière dont ces sortes de choses peuvent se démontrer, par l'*alibi* (voir *Derniers Portraits* ou, ce qui revient au même, le tome III des *Portraits littéraires*, édit. de 1864).

Ferriol et amis d'enfance de Mlle Aïssé. Quoique Mme de Ferriol, femme exigeante, pleine de sécheresse et d'aigreur, n'eût pas pour Mlle Aïssé ces égards délicats qu'inspire la bienveillance de l'âme, la jeune Grecque, comme on l'appelait, était l'idole de cette société aimable, sinon sévère : Mme de Parabère, Mme du Deffand, lady Bolingbroke, la recherchaient à l'envi. Le Régent la convoita, et, malgré l'officieuse entremise de Mme de Ferriol, il échoua contre la vertu de Mlle Aïssé ; car c'était d'une enfant que M. de Ferriol avait abusé, et il n'avait en rien flétri la délicatesse et la virginité de ce tendre cœur[14]. Le chevalier d'Aydie fut l'écueil sur lequel ce cœur se brisa. Le chevalier avait les agréments de l'esprit et de la figure, un tour de sensibilité légèrement romanesque ; il était chevalier de Malte, mais avait eu des succès à la cour : la duchesse de Berry l'avait distingué et honoré d'un goût de princesse. Il approcha de Mlle Aïssé, et s'enflamma pour elle d'une passion qui désormais fut son unique objet et l'occupation du reste de sa vie. Elle en fut touchée dès l'abord, et dans ses scrupules elle eut l'idée de fuir ; mais, ne l'ayant pu, elle céda. Le chevalier voulait se faire relever de ses vœux de Malte et l'épouser ; elle s'y opposa avec constance, par égard pour la gloire et la considération de son amant. C'est ainsi qu'on voit dans les lettres latines d'Héloïse à Abélard que celle-ci refusa de devenir la femme du théologien, comme il était permis alors, mais peu honorable, aux gens de sa robe, et qu'elle aima mieux rester sa maîtresse, afin d'avoir seule la tache, et qu'il n'y en eût pas au nom de l'illustre maître. Mlle Aïssé opposa des raisonnements analogues à son chevalier. Elle eut de lui une fille dont elle put accoucher secrètement, grâce à lady Bolingbroke, et cette dame plaça ensuite l'enfant à un couvent de Sens comme sa nièce. Ces événements étaient déjà accomplis, lorsqu'une amie de Mme de Ferriol, Mme de Calandrini de Genève, vint à Paris, et s'y lia d'une étroite amitié avec Mlle Aïssé. C'était une personne de vertu et de religion : Mlle Aïssé lui confia tout le passé, et ses scrupules encore vifs, ses remords d'un amour invincible ; Mme de Calandrini lui donna de bons conseils, lui fit promettre, au départ, d'écrire souvent, et ce sont ces lettres précieuses que nous possédons. Nulle part la société du temps n'est mieux peinte ; nulle part une âme qui soumet l'amour à la religion n'exhale des soupirs plus épurés, des parfums plus incorruptibles. Le style sent son dix-septième siècle du dernier goût et le meilleur monde d'alors. C'est un trésor, en un mot, pour *ces bons esprits et qui connaissent les entrailles*, dont Mlle Aïssé parle en un endroit.

La société s'y montre çà et là en quelques lignes dans sa dégradation rapide et sa frivolité mêlée de hideux. Les amants que chaque femme prend et laisse à la file ; les fureurs au théâtre pour ou contre la Lemaure et la Pelissier[15] ; le duc d'Épernon, qui, par manie de chirurgie, va trépanant à droite et à gauche, et tue les gens pour passer son caprice d'opérateur ; la mode soudaine des *découpures*, comme plus tard celle du *parfilage*[16], mais poussée au point de découper des estampes qui coûtent jusqu'à 100 livres la pièce : « Si cela continue, ils découperont des Raphaël ; » la manière dont on accueille les bruits de guerre : « On parle de guerre ; nos cavaliers la souhaitent beaucoup, et nos dames s'en affligent médiocrement ; il y a longtemps qu'elles n'ont goûté l'assaisonnement des craintes et des plaisirs des campagnes : elles désirent de voir comme elles seront affligées de l'absence de leurs amants;» on entend tous ces récits fidèles, on assiste à cette décomposition du grand règne, à ce gaspillage des sentiments, de l'honneur et de la fortune publique; on s'écrie avec la généreuse Mlle Aïssé[17] : «À propos, il y a une vilaine affaire qui fait dresser les cheveux à la tête; elle est trop infâme pour l'écrire; mais tout ce qui arrive dans cette monarchie annonce bien sa destruction. Que vous êtes sages, vous autres, de maintenir les lois et d'être sévères! Il s'ensuit de là l'innocence!» On partage la consolation vertueuse qu'elle offre à son amie dans les privations et les pertes: «Quelque grands que soient les malheurs du hasard, ceux qu'on s'attire sont cent fois plus cruels. Trouvez-vous qu'une religieuse défroquée, qu'un cadet cardinal (*les Tencin*), soient heureux, comblés de richesses? Ils changeraient bien leur prétendu bonheur contre vos infortunes.»

Cependant la santé de Mlle Aïssé s'altère de plus en plus; sa poitrine est en proie à une phthisie mortelle. Elle se décide à remplir ses pratiques de religion. Le chevalier consent à tout par une lettre admirable de sacrifice et de simplicité, qu'il lui remet lui-même. Or, pour trouver un confesseur, il faut se cacher de Mme de Ferriol, moliniste tracassière, et qui ferait de cette conversion une affaire de parti. Mlle Aïssé a donc recours à Mme du Deffand et à cette bonne Mme de Parabère, qui l'aide de tout son cœur[18] : «Vous êtes surprise, je le vois, du choix de mes confidentes; elles sont mes gardes, et surtout Mme de Parabère, qui ne me quitte presque point, et a pour moi une amitié étonnante; elle m'accable de soins, de bontés et de présents. Elle, ses gens, tout ce qu'elle possède, j'en dispose comme elle, et plus qu'elle; elle se renferme chez moi toute seule et se prive de voir ses amis; elle me sert sans m'approuver ni me désapprouver, c'est-à-dire elle m'a offert son carrosse pour envoyer chercher le Père Boursault, etc... »

Ce qui ne touche pas moins que les sentiments de piété tendre dont Mlle Aïssé présente l'édifiant modèle, c'est l'inconsolable douleur du chevalier à ses derniers moments. Il fait pitié à tout le monde, et on n'est occupé qu'à le rassurer. Il croit qu'à force de libéralités il rachètera la vie de son unique amie, et il donne à toute la maison, *jusqu'à la vache, à qui il a acheté du foin* : « Il donne à l'un de quoi faire apprendre un métier à son enfant ; à l'autre, pour avoir des palatines et des rubans ; à tout ce qui se rencontre et se présente devant lui : cela vise quasi à la folie. » Sublime folie en effet, folie surtout, puisqu'elle dura, et que l'existence entière du chevalier fut consacrée au souvenir de la défunte et à l'établissement de l'enfant qu'il avait eu d'elle ! Mais, nous autres, nous sommes devenus plus raisonnables apparemment qu'on ne l'était même sous Louis XV ; nous savons concilier à merveille la religion des morts et notre convenance du moment ; nous avons des propos solennels et des actions positives ; le réel nous console bonnement de l'invisible, et c'est pourquoi l'historien de Mlle de Liron n'a été que véridique en nous faisant savoir qu'Ernest devint *raisonnablement heureux*.

Juillet 1832.

MADAME DE SOUZA

Un ami qui, après avoir beaucoup connu le monde, s'en est presque entièrement retiré et qui juge de loin, et comme du rivage, ce rapide tourbillon où l'on s'agite ici, m'écrivait récemment à propos de quelques aperçus sur le caractère des œuvres contemporaines: «Tout ce que vous me dites de nos *sublimes* m'intéresse au dernier point. Vraiment, ils le sont! Ce qui manque, c'est du calme et de la fraîcheur, c'est quelque belle eau pure qui guérisse nos palais échauffés.» Cette qualité de fraîcheur et de délicatesse, cette limpidité dans l'émotion, cette sobriété dans la parole, ces nuances adoucies et reposées, en disparaissant presque partout de la vie actuelle et des œuvres d'imagination qui s'y produisent, deviennent d'autant plus précieuses là où on les rencontre en arrière, et dans les ouvrages aimables qui en sont les derniers reflets[1]. On aurait tort de croire qu'il y a faiblesse et perte d'esprit à regretter ces agréments envolés, ces fleurs qui n'ont pu naître, ce semble, qu'à l'extrême saison d'une société d'aujourd'hui détruite. Les peintures nuancées dont nous parlons supposent un goût et une culture d'âme que la civilisation démocratique n'aurait pas abolis sans inconvénient pour elle-même, s'il ne devait renaître dans les mœurs nouvelles quelque chose d'analogue un jour. La société moderne, lorsqu'elle sera un peu mieux assise et débrouillée, devra avoir aussi son calme, ses coins de fraîcheur et de mystère, ses abris propices aux sentiments perfectionnés, quelques forêts un peu antiques, quelques sources ignorées encore. Elle permettra, dans son cadre en apparence uniforme, mille distinctions de pensées et bien des formes rares d'existences intérieures ; sans quoi elle serait sur un point très au-dessous de la civilisation précédente et ne satisferait que médiocrement toute une famille d'âmes. Dans les moments de marche ou d'installation incohérente et confuse, comme le sont les temps présents, il est simple qu'on aille au plus important, qu'on s'occupe du gros de la manœuvre, et que de toutes parts, même en littérature, ce soit l'habitude de frapper fort, de viser haut et de s'écrier par des trompettes ou des porte-voix. Les grâces discrètes reviendront peut-être à la longue, et avec une physionomie qui sera appropriée à leurs nouveaux alentours ; je le veux croire : mais, tout en espérant au mieux, ce ne sera pas demain sans doute que se recomposeront leurs sentiments et leur langage. En attendant, l'on sent ce qui manque, et parfois l'on en souffre ; on se reprend, dans certaines heures d'ennui, à quelques parfums du passé, d'un passé d'hier encore, mais qui ne se retrouvera plus ; et voilà comment je me suis remis l'autre matinée à relire *Eugène de Rothelin, Adèle de Sénange*[2], et pourquoi j'en parle aujourd'hui.

Une jeune fille qui sort pour la première fois du couvent où elle a passé toute son enfance ; un beau lord élégant et sentimental, comme il s'en trouvait vers 1780 à Paris, qui la rencontre dans un léger embarras et lui apparaît d'abord comme un sauveur; un très-vieux mari, bon, sensible, paternel, jamais ridicule, qui n'épouse la jeune fille que pour l'affranchir d'une mère égoïste et lui assurer fortune et avenir; tous les événements les plus simples de chaque jour entre ces trois êtres qui, par un concours naturel de circonstances, ne vont plus se séparer jusqu'à la mort du vieillard; des scènes de parc, de jardin, des promenades sur l'eau, des causeries autour d'un fauteuil; des retours au couvent et des visites aux anciennes compagnes; un babil innocent, varié, railleur ou tendre, traversé d'éclairs passionnés; la bienfaisance se mêlant, comme pour le bénir, aux progrès de l'amour; puis, de peur de trop d'uniformes douceurs, le monde au fond, saisi de profil, les ridicules ou les noirceurs indiqués, plus d'un original ou d'un sot marqué d'un trait divertissant au passage; la vie réelle, en un mot, embrassée dans un cercle de choix; une passion croissante qui se dérobe, comme ces eaux de Neuilly, sous des rideaux de verdure, et se replie en délicieuses lenteurs; des orages passagers, sans ravages, semblables à des pluies d'avril; la plus difficile des situations honnêtes menée à fin jusque dans ses moindres alternatives, avec une aisance qui ne penche jamais vers l'abandon, avec une noblesse de ton qui ne force jamais la nature, avec une mesure indulgente pour tout ce qui n'est pas indélicat: tels sont les mérites principaux d'un livre où pas un mot ne rompt l'harmonie. Ce qui y circule et l'anime, c'est le génie d'Adèle, génie aimable, gai, mobile, ailé comme l'oiseau, capricieux et naturel, timide et sensible, vermeil de pudeur, fidèle, passant du rire aux larmes, plein de chaleur et d'enfance.

On était à la veille de la Révolution, quand ce charmant volume fut composé ; en 93, à Londres, au milieu des calamités et des gênes, l'auteur le publia. Cette Adèle de Sénange parut dans ses habits de fête, comme une vierge de Verdun échappée au massacre, et ignorant le sort de ses compagnes.

Mme de Souza, alors Mme de Flahaut[3], avant d'épouser fort jeune le comte de Flahaut, âgé déjà de cinquante-sept ans, avait été élevée au couvent à Paris. C'est ce couvent même qu'elle a peint sans doute dans *Adèle de Sénange*. Il y avait un hôpital annexé au couvent ; avec quelques pensionnaires les plus sages, et comme récompense, elle allait à cet hôpital tous les lundis soirs servir les pauvres et leur faire la prière. Elle perdit de bonne heure ses parents ; les souvenirs du couvent furent ses souvenirs de famille ; cette éducation première influa, nous le verrons, sur toute sa pensée, et chacun de ses écrits en retrace les vives images. Mariée, logée au Louvre, elle dut l'idée d'écrire à l'ennui que lui causaient les discussions politiques de plus en plus animées aux approches de la Révolution ; elle était trop jeune, disait-elle, pour prendre goût à ces matières, et elle voulait se faire un intérieur. Dans le roman d'*Émilie et Alphonse*[4], la duchesse de Candale, récemment mariée, écrit à son amie Mlle d'Astey : « Je me suis fait une petite retraite dans un des coins de ma chambre ; j'y ai placé une seule chaise, mon piano, ma harpe, quelques livres, une jolie table sur laquelle sont mes desseins et mon écritoire ; et là, je me suis tracé une sorte de cercle idéal qui me sépare du reste de l'appartement. Vient-on me voir ? je sors bien vite de cette barrière pour empêcher qu'on n'y pénètre ; si par hasard on s'avance vers mon asile, j'ai peine à contenir ma mauvaise humeur ; je voudrais qu'on s'en allât. » Mme de Flahaut, en sa chambre du Louvre, dut se faire une retraite assez semblable à celle de Mme de Candale, d'autant plus qu'elle avait dans son isolement une intimité toute trouvée. Si on voulait franchir son cercle idéal, si on lui parlait politique, elle répondait que M. de Sénange avait eu une attaque de goutte, et qu'elle en était fort inquiète. Dans *Eugénie et Mathilde*[5], où elle a peint l'impression des premiers événements de la Révolution sur une famille noble, il est permis de lui attribuer une part du sentiment de Mathilde, qui se dit *ennuyée* à l'excès de cette Révolution, toutes les fois qu'elle n'en est pas désolée[a]. *Adèle de Sénange* fut donc écrite sans aucun apprêt littéraire, dans un simple but de passe-temps intime. Un jour pourtant, l'auteur, cédant à un mouvement de confiance qui lui faisait lever sa barrière idéale, proposa à un ami d'arranger une lecture devant un petit nombre de personnes : cette offre, jetée en avant, ne fut pas relevée ; on lui croyait sans peine un esprit agréable, mais non pas un talent d'écrivain. *Adèle de Sénange* se passa ainsi d'auditeurs ; on sait que *Paul et Virginie* avait eu grand'peine à en trouver[6]. La Révolution parcourant rapidement ses phases, Mme de Flahaut quitta Paris et la France après le 2 septembre. M. de Flahaut, emprisonné, fut bientôt victime. À force d'or et de diamants, prodigués par la famille et les amis du dehors à l'un des geôliers, il était parvenu à s'évader et vivait dans une cachette sûre ; mais quelqu'un raconta devant lui que son avocat venait d'être arrêté comme soupçonné de lui donner asile :

a. On lit des détails assez particuliers sur la vie et les sentiments de Mme de Flahaut à cette époque dans le *Mémorial* de l'Américain Gouverneur Morris qui arriva à Paris en février 1789 et ne tarda pas à être présenté chez elle (voir, au tome I de l'édition française, les pages 236, 241, 249, 257, ne pas oublier la page 250).

M. de Flahaut, pour justifier l'innocent, quitta sa retraite dès six heures du matin, et se rendit à la Commune où il se dénonça lui-même; il fut peu de jours après guillotiné. Robespierre mort, Mme de Flahaut partit d'Angleterre avec son fils, et vint en Suisse, espérant déjà rentrer en France; mais les obstacles n'étaient pas levés[a]. Rôdant toujours autour de cette France interdite, elle séjourna encore à Hambourg, et c'est dans cette ville que la renommée, désormais attachée à son nom par *Adèle de Sénange*, noua sa première connaissance avec M. de Souza, qu'elle épousa plus tard vers 1802. Elle avait publié, dans cet intervalle, *Émilie et Alphonse* en 1799, *Charles et Marie* en 1801.

Charles et Marie est un gracieux et touchant petit roman anglais, un peu dans le goût de Miss Burney. Le paysage de parcs et d'élégants *cottages*, les mœurs, les ridicules des ladies chasseresses ou savantes, la sentimentalité languissante et pure des amants, y composent un tableau achevé qui marque combien ce séjour en Angleterre a inspiré naïvement l'auteur. Un critique ingénieux, et certes compétent en fait de délicatesse, M. Patin[7], dans un jugement qu'il a porté sur Mme de Souza[b], préfère ce joli roman de *Charles et Marie* à tous les autres. Pour moi, je l'aime, mais sans la même prédilection. Il y a, si je l'ose dire, comme dans les romans de Miss Burney, une trop grande profusion de tons

a. Le *Mémorial*, déjà cité, de Gouverneur Morris donne ici les plus curieuses particularités sur ce séjour de Mme de Flahaut en Suisse; on la voit, par plusieurs lettres d'elle, l'amie, la conseillère influente et active d'un jeune prince, depuis roi (Louis-Philippe); elle fit avec lui la route de Bremgarten (Suisse) jusqu'à Brunswick et ne tarda pas à le rejoindre à Hambourg (édition française, tome I, pages 449-458). — Après la révolution de 1830, quand on parlait des Tuileries où son fils était en si bon pied, Mme de Souza avait soin de marquer, d'un air d'allusion fine, qu'elle-même n'y allait pas.

b. *Répertoire de Littérature*, et depuis en ses *Mélanges* (1840).

vagues, doux jusqu'à la mollesse, pâles et blondissants. Mme de Souza dessine d'ordinaire davantage, et ses couleurs sont plus variées. C'est dans *Charles et Marie* que se trouve ce mot ingénieux, souvent cité : « Les défauts dont on a la prétention ressemblent à la laideur parée ; on les voit dans tout leur jour. »

Si le voyage en Angleterre, le ciel et la verdure de cette contrée jetèrent une teinte lactée, vaporeuse, sur ce roman de *Charles et Marie*, on trouve dans celui d'*Eugénie et Mathilde*, qui parut seulement en 1811, des reflets non moins frappants de la nature du Nord, des rivages de Hollande, des rades de la Baltique, où s'était assez longtemps prolongé l'exil de Mme de Flahaut. « La verdure dans les climats du Nord a une teinte particulière dont la couleur égale et tendre, peu à peu, vous repose et vous calme... Cet aspect ne produisant aucune surprise laisse l'âme dans la même situation ; état qui a ses charmes, et peut-être plus encore lorsqu'on est malheureux. Assises dans la campagne, les deux sœurs s'abandonnaient à de longues rêveries, se perdaient dans de vagues pensées, et, sans avoir été distraites, revenaient moins agitées. » Et un peu plus loin : « M. de Revel, dans la vue de distraire sa famille, se plaisait à lui faire admirer les riches pâturages du Holstein, les beaux arbres qui bordent la Baltique, cette mer dont les eaux pâles ne diffèrent point de celles des lacs nombreux dont le pays est embelli, et les gazons toujours verts qui se perdent sous les vagues. Ils étaient frappés de cette physionomie étrangère que chacun trouve à la nature dans les climats éloignés de celui qui l'a vu naître. La perspective riante du lac de Ploën les faisait en quelque sorte respirer plus à l'aise. Ne possédant rien à eux, ils apprirent, comme le pauvre, à faire leur délassement d'une promenade, leur récompense d'un beau jour, enfin à jouir des biens accordés à tous. » Mme de Souza d'ordinaire s'arrête peu à décrire la nature ; si elle le fait ici avec plus de complaisance, c'est qu'un souvenir profond et consolateur s'y est mêlé. La riante Adèle de Sénange, qui ne connaissait que les allées de Neuilly et les peupliers de son île, la voilà presque devenue, au bord de cette Baltique, la sœur de la rêveuse Valérie[8].

Adèle de Sénange en effet, dans l'ordre des conceptions romanesques qui ont atteint à la réalité vivante, est bien sœur de Valérie, comme elle l'est aussi de Virginie, de mademoiselle de Clermont, de la princesse de Clèves, comme Eugène de Rothelin est un noble frère d'Adolphe, d'Édouard, du Lépreux, de ce chevalier des Grieux si fragile et si pardonné : je laisse à part le grand René dans sa solitude et sa prédominance[9]. Heureux celui qui, puisant en lui-même ou autour de lui, et grâce à l'idéal ou grâce au souvenir, enfantera un être digne de la compagnie de ceux que j'ai nommés, ajoutera un frère ou une sœur inattendue à cette famille encore moins admirée que chérie ; il ne mourra pas tout entier !

Eugène de Rothelin, publié en 1808, paraît à quelques bons juges le plus exquis des ouvrages de Mme de Souza, et supérieur même à *Adèle de Sénange*. S'il fallait se prononcer et choisir entre des productions presque également charmantes, nous serions bien embarrassés vraiment ; car si *Eugène de Rothelin* nous représente le talent de Mme de Souza dans sa plus ingénieuse perfection, *Adèle* nous le fait saisir dans son jet le plus naturel, le plus voisin de sa source et, pour ainsi dire, le plus jaillissant. Pourtant, comme art accompli, comme pouvoir de composer, de créer en observant, d'inventer et de peindre, *Eugène* est une plus grande preuve qu'*Adèle*. En appliquant ici ce que j'ai eu l'occasion de dire quelque part ailleurs[10] au sujet de l'auteur d'*Indiana* et de *Valentine*, chaque âme un peu fine et sensible, qui oserait écrire sans apprêt, a en elle-même la matière d'un bon roman. Avec une situation fondamentale qui est la nôtre, situation qu'on déguise, qu'on dépayse légèrement dans les accessoires, il y a moyen de s'intéresser à peindre comme pour des mémoires confidentiels et d'intéresser à notre émotion les autres. Le difficile est de récidiver lorsqu'on a dit ce premier mot si cher, lorsqu'on a exhalé sous une enveloppe plus ou moins trahissante ce secret qui parfume en se dérobant. Dans *Adèle de Sénange* la vie se partage en deux époques, un couvent où l'on a été élevé dans le bonheur durant des années, un mariage heureux encore, mais inégal par l'âge. Dans *Eugène de Rothelin*, l'auteur n'en est plus à cette donnée à demi personnelle et la plus voisine de son cœur ; ce n'est plus une toute matinale et adolescente peinture où s'échappent d'abord et se fixent vivement sur la toile bien des traits dont on est plein. Ici c'est un contour plus ferme, plus fini, sur un sujet plus désintéressé ; l'observation du monde y tient plus de place, sans que l'attendrissement y fasse faute ; l'affection et l'ironie s'y balancent par des demi-teintes savamment ménagées. La passion ingénue, coquette parfois, sans cesse attrayante, d'Athénaïs et d'Eugène, se détache sur un fond inquiétant de mystère : même quand elle s'épanouit le long de ces terrasses du jardin ou dans la galerie vitrée, par une matinée de soleil, on craint M. de Rieux quelque part absent, on entrevoit cette figure mélancolique et sévère du père d'Eugène ; et si l'on rentre au salon, cette tendresse des deux amants s'en vient retomber comme une guirlande incertaine autour du fauteuil aimable à la fois et redoutable de la vieille maréchale qui raille et sourit, et pose des questions sur le bonheur, un La Bruyère ouvert à ses côtés.

Marie-Joseph Chénier a écrit sur Mme de Souza, avec la précision élégante qui le caractérise, quelques lignes d'éloges applicables particulièrement à *Eugène* : « Ces jolis romans, dit-il, n'offrent pas, il est vrai, le développement des grandes passions ; on n'y doit pas chercher non plus l'étude approfondie des travers de l'espèce humaine ; on est sûr au moins d'y trouver partout des aperçus très-fins sur la société, des tableaux vrais et bien terminés, un style orné avec mesure, la correction d'un bon livre et l'aisance d'une conversation fleurie..., l'esprit qui ne dit rien de vulgaire, et le goût qui ne dit rien de trop[11]. » Mais indépendamment de ces louanges générales, qui appartiennent à toute une classe de maîtres, il faut dire d'*Eugène de Rothelin* qu'il peint le côté d'un siècle, un côté brillant, chaste, poétique, qu'on n'était guère habitué à y reconnaître. Sous cet aspect, le joli roman cesse d'être une œuvre individuelle et isolée, il a une signification supérieure ou du moins plus étendue.

Mme de Souza est un esprit, un talent qui se rattache tout à fait au dix-huitième siècle. Elle en a vu à merveille et elle en a aimé le monde, le ton, l'usage, l'éducation et la vie convenablement distribuée. Qu'on ne recherche pas quelle fut sur elle l'influence de Jean-Jacques ou de tel autre écrivain célèbre, comme on le pourrait faire pour Mme de Staël, pour Mme de Krüdner, pour Mmes Cottin ou de Montolieu[12] : Mme de Flahaut était plus du dix-huitième siècle que cela, moins vivement emportée par l'enthousiasme vers des régions inconnues. Elle s'instruisit par la société, par le monde; elle s'exerça à voir et à sentir dans un horizon tracé. Il s'était formé dans la dernière moitié du règne de Louis XIV, et sous l'influence de Mme de Maintenon particulièrement, une école de politesse, de retenue, de prudence décente jusque dans les passions jeunes, d'autorité aimable et maintenue sans échec dans la vieillesse. On était pieux, on était mondain, on était bel-esprit, mais tout cela réglé, mitigé par la convenance. On suivrait à la trace cette succession illustre, depuis Mme de Maintenon, Mme de Lambert, Mme du Deffand (après qu'elle se fut réformée), Mme de Caylus et les jeunes filles qui jouaient *Esther* à Saint-Cyr, jusqu'à la maréchale de Beauvau[a], qui paraît avoir été l'original de la maréchale d'Estouteville dans *Eugène de Rothelin*, jusqu'à cette marquise de Créquy qui est morte centenaire, nous dit-on, et dont je crains bien qu'un homme d'esprit ne nous gâte un peu les Mémoires[b]. Mme de Flahaut, qui était jeune quand le siècle mourut, en garda cette même portion d'héritage, tout en la modifiant avec goût et en l'accommodant à la nouvelle cour où elle dut vivre.

D'autres ont peint le dix-huitième siècle par des aspects moqueurs ou orageux, dans ses inégalités ou ses désordres. Voltaire l'a bafoué; Jean-Jacques

a. C'est bien elle et non pas la maréchale de Luxembourg (comme on l'a dit par erreur dans le tome I des *Mémoires* de Mme de Créquy), qui a servi d'original au portrait de la maréchale d'Estouteville.

b. Dans un passage d'une bienveillance équivoque, l'auteur de ces *Mémoires* exprime, à propos du ton exquis de grand monde, qu'il ne peut refuser à l'auteur d'*Adèle de Sénange*, un étonnement singulier et tout à fait déplacé à l'égard de Mme de Flahaut. Mais quand les motifs sur lesquels l'auteur des *Mémoires* s'appuie ne seraient pas d'une exagération visible, son étonnement ne me paraîtrait pas plus fondé; car, suivant moi, on n'est jamais en condition d'observer mieux, d'apprécier et de peindre plus finement ce monde-là (si on a le tact) que lorsque, n'en étant pas tout à fait, de bonne heure on y arrive.

l'a exalté et déprimé tour à tour ; Diderot, dans sa *Correspondance*, nous le fait aimer comme un galant et brillant mélange ; Crébillon fils nous en déroule les conversations alambiquées et les licences. L'auteur d'*Eugène de Rothelin* nous a peint ce siècle en lui-même dans sa fleur exquise, dans son éclat idéal et harmonieux ; *Eugène de Rothelin* est comme le roman de chevalerie du dix-huitième siècle, ce que *Tristan le Léonois* ou tel autre roman du treizième siècle était à la chevalerie d'alors, ce que *le petit Jehan de Saintré* ou *Galaor* étaient au quinzième[a], c'est-à-dire quelque chose de poétique et de flatté, mais d'assez ressemblant. Eugène est le modèle auquel aurait dû aspirer tout homme bien né de ce temps-là, c'est un Grandisson sans fadeur et sans ennui ; il n'a pas encore atteint ce portrait un peu solennel que la maréchale lui a d'avance assigné pour le terme de ses vingt-cinq ans, ce portrait dans le goût de ceux que trace Mademoiselle de Montpensier. Eugène, au milieu de ce monde de convenances et d'égards, a ses jalousies, ses allégresses, ses folies d'un moment. Un jour, il fut sur le point de compromettre par son humeur au jeu sa douce amie Athénaïs. — « Quoi ! m'affliger ! lui dit celle-ci le lendemain ; et, ce qui est pis encore, risquer de perdre sur parole ! Eugène avoir un tort ! Je ne l'aurais pas cru. » Eugène a donc quelquefois un tort, Athénaïs a ses imprudences ; mais ils n'en sont que plus aimés. La maréchale tient dans l'action toute la partie moralisante, et elle en use avec un à-propos qui ne manque jamais son but ; Athénaïs et Eugène sont le caprice et la poésie, qui ont quelque peine à se laisser régler, mais qui finissent

a. Ce nom même de *Rothelin*, si gracieux et aimable à prononcer, rappelle une branche descendante du preux Dunois. L'abbé de Rothelin, cet ami bien doux et fidèle du cardinal de Polignac, en était.

par obéir, tout en sachant attendrir leur maître. Lorsqu'à la dernière scène, *dans une de ces allées droites où l'on se voit de si loin*, Mme d'Estouteville s'avance lentement, soutenue du bras d'Eugène, je sens tout se résumer pour moi dans cette image. Si jamais l'auteur a marié quelque part l'observation du moraliste avec l'animation du peintre, s'il a élevé le roman jusqu'au poëme, c'est dans *Eugène de Rothelin* qu'il l'a fait. Qu'importe qu'en peignant son aimable héros l'auteur ait cru peut-être proposer un exemple à suivre aux générations présentes, qui n'en sont plus là ? il a su tirer d'un passé récent un type non encore réalisé ou prévu, un type qui en achève et en décore le souvenir. — L'apparition d'*Eugène* fut saluée d'un quatrain de Mme d'Houdetot[13].

Après *Eugène de Rothelin*, nous avons à parler encore de deux romans de Mme de Souza, plus développés que ses deux précédents chefs-d'œuvre, et qui sont eux-mêmes d'excellents ouvrages, *Eugénie et Mathilde* et *la Comtesse de Fargy*[14]. Le couvent joue un très-grand rôle en ces deux compositions, ainsi qu'on l'a vu déjà dans *Adèle de Sénange*. Il y a en effet dans la vie et dans la pensée de Mme de Souza quelque chose de plus important que d'avoir lu Jean-Jacques ou La Bruyère, que d'avoir vu la Révolution française, que d'avoir émigré et souffert, et assisté aux pompes de l'Empire, c'est d'avoir été élevée au couvent. J'oserais conjecturer que cette circonstance est demeurée la plus grande affaire de sa vie, et le fond le plus inaltérable de ses rêves. La morale, la religion de ses livres sont exactes et pures ; toutefois ce n'est guère par le côté des ardeurs et des mysticités qu'elle envisage le cloître ; elle y voit peu l'expiation contrite des Héloïse et des La Vallière. L'auteur de *Lélia*, qui a été également élevée dans un couvent, et qui en a reçu une impression très-profonde, a rendu avec un tout autre accent sa tranquillité fervente dans ces demeures. Mais j'ai dit que l'auteur de *la Comtesse de Fargy*, d'*Eugénie et Mathilde*, appartient réellement par le goût au dix-huitième siècle. Le couvent, pour elle, c'est quelque chose de gai, d'aimable, de gémissant comme Saint-Cyr; c'est une volière de colombes amies, ce sont d'ordinaire les curiosités et les babils d'une volage innocence. « La partie du jardin, qu'on nommait pompeusement *le bois*, n'était qu'un bouquet d'arbres placés devant une très-petite maison tout à fait séparée du couvent, quoique renfermée dans ses murs; mais c'est une habitude des religieuses de se plaire à donner de grands noms au peu qu'elles possèdent; accoutumées aux privations, les moindres choses leur paraissent considérables. » Le couvent de Blanche, le couvent d'Eugénie sont ainsi faits. Pourtant, dans celui d'Eugénie, au moment de la dispersion des communautés par la Révolution, il y a des scènes éloquentes; et cette prieure décharnée, qui profite avec joie de la retraite d'Eugénie pour gouverner la maison, ne fût-ce qu'un jour, est une figure d'une observation profonde.

La Comtesse de Fargy se compose de deux parties entremêlées, la partie d'observation, d'obstacle et d'expérience, menée par Mme de Nançay et par son vieil ami M. d'Entrague, et l'histoire sentimentale du marquis de Fargy et de son père. Cette dernière me plaît moins; en général, à part *Eugène de Rothelin* et *Adèle de Sénange*, le développement sentimental est moins neuf dans les romans de Mme de Souza que ne le sont les observations morales et les piquantes causeries. Ces types de beaux jeunes gens mélancoliques, comme le marquis de Fargy, comme ailleurs l'Espagnol Alphonse, comme dans *Eugénie et Mathilde* le Polonais Ladislas, tombent volontiers dans le romanesque, tandis que le reste est de la vie réelle saisie dans sa plus fine vérité. Mme de Souza a voulu peindre, par la liaison du vieux M. d'Entrague et de Mme de Nançay, ces amitiés d'autrefois, qui subsistaient cinquante ans, jusqu'à la mort. Comme on était mariée au sortir du couvent, par pure convenance, il arrivait que bientôt le besoin du cœur se faisait sentir; on formait alors avec lenteur un lien de choix, un lien unique et durable; cela se passait ainsi du moins là où la convenance régnait, et dans cet idéal de dix-huitième siècle, qui n'était pas, il faut le dire, universellement adopté. L'aimable M. d'Entrague, toujours grondé par Mme de Nançay, toujours flatté par Blanche, et qui se trouve servir chaque projet de celle-ci sans le vouloir jamais, est un personnage qu'on aime et qu'on a connu, quoique l'espèce ne s'en voie plus guère. Mme de Nançay a vécu aussi, contrariante et bonne, et qu'avec un peu d'adresse on menait sans qu'elle s'en doutât: «Mme de Nançay rentra chez elle disposée à gronder tout le monde; elle n'ignorait pas qu'elle était un peu susceptible, car dans la vie on a eu plus d'une affaire avec soi-même, et si l'on ne se connaît pas parfaitement, on se doute bien au moins de quelque chose.»

Eugénie et Mathilde, que nous avons déjà beaucoup cité, est le plus long et le plus soutenu des ouvrages de l'auteur, toujours *Eugène* et *Adèle* à part. L'auteur y a représenté au complet l'intérieur d'une famille noble pendant les années de la Révolution. Eugénie, qui a été forcée de quitter son couvent, et qui devient comme l'ange tutélaire des siens, attire constamment et repose le regard avec sa douce figure, sa longue robe noire, ses cheveux voilés de gaze, sa grande croix d'abbesse si noblement portée. Il y a un bien admirable sentiment entrevu, lorsque étant allée dans le parc respirer l'air frais d'une matinée d'automne, tenant entre ses bras le petit Victor, l'enfant de sa sœur, qui, attaché à son cou, s'approche de son visage pour éviter le froid, elle sent de vagues tendresses de mère passer dans son cœur : et le comte Ladislas la rencontre au même moment. Ce qu'Eugénie a senti palpiter d'obscur, il n'est point donné à des paroles de l'exprimer, ce serait à la mélodie seule de le traduire[a].

a. L'esquisse de ce motif virginal, que nous proposons à quelque gracieux compositeur, serait celle-ci :

LA PROMENADE D'EUGÉNIE

Eugénie parle.

Dors, cher Enfant, je sens ta main légère
À mon cou nu mollement s'attacher,
Je sens ton front en mon sein se cacher ;
Dors, cher Enfant ; je suis aussi ta mère !

Ta pauvre mère, hélas ! est tout effroi
Pour son Edmond que son amour rappelle ;
Se dérobant, il est allé fidèle
Mêler sa vie aux périls de son roi.

À mon cou nu pose ta main légère ;
Dors, cher Enfant ; je suis aussi ta mère !

Tant de malheur peut-il fondre à plaisir,
Quand le matin rit dans la vapeur blanche,
Quand le rayon qui mourait sur la branche
Est en passant si tiède à ressaisir ?

À mon cou nu pose ta main légère ;
Dors, cher Enfant ; je suis aussi ta mère !

Mais, dès qu'ainsi ton doux soin m'est rendu,
D'où vient, Enfant, que ta bouche innocente
Soulève en moi le soupir, et qu'absente
J'aille peut-être au rêver défendu ?

Éveille-toi ! je sens ta main légère
À mon cou nu de trop près s'attacher,
Ce front trop tiède en mon sein se cacher ;
Éveille-toi ! je ne suis point ta mère !

Ton cœur fidèle a son signe et son vœu :
Edmond l'honneur ; Mathilde Edmond lui-même ;
Mais ces soupirs, tressaillement que j'aime,
Sont-ils de moi, d'une vierge de Dieu ?

Dans *Eugénie et Mathilde,* Mme de Souza s'est épanchée personnellement plus peut-être que partout ailleurs. Je n'ai jamais lu sans émotion une page que je demande la permission de citer pour la faire ressortir. C'est le cri du cœur de bien des mères sous l'Empire, que Mme de Souza, par un retour sur elle-même et sur son fils[15], n'a pu s'empêcher d'exhaler. Mme de Revel, malheureuse dans son intérieur, se met à plaindre les mères qui n'ont que des filles, parce qu'aussitôt mariées, leurs intérêts et leur nom même séparent ces filles de leur famille. Pour la première fois depuis la naissance de Mathilde, elle regrettait de n'avoir pas eu un fils : « Insensée ! s'écrie madame de Souza interrompant le récit ; comme alors ses chagrins eussent été plus graves, ses inquiétudes plus vives ! — Pauvres mères ! vos fils dans l'enfance absorbent toutes vos pensées, embrassent tout votre avenir ; et lorsque vous croyez obtenir la récompense de tant d'années en les voyant heureux, ils vous échappent. Leur active jeunesse, leurs folles passions les emportent et les égarent. Vous êtes ressaisies tout à coup par des angoisses inconnues jusqu'alors.

De mon cou nu lève ta main légère ;
Éveille-toi ! je ne suis point ta mère !

M'est-il permis le baiser de l'enfant,
Ce vague oubli qu'en le berçant prolonge
Ma solitude, et, la nuit, dans un songe
L'enfant Jésus reparu plus souvent ?

De mon cou nu lève ta main légère ;
Éveille-toi ! je ne suis point ta mère !

Mais non, mon Dieu n'est pas un Dieu cruel ;
Par ce front pur, en cette claire allée,
Tenterait-il sa servante exilée ?
Dieu des petits et de Ruth et Rachel !

Dors, cher Enfant ; je sens ta main légère
À mon cou nu de plus près s'attacher,
Ton frais baiser en mon sein se cacher ;
Dors, cher Enfant ; je suis encor ta mère !

« Pauvres mères ! il n'est pas un des mouvements de leur cœur qui ne fasse battre le vôtre. Hier enfant, ce fils est devenu un homme ; il veut être libre, se croit son maître, prétend aller seul dans le monde... Jusqu'à ce qu'il ait acheté son expérience, vos yeux ne trouveront plus le sommeil, que vous ne l'ayez entendu revenir ! Vous serez éveillées bien longtemps avant lui ; et les tendres soins d'une affection infatigable, ne les montrez jamais. Par combien de détours, de charmes, il faudra cacher votre surveillance à sa tête jeune et indépendante !

« Dorénavant tout vous agitera. Cherchez sur la figure de l'homme en place si votre fils n'a pas compromis son avancement ou sa fortune ; regardez sur le visage de ces femmes légères qui vont lui sourire, regardez si un amour trompeur ou malheureux ne l'entraîne pas !

« Pauvres mères ! vous n'êtes plus à vous-mêmes. Toujours préoccupées, répondant d'un air distrait, votre oreille attentive reçoit quelques mots échappés à votre fils dans la chambre voisine... Sa voix s'élève... La conversation s'échauffe... Peut-être s'est-il fait un ennemi implacable, un ami dangereux, une querelle mortelle. Cette première année, vous le savez, mais il l'ignore, son bonheur et sa vie peuvent dépendre de chaque minute, de chaque pas. Pauvres mères ! pauvres mères ! n'avancez qu'en tremblant.

« Il part pour l'armée !... Douleur inexprimable ! inquiétude sans repos, sans relâche ! inquiétude qui s'attache au cœur et le déchire !... Cependant si, après sa première campagne, il revient du tumulte des camps, avide de gloire, et pourtant satisfait, dans votre paisible demeure ; s'il est encore doux et facile pour vos anciens domestiques, soigneux et gai avec vos vieux amis; si son regard serein, son rire encore enfant, sa tendresse attentive et soumise vous font sentir qu'il se plaît près de vous... oh! heureuse, heureuse mère!» — Ceci s'imprimait en 1811; Bonaparte, dit-on, lut quelque chose du livre et fut mécontent[a].

Nous ne dirons rien des autres écrits de Mme de Souza, de *Mademoiselle de Tournon*, de *la Duchesse de Guise*[16], non qu'ils manquent aucunement de grâce et de finesse, mais parce que l'observation morale s'y complique de la question historique, laquelle se place entre nous, lecteur, et le livre, et nous en gâte l'effet. *Mademoiselle de Tournon* est le développement d'une touchante aventure racontée dans les Mémoires de Marguerite de Valois. L'auteur de *Cinq-Mars*[17] a su seul de nos jours concilier (bien qu'imparfaitement encore) la vérité des peintures d'une époque avec l'émotion d'un sentiment romanesque. On était moins difficile du temps de *la Princesse de Clèves*, on l'était moins du temps même où parut *Mademoiselle de Clermont*: on ne saurait s'en plaindre; si cette charmante nouvelle n'était

a. Il ne l'était pas du reste toujours. Une fois, au retour d'un voyage à Berlin, Mme de Souza arrivait à Saint-Cloud pour voir l'impératrice Joséphine. L'empereur était sur le perron, impatient de partir pour la chasse; les fougueux équipages, au bas des degrés, trépignaient. La vue d'une femme le contraria, dans l'idée sans doute que ce serait une cause de retard pour l'impératrice qu'il attendait. Il s'avança le front assez sombre vers Mme de Souza, et, la reconnaissant, il lui demanda brusquement: «Ah! vous venez de Berlin? eh! bien, y aime-t-on la France?» — Elle vit l'humeur au front du sphinx redoutable: Si je réponds *oui*, songea-t-elle, il dira: C'est une sotte; si je réponds *non*, il y verra de l'insolence... — «Oui, sire, répondit-elle, on y aime la France..., comme les vieilles femmes aiment les jeunes.» La figure de l'empereur s'éclaira: «Oh! c'est très-bien, c'est très-bien!» s'écria-t-il deux fois, et comme la félicitant d'être si heureusement sortie du piége. Quant à Mme de Souza, récompensée par le glorieux sourire, elle aime à citer cet exemple pour preuve que l'habitude du monde et de laisser naître ses pensées les fait toujours venir à propos: «car, dit-elle, cette réponse s'était échappée si à part de ma volonté et presque de mon esprit, que je fus tentée de me retourner aussitôt pour voir si personne ne me l'avait soufflée.»

pas faite heureusement, pourrait-elle se tenter aujourd'hui qu'on a lu dans le méchant grimoire de la Princesse Palatine: «Madame la Duchesse avait les trois plus belles filles du monde. Celle qu'on appelle Mademoiselle de Clermont est très-belle, mais je trouve sa sœur la princesse de Conti plus aimable. Madame la Duchesse peut boire beaucoup sans perdre la raison: ses filles veulent l'imiter, mais sont bientôt ivres et ne se savent pas gouverner comme leur mère.» Oh! bienheureuse ignorance de l'histoire, innocence des romanciers primitifs, où es-tu?

Ceux qui ont l'honneur de connaître Mme de Souza[18] trouvent en elle toute cette convenance suprême qu'elle a si bien peinte, jamais de ces paroles inutiles et qui s'essaient au hasard, comme on le fait trop aujourd'hui; un tour d'expression net et défini, un arrangement de pensée ingénieux et simple, du trait sans prétention, des mots que malgré soi l'on emporte, quelque chose enfin de ce qu'a eu de distinctif le dix-huitième siècle depuis Fontenelle jusqu'à l'abbé Morellet[19], mais avec un coin de sentiment particulier aux femmes. Moraliste des replis du cœur, elle croit peu au grand progrès d'aujourd'hui; elle serait sévère sur beaucoup de nos jeunes travers bruyants, si son indulgence aimable pouvait être sévère. L'auteur d'*Eugène de Rothelin* goûte peu, on le conçoit, les temps d'agitation et de disputes violentes. Un ami qui l'interrogeait, en 1814, sur l'état réel de la France jugée autrement que par les journaux, reçut cette réponse: que l'état de la France ressemblait à un livre ouvert par le milieu, que les ultras y lisaient de droite à gauche au rebours pour tâcher de remonter au commencement, que les libéraux couraient de gauche à droite se hâtant vers la fin, mais que personne ne lisait à la page où l'on était. La maréchale d'Estouteville pourrait-elle dire autrement de nos jours ? — Une épigraphe d'un style injurieux lui ayant été attribuée par mégarde dans un ouvrage assez récent, Mme de Souza écrivit ce modèle de rectification où l'on reconnaît tout son caractère : « M*** (*Janin*) a été induit en erreur, ce mot fut attribué à un homme de lettres ; mais, quoiqu'il soit mort depuis longtemps, je ne me permettrai pas de le nommer. Quant à moi, je n'ai jamais écrit ni dit une sentence fort injuste qui comprend tous les siècles, et qui est si loin de ces convenances polies qu'une femme doit toujours respecter. » L'atticisme scrupuleux de Mme de Souza s'effraie avant tout qu'on ait pu lui supposer une impolitesse de langage[20].

Mars 1834.

Mme de Souza est morte à Paris le 16 avril 1836, conservant jusqu'à son dernier moment toute la bienséance de son esprit et l'indulgence de son sourire. — On trouvera dans un volume publié depuis peu (1863), par M. Saint-René Taillandier (*Lettres de Sismondi, de Bonstetten, de Mme de Staël*, etc.), un certain nombre de lettres de Mme de Souza adressées à la comtesse d'Albany ; elles sont fort agréables. Le savant éditeur n'en a peut-être pas saisi le principal caractère et le trait distinctif, quand il y voit surtout « la candeur d'une belle âme. » Mme de Souza, femme du monde si fine et si consommée, aurait souri de cet éloge ; elle aurait même été choquée peut-être qu'on le lui donnât par contraste et opposition avec son amie Mme d'Albany ; elle eût été étonnée à coup sûr qu'on la citât presque à titre de témoin à décharge sur le compte de cette dernière, comme si dans cette question de vertu féminine il s'agissait d'un procès au criminel. Cette affiche et cette affectation de moralité particulière à notre dix-neuvième siècle étaient loin de son esprit nourri et formé dans le dix-huitième[a].

a. J'ai eu un grand tort avec Mme de Souza : j'ai oublié à son Portrait, page 61 [*ici : page 103*], un trait final que j'y avais ajouté, mais qui au moment de la réimpression m'a fui je ne sais comment. Je prie donc le lecteur, après les lignes où je dis de l'esprit de Mme de Souza qu'il avait été nourri et formé dans le XVIIIe siècle, de lire :

Quelqu'un qui ne l'a connue qu'à son époque de seconde jeunesse, Chênedollé disait d'elle : « Mme de Souza fait quand elle veut ses yeux de velours. Elle fait patte de velours avec ses yeux. »

MADAME DE DURAS

La Restauration, qui, dans son cercle de quinze années, enferme une époque bien circonscrite et un champ-clos si défini, offre à l'œil certains accidents, certains groupes d'opinions et de personnes, certaines figures, qui ont pu se produire avec avantage sous les conditions d'alors, et que, même sans en adopter le cadre, on se surprend fréquemment à regretter, comme tout ce qui a eu son brillant ingénieux, son harmonie passagère. Nous avons eu plus d'une fois occasion de montrer en quelles circonstances favorables, et par quelle combinaison de sentiments divers, put se former cette école de poésie et d'art, fruit propre des dernières années de la Restauration, et qui, à ne la prendre que dans son origine, indépendamment de ce que fourniront désormais les principaux membres dispersés, ne restera pas sans honneur. En histoire, en philosophie, en critique, il y eut aussi une formation essentielle à cette époque, y trouvant son progrès, son accroissement, sa culture[1]. Je n'entends parler ici que de ce qui, dans l'ordre de l'esprit, n'était pas hostile au principe de la Restauration, de ce qui ne se plaçait pas en dehors, l'attaquant avec audace ou la minant avec ruse, mais de ce qui se développait en elle tout en essayant de la modifier, de ce qui pouvait lui devenir un ornement et un appui, si elle-même la première n'avait pas, un matin, mis le feu aux poudres. Dans le monde et la haute société, ce mouvement d'esprit, si fécond alors et si imposant en promesses, avait pour centre et pour foyers deux ou trois salons dits doctrinaires. Le ton qui y régnait était avant tout sérieux, celui de la discussion en général, de la discussion longue, suivie, politique ou littéraire, avec des *a-parte* psychologiques ; une certaine allure d'étude jusque dans l'entretien, et de prédication dans le délassement. Il faudrait, au reste, apporter à ceci bien des nuances correctives, si l'on songe que la zone doctrinaire s'étendait, à partir de M. Royer-Collard, à travers les salons de MM. Guizot, de Broglie, de Barante, et allait expirer à M. de Sainte-Aulaire[2]. Mais la Restauration devait amener dans le monde élevé, et à la surface de la société qu'elle favorisait, d'autres combinaisons moins simples que celles-là. Il y avait entre les cercles doctrinaires studieux, raisonneurs, bien nobles alors assurément, mais surtout fructueux, et les cercles purement aristocratiques et frivoles, il y avait un intervalle fort marqué, un divorce obstiné et complet ; d'un côté les lumières, les idées modernes, de l'autre le charme ancien, séparés par des prétentions et une morgue réciproque. En quelque endroit pourtant la conciliation devait naître et s'essayer. De même que du sein des rangs royalistes une voix éloquente s'élevait par accès, qui conviait à une chevaleresque alliance la légitimité et la liberté, et qui, dans l'ordre politique, invoquait un idéal de monarchie selon la Charte[3], de même, tout à côté, et avec plus de réussite, dans la haute compagnie, il se trouvait une femme rare, qui opérait naturellement autour d'elle un compromis merveilleux entre le goût, le ton d'autrefois et les puissances nouvelles. Le salon de Mme de Duras, sa personne, son ascendant, tout ce qui s'y rattache, exprime, on ne saurait mieux, l'époque de la Restauration par un aspect de grande existence encore et d'accès à demi aplani, par un composé d'aristocratie et d'affabilité, de sérieux sans pesanteur, d'esprit brillant et surtout non vulgaire, semi-libéral et progressif insensiblement, par toute cette face d'illusions et de transactions dont on avait ailleurs l'effort et la tentative, et dont on ne sentait là que la grâce. Ç'a été une des productions naturelles de la Restauration, comme ces îles de fleurs formées un moment sur la surface d'un lac, aux endroits où aboutissent, sans trop se heurter, des courants contraires. On a comparé toute la construction un peu artificielle de l'édifice des quinze ans à une sorte de terrasse de Saint-Germain, au bas de laquelle passait sur la grande route le flot populaire, qui finit par la renverser : il y eut sur cette terrasse un coin, et ce ne fut pas le moins attrayant d'ombrage et de perspective, qui mérite de garder le nom de Mme de Duras : il a sa mention assurée dans l'histoire détaillée de ces temps. Ce salon n'a guère eu d'influence, sans doute, qu'une influence passagère, immédiate, et celle-là, il l'a eue incontestable par M. de Chateaubriand[4], qui en était comme le représentant politique ; mais il a peu agi et laissé peu de traces pour ce qui a suivi, bien moins, par exemple, que les salons doctrinaires dont nous parlions, et qui étaient un centre de prédication et une école. Cette société offrait donc plutôt dans son ensemble, et malgré ses gloires récentes, un beau et dernier ressouvenir, un des reflets qui accompagnaient les espérances subsistantes de la Restauration, une lueur du couchant qui avait besoin de mille circonstances de nuages et de soleil, et qui ne devait plus se retrouver. Il n'y avait guère d'ailleurs que Mme de Duras[5] qui pût convenir à cette position mixte par sa qualité, les charges et le crédit du duc de Duras, ses manières à elle, son esprit délicat et simple, sa générosité qui la portait vers tout mérite, et jusque par ce sang ami de la liberté, ce sang de Kersaint qui coulait dans ses veines, et qui, à certains moments irrésistibles, colorait son front; — et puis tout cela ramené vite au ton conciliant et modérateur par l'empire suprême de l'usage.

Ce serait bien incomplétement connaître Mme de Duras que de la juger seulement un esprit fin, une âme délicate et sensible, comme on le pourrait croire d'après son influence modératrice dans le monde et d'après une lecture courante des deux charmantes productions qu'elle a publiées. Elle était plus forte, plus grande, plus passionnément douée que ce premier aspect ne la montre; il y avait de puissants ressorts, de nobles tumultes dans cette nature, que toutes les affections vraies et toutes les questions sérieuses saisissaient vivement; comme l'époque qu'elle représente pour sa part et qu'elle décore, elle cachait sous le brillant de la surface, sous l'adoucissement des nuances, plus d'une lutte et d'un orage.

La duchesse de Duras naquit à Brest dix années environ avant que la Révolution éclatât. Son père, le comte de Kersaint, était un des plus habiles hommes de mer, en attendant que cette Révolution fît de lui un citoyen illustre et l'un de ses martyrs. La jeune Claire fut admise dès l'âge de sept ans dans la société familière de ses parents; Mme de Duras disait volontiers qu'elle n'avait pas eu d'enfance, ayant été tout d'abord raisonnable et sérieuse. Ses sentiments affectifs trouvèrent à s'employer sans contrainte dans le foyer domestique ; les événements de la Révolution commencèrent bientôt de les distraire et d'y introduire des émotions nouvelles. On conçoit l'intérêt passionné avec lequel cette jeune âme devait suivre de loin les efforts et les dangers de son père. L'effet de douleur que lui causa la mort de Louis XVI fut le premier coup porté à cette sensibilité profonde ; la mort de M. de Kersaint suivit de près[a]. Il fallut quitter la France. Mlle de Kersaint s'embarqua pour l'Amérique avec sa mère dont la santé était détruite et même la raison affaiblie par tant de malheurs. Elle fut à Philadelphie d'abord, puis à la Martinique où elle géra les possessions de sa mère avec une prudence et une autorité bien au-dessus de son âge. Devenue tout à fait orpheline, et riche héritière malgré les confiscations d'Europe, elle passa en Angleterre où elle épousa le duc de Duras. Les souvenirs de cette émigration, du séjour en Angleterre, de la mort du roi, composaient en elle un fond de tableau ; elle y revenait souvent et aimait à les retracer. M. de Chateaubriand, dans ses Mémoires inédits, après une vive peinture de cette même période d'émigration en Angleterre, et des diverses personnes qu'il y rencontra, ajoute : « Mais très-certainement à cette époque Mme la duchesse de Duras, récemment mariée, était à Londres ; je ne devais la connaître que dix ans plus tard. Que de fois

a. Le rôle de Kersaint à la Convention fut grand, intrépide. Toujours sur la brèche pour protester contre l'iniquité, pour défendre les innocents, pour accuser en face les hommes sanguinaires, Kersaint a mérité que sa conduite d'alors devînt une sorte de modèle politique en ce genre. Contrairement à ceux qui, n'approuvant plus une révolution et cessant de rien accepter d'une assemblée, s'abstiennent, se retirent plus ou moins, et *émigrent* à quelque degré, il y a ceux qui restent dedans, contestent à haute voix, disputent pied à pied, et meurent quand il le faut, mais en proférant des mots qui retentissent ; en regard du système de l'*émigration*, il y a le système qui se personnifie en Kersaint et qu'on pourrait appeler de son nom[6].

on passe dans la vie, sans le deviner, à côté de ce qui en ferait le charme, comme le navigateur franchit les eaux d'une terre aimée du ciel qu'il n'a manquée que d'un horizon et d'un jour de voile[a] ! »

Rentrée en France à l'époque du Consulat, et apportant pour soin principal et aliment de tendresse ses deux filles, seuls enfants qu'elle ait jamais eus, elle vécut isolée sous l'Empire, sans jamais paraître à cette cour, le plus souvent retirée à[7] un château en Touraine[b], toute à l'éducation de ses filles, à la bienfaisance pour ce qui l'entourait, et à la vie de ménage[8]. Simple comme elle était, il semble qu'elle aurait pu s'ignorer toujours. Elle avait un don singulier de se proportionner à chaque chose, à chaque personne, et cela naturellement, sans effort et sans calcul ; elle était très-simple avec les simples, peu spirituelle avec les insignifiants, non par dédain, mais parce qu'il ne lui venait alors rien de plus vif. Elle racontait qu'on disait souvent d'elle toute jeune : « Claire est très-bien, c'est dommage qu'elle ait si peu d'esprit ! » L'absence de prétention était son trait le plus distinctif. Elle ne songeait nullement alors à écrire. Elle lisait peu, mais les bons livres en divers genres, de science quelquefois, ou autres ; les poëtes anglais lui étaient familiers, et quelques vers d'eux la faisaient rêver. Mariant ainsi cette culture d'esprit aux soins les plus réguliers de sa famille et de sa maison, elle prétendait que cela s'entr'aide, qu'on sort d'une de ces occupations mieux préparé à l'autre, et elle allait

a. Durant ce séjour en Angleterre, la jeune duchesse de Duras n'eut-elle pas à vaincre d'abord quelques préventions du monde émigré sur sa noble origine si avant mêlée à la Révolution ? ne put-elle pas éprouver quelque temps avec souffrance cette impression de *n'être pas à sa place*, ce désaccord qui, sous différentes formes, paraît l'avoir occupée beaucoup, et qu'elle traduisit plus tard dans ses touchants écrits en un autre genre d'inégalité ?

b. Au château d'Ussé sur la Loire.

jusqu'à dire en plaisantant que d'apprendre le latin sert à faire les confitures. Cependant les plus nobles et les plus glorieuses amitiés se formaient autour d'elle. M. de Chateaubriand lui consacrait des heures, et elle écrivait fréquemment sous sa dictée les grandes pages futures. Dès lors, je crois, elle entretenait avec Mme de Staël un commerce de lettres et des relations qui plus tard, au retour de l'exilée illustre, devaient encore se resserrer. Pour ceux qui n'ont vu que les portraits, il est impossible de ne pas trouver entre ces deux femmes, dont les œuvres sont si différentes de caractère, une grande ressemblance de physionomie, ne serait-ce que dans le noir des yeux et dans la coiffure. Mais l'âme ardente, la faculté d'indignation généreuse et de dévouement, l'énergie de sentir, voilà surtout ce qu'elles avaient de commun, et ce par quoi l'auteur d'*Édouard* était sœur au fond, sœur germaine de l'auteur de *Delphine*[9].

Si j'osais hasarder le contraste, je nommerais encore pour terme de ressemblance un autre nom, un nom girondin aussi, mais tout plébéien, celui de Mme Roland. Dans ces soins de ménage et de simplicité domestique, alternant avec les emplois d'une pensée élevée, comment ne pas entrevoir un commencement de similitude ? Sous les différences d'éducation et de fortune, on découvrirait peut-être chez toutes deux d'autres rapports. L'esprit de Mme de Duras était plus délicat assurément, et moins mâle, moins étendu peut-être que celui de la compagne d'échafaud de Kersaint[a] ; mais là non plus, pour l'âme et le cœur, elle ne le cédait en rien.

a. Mme Roland juge sévèrement Kersaint dans ses *Mémoires* ; elle n'aimait pas en lui certaines habitudes de mœurs du gentilhomme ; mais nous, postérité, nous aimons à marier leurs noms généreux, consacrés dans la même cause.

Mme de Duras fut ramenée en 1813 et comme fixée davantage à Paris par le mariage de sa fille aînée, mariage qui l'occupait beaucoup ; car elle portait l'entraînement jusque dans les maternelles tendresses. La Restauration lui causa une grande joie, mais elle la concevait à sa manière, et elle dut en souffrir bientôt et violemment, comme d'un objet qui échappe et qu'on aime. Sa société pourtant, grâce à ce séjour plus habituel à Paris, s'augmenta et s'embellit de plus en plus. C'étaient, sans parler de tous les personnages purement aristocratiques et diplomatiques, sans parler de M. de Chateaubriand qui s'y montrait peu les soirs, c'étaient MM. de Humboldt, Cuvier, Abel Rémusat, Molé, de Montmorency, de Villèle, de Barante ; c'était M. Villemain vers qui elle se sentait portée, tant à cause de son prodigieux esprit de conversation qu'en faveur de ses opinions politiques modérées, aux confins du seul libéralisme qu'elle pût admettre[10]. M. de Talleyrand retrouvait là, avec plus de jeunesse, une image des cercles de la maréchale de Luxembourg et de la maréchale de Beauvau ; mais il se plaignait galamment de ce trop de jeunesse, et qu'il lui fallût attendre quinze ans au moins encore, disait-il, pour que cela ressemblât tout à fait. Cependant, au milieu de cet éclat extérieur du monde, la santé de Mme de Duras était depuis plusieurs années altérée, sans qu'elle changeât sa vie ; mais vers 1820 elle dut cesser à peu près de sortir. Son âme avait gardé une fraîcheur de sensibilité, une pureté de passion qu'elle portait dans tout ; elle accrut cette constante ardeur en présence de la maladie et des souffrances, elle s'appliqua à les subir, elle les voulut, elle les aima. Mais nous reviendrons tout à l'heure à cette belle partie d'elle-même.

Il n'y a pas trace jusqu'ici dans la vie de Mme de

Duras d'essai littéraire ni d'intention d'écrire. Ce fut par hasard en effet si elle devint auteur. En 1820 seulement, ayant un soir raconté avec détail l'anecdote réelle d'une jeune négresse élevée chez la maréchale de Beauvau, ses amis, charmés de ce récit (car elle excellait à raconter), lui dirent: « Mais pourquoi n'écririez-vous pas cette histoire ? » Le lendemain, dans la matinée, la moitié de la nouvelle était écrite. *Édouard* vint ensuite; puis deux ou trois autres petits romans non publiés, mais qui le seront avant peu, nous aimons à le croire[a]. Elle s'efforçait ainsi de se distraire des souffrances du corps en peignant celles de l'âme; elle répandait en même temps sur chacune de ces pages tendres un reflet des hautes consolations vers lesquelles chaque jour, dans le secret de son cœur, elle s'acheminait.

L'idée d'*Ourika*, d'*Édouard*[11], et probablement celle qui anime les autres écrits de Mme de Duras, c'est une idée d'inégalité, soit de nature, soit de position sociale, une idée d'empêchement, d'obstacle entre le désir de l'âme et l'objet mortel; c'est quelque chose qui manque et qui dévore, et qui crée une sorte d'envie sur la tendresse; c'est la laideur et la couleur d'Ourika, la naissance d'Édouard; mais, dans ces victimes dévorées et jalouses, toujours la générosité triomphe. L'auteur de ces touchants récits aime à exprimer l'impossible et à y briser les cœurs qu'il préfère, les êtres chéris qu'il a formés: le ciel seulement s'ouvre à la fin pour verser quelque rosée qui rafraîchit. Tandis que, dans l'extérieur du monde, Mme de Duras ne se présentait que par l'accord convenable et l'accommodement des opi-

a. Ces ouvrages inédits sont *le Frère Ange, Olivier*, les *Mémoires de Sophie*. — Les romans-nouvelles de Mme de Duras ont donné naissance à tout un petit genre: *Aloys* de M. de Custine, *Sainte-Perrine* de M. Valery. On y peut rapporter aussi *Marguerite*, jolie nouvelle de M. de Barante.

nions, là, dans ses écrits, elle se plaît à retracer l'antagonisme douloureux et le déchirement. C'est qu'au fond tout était lutte, souffrance, obstacle et désir dans cette belle âme, ardente comme les climats des tropiques où avait mûri sa jeunesse, orageuse comme les mers sillonnées par Kersaint ; c'est qu'elle était une de celles qui ont des instincts infinis, des essors violents, impétueux, et qui demandent en toute chose à la terre ce qu'elle ne tient pas ; qui, ingénument immodérées qu'elles sont, se portent, comme a dit quelque part l'abbé Prévost, d'une ardeur étonnante de sentiments vers un objet qui leur est incertain pour elles-mêmes ; qui aspirent au bonheur d'aimer sans bornes et sans mesure ; en qui chaque douleur trouve une proie facile ; une de ces âmes gênées qui se heurtent sans cesse aux barreaux de la cage dans cette prison de chair.

Les romans d'*Ourika* et d'*Édouard* ne sont donc, selon nous, que l'expression délicate et discrète, une peinture détournée et adoucie pour le monde, de ce je ne sais quoi de plus profond qui fermentait au sein de Mme de Duras. Ourika rapportée du Sénégal, comme Mlle Aïssé l'avait été de Constantinople[12], reçoit, comme en son temps cette jeune Circassienne, une éducation accomplie ; mais, moins heureuse qu'elle, elle n'a pas la blancheur. Aussi, tandis que Mlle Aïssé, aimée du chevalier d'Aydie, refuse de l'épouser pour ne pas le faire descendre, jouant ainsi quelque chose du rôle d'Édouard, la pauvre Ourika, méconnue de Charles qui ne croit qu'à de l'amitié, se dévore en proie à une lente passion qu'elle-même ne connaît que par une découverte tardive. Rien n'est mieux pris sur le fait que le mal et l'idée fixe d'Ourika, une fois éclairée sur sa couleur : « J'avais ôté de ma chambre tous les miroirs, je portais toujours des gants ; mes vêtements cachaient mon cou et mes bras; et j'avais adopté, pour sortir, un grand chapeau avec un voile que souvent même je gardais dans la maison. Hélas! je me trompais ainsi moi-même: comme les enfants, je fermais les yeux et je croyais qu'on ne me voyait pas.» Le salon de la maréchale de Beauvau est caractérisé à ravir par l'héritière de son goût et de ses traditions; les souvenirs de la Terreur y revivent d'après des empreintes fidèles. Inégalité de rang, passion méconnue, gêne du monde, émigration ou Terreur, les idées favorites de Mme de Duras se retrouvent là, les principaux points du cercle sont touchés: et quand Ourika, sœur grise, dans ce couvent où tout à l'heure, par mégarde, il lui arrivait de citer Galatée, s'écrie, en parlant de l'image obstinée qui la poursuivait: «C'était celle des chimères dont je me laissais obséder! Vous ne m'aviez pas encore appris, ô mon Dieu! à conjurer ces fantômes: je ne savais pas qu'il n'y a de repos qu'en vous;» quand on entend ce simple élan interrompre le récit, on sent que l'auteur lui-même s'y échappe et s'y confond, et qu'il dit sa propre pensée par la bouche de cette martyre.

Édouard, plus développé qu'*Ourika*, est le titre littéraire principal de Mme de Duras. La scène se passe vers le même temps que pour *Eugène de Rothelin*; les personnages sont également simples, purs, d'une compagnie parfaitement élégante, et du plus gracieux type d'amants qu'on ait formé; mais ici ce n'est plus, comme dans la charmante production de Mme de Souza, un idéal de conduite et de bonheur, et, ainsi que je crois l'avoir dit[13], une espèce de petit Jehan de Saintré ou de Galaor du dix-huitième siècle: il y a souffrance, désaccord; le sentiment d'inégalité sociale est introduit. On en voit trace aussi dans *Eugène*, lorsque le héros au début s'éprend d'Agathe, la fille de sa bonne nourrice ; mais la convenance intervient aussitôt et triomphe, et elle a raison de triompher pour le plus grand bonheur de tous. Dans *Édouard*, c'est autrement grave et déchirant ; c'est le jeune plébéien qui se produit devant la noble et modeste Nathalie dans toute la séduction de sa timidité, de son instruction solide, de sa sensibilité vierge, de son front d'homme qui sait rougir ; c'est celui qui quelques années plus tard sera Barnave ou Hoche[a]. Dans *Édouard* on voit deux siècles, deux sociétés aux prises, et le malheur qui frappe les amants devient le présage d'un avénement nouveau. L'effet des mêmes catastrophes sociales, qui ont leur retentissement dans les écrits de Mme de Souza et dans ceux de Mme de Duras, est curieux à constater par la différence. L'une perdit son premier mari, l'autre son père sur l'échafaud ; toutes deux subirent l'émigration ; mais les idées de l'une de ces personnes distinguées étaient déjà faites, pour ainsi dire ; ses impressions, la plupart, étaient prises. Si elle a peint dans la suite cette émigration avec ses malheurs, ç'a été uniquement au point de vue de l'ancienne société. *Adèle de Sénange*, composée avant la Révolution, paraissait en 93 ; mais les romans qui succédèrent ne diffèrent pas notablement de ton ; une teinte mélancolique et funèbre ne les attriste pas. Eugène de Rothelin et Athénaïs sourient au bonheur, comme si la Révolution n'avait pas dû les saisir à quelques années de là. Sauf *Eugénie et*

a. En réalité, Mme de Duras avait pris l'idée première d'Édouard et de cette situation inégale dans l'inclination marquée que témoignait pour sa fille Clara (depuis duchesse de Rauzan) M. Benoist, fils du conseiller d'État, jeune homme aimable, plein de qualités sérieuses, et de la plus agréable figure : mais avec tout cela, et bien qu'accueilli sur le pied de la plus parfaite amitié, il ne pouvait dans ce monde-là faire un mari.

Mathilde, les romans de Mme de Souza appartiennent au dix-huitième siècle vu de l'Empire. Les romans de Mme de Duras, au contraire, sont bien de la Restauration, écho d'une lutte non encore terminée, avec le sentiment de grandes catastrophes en arrière. Une de ses pensées habituelles était que, pour ceux qui ont subi jeunes la Terreur, le bel âge a été flétri, qu'il n'y a pas eu de jeunesse, et qu'ils porteront jusqu'au tombeau cette mélancolie première. Ce mal qui date de la Terreur, mais qui sort de bien d'autres causes, qui s'est transmis à toutes les générations venues plus tard, ce mal de Delphine, de René, elle l'a donc, elle le peint avec nuance, elle le poursuit dans ses variétés, elle tâche de le guérir en Dieu. L'usage qu'elle fait des couvents et du prêtre la différencie surtout d'une manière bien tranchée d'avec Mme de Souza ; il y a entre elles deux, comme séparation sur ce point, tout le mouvement religieux qui a produit le *Génie du Christianisme* et les *Méditations*. Le couvent chez Mme de Duras est un vrai cloître, rude, austère, pénitent ; le prêtre est redevenu un vrai confesseur, et, comme dit Ourika, un vieux matelot qui connaît les tempêtes des âmes.

Analyser *Édouard* marquerait bien peu de goût, et nous ne l'essaierons pas. On ne peut rien détacher d'un tel tissu, et il n'est point permis de le broder en l'admirant. S'il est quelques livres que les cœurs oisifs et cultivés aiment tous les ans à relire une fois, et qu'ils veulent sentir refleurir dans leur mémoire comme le lilas ou l'aubépine en sa saison, *Édouard* est un de ces livres. Entre toutes les scènes si finement assorties et enchaînées, la principale, la plus saillante, celle du milieu, quand, un soir d'été, à Faverange, pendant une conversation de commerce des grains, Édouard aperçoit Mme de Nevers au balcon, le profil détaché sur le bleu du ciel, et dans la vapeur d'un jasmin avec laquelle elle se confond, cette scène de fleurs données, reprises, de pleurs étouffés et de chaste aveu, réalise un rêve adolescent qui se reproduit à chaque génération successive ; il n'y manque rien ; c'est bien dans ce cadre choisi que tout jeune homme invente et désire le premier aveu : sentiment, dessin, langue, il y a là une page adoptée d'avance par des milliers d'imaginations et de cœurs, une page qui, venue au temps de *la Princesse de Clèves*, en une littérature moins encombrée, aurait certitude d'être immortelle[14].

Le style de Mme de Duras, qui s'est mise si tard et sans aucune préméditation à écrire, ne se sent ni du tâtonnement ni de la négligence. Il est *né naturel* et achevé ; simple, rapide, réservé pourtant ; un style à la façon de Voltaire, mais chez une femme ; pas de manière, surtout dans *Édouard* ; un tact perpétuel, jamais de couleur équivoque et toutefois de la couleur déjà, au moins dans le choix des fonds et dans les accompagnements ; enfin des contours très-purs. En tout, des passions plus profondes que leur expression, et jamais d'emportement ni d'exubérance, non plus qu'en une conversation polie.

Pendant que Mme de Duras écrivait dans les matinées ces gracieux romans où la qualité de l'écorce déguisait la sève amère, elle continuait de recevoir et de charmer le monde autour d'elle, malgré une santé de plus en plus altérée. Elle prenait même, on peut le soupçonner, une part assez active à la politique d'alors par ses amitiés et ses influences. Durant le congrès de Vérone, M. de Chateaubriand lui écrivait presque chaque jour ce qui s'y passait et les détails de ce grand jeu. Mais, vers le même temps, il se faisait en elle, tout au dedans, un grand travail de soumission religieuse et de piété ; elle n'avait jamais été ce qu'on appelle *dévote* dans le courant de la vie ; elle arrivait aux sources élevées par réflexion, par refoulement solitaire, en vertu de toutes les puissances douloureuses qui l'oppressaient. Le jour où quelque personne intime, en 1824, la surprenait le plus vive contre les projets de M. de Villèle[15], tenant en main la brochure du comte Roy sur le 3 pour 100, s'en animant comme en connaissance de cause, et présageant par cette noble faculté d'indignation, qui était restée vierge au milieu du monde, la rupture inévitable de son éloquent ami[16], ce jour-là peut-être elle avait médité le matin sur l'une des *Réflexions chrétiennes* qu'elle s'efforçait de mûrir. Elle avait gardé dans sa politique instinctive beaucoup du sang girondin, un élan généreux, dévoué, inutile, qui se brisait. Comme, à propos d'une de ces saillies de premier mouvement, un ami lui faisait remarquer qu'elle avait bien droit d'être ainsi libérale, fille qu'elle était de M. de Kersaint : « Oh ! oui, mon pauvre père ! s'écria-t-elle, il aimait la liberté, il l'aimait comme il fallait ; il n'est pas allé trop loin dans la Révolution, non, il a voulu défendre Louis XVI. » Elle distinguait soigneusement les idées libérales des idées révolutionnaires, ayant l'horreur des unes et le culte des autres. Ceci, joint à l'habitude de se réprimer en dehors et à l'aisance de la femme du grand monde qui reprenait vite le dessus, la ramenait tout à fait au type adouci de la Restauration.

Cette nature trop franche devait percer toutefois et choquer à cette époque de partis irrités et dans une société d'étiquette ; on ne lui épargna l'envie ni la haine. On lui en voulait en certains cercles fanatiques pour l'éclat de son salon, pour ses opinions libérales, pour l'espèce de gens, disait-on, qu'elle voyait : ses amis recevaient quelquefois d'odieuses lettres anonymes. Elle ne put ignorer ces manéges, et elle en souffrait, et elle travaillait à se détacher en esprit d'un monde où les inimitiés sont si actives, où les amitiés deviennent trop souvent plus lentes et infidèles. Toutes ces passions humainement si nobles, ces zèles excessifs, soit politiques, soit maternels, ces préférences, ces fougues d'une âme qui aspire à trop étreindre, commencèrent de s'abattre peu à peu en prière et en larmes de paix devant Dieu. Ses souffrances physiques étaient devenues par moments atroces, insupportables; elle les acceptait patiemment, elle s'appliquait de tout son cœur à souffrir, elle y mettait presque de la passion, si l'on ose dire, une passion dernière et sublime. Dans cette ruine successive des organes, son cœur sembla redoubler jusqu'au bout d'ardeur et de jeunesse. Presque séparée du monde alors, entourée des soins les plus constamment pieux par sa fille Mme la duchesse de Rauzan, tantôt à Paris, tantôt à Saint-Germain, finalement à Nice, où elle mourut en janvier 1829, elle fut toute aux pensées graves et immortelles qu'accompagnaient et nourrissaient encore des soins assidus de bienfaisance. Son autre fille si désirée, Mme la comtesse de La Rochejaquelein, accourue à Nice, put l'entourer aussi des derniers témoignages et recevoir son suprême sourire. Parmi les courtes *Réflexions chrétiennes* tracées de sa main, il en est sur *les passions, la force, l'indulgence*. Dans la première, qui a pour titre *Veillez et priez*, on lit[a]: «Presque toutes ces douleurs morales, ces déchirements de cœur qui bouleversent notre vie, auraient été prévenus, si nous eussions veillé; alors nous n'aurions pas donné entrée dans notre âme à ces passions qui

a. Les *Réflexions et Prières* ont été imprimées à part (1839).

toutes, même les plus légitimes, sont la mort du corps et de l'âme. Veiller, c'est soumettre l'involontaire... » Quel sens mélancolique et profond les simples paroles suivantes n'empruntent-elles pas sur les lèvres de Mme de Duras ! « À mesure qu'on avance, les illusions s'évanouissent, on se voit enlever successivement tous les objets de ses affections. L'attrait d'un intérêt nouveau, le changement des cœurs, l'inconstance, l'ingratitude, la mort, dépeuplent peu à peu ce monde enchanté dont la jeunesse faisait son idole... Aimer Dieu, c'est adorer à leur source les perfections que nous espérions trouver dans les créatures et que nous y avons vainement cherchées. Ce peu de bien qui se rencontre quelquefois dans l'homme, c'est en Dieu que nous eussions dû l'aimer ! » Plus loin elle implore la crainte de Dieu comme un aiguillon de la paresse et de la langueur ; elle demande la force, car, dit-elle, ce manque de force est un des grands dangers des conversions tardives. Mais on se fera idée surtout de sa manière de moraliste chrétien et de cette subtilité tendre qui va jusqu'au dernier repli d'un sentiment, par la méditation sur *l'indulgence* :

L'INDULGENCE

Pardonnez-leur, mon Dieu,
car ils ne savent ce qu'ils font !
Évangile.

« Cette parole donne à la fois le précepte et la raison de l'indulgence. Il y a plusieurs manières de pardonner ; toutes sont bonnes, parce que toutes sont chrétiennes ; mais ces pardons diffèrent entre eux comme les vertus qui les ont produits. On pardonne pour être pardonné ; on pardonne parce qu'on se reconnaît digne de souffrir, c'est le pardon de l'humilité; on pardonne pour obéir au précepte de rendre le bien pour le mal: mais aucun de ces pardons ne comprend l'excuse des peines qu'on nous a faites. Le pardon de Jésus-Christ est le vrai pardon chrétien: «Ils ne savent ce qu'ils font.» Il y a, dans ces touchantes paroles, l'excuse de l'offenseur et la consolation de l'offensé, la seule consolation possible de ces douleurs morales, où le mal qu'on nous a fait n'est, pour ainsi dire, que secondaire. Ce qui met le comble au chagrin, c'est de trouver des torts sans excuse à ceux qu'on aime; là il y a une excuse: «Ils ne savent ce qu'ils font!» Ils nous ont déchiré le cœur, mais ils ne savaient ce qu'ils faisaient; ils étaient aveuglés, leurs yeux étaient fermés; vos propres souffrances sont le gage de leur ignorance. La pitié est dans le cœur de l'homme; de grands torts viennent toujours d'un grand aveuglement. Comment croire qu'on puisse causer de sang-froid et volontairement ces chagrins déchirants qui font souffrir mille morts avant de mourir? Comment croire qu'on voudrait briser un cœur qui, peut-être pendant des années entières, vous a chéri, adoré, excusé, qui avait fait de vous son idole? Car telle est l'ingratitude, source des plus grands chagrins; elle consiste à méconnaître les sentiments dont on est l'objet, parce que le cœur est incapable de les payer de retour et d'en produire de semblables: il y a là cette impuissance, cette ignorance, qui font l'excuse. Donner l'affection à ceux qui ne la sentent pas, c'est vouloir donner la vue aux aveugles, l'ouïe aux sourds. Pardonnez-leur, mon Dieu, ils ne savent ce qu'ils font; pardonnez-leur sans qu'ils aient à faire retour sur eux-mêmes, sans que ce pardon me soit compté pour une vertu, puisqu'il n'est qu'une justice; mais ayez pitié de moi, et enseignez-moi à n'aimer que vous, et donnez-moi le repos. Ainsi soit-il.»

Il n'y a rien à ajouter à de telles paroles. Mais ces différents degrés dans le pardon chrétien, ce premier degré où l'on pardonne pour être pardonné, c'est-à-dire par crainte ou par espoir, cet autre degré où l'on pardonne parce qu'on se reconnaît digne de souffrir, c'est-à-dire par humilité, celui enfin où l'on pardonne par égard au précepte de rendre le bien pour le mal, c'est-à-dire par obéissance, ces trois manières, qui ne sont pas encore le pardon tout-à-fait supérieur et désintéressé, m'ont remis en mémoire ce qu'on lit dans l'un des Pères du désert, traduit par Arnauld d'Andilly: «J'ai vu une fois, dit un saint abbé du Sinaï, trois solitaires qui avoient reçu ensemble une même injure, et dont le premier s'étoit senti piqué et troublé, mais néanmoins, parce qu'il craignoit la justice divine, s'étoit retenu dans le silence; le second s'étoit réjoui pour soi du mauvais traitement qu'il avoit reçu, parce qu'il en espéroit être récompensé, mais s'en étoit affligé pour celui qui lui avoit fait cet outrage; et le troisième, se représentant seulement la faute de son prochain, en étoit si fort touché, parce qu'il l'aimoit véritablement, qu'il pleuroit à chaudes larmes. Ainsi l'on pouvoit voir en ces trois serviteurs de Dieu trois différents mouvements: en l'un la crainte du châtiment, en l'autre l'espoir de la récompense, et dans le dernier le désintéressement et la tendresse d'un parfait amour.» Et n'admirez-vous pas comment l'esprit chrétien se maintient fidèle, en ceux qui l'ont, à travers les siècles, et arrive à peu près dans le vieil abbé du Sinaï ou dans la grande dame de nos jours aux mêmes distinctions morales et aux mêmes éclaircissements?

Ainsi se couronne une des vies les plus brillantes,

les plus complètes, les plus décemment mélangées qu'on puisse imaginer, où concourent la Révolution et l'ancien régime, où la naissance, et l'esprit, et la générosité, forment un charme ; une vie de simplicité, de grand ton, de monde et d'ardeur sincère ; une vie passionnée et pure, avec une fin admirablement chrétienne, comme on en lit dans les histoires de femmes illustres au dix-septième siècle ; un harmonieux reflet des talents délicats, naturels, et des morts édifiantes de ce temps-là, mais avec un caractère nouveau qui tient aux orages de nos jours, et qui donne un prix singulier à tout l'ensemble.

Juin 1834[17].

On trouvera quelques lettres de Mme de Duras dans l'ouvrage publié par M. de Falloux : *Madame Swetchine, sa Vie et ses Œuvres* (1860), tome I, pages 207 et suiv. Elles ont un caractère d'élévation et de délicatesse. Mais dit-on jamais tout dans des lettres, et surtout quand on écrit à une Mme Swetchine, n'est-ce pas le cas ou jamais de se composer un peu et de choisir ? J'ai présenté jusqu'ici l'idéal, rien que l'idéal ; je veux cependant, par un tout petit mot saisi au vol, indiquer les discordances. Le monde, même quand il n'est pas odieux ni tout à fait injuste, a une manière sèche de penser et de dire que le moraliste ne doit pas absolument ignorer, bien qu'elle puisse déplaire. Une personne du même monde que Mme de Duras, et qui portait l'esprit de justesse jusqu'à la rigueur, Mme de Boigne, disait : « Mme de Duras a aimé son mari, puis M. d'Angosse, puis M. de Chateaubriand. Elle arrange un peu les choses et explique son malheur à sa manière dans ses lettres à Mme Swetchine. »

On n'a plus à espérer de voir rien paraître des autres productions inédites de Mme de Duras, auxquelles elle attachait pourtant bien du prix, dont elle avait par son testament désigné l'éditeur, et que la circonspection excessive de la famille a retenues assez longtemps pour que l'heure de les publier soit passée : les ouvrages d'esprit ont aussi leur saison. De la lecture rapide qu'il m'a été donné de faire de l'un de ces ouvrages (*Olivier*), j'avais pris en note quelques pensées, notamment celles-ci :

« Il y a des êtres dont on se sent séparé comme par ces murs de cristal dépeints dans les contes de fées : on se voit, on se parle, on s'approche, mais on ne peut se toucher. »

« Il en est des maladies de l'âme comme de celles du corps : celles qui tuent le plus sûrement sont celles qu'on porte avec soi dans le monde ; il y a des désespoirs chroniques (si on osait le dire) qui ressemblent aux maux qu'on appelle ainsi : ils rongent, ils dévorent, ils détruisent, mais ils n'alitent pas. »

« Le désaccord dans les mouvements du cœur irrite comme le désaccord en musique, mais fait bien plus de mal. »

MADAME DE STAËL

I

On aime, après les révolutions qui ont changé les sociétés, et sitôt les dernières pentes descendues, à se retourner en arrière, et, aux divers sommets qui s'étagent à l'horizon, à voir s'isoler et se tenir, comme les divinités des lieux, certaines grandes figures. Cette personnification du génie des temps en des individus illustres, bien qu'assurément favorisée par la distance, n'est pourtant pas une pure illusion de perspective : l'éloignement dégage et achève ces points de vue, mais ne les crée pas. Il est des représentants naturels et vrais pour chaque moment social[1] ; mais, d'un peu loin seulement, le nombre diminue, le détail se simplifie, et il ne reste qu'une tête dominante : Corinne, vue d'un peu loin, se détache mieux au cap Misène.

La Révolution française, qui, en aucune de ses crises, n'a manqué de grands hommes, a eu aussi ses femmes héroïques ou brillantes, dont le nom s'approprie au caractère de chacune des phases successives. L'ancienne société, en finissant, a eu ses vierges et ses captives[2], qui se sont couronnées d'un vif éclat dans les geôles et sur les échafauds. La bourgeoisie, en surgissant, a produit bien vite ses héroïnes aussi et ses victimes. Plus tard, l'orage à peine s'enfuyant, des groupes célèbres de femmes se sont élancés, qui ont fêté l'époque du retour à la vie sociale, à l'opulence et aux plaisirs. L'Empire a eu également ses distinctions dans ce sexe, alors pourtant de peu d'influence. On retrouve à la Restauration quelque nom de femme supérieure qui la représente dans la meilleure partie de ses mœurs et dans la distinction modérée de ses nuances. Mais ces diverses renommées successives, qui s'attachent à chacune des phases de la Révolution, viennent, en quelque sorte, trouver leur place et se donner rendez-vous en une seule célébrité qui les comprend et les concilie toutes dans leur ensemble, qui participe de ce qu'elles eurent de brillant ou de dévoué, de poli ou d'énergique, de sentimental ou de viril, d'imposant, de spirituel et d'inspiré, en relevant de plus, en encadrant tous ces dons par le génie qui les fait valoir et les immortalise. Issue de souche réformatrice par son père, Mme de Staël se rallie par son éducation et sa première jeunesse aux salons de l'ancien monde. Les personnages parmi lesquels elle a grandi, et qui sourirent à son précoce essor, sont tous ceux qui composent le cercle le plus spirituel des dernières années d'autrefois ; lisant vers 1810, au temps de ses plus grandes persécutions, la Correspondance de Mme du Deffand et d'Horace Walpole[3], elle se retrouvait singulièrement émue au souvenir de ce grand monde, dont elle avait connu beaucoup de personnages et toutes les familles. Si elle s'y fit remarquer dans sa première attitude par quelque chose de sentimental et d'extrêmement animé, à quoi se prenaient certaines aristocraties envieuses, c'est qu'elle était destinée à porter du mouvement et de l'imprévu partout où elle se serait trouvée. Mais, même en se continuant dans ce cercle pacifique, sa vie en devenait déjà l'un des plus incontestés ornements, et elle allait prolonger, sous une forme moins régulière et plus grandiose, cette galerie des salons illustres de l'ancienne société française. Mme de Staël reproduit donc suffisamment en elle cette manière et ce charme d'autrefois ; mais elle ne s'en tient pas à cet héritage, car ce qui la distingue, comme la plupart des génies, et plus éminemment qu'aucun autre, c'est l'universalité d'intelligence, le besoin de renouvellement, la capacité des affections. À côté des succès traditionnels et déjà classiques de Mme du Deffand, de Mme de Beauvau[4], qu'elle eût continués à sa manière en les rompant avec originalité, elle ne sent pas moins l'énergie récente, le génie plébéien et la virilité des âmes républicaines. Les héroïsmes de Mme Roland et de Charlotte Corday la trouvent prête et sont à l'aise dans son cœur[5] ; ses délicatesses pour les autres nobles amitiés n'y perdent rien. Véritable sœur d'André Chénier en instinct de dévouement, elle a un cri d'éloquence pour la reine, comme lui pour Louis XVI[6] ; elle viendrait la défendre à la barre, s'il y avait chance de la sauver. Elle subit bientôt, et, dans son livre *de l'Influence des Passions*[7], elle exprime toute la tristesse du stoïcisme vertueux en ces temps d'oppression où l'on ne peut que mourir. Sous la période directoriale, ses écrits, sa conversation, sans exclure les qualités précédentes, admettent un ton plus sévère ; elle soutient la cause de la philosophie, de la perfectibilité, de la république modérée et libre, tout comme l'aurait pu faire la veuve de Condorcet. C'est alors ou peu après[8], dans la préface de *la Littérature considérée dans ses Rapports avec les Institutions sociales*, qu'elle exprimait cette mâle pensée : « Quelques vies de Plutarque, une lettre de Brutus à Cicéron, des paroles de Caton d'Utique dans la langue d'Addison, des réflexions que la haine de la tyrannie inspirait à Tacite,... relèvent l'âme que flétrissaient les événements contemporains. » Et cela ne l'empêche pas au même moment de se rouvrir et de se complaire à toutes les amitiés de l'ancien monde, à mesure qu'elles reparaissent de l'exil. Et, tout à côté, elle apprécie, elle accueille en son cœur la renommée de femme de ce temps la plus en vogue[a], la plus ornée et la plus pure ; elle s'en entoure comme d'une guirlande, tandis que les *Lettres de Brutus* restent entr'ouvertes encore, et que M. de Montmorency lui sourit avec piété[9]. Ainsi, tour à tour ou à la fois, le mouvement d'esprit des salons du dix-huitième siècle, la vigueur des espérances nouvelles et des fortes entreprises, la tristesse du patriotisme stoïque, comme le retour aux gracieuses amitiés et l'accès aux modernes élégances se mêlent ou se succèdent en cette âme aussi diverse que véritablement complète. — Et plus tard, à sa rentrée en France après l'Empire, dans les trop courtes années qu'elle vécut, la voilà qui saisit avec la même promptitude le sens des transactions nécessaires, et sa liaison plus fréquente, dans les derniers temps, avec des personnes comme Mme de Duras, achève de placer en son existence toutes les teintes caractéristiques des phases sociales où elle a passé, depuis le salon à demi philosophique et novateur de sa mère jusqu'au royalisme libéral de la Restauration[10]. À la prendre sous ce point de vue, l'existence de Mme de Staël est dans son entier comme

a. Mme Récamier.

un grand empire qu'elle est sans cesse occupée, non moins que cet autre conquérant, son contemporain et son oppresseur, à compléter et à augmenter. Mais ce n'est pas dans un sens matériel qu'elle s'agite ; ce n'est pas une province après une province, un royaume après un autre, que son activité infatigable convoite et entasse : c'est dans l'ordre de l'esprit qu'elle s'épand sans cesse ; c'est la multiplicité des idées élevées, des sentiments profonds, des relations enviables, qu'elle cherche à organiser en elle, autour d'elle. Oui, en ses années de vie entière et puissante, instinctivement et par l'effet d'une sympathie, d'une curiosité impétueuse, elle aspirait, on peut le dire avec éloge, elle aspirait à une vaste cour, à un empire croissant d'intelligence et d'affection, où rien d'important ou de gracieux ne fût omis, où toutes les distinctions de talent, de naissance, de patriotisme, de beauté, eussent leur trône sous ses regards : comme une impératrice de la pensée, elle aimait à enserrer dans ses libres domaines tous les apanages. Quand Bonaparte la frappa, il en voulait confusément à cette rivalité qu'elle affectait sans s'en rendre compte elle même.

Le caractère dominant de Mme de Staël, l'unité principale de tous les contrastes qu'elle embrassait, l'esprit rapide et pénétrant qui circulait de l'un à l'autre et soutenait cet assemblage merveilleux, c'était à coup sûr la conversation[11], la parole improvisée, soudaine, au moment où elle jaillissait toute divine de la source perpétuelle de son âme : c'était là, à proprement parler, ce qui constituait pour elle *la vie,* mot magique qu'elle a tant employé, et qu'il faut employer si souvent à son exemple en parlant d'elle. Tous les contemporains se montrent unanimes là-dessus. Il en est d'elle comme du grand orateur athénien : quand vous admirez et que vous

vous émouvez aux pages spirituelles ou brûlantes, quelqu'un toujours peut dire : Que serait-ce donc si vous l'aviez entendue elle-même ? Les adversaires et les critiques qui se servent volontiers d'une supériorité pour en combattre une autre dans tout grand individu trop complet à leurs yeux[a], qui prennent acte du talent déjà prouvé contre le talent nouveau auquel il prétend, rendent sur ce point à Mme de Staël un hommage intéressé et quelque peu perfide, égal, quoi qu'il en soit, à celui de ses admirateurs. Fontanes, en 1800, terminait les fameux articles du *Mercure* par ces mots : « En écrivant, elle croyait converser encore. Ceux qui l'écoutent ne cessent de l'applaudir ; je ne l'entendais point quand je l'ai critiquée... » Longtemps, en effet, les écrits de Mme de Staël se ressentirent des habitudes de sa conversation. En les lisant, si courants et si vifs, on croirait souvent l'entendre. Des négligences seulement, des façons de dire ébauchées, des rapidités permises à la conversation et aperçues à la lecture, avertissent que le mode d'expression a changé et eût demandé plus de recueillement. Mais, quelles qu'aient été chez Mme de Staël la supériorité et la prédominance de sa conversation sur son style écrit, du moins par rapport à ses premiers ouvrages, il n'en est pas d'elle comme des grands hommes orateurs, improvisateurs, les Mirabeau, les Diderot, un peu pareils aux Talma, puissantes renommées qui eurent le sceptre et dont il reste des témoignages écrits bien inférieurs à leur action et à leur gloire : elle a laissé assez d'œuvres durables pour témoigner dignement d'elle-même, et n'avoir pas besoin devant la postérité d'explications étrangères, ni du cortége

a. « Sed mos est hominum ut nolint eumdem pluribus rebus excellere, » a dit Cicéron (*Brutus*, XXI). Et à plus forte raison quand au lieu de *eumdem*, on a *eamdem*[12].

des souvenirs contemporains. Peut-être, et M. de Chateaubriand l'a remarqué dans un jugement porté sur elle vers l'époque de sa mort, pour rendre ses ouvrages plus parfaits il eût suffi de lui ôter un talent, celui de la conversation[13]. Telle que nous la voyons réalisée pourtant, sa part d'écrivain est assez belle. Malgré les défauts de sa manière, a dit M. de Chateaubriand au même endroit, elle ajoutera un nom de plus à la liste des noms qui ne doivent point mourir. Ses écrits, en effet, dans l'imperfection même de beaucoup de détails, dans la succession précipitée des aperçus et le délié des mouvements, ne traduisent souvent que mieux sa pensée subtile, son âme respirante et agitée ; et puis, comme art, comme poëme, le roman de *Corinne*, à lui seul, présenterait un monument immortel. Artiste à un haut degré par *Corinne*, Mme de Staël demeure éminente en ses autres développements, à titre de politique, de moraliste, de critique et d'écrivain de mémoires. C'est cette vie une et variée, émanation de l'âme à travers les écrits, et qui ne circulait pas moins à l'entour et dans les circonstances de leur composition, que nous voudrions essayer d'évoquer, de concentrer par endroits, pour rendre aux autres l'impression sensible que nous nous en sommes formée. Nous savons combien il est délicat de faire accorder cette impression en partie conjecturale et déjà poétique avec celle de la réalité encore récente, combien les contemporains immédiats ont toujours quelque particularité à opposer à l'image qu'on veut concevoir de la personne qu'ils ont connue ; nous savons tout ce que nécessairement il y a, dans une vie diverse, orageuse, d'infractions de détail au dessin général qu'on en recompose à distance : mais ceci d'abord est bien moins une biographie qu'une idée, un reflet de peinture morale sur la critique littéraire ; et j'ai tâché, d'ailleurs, dans les traits généraux de ce grand esprit, de tenir compte de beaucoup plus de détails et de souvenirs minutieux qu'il ne convenait d'en exprimer.

Mlle Germaine Necker, élevée entre la sévérité un peu rigide de sa mère et les encouragements tantôt enjoués, tantôt éloquents, de son père, dut pencher naturellement de ce dernier côté, et devint de bonne heure un enfant prodigieux. Elle avait sa place dans le salon, sur un petit tabouret de bois, près du fauteuil de Mme Necker, qui l'obligeait à s'y tenir droite ; mais ce que Mme Necker ne pouvait contraindre, c'étaient les réponses de l'enfant aux personnages célèbres[14], tels que Grimm, Thomas, Raynal, Gibbon, Marmontel, qui se plaisaient à l'entourer, à la provoquer de questions, et qui ne la trouvaient jamais en défaut. Mme Necker de Saussure a peint à merveille ces commencements gracieux dans l'excellente notice qu'elle a écrite sur sa cousine. Mlle Necker lisait donc des livres au-dessus de son âge, allait à la comédie, en faisait des extraits au retour ; plus enfant, son principal jeu avait été de tailler en papier des figures de rois et de reines, et de leur faire jouer la tragédie : ce furent là ses marionnettes comme Goëthe eut les siennes. L'instinct dramatique, le besoin d'émotion et d'expression, se trahissaient en tout chez elle. Dès onze ans, Mlle Necker composait des portraits, des éloges, suivant la mode d'alors. Elle écrivit à quinze ans des extraits de *l'Esprit des Lois*, avec des réflexions ; à cet âge, en 1781, lors de l'apparition du Compte-rendu, elle adressa à son père une lettre anonyme où son style la fit reconnaître. Mais ce qui prédominait surtout en elle, c'était cette sensibilité qui, vers la fin du dix-huitième siècle, et principalement par l'influence de Jean-Jacques, devint régnante sur les jeunes cœurs, et qui offrait un si singulier contraste avec l'analyse excessive et les prétentions incrédules du reste de l'époque. Dans cette revanche un peu désordonnée des puissances instinctives de l'âme, la rêverie, la mélancolie, la pitié, l'enthousiasme pour le génie, pour la nature, pour la vertu et le malheur, ces sentiments que *la Nouvelle Héloïse* avait propagés, s'emparèrent fortement de Mlle Necker, et imprimèrent à toute la première partie de sa vie et de ses écrits un ton ingénument exagéré, qui ne laisse pas d'avoir son charme, même en faisant sourire. Cette disposition se montra tout d'abord dans son enthousiasme pour son père, enthousiasme que le temps et la mort ne firent qu'accroître, mais qui a sa source en ces premières années ; c'était au point de paraître, en certains moments, comme jalouse de sa mère. Racontant, dans la vie de M. Necker, le long séjour qu'il fit à Paris, jeune et non marié encore, Mme de Staël a pu dire : « Quelquefois, en causant avec moi dans sa retraite, il repassait ce temps de sa vie dont le souvenir m'attendrissait profondément, ce temps où je me le représentais si jeune, si aimable, si seul ! ce temps où nos destinées auraient pu s'unir pour toujours, si le sort nous avait créés contemporains. » Et plus loin, parlant de sa mère : « Il lui fallait l'être l'unique, elle l'a trouvé, elle a passé sa vie avec lui. Dieu lui a épargné le malheur de lui survivre !... elle a plus mérité que moi d'être heureuse[15]. » Ce culte de Mme de Staël pour son père, c'est, avec plus de solennité et certes non moins de profondeur, l'inverse et le pendant du sentiment de Mme de Sévigné pour sa fille ; on aime à rencontrer de si ardentes et de si pures affections chez de si brillants esprits. Quant à Mme de Staël, on se rend mieux compte encore de cette chaleur et de cette durée du culte filial : dans cette ruine successive, qui se fait en avançant, de toutes les illusions du cœur et de la pensée, un seul être mortel, un seul entre ceux d'autrefois et des plus anciennement aimés, était resté debout en son souvenir, sans atteinte, sans tache, sans diminution aucune ni infidélité au passé, et sur cette tête auguste reposaient, immortelles et déjà célestes, toutes les flammes, ailleurs évanouies, de sa jeunesse.

À cet âge d'exaltation, la rêverie, les combinaisons romanesques, le sentiment et les obstacles qu'il rencontre, la facilité à souffrir et à mourir, étaient, après le culte singulier pour son père, les plus chères occupations de son âme, de cette âme *vive et triste*, et *qui ne s'amusait que de ce qui la faisait pleurer*. Elle aimait écrire sur ces sujets de prédilection, et le faisait à la dérobée, ainsi que pour certaines lectures que Mme Necker n'eût pas choisies. Je me la figure dans le cabinet d'étude, sous les yeux de sa mère assise, elle debout, se promenant de long en large un volume à la main, et tour à tour lisant le livre de rigueur quand elle s'avançait vers sa mère, et puis reprenant le roman sentimental, quelque nouvelle de Mme Riccoboni peut-être, lorsqu'elle s'éloignait à pas lents. Elle disait plus tard que l'enlèvement de Clarisse avait été l'un des événements de sa jeunesse : mot charmant, une fois trouvé, qui résume tout un monde d'émotions premières ; que ce soit à propos de *Clarisse* ou de quelque autre, chaque imagination poétique et tendre peut se redire cela. — Le plus précoce des écrits imprimés de Mlle Necker, s'il était réellement d'elle, devrait être un volume intitulé *Lettres de Nanine à Simphal*, que M. Beuchot paraît attribuer à notre auteur, mais qui fut désavoué dans le temps (1818). Ce petit roman, qui n'offre rien qu'une jeune personne exaltée et innocente n'ait pu imaginer, et dont le fond ne diffère guère de *Sophie*, de *Mirza*, de *Pauline*[16], et autres productions du premier début, est d'une inexpérience de style et de composition plus grande encore. Je n'y ai trouvé à remarquer, comme ton de l'époque, comme couleur du paysage familier aux héroïnes de quatorze ans, que ces paroles de Nanine : « Je parvins hier matin à aller au tombeau ; j'y versai un torrent de ces larmes précieuses que le sentiment et la douleur fournissent aux malheureux de mon espèce. Une grande pluie qui survint me fit croire la nature sensible à mes maux. Chaque feuille semblait pleurer avec moi ; les oiseaux semblaient interdits par mes gémissements. Cette idée saisit tellement mon âme, que je fis tout haut à l'Éternel les plus véhémentes prières. Ne pouvant rester longtemps dans ce désert, je revins cacher ici ma tristesse, etc. »

Sophie, ou *les Sentiments secrets*, composé à vingt ans, vers 1786 ou même auparavant, est un drame en vers dont la scène se passe dans un jardin anglais, en vue d'une urne environnée de cyprès et d'arbres funèbres. Cécile, enfant de six ans, s'avançant vers la triste Sophie, qu'une passion silencieuse dévore, lui dit :

Pourquoi donc loin de nous restes-tu maintenant ?
Mon père est inquiet.

SOPHIE.

Ton père ?

CÉCILE.

Mon amie,
Il redoute pour toi de la mélancolie.
Explique-moi ce mot.

N'est-ce pas ainsi que Mlle Necker demanda un jour brusquement à la vieille maréchale de Mouchy ce qu'elle pensait de l'amour? folle histoire dont s'égayait tant M. Necker et dont sa fille aimait chaque fois à le faire ressouvenir. Il y avait, sinon dans les premiers écrits de Mme de Staël, du moins dans sa personne, une vivacité alliée à la tristesse, une spirituelle pétulance à côté de la mélancolie, une facilité piquante à saisir vite son propre ridicule et à en faire justice, qui la sauvait de toute fadeur, et qui attestait le vigueur saine du dedans.

C'est dans la pièce de *Sophie* que se trouvent ces charmants vers dont se souviennent volontiers encore quelques personnes contemporaines de l'auteur: lorsqu'on les entend pour la première fois, on s'étonne de ne les point connaître, on se demande où Mme de Staël a pu les dire; on ne s'aviserait point de chercher là cette jolie perle un peu noyée:

> Mais un jour vous saurez ce qu'éprouve le cœur,
> Quand un vrai sentiment n'en fait pas le bonheur;
> Lorsque sur cette terre on se sent délaissée,
> Qu'on n'est d'aucun objet la première pensée;
> Lorsque l'on peut souffrir, sûre que ses douleurs
> D'aucun mortel jamais ne font couler les pleurs.
> On se désintéresse à la fin de soi-même,
> On cesse de s'aimer, si quelqu'un ne nous aime;
> Et d'insipides jours, l'un sur l'autre entassés,
> Se passent lentement et sont vite effacés.
>
> *(Acte II, scène VIII.)*

Les trois nouvelles, publiées en 95, et composées dix ans auparavant, *Mirza, Adélaïde et Théodore, Pauline*, ont tout à fait la même couleur que *Sophie*, et leur prose facile les rend plus attachantes. Ce sont toujours (que la scène se passe en Afrique chez les nègres ou au fond de nos parcs anglais), ce sont des infortunés que la sensibilité enveloppe d'un nuage, des amants que la nouvelle funeste d'une infidélité réduit à l'état d'ombres ; c'est quelque tombeau qui s'élève au sein des bosquets. Je crois, en lisant ces évanouissements, ces morts si promptes, me retrouver avec les personnages, assez semblables, du bon abbé Prevost, ou plutôt je me promène véritablement dans les bosquets de Saint-Ouen où Mlle Necker égarait ses rêves, dans les jardins d'Ermenonville où tant de pèlerinages allaient s'inspirer. Je comprends sous quelles allées ont erré, de quels ombrages sont sorties en pleurs Mmes de Montolieu et Cottin, et Mme Desbordes-Valmore. Ce ne devait être pour Mme de Staël qu'un séjour passager, une saison de sa première jeunesse. Plus tard... bientôt... brisée par le spectacle des passions publiques, avertie peut-être aussi par quelque blessure, elle sera en réaction contre elle-même, contre cette expansion extrême de la sensibilité. Dans son livre *de l'Influence des Passions*, elle essaiera de les combattre, elles les voudrait supprimer ; mais son accent accusateur en est plein encore, et cette voix qui s'efforce ne paraît que plus émue. Tant d'appareil stoïque aboutit bien vite à *Delphine* ; elle restera toute sa vie le génie le plus entraîné et le plus aimant.

M. de Guibert avait tracé de Mlle Necker, lorsqu'elle atteignait déjà sa vingtième année, un portrait brillant, cité par Mme Necker de Saussure. Ce morceau est censé traduit d'un poëte grec, et exprime bien le goût de la société d'alors, celui du *Jeune Anacharsis* ; les portraits du duc et de la duchesse de Choiseul ont été donnés, on le sait, par l'abbé Barthélemy, sous les noms d'Arsame et de Phédime. Voici quelques traits de celui de Zulmé par M. de Guibert : « Zulmé n'a que vingt ans, et elle est la prêtresse la plus célèbre d'Apollon ; elle est celle dont l'encens lui est le plus agréable, dont les hymnes lui sont les plus chers... Ses grands yeux noirs étincelaient de génie, ses cheveux de couleur d'ébène retombaient sur ses épaules en boucles ondoyantes ; ses traits étaient plutôt prononcés que délicats, on y sentait quelque chose au-dessus de la destinée de son sexe[17]... » J'ai eu moi-même sous les yeux un portrait peint de Mlle Necker, toute jeune personne ; c'est bien ainsi : cheveux épars et légèrement bouffants, l'œil confiant et baigné de clarté, le front haut, la lèvre entr'ouverte et parlante, modérément épaisse en signe d'intelligence et de bonté ; le teint animé par le sentiment ; le cou, les bras nus, un costume léger, un ruban qui flotte à la ceinture, le sein respirant à pleine haleine ; telle pouvait être la Sophie de l'*Émile*, tel l'auteur des *Lettres sur Jean-Jacques*, accompagnant l'admirable guide en son Élysée, s'excitant de chacun de ses pas, allant, revenant sans cesse, tantôt à côté et quelquefois en avant.

Les *Lettres sur Jean-Jacques*, composées dès 1787, sont, à vrai dire, le premier ouvrage de Mme de Staël, celui duquel il faut dater avec elle, et où se produisent, armées déjà de fermeté et d'éloquence, ses dispositions, jusque-là vaguement essayées. Grimm, dans sa Correspondance[a], donne des extraits de ce *charmant ouvrage* comme il l'appelle, dont il ne fut tiré d'abord qu'une vingtaine d'exemplaires, mais qui, malgré les réserves infinies de la distribution, ne put bientôt échapper à l'honneur d'une édition publique. Avant de donner des

a. Grimm ou peut-être son secrétaire et suppléant, l'aimable Meister, qui tenait souvent la plume pour lui en ces années.

extraits du livre, le spirituel habitué du salon de Mme Necker vante et caractérise « cette jeune personne entourée de toutes les illusions de son âge, de tous les plaisirs de la ville et de la cour, de tous les hommages que lui attirent la gloire de son père et sa propre célébrité, sans compter encore un désir de plaire tel qu'il suppléerait seul peut-être tous les moyens que lui ont prodigués la nature et le destin. » Les *Lettres sur Jean-Jacques* sont un hommage de reconnaissance envers l'auteur admiré et préféré, envers celui même à qui Mme de Staël se rattache le plus immédiatement. Assez d'autres dissimulent avec soin, taisent ou critiquent les parents littéraires dont ils procèdent : il est d'une noble candeur de débuter en avouant, en célébrant celui de qui l'on s'est inspiré, des mains duquel on a reçu le flambeau, celui d'où nous est venu ce large fleuve de la belle parole dont autrefois Dante remerciait Virgile ; Mme de Staël, en littérature aussi, avait de la passion filiale. Les *Lettres sur Jean-Jacques* sont un hymne, mais un hymne nourri de pensées graves, en même temps que varié d'observations fines, un hymne au ton déjà mâle et soutenu, où Corinne se pourra reconnaître encore après être redescendue du Capitole. Tous les écrits futurs de Mme de Staël en divers genres, romans, morale, politique, se trouvent d'avance présagés dans cette rapide et harmonieuse louange de ceux de Rousseau, comme une grande œuvre musicale se pose, entière déjà de pensée, dans son ouverture[18]. Le succès de ces Lettres, qui répondaient au mouvement sympathique du temps, fut universel.

Grimm parle également (mais d'après un manuscrit communiqué), et donne un extrait de l'*Éloge de M. de Guibert* (1789), imprimé seulement depuis dans l'édition des œuvres complètes. L'enthousiasme de Mme de Staël ne va pas moins haut pour l'objet de cet éloge que tout à l'heure il n'éclatait pour Jean-Jacques, bien qu'un tel sentiment puisse sembler ici moins motivé : elle a semé dans cet écrit les vues politiques hardies et neuves, en y prodiguant trop l'apothéose et la croyance au génie. À travers son exagération pathétique, qu'elle prend pour de la *modération*, elle réussit, quoi qu'il en soit, à nous faire estimer et plaindre ce personnage, fort admiré et fort envié en son temps, tout simplement oublié depuis, et qui ne vivra désormais un peu que par elle. M. de Guibert, dans son discours de réception à l'Académie, répéta nombre de fois le mot de *gloire*, trahissant par là involontairement, dit-elle, sa passion auguste. Pour moi, je sais gré à cet esprit noblement ambitieux, à cet homme de génie manqué, d'avoir conçu, l'un des premiers, les idées et les moyens de réforme, les états-généraux, la milice citoyenne ; mais je lui sais gré surtout d'avoir auguré avec certitude et exprimé à l'avance, sous les traits de Zulmé, les grandeurs futures de Corinne. Les succès de littérature et de monde attirèrent dès ce temps à Mme de Staël le persiflage des esprits railleurs, comme nous les verrons plus tard se liguer de nouveau contre elle, à l'époque de 1800. Champcenetz et Rivarol, qui avaient donné le *Petit Dictionnaire des grands Hommes* en 1788, firent, deux ans après, un autre *Petit Dictionnaire des grands Hommes de la Révolution*, et le dédièrent *à la baronne de Staël, ambassadrice de Suède auprès de la Nation*. Cette épître atteignit du premier coup le diapason du ton auquel furent montées la plupart des critiques venues dans la suite. Rivarol et Champcenetz possédaient bien en effet le tour d'ironie dont plus tard les Fiévée, les Michaud et autres firent preuve contre Mme de Staël[19]. Mais dès lors, au dire de Grimm, l'objet de ces satires avait su se placer à une hauteur où de pareils traits ne portaient pas[20]. — Les terribles événements de la Révolution française vinrent couper court à cette première partie d'une vie littéraire si brillamment accueillie, et suspendre, utilement, je le crois, pour la pensée, le tourbillon mondain qui ne laissait pas de trêve.

Malgré sa croyance absolue en M. Necker, malgré l'adoption complète et la revendication définitive qu'elle fit des idées politiques de son père dans le livre des *Considérations sur la Révolution française*[21], il faut noter que Mme de Staël, jeune, enthousiaste, se hasardait alors plus loin que lui dans la même route. Elle ne se tenait pas aux combinaisons de la Constitution anglaise; elle allait aussi avant sur bien des points que les royalistes constitutionnels de la plus vive génération, tels que MM. de Narbonne, de Montmorency, et M. de La Fayette lui-même. En un mot, s'il fallait dès lors assigner une ligne politique à une pensée si traversée et si balancée par les affections, ce serait moins encore dans le groupe de MM. Malouet, Mounier et Necker, qu'on devrait, pour être exact, se représenter Mme de Staël, que dans celui des royalistes constitutionnels de 91, avec lesquels seulement elle s'arrêta. On peut voir d'elle, au reste, un article de journal conservé dans ses œuvres, seule expression écrite de son opinion à cette époque: elle y juge Mirabeau mort, d'un ton de faveur qu'elle a depuis rétracté[a].

a. De curieux détails sur cette époque de la vie de Mme de Staël se peuvent lire dans le *Mémorial* de Gouverneur Morris (édition française, tome I, pages 256-322, presque à chaque page). Morris est un homme d'esprit, moqueur, et qui écrit chaque soir en rentrant chez lui; auprès d'un tel témoin l'enthousiasme a peu de faveur; Mme de Staël, dans sa forme exaltée, n'a pas toujours tort pourtant: « 25 janvier

Mme de Staël quitta Paris, non sans danger, après le 2 septembre[22]. Elle passa l'année de la Terreur au pays de Vaud, avec son père et quelques amis réfugiés, M. de Montmorency, M. de Jaucourt[23]. De ces terrasses de Coppet, au bord du lac de Genève, sa plus fixe méditation était de comparer l'éclatant soleil et la paix de la nature avec les horreurs partout déchaînées de la main des hommes. À part ce cri éloquent de pitié qu'elle fit entendre pour la reine, à part une épître en vers *au Malheur*[24], son talent observa un religieux silence : on entendait de loin, aussi sourds et pressés qu'un bruit de rames sur le lac, les coups réguliers de la machine sur l'échafaud. L'état d'oppression et d'angoisse où Mme de Staël resta durant ces mois funestes ne lui permettait, dans les intervalles de son actif dévouement pour les autres, que de désirer la mort pour elle, d'aspirer à la fin du monde et de cette race humaine si perdue : « Je me serais reproché, dit-elle, jusques à la pensée comme trop indépendante de la douleur. » Le 9 thermidor lui rendit cette faculté de pensée, plus énergique après l'accablement ; et le prompt usage qu'elle en fit fut d'écrire ses *Réflexions sur la paix extérieure et intérieure*, dont la première partie s'adresse *à M. Pitt*, et la seconde *aux Français*[25]. Dans celle-ci principalement, un mélange de commisération profonde et de justice déjà calme, l'appel de toutes les opinions non fanatiques à l'oubli, à la conciliation, la crainte des réactions imminentes et de *tous les extrêmes renaissant les uns des autres*, ces sentiments aussi généreux qu'opportuns marquent à la fois l'éléva-

---

1791 : — à trois heures je vais dîner chez Mme de Staël ; — elle n'est pas encore rentrée. J'y trouve l'abbé Sieyes, il disserte... Mme de Staël dit que les écrits et les opinions de l'abbé formeront une nouvelle ère en politique, comme ceux de Newton en physique. »

tion de l'âme et celle des vues. Il y a une inspiration antique dans cette figure de jeune femme qui s'élance pour parler à un peuple, le pied sur des décombres tout fumants. Il y a de plus une grande sagacité politique et une entente de la situation réelle, dans les conseils déjà mûrs qui lui échappent sous cet accent passionné. Témoin des succès audacieux du fanatisme, Mme de Staël le déclare la plus redoutable des forces humaines ; elle l'estime inévitable dans la lutte et nécessaire au triomphe en temps de révolution, mais elle le voudrait à présent circonscrire dans le cercle régulier qui s'est fait autour de lui. Puisque ce fanatisme se portait sur la forme républicaine qu'il a enfin obtenue, elle convie tous les esprits sages, tous les amis d'une liberté honnête, quel que soit leur point de départ, à se réunir sincèrement en cette nouvelle enceinte ; elle conjure les cœurs saignants de ne pas se soulever contre un fait accompli : « Il me semble, dit-elle, que la vengeance (si même elle est nécessaire aux regrets irréparables) ne peut s'attacher à telle ou telle forme de gouvernement, ne peut faire désirer des secousses politiques qui portent sur les innocents comme sur les coupables. » Il n'est pas en révolution de période plus heureuse, selon elle, c'est-à-dire plus à la merci des efforts et des sacrifices intelligents, que celle où le fanatisme s'applique à vouloir l'établissement d'un gouvernement dont on n'est plus séparé, si les esprits sages y consentent, par aucun nouveau malheur. On voit qu'elle traite le fanatisme tout à fait comme une force physique, comme elle parlerait de la pesanteur, par exemple : grande preuve d'un esprit ferme le lendemain d'une ruine ! Persuadée qu'on n'agit que sur les opinions mixtes, Mme de Staël se montre surtout préoccupée dans cet écrit de convaincre les

Français de sa ligne, les anciens royalistes constitutionnels, et de les rallier franchement à l'ordre de choses établi, pour qu'ils y influent et le tempèrent sans essayer de l'entraver : « Il est bien différent, leur dit-elle, de s'être opposé à une expérience aussi nouvelle que l'était celle de la république en France, alors qu'il y avait tant de chances contre son succès, tant de malheurs à supporter pour l'obtenir ; ou de vouloir, par une présomption d'un autre genre, faire couler autant de sang qu'on en a déjà versé, pour revenir au seul gouvernement qu'on juge possible, la monarchie. » De telles conclusions, on le sent, durent paraître trop républicaines à beaucoup de ceux à qui elles s'adressaient ; elles durent aussi le sembler trop peu aux purs conventionnels et aux républicains par conviction. Dans les autres écrits qu'elle publia jusqu'en 1803, Mme de Staël, nous le verrons, se rattacha de plus en plus près à cette forme de gouvernement et aux conditions essentielles qui la pouvaient maintenir. La plupart des principes philosophiques, qui tendaient à leur développement sous la Constitution de l'an III bien comprise et mieux respectée, trouvèrent un brillant organe en elle durant cette période, assez mal appréciée, de sa vie politique et littéraire. Ce ne fut que plus tard, et surtout vers la fin de l'Empire, que l'idée de la Constitution anglaise la saisit.

Dans le volume de morceaux détachés que Mme de Staël publia en 95, on rencontre, outre trois nouvelles qui datent de sa première jeunesse, un charmant *Essai sur les Fictions*, composé plus récemment, et une *Épître au Malheur ou Adèle et Édouard*, petit poëme écrit sous le coup même de la Terreur. Il est remarquable que, dans cette situation extraordinaire où toutes les facultés habituelles de son talent demeuraient suspendues et comme anéanties, une idée de chant, de poëme lui soit seule venue en manière d'entretien et de soulagement : tant la poésie en vers répond effectivement à la souffrance la plus intérieure, en est la plainte instinctive, l'harmonieux soupir naturellement désiré ; tant ce langage aux souveraines douceurs excellerait, quand tout le reste se tait, à exprimer et à épancher nos larmes. Mais dans ce poëme en vers, comme dans les autres tentatives du même genre, telles que *Jeanne Gray* et *Sophie*, l'intention chez Mme de Staël vaut mieux que le résultat. Ainsi, en cette épître, d'après le sentiment dominant qui l'affectait, et que nous avons indiqué déjà, elle s'écrie :

> Souvent les yeux fixés sur ce beau paysage
> Dont le lac avec pompe agrandit les tableaux,
> Je contemplais ces monts qui, formant son rivage,
> Peignent leur cime auguste au milieu de ses eaux :
> Quoi ! disais-je, ce calme où se plaît la nature
> Ne peut-il pénétrer dans mon cœur agité ?
> Et l'homme seul, en proie aux peines qu'il endure,
> De l'ordre général serait-il excepté ?

Ce sentiment du désaccord de la nature glorieuse et en fête avec les souffrances et la mort de l'homme a inspiré des accents d'amertume ou de mélancolie à la plupart des poëtes de nos jours : à Byron dans le début magnifiquement ironique du second chant de *Lara*[a] ; à Shelley vers la fin si contristée d'*Alastor*[b] ; à M. de Lamartine dans le *Dernier Pèlerinage*

a. *But mighty Nature bounds as from her birth, etc.*
(*Lara*, cant. II.)

b. . . . . *And mighty Earth,*
From sea and mountain, city and wilderness, etc.
(*Alastor*.)

de Childe-Harold[a] ; à M. Hugo en l'un des *Soleils couchants* de ses *Feuilles d'Automne*[b]. Corinne elle-même, au cap Misène, n'a-t-elle pas repris cette haute inspiration : « Ô Terre toute baignée de sang et de larmes, tu n'as jamais cessé de produire et des fruits et des fleurs ! Es-tu donc sans pitié pour l'homme ? et sa poussière retournerait-elle dans ton sein maternel sans le faire tressaillir ?[26] » D'où vient maintenant qu'un poëte par l'âme et par l'expression, comme l'était Mme de Staël, abordant en vers un sentiment si profond chez elle, l'ait prosaïquement rendu ? Cela tiendrait-il, comme le dit Mme Necker de Saussure, à ce que, le mécanisme de la versification s'étant tellement perfectionné en France, le travail qu'il exige amortit la verve quand on n'y est pas suffisamment habitué ? Cela tiendrait-il, comme un critique moins indulgent l'a conjecturé, à ce que, ne s'assujettissant presque jamais, même dans sa prose, à un rigoureux enchaînement, Mme de Staël était peut-être, parmi les contemporains, la personne la moins propre à recevoir avec résignation et à porter avec grâce le joug de la rime ? — Mais d'abord on voit des écrivains éminents, très-sévères, très-accomplis et très-artistes dans leur prose, n'être pas plus avancés, grâce à ces fortes habitudes, pour atteindre à l'expression savante et facile en vers. Et, d'autre part, un des plus harmonieux et grands poëtes que nous

a. *Triomphe, disait-il, immortelle Nature, etc.*
(Dernier Chant de *Childe-Harold*, XLII.)

b. *Je m'en irai bientôt au milieu de la fête,*
Sans que rien manque au Monde immense et radieux.
(*Feuilles d'Automne*, XXXV.)

En comparant les quatre poëtes sur cette même pensée, on saisira bien le caractère différent de leur inspiration habituelle. (Voir aussi dans la Correspondance de Steele et de Pope une lettre du 15 juillet 1712 où cette pensée est exprimée avec bien de la philosophie.)

ayons ne nous offre-t-il pas la singularité d'être volontiers un des plus négligents écrivains, un des moins laborieux à ses vers comme à sa prose ? Il vaut mieux reconnaître qu'indépendamment des habitudes et des tours acquis, le talent de poésie est en nous un don comme le chant. Ceux que la Muse a voués à ces belles régions y arrivent comme sur des ailes. Chez Mme de Staël aussi bien que chez Benjamin Constant, les essais en ce genre furent médiocres : leur pensée si libre, si distinguée, dans la prose, n'emportait jamais, à l'origine, cette forme ailée du vers, qui, pour être véritablement sacrée, doit naître et partir avec la pensée même[27].

Toutes les facultés de Mme de Staël reçurent du violent orage qu'elle venait de traverser une impulsion frémissante, et prirent dans tous les sens un rapide essor. Son imagination, sa sensibilité, sa pénétration d'analyse et de jugement, se mêlèrent, s'unirent et concoururent aussitôt sous sa plume en de mémorables écrits. L'*Essai sur les Fictions*, composé alors, renferme déjà toute la poétique de *Delphine*. Froissée par le spectacle de la réalité, l'imagination de Mme de Staël se reporte avec attendrissement vers des créations meilleures et plus heureuses, vers des peines dont le souvenir du moins et les récits font couler nos plus douces larmes. Mais, en même temps, c'est pour le véritable roman naturel, pour l'analyse et la mise en jeu des passions humaines, que Mme de Staël se prononce entre toutes les fictions ; elle les veut sans mythologie, sans allégorie, sans surnaturel fantastique ou féerique, sans but philosophique trop à découvert. Clémentine[28], Clarisse, Julie, Werther, ces témoins de la toute-puissance du cœur, comme elle les appelle, sont cités en tête des consolateurs chéris : il est aisé de prévoir, à l'émotion qui la saisit en les nommant, qu'il leur naîtra bientôt quelque sœur. Une note de cet *Essai* mentionne avec éloge *l'Esprit des Religions*, ouvrage commencé dès lors par Benjamin Constant, et publié seulement trente ans plus tard. Mme de Staël en avait connu pour la première fois l'auteur en Suisse, vers septembre 94; elle avait lu quelques chapitres de ce livre, qui, au début, dans la conception primitive, remarquons-le en passant, était beaucoup plus *philosophique* et plus d'accord avec les résultats d'analyse du dix-huitième siècle qu'il n'est devenu depuis. — L'*Essai sur les Fictions* nous offre déjà, dans sa rapidité spirituelle, une foule de ces mots vifs, courus et profonds, de ces touches délicieuses de sentiment, comme il n'en échappe qu'à Mme de Staël, et qui lui composent, à proprement parler, sa poésie à elle, sa mélodie rêveuse; elle avait, en les prononçant, des larmes jusque dans les notes brillantes de la voix. Ce sont des riens dont l'accent surtout nous frappe, comme par exemple: *Dans cette vie qu'il faut passer plutôt que sentir*, etc. *Il n'y a sur cette terre que des commencements*,... et cette pensée si applicable à ses propres ouvrages: « Oui, il a raison le livre qui donne seulement un jour de distraction à la douleur; il sert aux meilleurs des hommes. »

Mais ce genre d'inspiration sentimentale, ce mystérieux reflet sorti des profondeurs du cœur, éclaire tout entier le livre *de l'Influence des Passions*, et y répand un charme indéfinissable qui, pour certaines natures douloureuses, et à un certain âge de la vie, n'est surpassé par l'impression d'aucune autre lecture, ni par la mélancolie d'Ossian, ni par celle d'Oberman. Les premières pages du livre sont très-remarquables, en outre, sous le point de vue politique. L'auteur, en effet, qui n'a traité au long que de l'influence des passions sur le bonheur des individus, avait dessein d'approfondir en une seconde partie l'influence des mêmes mobiles sur le bonheur des sociétés, et les questions principales que présageait cette immense recherche sont essayées et soulevées dans une introduction éloquente. Aux prises tout d'abord avec le souvenir du passé monstrueux qui la poursuit, Mme de Staël s'écrie qu'elle n'y veut pas revenir en idée : « À cette affreuse image, tous les mouvements de l'âme se renouvellent ; on frissonne, on s'enflamme, on veut combattre, on souhaite de mourir. » Les générations qui viennent pourront étudier à froid ces deux dernières années ; mais elle, elle ne veut pas y entrer, même par le raisonnement ; elle se tourne donc vers l'avenir ; elle sépare les idées généreuses d'avec les hommes néfastes, et dégage certains principes de dessous les crimes dont on les a souillés ; elle espère encore. Son jugement sur la Constitution anglaise est formel ; elle croit qu'on peut désormais se passer en France des fictions consacrées par cet établissement aristocratique de nos voisins. Elle est, non pour l'antagonisme et l'équilibre des pouvoirs, mais pour leur concours en une même direction, bien qu'avec des degrés de vitesse différents. Dans toutes les sciences, dit-elle, on débute par le plus composé pour arriver au plus simple ; en mécanique, on avait les rouages de Marly avant l'usage des pompes. « Sans vouloir faire d'une comparaison une preuve, peut-être, ajoute-t-elle, lorsqu'il y a cent ans, en Angleterre, l'idée de la liberté reparut dans le monde, l'organisation combinée du Gouvernement anglais était le plus haut point de perfection où l'on pût atteindre alors ; mais aujourd'hui des bases plus simples peuvent donner en France, après la Révolution, des résultats pareils à quelques égards, et supérieurs à d'autres.» La France doit donc persister, selon elle, dans cette grande expérience dont le désastre est passé, dont l'espoir est à venir. «Laissez-nous, dit-elle à l'Europe, laissez-nous en France combattre, vaincre, souffrir, mourir dans nos affections, dans nos penchants les plus chers, renaître ensuite, peut-être, pour l'étonnement et l'admiration du monde!... N'êtes-vous pas heureux qu'une nation tout entière se soit placée à l'avant-garde de l'espèce humaine pour affronter tous les préjugés, pour essayer tous les principes?» Marie-Joseph Chénier aurait dû se souvenir de tant de passages inspirés par le libre génie de ces années d'espérance, plutôt que de se prendre, comme il l'a fait (*Tableau de la Littérature*), à un mot douteux échappé sur Condorcet[29]. Vers la fin de l'introduction, Mme de Staël revient à l'influence des passions individuelles, à cette science du bonheur moral, c'est-à-dire *d'un malheur moindre*, et elle achève en éloquence attendrissante. Le besoin de dévouement et d'expansion, la pitié née des peines ressenties, la prévenance et la sollicitude à soulager, s'il se peut, les douleurs de tous et de chacun, comment dirai-je? la maternité compatissante du génie pour toutes les infortunes des hommes y éclate, y déborde en paroles dont on ne saurait qualifier le timbre et l'accent. Nulle part, aussi visiblement que dans ces admirables pages, Mme de Staël ne s'est montrée ce qu'elle restera toute sa vie, un génie cordial et bon. Il y avait dans ses écrits, dans sa conversation, dans toute sa personne, une émotion salutaire, améliorante, qui se communiquait à ceux qui l'entendaient, qui se retrouve et survit pour ceux qui la lisent. Bien différente des génies altiers d'homme ou de femme, des Lara, des Lélia (je parle de *Lélia* seulement, et non pas de vous, *ô Geneviève! ô Lavinia*[a]*!*), rien chez elle d'arrogant ni d'ironique contre la pauvre humanité. Malgré son goût pour les types incomparables qui font saillie dans ses romans, elle croyait à l'égalité de la famille humaine; Mme Necker de Saussure nous apprend que, même à l'égard des facultés intellectuelles, elle estimait que c'était assez peu de chose au fond, une assez petite disproportion originelle, qui constituait la supériorité des talents éminents sur la moyenne des hommes. Mais, qu'il y ait théorie ou non chez elle, son mouvement naturel n'attend pas, sa voix qui s'empresse fait d'abord appel à toutes les bonnes puissances, les réchauffe en nous et les vivifie. L'effet de sa parole est toujours sociable, conciliant, allant à l'amour de nos semblables. Elle a exprimé, dans ce livre *de l'Influence des Passions*, bien des idées qui sont aussi dans les *Considérations sur la Révolution française*, de M. de Maistre, écrites et publiées précisément à la même date; mais quelle différence de ton! Le patricien méprisant, l'orthodoxe paradoxal et dur se plaît à montrer aux contemporains et aux victimes leurs *neveux qui danseront sur leurs tombes*[30]; cette cervelle puissante juge les désastres à froid et avec une offensante rigidité: Mme de Staël, à travers quelques vapeurs d'illusions, pénètre souvent les choses aussi avant que M. de Maistre, mais comme un génie ému et qui en fait partie. Je n'analyserai pas le livre: qu'on relise seulement le chapitre *de l'Amour*; c'est l'histoire intime, à demi palpitante et voilée, de tout ce cœur de trente ans, telle qu'il nous suffit de la savoir. On y entend

a. Je m'étais attaché de bonne heure, dans George Sand, à distinguer le côté délicat, passionné, et à désirer le voir triompher de l'élément plus fougueux et déclamatoire. Avec les années ce beau génie, sans s'affaiblir, est allé s'épurant.

autour de soi mille échos de pensées qu'on n'oubliera plus : un mot, entre autres, m'est resté, que je redis souvent : *La vie de l'âme est plus active que sur le trône des Césars*. Si l'on me voit tant m'arrêter à ces plus anciens écrits de Mme de Staël, au livre *de l'Influence des Passions*, et bientôt à celui *de la Littérature*, c'est qu'à moi-même Mme de Staël m'est apparue pour la première fois par là ; c'est que je les ai lus, surtout *l'Influence*, non pas à vingt-cinq ans, comme elle le veut, mais plus tôt, à cet âge où tout est simple, rigoureux, en politique, en amour, et plein de solennelles résolutions ; où, en se croyant le plus infortuné des êtres, on rêve ardemment le progrès et la félicité du monde ; à cet âge, de plus en plus regretté, où l'excès des espérances confuses, des passions troublantes, se dissimule sous un stoïcisme qu'on croit éternel, et où l'on renonçait si aisément à tout, parce qu'on était à la veille de tout sentir. Même aujourd'hui, ces deux ouvrages de Mme de Staël, *l'Influence des Passions* et le livre *de la Littérature*, me semblent les illustres produits tout à fait particuliers à une époque qui eut sa gloire, à l'époque directoriale, ou, pour mieux dire, de la Constitution de l'an III. Ils n'eussent pu être écrits auparavant ; ils n'eussent pu l'être ensuite sous l'Empire. Ils me représentent, sous un air de jeunesse, la poésie et la philosophie exaltées, enthousiastes et pures, de cette période républicaine, le pendant en littérature d'une marche de Moreau sur le Rhin ou de quelque premier combat d'Italie. M. de Chateaubriand et tout le mouvement réactionnaire de 1800 ne s'étaient pas produits encore : Mme de Staël seule propageait le sentiment et le spiritualisme poétiques, mais au centre de la philosophie et du siècle.

Le livre *de l'Influence des Passions* obtint un favorable accueil: *le Mercure,* non encore restauré comme il le fut en 1800, en donna des extraits accompagnés de critiques bienveillantes. Mme de Staël était revenue à Paris dès l'année 95, et elle ne cessa, jusqu'à son exil, d'y faire de fréquents et longs séjours. Nous n'avons pas à nous occuper en détail de sa conduite politique, dont elle a tracé la ligne principale dans ses *Considérations sur la Révolution française,* et il serait peu sûr de vouloir suppléer avec des particularités de source équivoque à ce qu'elle n'a pas dit. Mais, dans un morceau très-distingué et très-spirituel sur Benjamin Constant, que la *Revue des Deux-Mondes* a publié[a], il a été donné, de Mme de Staël et de ses relations d'alors, une idée inexacte, assez conforme du reste à un préjugé répandu, et que pour ces motifs nous ne pouvons nous empêcher de rectifier. Le salon de Mme de Staël, à Paris, est représenté comme le centre d'une coterie de mécontents, d'hommes blasés de l'ancien et du nouveau régime, incompatibles avec une république pure, et hostiles à l'établissement intègre qu'on allait, si vainement, essayer. Benjamin Constant y apparaît, au contraire, dans la candeur du noviciat, enclin de sentiments vers les républicains modérés, vers ces mêmes *patriotes* qu'on lui peint dans le salon de Mme de Staël comme des âmes sanguinaires. Exact et bien dirigé en ce qui touche les sentiments politiques de Benjamin Constant, l'ingénieux écrivain n'a pas rendu la même justice à Mme de Staël. Quel qu'ait pu être, en effet, le mélange inévitable de son salon, comme de tous les salons à cette époque bigarrée, les vœux manifestes qu'elle formait n'étaient pas dans un autre sens que l'hono-

a. 1833, 1er volume, p. 185. L'article est de Loève-Veimars.

rable et raisonnable tentative de l'établissement de l'an III. Sans nous en tenir à ce qu'elle exprime là-dessus dans ses *Considérations*, qu'on pourrait soupçonner d'arrangement à distance, nous ne voulons pour preuve que ses écrits de 95 à 1800, et les résultats ostensibles de ses actes. En général, il y a deux sortes de personnes qu'il ne faut jamais consulter ni croire, quand il s'agit des relations et du rôle de Mme de Staël durant cette période : d'une part, les royalistes restés fidèles à leurs vieilles rancunes ; ceux-ci l'accusent d'alliances monstrueuses, de jacobinisme presque, d'adhésion au 18 fructidor[a], que sais-je ? — d'autre part, ceux dont on ne doit pas moins récuser le témoignage à son sujet, ce sont les Conventionnels, plus ou moins ardents, qui, favorables eux-mêmes au 18 fructidor, puis adhérents au 18 brumaire, ont finalement servi l'Empire : ils n'ont jamais rencontré cette femme insoumise que dans des rangs opposés. Les amis politiques, les plus vrais de Mme de Staël, à cette époque, doivent se chercher dans le groupe éclairé et modéré où figurent Lanjuinais, Boissy-d'Anglas, Cabanis, Garat, Daunou, Tracy, Chénier. Elle les estimait, les recherchait ; sa liaison avec quelques-uns d'entre eux était assez grande. À partir du 18 brumaire, un intérêt plus vif s'y mêla ;

a. C'est cette idée assez répandue, qu'elle aurait adhéré ou poussé au 18 fructidor, qui a fait dire d'elle « qu'elle jetait ses amis à l'eau pour se donner le plaisir de les repêcher le lendemain ». En France un bon mot est souvent toute la preuve d'un fait. — Et puisque j'en suis à ces mots-là, je les mettrai ici tels que je les trouve dans les journaux du temps avec les variantes. « Elle avait, disait-on encore, jeté tous ses amis à la mer pour avoir le plaisir de les repêcher à la ligne. » — Une des victimes du 18 fructidor, un respectable déporté (Barbé-Marbois ?), devant qui plus tard elle repoussait avec horreur le soupçon d'avoir participé à ces violences, lui aurait dit : « Je sais, madame, que vous ne vous êtes pas mêlée des détails du voyage, mais vous avez donné le signal du départ. » Enfin M. de Talleyrand, qui avait pris part à ce coup d'État comme ministre, aurait dit, par une de ces courtes formules à lui familières : « Mme de Staël a fait le 18, mais non pas le 19. »

l'opposition de Benjamin Constant au Tribunat devint un dernier nœud de rapprochement. Lorsque le livre *de la Littérature*, en 1800, et *Delphine*, en 1803, parurent, ce fut seulement parmi cette classe d'amis politiques, nous le verrons, qu'elle trouva de zélés défenseurs contre le déchaînement et la virulence du parti contraire. Après cela, hâtons-nous de le dire, nous ne voulons faire, à aucun moment, Mme de Staël plus circonscrite en matière de pensée, plus circonspecte en matière de relations[a], plus exclusive enfin qu'elle ne l'a réellement été. Elle a toujours été précisément le contraire d'être *exclusive*. En même temps que sa jeune et mâle raison se déclarait pour cette cause républicaine, son esprit, ses goûts sympathisaient par mille côtés avec des opinions et des sentiments d'une autre origine, d'une nature ou plus frivole ou plus délicate, mais profondément distincte : c'est son honneur, et un peu son faible, d'avoir pu ainsi allier les contraires. Si Garat, Cabanis, Chénier, Ginguené, Daunou, se réunissaient à dîner chez elle avec Benjamin Constant une fois par semaine ou plutôt par *décade* (on disait encore ainsi), les neuf autres jours étaient destinés à d'autres amis, à d'autres habitudes de société, à des nuances de sentiment qui ne faisaient jamais invasion dans les teintes plus sévères. Tout

a. Un poëte anglais moraliste, et qui, tour à tour aimable ou austère, s'est parfois montré sévère pour la France jusqu'à l'injustice, William Cowper n'a pourtant pas tout à fait tort quand il définit quelque part les Français (à l'occasion de la guerre d'Amérique), ce peuple à l'humeur inquiète et *ingérante* (*meddling*), qui se mêle de tout, — qui se mêle du moins de bien des choses. Mme de Staël ne pouvait s'empêcher d'être plus que personne de cette nation-là. Aussi il lui arriva souvent d'étonner, par ses empressements d'expansion et sa *mise en avant*, des Anglais, des Hollandais, des hommes distingués de ces races réservées et prudentes, lorsqu'ils la rencontraient dans le monde pour la première fois. (Voir page 88 du livre intitulé *Notice et Souvenirs biographiques du comte Van Der Duyn*, etc., recueillis et publiés par le baron de Grovestins, 1852.)

cela, je le crois bien, avait pour elle un certain ordre, une certaine hiérarchie peut-être : M. de Montmorency ou tel autre du même monde ne se serait jamais rencontré, par hasard, chez elle, le jour où les écrivains de la *Décade philosophique*[31] y dînaient réunis. Ginguené en faisait parfois la remarque en s'en revenant, et ne se montrait pas trop satisfait de ces séparations exactes, un peu suspectes, à son gré, d'aristocratie. Ses compagnons le ramenaient bientôt à plus de tolérance : l'amabilité élevée, le charme sérieux de Mme de Staël, maintenait tout.

Le livre *de la Littérature considérée dans ses Rapports avec les Institutions sociales* parut en 1800, un an environ avant cette autre publication rivale et glorieuse qui se présageait déjà sous le titre de *Beautés morales et poétiques de la Religion chrétienne*[32]. Quoique le livre *de la Littérature* n'ait pas eu depuis lors le retentissement et l'influence directe qu'on aurait pu attendre, ce fut, dans le moment de l'apparition, un grand événement pour les esprits, et il se livra à l'entour un violent combat. Nous tâcherons d'en retracer la scène, les accidents principaux, et d'en ranimer quelques acteurs du fond de ces vastes cimetières appelés *journaux*, où ils gisent presque sans nom.

On a souvent fait la remarque du désaccord frappant qui règne entre les principes politiques avancés de certains hommes et leurs principes littéraires opiniâtrement arrêtés. Les libéraux et républicains se sont toujours montrés assez religieusement classiques en théorie littéraire, et c'est de l'autre côté qu'est venue principalement l'innovation poétique, l'audace brillante et couronnée. Le livre *de la Littérature* était destiné à prévenir ce désaccord fâcheux, et l'esprit qui l'a inspiré aurait certes porté fruit à l'entour, si les institutions de liberté politique, nécessaires à un développement naturel, n'avaient été brusquement rompues, avec toutes les pensées morales et littéraires qui tendaient à en ressortir. En un mot, des générations jeunes, si elles avaient eu le temps de grandir sous un régime honnêtement directorial ou modérément consulaire, auraient pu développer en elles cette inspiration renouvelée, poétique, sentimentale, et pourtant d'accord avec les résultats de la philosophie et des lumières modernes, tandis qu'il n'y a eu de mouvement littéraire qu'à l'aide d'une réaction catholique, monarchique et chevaleresque, qui a scindé de nobles facultés dans la pensée moderne : le divorce n'a pas cessé encore.

L'idée que Mme de Staël ne perd jamais de vue dans cet écrit, c'est celle du génie moderne lui-même, toutes les fois qu'il marche, qu'il réussit, qu'il espère ; c'est la perfectibilité indéfinie de l'espèce humaine. Cette idée, qui se trouve déjà éclose chez Bacon quand il disait : *Antiquitas sœculi, juventus mundi*[33] ; que M. Leroux (*revue Encyclopédique*, mars 1833) a démontrée explicite au sein du dix-septième siècle, par plus d'un passage de Fontenelle et de Perrault, et que le dix-huitième a propagée dans tous les sens, jusqu'à Turgot qui en fit des discours latins en Sorbonne, jusqu'à Condorcet qui s'enflammait pour elle à la veille du poison, cette idée anime énergiquement et dirige Mme de Staël : « Je ne pense pas, dit-elle, que ce grand œuvre de la nature morale ait jamais été abandonné ; dans les périodes lumineuses comme dans les siècles de ténèbres, la marche graduelle de l'esprit humain n'a point été interrompue. » Et plus loin : « En étudiant l'histoire, il me semble qu'on acquiert la conviction que tous les événements principaux tendent au même but: la civilisation universelle... » — « J'adopte de toutes mes facultés cette croyance philosophique: un de ses principaux avantages, c'est d'inspirer un grand sentiment d'élévation.[34] » Mme de Staël n'assujettit pas à la loi de perfectibilité les beaux-arts, ceux qui tiennent plus particulièrement à l'imagination; mais elle croit au progrès, surtout dans les sciences, la philosophie, l'histoire même, et aussi, à certains égards, dans la poésie, qui, de tous les arts, étant celui qui se rattache le plus directement à la pensée, admet chez les modernes un accent plus profond de rêverie, de tristesse, et une analyse des passions inconnue aux anciens: de ce côté se déclare sa prédilection pour Ossian, pour Werther, pour l'Héloïse de Pope, la Julie de Rousseau, et Aménaïde dans *Tancrède*[35]. Les nombreux aperçus sur la littérature grecque, très-contestables par la légèreté des détails, aboutissent à un point de vue général qui reste vrai à travers les erreurs ou les insuffisances. Le caractère imposant, positif, éloquemment philosophique, de la littérature latine, y est fermement tracé: on sent que pour en écrire, elle s'est, de première main, adressée à Salluste, à Cicéron, et qu'elle y a saisi des conformités existantes ou possibles avec l'époque contemporaine, avec le génie héroïque de la France. L'influence du Christianisme sur la société, lors du mélange des nouveaux-venus Barbares et des Romains dégénérés, n'est pas du tout méconnue; mais cette appréciation, cet hommage, ne sortent pas des termes philosophiques. Une idée neuve et féconde, fort mise en œuvre dans ces derniers temps, développée par le Saint-Simonisme et ailleurs, appartient en propre à Mme de Staël: c'est que, par la Révolution française, il y a eu véritable invasion de Barbares, mais *à l'intérieur* de la société, et qu'il s'agit de civiliser et de fondre le résultat, un peu brut encore, sous une loi de liberté et d'égalité. On peut aisément aujourd'hui compléter la pensée de Mme de Staël : c'est la bourgeoisie seule qui a fait invasion en 89 ; le peuple des derniers rangs, qui avait fait trouée en 93, a été repoussé depuis à plusieurs reprises, et la bourgeoisie s'est cantonnée vigoureusement. Il y a aujourd'hui temps d'arrêt dans l'invasion, comme sous l'empereur Probus ou quelque autre pareil. De nouvelles invasions menacent pourtant et il reste à savoir si elles se pourront diriger et amortir à l'amiable, ou si l'on ne peut éviter la voie violente. Dans tous les cas, il faudrait que le mélange résultant arrivât à se fondre, à s'organiser. Or, c'est le Christianisme qui a agi sur cette masse combinée des Barbares et des Romains : où est le Christianisme nouveau qui rendra aujourd'hui le même service moral ? « Heureux, s'écrie Mme de Staël, si nous trouvions, comme à l'époque de l'invasion des peuples du Nord, un système philosophique, un enthousiasme vertueux, une législation forte et juste, qui fût, comme la religion chrétienne l'a été, l'opinion dans laquelle les vainqueurs et les vaincus pourraient se réunir ! » Plus tard, en avançant en âge, en croyant moins, nous le verrons, aux inventions nouvelles et à la toute-puissance humaine, Mme de Staël n'eût pas placé hors de l'ancien et de l'unique Christianisme le moyen de régénération morale qu'elle appelait de ses vœux. Mais la manière dont le Christianisme se remettra à avoir prise sur la société de l'avenir demeure voilée encore ; et pour les esprits méditatifs les plus religieux, l'inquiétude du grand problème n'a pas diminué[36].

Dès que le livre *de la Littérature* parut, la *Décade*

philosophique donna trois articles ou extraits sans signature et sans initiales[37] : c'est une analyse très-exacte et très-détaillée, avec des remarques critiques et quelques discussions où l'éloge et la justesse se mesurent fort bien. On y fait observer qu'Ossian n'est qu'un type incomplet de la poésie du Nord, et que l'honneur de la représenter appartient de droit à Shakspeare. On y lit, à propos des poëmes d'Homère, cette phrase qui annonce un littérateur au courant des divers systèmes : « Mme de Staël admet, sans aucun doute et sans discussion, que ces poëmes sont l'ouvrage du même homme et sont antérieurs à tout autre poëme grec. Ces faits ont été souvent contestés, et l'une des considérations qui prouvent qu'ils peuvent l'être encore, c'est l'impossibilité où l'on est de les concilier avec plusieurs des faits les mieux constatés de l'histoire des connaissances humaines. » Le critique reproche au livre trop peu de plan et de méthode : « Un autre genre de fautes, ajoute-t-il, c'est trop de subtilité dans certaines combinaisons d'idées. On y trouve quelquefois, à des faits généraux bien saillants et bien constatés, des causes trop ingénieusement cherchées pour être absolument vraies, trop particulières pour correspondre aux résultats connus. » Mais il y loue hautement la force, l'originalité : « Et ces deux qualités, dit-il, y plaisent d'autant plus qu'on sent qu'elles sont le produit d'une sensibilité délicate et profonde, qui aime à chercher dans les objets leur côté analogue aux vues les plus relevées de l'esprit et aux plus nobles sentiments de l'âme[a]. »

a. Nous avons dû chercher quel pouvait être l'auteur anonyme de ces trois remarquables *extraits* sans initiales ; ils ne sont probablement pas de Ginguené, qui parla plus tard de *Delphine* dans la *Décade*, mais dont le style est différent. Il nous avait d'abord semblé que si Benjamin Constant avait voulu écrire alors sur le livre *de la Littérature*, il n'aurait guère autrement fait. Mais la seule personne survivante de la *Décade*,

La Clef du Cabinet des Souverains[38], journal un peu mixte, publié par Panckoucke, donna, sur l'ouvrage de Mme de Staël, des *Observations* dues au médecin-littérateur Roussel, auteur du livre *de la Femme*, mais surtout un jugement de Daunou, ou du moins une analyse bienveillante, ingénieusement exacte, avec des jugements insinués plutôt qu'exprimés, selon la manière discrète de ce savant écrivain dont l'autorité avait tant de poids, et qui porte un caractère de perfection sobre en tout ce qu'il écrit[a]. Le *Journal des Débats* (du 11 messidor an VIII) accueillit, en le tronquant toutefois, un article amical de M. Hochet ; mais trois jours après, comme revenu de cette surprise, il publia, sous le titre de *Variétés*, un article sans signature où Mme de Staël n'est pas nommée, mais où le système de perfectibilité et les désastreuses conséquences qu'on lui suppose sont vivement et même violemment combattus. « Le génie qui préside maintenant aux destinées de la France, y est-il dit, est un génie de sagesse. L'expérience des siècles et celle de la Révolution sont devant ses yeux. Il ne s'égare point dans les vaines théories, et n'ambitionne pas la gloire des systèmes ; il sait que les hommes ont toujours été les mêmes, que rien ne peut changer leur nature ; et c'est dans le passé qu'il va puiser des leçons pour régler le présent... Il n'est point disposé à nous

---

qui fût à même de nous éclairer sur cette particularité de rédaction, le respectable M. Amaury Duval, nous a affirmé que les extraits n'étaient pas de Benjamin Constant, et il penche à croire qu'ils furent remis au journal par un M. Marigniez, médecin de Montpellier et littérateur à Paris, auteur d'une tragédie de *Zoraï* dont il est question dans Grimm, homme qui avait plus de mérite réel qu'il n'a laissé de réputation. — J'ai depuis reconnu que ces articles étaient de M. Fauriel, fort lié à une certaine heure avec Mme de Staël (voir mes *Portraits contemporains*, article *Fauriel*).

a. La lettre que Mme de Staël lui écrivit pour le remercier, peut se lire page 94 des *Documents biographiques sur Daunou*, par M. Taillandier.

replonger dans de nouveaux malheurs par de nouveaux essais, en poursuivant la chimère d'une perfection qu'on cherche maintenant à opposer à ce qui est, et qui pourrait favoriser beaucoup les projets des factieux, etc. » Mais les plus célèbres articles du moment, au sujet de Mme de Staël, furent les deux *extraits* de Fontanes dans *le Mercure de France*[39].

La réaction monarchique, religieuse et littéraire, de 1800, se dessinait en effet sur tous les points, se déployait sur toute la ligne[40]. Bonaparte favorisait ce mouvement, parce qu'il en devait profiter, et les hommes de ce mouvement ménageaient tous alors Bonaparte, qui ne leur était point contraire. Le *Journal des Débats* restaurait solennellement la critique littéraire, et déclarait, dans un article de Geoffroy (30 prairial an VIII), que « l'extinction des partis, la tranquillité publique établie sur des bases solides, et un Gouvernement fort, sage et modéré, avaient enfin donné au peuple français le loisir de se reconnaître et de recueillir ses idées. » Dussault, Feletz, Delalot, Fiévée, Saint-Victor, l'abbé de Boulogne écrivaient fréquemment dans ce journal. *Le Mercure de France* avait été rétabli ou du moins régénéré, et c'est dans le premier numéro de ce renouvellement que parut le premier article de Fontanes contre Mme de Staël. Avec Fontanes y allaient écrire La Harpe, l'abbé de Vauxcelles, Gueneau de Mussy, M. de Bonald, M. de Chateaubriand, plusieurs des écrivains des *Débats*[41]. Chaque numéro du *Mercure* était annoncé avec louange par son auxiliaire quotidien, qui en donnait de longs extraits. On avait rouvert le Lycée, rue de Valois, et La Harpe y professait[a]

a. Un scrupule me vient : ce ne fut point au Lycée même, resté fidèle à l'esprit de la Révolution, que La Harpe dut professer ses palinodies anti-philosophiques, au moins les dernières. J'ai ouï parler aux contemporains d'un local rue de Provence, près la rue du Mont-Blanc.

contre le dix-huitième siècle et contre la Révolution ses brillantes et sincères palinodies, que les *Débats* du lendemain et *le Mercure* de la semaine reproduisaient ou commentaient. « Le chaos formé par dix années de trouble et de confusion se démêle tous les jours, » écrivait-on dans les *Débats* ; et, pour remédier aux désordres du goût, les plus prolongés de tous et les plus rebelles, on proposait le rétablissement de l'ancienne *Académie française*. M. Michaud, de retour de l'exil où l'avait jeté le 18 fructidor, publiait ses lettres à Delille *sur la Pitié*, en préparant son poëme du *Printemps d'un Proscrit*, dont il courait à l'avance des citations. À propos de la réimpression faite à Londres du *Poëme des Jardins*, on engageait *le Virgile français* à rompre enfin un exil désormais volontaire, à revoir au plus vite cette France digne de lui : on lui citait l'exemple de Voltaire qui, réfugié en son temps à Londres, n'avait point prolongé à plaisir une pénible absence. L'apparition du *Génie du Christianisme*, un an à l'avance pressentie, allait ajouter un éclat incomparable à une restauration déjà si brillante, et l'environner de la seule gloire, après tout, qui éclaire pour nous, dans le lointain, ce qu'autrement on eût oublié.

Mme de Staël, qui sortait de la Révolution, qui s'inspirait de la philosophie, qui maltraitait le règne de Louis XIV et rêvait un idéal d'établissement républicain, devait être considérée alors par tous les hommes de ce camp comme ennemie, comme adversaire. Dès les premières lignes, Fontanes fait preuve d'une critique méticuleuse, peu bienveillante. Il exalte le premier écrit de Mme de Staël consacré à la gloire de Rousseau : « Depuis ce temps, les essais de Mme de Staël ne paraissent pas avoir réuni le même nombre de suffrages. » Il se prend d'abord au système de perfectibilité ; il montre

Mme de Staël s'exaltant pour la perfection successive et continue de l'esprit humain au milieu des plaintes qu'elle fait sur les peines du cœur et sur la corruption des temps, assez semblable en cela aux philosophes dont parle Voltaire,

Qui criaient *Tout est bien*, d'une voix lamentable[42].

Il tire grand parti de cette contradiction, qui n'est qu'apparente. Les partisans de la perfectibilité, on le conçoit en effet, blâment surtout le présent, ou du moins le poussent, le malmènent ; les incrédules à la perfectibilité sont moins irascibles envers les choses existantes et les acceptent de meilleur cœur, tâchant dans le détail de s'en accommoder. Fontanes, poursuivant cette contradiction piquante, avançait que, toutes les fois que le rêve de la perfectibilité philosophique s'empare des esprits, les empires sont menacés des plus terribles fléaux : « Le docte Varron comptait de son temps deux cent quatre-vingt-huit opinions sur le souverain bien,... du temps de Marius et de Sylla ; c'est un dédommagement que se donne l'esprit humain. » Selon Fontanes, qui cite à ce sujet une phrase de Condorcet, ce serait à Voltaire le premier qu'on devrait cette *consolante* idée de perfectibilité. Le critique part de là pour amoindrir spirituellement la question, et pour la réduire petit à petit aux dimensions de ce vers du *Mondain* :

Oh ! le bon temps, que ce siècle de fer !

C'est, à son gré, le meilleur résumé et le plus élégant qu'on puisse faire de tout ce qui a été débité sur ce sujet. L'esprit mâle et sérieux de Mme de Staël avait peine à digérer surtout cette façon moqueuse, mesquine, marotique, de tout ramener à un vers du *Mondain*. Elle bouillonnait d'impatience et s'écriait dans la familiarité : « Oh ! si je pouvais me faire homme, quelque petit qu'il fût, comme j'arrangerais une bonne fois ces anti-philosophes ! » Le premier article du *Mercure* est terminé par ce *post-scriptum* mémorable : « Quand cet article allait à l'impression, le hasard a fait tomber entre nos mains un ouvrage qui n'est pas encore publié, et qui a pour titre : *des Beautés morales et poétiques de la Religion chrétienne*[43]. On en fera connaître quelques fragments, où l'auteur a traité d'une manière neuve les mêmes questions que Mme de Staël. » Ainsi se posait du premier coup l'espèce de rivalité de Mme de Staël et de M. de Chateaubriand, qui furent, à l'origine, divisés surtout par leurs amis. Fontanes, promoteur et soutien de M. de Chateaubriand, attaquait l'auteur de *la Littérature* ; dans la *Décade*, Ginguené, qui devait louer *Delphine*, s'attaquait au *Génie du Christianisme*, et ne craignait pas de déclarer que cet ouvrage, si démesurément loué à l'avance, s'était *éclipsé* en naissant. Mais nous reviendrons au long sur les rapports vrais de ces deux contemporains illustres.

Dans son second extrait ou article, Fontanes venge les Grecs contre l'invasion du *genre mélancolique et sombre ; genre particulier à l'esprit du Christianisme, et qui pourtant est très-favorable aux progrès de la philosophie moderne*. Il paraît que, dans la première édition, Mme de Staël avait écrit cette phrase, depuis modifiée : « Anacréon est de plusieurs siècles *en arrière* de la philosophie que *comporte* son genre. » — « Ah ! s'écrie Fontanes, quelle femme, digne d'inspirer ses chansons, s'est jamais exprimée de cette manière sur le peintre de l'amour et du plaisir ? » Quant à la douleur rêveuse *dans les impressions solitaires*, espèce d'inspiration que Mme de Staël refuse aux Grecs, il demande où on la peignit jamais mieux que dans le sujet de *Philoctète* : avait-il donc oublié déjà la lecture confidentielle, qui venait de lui être faite, de *René*[a] ? Ces articles sont remplis, au reste, de détails justes et fins. Quand il soutient Homère contre Ossian, il a peu de peine à triompher ; et, dans cette querelle du Nord contre le Midi, il se souvient à propos que les poésies les plus *mélancoliques* ont été composées, il y a plus de trois mille ans, par l'Arabe Job. Il s'arrête, en remettant, dit-il, un plus ample examen à un temps où les questions les plus innocentes ne seront pas traitées comme des affaires d'État : mais il semble que c'était plutôt à Mme de Staël de se plaindre qu'on traduisît ses doctrines philosophiques en opinions factieuses. Les articles de Fontanes eurent grand éclat et excitèrent les passions en sens opposé. Mme Joseph Bonaparte lui en fit une scène à Morfontaine, la prochaine fois qu'elle le vit. Mais Bonaparte nota dès lors, du coin de l'œil, l'habile écrivain comme un organe décent et modéré, acquis à ses futures entreprises.

Est-il besoin, après les articles de Fontanes, de mentionner deux morceaux de Geoffroy qui ne font que présenter les mêmes idées, moins l'urbanité malicieuse et la grâce mondaine[b] ?

a. Le plus respectable ancêtre classique des mélancoliques et rêveurs solitaires est assurément Bellérophon. Homère en a parlé le premier ; Ausone, le dernier des anciens, a dit :

> . . . . *Ceu dicitur olim*
> *Mentis inops, cœtus hominum et vestigia vitans*
> *Avia perlustrasse vagus loca Bellerophontes*[44].

Bellérophon, à meilleur droit que Philoctète, est le *René* et l'*Oberman* de la fable grecque.

b. Ces morceaux de Geoffroy, datés de décembre 1800, et insérés dans je ne sais quel journal ou recueil (probablement dans son essai de résurrection de *l'Année littéraire*), ont été reproduits au tome VIII du

En publiant la seconde édition du livre *de la Littérature,* qui parut six mois après la première, Mme de Staël essaya de réfuter Fontanes et de dégager la question des chicanes de détail dont on l'avait embrouillée. Elle ne se venge personnellement du critique qu'en citant avec éloge son poëme du *Jour des morts dans une campagne*; mais elle s'élève sans pitié contre ce faux *bon goût* qui consisterait dans un style exact et commun, servant à revêtir des idées plus communes encore : « Un tel système, dit-elle, expose beaucoup moins à la critique. Ces phrases, connues depuis si longtemps, sont comme les habitués de la maison ; on les laisse passer sans leur rien demander. Mais il n'existe pas un écrivain éloquent ou penseur dont le style ne contienne des expressions qui ont étonné ceux qui les ont lues pour la première fois, ceux du moins que la hauteur des idées ou la chaleur de l'âme n'avait point entraînés. » Mme de Staël, on le voit, ne se contentait pas à si bon marché que Boileau écrivant à Brossette : « Bayle est un grand génie. C'est un homme marqué au bon coin. Son style est fort clair et fort net ; on entend tout ce qu'il dit[45]. » Elle pensait, et avec raison, qu'il y a un coin un peu meilleur, une marque de style encore supérieure à celle-là. Sa seconde édition donna lieu à un article des *Débats*, où il était dit en terminant, comme par réponse au précédent passage de la nouvelle préface : « Tous les bons littérateurs conviennent que la forme de notre langue a été fixée et déterminée par les grands écrivains du siècle dernier et de l'autre. Il faut distinguer dans un idiome ce qui appartient au goût et à l'imagination de ce qui n'est pas de

---

Spectateur français au dix-neuvième siècle ; on trouve dans la même collection d'autres morceaux relatifs à cette polémique d'alors sur la perfectibilité.

leur ressort. Rien n'empêche aujourd'hui d'inventer de nouveaux mots, lorsqu'ils sont devenus absolument nécessaires ; mais nous ne devons plus inventer de nouvelles figures, sous peine de dénaturer notre langue ou de blesser son génie. » Il y eut à cette étrange assertion une réponse directe de la *Décade*, qui me paraît être de Ginguené : le critique philosophe se trouve induit à être tout à fait novateur en littérature, pour réfuter le critique des *Débats*, dont *l'esprit ne veut pas se perfectionner* : « S'il y avait eu des journalistes du temps de Corneille, qu'ils eussent tenu un pareil langage, et que Corneille et ses successeurs eussent été assez sots pour les croire, notre littérature ne se serait pas élevée au-dessus de Malherbe, de Regnier, de Voiture et de Brébeuf. Cet homme est le même qui veut continuer *l'Année littéraire* de Fréron ; il en est digne. » On voit que c'est à Geoffroy que Ginguené imputait, peut-être à tort, l'article des *Débats*. Il est naturellement amené à citer une remarquable note de Lemercier, ajoutée au poëme d'*Homère* qui venait de paraître : « Les pédants, disait Lemercier alors novateur, épiloguent les mots et n'aperçoivent pas les choses[46]. On se donne beaucoup de peine, en écrivant, pour faire ce qu'ils nomment *des négligences de style*. Subligny trouva quatre cents fautes dans l'*Andromaque* de Racine ; elles immortalisèrent plusieurs vers où elles se trouvaient. Des critiques (et elles sont imprimées) accusaient Boileau de ne pas écrire en français ! Le génie fait sa langue... Qui ne sait que par Ennius et Lucrèce on attaquait Horace et Virgile ? Leur latin était inconnu la veille du jour où ils parurent. On aurait à dire, comme de coutume, que cette remarque ouvre la porte au mauvais goût, si elle pouvait lui être fermée. » Ces citations ne font-elles pas entrevoir comment les hommes du mouvement politique et républicain étaient conduits peu à peu à devenir les organes du mouvement littéraire, si le développement spontané qui se faisait en eux n'avait été brisé avec toutes leurs espérances par les secousses despotiques qui suivirent ?

Dans la *Bibliothèque universelle et historique* de Le Clerc, année 1687, à propos des *Remarques* de Vaugelas, on trouve (car ces querelles du jour sont de tous les temps) une protestation savante et judicieuse d'un anonyme contre les règlements rigoureux imposés à la phrase, contre ces restrictions de la métaphore auxquelles on avait prêté force de loi. Les esprits libres en littérature liront avec une agréable surprise ce morceau, comme on aime à retrouver quelque idée de 89 dans Fénelon.

J'ai plaisir en ce moment, je l'avoue, à pouvoir répondre, avec des phrases qui ne sont pas de moi, à ce qui me semble peu ouvert et peu étendu dans les théories littéraires formelles, acceptées par plusieurs de nos hardis politiques, et remaniées par quelques jeunes critiques déjà opiniâtres. Les défenseurs d'un goût exclusif et d'une langue fixe jouent exactement en littérature un rôle de *tories* ; ils sont pour une cause qui se perd journellement. Ils font métier d'arrêter, de maintenir ; à la bonne heure ! Après chaque poussée en avant, où un talent se fait jour de vive force, ils veulent clore, ils relèvent vite une barrière que de nouveaux talents forceront bientôt. Ils niaient (eux ou leurs pères), ils niaient Mme de Staël et M. de Chateaubriand il y a trente ans, et M. de Lamartine il y en a quinze ; ils les subissent, ils s'en emparent, ils s'en font une arme contre les survenants aujourd'hui. C'est là un rôle qui peut avoir son utilité et son mérite, tout talent ayant besoin en son temps d'être éprouvé et de faire sa quarantaine ; mais il ne faut, convenons-en, pour ce rôle d'officier de la quarantaine littéraire, qu'une part d'imagination et de pensée plus restreinte que dans le rôle opposé[a].

Le plus remarquable article auquel donna lieu le livre *de la Littérature* est une longue lettre de M. de Chateaubriand insérée dans *le Mercure de France*, nivôse an IX. La lettre, adressée *au citoyen Fontanes*, a pour signature *l'auteur du Génie du Christianisme* ; ce livre tant annoncé n'avait point paru encore. Le jeune auteur, au milieu de la plus parfaite politesse et d'hommages fréquents à l'imagination de celle qu'il combat, y prend position contre le système et les principes professés par elle : « Mme de Staël donne à la philosophie ce que j'attribue à la religion... Vous n'ignorez pas que ma folie à moi est de voir Jésus-Christ partout, comme Mme de Staël la perfectibilité... Je suis fâché que Mme de Staël ne nous ait pas développé religieusement le système des passions ; la perfectibilité n'était pas, selon moi, l'instrument dont il fallait se servir pour mesurer des faiblesses. » Et ailleurs : « Quelquefois Mme de Staël paraît chrétienne ; l'instant d'après, la philosophie reprend le dessus. Tan-

a. Cette *fin de non-recevoir* élevée contre les talents survenants[47] remonte un peu haut, et jusqu'au sein du pur Louis XIV, comme le remarquait M. Lemercier ; elle a été perdant continuellement de sa limite, sans devenir moins absolue, moins négative. Corneille à ses débuts parut irrégulier à d'Aubignac et à l'Académie ; Racine, en commençant, fut jugé fade et amollissant par les amateurs de Corneille. La Bruyère est noté par d'Olivet comme entaché de néologisme et entr'ouvrant déjà la porte au goût affecté ; Vigneul-Marville, qui lui oppose Saint-Évremond et Nicole, dit de lui : « Sa manière d'écrire (selon M. Ménage) est toute nouvelle, elle n'en est pas meilleure. Il est difficile d'introduire un nouveau style dans les langues et d'y réussir, principalement quand ces langues sont montées à leur perfection, comme la nôtre l'est aujourd'hui. » Voltaire n'eut d'abord que la réputation d'un libertin spirituel ; Jean-Baptiste appelait ses ouvrages *des fragments mal cousus où le bon sens est compté pour rien*. Aux yeux des admirateurs de Jean-Baptiste et de Crébillon, *le Temple du Goût* passait pour un chef-d'œuvre de faux esprit et d'*extravagance*.

tôt inspirée par sa sensibilité naturelle, elle laisse échapper son âme ; mais tout à coup l'*argumentation* se réveille et vient contrarier les élans du cœur... Ce livre est donc un mélange singulier de vérités et d'erreurs. » Les éloges accordés au talent s'assaisonnent parfois d'une malice galante et mondaine : « En amour, Mme de Staël a commenté *Phèdre*... Ses observations sont fines, et l'on voit par la leçon du scholiaste qu'il a parfaitement entendu son texte. » La lettre se termine par une double apostrophe éloquente : « Voici ce que j'oserais lui dire, si j'avais l'honneur de la connaître : Vous êtes sans doute une femme supérieure. Votre tête est forte et votre imagination quelquefois pleine de charme, témoin ce que vous dites d'Herminie déguisée en guerrier. Votre expression a souvent de l'éclat, de l'élévation... Mais, malgré tous ces avantages, votre ouvrage est bien loin d'être ce qu'il aurait pu devenir. Le style en est monotone, sans mouvement, et trop mêlé d'expressions métaphysiques. Le sophisme des idées repousse, l'érudition ne satisfait pas, et le cœur est trop sacrifié à la pensée... Votre talent n'est qu'à demi développé, la philosophie l'étouffe. Voilà comme je parlerais à Mme de Staël sous le rapport de la gloire. J'ajouterais : ... Vous paraissez n'être pas heureuse ; vous vous plaignez souvent dans votre ouvrage de manquer de cœurs qui vous entendent. C'est qu'il y a certaines âmes qui cherchent en vain dans la nature des âmes auxquelles elles sont faites pour s'unir... Mais comment la philosophie remplira-t-elle le vide de vos jours ? Comble-t-on le désert avec le désert ? etc., etc. »

Mme de Staël, accessible et empressée à toutes les admirations, désira connaître l'auteur de la lettre du *Mercure* ; ce premier exploit de polémique devint ainsi l'origine d'une liaison entre les deux génies dont nous sommes habitués à unir les noms et la gloire. Cette liaison ne fut pourtant pas ce qu'on imaginerait volontiers ; leurs camps, à tous deux, restèrent limités et distincts. Leurs amis moins précautionnés se poussaient maintes fois à la traverse. Raillant *Delphine* du même ton acéré que Chénier retournait ensuite contre *Atala*, M. Michaud écrivait : « Vous avez voulu faire la contre-partie du *Génie du Christianisme* ; vous avez donné les *Beautés poétiques et morales de la Philosophie* ; vous avez complétement battu ce pauvre Chateaubriand, et j'espère qu'il se tiendra pour mort[48]. » Adorateur du génie grec, du beau homérique et sophocléen, chantre de Cymodocée, d'Eudore et des pompes lumineuses du catholicisme, M. de Chateaubriand, artiste déjà achevé, n'était pas gagné aisément à cette teinte parfois nuageuse des héros de Mme de Staël, au vague de certains contours, à cette prédominance de la pensée et de l'intention sur la forme, à cette multitude d'idées spirituelles, hâtives et entrecroisées comme dans la conversation ; il admirait moins alors Mme de Staël qu'elle ne l'admirait lui-même. D'une autre part, soit hasard et oubli involontaire, soit gêne de parler à ce sujet convenablement, elle s'exprime bien rarement sur lui dans ses nombreux ouvrages. Lorsque les soirs, à Coppet, on lisait par comparaison *Paul et Virginie* et l'épisode de *Velléda*, Mme de Staël mettait avec transport la fougueuse et puissante beauté de la prêtresse bien au-dessus des douceurs, trop bucoliques pour elle, de l'autre chef-d'œuvre ; le célèbre article qui fit supprimer *le Mercure* en 1807[49], lui arrachait aussi des cris d'admiration[a] : mais on retrouve à

a. Les *Souvenirs* de M. Meneval (tome I, page 29) nous la montrent se faisant la patronne et la lectrice empressée d'*Atala* et de *René* dans la société de Joseph Bonaparte à Morfontaine (1801-1802).

peine en ses écrits quelque témoignage. Dans la préface de *Delphine,* il est dit un mot du *Génie du Christianisme,* comme d'un ouvrage *dont ses adversaires mêmes doivent admirer l'imagination originale, éclatante, extraordinaire*. M. de Chateaubriand, dans un article du *Mercure* sur M. de Bonald (décembre 1802), releva en quelques lignes cet éloge de Mme de Staël ; mais, à travers les hommages réciproques, c'est toujours la même position d'adversaires[a]. Ne se figure-t-on pas déjà ces deux beaux noms, comme deux cimes à des rivages opposés, deux hauteurs un moment menaçantes, sous lesquelles s'attaquaient et se combattaient des groupes ennemis, mais qui de loin, à notre point de vue de postérité, se rapprochent, se joignent presque, et deviennent la double colonne triomphale à l'entrée du siècle ? Nous tous, générations arrivant depuis *les Martyrs* et depuis *Corinne,* nous sommes devant ces deux gloires inséparables, sous le sentiment filial dont M. de Lamartine s'est fait le généreux interprète dans ses *Destinées de la Poésie*[50].

S'il y a, comme fonds naturel et comme manière d'artiste, de grandes différences entre M. de Chateaubriand et Mme de Staël, on est frappé d'ailleurs par les ressemblances bien essentielles qu'ils présentent : tous deux aimant la liberté, impatients de la même tyrannie, capables de sentir la grandeur des destinées populaires, sans abjurer les souvenirs et les penchants aristocratiques ; tous deux travaillant au retour du sentiment religieux, dans des voies plutôt différentes que contraires. À la Restauration, ils se revirent. Mme de Duras fut une

a. M. de Chateaubriand est encore honorablement mais simplement mentionné en deux endroits du livre de *l'Allemagne,* IIe partie, chap. 1er, et IVe partie, chap. 4.

sorte de lien[a], et c'est à M. de Chateaubriand que, dans sa dernière maladie, Mme de Staël a pu dire ces belles paroles : « J'ai toujours été la même, vive et triste ; j'ai aimé Dieu, mon père, et la liberté[51]. » Pourtant la politique alors traça une séparation entre eux, comme autrefois la philosophie. Dans ses *Considérations sur la Révolution française*, qui parurent peu après la mort de l'auteur, M. de Chateaubriand n'est pas nommé ; et, dans un morceau de lui inséré au *Conservateur* (déc. 1819), on retrouve un de ces hommages à Mme de Staël, toujours respectueux et décents, mais d'une admiration tempérée de réserves, un hommage enfin de parfait et courtois adversaire[52]. Ce trop long désaccord a cessé. Une femme[b] qui, par une singulière rencontre, avait vu pour la première fois M. de Chateaubriand chez Mme de Staël en 1801, qui l'avait revu pour la seconde fois chez la même en 1814, est devenue le nœud sympathique de l'une à l'autre. Dans son noble attachement pour l'amie intime de cette âme de génie, pour la dépositaire de tant de pensées aimantes, M. de Chateaubriand a modifié et agrandi ses premiers jugements sur un caractère et un talent mieux connus ; toutes les barrières précédentes sont tombées. La préface des *Études historiques* fait foi de cette communication plus expansive[53] ; mais surtout le monument dernier qu'il prépare contiendra, de Mme de Staël, un portrait et un jugement, le plus grandiose, le plus

a. Mme de Staël avait un goût singulier pour Mme de Duras qu'elle trouvait, comme elle-même l'était également, *une personne vraie dans un cercle factice*. J'ai vu un billet touchant qu'elle lui adressait le 26 juin 1817, c'est-à-dire dix-huit jours avant sa mort, et qu'elle avait dicté à son fils (Auguste de Staël), n'ayant déjà plus la force d'écrire. Elle avait ajouté au bas, de sa propre main, d'une grosse écriture inégale et défaillante : *Bien des compliments de ma part à René.*

b. Mme Récamier.

enviable assurément, le plus définitif pour une telle mémoire[54]. Il y a du moins, entre tant de tristesses, cela de bon à survivre à ses contemporains illustres, illustre soi-même, et quand on a la piété de la gloire : c'est de pouvoir à loisir couronner leur image, réparer leur statue, solenniser leur tombe. Les éloges sentis de M. de Chateaubriand sur Mme de Staël, son pèlerinage à Coppet en 1831 avec l'amie attentive qui forme le lien sacré entre tous deux, avec celle qu'il n'accompagna pourtant pas jusqu'au fond de l'asile funèbre, et qui, par pudeur de deuil, voulut seule pénétrer dans le bois des tombeaux ; tout cela, au bord de ce lac de Genève, si proche des lieux célébrés par le peintre de Julie, ce seront, aux yeux de la postérité, de mémorables et touchantes funérailles. Notons bien, à l'honneur de notre siècle, ces pieuses alliances des génies rivaux Goëthe et Schiller, Scott et Byron, Chateaubriand et Mme de Staël. Voltaire insultait Jean-Jacques, et c'est la voix seule du genre humain (pour parler comme Chénier) qui les réconcilie. Racine et Molière, qui ne s'aimaient pas, se turent l'un sur l'autre, et on leur sut gré de cette convenance morale. Il y a certes une grandeur poétique de plus dans ce que nous voyons.

II

Mme de Staël, lors de la publication du livre *de la Littérature,* entrait dans une disposition d'âme, dans une inspiration ouvertement et noblement ambitieuse, qu'elle conserva plus ou moins entière jusqu'en 1811 environ, époque où un grand et sérieux changement se fit en elle. Dans la disposition antérieure et plus exclusivement sentimentale où nous l'avons vue, Mme de Staël n'avait guère considéré la littérature que comme un organe pour la sensibilité, comme une exhalaison de la peine. Elle se désespérait, elle se plaignait d'être calomniée ; elle passait du stoïcisme mal soutenu à la lamentation éloquente ; elle voulait aimer, elle croyait mourir. Mais elle s'aperçut alors que, pour tant souffrir, on ne mourait pas ; que les facultés de la pensée, que les puissances de l'âme grandissaient dans la douleur ; qu'elle ne serait jamais aimée comme elle aimait, et qu'il fallait pourtant se proposer quelque vaste emploi de la vie. Elle songea donc sérieusement à faire un plein usage de ses facultés, de ses talents, à ne pas s'abattre ; et, puisqu'il était temps et que le soleil s'inclinait à peine, son génie se résolut à marcher fièrement dans les années du milieu : « Relevons-nous enfin, s'écriait-elle en sa préface du livre tant cité, relevons-nous sous le poids de l'existence ; ne donnons pas à nos injustes ennemis et à nos amis ingrats le triomphe d'avoir abattu nos facultés intellectuelles. Ils réduisent à chercher la gloire ceux qui se seraient contentés des affections ; eh bien ! il faut l'atteindre ! » La gloire en effet entra dès lors en partage ouvert dans son cœur avec le sentiment. La société avait toujours été beaucoup pour elle ; l'Europe devint désormais quelque chose, et c'est en présence de ce grand théâtre qu'elle aspira aux longues entreprises. Son beau vaisseau battu de la tempête au sortir du port, longtemps lassé en vue du rivage, s'irrita d'attendre, de signaler des débris, et se lança à toutes voiles sur la haute mer. *Delphine*, *Corinne*, le livre *de l'Allemagne* furent les conquêtes successives d'une si glorieuse aventure. Mme de Staël, en 1800, était jeune encore, mais cette jeunesse de plus de trente ans ne faisait pas une illusion pour elle ni un avenir ; elle substituait donc à temps l'horizon indéfini de la gloire à celui, déjà restreint et un peu pâlissant, de la jeunesse ; ce dernier s'allongeait et se perpétuait ainsi dans l'autre, et elle marchait en possession de toute sa puissance durant ces années les plus radieuses, mais qu'on ne compte plus. *Corinne* et le moment qui suivit cette apparition marquent le point dominant de la vie de Mme de Staël. Toute vie humaine, un peu grande, a sa colline sacrée : toute existence qui a brillé et régné a son Capitole. Le Capitole, le cap Misène de *Corinne*, est aussi celui de Mme de Staël[55]. À partir de là, le reste de jeunesse qui s'enfuyait, les persécutions croissantes, les amitiés dont plusieurs faillirent, dont la plupart se décolorèrent, la maladie enfin, tout contribua, nous le verrons, en mûrissant le talent encore, à introduire ce génie, majestueux et couronné, dans les années sombres. À dater de 1811 surtout, en regardant au fond de la pensée de Mme de Staël, nous y découvrirons par degrés le recueillement que la religion procure, la douleur qui mûrit, la force qui se contient, et cette âme, jusque-là violente comme un Océan, soumise aussi comme lui, et rentrant avec effort et mérite dans ses bornes. Nous verrons enfin, au bout de cette route triomphale, comme au bout des plus humblement pieuses, nous verrons une croix. Mais, au sortir des rêves du sentiment, des espérances et des déceptions romanesques, nous n'en sommes encore qu'aux années de la pleine action et du triomphe.

Si le livre *de la Littérature* avait produit un tel effet, le roman de *Delphine*, publié à la fin de 1802, n'en produisit pas un moindre. Qu'on juge de ce que devait être cette entraînante lecture dans une société exaltée par les vicissitudes politiques, par tous les conflits des destinées, quand le *Génie du Christianisme* venait de remettre en honneur les discussions religieuses, vers l'époque du Concordat et de la modification de la loi sur le divorce! Benjamin Constant a écrit que c'est peut-être dans les pages qu'elle a consacrées à son père que Mme de Staël se montre le plus elle-même: mais il en est ainsi toujours selon le livre qu'on lit d'elle; c'est dans le volume le dernier ouvert qu'on croit à chaque fois la retrouver le plus. Cela pourtant me paraît vrai surtout de *Delphine*. «*Corinne,* dit Mme Necker de Saussure, est l'idéal de Mme de Staël; *Delphine* en est la réalité durant sa jeunesse.» *Delphine,* pour Mme de Staël, devenait une touchante personnification de ses années de pur sentiment et de tendresse au moment où elle s'en détachait, un dernier et déchirant adieu en arrière, au début du règne public, à l'entrée du rôle européen et de la gloire, quelque statue d'Ariane éperdue, au parvis d'un temple de Thésée.

Dans *Delphine,* l'auteur a voulu faire un roman tout naturel, d'analyse, d'observation morale et de passion. Pour moi, si délicieuses que m'en semblent presque toutes les pages, ce n'est pas encore un roman aussi *naturel,* aussi réel que je le voudrais[56], et que Mme de Staël me le présageait dans l'*Essai sur les Fictions*. Il a quelques-uns des défauts de *la Nouvelle Héloïse,* et cette forme par lettres y introduit trop de convenu et d'arrangement littéraire. Un des inconvénients des romans par lettres, c'est de faire prendre tout de suite aux personnages un ton trop d'accord avec le caractère qu'on leur attribue. Dès la première lettre de Mathilde, il faut que son âpre et sec caractère se dessine; la voilà toute roide de dévotion. De peur qu'on ne s'y méprenne, Delphine, en lui répondant, lui parle de cette règle rigoureuse, nécessaire peut-être à *un caractère moins doux*; choses qui ne se disent ni ne s'écrivent tout d'abord entre personnes façonnées au monde comme Delphine et Mathilde. Léonce, dès sa première lettre à M. Barton, disserte en plein sur le préjugé de l'honneur, qui est son trait distinctif. Ces traits-là, dans la vie, ne se dessinent qu'au fur et à mesure, et successivement par des faits. Le contraire établit, au sein du roman le plus transportant, un ton de convention, de genre; ainsi, dans *la Nouvelle Héloïse*, toutes les lettres de Claire d'Orbe sont forcément rieuses et folâtres; l'enjouement, dès la première ligne, y est de rigueur. En un mot, les personnages des romans par lettres, au moment où ils prennent la plume, se regardent toujours eux-mêmes, de manière à se présenter au lecteur dans des attitudes expressives et selon les profils les plus significatifs: cela fait des groupes un peu guindés, classiques, à moins qu'on ne se donne carrière en toute lenteur et profusion, comme dans *Clarisse*. Ajoutez la nécessité si invraisemblable, et très-fâcheuse pour l'émotion, que ces personnages s'enferment pour écrire lors même qu'ils n'en ont ni le temps ni la force, lorsqu'ils sont au lit, au sortir d'un évanouissement, etc., etc. Mais ce défaut de forme une fois admis pour *Delphine*, que de finesse et de passion tout ensemble! que de sensibilité épanchée, et quelle pénétration subtile des caractères! À propos de ces caractères, il était difficile dans le monde d'alors qu'on n'y cherchât pas des portraits. Je ne crois guère aux portraits complets chez les romanciers d'imagination féconde; il n'y a de copié que des traits premiers plus ou moins nombreux, lesquels s'achèvent bientôt différemment et se transforment; l'auteur seul, le créateur des personnages, pourrait indiquer la ligne sinueuse et cachée où l'invention se rejoint au souvenir. Mais alors on dut chercher et nommer pour chaque figure quelque modèle existant. Si Delphine ressemblait évidemment à Mme de Staël, à qui donc ressemblait, sinon l'imaginaire Léonce, du moins M. de Lebensei, Mme de Cerlèbe, Mathilde, Mme de Vernon[57] ? On a trouvé que Mme de Cerlèbe, adonnée à la vie domestique, à la douce uniformité des devoirs, et puisant d'infinies jouissances dans l'éducation de ses enfants, se rapprochait de Mme Necker de Saussure, qui de plus, comme Mme de Cerlèbe, avait encore le culte de son père. On a cru reconnaître chez M. de Lebensei, dans ce gentilhomme protestant aux manières anglaises, dans cet homme *le plus remarquable par l'esprit qu'il soit possible de rencontrer*, un rapport frappant de physionomie avec Benjamin Constant : mais il n'y aurait en ce cas qu'une partie du portrait qui serait vraie, la partie brillante ; et une moitié, pour le moins, des louanges accordées aux qualités solides de M. de Lebensei ne pouvait s'adresser à l'original présumé qu'à titre de regrets ou de conseils[a]. Quant à Mme de Vernon, le caractère le mieux tracé du livre, d'après Chénier et tous les critiques, on s'avisa d'y découvrir un portrait, retourné et déguisé en femme, du plus fameux de nos politiques, de celui que Mme de Staël avait fait rayer le premier de la liste des émigrés, qu'elle avait poussé au pouvoir avant le 18 fructidor, et qui ne l'avait payée de cette chaleur active d'amitié que par un égoïsme ménagé et poli. Déjà, lors de la composition de *Delphine*, avait eu lieu cet incident du dîner dont il est question dans les *dix Années d'Exil* : « Le jour, dit

a. Cette autre moitié du caractère de M. de Lebensei se rapportait en effet à M. de Jaucourt.

Mme de Staël, où le signal de l'opposition fut donné dans le Tribunat par l'un de mes amis, je devais réunir chez moi plusieurs personnes dont la société me plaisait beaucoup, mais qui tenaient toutes au Gouvernement nouveau. Je reçus dix billets d'excuses à cinq heures ; je reçus assez bien le premier, le second ; mais à mesure que ses billets se succédaient, je commençai à me troubler. » L'homme qu'elle avait si généreusement servi s'éloigna d'elle alors de ce ton parfaitement convenable avec lequel on s'excuse de ne pouvoir dîner. Admis dans les nouvelles grandeurs, il ne se commit en rien pour soutenir celle qu'on allait bientôt exiler. Que sais-je ? il la justifiait peut-être auprès du Héros, mais de cette même façon douteuse qui réussissait si bien à Mme de Vernon justifiant Delphine auprès de Léonce. Mme de Staël, comme Delphine, ne put vivre sans pardonner : elle s'adressait de Vienne en 1808 à ce même personnage, comme à un ancien ami sur lequel on compte[a] ; elle lui rappelait sans amertume le passé : « Vous m'écriviez, il y a treize ans, d'Amérique : *Si je reste encore un an ici, j'y meurs* ; j'en pourrais dire autant de l'étranger, j'y succombe. » Elle ajoutait ces paroles si pleines d'une tristesse clémente : « Adieu, — êtes-vous heureux ? Avec un esprit si supérieur, n'allez-vous pas quelquefois au fond de tout, c'est-à-dire jusqu'à la peine ? » Mais, sans nous hasarder à prétendre que Mme de Vernon soit en tout point un portrait légèrement travesti, sans trop vouloir identifier avec le modèle en question cette femme adroite dont l'amabilité séduisante ne laisse après elle que sécheresse et mécontentement de soi, cette femme à la conduite si compliquée et à la conversation si

a. Voir *Revue Rétrospective*, n° IX, juin 1834.

simple, qui a de la douceur dans le discours et un air de rêverie dans le silence, qui n'a d'esprit que pour causer et non pas pour lire ni pour réfléchir, et qui se sauve de l'ennui par le jeu, etc., etc., sans aller si loin, il nous a été impossible de ne pas saisir du moins l'application d'un trait plus innocent : « Personne ne sait mieux que moi, dit en un endroit Mme de Vernon (lettre XXVIII, 1re partie), faire usage de l'indolence ; elle me sert à déjouer naturellement l'activité des autres... Je ne me suis pas donné la peine de vouloir quatre fois en ma vie, mais quand j'ai tant fait que de prendre cette fatigue, rien ne me détourne de mon but, et je l'atteins ; comptez-y. » Je voyais naturellement dans cette phrase un trait applicable à l'indolence habile du personnage tant prôné, lorsqu'un soir j'entendis un diplomate spirituel, à qui l'on demandait s'il se rendait bientôt à son poste, répondre qu'il ne se pressait pas, qu'il attendait : « J'étais bien jeune encore, ajouta-t-il, quand M. de Talleyrand m'a dit, comme instruction essentielle de conduite : *N'ayez pas de zèle !* » N'est-ce pas là tout juste le principe de Mme de Vernon ?

Puisque nous en sommes à ce qu'il peut y avoir de traits réels dans *Delphine*, n'en oublions pas un, entre autres, qui révèle à nu l'âme dévouée de Mme de Staël. Au dénoûment de *Delphine* (je parle de l'ancien dénoûment qui reste le plus beau et le seul), l'héroïne, après avoir épuisé toutes les supplications auprès du juge de Léonce, s'aperçoit que l'enfant du magistrat est malade, et elle s'écrie d'un cri sublime : « Eh bien ! votre enfant, si vous livrez Léonce au tribunal, votre enfant, il mourra ! il mourra ! » Ce mot de Delphine fut réellement prononcé par Mme de Staël, lorsqu'à la suite du 18 fructidor, elle courut près du général Lemoine, pour solliciter de lui la grâce d'un jeune homme qu'elle savait en danger d'être fusillé, et qui n'est autre que M. de Norvins[58]. Le sentiment d'humanité dominait impétueusement chez elle, et, une fois en alarme, ne lui laissait pas de trêve. En 1802, inquiète pour Chénier menacé de proscription, elle courait dès le matin, lui faisant offrir asile, argent, passeport[a]. Combien de fois, en 92, et à toute époque, ne se montra-t-elle pas ainsi! «Mes opinions politiques sont des noms propres,» disait-elle. Non pas!... ses opinions politiques étaient bien des principes; mais les noms propres, c'est-à-dire les personnes, les amis, les inconnus, tout ce qui vivait et souffrait, entrait en compte dans sa pensée généreuse, et elle ne savait pas ce que c'est qu'un principe abstrait de justice devant qui se tairait la sympathie humaine.

Lorsque *Delphine* parut, la critique ne put se contenir: elle avait trouvé un riche sujet. Toutes ces opinions, en effet, sur la religion, sur la politique, sur le mariage, datées de 90 et de 92 dans le roman, étaient d'un singulier à-propos en 1802, et touchaient à des animosités de nouveau flagrantes. Le *Journal des Débats* (décembre 1802) publia un article signé A, c'est-à-dire de M. de Feletz, article persiflant, aigre-doux, plein d'égratignures, mais strictement poli; le critique de salon s'y faisant l'organe des reproches de la belle société qui renaissait: «Rien de plus dangereux et de plus immoral que les principes répandus dans cet ouvrage... Oubliant les principes dans lesquels elle a été élevée, même dans une famille protestante, la fille de M. Necker, l'auteur des *Opinions religieuses*, méprise la révélation; la fille de Mme Necker, de

a. Voir la notice sur M.-J. Chénier, en tête de ses Œuvres, par M. Daunou.

l'auteur d'un ouvrage contre le divorce, fait de longues apologies du divorce.» En somme, *Delphine* était appelée «un très-mauvais ouvrage écrit avec beaucoup d'esprit et de talent». Cet article parut peu suffisant, je pense; car la même feuille inséra quelques jours après (4 et 9 janvier 1803) deux lettres adressées à Mme de Staël et signées *l'Admireur*; elles sont de M. Michaud. L'homme d'esprit et de goût qui s'est porté à ces attaques, jeune, sous une inspiration de parti et dans l'entraînement des querelles dont il est revenu avec sourire, nous excusera de noter une trop blessante virulence. La première lettre se prenait aux caractères du roman qui est jugé immoral; *Delphine* s'y voit confrontée avec l'héroïne d'un roman injurieux[59], de laquelle on a également voulu, de nos jours, rapprocher *Lélia*. La seconde lettre tombe plus particulièrement sur le style; elle est parfois fondée, et d'un tour cavalier assez agréable: «*Quel sentiment que l'amour! quelle autre vie dans la vie!* Lorsque vos personnages font des réflexions douloureuses sur le passé, l'un s'écrie: *J'ai gâté ma vie*; un autre dit: *J'ai manqué ma vie*; un troisième renchérissant sur les deux autres: *Je croyais que j'avais seul bien entendu la vie*[a].» La *hauteur des principes*, les *images basées sur les idées éternelles*, le *terrain des siècles*, les *bornes des âmes*, les *mystères du sort*, les *âmes exilées de l'amour*, cette phraséologie en partie sentimentale, spiritualiste, et certainement permise, en partie genevoise, incohérente et très contestable, y est longuement raillée. M. de Feletz

a. Les impartiaux et les curieux pourront trouver une justification de Mme de Staël sur ce point, et une bonne appréciation de *Delphine* en général, dans un livre que j'ai déjà cité: *Notice et Souvenirs biographiques du comte Van Der Duyn*... (1852). À la page 386, dans un *journal de lecture* de cet estimable Hollandais, on lit un morceau plein de sens intitulé: *De certaines hardiesses de style reprochées à Mme de Staël.*

avait lui-même relevé un certain nombre d'incorrections réelles de style, et quelques mots comme *insistance, persistance, vulgarité*, qui ont passé malgré son véto. On pourrait reprendre dans le détail de *Delphine* des répétitions, des consonnances, mille petites fautes fréquentes que Mme de Staël n'évitait pas, et où l'artiste écrivain ne tombe jamais.

Mme de Staël, pour qui le mot de rancune ne signifiait rien, amnistia plus tard avec grâce l'auteur des *Lettres de l'Admireur*, lorsqu'elle le rencontra chez M. Suard, dans ce salon neutre et conciliant d'un homme d'esprit auquel il avait suffi de vieillir beaucoup et d'hériter successivement des renommées contemporaines pour devenir considérable à son tour. Le journal que M. Suard rédigeait alors, *le Publiciste*, bien qu'il eût pu, d'après ses habitudes littéraires, chicaner légitimement *Delphine* sur plusieurs points de langage et de goût, n'entra pas dans la querelle, et se montra purement favorable dans un article fort bien senti de M. Hochet.

Vers le même temps, *le Mercure* en publiait un, signé F., mais tellement acrimonieux et personnel, que le *Journal de Paris*, qui, par la plume de M. de Villeterque, avait jugé le roman avec assez de sévérité, surtout au point de vue moral, ne put s'empêcher de s'étonner qu'un article écrit de ce style se trouvât dans *le Mercure*, à côté d'un morceau signé de La Harpe, et sous la lettre initiale d'un nom cher aux amis du goût et de la décence. On y lisait en effet (et je ne choisis pas le pire endroit) : « Delphine parle de l'amour comme une bacchante, de Dieu comme un quaker, de la mort comme un grenadier, et de la morale comme un sophiste. » Fontanes, qui se trouvait désigné à cause de l'initiale, écrivit au *Journal de Paris* pour désavouer l'article, qui était effectivement de l'auteur de *la Dot de Suzette* et de *Frédéric*[60]. N'avons-nous pas vu de nos jours un déchaînement semblable, et presque dans les mêmes termes, contre une femme la plus éminente en littérature qui se soit rencontrée depuis l'auteur de *Delphine*[61] ? Dans les *Débats* du 12 février 1803, Gaston[62] rendit compte d'une brochure in-8° de 800 pages (serait-ce une plaisanterie du feuilletoniste ?), intitulée *Delphine convertie* ; il en donne des extraits ; on y faisait dire à Mme de Staël : « Je viens d'entrer dans la carrière que plusieurs femmes ont parcourue avec succès, mais je n'ai pris pour modèle ni *la Princesse de Clèves*, ni *Caroline*, ni *Adèle de Sénange*. » Cette brochure calomnieuse, si toutefois elle existe, où l'envie s'est gonflée jusqu'au gros livre, paraît n'être qu'un ramas de phrases disparates, pillées dans Mme de Staël, cousues ensemble et dénaturées. Mme de Genlis, revenue d'Altona pour nous prêcher la morale, faisait insérer dans la *Bibliothèque des Romans* une longue nouvelle, où à l'aide d'explications tronquées et d'interprétations artificieuses, elle représentait Mme de Staël comme l'apologiste du suicide. Mme de Staël qui, de son côté, citait avec éloge *Mademoiselle de Clermont*, disait pour toute vengeance : « Elle m'attaque, et moi je la loue ; c'est ainsi que nos correspondances se croisent. » Mme de Genlis reprocha plus tard dans ses *Mémoires* à Mme de Staël d'être *ignorante*, de même qu'elle lui avait reproché d'être *immorale*. Mais grâce lui soit faite ! elle s'est repentie à la fin dans une bienveillante nouvelle intitulée *Athénaïs*, dont nous reparlerons : une influence amie, et coutumière de tels doux miracles, l'avait touchée[a].

a. Mme Récamier.

Nous demandons pardon, à propos d'une œuvre émouvante comme *Delphine*, et sans nous confiner de préférence aux scènes mélancoliques de Bellerive ou du jardin des Champs-Élysées, de rappeler ces aigres clameurs d'alors, et de soulever tant de vieille poussière : mais il est bon, quand on veut suivre et retracer une marche triomphale, de subir aussi la foule, de montrer le char entouré et salué comme il l'était.

La violence appelle la répression ; les amis de Mme de Staël s'indignèrent, et elle fut énergiquement défendue. Des deux articles insérés par Ginguené dans la *Décade*, le premier commence en ces termes : « Aucun ouvrage n'a depuis longtemps occupé le public autant que ce roman ; c'est un genre de succès qu'il n'est pas indifférent d'obtenir, mais qu'on est rarement dispensé d'expier. Plusieurs journalistes, dont on connaît d'avance l'opinion sur un livre d'après le seul nom de son auteur, se sont déchaînés contre *Delphine* ou plutôt contre Mme de Staël, comme des gens qui n'ont rien à ménager... Ils ont attaqué une femme, l'un avec une brutalité de collége (*Ginguené paraît avoir imputé à Geoffroy, qu'il avait sur le cœur, un des articles hostiles que nous avons mentionnés plus haut*), l'autre avec le persiflage d'un bel esprit de mauvais lieu, tous avec la jactance d'une lâche sécurité. » Après de nombreuses citations relevées d'éloges, en venant à l'endroit des locutions forcées et des expressions néologiques, Ginguené remarquait judicieusement : « Ce ne sont point, à proprement parler, des fautes de langue, mais des vices de langage, dont une femme d'autant d'esprit et de vrai talent n'aurait, si elle le voulait une fois, aucune peine à revenir. » Ce que Ginguené ne disait pas et ce qu'il aurait fallu opposer en réponse aux banales accusations d'impiété et d'immoralité que faisaient sonner bien haut des critiques grossiers ou freluquets, c'est la haute éloquence des idées religieuses qu'on trouve exprimées en maint passage de *Delphine*, comme par émulation avec les théories catholiques du *Génie du Christianisme* : ainsi la lettre de Delphine à Léonce (XIV, 3ᵉ partie), où elle le convie aux croyances de la religion naturelle et à une espérance commune d'immortalité ; ainsi encore, quand M. de Lebensei (XVII, 4ᵉ partie), écrivant à Delphine, combat les idées chrétiennes de perfectionnement par la douleur, et invoque la loi de la nature comme menant l'homme au bien par l'attrait et le penchant le plus doux, Delphine ne s'avoue pas convaincue, elle ne croit pas que le système bienfaisant qu'on lui expose réponde à toutes les combinaisons réelles de la destinée, et que le bonheur et la vertu suivent un seul et même sentier sur cette terre. Ce n'est pas, sans doute, le catholicisme de Thérèse d'Ervins qui triomphe dans *Delphine*[63] ; la voie y est déiste, protestante, d'un protestantisme unitairien qui ne diffère guère de celui du Vicaire savoyard : mais parmi les pharisiens qui criaient alors à l'impiété, j'ai peine à en découvrir quelques-uns pour qui ces croyances, même philosophiques et naturelles, sérieusement adoptées, n'eussent pas été déjà, au prix de leur foi véritable, un gain moral et religieux immense. Quant à l'accusation faite à *Delphine* d'attenter au mariage, il m'a semblé, au contraire, que l'idée qui peut-être ressort le plus de ce livre est le désir du bonheur dans le mariage, un sentiment profond de l'impossibilité d'être heureux ailleurs, un aveu des obstacles contre lesquels le plus souvent on se brise, malgré toutes les vertus et toutes les tendresses, dans le désaccord social des destinées.

Cette idée du *bonheur dans le mariage* a toujours poursuivi Mme de Staël, comme les situations romanesques dont ils sont privés poursuivent et agitent d'autres cœurs. Dans *l'Influence des Passions*, elle parle avec attendrissement, au chapitre de l'*Amour*, des deux vieux époux, encore amants, qu'elle avait rencontrés en Angleterre. Dans le livre *de la Littérature*, avec quelle complaisance elle a cité les beaux vers qui terminent le premier chant de Thompson sur le printemps, et qui célèbrent cette parfaite union, pour elle idéale et trop absente ! En un chapitre de *l'Allemagne*, elle y reviendra d'un ton de moralité et comme de reconnaissance qui pénètre, lorsque surtout on rapproche cette page des circonstances secrètes qui l'inspirent. Dans *Delphine*, le tableau heureux de la famille Belmont ne représente pas autre chose que cet Éden domestique, toujours envié par elle du sein des orages. M. Necker, en son *Cours de Morale religieuse*, aime aussi à traiter ce sujet du bonheur garanti par la sainteté des liens. Mme de Staël, en revenant si fréquemment sur ce *rêve*, n'avait pas à en aller chercher bien loin des images : son âme, en sortant d'elle-même, avait tout auprès de quoi se poser ; au défaut de son propre bonheur, elle se rappelait celui de sa mère, elle projetait et pressentait celui de sa fille[a].

Qu'après tout, et nonobstant toute justification, *Delphine* soit une lecture troublante, il faut bien le reconnaître ; mais ce trouble dont nous ne conseillerions pas l'épreuve à la parfaite innocence, n'est souvent qu'un réveil salutaire du sentiment chez les âmes que les soins réels et le désenchantement aride

a. Mme la duchesse de Broglie, si prématurément ravie à ce bonheur de famille, mais restée à jamais présente à la vénération de tous ceux qui l'ont une fois connue.

tendraient à envahir. Heureux trouble, qui nous tente de renaître aux émotions aimantes et à la faculté de dévouement de la jeunesse !

En retour des bons procédés de la *Décade* et de l'aide qu'elle avait trouvée chez les écrivains, littérateurs ou philosophes de cette école, Mme de Staël a toujours bien parlé d'eux en ses écrits. À part Chénier, sur le compte duquel elle s'est montrée un peu sévère dans ses *Considérations*, elle n'a jamais mentionné aucun des noms de ce groupe littéraire et philosophique qu'honorablement et comme en souvenir d'une ancienne alliance. Mais son exil à la fin de 1803, ses voyages, son existence de suzeraine à Coppet, ses relations germaniques, aristocratiques, moins contre-balancées, tout la jeta dès lors dans une autre sphère et dissipa vite en elle cette inspiration de l'an III, que nous avons essayé de ressaisir. Forcée de quitter Paris, elle se dirigea aussitôt vers l'Allemagne, s'exerça à lire, à entendre l'allemand ; visita Weimar et Berlin, connut Goëthe et les princes de Prusse. Elle amassait les premiers matériaux de l'ouvrage, qu'un second voyage en 1807 et 1808 la mit à même de compléter. Se lancer ainsi du premier bond au delà du Rhin, c'était rompre brusquement d'une part avec Bonaparte irrité, c'était rompre aussi avec les habitudes de la philosophie du dix-huitième siècle, qu'elle venait en apparence d'épouser par un choix d'éclat. Ainsi ces grands esprits se comportent : ils sont déjà à l'autre pôle, quand on les croit encore tout à l'opposite. Comme les rapides et infatigables généraux, ils allument des feux sur les hauteurs, et on les suppose campés derrière, quand ils sont déjà à bien des lieues de marche et qu'ils vous prennent par les flancs. La mort de son père[64] ramena subitement Mme de Staël à Coppet. Après le premier deuil des funérailles et la publication des manuscrits de M. Necker, elle repartit en 1804 pour visiter l'Italie. L'amour de la nature et des beaux-arts se déclara en elle sous ce soleil nouveau[a]. Delphine confesse quelque part qu'elle aime peu la peinture, et quand elle se promène dans les jardins, elle est bien plus occupée des urnes et des tombeaux que de la nature elle-même. Mais cette vapeur d'automne, qui enveloppait l'horizon de Bellerive, s'évanouit à la clarté des horizons romains ; tous les dons, toutes les muses qui vont faire cortége à Corinne, se hâtent d'éclore[b].

a. L'amour des arts fut toujours chez Mme de Staël quelque chose d'acquis, d'exotique, et comme une plante qui ne poussa jamais en pleine terre. Son état d'esprit naturel est très-bien rendu dans une lettre que Gœthe écrivait de Weimar, le 27 février 1804, à son ami le compositeur Zelter, qui habitait Berlin : « Le professeur Wolf et le conseiller de Müller sont restés quinze jours à Weimar ; Woss y a passé quelques jours ; et voilà déjà quatre semaines que nous avons le bonheur de posséder Mme de Staël. Cette femme extraordinaire va bientôt à Berlin, et je lui donnerai une lettre pour vous. Allez tout de suite la voir ; elle est très-facile à vivre, et vos compositions musicales lui feront certainement le plus grand plaisir, quoique la littérature, la poésie, la philosophie et tout ce qui s'y rattache la touchent plus que les arts. »

b. Ce dut être durant le séjour à Rome (1805) que M. Aug.-Wil. de Schlegel, qui accompagnait Mme de Staël, lui adressa l'*Élégie* intitulée *Rome*, en distiques. Nous avons cherché à en reproduire le sentiment dans les stances suivantes, en supprimant toutefois l'histoire entière et détaillée de Rome qui fait le principal de la pièce allemande et qui est dans le style grave des *Fastes* ; mais le ton général du début, et tout le mouvement de la fin qui se rapporte à Mme de Staël, ont été conservés, autant du moins que nous avons pu y réussir. <On sait que la *Pyramide de Cestius* marque le cimetière des protestants.>

ROME.

Élégie.

Au sein de Parthénope as-tu goûté la vie ?
Dans le tombeau du monde apprenons à mourir !
Sur cette terre en vain, splendidement servie,
Le même astre immortel règne sans se couvrir ;

En vain, depuis les nuits des hautes origines,
Un ciel inaltérable y luit d'un fixe azur,
Et, comme un dais sans plis au front des Sept Collines,
S'étend des monts Sabins jusqu'à la tour d'Astur :

Un esprit de tristesse immuable et profonde
Habite dans ces lieux et conduit pas à pas ;

Revenue à Coppet en 1805, et s'occupant d'écrire son roman-poëme[65], Mme de Staël ne put demeurer plus longtemps à distance de ce centre unique

---

Hors l'écho du passé, pas de voix qui réponde;
Le souvenir vous gagne, et le présent n'est pas.

Accouru de l'Olympe, au matin de Cybèle,
Là, Saturne apporta l'anneau des jours anciens:
Janus assis scella la chaîne encor nouvelle;
Vinrent les longs loisirs des Rois arcadiens.

Et sans quitter la chaîne, en descendant d'Évandre,
On peut, d'or ou d'airain, tout faire retentir:
Chaque pierre a son nom, tout mont garde sa cendre,
Vieux Roi mystérieux, Scipion ou martyr.

Avoir été, c'est Rome aujourd'hui tout entière.
Janus ici lui-même apparaît mutilé;
Son front vers l'avenir n'a forme ni lumière,
L'autre front seul regarde un passé désolé.

Et quels aigles pourraient lui porter les augures,
Quelle Sibylle encor lui chanter l'avenir?
Ah! le monde vieillit, les nuits se font obscures...
Et nous venus si tard, et pour tout voir finir,

Nous, rêveurs d'un moment, qui voulons des asiles
Sans plus nous émouvoir des spectacles amers,
Dans la Ville éternelle il nous siérait, tranquilles,
Au bout de son déclin, d'attendre l'Univers.

Voilà de Cestius la pyramide antique;
L'ombre au bas s'en prolonge et meurt dans les tombeaux.
Le soir étend son deuil et plus avant m'explique
La scène d'alentour, sans voix et sans flambeaux.

Comme une cloche au loin confusément vibrante,
La cime des hauts pins résonne et pleure au vent:
Seul bruit dans la nature! on la croirait mourante;
Et, parmi ces tombeaux, moi donc suis-je vivant?

Heure mélancolique où tout se décolore
Et suit d'un vague adieu l'astre précipité!
Les étoiles au ciel ne brillent pas encore:
Espace entre la vie et l'immortalité!

Mais quand la nuit bientôt s'allume et nous appelle
Avec ses yeux sans nombre ardents et plus profonds,
L'esprit se reconnaît, sentinelle fidèle,
Et fait signe à son char aux lointains horizons.

C'est ainsi que ton œil, ô ma noble Compagne,
Beau comme ceux des nuits, à temps m'a rencontré;
Et je reçois de Toi, quand le doute me gagne,
Vérité, sentiment, en un rayon sacré.

Celui qui dans ta main sentit presser la sienne
Pourrait-il du Destin désespérer jamais?

de Paris, où elle avait brillé, et en vue duquel elle aspirait à la gloire. C'est alors que se manifeste en elle cette inquiétude croissante, ce *mal de la capitale,* qui ôte sans doute un peu à la dignité de son exil, mais qui trahit du moins la sincérité passionnée de tous ses mouvements. Un ordre de police la rejetait à quarante lieues de Paris : instinctivement, opiniâtrément, comme le noble coursier au piquet, qui tend en tous sens son attache, comme la mouche abusée qui se brise sans cesse à tous les points de la vitre en bourdonnant, elle arrivait à cette fatale limite, à Auxerre, à Châlons, à Blois, à Saumur. Sur cette circonférence qu'elle décrit et qu'elle essaye d'entamer, sa marche inégale avec ses amis devient une stratégie savante ; c'est comme une partie d'échecs qu'elle joue contre Bonaparte et Fouché représentés par quelque préfet plus ou moins rigoriste. Quand elle peut s'établir à Rouen, la voilà, dans le premier instant, qui triomphe, car elle a gagné quelques lieues sur le rayon géométrique. Mais ces villes de province offraient peu de ressources à un esprit si actif, si jaloux de l'accent et des paroles de la pure Athènes. Le mépris des petitesses et du médiocre en tout genre la prenait à la gorge, la suffoquait ; elle vérifiait et commentait

---

Rien de grand avec toi que le bon n'entretienne,
Et le chemin aimable est près des hauts sommets.

Tant de trésors voisins, dont un peuple se sèvre,
Tentent ton libre esprit et font fête à ton cœur.
Laisse-moi découvrir son secret à ta lèvre,
Quand le fleuve éloquent y découle en vainqueur !

De ceux des temps anciens et de ceux de nos âges
Longtemps nous parlerons, vengeant chaque immolé ;
Et quand, vers le bosquet des pieux et des sages,
Nous viendrons au dernier, à ton père exilé,

Si ferme jusqu'au bout en lui-même et si maître,
Si tendre au genre humain par oubli de tout fiel,
Nous bénirons celui que je n'ai pu connaître,
Mais qui m'est révélé dans ton deuil éternel !

à satiété la jolie pièce de Picard[66]. L'étonnante conversation de Benjamin Constant conjurait à grand'peine cette vapeur: «Le pauvre Schlegel, disait-elle, se meurt d'ennui; Benjamin Constant se tire mieux d'affaire avec les bêtes.» Voyageant plus tard, en 1808, en Allemagne, elle disait: «Tout ce que je vois ici est meilleur, plus instruit, plus éclairé peut-être que la France, mais un petit morceau de France ferait bien mieux mon affaire.» Deux ans auparavant, en France, en province, elle ne disait pas cela, ou elle le disait alors de Paris, qui seul existait pour elle. Enfin, grâce à la tolérance de Fouché, qui avait pour principe de faire le moins de mal possible quand c'était inutile, il y eut moyen de s'établir à dix-huit lieues de Paris (quelle conquête!), à Acosta, terre de Mme de Castellane[67]; elle surveillait de là l'impression de *Corinne*. En renvoyant les *épreuves* du livre, elle devait répéter souvent, comme Ovide: «Va, mon livre, heureux livre, qui iras à la ville sans moi!» — «Oh! le ruisseau de la rue du Bac[a]!» s'écriait-elle quand on lui montrait le miroir du Léman[68]. À Acosta, comme à Coppet, elle disait ainsi; elle tendait plus que jamais les mains vers cette rive si prochaine[b]. L'année

a. Mme de Staël demeurait, avant son exil, rue de Grenelle-Saint-Germain, près de la rue du Bac.

b. Le goût de la nature champêtre ne fut jamais *essentiel* chez Mme de Staël, et cette opiniâtre idée de la rue du Bac achevait de lui en gâter le plaisir. Se promenant un jour à Acosta avec les deux Schlegel et M. Fauriel, celui-ci qui lui donnait le bras se mit involontairement à admirer un point de vue: «Ah! mon cher Fauriel, dit-elle, vous en êtes donc encore au préjugé de la campagne.» Et sentant aussitôt qu'elle disait quelque chose d'extraordinaire, elle sourit pour corriger cela. — Bien plus tard, après l'Empire, causant un jour avec M. Molé et s'étonnant qu'un homme d'autant d'esprit aimât la campagne, elle s'échappa à lui dire: «Si ce n'était le respect humain, je n'ouvrirais pas ma fenêtre pour voir la baie de Naples pour la première fois, tandis que je ferais cinq cents lieues pour aller causer avec un homme d'esprit que je ne connais pas.» Manière piquante et même flatteuse d'exprimer combien elle préférait la conversation et la société à la nature.

1806 lui sembla trop longue pour que son imagination tînt à un pareil supplice, et elle arriva à Paris un soir, n'amenant ou ne prévenant qu'un très-petit nombre d'amis. Elle se promenait chaque soir et une partie de la nuit à la clarté de la lune, n'osant sortir de jour. Mais il lui prit, durant cette aventureuse incursion, une envie violente qui la caractérise, un caprice, par souvenir, de voir une grande dame, ancienne amie de son père, Mme de Tessé, celle même qui disait : « Si j'étais reine, j'ordonnerais à Mme de Staël de me parler toujours[69]. » Cette dame pourtant, alors fort âgée, s'effraya à l'idée de recevoir Mme de Staël proscrite, et il résulta de la démarche une série d'indiscrétions qui firent que Fouché fut averti. Il fallut vite partir, et ne plus se risquer désormais à ces promenades au clair de la lune, le long des quais, du ruisseau favori et autour de cette place Louis XV si familière à Delphine. Bientôt la publication de *Corinne* vint confirmer et redoubler pour Mme de Staël la rigueur du premier exil[a] ; nous la trouvons rejetée à Coppet, où, après tout, elle nous apparaît dans sa vraie dignité, au centre de sa cour majestueuse.

Ce que le séjour de Ferney fut pour Voltaire,

a. Les preuves de la dureté avec laquelle elle fut traitée ne sont plus à donner ni à discuter. On lit dans la *Correspondance* imprimée de Napoléon, au commencement d'une lettre de l'Empereur à Cambacérès, écrite d'Osterode, 26 mars 1807 : « J'ai écrit au ministre de la police de renvoyer Mme de Staël à Genève, en lui laissant la liberté d'aller à l'étranger tant qu'elle voudra. Cette femme continue son métier d'intrigante. Elle s'est approchée de Paris malgré mes ordres. C'est une véritable peste. Mon intention est que vous en parliez sérieusement au ministre, car je me verrais forcé de la faire enlever par la gendarmerie. Ayez aussi l'œil sur Benjamin Constant, et, à la moindre chose dont il se mêlera, je l'enverrai à Brunswick, chez sa femme (?). Je ne veux rien souffrir de cette clique ; je ne veux point qu'ils fassent de prosélytes et qu'ils m'exposent à frapper de bons citoyens. » Napoléon affecte de considérer en principe Mme de Staël comme étrangère, et de même il affectait alors de ne voir en Benjamin Constant qu'un étranger : cela se raccommoda dans les Cent-Jours.

celui de Coppet l'est pour Mme de Staël, mais avec bien plus d'auréole poétique, ce nous semble, et de grandiose existence. Tous deux ils règnent dans leur exil. Mais l'un dans sa plaine, du fond de son château assez mince, en vue de ses jardins taillés et peu ombragés, détruit et raille. L'influence de Coppet (*Tancrède* à part et Aménaïde qu'on y adore) est toute contraire; c'est celle de Jean-Jacques continuée, ennoblie, qui s'installe et règne tout près des mêmes lieux que sa rivale. Coppet contre-balance Ferney et le détrône à demi. Nous tous du jeune siècle, nous jugeons Ferney en descendant de Coppet. La beauté du site, les bois qui l'ombragent, le sexe du poëte, l'enthousiasme qu'on y respire, l'élégance de la compagnie, la gloire des noms, les promenades du lac, les matinées du parc, les mystères et les orages inévitables qu'on suppose, tout contribue à enchanter pour nous l'image de ce séjour. Coppet, c'est l'Élysée que tous les cœurs, enfants de Jean-Jacques, eussent naturellement prêté à la châtelaine de leurs rêves. Mme de Genlis, revenue de ses premiers torts et les voulant réparer, a essayé de peindre, dans une nouvelle intitulée *Athénaïs ou le Château de Coppet* en 1807[a], les habitudes et quelques complications délicates de cette vie que de loin nous nous figurons à travers un charme. Mais on ne doit pas chercher une peinture fidèle dans cette production, d'ailleurs agréable : les dates y sont confuses, les personnages groupés, les rôles arrangés; M. de Schlegel y devient un grotesque, sacrifié sans goût et sans mesure; le tout enfin se présente sous un faux jour romanesque, qui altère, à nos yeux, la vraie poésie autant que la réalité. Pour moi, j'aimerais mieux quelques détails précis,

a. Imprimerie de Jules Didot, 1832.

sur lesquels ensuite l'imagination de ceux qui n'ont pas vu se plairait à rêver ce qui a dû être. La vie de Coppet était une vie de château. Il y avait souvent jusqu'à trente personnes, étrangers et amis; les plus habituels[70] étaient Benjamin Constant, M. Auguste Wilhelm de Schlegel, M. de Sabran, M. de Sismondi, M. de Bonstetten, les barons de Voght, de Balk, etc.; chaque année y ramenait une ou plusieurs fois M. Mathieu de Montmorency, M. Prosper de Barante, le prince Auguste de Prusse, la beauté célèbre tout à l'heure désignée par Mme de Genlis sous le nom d'*Athénaïs*, une foule de personnes du monde, des connaissances d'Allemagne ou de Genève. Les conversations philosophiques, littéraires, toujours piquantes ou élevées, s'engageaient déjà vers onze heures du matin, à la réunion du déjeuner; on les reprenait au dîner, dans l'intervalle du dîner au souper, lequel avait lieu à onze heures du soir, et encore au delà souvent jusqu'après minuit. Benjamin Constant et Mme de Staël y tenaient surtout le dé. C'est là que Benjamin Constant, que nous, plus jeunes, n'avons guère vu que blasé, sortant de sa raillerie trop invétérée par un enthousiasme un peu factice, causeur toujours prodigieusement spirituel, mais chez qui l'esprit, à la fin, avait hérité de toutes les autres facultés et passions plus puissantes[a]; c'est là qu'il se montrait avec feu et naturellement ce que Mme de Staël le proclamait sans prévention, *le premier esprit du monde*: il était certes le plus grand des hommes distingués. Leurs esprits du moins, à tous les deux, se convenaient toujours; ils étaient sûrs de s'entendre par là. Rien, au dire des

a. Dans cette disposition d'esprit plus fine et railleuse qu'on ne l'aimerait, furent écrites par lui quelques pages qu'on trouvera au *Livre des Cent-et-Un*, tome VII.

témoins, n'était éblouissant et supérieur comme leur conversation engagée dans ce cercle choisi, eux deux tenant la raquette magique du discours et se renvoyant, durant des heures, sans manquer jamais, le volant de mille pensées entre-croisées. Mais il ne faudrait pas croire qu'on fût là, de tout point, sentimental ou solennel; on y était souvent simplement gai; Corinne avait des jours d'abandon où elle se rapprochait de la signora *Fantastici*. On jouait souvent à Coppet des tragédies, des drames, ou les pièces chevaleresques de Voltaire, *Zaïre*, *Tancrède* si préféré de Mme de Staël, ou des pièces composées exprès par elle ou par ses amis. Ces dernières s'imprimaient quelquefois à Paris, pour qu'on pût ensuite apprendre plus commodément les rôles; l'intérêt qu'on mettait à ces envois était vif, et quand on avisait à de graves corrections dans l'intervalle, vite on expédiait un courrier, et, en certaines circonstances, un second pour rattraper ou modifier la correction déjà en route. La poésie européenne assistait à Coppet dans la personne de plusieurs représentants célèbres. Zacharias Werner, l'un des originaux de cette cour, et dont on jouait l'*Attila* et les autres drames avec grand renfort de dames allemandes, Werner écrivait vers ce temps (1809) au conseiller Schneffer (nous atténuons pourtant deux ou trois traits, auxquels l'imagination, malgré lui sensuelle et voluptueuse, du mystique poëte, s'est trop complu[71]): «Mme de Staël est une reine, et tous les hommes d'intelligence qui vivent dans son cercle ne peuvent en sortir, car elle les y retient par une sorte de magie. Tous ces hommes-là ne sont pas, comme on le croit follement en Allemagne, occupés à la former; au contraire, ils reçoivent d'elle l'éducation sociale. Elle possède d'une manière admirable le secret d'allier les éléments les plus disparates, et tous ceux qui l'approchent ont beau être divisés d'opinions, ils sont tous d'accord pour adorer cette idole. Mme de Staël est d'une taille moyenne, et son corps, sans avoir une élégance de nymphe, a la noblesse des proportions... Elle est forte, brunette, et son visage n'est pas à la lettre, très-beau; mais on oublie tout dès que l'on voit ses yeux superbes, dans lesquels une grande âme divine, non-seulement étincelle, mais jette feu et flamme. Et si elle laisse parler complétement son cœur, comme cela arrive si souvent, on voit comme ce cœur élevé déverse encore tout ce qu'il y a de vaste et de profond dans son esprit, et alors il faut l'adorer comme mes amis A.-W. Schlegel et Benjamin Constant, etc.» Il n'est pas inutile de se figurer l'auteur galant de cette peinture. Werner, bizarre de mise et volontiers barbouillé de tabac, muni qu'il était d'une tabatière énorme, où il puisait à foison durant ses longues digressions érotiques et platoniques sur l'*androgyne*; sa destinée était de courir sans cesse, disait-il, après cette autre moitié de lui-même, et, d'essai en essai, de divorce en divorce, il ne désespérait pas d'arriver enfin à reconstituer son tout primitif. Le poëte danois Œlenschlæger a raconté en détail une visite qu'il fit à Coppet, et il y parle du bon Werner en ce sens; nous emprunterons au récit d'Œlenschlæger quelques autres traits[72]:

«Mme de Staël vint avec bonté au-devant de moi, et me pria de passer quelques semaines à Coppet, tout en me plaisantant avec grâce sur mes fautes de français. Je me mis à lui parler allemand; elle comprenait très-bien cette langue, et ses deux enfants la comprenaient et la parlaient très-bien aussi. Je trouvai, chez Mme de Staël, Benjamin Constant, Auguste Schlegel, le vieux baron Voght d'Altona,

Bonstetten de Genève, le célèbre Simonde de Sismondi, et le comte de Sabran, le seul de toute cette société qui ne sût pas l'allemand... Schlegel était poli à mon égard, mais froid... Mme de Staël n'était pas jolie, mais il y avait dans l'éclair de ses yeux noirs un charme irrésistible ; et elle possédait au plus haut degré le don de subjuguer les caractères opiniâtres, et de rapprocher par son amabilité des hommes tout à fait antipathiques. Elle avait la voix forte, le visage un peu mâle, mais l'âme tendre et délicate... Elle écrivait alors son livre sur l'Allemagne et nous en lisait chaque jour une partie. On l'a accusée de n'avoir pas étudié elle-même les livres dont elle parle dans cet ouvrage, et de s'être complétement soumise au jugement de Schlegel. C'est faux. Elle lisait l'allemand avec la plus grande facilité. Schlegel avait bien quelque influence sur elle, mais très-souvent elle différait d'opinion avec lui, et elle lui reprochait sa partialité. Schlegel, pour l'érudition et pour l'esprit duquel j'ai un grand respect, était, en effet, imbu de partialité. Il plaçait Calderon au-dessus de Shakspeare ; il blâmait sévèrement Luther et Herder. Il était, comme son frère, infatué d'aristocratie... Si l'on ajoute à toutes les qualités de Mme de Staël, qu'elle était riche, généreuse, on ne s'étonnera pas qu'elle ait vécu dans son château enchanté, comme une reine, comme une fée ; et sa baguette magique était peut-être cette petite branche d'arbre qu'un domestique devait déposer chaque jour sur la table, à côté de son couvert, et qu'elle agitait pendant la conversation. » Au défaut du rameau de feuillage, du gui sacré, c'était l'éventail, ou le couteau d'ivoire ou d'argent, ou simplement un petit étendard de papier qu'agitait sa main, cette main inquiète du sceptre. Quant au portrait de Mme de Staël, on voit combien tous ceux qui le crayonnent s'accordent dans les traits principaux, depuis M. de Guibert jusqu'à Œlenschlæger et Werner. Deux fidèles et véritables portraits par le pinceau dispenseraient, d'ailleurs, de toutes ces esquisses littéraires : le portrait peint par Mme Lebrun (1807), qui nous rend Mme de Staël en Corinne, nu-tête, la chevelure frisée, une lyre à la main ; et le portrait à turban par Gérard, composé depuis la mort, mais d'après un parfait souvenir. En réunissant quelques ébauches de diverses plumes contemporaines, nous croyons pourtant n'avoir pas fait inutilement : on n'est jamais las de ces nombreuses concordances, à l'égard des personnes chéries, admirées et disparues[a].

La poésie anglaise, qui, durant la guerre du continent, n'avait pu assister à ce congrès permanent de la pensée dont Coppet fut le séjour, y parut en 1816, représentée par Lewis et par Byron. Ce dernier, dans ses *Mémoires*, a parlé de Mme de Staël d'une manière affectueuse et admirative, malgré quelques légèretés de ton pour l'*oracle*. Il convient, tout blasé qu'il est, qu'elle a fait de Coppet le lieu le plus agréable de la terre par la société qu'elle y reçoit et que ses talents y animent. De son côté, elle le jugeait l'homme *le plus séduisant* de l'Angleterre, ajoutant toutefois : « Je lui crois juste assez de sensibilité pour abîmer le bonheur d'une femme[b]. »

a. Un trait essentiel de la vaste hospitalité de Coppet, c'était un fond d'ordre au milieu de tant de variété et de diversion ; on sentait toute l'aisance de la richesse sans rien de ces profusions qui minent trop souvent et dégradent de près de brillantes existences. Ici une main dispensatrice rendait la scène facile et ouvrait une part large au drame et au roman, par une sage économie de moyens. En un mot, on jouissait, sans en voir les ressorts, de l'habile ménagement d'une grande fortune. La fille de M. Necker, au milieu de tant de contrastes qu'elle associait, avait encore retenu cela de son père.

b. Près de l'endroit où elle juge ainsi Byron, elle disait comme par une association naturelle : « Je n'aime pas le livre de B. Constant, je ne crois pas que tous les hommes soient Adolphe, mais les hommes à

Mais ce qu'on ne peut exprimer de Coppet aux années les plus brillantes, ce que vous voudriez maintenant en ressaisir, ô vous tous, cœurs adolescents ou désabusés, rebelles au présent, passionnés du moins des souvenirs, avides d'un idéal que vous n'espérez plus pour vous, — ô vous tous qui êtes encore, on l'a dit justement, ce qu'il y a de plus beau sur la terre après le génie, puisque vous avez puissance de l'admirer avec pleurs et de le sentir, c'est le secret et l'entre-croisement des pensées de ces hôtes sous ces ombrages ; ce sont les entretiens du milieu du jour le long des belles eaux voilées de verdure. Un hôte habituel de Coppet, qu'interrogeait en ce sens ma curiosité émue (il n'est pas de ceux que j'ai nommés plus haut)[a], me disait : « J'étais sorti un matin du château pour prendre le frais ; je m'étais couché dans l'herbe épaisse, près d'une nappe d'eau, à un endroit du parc très-écarté, et je regardais le ciel en rêvant. Tout d'un coup j'entendis deux voix ; la conversation était animée, secrète, et se rapprochait. Je voulais faire du bruit pour avertir que j'étais là ; mais j'hésitai, jusqu'à ce que, l'entretien continuant et s'établissant à quelques pas de moi, il fut trop tard pour interrompre, et il me fallut tout écouter, reproches, explications, promesses, sans me montrer, sans oser reprendre haleine. » — « Heureux homme ! lui dis-je ; et quelles étaient

---

vanité. » Byron lui-même a dit en ses Mémoires : « Je vous envoie l'*Adolphe* de B. C. ; il contient de sombres vérités, quoique à mon avis ce soit un ouvrage trop triste pour être jamais populaire. La première fois que je le lus, ce fut en Suisse (1816), d'après le désir de Mme de Staël ; » et il ajoute un mot contre une supposition fausse qui avait couru. L'original d'Ellénore était Mme Lindsay, celle que M. de Chateaubriand, dans ses Mémoires, appelle *la dernière des Ninons*. — Ce qui pourtant ne veut pas dire qu'il ne s'y soit glissé plus d'un trait applicable à la liaison de l'auteur et de Mme de Staël. Ces personnages de roman sont complexes. Sismondi en a trop dit dans ses lettres, publiées depuis, pour qu'on ne perce pas les masques plus qu'on n'aurait voulu.

a. Je puis le nommer aujourd'hui, c'était le compositeur Catruffo.

ces deux voix ? et qu'avez-vous entendu ? » — Puis, comme le délicat scrupule du promeneur ne me répondait qu'à demi, je me gardai d'insister. Laissons au roman, à la poésie de nos neveux, le frais coloris de ces mystères ; nous en sommes trop voisins encore. Laissons le temps s'écouler, l'auréole se former de plus en plus sur ces collines, les cimes, de plus en plus touffues, murmurer confusément les voix du passé, et l'imagination lointaine embellir un jour, à souhait, les troubles, les déchirements des âmes, en ces Édens de la gloire.

Corinne parut en 1807. Le succès fut instantané, universel ; mais ce n'est pas dans la presse que nous devons en chercher les témoignages. La liberté critique, même littéraire, allait cesser d'exister ; Mme de Staël ne pouvait, vers ces années, faire insérer au *Mercure* une spirituelle mais simple analyse du remarquable Essai de M. de Barante sur le dix-huitième siècle[73]. On était, quand parut *Corinne*, à la veille et sous la menace de cette censure absolue. Le mécontentement du souverain contre l'ouvrage[a], probablement parce que cet enthousiasme idéal n'était pas quelque chose qui allât à son but, suffit à paralyser les éloges imprimés. *Le Publiciste* toutefois, organe modéré du monde de M. Suard et de la liberté philosophique dans les choses de l'esprit, donna trois bons articles signés D. D., qui doivent être de Mlle de Meulan (Mme Guizot). D'ailleurs

a. « S'il faut en croire une anecdote, dit M. Villemain en ses belles leçons sur Mme de Staël, le dominateur de la France fut tellement blessé du bruit que faisait ce roman, qu'il en composa lui-même une critique insérée au *Moniteur*. Il y blâmait vivement l'intérêt répandu sur Oswald et s'en fâchait comme d'un défaut de patriotisme. On peut lire cette critique amère et spirituelle. » J'ai recherché vainement cet article, qui probablement ne porte pas le titre direct de *Corinne*. Je laisse le plaisir de le trouver aux admirateurs de la littérature napoléonienne, qui commencent à découvrir dans le héros *le premier écrivain du siècle* (Thiers, Carrel, Hugo, etc.). — Laissons à César ce qui lui appartient, mais ne lui apportons pas toutes les couronnes.

M. de Feletz, dans les *Débats*, continua sa chicane méticuleuse et chichement polie[a]; M. Boutard loua et réserva judicieusement les opinions relatives aux beaux-arts. Un M. C. (dont j'ignore le nom) fit dans *le Mercure* un article sans malveillance, mais sans valeur. Eh! qu'importe dorénavant à Mme de Staël cette critique à la suite? Avec *Corinne* elle est décidément entrée dans la gloire et dans l'empire. Il y a un moment décisif pour les génies, où ils s'établissent tellement, que désormais les éloges qu'on en peut faire n'intéressent plus que la vanité et l'honneur de ceux qui les font. On leur est redevable d'avoir à les louer; leur nom devient une illustration dans le discours; c'est comme un vase d'or qu'on emprunte et dont notre logis se pare. Ainsi pour Mme de Staël, à dater de *Corinne*. L'Europe entière la couronna sous ce nom. *Corinne* est bien l'image de l'indépendance souveraine du génie, même au temps de l'oppression la plus entière, *Corinne* qui se fait couronner à Rome, dans ce Capitole de la Ville éternelle, où le conquérant qui l'exile ne mettra pas le pied. Mme Necker de Saussure (*Notice*), Benjamin Constant (*Mélanges*), M.-J. Chénier (*Tableau de la Littérature*), ont analysé et apprécié l'ouvrage, de manière à abréger notre tâche après eux: «Corinne,

a. Depuis que j'ai eu l'honneur (dans mon passage à la Bibliothèque Mazarine) d'approcher ce spirituel représentant de l'ancienne critique, j'ai pu apprendre combien en lui de bonté réelle, de noblesse et de droiture de cœur trouvait moyen de se concilier avec ces malices de plume et ces légères égratignures, si piquantes à l'amour-propre des auteurs. — Quand M. de Feletz avait un grain de sel sur la langue, il ne pouvait le retenir; il avait cela du critique journaliste. Son défaut, à côté de sa raillerie qui d'ordinaire touchait juste, était de ne point tenir compte des parties élevées et sérieuses, ce qui lui ôte de la portée. Pur écrivain de société, il ne va au fond de rien, et quand il a une plaisanterie, il la délaie; ce qui ôte aussi de la gentillesse. — Mme de Staël, qui, du reste, gardait si peu de ressentiment, en voulut, par exception, à M. de Feletz. Un jour qu'elle le vit entrer dans un salon, elle sortit par l'autre porte. Son crime était le seul irrémissible pour elle: il avait mal parlé de M. Necker. (Voir les *Mélanges* de M. de Feletz, tome VI, page 280, et le volume ultérieurement publié de *Jugements*, page 352.)

dit Chénier, c'est Delphine encore, mais perfectionnée, mais indépendante, laissant à ses facultés un plein essor, et toujours doublement inspirée par le talent et par l'amour[74]. » Oui, mais la gloire elle-même pour Corinne n'est qu'une distraction éclatante, une plus vaste occasion de conquérir les cœurs : « En cherchant la gloire, dit-elle à Oswald, j'ai toujours espéré qu'elle me ferait aimer. » Le fond du livre nous montre cette lutte des puissances noblement ambitieuses ou sentimentales et du bonheur domestique, pensée perpétuelle de Mme de Staël. Corinne a beau resplendir par instants comme la prêtresse d'Apollon, elle a beau être, dans les rapports habituels de la vie, la plus simple des femmes, une femme gaie, mobile, ouverte à mille attraits, capable sans effort du plus gracieux abandon ; malgré toutes ces ressources du dehors et de l'intérieur, elle n'échappera point à elle-même. Du moment qu'elle se sent saisie par la passion, *par cette griffe de vautour sous laquelle le bonheur et l'indépendance succombent*, j'aime son impuissance à se consoler, j'aime son sentiment plus fort que son génie, son invocation fréquente à la sainteté et à la durée des liens qui seuls empêchent les brusques déchirements, et l'entendre, à l'heure de mourir, avouer en son chant du cygne : « De toutes les facultés de l'âme que je tiens de la nature, celle de souffrir est la seule que j'aie exercée tout entière. » Ce côté prolongé de Delphine à travers Corinne me séduit principalement et m'attache dans la lecture ; l'admirable cadre qui environne de toutes parts les situations d'une âme ardente et mobile y ajoute par sa sévérité. Ces noms d'amants, non pas gravés, cette fois, sur les écorces de quelque hêtre, mais inscrits aux parois des ruines éternelles, s'associent à la grave histoire, et deviennent une partie vivante de son immortalité.

La passion divine d'un être qu'on ne peut croire imaginaire introduit, le long des cirques antiques, une victime de plus, qu'on n'oubliera jamais ; le génie, qui l'a tirée de son sein, est un vainqueur de plus, et non pas le moindre dans cette cité de tous les vainqueurs[75].

Quand Bernardin de Saint-Pierre se promenait avec Rousseau, comme il lui demandait un jour si Saint-Preux n'était pas lui-même : « Non, répondit Jean-Jacques ; Saint-Preux n'est pas tout à fait ce que j'ai été, mais ce que j'aurais voulu être[76]. » Presque tous les romanciers poëtes peuvent dire ainsi. Corinne est, pour Mme de Staël, ce qu'elle aurait voulu être, ce qu'après tout (et sauf la différence du groupe de l'art à la dispersion de la vie) elle a été. De Corinne, elle n'a pas eu seulement le Capitole et le triomphe ; elle en aura aussi la mort par la souffrance.

Cette Rome, cette Naples, que Mme de Staël exprimait à sa manière dans le roman-poëme[77] de *Corinne*, M. de Chateaubriand les peignait vers le même moment dans l'épopée des *Martyrs*. Ici ne s'interpose aucun nuage léger de Germanie ; on rentre avec Eudore dans l'antique jeunesse ; partout la netteté virile du dessin, la splendeur première et naturelle du pinceau. Pour la comparaison de toutes ces manières diverses de sentir et de peindre Rome depuis que Rome a commencé d'être une ruine, on ne saurait rien lire de plus complet qu'un docte et ingénieux travail de M. Ampère[a].

Rome, Rome ! des marbres, des horizons, des cadres plus grands, pour prêter appui à des pensées moins éphémères !

Une personne d'esprit écrivait : « Comme j'aime

a. *Revue des Deux-Mondes*, 1835, tomes II et III.

certaines poésies ! il en est d'elles comme de Rome, c'est tout ou rien : on vit avec, ou on ne comprend pas. » *Corinne* n'est qu'une variété imposante dans ce *culte romain*, dans cette façon de sentir à des époques et avec des âmes diverses la Ville éternelle.

Une partie charmante de *Corinne*, et d'autant plus charmante qu'elle est moins voulue, c'est l'esprit de conversation qui souvent s'y mêle par le comte d'Erfeuil et par les retours vers la société française. Mme de Staël raille cette société trop légèrement spirituelle, mais en ces moments elle en est elle-même plus qu'elle ne croit : ce qu'elle sait peut-être le mieux dire, comme il arrive souvent, elle le dédaigne.

Comme dans *Delphine*, il y a des portraits : Mme d'Arbigny, cette femme française qui arrange et calcule tout, en est un, comme l'était Mme de Vernon. On la nommait tout bas dans l'intimité (Mme de Flahaut[78]), de même qu'aussi l'on savait de quels éléments un peu divers[79] se composait la noble figure d'Oswald, de même qu'on croyait à la vérité fidèle de la scène des adieux, et qu'on se souvenait presque des déchirements de Corinne durant l'absence.

Quoi qu'il en soit, malgré ce qu'il y a dans *Corinne* de conversations et de peintures du monde, ce n'est pas à propos de ce livre qu'il y a lieu de reprocher à Mme de Staël un manque de consistance et de fermeté dans le style, et quelque chose de trop couru dans la distribution des pensées. Elle est tout à fait sortie, pour l'exécution générale de cette œuvre, de la conversation spirituelle, de l'improvisation écrite, comme elle faisait quelquefois (*stans pede in uno*) debout, et appuyée à l'angle d'une cheminée. S'il y a encore des imperfections de style, ce n'est que par rares accidents ; j'ai vu notés au crayon, dans un exemplaire de *Corinne*, une quantité prodigieuse de *mais* qui donnent en effet de la monotonie aux premières pages. Toutefois, un soin attentif préside au détail de ce monument ; l'écrivain est arrivé à l'art, à la majesté soutenue, au nombre[a].

Le livre de *l'Allemagne*, qui n'a paru qu'en 1813 à Londres, était à la veille d'être publié à Paris en 1810 ; l'impression soumise aux censeurs impériaux, Esménard et autres, s'achevait, lorsqu'un brusque revirement de police mit les feuilles au pilon et anéantit le tout. On sait la lettre du duc de Rovigo et cette honteuse histoire[80]. L'Allemagne ayant été de plus en plus connue, et ayant d'ailleurs marché depuis cette époque, le livre de Mme de Staël peut sembler aujourd'hui moins complet dans sa partie historique ; l'opinion s'est montrée dans ces derniers temps plus sensible à ces défectuosités. Mais, à part même l'honneur d'une initiative dont personne autre n'était capable alors, et que Villers seul[81], s'il avait eu autant d'esprit en écrivant qu'en conversant, aurait pu partager avec elle, je ne crois pas qu'il y ait encore à chercher ailleurs la vive image de cette éclosion soudaine du génie allemand, le tableau de cet âge brillant et poétique qu'on peut appeler le siècle de Goëthe ; car la belle poésie allemande semble, à peu de chose près, être

a. En tête d'une réimpression de *Corinne* en 1839, nous ajoutions : « À mesure que le temps marche, l'intérêt qui s'attache à ces œuvres une fois reconnues comme subsistantes et durables peut varier, mais n'est pas moins grand. Leurs défauts mêmes deviennent des traits de peinture et ne sont pas sans charme, comme l'expression autrefois aimée d'un goût qui a fait place à un autre, lequel à son tour passera également. Quelque chose a péri au sein de ce qui continue de vivre ; cette teinte de tristesse sied bien au milieu de l'admiration. Elle siéra d'autant mieux en ce moment qu'un récent souvenir funèbre se doit mêler à cette figure immortelle de Corinne, et qu'on songe inévitablement, en s'occupant de Mme de Staël, à ce que vient de ravir un tombeau. Ce livre, que la mort d'un père l'envoyait méditer en Italie, ce livre, à peine âgé de trente ans, a déjà vu ensevelir elle, son fils, sa fille ; il se peut relire en présence de ces graves idées de mort ; car, s'il ne dit pas le vrai mystère des choses de la vie, du moins il n'en sort rien que de généreux, de beau et de bon. »

née et morte avec ce grand homme et n'avoir vécu qu'une vie de patriarche; depuis, c'est déjà une décomposition et une décadence. En abordant l'Allemagne, Mme de Staël insista beaucoup aussi sur la partie philosophique, sur l'ordre de doctrines opposées à celles des idéologues français; elle se trouvait assez loin elle-même, en ces moments, de la philosophie de ses débuts. Ici se dénote chez elle, remarquons-le bien, un souci croissant de la moralité dans les écrits. Un écrit n'est suffisamment moral, à son gré, que lorsqu'il sert par quelque endroit au perfectionnement de l'âme. Dans l'admirable discours qu'elle fait tenir à Jean-Jacques par un solitaire religieux[82], il est posé que « le génie ne doit servir qu'à manifester la bonté suprême de l'âme. » Elle paraît très-occupée, en plus d'un passage, de combattre l'idée du suicide. « Quand on est très jeune, dit-elle excellemment, la dégradation de l'être n'ayant en rien commencé, le tombeau ne semble qu'une image poétique, qu'un sommeil, environné de figures à genoux qui nous pleurent; il n'en est plus ainsi, même dès le milieu de la vie, et l'on apprend alors pourquoi la religion, cette science de l'âme, a mêlé l'horreur du meurtre à l'attentat contre soi-même. » Mme de Staël, dans la période douloureuse où elle était alors, n'abjurait pas l'enthousiasme, et elle termine son livre en le célébrant; mais elle s'efforce de le régler en présence de Dieu. L'*Essai sur le Suicide*[83], qui parut en 1812 à Stockholm, était composé dès 1810, et les signes d'une révolution morale intérieure chez Mme de Staël s'y déclarent plus manifestes encore.

L'amertume que lui causa la suppression inattendue de son livre fut grande. Six années d'études et d'espérances détruites, un redoublement de persécution au moment où elle avait lieu de compter sur une trêve, et d'autres circonstances contradictoires, pénibles[84], faisaient de sa situation, à cette époque, une crise violente, une décisive épreuve, qui l'introduisait sans retour dans ce que j'ai appelé les années sombres. Qu'elle aille, qu'elle aille! il n'y a plus désormais, malgré la gloire qui ne la quitte pas, il n'y a plus de station ni de chant au Capitole. Jusque-là les orages même avaient laissé jour pour elle à des reflets gracieux, à des attraits momentanés, et, selon sa propre expression si charmante, à quelque *air écossais* dans sa vie. Mais à partir de là tout devient plus âpre. La jeunesse d'abord, cette grande et facile consolatrice, s'enfuit. Mme de Staël avait horreur de l'âge et de l'idée d'y arriver; un jour qu'elle ne dissimulait pas ce sentiment devant Mme Suard, celle-ci lui disait: «Allons donc, vous prendrez votre parti, vous serez une très-aimable vieille.» Mais elle frémissait à cette pensée; le mot de jeunesse avait un charme musical à son oreille; elle se plaisait à en clore ses phrases, et ces simples mots, *Nous étions jeunes alors*, remplissaient ses yeux de larmes: «Ne voit-on pas souvent, s'écriait-elle (*Essai sur le Suicide*), le spectacle du supplice de Mézence renouvelé par l'union d'une âme encore vivante et d'un corps détruit, ennemis inséparables? Que signifie ce triste avant-coureur dont la nature fait précéder la mort, si ce n'est l'ordre d'exister sans bonheur et d'abdiquer chaque jour, fleur après fleur, la couronne de la vie?» Elle se rejetait le plus longtemps possible en arrière, loin de *ces derniers jours qui répètent d'une voix si rauque les airs brillants des premiers*. Le sentiment dont elle fut l'objet à cette époque de la part de M. Rocca[85] lui rendit encore un peu de l'illusion de la jeunesse; elle se laissait aller à voir dans le miroir magique de deux jeunes yeux éblouis le démenti de trop de ravages. Mais son mariage avec M. Rocca, ruiné de blessures, le culte de reconnaissance qu'elle lui voua, sa propre santé altérée, tout l'amena à de plus réguliers devoirs. L'*air écossais*, l'*air brillant* du début devint bientôt un hymne grave, sanctifiant, austère. Il fallait que la religion pénétrât désormais, non plus dans les discours seulement, mais dans la pratique suivie. Plus jeune, moins accablée, il lui avait suffi d'aller, à certaines heures de tristesse, faire visite de l'autre côté du parc au tombeau de son père, ou d'agiter avec Benjamin Constant, avec M. de Montmorency[86], quelque conversation mystiquement élevée : en avançant dans la vie, une fois le ressort brisé contre les souffrances positives et croissantes, quand tout manque, et se fane jour par jour, et se décolore, les inspirations passagères ne soutiennent plus ; on a besoin d'une croyance plus ferme, plus continuellement présente : Mme de Staël ne la chercha qu'où elle la pouvait trouver, dans l'Évangile, au sein de la religion chrétienne. Avant la résignation complète, le plus fort de sa crise fut durant la longue année qui précéda sa fuite. L'active constance de quelques amis frappés pour elle, l'abandon, les chétives excuses, les *peurs déguisées en mal de poitrine*, de quelques autres, l'avaient touchée au cœur et diversement contristée. Elle se voyait entourée d'une contagion de fatalité qu'elle communiquait aux êtres les plus chers ; sa tête s'exaltait sur les dangers. « *Je suis l'Oreste de l'exil,* » s'écriait-elle au sein de l'intimité qui se dévouait pour elle. Et encore : « *Je suis dans mon imagination comme dans la tour d'Ugolin.* » Trop à l'étroit dans Coppet et surtout dans son imagination terrible, elle voulait à toute force ressaisir l'air libre, l'espace immense. Le préfet de Genève, M. Capelle, qui avait succédé à M. de Barante père révoqué[87], lui insinuait d'écrire quelque chose sur le roi de Rome ; un mot lui eût aplani tous les chemins, ouvert toutes les capitales : elle n'y songea pas un seul instant, et, dans sa saillie toujours prompte, elle ne trouvait à souhaiter à l'enfant qu'une bonne nourrice. Les *Dix Années d'exil* peignent au naturel les vicissitudes de cette situation agitée ; elle s'y représente étudiant sans cesse la carte d'Europe comme le plan d'une vaste prison d'où il s'agissait de s'évader. Tous ses vœux tendaient vers l'Angleterre, elle y dut aller par Saint-Pétersbourg.

C'est dans de telles dispositions longtemps couvées, et après cette crise résolue en une véritable maturité intérieure, que la Restauration trouva et ramena Mme de Staël. Elle avait vu Louis XVIII en Angleterre : « Nous aurons, annonçait-elle alors à un ami, un roi très-favorable à la littérature[88]. » Elle se sentait du goût pour ce prince, dont les opinions modérées lui rappelaient quelques-unes de celles de son père. Elle s'était entièrement convertie aux idées politiques anglaises, dans cette Angleterre qui lui semblait le pays par excellence à la fois de la vie de famille et de la liberté publique. On l'en vit revenir apaisée, assagie, pleine sans doute d'impétuosité généreuse jusqu'à son dernier jour, mais fixée à des opinions semi-aristocratiques, qu'elle n'avait, de 95 à 1802, aucunement professées. Son hostilité contre l'Empire, son absence de France, sa fréquentation des souverains alliés et des sociétés étrangères, la fatigue extrême de l'âme qui rejette la pensée aux impressions moins hardies, tout contribua chez elle à cette métamorphose. Mme de Staël, en vieillissant, devait volontiers se rapprocher des idées anciennes de son père. De même qu'on a remarqué que les tempéraments, à mesure qu'on vieillit, reviennent au type primitif qu'ils marquaient dans l'enfance, se dépouillant ainsi par degrés des formes et des variations contractées dans l'intervalle ; de même que les révolutions, après leur élan, reviennent à un moindre but que celui qu'elles croyaient d'abord atteindre ou qu'elles avaient dépassé, de même nous voyons Mme de Staël, vers la fin de sa vie, se réfugier dans un système plus mixte, plus tempéré, mais pour elle presque domestique : c'était, pour la fille de M. Necker, s'en revenir simplement à Saint-Ouen que d'accepter en plein la Charte de Louis XVIII[89].

Les *Considérations sur la Révolution française*, dernier ouvrage de Mme de Staël, celui qui a scellé le jugement sur elle et qui classe naturellement son nom en politique entre les noms honorés de son père et de son gendre, la donnent à connaître sous ce point de vue libéral, mitigé, anglais, et un peu *doctrinaire*, comme on dit, beaucoup mieux que nous ne pourrions faire. Aussitôt après son retour en France, elle ne tarda pas à voir se dessiner les exigences des partis, et toutes les difficultés qui compliquent les restaurations. Les ménagements, les mesures de conciliation et de prudence, furent dès l'abord la voie indiquée, conseillée par elle. Dans son rapprochement de Mme de Duras et de M. de Chateaubriand, elle cherchait à s'entendre avec la portion éclairée, généreuse, d'un royalisme plus vif que le sien : « Mon système, disait-elle en 1816, est toujours en opposition absolue avec celui qu'on suit, et mon affection la plus sincère pour ceux qui le suivent. » Elle eut dès lors à souffrir incessamment dans beaucoup de ses relations et affections privées par les divergences qui éclatèrent ; le faisceau des amitiés humaines se relâchait, se déliait autour d'elle : quelques acquisitions nouvelles et précieuses, comme celle de M. Mackintosh[90], ne la dédommageaient qu'imparfaitement. Jours pénibles, et qui arrivent tôt ou tard dans chaque existence, où l'on voit les êtres préférés, qu'on rassemblait avec une sorte d'art au sein d'un même amour, se tacher, en quelque sorte, dans la fleur d'affection où ils brillaient d'abord ! Ces déchets inévitables, qui ne s'arrêtent pas devant les amitiés les plus chères, affectaient singulièrement Mme de Staël et la détachaient, sinon de la vie, du moins des vanités et des douceurs périssables. Elle avait fini par prendre moins de plaisir à écrire à M. de Montmorency, à *l'admirable ami*[91] lui-même, à cause de ces malheureuses divergences auxquelles, lui, il tenait trop. M. de Schlegel en voulait beaucoup à cette politique envahissante, et se montrait moins à l'aise ou parfois amer, en ces cercles troublés qui ne lui représentaient plus la belle littérature de Coppet. Mme de Staël, sensible à ces effets, et atteinte déjà d'un mal croissant, se réfugiait ou dans la famille, ou, plus haut, dans la fidélité à *Celui qui ne peut nous être infidèle*. Elle mourut environnée pourtant de tous les noms choisis qu'on aime à marier au sien ; elle mourut à Paris[a] en 1817, le 14 juillet, jour de liberté et de soleil, pleine de génie et de sentiment dans des organes minés avant l'âge, se faisant, l'avant-veille encore, traîner en fauteuil au jardin, et distribuant aux nobles êtres qu'elle allait quitter des fleurs de rose en souvenir et de saintes paroles.

La publication posthume des *Considérations*, qui eut lieu en 1818, fut un événement et constitua à Mme de Staël de brillantes et publiques funérailles. Elle y proposait, à la Révolution française et à la Restauration elle-même, une interprétation politique destinée à un long retentissement et à une

a. Rue Neuve-des-Mathurins.

durable influence. C'était une *Monarchie selon la Charte* à sa manière ; hors de celle-là et de celle de M. de Chateaubriand, il n'y avait guère de salut possible pour la Restauration : au contraire la marche contenue entre ces deux limites aurait pu se prolonger indéfiniment. Chaque parti, alors dans le feu de la nouveauté, s'empressa de demander au livre des *Considérations* des armes pour son système. Les louanges furent justes, et les attaques passionnées. Benjamin Constant dans *la Minerve*, M. de Fitz-James dans *le Conservateur*, en parlèrent vivement, et sous des points de vue assez opposés l'un à l'autre, comme on peut croire. M. Bailleul et M. de Bonald firent à ce sujet des brochures en sens contraire ; il y eut d'autres brochures encore[92]. L'influence de pensée que par cet ouvrage Mme de Staël exerça sur le jeune parti libéral philosophique, sur celui que la nuance du *Globe* représenta plus tard, fut directe. L'influence conciliante, expansive, irrésistible, qui serait résultée de sa présence, a bien manqué, en plus d'une rencontre, au parti politique qui, pour ainsi dire, émane d'elle, et qui eût continué d'être le sien[93].

Mais c'est dans le domaine de l'art que son action, de plus en plus, je me le figure, eût été belle, efficace, cordiale, intelligente, favorable sans relâche aux talents nouveaux, et les recherchant, les modifiant avec profit pour eux et bonheur. Parmi tous ceux qui brillent aujourd'hui, mais disséminés et sans lien, elle eût été le lien peut-être, le foyer communicatif et réchauffant ; on se fût compris les uns les autres, on se fût perfectionné à l'union de l'art et de la pensée, autour d'elle. Oh ! si Mme de Staël avait vécu, admirative et sincèrement aimante qu'elle était, oh ! comme elle eût recherché surtout ce talent éminent de femme que je ne veux pas lui comparer encore ! comme, à certains moments de sévérité du faux monde et des faux moralistes, le lendemain de *Lélia*, comme elle fût accourue en personne, pleine de tendre effroi et d'indulgence ! Delphine, seule entre toutes les femmes du salon, alla s'asseoir à côté de Mme de R... Au lieu des curiosités banales ou des malignes louanges, comme elle eût franchement serré sur son cœur ce génie plus artiste qu'elle, je le crois, mais moins philosophique jusqu'ici, moins sage, moins croyant, moins plein de vues sûres et politiques et rapidement sensées ! comme elle lui eût fait aimer la vie, la gloire ! comme elle lui eût abondamment parlé de *la clémence du ciel* et d'*une certaine beauté de l'univers, qui n'est pas là pour narguer l'homme, mais pour lui prédire de meilleurs jours !* comme elle l'eût applaudi ensuite et encouragé vers les inspirations plus sereines ! Ô Vous, que l'opinion déjà unanime proclame la première en littérature depuis Mme de Staël, vous avez, je le sais, dans votre admiration envers elle, comme une reconnaissance profonde et tendre pour tout le bien qu'elle vous aurait voulu et qu'elle vous aurait fait ! Il y aura toujours dans votre gloire un premier nœud qui vous rattache à la sienne[a].

Mai 1835.

a. On comprend bien qu'il s'agit de Mme Sand. — Depuis trente ans que cette Étude sur Mme de Staël a paru (mai 1835), il s'est publié bien des écrits et des documents qui l'ont de plus en plus mise en lumière et l'ont fait connaître de plus près, dans quelques parties d'elle-même. Je me contenterai d'indiquer l'article sur *Mme de Staël ambassadrice*, donné par M. Geffroy dans la *Revue des Deux-Mondes* du 1er novembre 1856 ; le volume intitulé *Coppet et Weimar*, publié par Mme Lenormant en 1862 ; l'ouvrage qui a pour titre *la Comtesse d'Albany*, et le recueil des *Lettres inédites* de Sismondi, publiés par M. Saint-René Taillandier en 1862 et 1863. Mais, sauf quelques correctifs de détail que nous pourrions apporter à notre première idée, les traits essentiels et principaux de l'Étude qu'on vient de lire restent vrais pour nous aujourd'hui comme il y a trente ans. Gardons-nous de défaire sans raison et d'aller gâter les justes admirations, les religions bien fondées de notre jeunesse.

MADAME ROLAND[a]

I

La Révolution française a changé plus d'une fois d'aspect pour ceux qui se disent ses fils et qui sont sortis d'elle. À mesure qu'on s'éloigne, les dissidences dans la manière de l'envisager augmentent parmi les générations, d'abord unanimes à la reconnaître. Les uns, les plus ardents, les plus *avancés*, à ce qu'ils affirment, la systématisent de plus en plus dans leurs appréciations ; ils vont à tout coordonner, hommes et choses, en d'orgueilleuses formules prétendues philosophiques et sociales, qui torturent, selon nous, la diversité des faits et qui leur imposent à toute force un sens sophistique, indépendant des misérables passions le plus souvent dominantes. Sous le couvert des doctrines générales dont ils sont épris, outrageusement pour la réalité des détails et les humbles notions de l'évidence, ils vont fabriquant un masque grandiose à des figures avant tout hideuses, à des monstruosités indivi-

a. Ce morceau a servi d'introduction à la publication des Lettres inédites de Mme Roland, chez Eugène Renduel (1835).

duelles. Les autres, qui n'adoptent pas ces formules et qui, dans la voie démocratique ouverte en 89, avaient conçu des espérances plus modérées, plus réalisables, ce semble, voyant les difficultés, les échecs, les désappointements à chaque pas après quarante-six ans comme au premier jour, sont tentés enfin de regarder le programme d'alors comme étant, pour une bonne moitié du moins, une grande et généreuse illusion de nos pères, comme un héritage promis, mais embrouillé, qui, reculant sans cesse, s'est déjà aux trois quarts dispersé dans l'intervalle. Entre cette démission décourageante et l'exagération des autres, il y a à se tenir. Sans doute, si la plupart des auteurs, des héros de la Révolution revenaient un moment parmi nous, s'ils considéraient ce qu'ils ont payé de leur sang, ils souriraient un peu de pitié, à moins que l'âge, comme nous l'avons vu de quelques-uns, n'eût refroidi leurs antiques exigences et tranquillisé leurs veines. On a pourtant acquis des résultats incontestables de bien-être sinon de gloire, l'égalité dans les mœurs sinon la grandeur dans les actions, les jouissances civiles sinon le caractère politique, la facilité à l'emploi des industries et des talents, sinon la consécration de ces talents à l'intérêt général d'une patrie. Pour nous, qui adoptons ces résultats et qui les goûtons, tout en sentant leur misère au prix de ce que nous avions rêvé, qui croyons à un perfectionnement social, bien lent toutefois et de plus en plus difficile grâce aux fautes de tous, nous continuons de nous tourner par instants vers ces horizons dont le vaste éclat enflammait notre aurore, vers ces noms que nous avons si souvent invoqués, espérant avoir à en reproduire les exemples et les vertus. Mais les temps sont autres, les devoirs ont changé, les applications directes qu'on prétendrait tirer seraient trompeuses. Du moins, dans cette fournaise ardente de notre première Révolution, à côté des ébauches informes ou abjectes, d'admirables statues sont sorties et brillent debout. Maintenons commerce avec ces personnages, demandons-leur des pensées qui élèvent, admirons-les pour ce qu'ils ont été d'héroïque et de désintéressé, comme ces grands caractères de Plutarque, qu'on étudie et qu'on admire encore en eux-mêmes, indépendamment du succès des causes auxquelles ils ont pris part, et du sort des cités dont ils ont été l'honneur.

Plus que jamais, en ce sens, l'immortelle Gironde est la limite à laquelle notre pensée se plaît et s'obstine à s'arrêter. Il faut sans doute comprendre et s'expliquer ce qui est venu après, ce qui en partie a défendu le pays en le souillant, en le mutilant; il faut comprendre cela: mais notre admiration, notre estime, sauf de rares exceptions, est ailleurs. À voir la fatale et croissante préoccupation qu'inspirent aux survenants ces figures gigantesques, trop souvent salies de boue ou livides de sang en même temps qu'éclairées du tonnerre, à voir la logique intrépide des doctrines qui s'y rattachent et qui servent tout aussitôt d'occasion ou de prétexte à des craintes et à des répressions contraires, on peut juger que le mal, les moyens violents, iniques, inhumains, même en supposant qu'ils aient durant le moment de crise une apparence d'utilité immédiate, laissent ensuite, ne fût-ce que sur les imaginations frappées des neveux, de longues traces funestes, contagieuses, soit en des imitations théoriques exagérées, soit en des craintes étroites et pusillanimes. À mesure donc que le tumulte des souvenirs, qui redouble pour d'autres[1], s'éclaircit pour moi et s'apaise, je me replie de plus en plus vers ces figures nobles, humaines, d'une belle proportion morale, qui s'arrêtèrent toutes ensemble, dans un instinct sublime et avec un cri miséricordieux, au bord du fleuve de sang, et qui, par leurs erreurs, par leurs illusions sincères, par ces tendresses mêmes de la jeunesse que leurs farouches ennemis leur imputaient à *corruption* et qui ne sont que des faiblesses d'honnêtes gens, enfin aussi par le petit nombre de vérités immortelles qu'ils confessèrent, intéressent tout ce qui porte un cœur et attachent naturellement la pensée qui s'élève sans sophisme à la recherche du bonheur des hommes. Mme Roland est la première et la plus belle de ce groupe ; elle en est le génie dans sa force, dans sa pureté et sa grâce, la muse brillante et sévère dans toute la sainteté du martyre. Mais les expressions, qui d'elles-mêmes vont s'idéalisant à son sujet, doivent se tempérer plutôt : car, en abordant cette femme illustre, c'est d'un personnage grave, simple et historique, que nous parlons.

Elle s'est peinte de sa propre main de façon à ne pas donner envie de recommencer après elle. À moins d'avoir quelques traits originaux à ajouter aux siens, comme ont fait Lemontey et divers autres contemporains qui l'avaient vue, on n'a qu'à renvoyer, pour l'essentiel de sa personne, à ses délicieux et indispensables Mémoires. Comment raconter la vie de Jean-Jacques, son enfance, ses durs commencements, ses belles années, comment retracer de nouveau les particularités de sa physionomie de jeune homme, après les *Confessions* ? Ainsi de Mme Roland. Il ne faut pas repasser le crayon sur le pur dessin de cette figure fine et hardie, grandiose et gracieuse, intelligente et souriante ; vouloir ressaisir ce profil simple et net, modeste et fier ; oser retoucher ces jours d'enfance dont elle fixait, à travers les grilles de l'Abbaye ou de Sainte-Pélagie, en couleurs si distinctes, la fraîcheur et les enchantements, depuis l'atelier de son père au quai des Lunettes et cet enfoncement favori du petit salon où elle avait élu domicile, depuis les catéchismes de l'église Saint-Barthélemy, la retraite au couvent de la rue Neuve-Saint-Étienne pour sa première communion, et les promenades au Jardin des Plantes, jusqu'à son séjour heureux et recueilli chez sa grand'maman Phlipon dans l'île Saint-Louis, son retour au quai paternel proche le Pont-Neuf et ses excursions du dimanche au bois de Meudon. Tout cela est fait, tout cela est à relire. Ces détails si vrais, si faciles, si heureux de présence d'esprit et de liberté d'expression, ces innocents et profonds souvenirs se jouant d'eux-mêmes dans le cadre sanglant, funèbre, qui les entoure, qui les resserre à chaque instant et qui bientôt va les supprimer avant la fin et les écraser, forment une des lectures éternellement charmantes et salutaires, les plus propres à tremper l'âme, à l'exhorter et à l'affermir en l'émouvant.

La Correspondance avec Bancal[2], et quelques autres lettres inédites encore que nous avons eues sous les yeux, nous présentent Mme Roland durant une partie de sa vie qu'elle a moins retracée en ses Mémoires, après les années purement intérieures et domestiques, et avant l'entrée de son mari au ministère. Parmi les lettres adressées à Bosc et publiées dans la dernière édition des Mémoires, il n'y en a que très-peu qui se rapportent à cette époque, c'est-à-dire à l'intervalle de 89 à 92, aux derniers temps de son séjour à Lyon, aux premiers mois de son arrivée à Paris. La Correspondance avec Bancal embrasse précisément cette intéressante période. Les impressions journalières des mémorables événements d'alors, fidèlement transmises coup sur coup par cette grande âme émue, et exhalées au sein de l'amitié, sont précieuses à recueillir. Les secousses souvent contradictoires, les espérances précipitées suivies de découragement, puis de nouveau reprises avec ferveur, les jugements excessifs, passionnés, lancés dans la colère, et que plus tard elle mitigera, le bon sens fréquent qui s'y mêle, la sincérité invariable, tout contribue à faire de ces pages sans art un témoignage bien honorable à celle qui les écrivit, en même temps qu'une utile leçon, suivant nous, pour ceux qui cherchent dans la réflexion du passé quelque sagesse à leur usage, quelque règle à leurs jugements en matière politique, quelque frein à leurs premiers et généreux entraînements. On y sent mieux que nulle part ailleurs combien l'importance d'un point d'arrêt précis, d'une marche mesurée à l'avance, a échappé à l'imprévoyante ardeur de ces âmes *girondines* jetées éperdument entre M. Necker et Robespierre, et ne faisant volte-face à celui-ci que trop tard pour n'en pas être surmontées et dévorées.

Mme Roland et son mari avaient accueilli la Révolution de 89 avec transport. Depuis 1784, ils étaient établis dans la généralité de Lyon, passant quelques mois d'hiver dans cette ville, et la plus grande partie de l'année tantôt à Villefranche et tantôt à deux lieues de là, au clos de La Plâtière, petit domaine champêtre, en vue des bois d'Alix et proche du village de Thézée. M. Roland, inspecteur des manufactures, se livrait à des études industrielles, économiques, que sa femme partageait en les variant par la lecture des philosophes et des poëtes. La Révolution et le mouvement expansif qu'elle communiquait à toutes les âmes patriotiques les mirent naturellement en correspondance avec diverses personnes actives de Paris, en particulier avec Brissot, dont M. Roland estimait les écrits sur les Noirs, les Lettres au marquis de Chastellux, et qui fondait alors *le Patriote*[3], et aussi avec Bancal, qui venait de quitter le notariat, pour s'adonner aux lettres, à la politique, et que Lanthenas, ami intime et domestique des Roland, avait rencontré durant un voyage dans la capitale. Les Lettres à Brissot, inédites pour la plupart, sont aux mains de M. de Montrol, que nous ne pouvons trop engager à les publier, et à l'amitié de qui nous devons de les avoir parcourues. Le début de cette Correspondance avec Brissot ressemble fort à celui de la Correspondance avec Bancal : « Si mon excellent ami, écrit Mme Roland à Brissot dans les premiers mois de 90, eût eu quelques années de moins, l'Amérique nous aurait déjà reçus dans son sein : nous regrettons moins cette terre promise depuis que nous espérons une patrie. La Révolution, tout imparfaite qu'elle soit, a changé la face de la France, elle y développe un caractère, et nous n'en avions pas ; elle y laisse à la *vérité* un libre cours dont ses adorateurs peuvent profiter. » Les rapides conquêtes de 89, on le voit, étaient loin de lui suffire ; sa méfiance, son aversion contre les personnages dirigeants de cette première époque, ne tardent pas à éclater. Ainsi, à propos de la séance royale du 4 février 90, de la prestation du serment civique et du discours de Louis XVI qui excita un si général enthousiasme, elle écrivait à Brissot le 11 du même mois : « Les esprits sont ici très-partagés… On prête son discours à M. Necker ; quoiqu'il y ait au commencement des tournures ministérielles et un peu de ce pathos qui lui sont assez ordinaires, cependant on y trouve généralement un ton qui ne nous semble pas le sien, et quelquefois une touche de sentiment qu'il n'a jamais su mêler avec son apprêt et ses tortillages. » Cette prévention radicale contre M. Necker, qui remontait au delà de 88, comme l'atteste un mot d'une lettre à M. Bosc, et dont on retrouve l'expression assez peu convenable dans la Correspondance avec Bancal (page 12), n'est autre chose au fond, dans sa crudité, que ce jugement instinctif et presque invincible des esprits de race girondine sur ceux de famille doctrinaire, jugement au reste si amèrement rétorqué par ceux-ci. Entre Mme Roland et M. Necker, nous saisissons la dissidence à l'origine, le divorce à sa naissance; mais les partis ou du moins les familles politiques auxquelles ils se rattachent l'un et l'autre, se sont assez perpétuées ensuite, pour qu'on puisse en généraliser les caractères hors de leurs personnes. Le type girondin, qui se reproduit dans la jeunesse à chaque génération survenante, est ardent, aventureux, ouvert à la sympathie populaire, confiant sans mesure aux réformes rapides, à la puissance de la seule liberté et à la simplicité des moyens, ombrageux pour ses adversaires, jamais pour ses alliés, prompt et franc à s'irriter contre ce qui sent la marche couverte et le *tortillage*[4], déniant vite aux habiles qui entravent sa route le *sentiment* et le *cœur*. Ceux-ci à leur tour, aisément restrictifs et négatifs dans leur prudence, n'hésitant pas au besoin, dans leur système complexe, à limiter, à entamer le droit par la raison d'État, le rendent bien en inimitié aux esprits de nature girondine, que tantôt ils ont l'air de mépriser comme de pauvres politiques, et que tantôt ils confondent en une commune injure avec la secte jacobine pour les montrer dangereux. Mme Roland, en imputant le machiavélisme à M. Necker, aux comités de l'Assemblée constituante et aux notabilités nationales de 90, donnait dans un autre excès. Absente du foyer principal, éloignée du détail des événements dont le spectacle réel, depuis le 5 octobre[5], aurait peut-être contribué à user son surcroît de zèle et à dégoûter sa confiance, elle était surtout sensible aux lenteurs, aux incertitudes de l'Assemblée et à ses efforts pour arrêter. Elle se traduisait trop littéralement les luttes générales de Paris par celles de Lyon, dans lesquelles les intérêts de l'ancien régime et du nouveau se trouvaient plus directement aux prises sans modérateur intermédiaire. Dégoûtée vite de Lyon, et désespérant de rien voir sortir d'intérêts contraires aussi aveugles à se combattre et aussi passionnés, elle n'apporta que plus d'irritation dans la querelle générale qu'elle n'avait pas suivie de près et dont la complication, même de près et durant la première phase d'enthousiasme, lui eût peut-être également échappé. Méconnaissant donc tout à fait le rôle de plus en plus difficile des hommes sincères de 89, ne voyant dès lors dans l'opposition patriotique et les Constituants qu'amis et ennemis du peuple en présence, et persuadée que là aussi on n'avait rien à emporter que de haute lutte, son point de départ, pour sa conduite politique active, fut une grave erreur de fait, une fausse vue de la situation. C'est dans ce train de pensée qu'elle arriva à Paris en février 91, déjà très-engagée, ayant son parti pris, et avec tous ses ressentiments lyonnais, comme avec des troupes fraîches, au secours de Brissot et des autres.

Les lettres de Mme Roland à Bancal et à Brissot[6] offrent quantité de faits intéressants pour l'histoire de Lyon à cette époque. En les rapprochant des événements récents (et on ne peut s'empêcher de le faire en voyant les mêmes intérêts aux mains, les mêmes guerres recrudescentes, et jusqu'aux mêmes devises sur les drapeaux), on apprend combien la vieille plaie a duré et s'est aigrie, combien, à plus de quarante ans de distance, on a peu gagné de remèdes par cette science sociale tant vantée; on rentre dans l'humilité alors, de se voir si médiocrement avancé, bien que sous l'invocation perpétuelle de ce dieu *Progrès*[7] que de toutes parts on inaugure[a].

Mme Roland nous apparaît dès l'abord comme un des représentants les plus parfaits à étudier, les plus éloquents et les plus intègres, de cette génération politique qui avait voulu 89 et que 89 n'avait ni lassée ni satisfaite. Elle se porte du premier pas à l'avant-garde, elle le sait et le dit: « En nous faisant naître à l'époque de la liberté naissante, le sort nous a placés comme les enfants perdus de l'armée qui doit combattre pour elle et triompher; c'est à nous de bien faire notre tâche et de préparer ainsi le bonheur des générations suivantes. » Tant qu'elle demeure dans cette vue philosophique générale de la situation, son attitude magnanime répond au vrai; le temps n'a fait que consacrer ses paroles. Le désintéressement que réclame la chose publique trouve sous sa plume une vertueuse énergie d'expression: « Quand on ne s'est pas habitué, dit-elle, à identifier son intérêt et sa gloire avec le bien et la splendeur du général, on va toujours petitement, se recherchant soi-même et perdant de vue le but auquel on devrait tendre. » Mais au même moment son noble cœur, si désintéressé des ambitions vulgaires, se laisse aller volontiers à l'idée des orages, et les appelle presque pour avoir occasion de s'y déployer. Bancal, lui racontant une ascension qu'il avait faite au Puy-de-Dôme, avait comparé les

a. C'était ici une allusion toute naturelle aux insurrections de Lyon dans les premières années du règne de Louis-Philippe.

orages et les tonnerres qu'on rencontre à une certaine hauteur, avec ceux qui attendaient sur leur route péniblement ascendante les amis de la liberté : « L'élévation de votre superbe montagne, lui répond Mme Roland, est l'image de celle où se portent enfin les grandes âmes au milieu des agitations politiques et du bouleversement des passions. » Elle pressentait que c'était là son niveau, et, dans le secret de son cœur, elle ne haïssait pas l'idée d'y être poussée un jour. Mais quand elle se borne à des jugements plus pratiques, à des vues de détail sur le gouvernement, l'insuffisance et le vague de son système deviennent sensibles. Elle professe, dit-elle en un endroit, deux maximes principales, à savoir que *la sécurité est le tombeau de la liberté*, que *l'indulgence envers les hommes en autorité est le moyen de les pousser au despotisme*. Ailleurs, elle demande avant tout à l'Assemblée de consacrer *la liberté indéfinie de la presse*, dont on jouissait pourtant sans trop de restriction en 90. Dans une lettre de décembre même année à Brissot, résumant ses conseils : «*Des comptes et de la raison !* conclut-elle, il n'y a que cela pour ordonner les affaires et pour rendre les peuples heureux. » À travers cette faiblesse et ce manque de science politique positive, percent à tout moment des vues fort justes et fort prévoyantes qui montrent qu'elle ne se faisait pourtant pas illusion sur l'état réel de la société. À propos d'un pamphlet de Lally-Tollendal[8], elle disait des hommes de sa couleur : « Ils flattent les passions des *mécontents*, ils séduisent les *hommes légers*, ils ébranlent les *esprits faibles* : ôtez tous ces êtres de la société, comptez la classe ignorante qu'ils influencent à leur manière, et voyez le peu qui reste de bons esprits, de personnes éclairées, pour résister au torrent et prêcher la vérité ! » Mais l'entrain de l'attaque et une sorte d'allégresse martiale l'emportaient bientôt sur les prévisions moins flatteuses. L'expression s'anime au péril et étincelle sous sa plume. Elle écrit à Bosc[9]: «On n'ose plus parler, dites-vous, soit; c'est *tonner* qu'il faut faire.» Une lettre à Lanthenas, du 6 mars 90, commence par ce cri trois fois répété: «*Guerre, guerre, guerre!*» Ce sont à chaque fois des refrains de réveil: *Salut et joie!* ou bien: *Vigilance et fraternité!* on dirait le cri de la sentinelle sur le rempart, qui appelle le combat avec l'aurore. Le *morbleu!* s'y trouve et n'y messied pas. Une lettre à Brissot, du 7 janvier 91, finit par ces mots précipités: «Adieu tout court; la femme de *Caton* ne s'amuse point à faire des compliments à *Brutus*.»

À partir du mois de février, époque où Mme Roland vient à Paris, jusqu'au mois de septembre, époque de son retour à Lyon, durant ces six mois si pleins, si effervescents, qui comprennent la fuite du roi et les événements du Champ-de-Mars, nous voyons ses dispositions agressives se déployer de plus en plus et s'exalter au plus haut degré dans l'atmosphère tourbillonnante où elle vit. La Correspondance avec Bancal est surtout précieuse en ce qu'elle nous offre toute l'histoire de ses impressions tumultueuses durant ce séjour. Dans les pages de ses Mémoires qu'elle y consacre, les émotions, vives encore, sont adoucies par la distance et fondues avec les jugements de date subséquente qui y interviennent: ici elle agit et pense jour par jour. Nous la voyons, dédaignant les jeux du théâtre et les distractions du goût, courir droit à l'Assemblée, la trouver faible, puis corrompue, l'envisager avec sévérité d'abord, bientôt avec indignation et colère: 89 et les impartiaux, elle le déclare net, sont devenus les plus dangereux ennemis de la Révolution. Sieyès, Barnave,

Thouret, Rabaut, la plupart de ceux avec qui tout à l'heure elle mourra, n'échappent pas aux qualifications de *lâche* et de *perfide*; Pétion, Buzot, Robespierre, seuls, la satisfont. Mais rien n'est plus expressif et caractéristique qu'un article adressé à Brissot, et tracé par elle à une séance même de l'Assemblée[a], le 20 ou 28 avril. À propos de l'organisation des gardes nationales, on était revenu sur la distinction des citoyens en actifs et passifs: de là sa colère et ses larmes de sang. L'article, qui commence en ces mots: «*Jette ta plume au feu, généreux Brutus, et va cultiver des laitues!*» finit par cette métaphore militaire: «*Adieu, battons aux champs ou en retraite, il n'y a pas de milieu!*» Et pourtant, malgré ces entraînements passionnés, téméraires, elle gardait une netteté de vue plus digne de son intelligence supérieure. Le jugement sur Mirabeau est d'une belle et calme lucidité. Et quant aux choses, elle a l'air, mainte fois, de les pressentir admirablement, de ne pas se dissimuler où l'on va, mais elle ne veut ni se ralentir ni se détourner. Ainsi elle écrit à Bancal: «Il n'est pas encore question de mourir pour la liberté; il y a plus à faire, il faut vivre pour l'établir, la mériter, la défendre.» Et ailleurs: «Je sais que de bons citoyens, comme j'en vois tous les jours, considèrent l'avenir avec un œil tranquille, et, malgré tout ce que je leur entends dire, je me convaincs plus que jamais qu'ils s'abusent.» Et encore: «Je crois que les plus sages sont ceux qui avouent que le calcul des événements futurs est devenu presque impossible.» Elle s'étend en un endroit (p. 233) avec un sens parfait sur cette *patience*, vertu trop négligée et toutefois si nécessaire aux gens de bien pour arriver à des résultats

a. M. de Montrol l'a publié dans la *Nouvelle Minerve*.

utiles ; mais, par une singulière contradiction, elle manque, tout aussitôt après, de *patience*. Regrettant qu'on ait arrêté Louis XVI fugitif à Varennes, elle donne pour raison que, sans cette fâcheuse capture, *la guerre civile devenant immanquable, la Nation allait forcément à cette grande école des vertus publiques*. Exaspérée par les événements du Champs-de-Mars, elle en vient, dit-elle, à applaudir aux derniers excès de l'Assemblée et à en désirer de plus grands comme le seul moyen d'éveiller l'opinion publique. Je l'aime bien mieux âme vierge, si longtemps contenue et tout d'un coup trop dévorée, quand elle se livre à des perspectives infinies d'espérance pour ces neveux qu'elle ne verra pas, quand elle proclame avec larmes et ravissement sa foi sans réserve en cette religion de l'avenir si respectable à ceux même qui n'en distinguent pas bien le fondement. Témoin ému d'un triomphe éloquent de Brissot aux Jacobins, elle s'écrie : « Enfin j'ai vu le feu de la liberté s'allumer dans mon pays, il ne saurait s'éteindre. Les derniers événements l'ont alimenté ; les lumières de la raison se sont unies à l'instinct du sentiment pour l'entretenir et l'augmenter... Je finirai de mourir quand il plaira à la nature, mon dernier souffle sera encore le souffle de la joie et de l'espérance pour les générations qui vont nous succéder. »

Les jugements de Mme Roland sur La Fayette en particulier ont lieu de nous frapper par le contraste qu'ils offrent avec l'unanime respect dont nous avons entouré cette patriotique vieillesse. Dans sa Correspondance avec Bancal, Mme Roland se montre mainte fois injuste. Dans une lettre inédite à Brissot (31 juillet 92), très-importante historiquement, elle devient, il faut le dire, injurieuse, insultante, et s'échappe à qualifier le vertueux général du même terme dont Voltaire irrité n'a pas craint de qualifier Rousseau. Rougissons pour les passions politiques de ces torts presque inséparables qu'elles entraînent à leur suite et que pleurent plus tard les belles âmes. Mme Roland, quinze jours avant sa mort, rétractait sans aucun doute ses anciennes âcretés contre La Fayette, en justifiant dans les termes suivants, Brissot, accusé par Amar de complicité avec le général: «Il avait partagé l'erreur de beaucoup de gens sur le compte de La Fayette; *ou plutôt* il paraît que La Fayette, d'abord entraîné par des principes que son esprit adoptait, n'eut pas la force de caractère nécessaire pour les soutenir quand la lutte devint difficile, *ou* que *peut-être*, effrayé des suites d'un trop grand ascendant du peuple, il jugea prudent d'établir une sorte de balance.» Ces diverses suppositions sont évidemment des degrés par lesquels Mme Roland revient, redescend le plus doucement qu'elle peut de son injustice première. Mais on remarquera, aux précautions qu'elle prend, combien, l'injustice une fois construite et si promptement d'ordinaire, il est pénible ensuite, par un reste de fausse honte, d'en redescendre[a].

Revenue à Paris à la fin de l'année 91, Mme Roland entra, on peut le dire, au ministère avec son mari, en mars 92. La correspondance avec Bancal, qui arrive lui-même à Paris, devient très-rare. Au sortir de ce premier ministère, Roland et sa femme habitèrent tantôt une campagne à Champigny-sur-

a. Il faut voir dans la *Vie de Madame de La Fayette*, par Mme de Lasteyrie (1858), les rapports et la correspondance de Mme de La Fayette avec Roland ministre, lorsqu'elle fut mise en arrestation en septembre 1792; il y eut là aussi une gradation marquée, depuis la première rigueur jusqu'au réveil des sentiments d'humanité et de justice. Mme de La Fayette, dans son généreux désir d'aller au secours du général captif, avait fini par avoir pour appui sincère Roland, c'est-à-dire Mme Roland.

Marne, tantôt un logement rue de la Harpe, n° 81[a]. Durant les mois qui précédèrent le 10 août, l'activité politique de notre héroïne n'avait pas cessé, mais l'expérience avait porté fruit ; elle commençait à moins pousser au mouvement tel quel, et à enrayer un peu. En pratiquant les hommes influents et les meneurs, elle les avait bien vite pénétrés avec la finesse d'une femme et mis à leur place avec la fermeté d'une mâle intelligence. De petits désaccords entre son mari et Brissot ou Clavières lui avaient démontré la difficulté d'une marche unie et combinée de la part même des plus gens de bien. Aux approches de la crise imminente du 10 août, elle ne réclamait déjà plus, comme après Varennes, des mesures brusques, absolues ; elle désirait que les sections réunies demandassent, non *la déchéance*, difficile à prononcer sans déchirer l'acte constitutionnel, mais *la suspension provisoire*, qu'il serait possible, quoique avec peine, écrivait-elle dix jours avant le 10 août à Brissot, d'accrocher, pour ainsi dire, à l'un des articles de la Constitution. Une lettre de Louvet à Brissot, de sept jours seulement avant le 10 août, est dans le même sens et dénote les mêmes craintes entre la faiblesse d'une part et l'exagération de l'autre. Mme Roland, comme Louvet, se plaignait du silence à l'Assemblée et de l'attitude incertaine de leur ami en des circonstances si menaçantes. Le jugement que porte Mme Roland des hommes politiques de la seconde époque révolutionnaire, de ceux qu'elle a connus et éprouvés, est aussi distinct et décisif que son mépris des hommes de 89 a pu paraître confus et aveugle : c'est qu'à partir de 91 elle vit de près la scène et posséda tous les

a. Aujourd'hui occupé par M. Pitois (1835). — Tout cela a disparu depuis ; un nouveau Paris a comme aboli l'ancien.

éléments de situation et de conduite. Ses Mémoires contiennent de brillants et véridiques portraits de ses amis, un peu à la Plutarque ; mais il est plus curieux de les retrouver saisis par elle dans l'action même et sous le feu de la mêlée, confidentiellement et non plus officiellement, dans le privé et non pour la postérité. La lettre à Brissot, déjà citée (du 31 juillet 92), ayant pour objet de le prémunir contre les facilités de caractère et de jugement auxquelles il était enclin, présente des indications très-particulières sur les principaux de ce groupe illustre et fraternel que de loin une seule auréole environne[10]. Chacun y est touché et marqué en quelques lignes ; ils passent tous l'un après l'autre devant nous dans leurs physionomies différentes, et le digne Sers (depuis sénateur), aimable philosophe, habitué aux jouissances honnêtes, mais lent, timide et par là même incapable en révolution ; et Gensonné si faible à l'égard de Dumouriez dans l'affaire de Bonne-Carrère, qui ne sait pas saisir le moment de perdre un homme quand il le faut ; avec trop de formes dans l'esprit et pas assez de résolution dans le caractère ; et l'estimable Guadet, au contraire trop prompt, trop vite prévenu ou dédaigneux, s'étant trompé d'ailleurs sur la capacité de Duranthon[11] qu'il a poussé aux affaires, et ayant à tout jamais compromis son jugement par cette bévue sans excuse ; et Vergniaud qu'elle n'aime décidément pas ; trop épicurien, on le sent, trop voluptueux et paresseux pour cette âme de Cornélie : elle ne se permettrait pas de le juger, dit-elle, mais les temporisations subites de l'insouciant et sublime orateur ne s'expliquent pas pour elle, aussi naturellement que pour nous, en simples caprices et négligences de génie ; mais elle le trouve par trop vain de sa toilette, et se méfie, on ne sait pourquoi, de son regard voilé, qui pourtant s'éclairait si bien dans la magie de la parole. Le portrait final qu'elle a donné de lui, en réparant ce que l'impression passagère avait d'injuste, témoigne assez de ce peu de sympathie réciproque. *L'ami* Clavière, en revanche, lui paraît fort solide, et même aimable quand il n'est pas quinteux. Mme de Staël répondait à quelqu'un qui lui reprochait de juger trop à fond ses amis: «Qu'y faire? j'irais à l'échafaud, que je ne pourrais m'empêcher de juger encore les amis qui m'accompagneraient.» C'est ce qu'a fait Mme Roland[12]. Entre tous ces hommes de bien et de mérite elle cherche vainement un grand caractère propre à rassurer dans cette crise et à rallier le bon parti par ses conseils. Oh! qu'elle dut alors regretter un Mirabeau honnête homme et désintéressé! Tout en excitant Brissot à être ce grand caractère, on voit assez qu'elle y compte peu, et qu'elle le connaît *excessivement confiant, naturellement serein, même ingénu.* Elle-même, si elle avait été homme, eût-elle pu devenir ce bon génie patriotique, sauveur de l'empire? on aime à le croire, et rien dans sa conduite d'alors ne dément l'idée d'une audace clairvoyante, d'une capacité supérieure et applicable.

Mais, pour nous en tenir au jugement qu'elle a fait des autres, acteur incomplet et gêné qu'elle était à cause de son sexe, je suis frappé de cette fermeté et de cette pénétration de coup d'œil qu'elle y porte, même quand la passion l'offusque encore. Ses invectives sur Garat, par exemple, sont d'une grande dureté, et ne laissent pas jour aux qualités secondaires de cet homme de talent, de sensibilité même, aimable, disert, aussi bon et aussi sincère qu'on peut l'être n'étant que sophiste brillant et sans la trempe de la vertu: pourtant, après avoir relu l'apologie de Garat lui-même en ses Mémoires, je trouve que, malgré les dénégations de l'écrivain et ses explications ingénieuses, analytiques, élégantes, les jugements de Mme Roland subsistent au fond et restent debout contre lui. Comme on conçoit, en lisant les descriptions subtiles et les périodes cicéroniennes de celui qui n'osait flétrir ni Clodius ni Catilina, comme on conçoit l'indignation de Mme Roland pour ces palliatifs, pour cette douceur de langage en présence de ce qu'elle appelait crime, pour les prétentions conciliatrices de cette souple intelligence toute au service d'une imagination vibratile ! Mme Roland pressentait et ruinait d'avance ces justifications futures, quand elle lui écrivait de sa prison : « Fais maintenant de beaux écrits, explique en philosophe les causes des événements, les passions, les erreurs qui les ont accompagnés ; la postérité dira toujours : *Il fortifia le parti qui avilit la représentation nationale*, etc. » Quant à Brissot, nous adoptons tout à fait le jugement de Mme Roland sur lui, sur son honnêteté profonde et son désintéressement ; nous le disons, parce qu'il nous a été douloureux et amer de voir les auteurs d'une Histoire de la Révolution qui mérite de s'accréditer, auteurs consciencieux et savants, mais systématiques, reproduire comme incontestables des imputations odieuses contre la probité du chef de la Gironde[13]. Il est difficile, à cinquante ans de distance, de laver Brissot des calomnies de Morande[14] ; mais toute la partie publique de sa vie repousse et anéantit les récriminations adressées à la partie antérieure et obscure. Né dans un pays où Brissot séjourna d'abord, à Boulogne-sur-mer où il travailla avec Swinton[15], où il se maria, parent des personnages qui l'accueillirent alors et de cette famille Cavilliers qui l'a précisément connu en ces années calomniées, je n'ai jamais ouï un mot de doute sur son intégrité constante et sa pauvreté en tout temps vertueuse. La biographie de Brissot, présentée comme on vient de le tenter, serait-elle un acheminement à l'immolation *théorique* qu'on veut faire de la Gironde *protestante et corrompue* à Robespierre *catholique et pur*? à la bonnc heure! Ce qu'on peut affirmer, c'est que ce dernier sourirait de son plus mauvais sourire en lisant la biographie de sa victime, ainsi chargée à l'avance de bandelettes un peu souillées.

On voit dans la Correspondance avec Bancal figurer fréquemment Blot et Lanthenas, que des dissidences d'opinion éloignèrent bientôt de leurs illustres amis. Lanthenas, dont Mme Roland parle en ses Mémoires comme d'un amoureux peu exigeant, et qu'elle appelle en ses lettres *le bon apôtre*, l'était en effet dans toute l'acception, même vulgaire, du mot. Excellent homme, empressé, exalté, un de ceux que la Révolution saisit du premier coup et enleva dans les airs comme des cerfs-volants, jusque-là d'une grande utilité domestique, l'idéal du *famulus*, il voulut plus tard agir et penser par lui-même et perdit la tête dans la mêlée, — c'est l'esprit que je veux dire; car Marat, pour comble d'injure, Marat, son ex-confrère en médecine et qui l'avait apprécié sans haine, le fit rayer de la liste fatale, comme simple d'esprit[a]. On conçoit, on pressent cette fâcheuse destinée de Lanthenas, dès qu'on le voit adresser à Brissot des articles aussi niaisement intitulés que celui-ci: *Quand le peuple est mûr pour la liberté, une nation est toujours digne d'être libre*, ou bien lorsqu'il propose à Bancal de *faire quelque grande confédération pour travailler dans*

a. «Quant au docteur *Lanternas*, disait-il en pleine Convention, tout le monde sait que c'est un simple d'esprit.»

quelques années, en même temps en Angleterre et en France, à nous débarrasser absolument des prêtres. Quoi qu'il en soit, par les qualités de son cœur et son amour de vieille date pour Mme Roland, le bon Lanthenas méritait de mieux finir.

La Correspondance avec Bancal s'arrête au second ministère de Roland, et est comme interrompue par un double cri d'alarme héroïque à l'approche des Prussiens, et d'horreur, d'exécration, aux massacres de septembre. Mme Roland et ses amis, à partir de ces jours funèbres, se rangent ouvertement, et tête levée, du côté de la résistance. Quel changement théorique se fit-il alors dans la pensée des Girondins ? Ils n'eurent pas le temps d'y réfléchir, de reprendre et de remanier leurs idées de gouvernement et de constitution. Divisés entre eux sur les mesures les plus immédiates, palpitants et au dépourvu devant ces autres théories inflexibles qui s'avançaient droit contre leur regard comme un étroit et rigide acier, leur résistance fut toute d'instinct, d'humanité, de cœur. Que seraient devenues leurs idées politiques plus mûres, s'ils n'avaient pas péri ? À en juger par les survivants, par Louvet, Lanjuinais et ceux des 71 [16] qui se rattachèrent à leur mémoire, ils seraient restés dans la ligne d'une liberté franche, entière, républicaine, dans la liberté de l'an III [17], dût-elle se trouver insuffisante encore contre les passions et les intrigues. Ils se seraient radoucis pour le fond des principes de 89 ; leur antipathie contre les hommes de cette période aurait cessé, ou du moins l'estime aurait fait taire à jamais une guerre injurieuse. Le noble André Chénier n'aurait plus insulté à la pure intention de Brissot ; Mme Roland, à coup sûr, eût tendu la main à La Fayette. Tous ces esprits en somme, depuis M. Necker jusqu'à Louvet, quel que semblât leur degré de hardiesse et de vitesse, étaient du même principe de sociabilité, du même côté du rivage. Il y avait lieu entre eux à des discussions sur l'étendue du droit, à des dissidences sur la mesure de la liberté ; mais l'incompatibilité radicale de principes, comme de mœurs, comme de tempérament, un abîme enfin, qui se déchira au 2 septembre sous les pas de la Gironde, les séparait eux tous d'avec les hommes une fois engagés dans les partis extrêmes et sanglants, dans les systèmes farouches. Du moment que *tuer* est devenu l'un des moyens devant lesquels le fanatisme ne recule pas, toute sociabilité périt ; ce qui faisait la limite de la morale humaine, de la nature en civilisation, est violé, et la première garantie qu'on est, qu'on cause et qu'on discute avec quelqu'un de ses *semblables*, n'existe plus.

Je demande pardon de tant insister sur cet abîme, sur ce Rubicon étroit, mais sans fond, qui sert de limite entre les plus avancés Girondins et les Jacobins adversaires. La démarcation est essentielle historiquement. S'il y avait encore de nos jours quelque similitude éloignée de situation où (ce qu'à Dieu ne plaise !) des partis analogues pussent se reformer, il faudrait surtout le dire et mettre en garde contre la confusion. Autant il y avait de candeur aux âmes girondines d'alors à ne pas s'apercevoir sitôt du point radical qui les séparait de leurs futurs adversaires, autant il y en aurait peu aux âmes girondines actuelles, éclairées par l'expérience, à le dissimuler[18].

Des détails intimes sur les sentiments de Mme Roland nous sont révélés dans la Correspondance avec Bancal, et ajoutent à tout ce qu'on connaissait en elle de profond et de simple. Attentive aux affections individuelles, elle leur fait la part belle et grande, elle les cultive pieusement, loin de les immoler en femme trop spartiate sur l'autel de la patrie. Elle aime à associer les noms de l'amitié aux émotions publiques qui envahissent son âme et la transportent : « C'est ajouter, » dit-elle en un style plein de nombre et dont le tour accompli rappelle le parler de Mme de Wolmar[19], « c'est ajouter au grand intérêt d'une superbe histoire l'intérêt touchant d'un sentiment particulier ; c'est réunir au patriotisme qui généralise, élève les affections, le charme de l'amitié qui les embellit toutes et les perfectionne encore. » Les lettres du 24 et du 26 janvier 91 à Bancal, alors à Londres, par lesquelles elle essaie de le consoler de la mort d'un père, méritent une place à côté des plus élevées et des plus éloquentes effusions d'une philosophie forte, mais sensible. Cicéron et Sénèque consolaient davantage par des lieux communs, par des considérations lointaines et médiocrement touchantes ; Marc-Aurèle eût été plus stoïque et serait moins entré dans une douleur : mais je me figure que le gendre d'Agricola, s'il avait eu à entretenir un ami sur la mort d'un père, l'aurait abordé ainsi dans des termes à la fois mâles et compatissants, sobrement appropriés à une réalité grave.

Pour qui lirait superficiellement toute cette Correspondance, il pourrait se faire qu'un des traits les plus intéressants à y saisir échappât. Il se passe en effet, il se noue et se dénoue entre Mme Roland et Bancal, durant ces deux années, une espèce de roman ; oui, un roman de cœur, dont, à travers les distractions des grands événements et la discrétion du langage, on poursuit çà et là les traces à demi couvertes. Bancal, dès les commencements de la liaison, paraît en avoir été vivement attiré. On voit, par une raillerie aimable que lui adresse

Mme Roland, qu'il soutenait que leur rapprochement n'était pas dû à la Révolution, qu'il aurait eu lieu également sans les circonstances patriotiques, et qu'ils étaient comme fatalement prédestinés à une amitié mutuelle: «*Il est des nœuds secrets, il est des sympathies*[20].» Dans un séjour qu'il fit au clos La Plâtière vers septembre 90, cet attrait avait redoublé pour lui, et quelque conversation confidentielle s'était un jour engagée, dans laquelle il n'avait pu taire à son amie les sentiments de trouble qu'elle lui inspirait. Étant reparti bientôt, il écrivit une lettre commune à M. et à Mme Roland; mais celle-ci, à qui son mari absent (il était à Lyon ou à Villefranche) l'envoya, y saisit quelques expressions qu'elle interpréta d'une manière plus particulière, et elle se hasarda à écrire de la campagne, dans l'absence et à l'insu de M. Roland, une lettre du 8 octobre, que nous livrons, ainsi expliquée, à la sensibilité des lecteurs. L'émotion, au reste, que trahit cette lettre, n'était l'indice que d'un sentiment et non d'une passion. Mme Roland, dans une autre lettre *à part* (28 octobre), y revient en tâchant de calmer et de ramener au vrai l'imagination de son ami. Ailleurs, 30 novembre, elle se plaint assez agréablement et avec une sorte de coquetterie voilée, dans la fable du *Rossignol* et de la *Fauvette*, de l'immanquable oubli du voyageur qui semblait en effet les négliger. On retrouve aussi, dans les lettres de consolation, quelques promesses de fidélité à des souvenirs assez intimes; puis, au retour de Londres, l'expression d'une tendre inquiétude sur la mélancolie prolongée dont elle est témoin: mais tout se termine alors par l'aveu d'une nouvelle passion de Bancal, pour laquelle Mme Roland, en amie généreuse et dévouée, lui prodigue, avec ses conseils, des offres délicates d'intervenir. Ce ne devait pas être là encore la passion sérieuse, véritable, longtemps retardée, qui saisit enfin l'âme puissante de Mme Roland, et à laquelle elle fait allusion en deux endroits de ses Mémoires, lorsqu'elle parle des *bonnes raisons* qui, vers le 31 mai, la poussaient au départ pour la campagne, et lorsque, saluant l'empire de la philosophie qui succédait chez elle au sentiment religieux, elle ajoute que ces sauvegardes ininterrompues semblaient devoir la préserver à jamais de l'orage des passions, dont pourtant, *avec la vigueur d'un athlète, elle sauve à peine l'âge mûr!* Quel fut l'objet pour elle de cette seule, de cette tardive et déchirante passion de cœur? Un préjugé public a nommé Barbaroux, parce qu'elle l'a loué dans un admirable portrait pour sa tête d'Antinoüs; mais rien ne prouve que ce fût lui. Un voile sacré continuera donc de couvrir cet orage de plus, qui roulait et grossissait silencieusement aux approches de la mort, dans une si grande âme[a]!

Mme Roland a nommé une fois Mme de Staël dans une lettre qui s'est trouvée mêlée aux papiers de Brissot, mais qui ne s'adresse pas à lui, car la date (22 novembre 89) ne permettrait pas entre eux la familiarité de liaison qui s'y voit: «On nous fait ici (*à Lyon*), dit Mme Roland, des contes sur Mme de *Staal* (*sic*) qu'on dit être fort exacte à l'Assemblée, qu'on prétend y avoir des chevaliers auxquels de la tribune elle envoie des billets pour les encourager à soutenir les motions patriotiques; on ajoute que l'ambassadeur d'Espagne lui en a fait de graves reproches à la table de son père. Vous ne pouvez vous représenter l'importance que nos aris-

a. Il est certain aujourd'hui que c'était Buzot qui eut l'honneur d'occuper ainsi l'âme de Mme Roland. On a retrouvé et publié des lettres d'elle qu'elle lui écrivait dans sa prison; et enfin des passages supprimés d'abord, qu'on a rétablis récemment dans le texte de ses *Mémoires* imprimés, contiennent un aveu formel.

tocrates mettent à ces bêtises nées peut-être dans leur cerveau ; mais ils voudraient montrer l'Assemblée comme conduite par quelques étourdis excités, échauffés par une dizaine de femmes. » Mme de Staël, en revanche, n'a nulle part (que je me le rappelle) nommé Mme Roland. Était-ce instinct de vengeance filiale à cause de son père méconnu et maltraité ? était-ce faiblesse de femme qui se détourne d'une rivale ? Mme Roland, dans ce qui est dit au chapitre des *Considérations* sur le groupe des Girondins, brille par son absence. Quoi qu'il en soit, on ne peut éviter de rapprocher en idée ces deux femmes illustres et de les comparer. Mme Roland, de onze ans plus âgée, dut à l'avantage de son éducation bourgeoise d'échapper tout d'abord à bien des faux-brillants, au factice de la vanité et de la société. Ce petit enfoncement dans le salon, proche de l'atelier de son père, valait mieux comme asile d'enfance, comme berceau d'étude ou de réflexion sévère, que le fauteuil, au salon de Mme Necker, dans le cercle des beaux-esprits, ou même que les bosquets romanesques de Saint-Ouen. Mlle Phlipon se fit donc un caractère plus mâle et plus simple ; elle eut de bonne heure l'habitude de réprimer sa sensibilité, son imagination, de s'arrêter à des principes raisonnés, et d'y ranger sa conduite. On ne la voit pas prendre feu par la tête, à quinze ans, pour un M. de Guibert, et M. de Boismorel, dont le rôle près d'elle semble analogue, ne fut qu'une figure très-régulière et très-calme à ses yeux. La teinte philosophique et raisonnable qu'elle revêt, qu'elle affecte un peu, la rend même plutôt antipathique et injuste pour les beaux esprits et les littérateurs en vogue, si chers à Mlle Necker : c'est le contraire de l'engouement ; elle ne perd aucun de leurs ridicules, elle trouve la mine de d'Alembert chétive, le débit de l'abbé Delille maussade ; Ducis et Thomas lui paraissent se prôner l'un l'autre, comme les deux ânes de la fable, et elle verrait volontiers un homme de lettres médiocre en celui dont Mme de Staël a dit si parfaitement : « Garat, alors ministre de la justice, et, dans des temps plus heureux pour lui, l'un des meilleurs écrivains de la France. » Qu'on n'aille pas faire de Mme Roland toutefois un pur philosophe stoïque, un citoyen rigide comme son mari, en un mot autre chose qu'une femme. Elle l'est ; on la retrouve telle, sous sa philosophie et sa sagesse, par le besoin d'agir sinon de paraître, de faire jouer les ressorts sinon de s'en vanter. Avec quelle satisfaction souriante elle se peint à sa petite table, dans ce cabinet que Marat appelait un *boudoir*, écrivant, sous le couvert du ministre, la fameuse lettre au Pape ! Plus d'une fois durant le second ministère de Roland, elle fut inopinément mandée à la barre de la Convention ; elle y venait et répondait à tout avec modestie, mais avec développement, et une netteté, une propriété unique d'expression. Sous son air modeste, on apercevait son rayonnement et sa joie d'être ainsi active aux choses publiques. Après ses six mois de Paris en 91, à son retour à Villefranche, bien loin alors de prévoir le ministère pour son mari et à la veille de rentrer dans la vie privée, dans l'obscurité étouffante et la nullité de la province (lettre à Bancal, 11 septembre), comme elle souffre ! comme son cœur se serre ! Elle aussi se sentait faite pour un rôle actif, influent, multiplié, pour cette scène principale où l'on rencontre à chaque pas l'aliment de l'intelligence et l'émotion de la gloire ; elle aussi, loin de Paris, exilée à son tour de l'existence agrandie et supérieure qu'elle avait goûtée, elle aurait redemandé, mais tout bas, le ruisseau de sa rue de la Harpe[21]. Certes, si quelque prophétique vision, quelque miroir enchanté lui avait déroulé à l'avance sa carrière publique si courte et si remplie, ses dépêches au Pape et au roi du fond du boudoir austère, son apparition toujours applaudie à la barre des assemblées, et, pour clore le drame, elle-même en robe blanche, la chevelure dénouée, montant triomphalement à l'échafaud, si elle eût pu choisir, certes elle n'aurait pas hésité ; comme l'antique Achille, elle eût préféré la destinée militante, tranchée à temps et immortelle, à quelque obscure félicité du coin du feu. Et, avec cela, elle ressentait la vie domestique, la vocation maternelle, pratiquait le ménage dans sa simplicité et savait écouter la nature dans ses secrètes solitudes. Le détail des champs, la couleur des vignes et des noyers, les sueurs des vignerons, la récolte, la basse-cour, les réserves de fruits secs, les *poires tapées*, l'occupent et la passionnent : « J'*asine* à force, » écrit-elle à Bosc dans une petite lettre richement et admirablement rustique, foisonnante pour ainsi dire[a], qui aurait assez mal sonné, je crois, sous les ombrages majestueux de Coppet[b], mais telle que notre pseudonyme George Sand en écrirait du fond de son Berry en ses meilleurs jours. Pour couronner le tableau des qualités domestiques chez Mme Roland, il ne faut plus que rappeler le début de cette autre lettre écrite à Bosc, de Villefranche : « Assise au coin du feu, mais à onze heures du matin, après une nuit paisible et les soins divers de la matinée, mon ami à son bureau, ma petite à tricoter, et moi

a. *Saturæ sordida rura casæ,* dit Martial[22]. « J'*asine* à force et m'occupe de tous les petits soins de la vie *cochonne* de la campagne. » (Lettre du 12 octobre 1785.) Ce mot d'*asiner* est amené parce que Mme Roland était alors au lait d'ânesse.

b. Mme de Staël disait qu'elle *aimerait assez l'agriculture, si l'agriculture sentait moins le fumier.*

causant avec l'un, veillant l'ouvrage de l'autre, savourant le bonheur d'être bien chaudement au sein de ma petite et chère famille, écrivant à un ami tandis que la neige tombe, etc.» À côté de ces façons d'antique aloi, de ces qualités saines et bonnement bourgeoises, osons noter l'inconvénient; à défaut du chatouillement aristocratique, la jactance plébéienne et philosophique ne perce-t-elle pas quelquefois? Mme Roland me choque, avec son accent d'esprit fort, lorsqu'elle fronde d'un sourire de supériorité les *disciples de Jésus*. En écrivant, à l'imitation de Jean-Jacques, sur certaines particularités qu'il sied à toute femme d'ensevelir, elle se complaît, avec une sorte de belle humeur stoïcienne et de dédain des sexes, en des allusions moins chastes qu'elle qui était la chasteté même. Sa vertueuse légèreté en pareille matière lui permet de trouver tout simplement *jolis* et de *bon goût* les romans de Louvet[23]. Ces petits travers *philosophiques* n'allaient pas à gâter un ton accompli de femme et une grâce perfectionnée que le frottement révolutionnaire ne put jamais flétrir, bien qu'en ait dit l'équivoque Mme de Créqui[a], qui d'ailleurs a tracé d'elle un jeune portrait charmant.

La parole, le style de Mme Roland est plus ferme, plus concis, plus net que le style de Mme de Staël en sa première manière; cette différence tient au caractère, aux habitudes d'éducation des deux écrivains, et à dix années de plus chez Mme Roland. Celle-ci avait écrit beaucoup et de longue main, dans ses loisirs solitaires, sur toutes sortes de sujets; elle arriva à la publicité, prête et mûre; ses pages, tracées à la hâte et d'un jet, attestent une plume déjà très-exercée, un esprit qui savait embrasser et

a. C'est-à-dire la Créqui de M. de Courchamps.

exprimer à l'aise un grand nombre de rapports. Mme de Staël, à la barre des mêmes assemblées, aurait probablement parlé avec moins de calme et de contenu, elle eût été vite à l'émotion, à l'éclat. L'une, comme une dame romaine, tempérant la modestie et l'orgueil, cachait sous les plis du vêtement son stylet et ses tablettes. Delphine, palpitante et dont le sein se gonfle, un peu femme du Nord, ne craignait pas de montrer sa harpe et de laisser flotter sa ceinture. Et cependant Mme Roland est bien sous le même souffle, sous la même inspiration sentimentale que cette autre fille de Jean-Jacques: «Quoi qu'il en soit du fruit de l'observation et des règles de la philosophie, écrit-elle à Bancal, je crois à un guide plus sûr pour les âmes saines, c'est le *sentiment*.» Comme Mme de Staël encore, elle lit Thompson avec larmes; si plus tard, dans sa veine républicaine, elle s'attache à Tacite et ne veut plus que lui, l'auteur républicain du livre *de la Littérature* ne se nourrissait-il pas aussi de Salluste et des Lettres de Brutus[24] ? Toutes les deux laissent échapper dans leurs récits un enjouement marqué, une verve également méprisante et moqueuse contre les persécuteurs de bas étage dont on les entoure; elles sont maîtresses, dès qu'il le faut, en ce jeu de l'ironie, arme aisée des femmes supérieures. Avec les années, je pense, l'une écrivant, se produisant davantage, et rabattant par degrés son stoïcisme au pied de la réalité, l'autre se dégageant de son nuage et continuant de mûrir, elles auraient de moins en moins différé[a].

a. On a quelquefois rapproché le nom de Mme Roland de celui de mistress Hutchinson, femme forte également, auteur de Mémoires qui ne sont ni très-amusants ni très-variés, mais solides et d'une saine lecture. Mistress Hutchinson s'appesantit trop, durant plus d'un volume, sur les démêlés de son mari, gouverneur de Nottingham, avec les comités locaux, et ne développe pas assez sa conduite au Parlement, dans

Un éloge bien rare à donner aux grandes et glorieuses existences, tout à fait particulier à Mme Roland, c'est que plus on va au fond de sa vie, de ses lettres, plus l'ensemble paraît simple : toujours le même langage, les mêmes pensées sans réserve ; pas un repli, nulle complication ou de passions ou de vœux et de tendances diverses. Cette dernière et mystérieuse passion elle-même, dont on ignore l'objet et que deux traits seulement dénoncent, est majestueuse dans son silence[25]. Quant au reste, vérité, évidence, limpidité parfaite ; pas une tache, pas un voile à jeter ; regardez aussi avant que vous voudrez dans sa maison de verre, transparente comme avait souhaité ce Romain : la lumière de l'innocence et de la raison éclaire un intérieur bien ordonné, purifiant. Comme cette femme soutient le regard au point de vue de la réalité ! Près de mourir, elle a pu s'écrier, sans fiction aucune, dans son hymne d'adieu : « Adieu, mon enfant, mon époux, ma bonne, mes amis ; adieu, soleil dont les rayons brillants portaient la sérénité dans mon âme comme ils la rappelaient dans les cieux ; adieu, campagnes solitaires dont le spectacle m'a si souvent émue, et vous, rustiques habitants de Thézée, qui bénissiez ma présence, dont j'essuyais les sueurs, adoucissais la misère et soignais les maladies, adieu ! — adieu, cabinets paisibles où j'ai nourri mon esprit de la vérité, captivé mon imagination par l'étude, et appris, dans le silence de la médita-

l'affaire du roi et après ; mais tout le commencement et la fin sont parfaits, et sensiblement imprégnés ou plutôt pétris d'honnêteté. Il est touchant de voir quel respect d'amour mistress Hutchinson porte à son noble époux, avec quelle modestie elle lui attribue toutes ses propres vertus. « Ce qu'elle était, c'était lui tant qu'il était présent ; et ce qu'elle est maintenant n'en est plus qu'une image décolorée. » Mais mistress Hutchinson et Mme Roland diffèrent autant d'ailleurs que les deux Révolutions qui les ont produites. L'une se sent du voisinage de Rousseau, l'autre du voisinage de Milton.

tion, à commander à mes sens et à mépriser la vanité. »

On a voulu, dans ces derniers temps, faire de Mme Roland un type pour les femmes futures, une femme forte, républicaine, inspiratrice de l'époux, égale ou supérieure à lui, remplaçant par une noble et clairvoyante audace la timidité chrétienne, disait-on, et la soumission virginale. Ce sont là encore d'ambitieuses et abusives chimères. Les femmes comme Mme Roland sauront toujours se faire leur place, mais elles seront toujours une exception. Une éducation plus saine et plus solide, des fortunes plus modiques, des mariages plus d'accord avec les vraies convenances, devront sans doute associer de plus en plus, nous l'espérons, la femme et l'époux par l'intelligence comme par les autres parties de l'âme ; mais il n'y a pas lieu pour cela à transformer les anciennes vertus, ni même les grâces : il faut d'autant plus les préserver. À ceux qui citeraient Mme Roland pour exemple, nous rappellerons qu'elle ne négligeait pas d'ordinaire ces formes, ces grâces qui lui étaient un empire commun avec les personnes de son sexe ; et que ce génie qui perçait malgré tout et s'imposait souvent, n'appartenant qu'à elle seule, ne saurait, sans une étrange illusion, faire autorité pour d'autres.

Août 1835.

MADAME ROLAND[a]

II

Il a été parlé surabondamment, ce semble, de Mme Roland ; nous-même en avons écrit une longue fois, on vient de le voir ; mais puisque l'occasion se présente, parlons d'elle encore. Il y a en critique, comme dans la vie, une fidélité à ses anciennes relations qui est utile et douce autant qu'obligée. On s'épand trop aujourd'hui en écrivant comme en vivant ; le cœur ni l'esprit n'y suffisent plus. Tous nous traitons et nous faisons tout. Au dehors, au dedans, chacun devient comme un salon banal. N'oublions pas tout à fait les anciens coins préférés.

Il est vrai que tout le monde ne pense pas ainsi : les trop longues habitudes déplaisent au public. Quand d'un auteur, d'un personnage, même excellent, il en a assez, il n'en veut plus. *Connu, connu !* se dit-il, et il faut passer à d'autres. Aussi je ne serais pas étonné que, malgré l'intérêt réel et de fond qui s'attache à la Correspondance qu'on publie, cer-

a. Ce second morceau a été écrit à l'occasion des nouvelles Lettres inédites de Mme Roland publiées chez Coquebert (1840).

tains lecteurs la jugeassent fastidieuse, monotone. Ceux au contraire qui croient qu'une âme est tout un monde, qu'un caractère éminent n'est jamais trop approfondi, ceux qui mêlent à leur jugement sur Mme Roland un culte d'affection et de cœur, trouveront ici mille raisons de plus à leur sympathie et démêleront une foule de détails aussi respectables que charmants.

Mlle Phlipon avait été placée, vers l'âge de onze ans, dans le couvent des Dames de la Congrégation, rue Neuve-Saint-Étienne, pour y faire sa première communion ; elle y connut deux demoiselles d'Amiens, deux sœurs un peu plus âgées qu'elle, Mlles Henriette et Sophie Cannet ; elle se lia très-tendrement avec elles, avec Sophie d'abord. Au sortir du couvent, revenue chez son père au quai des Lunettes, elle entretint une Correspondance active et suivie avec Sophie, retournée elle-même à Amiens. C'est cette Correspondance, précieusement conservée dans la famille des dames Cannet, que M. Auguste Breuil, avocat, a obtenue des mains de leurs dignes héritiers pour la venir publier aujourd'hui.

Elle comprend et remplit presque sans interruption l'intervalle de janvier 1772 à janvier 1780. En commençant, la jeune fille n'a pas dix-huit ans encore ; elle va en avoir vingt-six dans la dernière lettre. Il y en eut d'autres sans doute dans la suite, mais non plus régulières et qui n'ont pas été conservées. La lettre finale annonce le mariage avec M. Roland, dont la connaissance première était due aux amies d'Amiens. On alla y demeurer, et on y resta quatre années. Cela coupa court à la Correspondance, au moins sur le même pied que devant. Ces lettres finissent donc comme un roman, par le mariage ; et, à les bien prendre, elles sont un roman en effet, celui de la première jeunesse, et de l'amitié de deux jeunes filles, de deux pensionnaires qui font leur entrée dans la vie.

Sophie est plus froide, calme, heureuse ; Manon Phlipon est ce qu'on peut augurer, ce qu'elle-même dans ses *Mémoires* nous a si vivement dépeint. Mais ici le développement se montre dans chaque lettre, abondant, naïf, continu ; on suit à vue d'œil l'âme, le talent, la raison, qui s'empressent d'éclore et de se former.

Les lettres de Mme Roland à ses jeunes amies me démontrent la vérité de cette idée : l'être moral parfait en nous, s'il doit exister, existe de bonne heure ; il existe dès vingt ans dans toute son intégrité et toute sa grâce. Alors vraiment nous portons en nous le héros de Plutarque, notre Alexandre, si jamais nous le portons. Plus tard on survit trop souvent à son héros. À mesure qu'il se développe et se déploie davantage aux yeux des autres, il perd en lui-même ; quand tout le monde se met à l'apprécier, il est déjà moins ; quelquefois (chose horrible à dire !) il n'est déjà plus. Franchise, dévouement, fidélité, courage, tout cela garde encore le même nom, mais ne le mérite que peu. Toute âme, en avançant, subit toutes les atteintes, tout le déchet dont elle est capable. « Tous les hommes, a dit le noble et bienveillant Vauvenargues, naissent sincères et meurent trompeurs ; » il lui eût suffi de dire, pour exprimer sa pensée amère, qu'ils meurent *détrompés*. Du moins, même chez les meilleurs, ce qu'on appelle le progrès de la vie est bien inférieur à ce premier idéal que réalisa un moment la jeunesse. On est donc heureux quand on retrouve ce premier portrait chez les personnages voués depuis à la célébrité, et quand un hasard imprévu nous vient révéler ce qu'ils furent précisément au moment unique et choisi, en cette fleur, en cette *heure* ornée, comme disait la Grèce : dans tout le reste de notre vue sur eux, il y a plus ou moins anachronisme.

Mme Roland parut plus grande assurément plus tard ; mais fut-elle plus sage, plus profonde, plus attachante jamais qu'à ces heures de jeune et intime épanchement ? Quand le drame public se déclara pour elle, par combien de scènes dut-elle l'acheter ! Le quatrième acte notamment traîna, se gâta, se boursoufla beaucoup. Le cinquième répara tout heureusement, et l'auréole de l'échafaud couvrit les ambitieuses erreurs. Mais nous n'avons affaire ici qu'aux scènes d'humble début, à une exposition simple, émue, irréprochable.

Mme Roland aurait pu vivre jusqu'au bout dans cette donnée première de la destinée et n'y point paraître trop déplacée encore. Ses amis, tout en regrettant pour elle que le cadre fût si étroit, n'auraient jamais songé à la transporter en idée dans la sphère orageuse où elle respira si au large et mourut si triomphante. Et pourtant elle était dès lors la même ; mais sa nature morale, si complète, savait si bien se régler qu'elle ne semblait pas se contraindre. C'est l'intérêt des vies domestiques que d'y deviner, d'y suivre le caractère et le génie qui vont tout à l'heure éclater, qui auraient pu aussi bien n'en jamais sortir. Combien de Hampden, dit Gray dans son *Cimetière de Village*[26], dorment inconnus sous le gazon ! J'ai essayé quelquefois de me figurer ce que serait un cardinal de Richelieu restreint par la destinée à la vie domestique : quel méchant voisin, ou, pour parler bien vulgairement, quel mauvais *coucheur*[27] cela ferait ! Bonaparte, à la veille de 95, peut donner idée de quelque chose d'approchant, lorsqu'il est sans emploi et qu'il va suffoquer de ses bouffées originales Bourrienne ou

Mme Permon[28]. Qu'ils sont rares les êtres qui sembleraient également à leur place, bons et excellents dans la vie privée, grands dans le public, comme Washington ou Mme Roland !

Une précaution est à prendre en abordant ces lettres : pour n'y point avoir de mécompte, il faut se dire une partie de la préoccupation et du dessein de la jeune fille qui les écrit. À quelques égards, et dans une quantité de pages, elles sont comme des exercices de rhétorique et de philosophie auxquels nous assistons. La jeune Phlipon, dans son avidité de savoir, dans son instinct de talent, lit toutes sortes d'auteurs, s'en rend compte, en fait des extraits, et s'en entretient, non sans étude, avec son amie : « Car, dit-elle très-judicieusement, on n'apprend jamais rien quand on ne fait que lire ; il faut extraire et tourner, pour ainsi dire, en sa propre substance, les choses que l'on veut conserver, en se pénétrant de leur essence. » Esprit ferme et rare, chez qui tout venait de nature, même l'éducation qu'elle s'est donnée ! Elle a parlé dans ses *Mémoires* de ce qu'elle appelait proprement ses extraits, de ses *Œuvres de jeune fille* ; ces lettres-ci en sont le complément. Tantôt c'est un traité de métaphysique qu'elle analyse, tantôt c'est Delolme[29] en douze pages (ce qui devient un peu long) ; tantôt c'est une élégie en prose qu'elle essaie. Elle prélude au style ; les périphrases réputées élégantes, les épithètes de dictionnaire (*grelot de la folie, docile écolière de l'indolent Épicure, folâtre enfant des ris*), surabondent par moments : « Tu sais, écrit-elle un jour à son amie, que j'habite les bords de la Seine, vers la pointe de cette île où se voit la statue du *meilleur des rois*. Le fleuve qui vient de la droite laisse couler paisiblement devant *ma demeure* ses *ondes salutaires*... » Voilà sans doute un harmonieux début pour exprimer le coin du quai des Lunettes ; nous regrettons que l'éditeur n'ait pas fait de nombreux retranchements dans toute cette partie élémentaire qui n'avait d'intérêt que comme échantillon ; tant d'autres peintures franches et fraîches à côté y auraient gagné. C'est à deux lettres de distance de la précédente qu'elle parle si joliment de la vie prosaïque qu'elle mène à Vincennes, chez son oncle le chanoine, entre toutes ces figures de *lutrin* : « Tandis qu'un bon chanoine en lunettes fait résonner sa vieille basse sous un archet tremblotant, moi je râcle du violon ; un second chanoine nous accompagne avec une flûte glapissante, et voilà un concert propre à faire fuir tous les chats. Ce beau chef-d'œuvre terminé, ces messieurs se félicitent et s'applaudissent : je me sauve au jardin, j'y cueille la rose ou le persil ; je tourne dans la basse-cour où les couveuses m'intéressent et les poussins m'amusent ; je ramasse dans ma tête tout ce qui peut se dire en nouvelles, en histoires, pour ravigoter les imaginations engourdies, et détourner les conversations de *chapitre* qui m'endorment parfois : voilà ma vie. » Et un peu plus loin : « J'aime cette tranquillité qui n'est interrompue que par le chant des coqs ; il me semble que je palpe mon existence ; je sens un bien-être analogue à celui d'un arbre tiré de sa caisse et replanté en plein champ. » Dans tout ceci le style est autre, ou mieux il n'est plus question de style, il n'y a plus d'écolière ; elle cause : sa leçon de rhétorique est finie.

Il faut le dire pourtant, ce n'a pas été tout à fait trahir l'intention de la jeune fille qui les écrivait, que de publier en totalité ces lettres ; en plus d'un passage, il est clair qu'elle songe à l'usage qu'on en peut faire. On aperçoit le bout d'oreille d'auteur. Si une lettre, par malheur, se perd en chemin, ce sont des regrets, des recherches infinies. Quand elle parle de son barbouillage, est-ce bien sérieux? « Et puis qu'importe notre façon d'écrire! en composant mes lettres (*donc elle les compose*), ai-je l'espoir qu'après ma mort elles trouveront un éditeur et prendront rang à côté de celles de Mme de Sévigné ? Non, cette folie n'est pas du nombre des miennes ; si nous gardons nos barbouillages, c'est pour nous faire rire quand nous n'aurons plus de dents. » Et encore, au moment des confidences les plus tendres et les plus secrètes d'un cœur qui se croit pris : « Décachète la lettre, fais-en lecture, songe à mes tourments, aux siens... et vois si tu dois l'envoyer. Mais, dans tous les cas, ne brûle rien. Dussent mes lettres être vues un jour de tout le monde, je ne veux point dérober à la lumière les seuls moments de ma faiblesse, de mes sentiments. » Allons, puisqu'on nous le permet et qu'on nous y invite même, pénétrons dans l'intérieur virginal où il lui plaît de nous guider.

L'unité de cette Correspondance, que quelques suppressions eussent mieux fait ressortir, est dans l'amitié de deux jeunes filles, dans cette amitié d'abord passionnée, au moins chez Mlle Phlipon, et qui, partie du couvent avec ses petits orages, ses incidents journaliers, ses hausses et ses baisses, s'en vint, après quelques années, expirer au mariage : et quand je dis *expirer*, je ne veux parler que de la forme vive et passionnée, car le fond subsista toujours. Même avant cette fin de la passion d'amitié, on la voit subir un échec, une variation assez sensible à mi-chemin environ, et sitôt qu'un premier sentiment d'amour s'est venu loger dans le cœur qui d'abord n'avait pas de partage. Mais il faut serrer de plus près le début et procéder par nuances. Mlle Phlipon a dix-huit ans, elle est depuis longtemps formée, elle est dévote encore. Les lettres de 1772 à Sophie sont d'un sérieux qui fait sourire : on sent que la jeune prêcheuse vient de lire Nicole, comme plus tard elle aura lu Rousseau. Elle a, dit-elle, été *prévenue* (prévenue par la Grâce, style de Nicole), un peu après son amie ; elle a agi jusqu'à onze ans par cette espèce de raison, encore enveloppée des ténèbres de l'enfance : ce n'est qu'alors que le rayon divin a commencé de luire. Mais l'amour-propre, le grand et détestable ennemi, n'est pas abattu pour cela : « Je l'appelle détestable, écrit-elle, et je le déteste aussi avec beaucoup de raison, car il me joue souvent de vilains tours ; c'est un voleur rusé qui m'attrape toujours quelque chose. Unissons-nous, ma bonne amie, pour lui faire la guerre ; je lui jure une haine implacable. Parcourons tous les détours, etc., etc... » Suit toute une petite harangue de sainte croisade contre ce *haïssable moi*. Saint François de Sales, qui a l'air de permettre quelques *affiquets*[30] aux filles en vue d'un honnête mariage, lui paraît trop indulgent. Elle raconte et confesse, en fort bon style didactique, ses propres luttes épineuses sur l'article de la vanité : « Voilà, ma bonne amie, une peinture ingénue des *révolutions dont mon cœur fut le théâtre* ! » Cette phase demi-janséniste dura peu ; on suit, dans la Correspondance, le décours de cette dévotion un moment si vive ; en mars 1776, elle fait encore ses stations, mais elle ne peut se résigner aux cinq *Pater* et aux cinq *Ave* ; en septembre de la même année, les amies d'Amiens en sont à prier pour sa conversion. Elle en est dès longtemps à ce qu'elle nomme ses *fredaines de raisonnement* : « L'universalité m'occupe, la belle chimère de l'utile (s'il faut l'appeler chimère) me plaît et m'enivre. » Elle juge en philosophe sa dévotion d'hier, et se l'explique : « C'est toujours par elle que commence quelqu'un qui à un cœur sensible joint un esprit réfléchi. » Son idéal d'amitié pourtant, avec la pieuse et indulgente Sophie, ne reçut point de ralentissement de ce côté-là.

Sévère, active, diligente, studieuse tour à tour et ménagère, passant de Plutarque à l'abbé Nollet, et de la géométrie aux devoirs de famille[a], la jeune Phlipon, aux environs de ses dix-neuf ans, n'échappait pas toujours à une vague mélancolie qu'elle ne songeait point à s'interdire, et qu'elle se plaisait à confondre avec le regret de l'absente amie. Si un dimanche, au sortir d'une messe de couvent, elle allait, vers la première semaine de mai, se promener avec sa mère au Luxembourg, elle entrait en rêverie ; le silence et le calme, ordinaires à ce jardin alors champêtre et solitaire, n'étaient interrompus pour elle que par le doux *frisselis*[31] des feuilles légèrement agitées. Elle regrettait sa Sophie durant la promenade délicieuse, et les lettres suivantes redoublaient cette teinte du *sentiment*, grand mot d'alors, couleur régnante durant la dernière moitié du dix-huitième siècle. Mais la gaieté naturelle, une joie de force et d'innocence corrigeait bientôt la langueur ; le calme et l'équilibre étaient maintenus ; tout en redisant quelque ode rustique à la Thompson, ou en moralisant sur les passions à réprimer, elle ajoutait avec une gravité charmante : « Je trouve dans ma religion le vrai chemin de la félicité ; soumise à ses préceptes, je vis heureuse : je chante mon Dieu, mon bonheur, mon amie : je les célèbre sur ma guitare ; enfin, je jouis de moi-même. » Elle en était encore là à la première saison, à la première huitaine de mai du cœur.

a. Et aussi au métier de la famille. Son père était artiste et graveur ; elle travailla quelque temps à l'être. Mme Roland savait dessiner en perfection. M. Courtois (fils du Conventionnel) a d'elle un très-beau dessin, d'une grande fermeté de lignes, et des pierres gravées, — notamment une cornaline, où se voit un pâtre luttant contre un bouc, d'après l'antique.

Un voyage de Sophie à Paris et la petite vérole font quelque interruption de correspondance. La petite vérole, avant qu'on en eût coupé le cours, venait d'ordinaire aux jeunes filles comme un symptôme à l'entrée de l'âge des émotions. C'était au physique comme un redoutable jugement de la nature qui passait au creuset chaque beauté. Mlle Phlipon s'en tira en beauté qui ne craint pas les épreuves, et elle était remise à peine de la longue convalescence qui s'ensuivit, que les prétendants, à qui mieux mieux, et de plus en plus éblouis, se présentèrent. « Du moment où une jeune fille, écrit-elle dans ses *Mémoires*, atteint l'âge qui annonce son développement, l'essaim des prétendants s'attache à ses pas comme celui des abeilles bourdonne autour de la fleur qui vient d'éclore. » Mais à côté d'une si gracieuse image, elle ne laisse pas de se moquer ; elle est agréable à entendre avec cette *levée en masse* d'épouseurs qu'elle fait défiler devant nous et qu'elle éconduit d'un air d'enjouement. On dirait d'une héroïne de Jean-Jacques telles qu'il aimait à les placer dans le pays de Vaud, une Claire d'Orbe[32] qui raille avec innocence. Ici, dans les lettres, elle raille un peu moins que dans les *Mémoires* ; comme les prétendants se présentent un à un, et que plus d'une de ces demandes peut être sérieuse, elle en semble parfois préoccupée. Elle se fâche tout bas et se pique même contre eux autant que plus tard elle en rira : « Mes sentiments me paraissent bizarres ; je ne trouve rien de si étrange que de haïr quelqu'un parce qu'il m'aime, et cela depuis que j'ai voulu l'aimer ; c'est pourtant bien vrai, je te peins au naturel ce qui se passe dans mon âme. » Les lettres à Sophie, dans ces moments de délicate confidence, deviennent plus vives, plus excitées ; il s'y fait sentir un contre-coup de mouvement et d'aiguillon. L'amitié seule n'en est que l'occasion, le prétexte, le voile frémissant et agité; je ne sais quelle idée confuse et pudique est en jeu dans le lointain: «Cependant je ne suis pas toujours capable d'application. Cela m'arriva dernièrement. Je pris la plume et je fis ton portrait pour m'amuser; je le garde précieusement. J'ai mis pour inscription: *Portrait de Sophie*. Je barbouille du papier à force, quand la tête me fait mal; j'écris tout ce qui me vient en idée: cela me purge le cerveau... Adieu, j'attends une cousine qui doit nous emmener à la promenade; mon imagination galope, ma plume trotte, mes sens sont agités, les pieds me brûlent. — Mon cœur est tout à toi.»

Si calme, si saine qu'on soit au fond par nature, il semble difficile qu'en ce jeune train d'émotions et de pensées, on reste longtemps à l'entière froideur, avec tant de sollicitations d'être touchée. Aussi Mlle Phlipon eut-elle, à un certain moment, son étincelle. Quel fut, entre nous, le préféré, le premier mortel qui rencontra, qui traversa, ne fût-ce qu'un instant, l'idéal encore intact d'un si noble cœur?

Parmi ces prétendants il y en avait de toutes sortes, de toutes professions, depuis le commerçant de diamants, jusqu'au médecin et à l'académicien, jusqu'à l'épicier et au limonadier, puisqu'il faut le dire, et la moqueuse jeune fille se disait que, si elle représentait dans un tableau cette suite plus ou moins amoureuse, chacun avec les attributs de sa profession, comme sont les Turcs de théâtre en certaine cérémonie célèbre, cela ferait une singulière bigarrure. Mais enfin elle ne plaisanta pas toujours, et c'est ce moment sérieux, attendri, pas très-violent jamais ni très-orageux, pourtant assez profond et assez embelli, que la Correspondance actuelle vient trahir.

Elle a beaucoup parlé dans ses *Mémoires* de La

Blancherie[33], manière d'écrivain et de philosophe qui tomba assez vite dans la fadaise et même dans le courtage philanthropique; elle le juge de haut, et, après quelque digression avoisinante, elle ajoute lestement en revenant à lui: *Coulons à fond ce personnage*. Mais, avant d'être coulé près d'elle, il avait su s'en faire aimer, et rien ne prouverait mieux au besoin qu'il n'y a dans l'amour que ce qu'on y met, et que l'objet de la flamme n'y est presque en réalité pour rien. La jeune fille forte, sensée, de l'imagination la plus droite et la plus sévère qui fût jamais, distingue du premier jour un être qui est l'assemblage de toutes les fadeurs et les niaiseries en vogue, et elle croit saisir en lui le type le plus séduisant de son rêve. C'est que La Blancherie, ce *jeune sage*, cet ami de Greuze, avec ses vers, ses projets, ses conseils de morale aux pères et mères de famille, représentait précisément dans sa fleur le lieu commun du romanesque philosophique et sentimental de ce temps-là; or le romanesque, près d'un cœur de jeune fille, fût-elle destinée à devenir Mme Roland, a une première fois au moins, et sous une certaine forme, bien des chances de réussir. Les lettres à Sophie se ressentent aussitôt de ce grave événement intérieur; les post-scriptum à l'insu de la mère s'allongent et se multiplient; le petit cabinet à jour où l'on écrit ne paraît plus assez sûr et laisse en danger d'être surprise: « Point de réponse, à moins qu'elle ne soit intelligible que pour moi seule. Adieu, le cœur me bat au moindre bruit; je tremble comme un voleur. » Il ne tient qu'à l'amie en ces moments de se croire plus nécessaire, plus aimée, plus recherchée pour elle-même que jamais. Avec quelle impatience ses réponses sont attendues, avec quelle angoisse! Si cette lettre désirée arrive durant un dîner de famille, on ne peut s'empêcher de l'ouvrir aussitôt, devant tous ; on oublie qu'on n'est pas seule, les larmes coulent, et les bons parents de sourire, et la grand'mère de dire le mot de toutes les pensées : « Si tu avais un mari et des enfants, cette amitié disparaîtrait bientôt, et tu oublierais Mlle Cannet. » Et la jeune fille, racontant à ravir cette scène domestique, se révolte, comme bien l'on pense, à une telle idée : « Il me surprend de voir tant de gens regarder l'amitié comme un sentiment frivole ou chimérique. La plupart s'imaginent que le plus léger sentiment d'une autre espèce altérerait ou effacerait l'amitié, qui leur semble le pis aller d'un cœur désœuvré. Le crois-tu, Sophie, qu'une situation nouvelle romprait notre liaison ? » Ce mot de *rompre* est bien dur : mais pourquoi donc, ô jeune fille, votre amitié semble-t-elle s'exalter en ces moments mêmes où vous avez quelque aveu plus tendre à confier ? Pourquoi, le jour où vous avez revu celui que vous évitez de nommer, le jour où il vous a fait lire les feuilles d'épreuve d'un ouvrage vertueux qu'il achève, et où vous vous sentez toute transportée d'avoir découvert que, si l'auteur n'est pas un Rousseau, il a du moins en lui du Greuze, pourquoi concluez-vous si passionnément la lettre à votre amie : « Reçois les larmes touchantes et le baiser de feu qui s'impriment sur ces dernières lignes ? » D'où vient que ce *baiser de feu* apparaît tout d'un coup ici pour la première fois ? l'amitié virginale ne se donne-t-elle pas le change ? Et pourquoi enfin, quand plus tard une *situation nouvelle* s'établit décidément, quand le mariage, non pas de passion, mais de raison, vient clore vos rêves, pourquoi la dernière lettre de la Correspondance que nous lisons est-elle justement celle de *faire part* ? La grand'mère, dans son oracle de La Bruyère, allait un peu loin sans doute, mais n'avait-elle pas à demi raison ?

Ce sentiment pour La Blancherie, s'il ne mérite pas absolument le nom d'amour et s'il ne remplit pas tout à fait l'idée qu'on se pourrait faire d'une première passion en une telle âme, passait pourtant les bornes du simple intérêt ; il est tout naturel que Mme Roland dans ses *Mémoires*, jugeant de loin et en raccourci, l'ait un peu diminué : ici nous le voyons se dérouler avec plus d'espace. Ce qui servit notablement La Blancherie dans le début, c'est qu'on le voyait peu et seulement par apparitions. Il était souvent à Orléans, il reparut dans la maison peu après la mort de la mère de Mme Roland ; M. Phlipon, le père, se souciait peu de lui, et on le fit prier de ralentir ses visites. Ces éclipses et ce demi-jour concouraient à son éclat. La jeune héroïne, que j'ai comparée plus haut à un personnage de *la Nouvelle Héloïse*, était devenue très-semblable à quelque amante de Corneille quand elle songeait au vertueux et sensible absent. Si La Blancherie, qu'elle n'a plus d'occasion ordinaire de voir, se trouve à l'église, à un service funèbre de bout de l'an pour la mère chérie qu'elle a perdue : « Tu imagines, écrit la jeune fille à son amie, tout ce que pouvait m'inspirer sa présence à pareille cérémonie. J'ai rougi d'abord de ces larmes adultères qui coulaient à la fois sur ma mère et sur mon amant... ciel ! quel mot ! mais devaient-elles me donner de la confusion ? Non : rassurée bientôt par la droiture de mes sentiments, je t'ai prise à témoin, Ombre chère et sacrée... ! » On voit le ton où elle se montait ; c'est comme dans la scène sublime :

Adieu, trop malheureux et trop parfait amant[34] !

Ailleurs, comme Pauline encore, elle parle de la *surprise des sens* à la vue de La Blancherie, mais pour dire, il est vrai, qu'il n'y a rien en elle de cette surprise, et que tout vient du rapport de sentiment. Le premier échec qu'il essuya fut de ce qu'un jour elle le rencontra au Luxembourg avec un *plumet* au chapeau : un philosophe en plumet ! Quelques légèretés qu'on raconta de lui s'y ajoutèrent pour compromettre l'idéal. Tout cela devenait sérieux. Enfin, quand, huit ou neuf mois après la rencontre de l'église, le masque tombe et qu'elle le juge déjà ou croit le juger, elle écrit : « Tu ne saurais croire combien il m'a paru singulier ; ses traits, quoique les mêmes, n'ont plus la même expression, ne me peignent plus les mêmes choses. Oh ! que l'illusion est puissante ! Je l'estime au-dessus du commun des hommes, et surtout de ceux de son âge ; mais ce n'est plus une idole de perfection, ce n'est plus le premier de l'espèce, enfin ce n'est plus mon amant : c'est tout dire. » Ces quelques passages des lettres, mis en regard de certaines pages des *Mémoires*, sont une leçon piquante sur le faux jour des perspectives du cœur.

La dernière scène surtout, où La Blancherie lui parut si différent de ce qu'elle l'avait fait, mais au sortir de laquelle pourtant elle le jugeait encore avec une véritable estime, cette scène d'entrevue un peu mystérieuse, qui dura *quatre heures*, est racontée par elle dans ses *Mémoires* avec une infidélité de souvenir bien légère et bien cruelle. Il suivrait de la page des *Mémoires*, qu'elle mit La Blancherie à la porte, ou peu s'en faut, d'un air de reine ; et il suit de la lettre à Sophie (24 décembre 1776), qu'entendant venir une visite, elle lui fit signe lestement de passer par une porte, tandis qu'elle allait recevoir par l'autre, prenant, dit-elle, son air le plus *folichon* pour couvrir son adroit manège. Ces sortes de variantes, à l'endroit des impressions passées, se trouvent-elles donc inévitablement jusque dans nos relations les plus sincères ?

Peut-être, car en matière si déliée il faut tout voir, peut-être la lettre à Sophie n'est-elle aussi que d'une fidélité suffisante ; peut-être fut-on plus dure et plus dédaigneuse en effet avec La Blancherie, qu'on n'osa le raconter à la confidente, par amour-propre pour soi-même et pour le passé. Je crains pourtant que ce ne soient les *Mémoires* qui, en ramassant dans une seule scène le résultat de jugements un peu postérieurs, aient altéré sans façon un souvenir dès longtemps méprisé.

Et quel est donc l'auteur de Mémoires qui pourrait supporter, d'un bout à l'autre, l'exacte confrontation avec ses propres Correspondances contemporaines des impressions racontées ?

Ce sentiment, du moins tel qu'elle le composa un moment, la perte qu'elle fit de sa mère, ses lectures diverses, ses relations avec quelques hommes distingués, tout concourait, vers l'âge de vingt-deux ans, à donner à son âme énergique une impulsion et un essor qui la font, jusque dans ce cercle étroit, se révéler tout entière. En vain se répète-t-elle le plus qu'elle peut et avec une grâce parfaite : « Je veux de l'ombre ; le demi-jour suffit à mon bonheur, et, comme dit Montaigne, on n'est bien que dans l'arrière-boutique ; » sa forte nature, ses facultés supérieures se sentent souvent à l'étroit derrière le paravent et dans l'entresol où le sort la confine. Sa vie déborde, elle se compare à un lion en cage : elle devait naître femme spartiate ou romaine, ou du moins homme français ; osons citer son vœu réalisé depuis par des héroïnes célèbres : « Viens donc à Paris, écrit-elle à la douce et pieuse Sophie ; rien ne vaut ce séjour où les sciences, les arts, les grands hommes, les ressources de toute espèce pour l'esprit, se réunissent à l'envi. Que de promenades et d'études intéressantes nous ferions ensemble ! Que j'aimerais à connaître les hommes habiles en tout genre ! Quelquefois je suis tentée de prendre une culotte et un chapeau, pour avoir la liberté de chercher et de voir le beau de tous les talents. On raconte que l'amour et le dévouement ont fait porter ce déguisement à quelques femmes... Ah ! si je raisonnais un peu moins, et si les circonstances m'étaient un peu plus favorables, tête bleue ! j'aurais assez d'ardeur pour en faire autant. Il ne me surprend pas que Christine ait quitté le trône pour vivre paisiblement occupée des sciences et des arts qu'elle aimait... Pourtant, si j'étais reine, je sacrifierais mes goûts au devoir de rendre mes sujets heureux... Oui, mais quel sacrifice ! Allons, il ne me fâche pas trop de ne pas porter une couronne de reine, quoiqu'il me manque bien des moyens... Mais je babille à tort et à travers : je t'aime de même, comme Henri IV faisait Crillon. Adieu, adieu. » L'amitié pour Sophie et les lettres qu'elle lui adresse durant tous les premiers mois de 1776 profitent de ce concours et de ce conflit d'émotions ; elle-même l'avoue et nous donne la clef de ce redoublement : « Ah ! Sophie, Sophie, juge à quel point je ressens l'amitié, puisque c'est chez moi le seul sentiment qui ne soit pas captif. »

Mais Sophie seule, même en amitié, ne suffit plus ; vers le milieu de cette année 1776, on aperçoit quelque baisse, on entend quelque légère plainte : « Sophie, Sophie, vos lettres se font bien attendre... » En même temps que d'un côté on pensait à La Blancherie, de l'autre, à Amiens, on pensait au cloître ; Sophie avait eu l'idée, un moment, de se faire religieuse. Les deux amies n'étaient plus l'une à l'autre tout un monde. On se reprend, on se remet avec vivacité à s'aimer, mais c'est une reprise ; or, dans la carrière de l'amitié comme dans le chemin de la vertu, on rétrograde à l'instant que l'on cesse d'avancer : c'est Mme Roland elle-même qui a dit cela. La sœur aînée de Sophie, Henriette, vient passer quelque temps à Paris et entre en tiers dans l'intimité ; sa vivacité d'imagination et son brillant d'humeur font un peu tort à la langueur de sa douce cadette ; du moins on se partage. Henriette devient un *troisième moi-même* ; on écrit à la fois aux deux sœurs. M. Roland aussi commence à paraître, rare, austère, assez redouté d'abord. Tout cela ne laisse pas de faire diversion ; les tracas domestiques, les embarras intérieurs s'en mêlent. La Correspondance se poursuit comme la vie en avançant, sans plus d'unité.

En même temps le talent d'écrire y gagne ; la jeune fille, désormais femme forte, est maîtresse de sa plume comme de son âme ; phrase et pensée marchent et jouent à son gré. C'est toutefois sur ces parties que j'aurais voulu que l'éditeur fît tomber de nombreuses coupures. Je conçois les difficultés et les scrupules lorsqu'on a en main d'aussi riches matériaux ; mais il importait, ce me semble, dans l'intérêt de la lecture, de conserver à la publication une sorte d'unité ; d'éviter ce qui traîne, ce qui n'est qu'intervalles, et surtout d'avoir toujours les *Mémoires* sous les yeux, pour abréger ce qui n'en est qu'une manière de *duplicata*.

Un post-scriptum de cette Correspondance, et dont nous devons la connaissance plus détaillée à l'éditeur, est bien digne de la clore et de la couronner. Je viens de nommer Henriette, la sœur aînée, la seconde et plus vive amie. On était en 93 ; bien des années d'absence et les dissentiments politiques avaient relâché, sans les rompre, les liens des anciennes compagnes ; Mme Roland, captive sous les verrous de Sainte-Pélagie, attendait le jugement et l'échafaud. Henriette accourut pour la sauver : elle voulait changer d'habits avec elle et rester prisonnière en sa place : « Mais on te tuerait, ma bonne Henriette, » lui répétait sans cesse la noble victime, et elle ne consentit jamais.

Indépendamment du petit roman que j'ai tâché d'y faire saillir et d'en extraire, on trouvera avec plaisir dans ces volumes bien des anecdotes et des traits qui peignent le siècle. Il était tout simple que la jeune fille enthousiaste désirât passionnément connaître et voir Rousseau ; elle crut inventer un moyen pour cela. Un Genevois, ami de son père, avait à proposer à l'illustre compatriote la composition de quelques airs de musique ; elle réclama l'honneur de la commission. La voilà donc écrivant au philosophe de la rue Plâtrière une belle lettre dans laquelle elle annonçait qu'elle irait elle-même chercher la réponse. Deux jours après, prenant sa bonne sous le bras, elle s'achemine, elle entre dans l'allée du cordonnier et monte en tremblant, comme par les degrés d'un temple ; mais ce fut Thérèse qui ouvrit et qui répondit *non* à toutes les questions, en tenant toujours la main à la serrure. Il est certainement mieux qu'elle n'ait jamais vu Rousseau, l'incomparable objet de son culte ; c'est ainsi que les religions de l'esprit se conservent mieux.

Sur l'aimable et sage M. de Boismorel, qui joue un si beau rôle dans les *Mémoires* ; sur Sévelinges l'académicien[a], qui n'est pas non plus sans agrément ; sur certain Genevois moins léger, et « dont l'esprit ressemble à une lanterne sourde qui n'éclaire

a. Elle le qualifie ainsi ; c'était un académicien de province.

que celui qui la tient ; » sur toutes ces figures de sa connaissance et bientôt de la nôtre, elle jette des regards et des mots d'une observation vive, qui plaisent comme ferait la conversation même. Elle nous donne particulièrement à apprécier un de ses amis très-affectueux et très-mûrs, M. de Sainte-Lette, qui vient de Pondichéry, qui va y retourner, qui sait le monde, qui a éprouvé les passions, qui regrette sa jeunesse, et qui sur le tout est *athée*. Au dix-huitième siècle, en effet il y avait *l'athée* ; il se posait tel ; c'était presque une profession. Quand on découvrait cette qualité chez quelqu'un, on en avait une sorte d'horreur, non sans quelque attrait caché. On en faisait part aux amis avec mystère ; ainsi de M. de Wolmar, ainsi de M. de Sainte-Lette ; ainsi pour l'ami de Rousseau, Deleyre. De nos jours, les trois quarts des gens ne croient à rien après la tombe, et ne se doutent pas qu'ils sont athées pour cela ; ils font de la prose sans le savoir, en parfaite indifférence, et on ne le remarque guère. Au fond, n'est-ce pas une situation pire, et la solennité incrédule du dix-huitième siècle n'annonçait-elle pas qu'on était encore plus voisin d'une croyance ?

M. Roland, avec une lettre d'introduction des amies d'Amiens, se présente de bonne heure ; mais on est longtemps à le deviner. Dès le premier jour, celle qui est destinée à illustrer historiquement son nom tient à son estime et se soucie de lui paraître avec avantage ; mais l'esprit seul et la considération sont engagés. Dans ces visites d'importance, on cause de tout : l'abbé Raynal, Rousseau, Voltaire, la Suisse, le gouvernement, les Grecs et les Romains, on effleure tour à tour ces graves sujets. On est assez d'accord sur la plupart ; mais Raynal se trouve être un champ de bataille assez disputé. M. Roland, dans son bon sens d'économiste, se permet de juger l'historien philosophique des deux Indes comme un charlatan assez peu philosophe, et n'estime ses lourds volumes qu'assez légers et bons à rouler sur les toilettes. La jeune fille admiratrice se récrie; elle défend Raynal comme elle défendrait Rousseau. Elle n'est pas encore arrivée à discerner l'un d'avec l'autre: elle en est encore à la confusion du goût; en style aussi, elle n'a pas encore mis à sa place tout ce qui n'est que du La Blancherie. À chaque époque, il y a ainsi le déclamatoire à côté de l'original, et qui, même pour les contemporains éclairés, s'y confond assez aisément. Le meilleur de Campistron touche au faible de Racine, le Raynal joue souvent à l'œil le Rousseau. Le temps seul fait les parts nettes et sûres: il les fait au sein même de l'écrivain original, mais qui a trop obéi au goût de ses disciples, et qui s'est laissé aller aux excès applaudis. Dans ces pages que les yeux contemporains, atteints du même mal et épris de la même couleur jaunissante, admirent comme également belles, et qu'une sorte d'unanimité complaisante proclame, le temps, d'une aile humide, flétrit vite ce qui doit passer, et laisse, au plein milieu des objets décrits, de grandes plaques injurieuses qui font mieux ressortir l'inaltérable du petit nombre des couleurs légitimes et respectées. Les volumes de Lettres de Mme Roland nous arrivent tout tachetés de ces mouillures qui sautent d'abord aux yeux; ce sont les lieux-communs de son siècle; il n'y a que plus de fraîcheur et de grâce dans les traits originaux sans nombre dont ils sont rachetés.

Les quatre ou cinq années qui s'écoulent depuis la mort de sa mère jusqu'à son union avec M. Roland lui apportent de rudes, de poignantes et à la fois chétives épreuves. Son père se dérange et se ruine; elle s'en aperçoit, elle veut tout savoir, et il lui faut sourire au monde, à son père, et dissimuler : « J'aimerais mieux le sifflement des javelots et les horreurs de la mêlée, s'écrie-t-elle par moments, que le bruit sourd des traits qui me déchirent ; mais c'est la guerre du sage luttant contre le sort. » Elle venait de lire Plutarque ou Sénèque, quand elle proférait ce mot stoïque ; mais elle avait lu aussi Homère, et elle se disait, dans une image moins tendue et avec sourire : « La gaieté perce quelquefois au milieu de mes chagrins, comme un rayon de soleil à travers les nuages. J'ai grand besoin de philosophie pour soutenir les assauts qui se préparent : j'en ai fait provision ; je suis comme Ulysse accroché au figuier : j'attends que le reflux me rende mon vaisseau[35]. »

M. Roland, qui avait fait un voyage en Italie, repasse par Paris, mais il la visite assez inexactement ; elle en est un peu piquée. Une fois, elle rêve de lui, mais en pure perte. Elle en écrit assez sèchement aux deux sœurs : décidément, c'est un homme occupé et qui se prodigue peu ; elle qui fait si volontiers les portraits de ses amis, elle ne se croit pas en droit d'entreprendre le sien ; il est, par rapport à elle, *au bout d'une trop longue lunette*, et rien n'empêche qu'elle ne le suppose encore en Italie. On ne parle pas ainsi d'un indifférent ; c'est bon signe pour M. Roland qui, prudent observateur, s'en doute peut-être, qui ne s'en inquiète d'ailleurs qu'autant qu'il le faut, et qui s'avance, tardif, rare et sûr, comme la raison ou comme le destin. Mais moi-même je m'aperçois que je tombe dans l'inconvénient reproché, et que je vais empiéter sur la zone un peu terne et prosaïque de la vie.

Dans toute cette partie finale et déjà bien grave de la Correspondance, au milieu des vicissitudes domestiques et des malheurs qui assiégent l'existence de celle qui n'est déjà plus une jeune fille, il ressort pourtant une qualité qu'on ne saurait assez louer ; un je ne sais quoi de sain, de probe et de vaillant, émane de ces pages ; agir, avant tout, agir : « Il est très-vrai, aime-t-elle à le répéter, que le principe du bien réside uniquement dans cette activité précieuse qui nous arrache au néant et nous rend propres à tout. » De cet amour du travail qu'elle pratique, découlent pour elle estime, vertu, bonheur, toutes choses dans lesquelles elle a su vivre, et qui ne lui ont pas fait faute même à l'heure de mourir. Et c'est parce que les générations finissantes de ce dix-huitième siècle tant dénigré croyaient fermement à ces principes dont Mme Roland nous offre la plus digne expression en pureté et en constance, c'est parce qu'elles y avaient été plus ou moins nourries et formées, que, dans les tourmentes affreuses qui sont survenues, la nation si ébranlée n'a pas péri[a].

15 novembre 1840.

a. J'ai parlé une dernière fois de Mme Roland, à l'occasion des nouveaux documents publiés en 1864 (tome VIII des *Nouveaux Lundis*).

MADAME GUIZOT

(née Pauline de Meulan)

Certains esprits, en arrivant dans ce monde, et presque dès la première jeunesse, y apportent une faculté d'observation sagace, pénétrante, en garde contre l'enthousiasme, tournée directement au vrai, et sensible avant tout au ridicule, au travers, à la sottise. Quand la plupart des esprits élevés débutent par la passion, tantôt par une sorte d'illusion confiante, gracieuse et pastorale, tantôt par une misanthropie plus superbe et plus rebelle ; quand aux uns le monde s'ouvre riant et enchanté comme à Paul et Virginie, aux autres plus altier, plus sévère et imposant, comme à Émile et à Werther ; pour les natures tout aussitôt mûres et prudentes dont nous voulons parler, l'apprentissage est plus de plain-pied, moins hasardeux ; le monde, dès l'abord, ne se découvre ni si riant, ni si solennel, ni si contraire ; il vaut à la fois moins et mieux que cela. La plupart des hommes, après la jeunesse passée, reviennent à un sens exact des choses. Ceux qui ont commencé par l'enthousiasme confiant et innocent ont appris, à force de mécomptes, à connaître le mal, et souvent, en cet âge de l'expérience chagrine, ils deviennent enclins à lui faire une bien grande part. Quand

M. de la Rochefoucauld ne fut plus amoureux ni frondeur, il se surfit sans doute un peu la malice humaine, contre laquelle l'excitaient encore sa goutte et ses mauvais yeux. Ceux qui l'ont pris d'abord de très-haut avec les choses, et qui ont été d'âpres stoïciens et des rêveurs sombres avant vingt-cinq ans, se rabattent, au contraire, en continuant de vivre, et deviennent plus indulgents, plus indifférents du moins. L'auteur de *Werther*, s'il a jamais un moment ressemblé à son héros, serait une belle preuve de cet apaisement graduel, dont on pourrait citer d'autres exemples moins contestables. Mais les esprits essentiellement critiques et moralistes n'ont le plus souvent besoin ni de grands mécomptes ni de désabusements directs pour arriver à leur plein exercice et à leur entier développement ; ils sont moralistes en un clin d'œil, par instinct, par faculté décidée, non par lassitude ni par retour. Boileau n'eut pas besoin de traverser de vives passions et des torrents bien amers pour tremper et appliquer ensuite autour de lui son vers judicieux et incisif. Malgré le peu qu'on sait de la vie de La Bruyère, je ne crois pas qu'il ait eu besoin davantage de grandes épreuves personnelles pour lire, comme il l'a fait, dans les cœurs. Cette faculté-là, cette vue se déclare dès la jeunesse en ceux qui en sont doués : Vauvenargues nous apparaît de bonne heure un sage. Dans cette famille illustre et sérieuse des moralistes, qui, de La Rochefoucauld et de La Bruyère, se continue par Vauvenargues et par Duclos, Mme Guizot est l'auteur le dernier venu, et non, à ce titre, apprécié encore.

Le moraliste, à proprement parler, a une faculté et un goût d'observer les choses et les caractères, de les prendre n'importe par quel bout selon qu'ils se présentent, et de les pénétrer, de les approfondir.

Pour lui pas de théorie générale, de système ni de méthode; la curiosité pratique le dirige. Il en est, pour ainsi dire, à la botanique d'avant Jussieu, d'avant Linné, à la botanique de Jean-Jacques. Ainsi toute rencontre de société, toute personne devient pour lui matière à remarque, à distinction, tout lui est point de vue qu'il relève. Son amusement, sa création, c'est de regarder autour de lui, au hasard, et de noter le vrai sous forme concise et piquante. Un individu quelconque, un fâcheux, un insignifiant, passe, cause; on l'observe, il est saisi. On lit un livre, dès la préface on en tire la connaissance de l'auteur, on entre dans sa pensée ou on la contredit; à la vingtième page, que de réflexions le livre a déjà fait naître! L'esprit a presque fait son volume à propos de celui-là. La critique littéraire n'est jamais pour l'esprit moraliste qu'un point de départ et qu'une occasion. — On assiste à la représentation d'une pièce de théâtre: que de contradiction aussi ou de développement on y apporte! On ne se dit pas seulement: « Cela est bon, cela est mauvais; je suis amusé ou ennuyé; » on refait, on converse en soi-même; on revoit en action les caractères, non pas au point de vue de la scène, mais selon le détail de la réalité; *Tartufe* suggère *Onuphre*[1]. Le moraliste va ainsi, avec intérêt, mais sans hâte, au fur et à mesure, sachant et annotant quantité de choses sur quantité de points. Quant au lien général et aux lois métaphysiques, il ne s'y aventure pas; il est plus de tact que de doctrine, particulièrement occupé de l'homme civilisé, de l'accident social, et il s'en tient dans ses énoncés à quelques rapprochements pour lui manifestes, sûr, après tout, que les choses justes ne se peuvent jamais contrarier entre elles. La Bruyère me semble le modèle excellent du moraliste ainsi conçu. De nos jours je ne me figure pas un La

Bruyère. Nous avons, dit-on, la liberté de la presse; mais un livre comme celui de La Bruyère trouverait-il grâce devant nos mœurs? Le pauvre auteur serait honni, j'imagine, toutes les fois qu'il sortirait de la maxime et qu'il en viendrait aux originaux en particulier. Les gentilshommes de Versailles entendaient mieux la raillerie que plusieurs de nos superbes modernes. Une autre raison plus fondamentale entre autres, qui rend le La Bruyère difficile de nos jours, c'est qu'on ne sait plus bien ce que sont certains défauts auxquels le moraliste jette tout d'abord un coup d'œil pénétrant, et que sa sagacité évente pour ainsi dire. Un mot, par exemple, qu'on ne dit plus guère jamais, et sur lequel pourtant vivaient autrefois les moralistes, les satiriques et les comiques, est celui de *sot*: c'est qu'on n'est plus très-sensible à ce défaut-là; et la sottise, un peu de sottise, si elle se joint à quelque talent, devient plutôt un instrument de succès. Un peu de sottise à côté de quelque talent, c'est comme une petite enseigne qu'on porte avec soi, et sur laquelle est écrit: *Regardez ma qualité!* Or nous vivons dans un temps où le public aime autant être averti d'avance et officieusement sur les qualités d'un quelqu'un que d'avoir à les découvrir de lui-même. Mais, au moment où nous avons à parler d'un moraliste excellent, ne désespérons pas trop de l'avenir d'un genre si précieux, et qui, jusqu'à ces derniers temps, n'avait jamais chômé en France. Mme Guizot l'a dit en je ne sais plus quel endroit: « Quand il se produit dans un ordre de choses un inconvénient qui se renouvelle et dure, toujours il survient, et bientôt, des gens d'esprit pour y remédier. »

Mme Guizot a été plus connue et classée jusqu'ici comme auteur de remarquables traités sur l'éducation que comme moraliste à proprement parler.

Les deux volumes recueillis sous le titre de *Conseils de Morale* la montrent pourtant sous ce jour, mais pas aussi à l'origine, pas aussi nativement, si je puis dire, qu'une étude attentive de son talent nous l'a appris à connaître. Ses brillants débuts de moraliste se rattachent surtout à une partie de sa vie qui confine au dix-huitième siècle, et qu'on a moins relevée que ses derniers travaux.

Mlle Pauline de Meulan, née en 1773, à Paris, fut élevée au sein des idées et des habitudes du monde distingué d'alors. Son père M. de Meulan, receveur-général de la généralité de Paris, jouissait d'une grande fortune à laquelle il faisait honneur avec générosité et bon goût; sa mère, demoiselle de Saint-Chamans, était de qualité et d'une ancienne famille noble du Périgord, qui eut même des représentants aux croisades. La société ordinaire qui fréquentait la maison de M. de Meulan ne différait pas de celle de M. Necker, de M. Turgot; c'étaient MM. de Rulhière, de Condorcet, Chamfort, De Vaines, Suard[2], etc. M. de Meulan avait pris pour secrétaire à gros appointements Collé, dont Mlle de Meulan, dans *Le Publiciste*, jugea plus tard les *Mémoires*, et à qui elle reconnaissait, à travers la gaieté, beaucoup d'honneur et d'élévation d'âme[a]. Fort aimée de sa mère, fort sérieuse, intelligente, mais sans vivacité décidée, assez maladive, la jeune Pauline passa ses premières années dans ce monde dont elle recevait lentement une profonde empreinte, plus tard si apparente; c'était comme un fond ingénieux, régulier et vrai, qui se peignait à loisir en elle, et qu'elle devait toujours retrouver. Rien d'ailleurs, dans cette enfance et dans cette première jeunesse, de cet enthousiasme sensible

a. Voir le *Journal* de Collé, août 1751, tome I, page 417.

dont Mlle Necker, de sept ans son aînée, donnait déjà d'éloquents témoignages. « Je ne me rappelle qu'imparfaitement *Werther*, que j'ai lu dans ma jeunesse, » écrit-elle après quelques années ; et il devait en être ainsi de bien des lectures qui ont le plus de prise sur les jeunes âmes et durant lesquelles la sienne ne réagissait pas. Aux approches de la Révolution, le mouvement commença de lui venir : elle mettait de l'intérêt aux choses, au triomphe des opinions qui, dans ce premier développement de 87 et de 89, étaient les siennes et celles du monde qui l'entourait. Mais les divisions ne tardèrent pas de se produire, et les secousses croissantes déjouèrent presque aussitôt ce premier entrain de son âme. L'impression générale que lui laissa la Révolution fut celle d'un affreux spectacle qui blessait toutes ses affections et ses habitudes, quoique plutôt dans le sens de ses opinions. Peut-être il tint à cela qu'elle n'ait pas eu plus de jeunesse. Ces deux idées contradictoires en présence lui posaient une sorte d'énigme oppressante et douloureuse : sa raison approuvait et se révoltait à la fois dans une même cause. Ainsi s'aiguisait en cette passe étroite un esprit que nous allons voir sortir de là ferme, mordant, incisif, très-sensible aux désaccords, allant droit au réel et le détachant nettement en vives découpures.

C'est aussi dans la même épreuve que cette âme sérieuse se trempait à la vertu. La mort de son père dès 90, la ruine de sa famille, le séjour forcé à Passy et les réflexions sans trêve durant l'hiver dur de 94 à 95, concentrèrent sur le malheur des siens toutes ses puissances morales, et son énergie se déclara. C'est dans ce long hiver qu'un jour, en dessinant, elle conçut le soupçon, nous dit M. de Rémusat, qu'elle pourrait bien avoir de l'esprit[a]. L'idée qu'il y aurait moyen de se servir de cet esprit un jour, pour subvenir à des gênes sacrées, dut mouiller à l'instant ses yeux de nobles larmes. Elle lut davantage; elle lisait lentement; son esprit fécond et réfléchi, dès les premières pages d'un livre, allait volontiers à ses propres pensées suscitées en foule par celles de l'auteur. Elle savait l'anglais et s'y fortifia; cette langue nette, sensée, énergique, lui devint familière comme la sienne propre. D'anciens amis de sa famille, MM. Suard et De Vaines, l'encouragèrent à de premiers essais avec une bienveillance suivie, attentive. Un piquant morceau écrit en 1807, *Des Amis dans le malheur*, me paraît contenir quelques allusions à cette situation des années précédentes. Tous les amis de Mlle de Meulan ne furent pas sans doute pour elle aussi essentiels, aussi effectifs que MM. De Vaines et Suard; les mêmes personnes qui, plus tard, la plaignaient si charitablement d'être devenue *journaliste*, purent la faire quelquefois sourire ironiquement par leurs conseils empressés et vains. « Beaucoup d'amis à compter, disait-elle, sans pouvoir y compter; beaucoup d'argent à manier, sans pouvoir en garder; beaucoup de dettes, pas de créances; beaucoup d'affaires qui ne vous rapportent rien. » Elle songeait probablement dans ces derniers mots à ses propres embarras domestiques, à cette fortune de plusieurs millions, entièrement détruite, qu'elle sut arranger, liquider comme on dit, sans en rien sauver que la satisfaction de ne rien devoir. Elle déploya à ce soin, durant des années,

a. Nous évitons de reproduire diverses particularités qu'on aime à trouver dans la Notice de M. de Rémusat, tracée avec ce talent délié à la fois et élevé qu'on lui connaît, et dont il n'est que trop avare (1836). — Depuis lors M. de Rémusat a appelé du regret que nous exprimions, et il s'est déployé en mille sens avec cette universalité supérieure et fine qui est la sienne.

une faculté remarquable d'action et d'entente des affaires, qu'elle contint du reste, en tout temps, à son intérieur.

Le premier essai littéraire de Mlle de Meulan fut un roman en un volume, intitulé *les Contradictions ou ce qui peut en arriver*, et publié en l'an VII : elle avait vingt-six ans environ. Ce début me semble caractéristique, étant d'un auteur si jeune et femme. Le héros, au premier chapitre, s'éveille *le décadi matin*, heureux d'aller se marier le même jour avec l'aimable et vive Charlotte. Son domestique Pierre, espèce de *Jacques le Fataliste* honnête et décent, l'habille en disant, suivant son usage : « Eh bien ! ne l'avais-je pas toujours dit à monsieur ? » On va chez la fiancée qui est prête, et de là à la municipalité où l'on attend ; mais l'officier municipal ne vient pas ; sa femme est accouchée de la veille, il faut bien qu'il ait son décadi pour s'amuser avec ses amis et fêter la naissance de son enfant. « Ce sera pour demain, » se dit chacun, et l'on s'en revient un peu désappointé ; le rival, qui est de la noce en qualité de cousin de Charlotte, sourit ; l'optimiste Pierre répond à son maître, tout irrité, par son mot d'habitude : « Qui sait ? » Le lendemain il pleut, on arrive trop tard à la municipalité, et l'officier n'y est déjà plus. Le surlendemain, il faut que le fiancé parte en toute hâte pour assister une vieille tante qui se meurt. Bref, de décadi en primidi, de primidi en duodi, de contre-temps en contre-temps, le mariage avec Charlotte, qui est coquette, ne peut manquer de se défaire, le héros d'ailleurs étant lui-même assez volage et très-irrésolu. La situation, qui semble d'abord piquante, se prolonge beaucoup trop et devient froide. L'enjouement qui persiste et revient perpétuellement sur lui-même a quelque chose d'obscur et de concerté ; mais, pour avoir eu l'idée de faire un sujet de roman de ce *guignon*, en grande partie imputable au calendrier républicain et à l'imbroglio des décadi, primidi, etc. ; pour s'être complu à ce cadre de petite ville de province, où figurent des personnages assez gracieux, mais nullement héroïques, des fâcheux, des coquettes, des irrésolus, il fallait obéir à un tour d'esprit décidément original dans cet âge de jeunesse, à un sentiment prononcé des ridicules, des désaccords, des inconvénients : ainsi Despréaux débutait par une Satire sur les embarras de Paris. On relèverait aisément dans *les Contradictions*, qu'on pourrait aussi bien intituler *les Contrariétés*, un certain nombre de jolies remarques sur les gens qui font les nécessaires, sur les personnes dénigrantes. Voici un trait bien fin sur les évasions qu'on se fait à soi-même dans les cas difficiles : « Je ne sais, dit le héros du roman, si tout le monde est comme moi ; mais quand je me suis longtemps occupé d'un projet qui m'intéresse beaucoup, quand la difficulté que je trouve à en tirer parti m'a contraint à le retourner en différents sens, je me refroidis et n'attache plus aucun prix à la chose à laquelle, l'instant d'auparavant, je croyais n'en pouvoir trop mettre. » Et ailleurs : « Comme il arrive toujours lorsqu'on est occupé d'un projet, si peu important qu'il puisse être, j'oubliai pour un instant tous mes chagrins. » Que dirait de mieux un ironique de quarante-cinq ans, retiré du monde ? Ce qu'on appelle rêverie et mélancolie ne s'entrevoit nulle part : mais il y a un touchant chapitre de *l'Écu de six francs*, qui rappelle tout à fait un chapitre à la Sterne écrit par Mlle de Lespinasse. Henriette, qui finit par remplacer Charlotte dans le cœur du héros, petite personne de vingt-quatre ans, *assez grasse et très-fraîche*, a du charme ; la fragile Charlotte est drôle, et non pas sans agrément. Ce héros, qui a si peu de passion, légèrement bizarre comme un original de La Bruyère, et qui rêve une nuit si plaisamment qu'il va en épouser *quatre*, devient tendre à la fin, quand il éclate en pleurs aux pieds d'Henriette[a]. Le style est bon, court, net, clair, sans mauvaises locutions; une fois pourtant il s'agit d'une personne qu'on n'aurait jamais connue *sous un semblable rapport*, une de ces manières de dire que ne toléraient Voltaire ni Courier; M. Suard aurait dû ne point laisser passer cela; il aurait coupé à la racine la seule espèce de défaut plus tard reprochable à ce style si simple d'ailleurs, si vrai, et surtout fidèle à la pensée.

Il n'y a pas plus trace, dans *les Contradictions*, de sentimentalité religieuse que de toute autre disposition rêveuse ou passionnée. Le rôle de Pierre, qui se soumet en chaque chose à la Providence, a un grain de raillerie douce et fine qui ne saurait choquer personne, mais qui n'est pas fait non plus pour exalter. Le bon Pierre, avons-nous déjà dit, est une sorte de *Pangloss* honnête, un *Jacques le Fataliste* qu'on peut accueillir. En prononçant, avec les ménagements convenables, ces noms toujours un peu suspects et malsonnants, que ce nous soit une occasion d'ajouter qu'un des traits les plus marquants de l'esprit de Mlle de Meulan à ses débuts et dans les feuilletons du *Publiciste* où nous allons la

a. Mme Guizot aimait à raconter que quand, jeune fille, elle essaya ce premier roman, elle s'étudia, pour qu'il réussît, à imiter certains traits de l'esprit du temps, quelques-uns même dont son innocence parfaite soupçonnait au plus la valeur. Elle les ajoutait à mesure qu'ils lui venaient à l'esprit et, sans scrupule, en se disant: *C'est pour ma mère!* — «Si j'avais soupçonné plus, avouait-elle en racontant cela, j'aurais mis bien davantage, tant je me répétais avec confiance: *C'est pour ma mère!*» Cette agréable explication n'empêche pas le tour d'esprit général des *Contradictions* d'être d'instinct et non d'emprunt, naturel chez l'auteur et non *fait exprès*.

voir, ç'a été de n'avoir aucune pruderie fausse, aucune délicatesse rechignée. Cette raison grave, cette conscience parfaite, ne traçait autour d'elle aucun cercle factice pour s'y enfermer. Mlle de Meulan ne croyait pas déroger en jugeant longuement Collé à la rencontre. Entre un feuilleton sur *la Princesse de Clèves* et un autre sur *Eugène de Rothelin*, elle abordait franchement le roman de Louvet[3], et, sans grosse indignation, sans se voiler, elle le persiflait comme prétendu tableau de mœurs, le convainquait de faux, et le renvoyait aux couturières, marchandes de mode, garçons perruquiers et clercs de procureurs d'avant la Révolution, pour lesquels il avait été fait sans doute. Mme Roland, qui trouvait ce roman *joli*[4], et qui précisément y cherchait avec un secret plaisir les mœurs d'une classe qu'elle détestait, serait devenue *pourpre*, si elle avait lu le feuilleton de Mlle de Meulan, et aurait du coup été guérie.

Un endroit des *Contradictions* montre bien à quel point la pensée de Mlle de Meulan allait d'elle seule et se formait en toutes choses ses propres jugements. C'est lorsque Pierre, encouragé par le médiocre enthousiasme de son maître devant la colonnade du Louvre, lui dit : « C'est beau sûrement ; mais, avec la permission de monsieur, on le trouve surtout ainsi parce qu'il faut venir de loin. Car, pour moi, j'aime beaucoup mieux notre église, qui a différents dessins et des figures dans des niches, que ces colonnes toutes semblables et qui ne signifient rien. » Cette opinion sur le gothique, énoncée en l'an VII par la bouche de Pierre, a-t-elle d'autre portée que celle d'une boutade piquante ? je ne l'oserais dire. Mais je retrouve plus tard Mlle de Meulan qui arrive à des opinions également neuves et justes en matière de poésie, par suite de cette même indépendance et droiture de raison. Dans deux feuilletons de novembre 1808, *sur l'Usage des Expressions communes en Poésie*, le critique, partant d'un vers de *Baudouin*, où M. Lemercier[5] avait mis *chevaux* au lieu de *coursiers*, essaye de déterminer les conditions selon lesquelles on peut introduire en vers les expressions communes. Dans un autre feuilleton de mars 1809, sur le *Christophe Colomb* de ce même auteur aujourd'hui si arrêté, si négatif, et qui était alors en veine de susciter toutes les questions nouvelles, le critique discute encore le mélange du comique et du tragique. Aucun faux scrupule, aucune tradition superstitieuse ne gêne sa raison sagace dans ce délicat examen. Ce n'est ni par le côté pittoresque ni par les grands effets de contraste dramatique qu'elle traite les choses, et elle ne fait pas, selon moi, la part suffisante aux ressources infinies du talent et à l'imprévu de l'art; mais, à chaque mot, on sent une personne d'idées, de goût sain et ingénieux, sans préjugés, allant au fond, et *rationaliste* éclairée en toute matière.

La Chapelle d'Ayton, qui parut peu après *les Contradictions*, et qui offre bien plus d'intérêt romanesque, me semble avoir bien moins de signification comme début et comme présage du genre futur de l'auteur. Mlle de Meulan, s'étant mise à traduire les premières pages d'un roman anglais, *Emma Courtney*, se laissa bientôt aller à le continuer pour son compte et à sa guise. C'était la grande vogue alors des romans anglais, avec force événements et émotions. Notre jeune écrivain essaya de faire de la sorte et y réussit; son imagination l'aida dans cette combinaison assez naturelle et surtout attendrissante. Si on la compare à la plupart des romans d'alors, *la Chapelle d'Ayton* paraîtra très-raisonnable, très-sobre d'exaltation et pure de la sensiblerie régnante. L'auteur, ému mais toujours sensé, domine ses personnages, ses situations, les arrête, les prolonge ou les croise à son gré ; on y sent même trop cette combinaison de tête et l'absence de la réalité éprouvée et plus ou moins trahie. De jolies scènes domestiques, des intérieurs de famille, et la continuité aisée des caractères, attestent d'ailleurs cette portion de faculté dramatique, cette science de mise en scène et en dialogue dont Mme Guizot a fait preuve en bien d'autres ouvrages, dans ses *Contes*, dans *l'Écolier*, et jusque dans ses *Lettres sur l'Éducation*. Car, à un degré modéré et dans les limites du moraliste, elle avait l'imagination inventive ; ses pensées, loin de rester à l'état de maximes, entraient volontiers en jeu et en conversation dans son esprit ; elle savait faire vivre et agir sous quelques aspects des caractères qui n'étaient pas de simples copies. Elle ne goûtait rien tant que ce don créateur là où il éclate dans sa merveilleuse plénitude : Molière, Shakspeare et Walter Scott étaient ses trois grandes admirations littéraires, les seules où il entrât de l'affection.

M. Suard avait fondé *le Publiciste* vers 1801. Ce que M. Guizot a si bien dit[a] sur le salon et la société de cet académicien distingué se peut appliquer tout à fait à la feuille qui exprimait les opinions de son monde avec modération, urbanité, et d'un ton de liberté honnête[6]. La philosophie du dix-huitième siècle, éclairée ou intimidée par la Révolution, a dit M. de Rémusat, formait l'esprit de ce recueil. La *Décade*, qui allait tout à l'heure devenir impossible, représentait cette philosophie dans ce qui lui restait d'ardeur non découragée et de prosélytisme, dans son ensemble systématique et ses doctrines géné-

a. *Revue française*, septembre 1829.

rales, et embrassait à la fois la politique, la religion, l'idéologie, la littérature. Le *Journal des Débats* relevait sur tous les points la bannière opposée. M. Suard, l'abbé Morellet et leurs amis, qui étaient des partisans du dix-huitième siècle et non de la Révolution, qui s'arrêtaient volontiers à d'Alembert sans passer à Condorcet, et demeuraient pratiquement fidèles à leurs habitudes d'esprit et à leurs goûts fins d'autrefois, ne se trouvaient pas réellement représentés par la *Décade*, et se trouvaient chaque matin soulevés et indignés, autant qu'ils pouvaient l'être, par les diatribes et les palinodies du *Journal des Débats* ou du *Mercure*. Mlle de Meulan, introduite au *Publiciste*, dès l'origine, par l'amitié de M. Suard, y rencontrait donc une nuance suffisamment conforme à celle de sa pensée et un cadre commode à des essais de plus d'un genre. Elle ne tarda pas à y exceller. Durant près de dix ans qu'elle écrivit dans cette feuille sur toutes sortes de sujets, sur la morale, la société, la littérature, les spectacles, les romans, etc., etc., on ne saurait se faire une idée, à moins de parcourir les articles mêmes, du talent varié, de la fécondité et de la justesse originale qu'elle déploya. Tantôt anonyme, le plus souvent signant de l'initiale P., quelquefois de l'initiale R., ou sous une infinité d'autres ; tantôt se répondant par un personnage emprunté et controversant avec elle-même, attaquant vivement les Geoffroy, les Fiévée, M. de La Harpe, M. de Bonald[7] (car elle aimait la polémique et ne s'y épargnait pas) ; reprenant et jugeant, à l'occasion de quelque éloge académique ou de quelque réimpression, Vauvenargues, Boileau, Fénelon, Duclos, Mme de Sévigné, Mme de La Fayette, Mme Des Houlières, Ninon, Mme Du Châtelet ; ne manquant pas de les venger des sottes atteintes ; caractérisant au passage Collin d'Harleville, Beaumarchais, Picard, Mme Cottin, Mme de Souza ; dissertant de l'élégie, ou bien morigénant doucement Mme de Genlis, sa verve de raison ne se ralentit point à tant d'emplois et ne s'égare jamais aux vaines phrases. Elle a dit quelque part de la raison chez Boileau : « C'était en lui un organe délicat, prompt, irritable, blessé d'un mauvais sens comme une oreille sensible l'est d'un mauvais son, et se soulevant comme une partie offensée sitôt que quelque chose venait à la choquer. » Il y a un peu de cette vivacité, de cette vigilance de raison, en Mlle de Meulan, durant la période si active où nous l'allons suivre. Tout ce côté d'elle, ce côté de critique littéraire, de polémique philosophique, n'est pas connu autant qu'il le faudrait. Les deux volumes, intitulés *Conseils de Morale,* ont été presque en entier formés de pages extraites çà et là dans ses articles, de débuts piquants et originaux de feuilletons à propos de quelque comédie du temps oubliée ; mais on a laissé en dehors ses jugements sur les auteurs. En parcourant avec un inexprimable intérêt ces feuilles nombreuses réunies par la piété domestique, il nous est venu le désir qu'un volume encore d'extraits, un volume plus littéraire que les *Conseils de Morale,* et conservant sans façon le cachet primitif, pût s'y ajouter et mettre en lumière, ou du moins sauver d'un entier oubli, tant de jugements une fois portés avec rectitude et finesse, plus d'un trait précis qu'on devra moins bien redire en parlant des mêmes choses, et plus d'un qu'on ne redira pas.

Les premiers articles que Mlle de Meulan donna au *Publiciste* furent recueillis et réimprimés vers 1802 en un petit volume in-12, qui n'a pas été mis en vente. Ils trouvèrent place aussi dans les volumes de *Mélanges* que publia vers ce temps

M. Suard[a]. C'est à cette occasion que Mme de Staël, toujours empressée et en frais de bon cœur pour le mérite naissant, écrivait à cet académicien : « J'ai lu avec un plaisir infini plusieurs morceaux de vos *Mélanges*, et je n'ai pas besoin de vous dire à quelle distance je trouvais ceux signés P. de tous les autres. Mais dites-moi, je vous prie, si c'est Mlle de Meulan qui a écrit le morceau sur Vauvenargues et celui sur le Thibet, les Anglais, etc. C'est tellement supérieur, même à beaucoup d'esprit, dans une femme, que j'ai cru vous y reconnaître. » Ce dut être d'après la réponse qu'elle reçut de M. Suard, que Mme de Staël écrivit à Mlle de Meulan pour lui offrir les sentiments d'une amie et la prier de vouloir bien user d'elle comme d'un banquier qui lui demandait la préférence. Mlle de Meulan n'accepta de ces avances que le parfum bienveillant qui s'en exhalait. Dans ces premiers articles d'elle, il avait été question de Mme de Staël. À propos d'une phrase de l'auteur de *Malvina*, de Mme Cottin, qui semblait dénier à son sexe la faculté d'écrire aucun ouvrage philosophique, le critique rappelait l'ouvrage récent de Mme de Staël sur *la Littérature*, et en prenait occasion d'y louer plus d'un passage, de relever plus d'un censeur, et de toucher à son tour quelques points avec une réserve sentie. Mme de Staël, qui y recevait d'ingénieux conseils, tels que celui, par exemple, d'*être plus sensible au concert qu'au bruit des louanges*, n'en eut pas moins, comme nous voyons, une reconnaissance qui honore son cœur, de même que

a. M. Suard publia d'abord trois volumes de *Mélanges* (1803), puis deux nouveaux, en tout cinq. En tête des deux derniers (1804), il a soin d'avertir qu'une très-grande partie des pièces qui les composent sont de la même main qui avait signé P. dans les premiers. M. de Barante m'assure que la plus considérable de ces pièces, l'*Histoire du Théâtre français*, est en effet de Mlle de Meulan.

ces conseils honoraient la raison digne et fine de Mlle de Meulan.

Atala était appréciée dans un article par ce critique si intelligent et si mûr au début, avec une admiration tempérée de très-judicieuses remarques. Et tout à côté de cet hommage rendu au vrai talent dans les rangs de la cause religieuse, Mlle de Meulan remettait à leur place le *citoyen* La Harpe et le *citoyen* Vauxcelles[8], qui avaient pris sujet d'un article d'elle sur l'*Éducation des Filles* de Fénelon, pour se livrer l'un en plein Lycée, l'autre je ne sais où, à la déclamation d'usage sur le *fanatisme d'irréligion* et aux autres lieux-communs qui faisaient explosion alors. Dans une lettre à un ami qu'elle supposait méditant une brochure en faveur des philosophes, elle lui demande spirituellement *pourquoi une brochure?* «Est-ce pour prouver que Voltaire est un grand poëte et *Zaïre* une pièce touchante, ou bien que le mot de *philosophe* n'est pas exactement le synonyme de *septembriseur*?» Et de ce ton de *douairière du Marais* qu'elle affectionne: «La manie de votre âge, dit-elle en terminant, est de vouloir faire entendre la raison aux hommes: l'expérience du mien enseigne qu'il est plus sûr de les y laisser revenir; que le temps les ramène d'ordinaire à la raison et à la vérité; mais que la raison et la vérité n'ont presque jamais convaincu personne.» Cet esprit si expérimenté et si sûr, qui débute par où d'autres sages finissent, patience! nous le verrons se développer avec les ans d'une étonnante manière, dans le sens de la foi, de l'enthousiasme et de la tendresse. Ces âmes économes de passion et bien conservées ont des retours d'élévation et de chaleur aux saisons où les autres, d'abord dissipées, faiblissent; les nobles et tardives passions leur sortent souvent de dessous la raison profonde, comme le pur froment des derniers greniers du sage se verse dans la disette et dans l'hiver de tous. Ainsi de celle dont nous parlons : elle commence du ton de Duclos, elle finira en se faisant lire Bossuet. Mais n'anticipons pas.

Dès les premiers feuilletons du *Publiciste*, à la date de floréal an x, sous le titre de *Pensées détachées*, s'en trouvent quelques-unes du cachet le plus net, du tour le mieux creusé, — très-fines à la fois et très-étendues, très-piquantes et très-générales ; par exemple : « Un mot spirituel n'a de mérite pour nous que lorsqu'il nous présente une idée que nous n'avions pas conçue ; et un mot de sensibilité, lorsqu'il nous retrace un sentiment que nous avons éprouvé : c'est la différence d'une nouvelle connaissance à un ancien ami. » Et cette autre : « La gloire est le superflu de l'honneur ; et, comme toute autre espèce de superflu, celui-là s'acquiert souvent aux dépens du nécessaire. — L'honneur est moins sévère que la vertu ; la gloire est plus facile à contenter que l'honneur : c'est que, plus un homme nous éblouit par sa libéralité, moins nous songeons à demander s'il a payé ses dettes. » Elle entre à tout moment dans le vrai par le paradoxal, dans le sensé par le piquant, par la pointe pour ainsi dire ; il y a du Sénèque dans cette première allure de son esprit, du Sénèque avec bien moins d'imagination et de couleur, mais avec bien plus de sûreté au fond et de justesse : une sorte d'*humeur* y donne l'accent. Elle aime à citer le philosophe Lichtenberg. Beaucoup de ces feuilletons sont autant de petites œuvres charmantes, faisant un ensemble, se répondant l'un à l'autre par des situations qu'elle imagine, par des correspondances qu'elle se suggère. Elle sait s'y créer une forme, comme on dit. Mais son esprit ne se réservait pas à de certains jours. Bien des pensées durables, recueillies dans les *Conseils de Morale*, ont été discernées et tirées du milieu de quelque article sur un fade roman, sur un plat vaudeville ; elles y naissaient tout à coup comme une fleur dans la fente d'un mur[a]. Ces nombreuses pensées, qui ne se contrariaient jamais parce qu'elles étaient justes, et qui même se rejoignaient à une certaine profondeur dans l'esprit de Mlle de Meulan, composaient pour elle une vue du monde et de la société plutôt qu'un ensemble philosophique sur l'âme et ses lois. Une femme qui a soutenu avec honneur un nom illustre, Mme de Condorcet, de quinze ans environ l'aînée de Mlle de Meulan, et qui se rattachait plus directement au monde de la *Décade*, tentait vers cette époque, dans ses *Lettres à Cabanis sur la Sympathie*[9], une analyse, à proprement parler philosophique, sur les divers sentiments humains. Dans cet essai trop peu connu, il serait possible de noter quelque trait qui se rapprocherait du genre de Mlle de Meulan, celui-ci, par exemple, que « l'esprit est comme ces instruments qui surchargent et fatiguent la main qui les porte sans en faire usage. » Mais, en général, la méthode est distincte et même opposée. Une certaine passion, comme chez Helvétius, du bonheur universel, une croyance animée au vrai et un zèle de le pro-

a. « Les amours de la jeunesse ont besoin d'un peu de surprise, comme celles qui viennent ensuite ont besoin d'un peu d'habitude. » (15 thermidor an XIII, à propos d'un roman, *Julie de Saint-Olmont*.)

« L'amour, la jeunesse, les doux sentiments de la nature offrent bien autant de chances de vie que de mort, autant de moyens de consolation que de malheur. On ne succombe au regret que lorsqu'il n'existe plus aucun sentiment capable de vous en distraire ; et celui qui perd ce qu'il aime le mieux n'en mourra point, s'il aime encore quelque chose. » (12 prairial an XII, à propos d'un conte de Mme de Genlis).

« Une femme arrivée au terme de la jeunesse ne doit plus supposer qu'elle puisse avoir commerce avec les passions, fût-ce même pour les vaincre ; on sent que sa force doit être dans le calme, et non dans le courage. » (19 avril 1806.)

duire (qui n'était pas encore venu à Mlle de Meulan), émeuvent cette lente analyse, circulent en ces pages abstraites, y mêlent en maint endroit la sensibilité et une sorte d'éloquence qui touche d'autant mieux qu'elle est plus contenue. Que le portrait de l'homme bienveillant et sensible a d'attrait austère ! Et toutes les fois qu'elle a à s'occuper de l'amour, avec quelle complaisance grave et triste elle le fait ! et comme *cette coupe enchantée* qui termine trahit bien l'irrémédiable regret jusqu'au sein des spéculations de la sagesse ! Mme de Condorcet avait reçu la passion et le flambeau du dix-huitième siècle : Mlle de Meulan n'en avait que le ton, le tour, certaines habitudes de juger et de dire ; la passion, à elle, devait lui venir d'ailleurs.

Il serait agréable, à coup sûr, mais trop minutieux et trop long, de relever dans les articles non recueillis de Mme Guizot la quantité de droites et fines observations dont elle a marqué chaque auteur. Quoique la critique littéraire ne soit jamais le principal pour elle, elle y a laissé des traces que je regretterais de voir effacées et perdues pour toujours. Duclos n'a jamais été mieux atteint de tout point que dans un feuilleton du 6 août 1810 : Boileau est placé à son vrai degré de supériorité en plusieurs feuilletons de pluviôse an XIII. Elle n'était pas, comme esprit, sans quelque rapport avec lui, Boileau, sauf la prédominance, en elle, du côté de moraliste sur le côté littéraire. Elle savait à merveille la littérature anglaise et en possédait les poëtes, les philosophes ; on la pourrait rapprocher elle-même d'Addison et de Johnson, ces grands critiques moralistes. Je trouve, en juillet et août 1809, des articles d'elle sur Collin d'Harleville ; elle distingue en son talent deux époques diverses séparées par la Révolution, l'une marquée par des succès, l'autre par des revers; dans cette dernière, Collin, très-frappé du bouleversement des mœurs, essaya de les peindre et y échoua: « Car, dit-elle, ce n'était point la société que Collin d'Harleville était destiné à peindre; ses observations portent plutôt au dedans qu'au dehors de lui-même; il peint ce qu'il a senti plutôt que ce qu'il a vu, etc. » Le nom de Collin d'Harleville restera dans l'histoire littéraire, et on courrait risque, en ignorant ce jugement d'un coup d'œil si sûr, de voir et de dire moins juste à son sujet. — On réimprimait et on publiait alors, vers 1806, chez Léopold Collin, une quantité de lettres du dix-septième et du commencement du dix-huitième siècle, de Mademoiselle de Montpensier, de Ninon, de Mme de Coulanges, de Mlle de Launay, etc.; Mlle de Meulan en parle comme l'eût fait une d'entre elles, comme une de leurs contemporaines, un peu tardive. Elle dit de Mme Des Houlières: « Ses idylles n'ont peut-être d'autre défaut que de vouloir absolument être des idylles... Elle a mis de l'esprit partout et des fleurs où elle a pu. » — « Le talent de Mme Cottin ne permet guère de le juger, dit-elle, que lorsque les émotions qu'elle a fait naître sont passées, et ces émotions durent longtemps. » Elle dit du style de Mme de Genlis qu'*il est toujours bien et jamais mieux*[a]. Avec tant de qualités délicates et ingénieuses, qui faisaient d'elle une dernière héritière de Mme de Lambert, elle avait des qualités fortes; la polémique ne l'effrayait pas; les coups qu'elle y portait, dans sa politesse railleuse, étaient plus rudes que ceux que le poëte attribue à

a. Dans le compte-rendu de l'*Almanach des Muses* de l'an XIV (1806), Mlle de Meulan distinguait et citait au long une idylle intitulée *Glycère*, et signée *Béranger*, dont elle trouvait le ton naturel et l'idée touchante. Il est piquant que le premier éloge donné au talent de Béranger lui soit venu de ce côté. (On peut voir cette idylle à la page 96, t. I, de l'édition de mes *Portraits contemporains*, 1869[10].)

Herminie. — Que de fois elle s'est plu à rabattre, avec gaieté et malice, la cuistrerie de Geoffroy et consorts, même sur le latin qu'elle savait un peu[a] ! Mais sa plus mémorable querelle, et qui mériterait d'être reproduite, fut celle qu'elle soutint en vendémiaire et brumaire an XIV contre M. de Bonald. L'auteur de *la Législation primitive* avait démontré au long dans *le Mercure*, selon la méthode des esprits violents ou paradoxaux voués aux thèses absolues, qu'il y avait nécessité d'être athée pour quiconque n'était pas chrétien et catholique. Mlle de Meulan, sous le masque du *Disputeur*, releva le raisonneur opiniâtre avec un persiflage amer et sensé : « Il faut bien se disputer, monsieur : sans cela, la vie a beau être courte, elle serait en vérité trop longue... C'est un trésor pour moi que votre raisonnement contre le déisme... Quoi ! monsieur, la vérité nécessairement *dans l'un ou l'autre extrême !* et cela parce qu'*une même proposition ne peut être plus ou moins vraie !* etc. » Un défenseur officieux de M. de Bonald intervint pendant la querelle, et, dans des lettres adressées au *Publiciste*, essaya de pallier le paradoxe de son ami et aussi d'inculper le ton de raillerie dont avait usé *le Disputeur*. C'est alors que celui-ci répondit au tout par une dernière et vigoureuse lettre qui s'élève à des accents éloquents. Après avoir cité ce mot d'un ancien, que *toute pensée qui ne peut supporter l'épreuve de la*

a. Mlle de Meulan, comme plusieurs écrivains français distingués, ne tenait à l'antiquité que par une tournure d'esprit *latine* ; elle confinait un peu à Sénèque, c'est-à-dire qu'elle touchait l'antiquité par les plus vraiment modernes des anciens. Sa réflexion la portait surtout à remarquer en quoi nous en différions. Dans un article des *Archives littéraires* (tome III, page 395) : « Les anciens, écrivait-elle, ont dit souvent *rapide comme l'éclair* ; mais, si je ne me trompe, *rapide comme la pensée* doit être d'une origine moderne. » Sur ce point particulier elle se trompait, comme Boissonade (édit. d'Aristænète, page 318) et Dugas-Montbel (Observations sur l'Iliade, livre XV) l'ont montré par beaucoup d'exemples.

plaisanterie est au moins suspecte, après avoir rappelé Pascal sur *la Grâce,* Boileau sur *l'Amour de Dieu,* et M. de La Harpe lui-même plaisantant *les Théophilanthropes,* Mlle de Meulan renvoie à ses adversaires le reproche du danger qu'ils croyaient voir pour les idées religieuses en ces prises à partie trop vives : « Vous traitez dans les journaux ce que vous ne voulez pas qu'on traite à la manière des journaux !... Vous y parlez de la religion ! Qui ne peut en parler comme vous ?... Un homme pourra être l'opprobre de la littérature et se constituer le soutien de la religion ; et les amis de la religion applaudiront ! et il semblera que, trop heureuse qu'on lui trouve des défenseurs, on l'abandonne aux mains qui daignent la servir !... Non, monsieur ; vous réserverez à des discussions, qui ne sont pas faites pour la multitude, des asiles plus inviolables, des voix plus incorruptibles..., etc... ; » et toute la fin de la lettre. Ainsi le combat allait bien à cette âme ; elle naissait à la passion sérieuse du vrai, à la chaleur de la raison.

Il était difficile qu'on ne parlât pas beaucoup dans le monde des articles de Mlle de Meulan, et qu'on n'en parlât pas en divers sens. Un talent si élevé, une franchise de plume si à l'aise en chaque sujet, n'éveillaient pas toujours une bienveillance très-sincère. On ne pouvait refuser l'estime à l'écrivain, on se rejetait sur les convenances particulières à la personne. Ces *amis* qu'on a *dans le malheur,* et qu'elle a si bien relevés, ces amis de Job, en tout temps les mêmes, la plaignaient assez haut de cette nécessité où elle était, femme et ainsi née, d'écrire des feuilletons, surtout des feuilletons de théâtre. Ennuyée de cette compassion maligne, elle y répondit admirablement, le 18 décembre 1807, par une *lettre d'une femme journaliste à un ami* : « On censure donc mes feuilletons, mon ami ; c'est en vérité leur faire bien de l'honneur ; mais la critique s'étend, dites-vous, jusque sur moi, sur le parti que j'ai pris d'écrire dans un journal, et surtout d'y rendre compte des nouveautés théâtrales... Ce reproche que l'on me fait, c'est donc que je suis femme, car ce ne peut être de ce que je suis journaliste : ceux de mes censeurs qui me connaissent savent trop bien pourquoi je le suis. Mais ne craindraient-ils pas d'avoir un reproche à se faire à eux-mêmes, si, par une opinion légèrement énoncée, ils parvenaient à m'ôter ou du moins à me rendre plus difficile le courage dont j'ai pu avoir besoin pour sacrifier, à ce que je regardais comme un devoir, des convenances que mon éducation et mes habitudes m'avaient appris à respecter ? Je les connais, vous le savez, mon ami, ces convenances, qui font du rôle de journaliste le plus bizarre peut être que pût choisir une femme, si elle pouvait l'adopter par choix... Oh ! je vous assure qu'il ne leur paraît pas, à vos amis, si ridicule qu'à moi, car ils ne l'ont pas vu de si près. S'ils connaissaient comme moi les graves intérêts qu'il faut ménager, les importantes considérations dont il faut s'occuper, et les risibles griefs auxquels il faut répondre, et les hommages bien plus risibles qu'il faut recevoir, et tout ce tracas de petites passions dont la solitude d'une femme n'empêche pas que le bruit ne parvienne jusqu'à elle ; s'ils voyaient au milieu de tout cela un travail sans attrait pour l'esprit et sans dédommagement pour l'amour-propre, alors je leur permettrais de dire ce qu'ils en pensent et de penser, si cela leur convenait, que je l'ai entrepris pour mon plaisir. — Qu'ils ne songent pourtant pas à m'en plaindre, cela serait aussi déraisonnable que de m'en blâmer :

Ce que j'ai fait, Abner, j'ai cru le devoir faire[11],

je le crois encore et ne vois pas de raison pour m'affliger maintenant des inconvénients que j'ai prévus d'abord sans m'en effrayer. Vous savez avec quelle joie je m'y suis soumise, et dans quelle espérance ; vous m'avez peut-être vue même les envisager avec quelque fierté, en prenant une résolution dont ces inconvénients faisaient le seul mérite. Eh bien ! rien n'est changé ; pourquoi mes sentiments le seraient-ils ? etc. » Voilà bien la femme saintement pénétrée des idées de devoir et de travail, telle que la société nouvelle de plus en plus la réclame, telle que Mme Guizot sera toute sa vie ; sortie des salons oisifs et polis du dix-huitième siècle, et l'exemple de la femme forte, sensée, appliquée, dans le premier rang de la classe moyenne.

C'est dans le cours de cette longue collaboration au *Publiciste* qu'eut lieu un incident souvent raconté, presque romanesque, autant du moins qu'il était possible entre personnes d'ordre et d'intelligence, et qui eut des conséquences souveraines sur la destinée de Mlle de Meulan. Au mois de mars 1807, sous le coup de nouvelles douleurs domestiques, et dans un grand dérangement de santé, elle se vit forcée d'interrompre un moment son travail ; mais une lettre arrive, qui lui offre des articles qu'on tâchera de rendre dignes d'elle durant tout le temps de l'interruption. L'auteur de la lettre non signée, et des articles qu'après quelque première difficulté elle agréa avec reconnaissance, était M. Guizot. Très-jeune, obscur encore, il avait entendu parler à M. Suard de Mlle de Meulan, de sa situation, et il avait écrit. On trouve en effet, dans *le Publiciste* de ces mois, un certain nombre d'articles de mélanges de littérature et de théâtre, signés F.

Cette circonstance singulière lia bientôt ces deux esprits éminents, beaucoup plus que le rapport assez inégal des âges et même le désaccord des opinions ne l'eussent probablement permis sans cela. M. Guizot arrivait dans le monde avec des convictions philosophiques, religieuses, très-prononcées, et qui avaient quelque chose alors de la rigueur absolue de la jeunesse. Hostile au dix-huitième siècle et à son scepticisme, plus qu'à la Révolution, dont il acceptait les résultats, sauf à les interpréter et à les modifier, il rencontrait une disposition assez contraire chez Mlle de Meulan. Celle-ci, de plus, avait un peu pour idée, nous l'avons vu, « que le temps seul ramène les hommes à la raison et à la vérité ; mais que la raison et la vérité n'ont presque jamais convaincu personne. » Elle disait encore que « la raison, par malheur, n'est faite que pour les gens raisonnables. » Le jeune homme, sorti de Nîmes et de Genève, ayant gardé des ferveurs du calvinisme une croyance de christianisme unitairien et une sorte d'enthousiasme rationnel, se sentait le devoir et le besoin d'aller à un but, d'y pousser les autres, de convaincre, de faire preuve au dehors de cette pensée avant tout influente et active. En un mot, en se rencontrant tout d'abord, Mlle de Meulan et lui, à une grande élévation d'idées, ils y arrivaient partis d'origines intellectuelles diverses et presque contraires. Il est bien vrai que, durant ces années de long et sérieux travail, Mlle de Meulan avait de plus en plus appris à se vouer au vrai, à le croire utile, à le défendre, à se passionner au moins indirectement pour lui, en cherchant querelle à toute erreur, et aussi à régler chaque acte de sa vie sévère par l'empire, déjà religieux, de la volonté et de la raison. Ce ne fut pourtant pas le moindre triomphe de l'esprit de M. Guizot que de conquérir, d'échauffer par degrés à ses convictions, à ses espérances, et de renouveler enfin, en se l'associant, cet autre esprit déjà fait, auquel longtemps le cadre de M. Suard avait suffi, et qui semblait avoir atteint sa maturité naturelle dans une originalité piquante.

Au reste, en voyant ce qu'il donna, on conclurait ce que lui-même il reçut. On ne conquiert, on n'occupe si intimement un esprit de la force de Mlle de Meulan, qu'en modifiant le sien propre et en l'assouplissant sur bien des points. Dans ces sortes d'actions réciproques, chacun même tour à tour semble avoir triomphé, selon qu'on examine l'autre. Et ici, tout en gardant la direction dans l'influence, l'esprit victorieux dut subir et ressentir une part essentielle dans le détail, en diminution d'idées absolues, en connaissance précoce du monde et maniement de la société et des hommes.

Le mariage n'eut lieu qu'en avril 1812. À partir de ce temps, une seconde époque, celle dans laquelle elle est plus connue, commence pour Mme Guizot. La chaleur des affections se fortifie en elle et l'ardeur des convictions, et ce double feu, moins brillant qu'échauffant, va jusqu'au bout animer et nourrir ses années de sérieux bonheur. Ce n'est plus à un moraliste de la fin du dix-huitième siècle que nous aurons affaire, c'est à un écrivain de l'ère nouvelle et laborieuse, à une mère attentive et enseignante, qui sait les épreuves et qui prépare des hommes ; à un philosophe vertueux occupé de faire sentir en chaque ordre l'accord du droit et du devoir, de l'examen et de la foi, de la règle et de la liberté. Sa forme sera moins vive que par le passé, moins incisivement paradoxale, moins insouciante avec légère ironie. Le sentiment continu du réel, du vrai et du bien, dominera et dirigera en tout point l'ingénieux. Avec des principes fixes et élevés, tout d'elle tendra désormais à un but pratique. Elle préluda en cette voie, dès après son mariage, par des articles, contes et dialogues, insérés dans les *Annales de l'Éducation*, recueil qu'avait fondé M. Guizot, et que les événements de 1814 interrompirent. Elle publia vers ce temps *les Enfants*, contes, premier ouvrage auquel elle attacha son nom, guidée par un sentiment de responsabilité morale. Elle reprit en 1821 cette suite de travaux, naturellement suspendue durant les premières années politiques de son mari ; elle les reprit par zèle du bien et par honorable nécessité domestique, et l'on eut successivement *Raoul et Victor, ou l'Écolier* (1821), les *Nouveaux Contes* (1823), les *Lettres de Famille sur l'Éducation*, son véritable monument (1826); *une Famille* ne parut qu'en 1828, après sa mort. Dans tous ces ouvrages (les *Lettres de Famille* exceptées, qu'il faut considérer à part), une invention heureuse, réalisée, attachante, où l'auteur ne perce jamais, revêt un sens excellent. Celle qui, à vingt-cinq ans, avait débuté par se faire *personne d'un certain âge* ou même *douairière du Marais*[12], entre non moins exactement, à mesure qu'elle vieillit, dans les divers personnages de ce petit monde de dix à quatorze ans, en y apportant une morale saine, la morale évangélique, éternelle, qui s'y proportionne sans s'y rapetisser. « Son idée favorite, son idée chérie, est-il dit dans la préface d'*une Famille*, c'était que la même éducation morale peut et doit s'appliquer à toutes les conditions ; que, sous l'empire des circonstances extérieures les plus diverses, dans la mauvaise et dans la bonne fortune, au sein d'une destinée petite ou grande, monotone ou agitée, l'homme peut atteindre, l'enfant peut être amené à un développement intérieur à peu près semblable, à la même rectitude, la même délicatesse, la même élévation dans les sentiments et dans les pensées; que l'âme humaine enfin porte en elle de quoi suffire à toutes les chances, à toutes les combinaisons de la condition humaine, et qu'il ne s'agit que de lui révéler le secret de ses forces et de lui en enseigner l'emploi. » Comment Mme Guizot, de raison un peu ironique, d'habitudes d'esprit un peu dédaigneuses qu'elle était, se trouva-t-elle conduite si vite et si directement à cette idée plénière de véritable démocratie humaine? Comment en fit-elle l'inspiration unique et vive de tous ses ouvrages qui suivirent? Elle était devenue mère. Son sentiment filial avait été très-ardent, très-pieux; son amour maternel fut au delà de tout, comme d'une personne mariée tard, s'attachant d'une force sans pareille à un fils qu'elle n'avait pas espéré, et sur lequel, selon l'heureuse expression d'un père, elle a laissé toute son empreinte[a]. Ses ouvrages sur l'éducation furent donc à ses yeux un acte d'amour et de devoir maternel; dans la préface des *Lettres de Famille*, elle n'a pu se contenir sur ce *cher intérêt*, comme elle l'appelle. Avant d'être mère, elle travaillait, elle écrivait pour soutenir sa mère, mais c'était tout; elle pouvait douter de l'action de la vérité et de la raison parmi le monde; elle voyait le mal, le ridicule, la sottise, et n'espérait guère: une fois mère, elle conçut le besoin de croire à l'avenir meilleur, à l'homme perfectible, aux vertus des générations contemporaines de son enfant. Elle comptait médiocrement sur l'homme, elle ne vit de moyen de l'améliorer que par l'enfance, et se mit à l'œuvre sans plus tarder. Ceux qui ne sont ni mère ni père, et qui n'ont pas la foi pure et simple du catéchisme,

a. Il a été ravi depuis dans la fleur de la jeunesse.

s'ils savent un peu le monde et la vie, arrivés à trente ans, sont bien embarrassés souvent en face de l'enfance. Que lui dire, à cet être charmant et rieur, mais ayant le germe des défauts déjà ? Comment l'initier par degrés à la vie, l'éclairer sans le troubler, le laisser heureux sans le tromper ? On fait alors, si l'on est sensible, comme Gray qui, revoyant le collége d'Éton et les jeux des générations folâtres, se dit, après avoir souri d'abord à leurs ébats et se les être décrits complaisamment[13] :

Hélas ! devant la bergerie,
Agneaux déjà marqués du feu,
La troupe, de plaisir, s'écrie
Sans regarder la fin du jeu.
Courant à si longue haleinée,
Ils n'ont pas vu la Destinée
Se tapir au ravin profond.
Oh ! dites-leur la suite amère,
Lot de tout être né de mère ;
Homme, dites-leur ce qu'ils sont !

Faut-il en effet vous le dire,
Enfants ? faut-il les dénombrer
Ces maux, ces vautours de délire
Que chaque cœur sait engendrer ?
Notre enfance aussitôt passée,
Au seuil l'injustice glacée
Fait révolter un jeune sang ;
Refus muet, dédain suprême,
Puis l'aigreur qu'en marchant on sème,
Hélas ! que peut-être on ressent !
. . . .
Chacun souffre ; un cri lamentable
Dit partout l'homme malheureux,
L'homme de bien pour son semblable,
Et les égoïstes pour eux.
Ce fruit aride des années,
Qu'à nos seules tempes fanées

Un œil jaloux découvrirait ;
Ce fond de misère et de cendre,
Enfants, faut-il donc vous l'apprendre ?
En faut-il garder le secret ?

Le bonheur s'enfuit assez vite,
Le mal assez tôt est venu ;
S'il est vrai que nul ne l'évite,
Assez tôt vous l'aurez connu.
Jouez, jouez, âmes écloses ;
Croyez au sourire des choses
Qu'un matin d'or vient empourprer !
Dans l'avenir à tort on creuse ;
Quand la sagesse est douloureuse,
Il est plus sage d'ignorer.

Mais, du moment qu'on n'est plus, comme Gray, un célibataire mélancolique et sensible, du moment qu'on est père, qu'on est mère surtout, on ne s'en tient pas à ces vagues craintes, à ce quiétisme désolé ; on est à la fois plus intéressé à la vigilance et plus accessible à l'espérance que cela. On sent que beaucoup de ces nuages d'épouvante, que l'imagination de loin assemble à plaisir, s'évanouissent dans le détail et à mesure qu'on aborde chaque sentier. Mme Guizot, qui, en toutes choses, était une nature opposée au vague et au tour d'esprit rêveur, l'ennemie de ce qui n'aboutit pas et de tout fantôme, eut un souci dès qu'elle fut mère, et elle alla droit à la difficulté qui se posait. Elle avait cru l'homme incorrigible, la raison un heureux hasard et presque un don ; elle avait écrit, avec une raillerie ingénieuse, *sur l'inutilité des bonnes raisons* : elle voulut alors répondre à sa prévention antérieure, se réfuter en abordant l'œuvre à la racine, par le seul endroit corrigible et sensible de l'humanité, par l'enfance ; et tout le reste de sa vie d'intelligence fut voué au développement et à l'application de cette pensée salutaire.

Mlle de Meulan avait eu fréquemment l'occasion d'écrire quelques pages sur l'éducation et d'essayer ses idées à ce sujet. Dès 1802, nous trouvons un article d'elle à propos d'une réimpression du petit traité de Fénelon; elle y disait: « Les préceptes sur l'éducation m'ont toujours paru la chose du monde la plus incertaine. L'application des principes varie si souvent, les règles sont sujettes à tant d'exceptions, qu'un traité de ce genre ne saurait être trop court, parce qu'on ne peut le faire assez long ni le composer d'idées assez générales pour qu'il soit susceptible de s'adapter à toutes les conditions particulières. » Sous forme de *lettres d'une belle-mère à son gendre* (thermidor an XIII), elle avait parlé du plus ou moins de convenance de l'éducation publique pour les femmes, et s'était prononcée contre, avec un sens parfait, mais avec beaucoup de gaieté aussi ou plutôt de piquant, et de son ton le plus dégagé d'alors. Dès la première des *Lettres de Famille*, que le ton est autre, lorsque Mme d'Attily ouvre son cœur *qui se fond*, dit-elle, *de tendresse à regarder ses enfants!* Le mordant se fait jour encore par places, par points, comme quand il s'agit de l'oncle de Revey, qui, en se mettant à son whist, prétend qu'*on est toujours élevé*; mais le fond est en entier sérieux, ce qui n'empêche pas la finesse de bien des traits de s'y détacher. Pour bien juger un tel livre, surtout d'utilité et d'application, il faudrait avoir autorité, expérience, et s'être formé ses propres idées sur le sujet. « Le moment des réformes politiques est celui des plans d'éducation, » a dit une femme spirituelle et généreuse, Mme de Rémusat, qui elle-même a payé sa dette utile avec charme[14]. Depuis *Émile*, en effet, les plans d'éducation n'ont pas manqué; ils ont redoublé dans ces derniers temps, ou du moins les plaintes contre l'éducation et la situation particulièrement des femmes, se sont renouvelées avec une vivacité bruyante. Du milieu de tant de déclamations vaines, où figurent pourtant çà et là quelques difficultés considérables et des griefs réels, le livre de Mme Guizot, qui embrasse l'éducation tout entière, celle de l'homme comme celle de la femme, offre une sorte de transaction probe et mâle entre les idées anciennes et le progrès nouveau. Ce que j'appelle transaction n'était à ses yeux que la vérité même dans son ménagement humain nécessaire, mais sur sa base inébranlable. Les lettres XII et XIII, d'une grande beauté philosophique, démontrent les principes de conscience et de raison sur lesquels elle fonde le devoir, et expliquent comment tout son soin est de faire apparaître et se dessiner par degrés la règle à la raison de l'enfant, pour qu'il y dirige librement de bonne heure, et dans les proportions de son existence, sa jeune volonté. — Faire régner de bonne heure autour de ces jeunes esprits une atmosphère morale, où ils se dirigent par le goût du bien, les faire gens de bien le plus tôt possible, c'est là son but, son effort, et, à moins de préjugés très-contraires, on lui accorde, en l'entendant, qu'elle a et qu'elle indique les vrais moyens de réussir. Il est certain du moins que, dans la plupart des cas, quand l'enfant est bien né, comme on dit, quand il ne recèle pas en lui de faculté trop excentrique ou de passion trop obstinée qui déjoue, le bon résultat doit s'obtenir d'après les soins qu'elle fait prendre. Au reste, la raison de Mme Guizot, qui a pied dans le fait même, admet, pressent les cas d'insuffisance et en avertit: «Je le vois plus clairement chaque jour, dit Mme d'Attilly, la jeunesse est de tous les âges de la vie celui que l'enfance nous révèle le moins ; une influence indépendante du caractère la domine avec un empire contre lequel on peut d'avance lui donner des forces, mais sans prévoir de quelle manière elle aura à s'en servir. » Mme Guizot relève en un endroit une assertion de mistress Hannah More sur la nature déjà corrompue des enfants, et elle la combat. En ce point, notez-le, Mme Guizot est fermement du siècle, de la philosophie, de l'expérience, qui examine, va jusqu'au bout et ne se rend pas ; elle ne fait intervenir aucun élément mystérieux et irrationnel dans l'éducation. C'est par là qu'il la faut distinguer assez essentiellement de Mme Necker de Saussure, cet autre auteur excellent, et avec laquelle elle s'est rencontrée d'ailleurs sur tant de détails, comme Mme Necker elle-même se plait à le faire remarquer en maint endroit de son second volume[15]. Elle tient une sorte de milieu entre Jean-Jacques et Mme Necker, à la fois pratique comme Jean-Jacques ne l'est pas, et rationaliste comme Mme Necker de Saussure ne croit pas qu'il suffise de l'être. Au tome second, les lettres XLIV, L et suivantes traitent à fond, dans une admirable mesure, toute la question si délicate, si embarrassante, de l'éducation religieuse à donner aux enfants. Si la manière de voir de Mme Guizot ne peut atteindre ni satisfaire ceux qui ont là-dessus une opinion très-arrêtée, de pure foi et rangée à la tradition rigoureuse, elle a cet avantage de répondre, de s'adapter à toutes les autres opinions et situations plus ou moins mélangées qui sont l'ordinaire de la société actuelle, et d'offrir un résultat praticable à Mme Mallard comme à Mme de Lassay. À un endroit de cette discussion, le nom et l'autorité de Turgot sont invoqués, et l'on sent comment les prédilections de l'auteur reviennent encore et s'appuient par un bout au XVIIIe siècle, mais relevées et agrandies. Le livre de Mme Guizot restera après l'*Émile,* marquant en cette voie le progrès de la raison saine, modérée et rectifiée de nos temps, sur le génie hasardeux, comme en politique *la Démocratie* de M. de Tocqueville est un progrès sur le *Contrat social*. Essentiel à méditer, comme conseil, dans toute éducation qui voudra préparer des hommes solides à notre pénible société moderne, ce livre renferme encore, en manière d'exposition, les plus belles pages morales, les plus sincères et les plus convaincues, qu'à côté de quelques pages de M. Jouffroy les doctrines du rationalisme spiritualiste aient inspirées à la philosophie de notre époque.

Jusqu'à quel point, indépendamment de ses travaux personnels, Mme Guizot prenait-elle part à ceux de son mari, à tant d'honorables publications accessoires dont il accompagnait son œuvre historique fondamentale, et dans lesquelles, à partir de la traduction de Gibbon, elle put être en effet son premier auxiliaire? Qu'il nous suffise de savoir qu'elle avait épousé tous ses intérêts, ses labeurs studieux comme ses convictions, et n'essayons pas de discerner ce qu'elle a aimé à confondre. Son bonheur fut grand: sa sensibilité, qui s'accroissait avec les années, délicat privilége des mœurs sévères! le lui faisait de plus en plus chérir, et, je dirai presque, regretter. Cette sensibilité de qui elle avait dit si délibérément dans sa jeunesse: «La sensibilité épargne plus de maux qu'elle n'en donne, car elle détruit d'un coup les chagrins de l'égoïsme, de la vanité, de l'ennui, de l'oisiveté, etc.,» cette sensibilité à qui elle dut tant de pures délices, fut-elle toujours pour elle une source inaltérable; et, en avançant vers la fin, ne devint-elle pas, elle, raison si forte et si sûre, une âme douloureuse aussi ? Sa santé altérée ; au milieu de tant d'accords profonds et vertueux, le désaccord enfin prononcé des âges ; ses vœux secrets (une fois sa fin entrevue) pour le bonheur du fils et de l'époux avec une autre qu'elle, avec une autre elle-même ; il y eut là sans doute de quoi attendrir et passionner sa situation dernière plus qu'elle ne l'aurait osé concevoir autrefois pour les années de sa jeunesse[16]. Son rajeunissement exquis d'impression se développait en mille sens et se portait sur toutes choses. Elle n'avait guère jamais voyagé, à part quelque tournée en Languedoc et dans le Midi, où M. Guizot l'avait conduite en 1814 ; elle n'avait que peu habité et peu vu la campagne ; mais elle en jouissait dans ses dernières saisons, comme quelqu'un qui, forcé de vivre aux bougies, n'aurait aimé que la verdure et les champs. Le moindre petit arbre de Passy et du bois de Boulogne lui causait une fraîcheur d'émotion vivifiante.

Elle n'a pourtant jamais décrit la nature. De tout temps elle a moins songé à décrire, à peindre ce qu'elle sentait, qu'à exprimer ce qu'elle pensait. Elle n'aimait pas l'art avant tout, et voyait le fond plutôt que la forme, préférant la pensée moderne à la beauté antique. Son idée ingénieuse, et trop vraie peut-être, était même que la sensibilité ne passe si bien dans les œuvres de l'art qu'en se détournant un peu de la vie. Je lis dans un morceau d'elle (17 juillet 1810) : « *Notre flambeau s'allume au feu du sentiment*, a dit le poëte de *la Métromanie*[17], et je crois bien qu'on peut en effet regarder la sensibilité comme l'aliment de la poésie ; mais c'est lorsqu'elle n'est pas employée à autre chose, et que, tout entière au service du poëte, elle sert à éveiller son imagination, non à l'absorber. Il faut sans doute qu'un poëte soit sensible, je ne sais s'il est bon qu'il soit touché. » Et elle continue, réfutant ou interprétant le vers de Boileau sur l'élégie. Cette idée qu'elle avait de l'espèce d'illusion, ou même de mensonge, inhérent à l'art, ne l'empêchait pas, vers la fin, d'être extraordinairement émue, et au-delà du degré où l'on en jouit, de certaines représentations ou lectures, et de n'en pouvoir supporter l'effet. Personne de réalité, de pratique et d'épreuves, elle ne se prêtait pas volontiers à la mise en œuvre de la douleur, et ne se laissait pas contenir et bercer dans l'idéale région. M. de Rémusat a cité d'elle ce pathétique aveu (1821): « L'effet des œuvres de l'art doit être tel qu'aucune idée de réalité ne s'y joigne; car, dès qu'elle y pénètre, l'impression en est troublée et devient bientôt insupportable. Voilà pourquoi je ne puis plus soutenir au spectacle, ou dans les romans, ou dans les poëmes, sous les noms de Tancrède, ou de Zaïre, ou d'Othello, ou de Delphine, n'importe, la vue des grandes douleurs de l'âme ou de la destinée. En fait de bonheur et de malheur, ma vie a été si pleine, si vive, que je ne puis, sans que la main me tremble, toucher à quelqu'une de ses profondeurs. La réalité perce pour moi tous les voiles dont l'art peut s'envelopper; mon imagination, une fois ébranlée, y arrive du premier bond. Il n'y a depuis longtemps que la musique qui ait produit sur moi, dans l'*Agnese*, l'effet attaché en général aux œuvres de l'art. Je n'avais pu supporter le finale de *Roméo et Juliette*; celui de l'*Agnese* seul m'a fait pleurer sans me déchirer le cœur. »

Est-ce par l'effet d'un choix sympathique et de quelque prédilection, qu'elle se donna, vers la fin, à traiter ce sujet d'Héloïse et d'Abeilard, où la passion traverse et pénètre l'austérité, où l'abbesse savante, qui a des soupirs de Sapho, les exprime souvent en des traits de Sénèque ? Cet Essai, auquel s'attachait sa plume sérieuse, et si bien mené jusqu'au milieu, a été interrompu par la mort.

Du moins, si la sensibilité de Mme Guizot se subtilisait, s'endolorissait, pour ainsi dire, de plus en plus, sa religion en s'étendant n'eut jamais de ces inquiétudes qui, trop souvent, l'accompagnent au sein des âmes tendres ou graves. Née catholique, atteinte de bonne heure par l'indifférence qu'on respirait dans l'atmosphère du siècle, revenue, après des doutes qui ne furent jamais hostiles ni systématiques, à un déisme chrétien très-fervent, à une véritable piété, elle s'y reposa, elle s'y apaisa. Les abîmes de la grâce, du salut, ne la troublèrent point en s'ouvrant aux bords de sa voie. Elle avait confiance. La prière, comme un entretien avec l'Être tout-puissant et bon, la fortifiait, la consolait. Un jour, peu après son retour de Plombières, où elle avait en vain cherché quelque soulagement, comme la conversation, près d'elle, s'était engagée et roulait depuis quelque temps sur la question de savoir si l'individualité persiste après la mort ou si l'âme s'absorbe dans le grand Être, elle sortit de son abattement déjà extrême, et, d'une voix par degrés raffermie, résumant les diverses opinions, elle conclut avec vivacité et certitude pour la persistance de l'âme individuelle au sein de Dieu[a]. Le 1er août 1827, au terme de sa lente maladie, à dix heures du matin, elle pria son mari de lui faire quelque bonne lecture ; il lui lut une lettre de Fénelon pour une personne malade, et, l'ayant finie, il passa à un sermon de Bossuet sur l'immortalité de l'âme : pendant qu'il lisait, elle expira. On l'en-

a. Voir l'article du *Globe*, 7 août 1827, de M. de Guizard.

sevelit, comme elle l'avait désiré, selon le rite de l'Église réformée à laquelle appartient son mari, et dont les cérémonies funèbres ne contrarient pas cette croyance simple qu'elle avait. Personne de vérité jusqu'au bout, elle ne voulut mêler, même aux devoirs qui suivent la mort, rien de factice et de convenu, rien que de conforme à l'intime pensée.

Elle avait un goût vif pour la conversation ; elle l'aimait, non pour y briller, mais par mouvement et exercice d'intelligence. On l'y pouvait trouver un peu rude d'abord ; sa raison *inquisitive*, comme elle dit quelque part, cherchait le fond des sujets ; mais l'intérêt y gagnait, les idées naissaient en abondance, et, sans y viser, elle exerçait grande action autour d'elle. Que dire encore, quand on n'a pas eu l'honneur de la connaître personnellement, de cette femme d'intelligence, de sagacité, de mérite profond et de vertu, qui, entre les femmes du temps, n'a eu que Mme de Staël supérieure à elle, supérieure, non par la pensée, mais seulement par quelques dons ? Le sentiment qu'elle inspire est tel que les termes d'estime et de respect peuvent seuls le rendre, et que c'est presque un manquement envers elle, toujours occupée d'être et si peu de paraître, que de venir prononcer à son sujet les mots d'avenir et de gloire.

15 mai 1836.

MADAME DE LA FAYETTE

Du temps de Mme de Sévigné, à côté d'elle et dans son intimité la plus chère, il y eut une femme dont l'histoire se trouve presque confondue avec celle de son aimable amie. C'est la même que Boileau désignait pour *la femme de France qui avait le plus d'esprit et qui écrivait le mieux*[1]. Cette personne n'écrivit pourtant qu'assez peu, à son loisir, par amusement et avec une sorte de négligence qui n'avait rien du métier ; elle haïssait surtout d'écrire des lettres, de sorte qu'on n'en a d'elle qu'un très-petit nombre et de courtes ; c'est dans celles de Mme de Sévigné plutôt que dans les siennes qu'on la peut connaître. Mais elle eut en son temps un rôle à part, sérieux et délicat, solide et charmant, un rôle en effet considérable, et dans son genre au niveau des premiers. À un fonds de tendresse d'âme et d'imagination romanesque elle joignait une exactitude naturelle, et, comme le disait sa spirituelle amie, une *divine raison* qui ne lui fit jamais faute ; elle l'eut dans ses écrits comme dans sa vie, et c'est un des modèles à étudier dans ce siècle où ils présentent tous un si juste mélange. On a récemment cherché, en réhabilitant l'hôtel de Rambouillet, à en montrer l'héritière accomplie et triomphante dans la personne de Mme de Maintenon ; un mot de Segrais trancherait plutôt en faveur de Mme de La Fayette pour cette filiation directe où tout le précieux avait disparu ; après un portrait assez étendu de Mme de Rambouillet, il ajoute incontinent : « Mme de La Fayette avoit beaucoup appris d'elle, mais Mme de La Fayette avoit l'esprit plus solide, etc.[2] » Cette héritière perfectionnée de Mme de Rambouillet, cette amie de Mme de Sévigné toujours, de Mme de Maintenon longtemps, a son rang et sa date assurée en notre littérature, en ce qu'elle a réformé le roman, et qu'une part de cette *divine raison* qui était en elle, elle l'appliqua à ménager et à fixer un genre tendre où les excès avaient été grands, et auquel elle n'eut qu'à toucher pour lui faire trouver grâce auprès du goût sérieux qui semblait disposé à l'abolir. Dans ce genre secondaire où la délicatesse et un certain intérêt suffisent, mais où nul génie (s'il s'en rencontre) n'est de trop ; que l'*Art poétique* ne mentionne pas ; que Prevost, Le Sage et Jean-Jacques consacreront ; et qui, du temps de Mme de La Fayette, confinait, du moins dans ses parties élevées, aux parties attendrissantes de la *Bérénice* ou même de l'*Iphigénie*, Mme de La Fayette a fait exactement ce qu'en des genres plus estimés et plus graves ses contemporains illustres s'étaient à l'envi proposé. L'*Astrée*, en implantant, à vrai dire, le roman en France, avait bientôt servi de souche à ces interminables rejetons, *Cyrus*, *Cléopâtre*, *Polexandre* et *Clélie*. Boileau y coupa court par ses railleries, non moins qu'à cette lignée de poëmes épiques, le *Moïse sauvé*, le *Saint Louis*, la *Pucelle*[3] ; Mme de La Fayette, sans paraître railler, et comme venant à la suite et sous le couvert de ses devanciers que Segrais et Huet distinguaient mal d'elle et enveloppaient des mêmes louanges, leur porta coup plus que personne par *la Princesse de Clèves*. Et ce qu'elle fit, bien certainement elle s'en rendit compte, et elle le voulait faire. Elle avait coutume de dire qu'une période retranchée d'un ouvrage valait un louis d'or, et un mot vingt sous : cette parole a toute valeur dans sa bouche, si l'on songe aux romans en dix volumes dont il fallait avant tout sortir. Proportion, sobriété, décence, moyens simples et de cœur substitués aux grandes catastrophes et aux grandes phrases, tels sont les traits de la réforme, ou, pour parler moins ambitieusement, de la retouche qu'elle fit du roman ; elle se montre bien du pur siècle de Louis XIV en cela.

La liaison si longue et si inviolable qu'eut Mme de La Fayette avec M. de La Rochefoucauld fait ressembler sa vie elle-même à un roman, à un roman sage (roman toutefois), plus hors de règle que la vie de Mme de Sévigné, qui n'aime que sa fille, moins calculé et concerté que celle de Mme de Maintenon, qui ne vise qu'au sacrement avec le roi. On aime à y voir un cœur tendre s'alliant avec une raison amère et désabusée qu'il adoucit, une passion tardive, mais fidèle, entre deux âmes sérieuses, où la plus sensible corrige la misanthropie de l'autre ; de la délicatesse, du sentiment, de la consolation réciproque, de la douceur, plutôt que de l'illusion et de la flamme ; Mme de Clèves, en un mot, maladive et légèrement attristée, à côté de M. de Nemours vieilli et auteur des *Maximes* : telle est la vie de Mme de La Fayette et le rapport exact de sa personne à son roman. Ce peu d'illusion qu'on remarque en elle, cette raison mélancolique qui fait le fond de sa vie, a passé un peu dans l'idéal de son roman même, et aussi, ce me semble, dans tous ces autres romans en quelque sorte émanés d'elle et qui sont sa postérité, dans *Eugène de Rothelin, Mademoiselle de Clermont, Édouard*[4]. Quelle que soit la tendresse qui respire en ces créations heureuses, la raison y est, l'expérience humaine y souffle par quelque coin et attiédit la passion. À côté de l'âme aimante qui déjà s'abandonne, il y a aussitôt quelque chose qui avertit et qui retient : M. de La Rochefoucauld au fond est toujours là.

Si Mme de La Fayette réforma le roman en France, le roman chevaleresque et sentimental, et lui imprima cette nuance particulière qui concilie jusqu'à certain point l'idéal avec l'observation, on peut dire aussi qu'elle fonda la première un exemple tout à fait illustre de ces attachements durables, décents, légitimes et consacrés dans leur constance[a], de tous les jours, de toutes les minutes pendant des années jusqu'à la mort ; qui tenaient aux mœurs de l'ancienne société, qui sont éteints à peu près avec elle, mais qui ne pouvaient naître qu'après cette société établie et perfectionnée, et elle ne le fut que vers ce temps-là. *La Princesse de Clèves* et son attachement avec M. de La Rochefoucauld, ce sont deux titres presque égaux de Mme de La Fayette à une renommée touchante et sérieuse ; ce sont deux endroits qui marquent la littérature et la société de Louis XIV.

J'aurais laissé pourtant le plaisir et la fantaisie de recomposer cette existence, bien simple d'événements, aux lecteurs de Mme de Sévigné, si un petit document inédit, mais très-intime, ne m'avait engagé à mettre la bordure pour l'encadrer.

Le père de Mme de La Fayette, maréchal de camp et gouverneur du Havre, avait, dit-on, du mérite, et soigna fort l'éducation de sa fille. Sa mère (née de Péna) était de Provence et comptait quelque trou-

a. *Exemplum cana simus uterque coma*, avait dit l'élégiaque antique[5].

badour-lauréat parmi ses aïeux. Mlle Marie-Madeleine Pioche de La Vergne eut de bonne heure plus de lecture et d'étude que bien des personnes, même spirituelles, de la génération précédente n'en avaient eu dans leur jeunesse. Mme de Choisy[6], par exemple, avait prodigieusement d'esprit naturel, en conversation ou par lettres, mais pas même d'orthographe. Mme de Sévigné, et Mme de La Fayette, plus jeune de six ou sept ans que son amie, ajoutèrent donc à un fonds excellent une culture parfaite. On a pour témoignages directs de cette éducation les transports de Ménage, qui d'ordinaire, comme on sait, tombait amoureux de ses belles élèves: il célébra, sous toutes les formes de vers latins, la beauté, les grâces, l'élégance du bien dire et du bien écrire de Mme de La Fayette ou de Mlle de La Vergne, *Laverna*, comme il disait[a]. Plus tard, il lui présenta son ami le docte Huet, qui devint aussi pour elle un conseiller littéraire. Segrais, qui, avec Mme de Sévigné, suffit à faire connaître Mme de La Fayette, nous dit: «Trois mois après

a. *Laverna* en latin signifie la déesse des voleurs; cela lui fit faire toutes sortes de plaisanteries galantes; il put crier *Au voleur! au voleur!* comme Mascarille:

Omine felici nomen præsaga dedere
Fata tibi. Furtis pulera Laverna præest.
Tu veneres omnes cunctis formosa puellis,
Tu cunctis sensus surripis una viris.

Il adresse aussi des vers à Mme de Sévigné, à Mlle de Scudéry, à Mme Scarron; mais c'est bien Mme de La Fayette qui reste décidément sa beauté en titre. La jolie édition elzévirienne de ses Poésies (1663) offre ce nom à chaque page: dizains, ballades, églogues, élégies, lui sont coup sur coup adressés. J'y cherche quelque chose qui ne soit pas trop fade, et je m'arrête à ce madrigal, qui peut-être ne me paraît un peu plus senti que parce qu'il est en italien:

In van, Filli, tu chiedi
Se lungamente durerà l'ardore
Che 'l tuo bel guardo mi destò nel core.
Chi lo potrebbe dire?
Incerta, o Filli, è l'ora del morire[7].

que Mme de La Fayette eut commencé d'apprendre le latin, elle en savoit déjà plus que M. Ménage et que le Père Rapin, ses maîtres. En la faisant expliquer, ils eurent dispute ensemble touchant l'explication d'un passage, et ni l'un ni l'autre ne vouloit se rendre au sentiment de son compagnon; Mme de La Fayette leur dit: Vous n'y entendez rien ni l'un ni l'autre. — En effet, elle leur dit la véritable explication de ce passage; ils tombèrent d'accord qu'elle avoit raison. C'étoit un poëte qu'elle expliquoit, car elle n'aimoit pas la prose, et elle n'a pas lu Cicéron; mais comme elle se plaisoit fort à la poésie, elle lisoit particulièrement Virgile et Horace; et comme elle avoit l'esprit poétique et qu'elle savoit tout ce qui convenoit à cet art, elle pénétroit sans peine le sens de ces auteurs.» Un peu plus loin, il revient sur les mérites de M. Ménage: «Où trouvera-t-on des poëtes comme M. Ménage, qui fassent de bons vers latins, de bons vers grecs et de bons vers italiens? C'étoit un grand personnage, quoi que ses envieux en aient voulu dire: il ne savoit pourtant pas toutes les finesses de la poésie; mais Mme de La Fayette les entendoit bien.» La personne qui préférait à tout et sentait ainsi les poëtes était à la fois celle-là même qui se montrait *vraie* par excellence, comme M. de La Rochefoucauld plus tard le lui dit, employant pour la première fois cette expression qui est restée[8]: esprit poétique, esprit vrai, son mérite comme son charme est dans cette alliance. Avec cela, Mme de La Fayette avait grand soin (Segrais nous en avertit encore) de ne faire rien paraître de sa science ni de son latin, pour ne pas choquer les autres femmes. Ménage nous apprend qu'elle répondit un jour à M. Huyghens qui lui demandait ce que c'était qu'un ïambe, que *c'était le contraire d'un trochée*[9]; mais il fallait M. Huyghens et sa question, croyez-le bien, pour lui faire prendre ainsi la parole sur le trochée et sur l'ïambe[a].

Elle avait perdu son père à quinze ans. Sa mère, bonne personne, nous dit Retz, mais assez vaine et fort empressée, s'était remariée, peu après, au chevalier Renaud de Sévigné, si mêlé aux intrigues de la Fronde, et qui se montra des plus actifs à faire sauver le cardinal du château de Nantes. On lit dans les Mémoires du cardinal, à propos de cette prison de Nantes (1653) et des visites divertissantes qu'il y recevait : « Mme de La Vergne, qui avait épousé en secondes noces M. le chevalier de Sévigné, et qui demeuroit en Anjou avec son mari, m'y vint voir et y amena Mlle de La Vergne, sa fille, qui est présentement Mme de La Fayette. Elle étoit fort jolie et fort aimable, et elle avoit de plus beaucoup d'air de Mme de Lesdiguières. Elle me plut beaucoup, et la vérité est que je ne lui plus guère, soit qu'elle n'eût pas d'inclination pour moi, soit que la défiance que sa mère et son beau-père lui avoient donnée dès Paris même, avec application, de mes inconstances et de mes différentes amours, la missent en garde contre moi. Je me consolai de sa cruauté avec la facilité qui m'étoit assez naturelle[10]... » Mlle de La Vergne, âgée de vingt ans, n'eut besoin que de sa raison pour tenir peu de compte au prisonnier entreprenant de ce caprice désœuvré et banal, si vite consolé.

a. Tallemant des Réaux, ce rapporteur ordinaire des mauvaises paroles, en attribue une à Mlle de La Vergne sur son maître Ménage : « Cet importun Ménage va venir tantôt. » Il la rapporte au reste à bonne fin, et pour montrer que le pédant galant n'était pas *du dernier bien* avec ses belles élèves. On n'avait pas besoin de ce témoignage pour conclure que Mme de La Fayette ne se faisait aucune illusion sur les défauts du pauvre Ménage, et je crains même qu'elle n'ait songé à lui, entre autres, et à toutes ses platitudes, le jour où elle dit « qu'il étoit rare de trouver de la probité parmi les savants. »

Mariée en 1655 au comte de La Fayette, ce qu'il y eut probablement de plus remarquable et de plus d'accord avec l'imagination dans ce mariage, ce fut qu'elle devint ainsi la belle-sœur de la Mère Angélique de La Fayette, supérieure du couvent de Chaillot, autrefois fille d'honneur d'Anne d'Autriche, et dont les parfaites amours avec Louis XIII composent un roman chaste et simple, tout semblable à ceux que représente Mme de Clèves. Son mari, après lui avoir donné le nom qu'elle allait illustrer, et qu'une si tendre lueur décorait déjà, s'efface et disparaît de sa vie, pour ainsi dire; on n'apprend plus rien de lui qui le distingue[a]. Elle en eut deux fils qu'elle aimait beaucoup, l'un militaire, dont l'établissement l'avait fort occupée, et qui mourut peu de temps après elle, et un autre, l'abbé de La Fayette, pourvu de bonnes abbayes, et dont on sait surtout qu'il prêtait négligemment les manuscrits de sa mère et les perdait.

Mme de La Fayette fut introduite à l'hôtel de Rambouillet, et elle y apprit beaucoup de la marquise. M. Rœderer, qui a intérêt à ce qu'aucune des plaisanteries de Molière n'atteigne l'hôtel de Rambouillet, le fait se dépeupler et finir un peu plus tôt qu'il ne convient[11]. Mme de La Fayette eut le temps d'y aller dès avant son mariage et d'y profiter, aussi bien que Mme de Sévigné. M. Auger, dans la notice, d'ailleurs exacte et intéressante, mais sèche de ton, qu'il a donnée sur Mme de La Fayette[12], dit à ce propos: « Introduite de bonne heure dans la société de l'hôtel de Rambouillet, la justesse et la solidité naturelles de son esprit n'auraient peut-être pas résisté à la contagion du mauvais goût dont cet

a. « Il y a telle femme qui anéantit ou qui enterre son mari au point qu'il n'en est fait dans le monde aucune mention: vit-il encore, ne vit-il plus? on en doute... » (La Bruyère, *des Femmes*.)

hôtel était le centre, si la lecture des poëtes latins ne lui eût offert un préservatif, etc., etc. » Le préservatif eût bien dû agir sur Ménage tout le premier. Cela est de plus injuste pour l'hôtel Rambouillet, et M. Rœderer a complétement raison contre ces manières de dire ; mais il s'abuse lui-même assurément quand il fait de cet hôtel le berceau légitime du bon goût, quand il nous montre Mlle de Scudéry comme y étant plutôt tolérée qu'exaltée et admirée. Il oublie que Voiture, tant qu'il vécut, tint le dé en ce monde-là ; or, on sait, en fait d'esprit, mais aussi en fait de goût, ce qu'était Voiture. Quant à Mlle de Scudéry, il suffit de lire Segrais, Huet et autres, pour voir quel cas on faisait de cette incomparable fille et de l'*illustre Bassa*, et du *grand Cyrus*, et de ses vers *si naturels, si tendres*, que dénigrait Despréaux, mais *où il ne saurait mordre* ; et ce que Segrais et Huet admiraient en de pareils termes devait n'être pas jugé plus sévèrement dans un monde dont ils étaient comme les derniers oracles. Mme de La Fayette, qui avait l'esprit solide et fin, s'en tira à la manière de Mme de Sévigné, en n'en prenant que le meilleur. Par son âge, elle appartenait tout à fait à la jeune cour ; et même avec moins de solidité dans l'esprit, elle n'aurait pas manqué d'en posséder encore les plus justes élégances. Dès les premiers temps de son mariage, elle avait eu l'occasion de voir fréquemment au couvent de Chaillot la jeune princesse d'Angleterre près de la reine Henriette, qui, alors en exil, s'y était retirée. Quand la jeune princesse fut devenue Madame et l'ornement le plus animé de la cour, Mme de La Fayette, bien que de dix ans son aînée, garda l'ancienne familiarité avec elle, eut toujours ses entrées particulières et put passer pour sa favorite. Dans l'histoire charmante qu'elle a tracée des années brillantes de cette princesse, parlant d'elle-même à la troisième personne, elle se juge ainsi : « Mlle de La Trimouille et Mme de La Fayette étoient de ce nombre (*du nombre des personnes qui voyaient souvent Madame*). La première lui plaisoit par sa bonté et par une certaine ingénuité à conter tout ce qu'elle avoit dans le cœur, qui ressentoit la simplicité des premiers siècles ; l'autre lui avoit été agréable par son bonheur ; car, bien qu'on lui trouvât du mérite, c'étoit une sorte de mérite si sérieux en apparence, qu'il ne sembloit pas qu'il dût plaire à une princesse aussi jeune que Madame[13]. » À l'âge d'environ trente ans, Mme de La Fayette se trouvait donc au centre de cette politesse et de cette galanterie des plus florissantes années de Louis XIV ; elle était de toutes les parties de Madame à Fontainebleau ou à Saint-Cloud ; spectatrice plutôt qu'agissante ; n'ayant aucune part, comme elle nous dit, à sa confidence sur de certaines affaires, mais, quand elles étaient passées et un peu ébruitées, les entendant de sa bouche, les écrivant pour lui complaire : « Vous écrivez bien, lui disait Madame ; écrivez, je vous fournirai de bons mémoires. » — « C'étoit un ouvrage assez difficile, avoue Mme de La Fayette, que de tourner la vérité en de certains endroits d'une manière qui la fît connoître et qui ne fût pas néanmoins offensante ni désagréable à la princesse. » Un de ces endroits, entre autres, qui aiguisaient toute la délicatesse de Mme de La Fayette et qui excitaient le badinage de Madame pour la peine que l'aimable écrivain s'y donnait, devait être, j'imagine, celui-ci : « Elle (*Madame*) se lia avec la comtesse de Soissons... et ne pensa plus qu'à plaire au roi comme belle-sœur ; je crois qu'elle lui plut d'une autre manière, je crois aussi qu'elle pensa qu'il ne lui plaisoit que comme un beau-frère, quoiqu'il lui plût peut-être davantage, mais enfin, comme ils étoient tous deux infiniment aimables, et tous deux nés avec des dispositions galantes, qu'ils se voyoient tous les jours au milieu des plaisirs et des divertissements, il parut aux yeux de tout le monde qu'ils avoient l'un pour l'autre cet agrément qui précède d'ordinaire les grandes passions. » Madame mourut dans les bras de Mme de La Fayette, qui ne la quitta pas à ses derniers moments. Le récit qu'elle a fait de cette mort égale les beaux récits qu'on a des morts les plus touchantes ; il s'y trouve en chemin de ces mots simples et qui éclairent toute une scène : « ... Je montai chez elle. Elle me dit qu'elle étoit chagrine, et la mauvaise humeur dont elle parloit auroit fait les belles heures des autres femmes, tant elle avoit de douceur naturelle et tant elle étoit peu capable d'aigreur et de colère... Après le dîner, elle se coucha sur des carreaux... ; elle m'avoit fait mettre auprès d'elle, en sorte que sa tête étoit quasi sur moi... Pendant son sommeil elle changea si considérablement, qu'après l'avoir longtemps regardée j'en fus surprise, et je pensois qu'il falloit que son esprit contribuât fort à parer son visage... J'avois tort néanmoins de faire cette réflexion, car je l'avois vue dormir plusieurs fois, et je ne l'avois pas vue moins aimable. » Et plus loin : « Monsieur étoit devant son lit ; elle l'embrassa, et lui dit avec une douceur et un air capable d'attendrir les cœurs les plus barbares : Hélas ! Monsieur, vous ne m'aimez plus, il y a longtemps : mais cela est injuste ; je ne vous ai jamais manqué. — Monsieur parut fort touché, et tout ce qui étoit dans la chambre l'étoit tellement, qu'on n'entendoit plus que le bruit que font des personnes qui pleurent... Lorsque le roi fut sorti de la chambre, j'étois auprès de son lit ; elle me dit : Mme de La

Fayette, mon nez s'est déjà retiré. Je ne lui répondis qu'avec des larmes... Cependant elle diminuoit toujours... » Le 30 juin 1673, Mme de La Fayette écrivait à Mme de Sévigné : « Il y a aujourd'hui trois ans que je vis mourir Madame : je relus hier plusieurs de ses lettres ; je suis toute pleine d'elle. »

Au milieu de ce monde galant et brillant, durant dix années, Mme de La Fayette jeune encore, avec de la noblesse et de l'agrément de visage, sinon de la beauté, n'était-elle donc qu'observatrice et attentive, sans intérêt actif de cœur, autre que son attachement pour Madame, sans choix singulier et secret ? Vers l'année 1665, comme je conjecture, et comme je l'expliquerai plus bas, elle avait choisi hors de ce tourbillon pour ami de cœur M. de La Rochefoucauld, âgé déjà de cinquante-deux ans[a].

Elle écrivit de bonne heure par goût, mais avec sobriété toujours. C'était le temps des portraits : Mme de La Fayette, vers 1659, en fit un de Mme de Sévigné, qui est censé écrit par un inconnu : « Il vaut mieux que moi, » disait celle-ci en le retrouvant dans de vieilles paperasses de Mme de La Trémouille en 1675, « mais ceux qui m'eussent aimée il y a seize ans l'auroient pu trouver ressemblant. » C'est toujours sous ces traits jeunes et à jamais fixés par son amie, que Mme de Sévigné nous apparaît immortelle. Quand Madame, engageant Mme de La Fayette à se mettre à l'œuvre, lui disait : « *Vous écrivez bien*, » elle avait lu sans doute *la Princesse de Montpensier*, première petite nouvelle de notre auteur, qui fut imprimée dès 1660 ou 1662[b].

a. Petitot, dans sa notice érudite sur Mme de La Fayette (*Collection des Mémoires relatifs à l'Histoire de France*, seconde série, tome LXIV), a fait commencer l'étroite liaison dix ans plus tôt, à ce qu'il me semble.

b. Le Dictionnaire de Moréri dit 1662, et Quérard 1660. Ce qu'il y a de certain, c'est que la première édition publique, avec privilége du roi, est de 1662, sans aucun nom d'auteur.

Comme élégance et vivacité de récit, cela se détachait des autres nouvelles et historiettes du moment, et annonçait un esprit de justesse et de réforme. L'imagination de Mme de La Fayette, en composant, se reportait volontiers à l'époque brillante et polie des Valois, aux règnes de Charles IX ou de Henri II, qu'elle idéalisait un peu et qu'elle embellissait dans le sens où les gracieux et discrets récits de la reine Marguerite nous les font entrevoir. *La Princesse de Montpensier, la Princesse de Clèves, la Comtesse de Tende*, ne sortent pas de ces règnes, dont les vices et les crimes ont trop éclipsé peut-être à nos yeux la spirituelle culture. La cour de Madame pour l'esprit, pour les intrigues, pour les vices aussi, n'était pas sans rapport avec celle des Valois, et l'histoire qu'en a essayée Mme de La Fayette rappelle plus d'une fois les Mémoires de cette reine si aimable en son temps, qu'il ne faut pourtant pas croire toujours. Le perfide Vardes et le fier M. de Guiche[14] sont bien des figures qui siéraient d'emblée à la cour de Henri II; et, à cette cour de Madame, il ne manquait pas même de chevalier de Lorraine. Mme de La Fayette avait dans ce monde une sorte de rôle d'autorité, et exerçait pour le ton une critique sage. Deux mois avant la malheureuse mort de Madame, Mme de Montmorency écrivait à M. de Bussy, en manière de plaisanterie (1er mai 1670): «Mme de La Fayette, favorite de Madame, a eu la tête cassée par une corniche de cheminée qui n'a pas respecté une tête si brillante de la gloire que lui donnent les faveurs d'une si grande princesse. Avant ce malheur, on a vu une lettre d'elle qu'elle a donnée au public pour se moquer de ce qu'on appelle les mots à la mode et dont l'usage ne vaut rien; je vous l'envoie[15].» Suit cette lettre, qui est toute composée de jargon amphigourique dont elle voulait corriger le beau monde ; c'est un amant jaloux qui écrit à sa maîtresse ; Boileau en son genre n'eût pas mieux fait. Mme de La Fayette, à un degré radouci, était un peu le Despréaux de la politesse de cour. À la fin de cette même année 1670, parut *Zayde*, le premier ouvrage véritable de Mme de La Fayette, car *la Princesse de Montpensier* n'était pas un ouvrage et n'avait d'ailleurs été remarquée dans le temps que d'assez peu de personnes. *Zayde* portait le nom de Segrais, et ce ne fut pas une pure fiction transparente ; le public crut aisément que Segrais était l'auteur. Bussy reçut le livre comme étant de Segrais, se disposa à le lire avec grand plaisir ; « car Segrais, disait-il, ne peut rien écrire qui ne soit joli ; » après l'avoir lu, il le critique et le loue toujours dans la même persuasion. Depuis lors, il n'a pas manqué de personnes qui ont voulu maintenir à Segrais l'honneur de la paternité ou du moins une grande part. Adry, qui a donné une édition de *la Princesse de Clèves* (1807), en remettant et laissant la question dans le doute, semble incliner en faveur du poëte bel-esprit.

Mais le digne Adry, qui fait autorité comme bibliographe, a l'esprit un peu esclave de la lettre. Segrais pourtant nous dit assez nettement, ce semble, dans les conversations et propos qu'on a recueillis de lui : « *La Princesse de Clèves* est de Mme de la Fayette... *Zayde*, qui a paru sous mon nom, est aussi d'elle. Il est vrai que j'y ai eu quelque part, mais seulement dans la disposition du roman, où les règles de l'art sont observées avec grande exactitude. » Il est vrai de plus qu'à un autre moment Segrais dit : « Après que ma *Zayde* fut imprimée, Mme de La Fayette en fit relier un exemplaire avec du papier blanc entre chaque page, afin de la revoir tout de nouveau et d'y faire des corrections, particulièrement sur le langage ; mais elle ne trouva rien à y corriger, même en plusieurs années, et je ne pense pas que l'on y puisse rien changer, même encore aujourd'hui. » Il est évident que Segrais, comme tant d'éditeurs de bonne foi, se laissait dire et rougissait un peu quand on lui parlait de *sa Zayde*. La confusion de l'auteur à l'éditeur est chose facile et sensible. Au moyen âge et même au seizième siècle, une phrase de latin copiée ou citée faisait autant partie de l'amour-propre de l'auteur qu'une pensée propre. S'il s'agit d'un roman ou d'un poëte qu'on a mis en circulation le premier, on est plus chatouilleux encore : ces parrains-là ne haïssent pas le soupçon malin et ne le démentent qu'à demi. Même sans cela, à force d'entendre unir son nom à la louange ou à la critique de l'œuvre, on l'adopte plus étroitement. On m'a, s'il m'en souvient, tant jeté à la tête Ronsard, que j'ai de la peine à ne pas dire *mon* Ronsard. On est flatté d'ailleurs d'avoir porté le premier une bonne nouvelle, et même une mauvaise. Le bon Adry, faute d'y entendre malice, s'embarrasse donc bien gratuitement de ce mot de Segrais, *ma Zayde*. Huet est assez formel à ce sujet dans ses *Origines de Caën* ; il l'est plus encore dans son *Commentaire* latin sur lui-même : « Des gens mal informés, y dit-il, ont pris pour une injure que j'aurois voulu causer à la renommée de Segrais ce que j'ai écrit dans *les Origines de Caën* ; mais je puis attester le fait sur la foi de mes propres yeux et d'après nombre de lettres de Mme de La Fayette elle-même ; car elle m'envoyoit chaque partie de cet ouvrage successivement, au fur et à mesure de la composition, et me les faisoit lire et revoir. » Enfin Mme de La Fayette disait souvent à Huet, qui avait mis en tête de *Zayde* son traité de *l'Origine des Romans*: « Savez-vous que nous avons marié nos enfants ensemble ? »

Il est vrai qu'après tout, le genre de *Zayde* ne diffère pas si notablement de celui des Nouvelles de Segrais, qu'on n'ait pu dans le temps prendre le change. *Zayde* est encore dans l'ancien et pur genre romanesque, quoiqu'elle en soit le plus fin joyau ; et si la réforme y commence, c'est uniquement dans les détails et la suite du récit, dans la manière de dire plutôt que dans la conception même. *Zayde* tient en quelque sorte un milieu entre l'*Astrée* et les romans de l'abbé Prevost, et fait la chaîne de l'une aux autres. Ce sont également des passions extraordinaires et subites, des ressemblances incroyables de visages, des méprises prolongées et pleines d'aventures, des résolutions formées sur un portrait ou un bracelet entrevus. Ces amants malheureux quittent la cour pour des déserts horribles, où ils ne manquent de rien ; ils passent les après-dînées dans les bois, contant aux rochers leur martyre, et ils rentrent dans les *galeries* de leurs maisons, où se voient toutes sortes de peintures. Ils rencontrent à l'improviste sur le bord de la mer des princesses infortunées, étendues et comme sans vie, qui sortent du naufrage en habits magnifiques, et qui ne rouvrent languissamment les yeux que pour leur donner de l'amour. Des naufrages, des déserts, des descentes par mer, et des ravissements : c'est donc toujours plus ou moins l'ancien roman d'Héliodore, celui de D'Urfé, le genre romanesque espagnol, celui des Nouvelles de Cervantes. La nouveauté particulière à Mme de La Fayette consiste dans l'extrême finesse d'analyse ; les sentiments tendres y sont démêlés dans toute leur subtilité et leur confusion. Cette jalousie d'Alphonse, qui parut si invraisemblable aux contemporains, et que

Segrais nous dit avoir été dépeinte sur le vrai, et en diminuant plutôt qu'en argumentant, est poursuivie avec dextérité et clarté dans les dernières nuances de son déréglement et comme au fond de son labyrinthe. Là se fait sentir le mérite; là l'observation, par endroits, se retrouve. Un beau passage, et qui a pu être qualifié *admirable* par d'Alembert, est celui où les deux amants, qui avaient été séparés peu de mois auparavant sans savoir la langue l'un de l'autre, se rencontrent inopinément, et s'abordent en se parlant chacun dans la langue qui n'est pas la leur, et qu'ils ont apprise dans l'intervalle, et puis s'arrêtent tout à coup en rougissant comme d'un mutuel aveu. Pour moi, j'en aime des remarques de sentiment comme celle-ci, que Mme de La Fayette n'écrivait certainement pas sans un secret retour sur elle même: « Ah! don Garcie, vous aviez raison: il n'y a de passions que celles qui nous frappent d'abord et qui nous surprennent; les autres ne sont que des liaisons où nous portons volontairement notre cœur. Les véritables inclinations nous l'arrachent malgré nous. »

Mme de La Fayette ne connut pas, je pense, ces passions qui nous arrachent avec violence de nous-même, et elle apporta volontairement son cœur. Lorsqu'elle fit choix de M. de La Rochefoucauld pour se lier avec lui, j'ai dit qu'elle devait avoir trente-deux ou trente-trois ans à peu près, et lui cinquante-deux. Elle le voyait et le rencontrait depuis déjà longtemps sans doute, mais c'est de la liaison particulière que j'entends parler. On va voir par la lettre suivante (inédite[16] jusqu'ici)[a], et qui est

a. Résidu de Saint-Germain, paquet 4, n. 6. Bibliothèque du Roi. — J'ai déjà recommandé à M. Monmerqué ce paquet qui lui convient si bien par une quantité de lettres de l'abbé de la Victoire, de la comtesse de Maure et de Mme de Sablé. Mademoiselle, dans *la Princesse de*

une des plus confidentielles qu'on puisse désirer, que vers le temps de la publication des *Maximes* et lors de la première entrée du comte de Saint-Paul dans le monde, il était bruit de cette liaison de Mme de La Fayette et de M. de La Rochefoucauld comme d'une chose assez récemment établie. Or la publication des *Maximes*, et l'entrée du comte de Saint-Paul dans le monde, en la rapportant à l'âge de seize ou dix-sept ans, concordent juste, et donnent l'année 1665 ou 1666. Mme de La Fayette écrit cette lettre à Mme de Sablé, ancienne amie de M. de La Rochefoucauld, la même qui eut tant de part à la confection des *Maximes*, et qui, depuis quelque temps, s'était tout à fait liée avec Port-Royal, par intention de réforme et peur de la mort, à ce qu'il semble, plutôt que par conversion bien entière: — «Ce lundi au soir. — Je ne pus hier répondre à votre billet, parce que j'avois du monde, et je crois que je n'y répondrai pas aujourd'hui, parce que je le trouve trop obligeant. Je suis honteuse des louanges que vous me donnez, et d'un autre côté j'aime que vous ayez bonne opinion de moi, et je ne veux vous rien dire de contraire à ce que vous en pensez. Ainsi je ne vous répondrai qu'en vous disant que M. le comte de Saint-Paul sort de céans, et que nous avons parlé de vous, une heure durant, comme vous savez que j'en sais parler. Nous avons aussi parlé d'un homme que je prends toujours la liberté de mettre en comparaison avec vous pour l'agrément de l'esprit. Je ne sais si la comparaison vous offense, mais quand elle

Paphlagonie, traçant des portraits de ces deux dames, a dit: «C'est de leur temps que l'écriture a été mise en usage. On n'écrivoit que les contrats de mariage; de lettres, on n'en entendoit pas parler.» Eh bien! bon nombre des lettres de ces dames, devancières de Mme de Sévigné, sont là. — M. Cousin en a, depuis, tiré parti avec bonheur, et aussi, selon son habitude, avec fanfare[17].

vous offenseroit dans la bouche d'un autre, elle est une grande louange dans la mienne si tout ce qu'on dit est vrai. J'ai bien vu que M. le comte de Saint-Paul avait ouï parler de ces dits-là, et j'y suis un peu entrée avec lui. Mais j'ai peur qu'il n'ait pris tout sérieusement ce que je lui en ai dit. Je vous conjure, la première fois que vous le verrez, de lui parler de vous-même de ces bruits-là. Cela viendra aisément à propos, car je lui ai donné les *Maximes*, et il vous le dira sans doute. Mais je vous prie de lui en parler comme il faut, pour lui mettre dans la tête que ce n'est autre chose qu'une plaisanterie ; et je ne suis pas assez assurée de ce que vous en pensez pour répondre que vous direz bien, et je pense qu'il faudroit commencer par persuader l'ambassadeur. Néanmoins il faut s'en fier à votre habileté, elle est au-dessus des maximes ordinaires ; mais enfin persuadez-le. Je hais comme la mort que les gens de son âge puissent croire que j'ai des galanteries. Il leur semble qu'on leur paroît cent ans dès qu'on est plus vieille qu'eux, et ils sont tout propres à s'étonner qu'il soit encore question des gens ; et de plus il croiroit plus aisément ce qu'on lui diroit de M. de La Rochefoucauld que d'un autre. Enfin je ne veux pas qu'il en pense rien, sinon qu'il est de mes amis, et je vous prie de n'oublier non plus de lui ôter cela de la tête, si tant est qu'il l'ait, que j'ai oublié votre message. Cela n'est pas généreux de vous faire souvenir d'un service en vous en demandant un autre.
(*En marge.*) — Je ne veux pas oublier de vous dire que j'ai trouvé terriblement de l'esprit au comte de Saint-Paul. »

Pour ajouter à l'intérêt de cette lettre, qu'on veuille bien se rappeler la situation précise : M. de Saint-Paul, fils de Mme de Longueville et probablement aussi de M. de La Rochefoucauld, venant voir

Mme de La Fayette, qui passe pour l'objet d'une dernière passion tendre, et qui voudrait le voir détrompé... ou trompé là-dessus. — Le *terriblement d'esprit* du jeune prince allait droit, je pense, au cœur de Mme de Longueville, à qui le post-scriptum au moins, et le reste aussi sans doute, fut bien vite montré. Ce mot charmant de la lettre, et que devraient méditer toutes les amours un peu tardives: «Je hais comme la mort que les gens de son âge puissent croire que j'ai des galanteries,» répond exactement à cette pensée de *la Princesse de Clèves*: «Mme de Clèves, qui étoit dans cet âge où l'on ne croit pas qu'une femme puisse être aimée quand elle a passé vingt-cinq ans, regardoit avec un extrême étonnement l'attachement que le roi avoit pour cette duchesse (de Valentinois).» Cette idée-là, comme on voit, était familière à Mme de La Fayette. Elle craignait surtout de paraître inspirer ou sentir la passion à cet âge où d'autres l'affectent. Sa raison délicate devenait une dernière pudeur.

Je tiens d'autant plus à ce que la liaison intime et déclarée de M. de La Rochefoucauld et d'elle ne commence qu'à cette époque, qu'il me semble que l'influence sur lui de cette amie affectueuse est expressément contraire aux *Maximes*; qu'elle les lui eût fait corriger et retrancher si elle l'avait environné avant comme depuis, et que le La Rochefoucauld misanthrope, celui qui disait qu'il n'avait trouvé de l'amour que dans les romans, et que, pour lui, il n'en avait jamais éprouvé, n'est pas celui dont elle disait plus tard: «M. de La Rochefoucauld m'a donné de l'esprit, mais j'ai réformé son cœur[18].»

Dans un petit billet de sa main (inédit) à Mme de Sablé, qui avait elle-même composé des *Maximes*, je lis: «Vous me donneriez le plus grand chagrin du monde si vous ne me montriez pas vos *Maximes*. Mme Du Plessis m'a donné une curiosité étrange de les voir, et c'est justement parce qu'elles sont honnêtes et raisonnables que j'en ai envie, et qu'elles me persuaderont que toutes les personnes de bon sens ne sont pas si persuadées de la corruption générale que l'est M. de La Rochefoucauld. » C'est cette idée de corruption générale qu'elle s'attacha à combattre en M. de La Rochefoucauld et qu'elle rectifia. Le désir d'éclairer et d'adoucir ce noble esprit fut sans doute un appât de raison et de bienfaisance pour elle aux abords de la liaison étroite.

L'ancien chevalier de la Fronde, devenu amer et goutteux, n'était pas au reste ce qu'on pourrait se figurer d'après son livre seul. Il avait peu étudié, nous dit Segrais, mais son sens merveilleux et sa science du monde suppléaient à l'étude. Jeune, il avait donné dans tous les vices de son temps et s'en était retiré avec l'esprit plus sain que le corps, si l'on pouvait appeler sain quelque chose d'aussi chagriné. Cela n'empêchait en rien la douceur de son commerce et son agrément infini. Il était la bienséance parfaite, continue, et gagnait chaque jour à être vu de plus près. Homme de la conversation particulière, un ton de plus ne lui allait pas. S'il lui avait fallu parler devant cinq ou six personnes un peu solennellement, la force lui aurait manqué, et la harangue qui était d'usage pour l'Académie française l'en détourna. En juin 1672, quand un soir, la mort de M. de Longueville, celle du chevalier de Marsillac, son petit-fils, et la blessure du prince de Marsillac son fils, quand toute cette *grêle* tomba sur lui, nous dit Mme de Sévigné, il fut admirable à la fois de douleur et de fermeté : « J'ai vu son cœur à découvert, ajoute-t-elle, en cette cruelle aventure ; il est au premier rang de ce que j'ai jamais vu de courage, de mérite, de tendresse et de raison[19]. » À peu de distance de là, elle disait de lui encore qu'il était *patriarche* et sentait presque aussi bien qu'elle la tendresse maternelle. Voilà le La Rochefoucauld réel, et tel que Mme de La Fayette le réforma.

De 1666 à 1670, la santé de Mme de La Fayette qui n'était pas encore ce qu'elle devint bientôt après, et la faveur qu'elle possédait auprès de Madame, lui donnaient occasion et moyen d'aller assez souvent à la cour ; ce n'est guère qu'après la mort de Madame[20], et à l'époque aussi de cette diminution de santé de Mme de La Fayette, que la liaison, telle que Mme de Sévigné nous la montre, se régla complétement. Les lettres de l'incomparable amie, qui vont d'une manière ininterrompue précisément à partir de ce temps-là, permettent de suivre toutes les moindres circonstances et jusqu'à l'heureuse monotonie de cette habitude profonde et tendre : « Leur mauvaise santé, écrit-elle, les rendoit comme nécessaires l'un à l'autre, et... leur donnoit un loisir de goûter leurs bonnes qualités qui ne se rencontre pas dans les autres liaisons... À la cour, on n'a pas le loisir de s'aimer : ce tourbillon qui est si violent pour tous étoit paisible pour eux, et donnoit un grand espace au plaisir d'un commerce si délicieux. Je crois que nulle passion ne peut surpasser la force d'une telle liaison[21]... » Je ne rapporterai pas tout ce qui se pourrait extraire de chaque lettre, pour ainsi dire, de Mme de Sévigné ; car il y en a peu où Mme de La Fayette ne soit nommée, et plusieurs sont écrites ou fermées chez elle, avec les compliments tout vifs de M. de La Rochefoucauld *que voilà*. Aux bons jours, aux jours de santé passable et de dîner en *lavardinage* ou *bavardinage*, c'est un gracieux enjouement, ce sont des roulades de gaietés malicieuses sur cette folle de Mme de Marans, sur les manéges de Mme de Brissac et de M. le Duc. Il y a des jours plus sérieux et non moins délicieux, où, à Saint-Maur, dans cette maison que M. le Prince avait prêtée à Gourville, et dont Mme de La Fayette jouissait volontiers, on entendait en compagnie choisie la *Poétique* de Despréaux qu'on trouvait un chef-d'œuvre. Puis une autre fois, en dépit de Despréaux et de sa *Poétique*, on allait à Lulli, et, à de certains endroits de l'opéra de *Cadmus*, on pleurait : « Je ne suis pas seule à ne les pouvoir soutenir, disait Mme de Sévigné ; l'âme de Mme de La Fayette en est tout alarmée[22]. » Comme cette âme *alarmée* est bien la délicatesse même ! Ô Zayde, Zayde, on sent à vos alarmes la tendresse romanesque qui n'est satisfaite qu'à demi et qu'il ne faut pas trop réveiller ! — Il y a des jours aussi où Mme de La Fayette va encore faire une petite visite à la cour, et le roi la place dans sa calèche avec les dames et lui montre les beautés de Versailles comme ferait un simple particulier ; et un tel voyage, un tel succès, si sage qu'on soit, fournit matière, au retour, à des conversations fort longues, et même à des lettres moins courtes qu'à l'ordinaire de la part de Mme de La Fayette qui aime peu à écrire ; et Mme de Grignan de loin est un peu jalouse ; elle l'est encore à propos de quelque écritoire de bois de Sainte-Lucie dont Mme de Montespan fait présent à Mme de La Fayette[a] ; mais

a. Il ressort des lettres de Mme de Sévigné que Mme de Grignan devait assez souvent lui répéter : « Voyez, voyez ! votre Mme de La Fayette vous aime-t-elle donc si extraordinairement ? elle ne vous écriroit pas deux lignes en dix ans ; elle sait faire ce qui l'accommode, elle garde ses aises et son repos, et, du milieu de cette indolence, surveille très-bien de l'œil son crédit. » Gourville, avec qui Mme de La Fayette eut le tort d'en user trop longtemps sans réserve, comme on fait d'un ami sûr, a écrit d'elle quelque chose en ce sens, et plus malicieux. — Lassay, dans les espèces de Mémoires qu'il a fait imprimer, intente

Mme de Sévigné raccommode tout cela par les compliments et les douceurs qu'elle arrange et quelle échange sans cesse entre sa fille et sa meilleure amie. Même quand Mme de La Fayette n'alla plus à Versailles et n'embrassa plus en pleurant de reconnaissances les genoux du roi, même quand M. de La Rochefoucauld fut mort, elle garda son crédit, sa considération : « Jamais femme sans sortir de sa place, nous dit Mme de Sévigné, n'a fait de si bonnes affaires[23]. » Louis XIV aima toujours en elle la favorite de Madame, un témoin de cette mort touchante et de ces belles années avec lesquelles elle restait liée dans son souvenir, n'ayant plus guère reparu à la cour depuis.

Mais Versailles et la *Poétique* de Despréaux, et l'opéra de Lulli, et les gaietés sur la Marans sont toujours vite interrompus par cette misérable santé qui, avec sa fièvre tierce, ne permet pas qu'on l'oublie, et devient peu à peu l'occupation principale. Dans son beau et vaste jardin de la rue de Vaugirard, si verdoyant, si embaumé, dans la maison de Gourville à Saint-Maur, où elle s'habitue en amie franche, à Fleury-sous-Meudon, où elle va respirer l'air des bois, on la suit malade, mélancolique ; on voit cette figure longue et sérieuse s'amaigrir et se dévorer. Sa vie, durant vingt ans, se convertit en une petite fièvre plus ou moins lente, et les bulletins reviennent toujours à ceci : « Mme de La Fayette s'en va demain à une petite maison auprès de Meudon où elle a déjà été. Elle y passera quinze jours pour être comme suspendue entre le ciel et la terre ; elle ne veut pas penser, ni parler, ni

aussi toute une accusation contre Mme de La Fayette, en tant qu'intéressée et sachant prendre ses avantages : mais, pour se prononcer, il faudrait avoir pu entendre les deux sons.

répondre, ni écouter; elle est fatiguée de dire bonjour et bonsoir; elle a tous les jours la fièvre, et le repos la guérit; il lui faut donc du repos; je l'irai voir quelquefois. M. de La Rochefoucauld est dans cette chaise que vous connoissez: il est d'une tristesse incroyable, et l'on comprend bien aisément ce qu'il a[24]. » Ce qu'a sans doute M. de La Rochefoucauld de pire que la goutte et que ses maux ordinaires, c'est de manquer de Mme de La Fayette.

La tristesse qu'un tel état nourrissait naturellement n'empêchait pas l'agrément et le sourire de reparaître aux moindres intervalles. Dans les sobriquets de société qu'on se donnait, et qui faisaient de Mme Scarron *le Dégel*, de Colbert *le Nord*, de M. de Pomponne *la Pluie*, Mme de La Fayette avait nom *le Brouillard*: le brouillard se levait quelquefois, et l'on avait des horizons charmants. Une raison douce, résignée, mélancolique, attachante et détachée, reposée de ton, semée de mots justes et frappants qu'on retenait, composait l'allure habituelle de sa conversation, de sa pensée. *C'est assez que d'être*, disait-elle d'ordinaire, en acceptant son état inactif. Ce mot, qui la peint tout entière, est bien de celle qui disait aussi, à propos de Montaigne, qu'il y aurait plaisir à avoir un voisin comme lui[a].

Une sensibilité extrême et pleine de larmes reparaissait par instants tout à coup à travers cette raison continue, comme une source qui jaillit d'une terre unie. On l'a vue *tout alarmée* par l'émotion de la musique. Quand Mme de Sévigné partait pour les Rochers ou pour la Provence, il ne fallait pas qu'elle lui fît ses adieux et que sa visite eût l'air

a. Elle n'aurait pas dit la même chose de Malebranche, et, en digne amie de Huet, elle avouait à Ménage, sur *la Recherche de la Vérité*, qu'elle n'avait pu y rien comprendre. Cela, en effet, lui devait paraître à la fois trop dogmatique et trop alambiqué.

d'être la dernière: la délicatesse de Mme de La Fayette ne pouvait supporter le départ d'une telle amie. Un jour on parlait devant elle, M. le Duc présent, de la campagne qui devait s'ouvrir dans cinq ou six mois; l'idée soudaine des dangers que M. le Duc aurait à courir alors lui tira aussitôt des larmes. Ces effusions avaient un charme plus grand et plus de prix, on le conçoit, dans une personne si judicieuse et avec un esprit si reposé.

Son attention, du sein de sa langueur, ne se portait pas moins sur les points essentiels; sans bouger elle veillait à tout. Si elle réforma le cœur de M. de La Rochefoucauld, elle répara aussi ses affaires[25]. Elle s'entendait bien aux procès, et l'empêcha de perdre le plus beau de ses biens en lui fournissant les moyens de prouver qu'ils étaient substitués. On conçoit avec cela qu'elle écrivait peu de lettres, et seulement pour le nécessaire. C'était son seul coin orageux avec Mme de Sévigné. Le petit nombre de lettres de Mme de La Fayette sont presque toutes pour dire qu'elle ne dira que deux mots, qu'elle dirait plus si elle n'avait la migraine. On voit même reparaître un jour M. de La Fayette en personne, qui arrive tout exprès je ne sais d'où, comme motif d'excuse. Il suffit de lire la jolie lettre: «*Hé bien! hé bien! ma belle, qu'avez-vous à crier comme un aigle?* etc.,» pour bien connaître le train de vie de Mme de La Fayette et saisir sa différence de ton d'avec Mme de Sévigné. On y lit ces mots souvent cités: «Vous êtes en Provence, ma belle; vos heures sont libres, et votre tête encore plus; le goût d'écrire vous dure encore pour tout le monde; il m'est passé pour tout le monde; et si j'avois un amant qui voulût de mes lettres tous les matins, je romprois avec lui[26].»

Mme de La Fayette était très-*vraie*[27] et trèsfranche; *il fallait la croire sur parole*[a]: «Elle n'auroit pas donné le moindre titre à qui que ce fût, si elle n'eût été persuadée qu'il le méritoit; et c'est ce qui a fait dire à quelqu'un qu'elle étoit sèche, quoiqu'elle fût délicate[b].» Mme de Maintenon, avec qui Mme de La Fayette avait eu liaison étroite, était d'un esprit aussi merveilleusement droit, mais d'un caractère moins franc; aussi judicieuse, mais moins vraie; et cette différence dut contribuer à leur refroidissement. En 1672, quand Mme Scarron élevait en secret les bâtards de Louis XIV, au bout du faubourg Saint-Germain, près de Vaugirard, bien au delà de la maison de Mme de La Fayette, celle-ci était encore en liaison particulière avec elle; elle recevait quelquefois de ses nouvelles ainsi que Mme de Coulanges; elles durent même la visiter ensemble. Mais la confidence de Mme Scarron se resserrant par degrés, il en résulta de ces paroles rapportées et de ces conjectures qui déplaisent entre amis: «L'idée d'entrer en religion ne m'est jamais venue dans l'esprit, écrivait Mme de Maintenon à l'abbé Testu; rassurez donc Mme de La Fayette.» Donnant à son frère des leçons d'économie, Mme de Maintenon écrivait en 1678: «J'aurois cinquante mille livres de rente que je n'aurois pas le train de grande dame, ni un lit galonné d'or comme Mme de La Fayette, ni un valet de chambre comme Mme de Coulanges. Le plaisir qu'elles en ont vaut-il les railleries qu'elles en essuient?» Je ne sais si le lit galonné de Mme de La Fayette prêtait beaucoup aux plaisanteries; mais, couchée là-dessus, comme il lui arrivait trop souvent, elle y était plus simple à coup sûr que son amie

a. Mme de Sévigné.
b. Segraisiana.

sous ce manteau couleur de *feuille morte* qu'elle affecte d'user jusqu'au bout. Enfin toute amitié cessa entre elles ; Mme de Maintenon le déclare : « Je n'ai pu conserver l'amitié de Mme de La Fayette, elle en mettoit la continuation à trop haut prix. Je lui ai montré du moins que j'étois aussi sincère qu'elle. C'est le duc qui nous a brouillées. Nous l'avons été autrefois pour des bagatelles[a]. » Et dans les Mémoires de Mme de La Fayette sur les années 1688 et 1689, à propos de la *comédie d'Esther,* on lit : « Elle (madame de Maintenon) ordonna au poëte de faire une comédie, mais de choisir un sujet pieux : car, à l'heure qu'il est, hors de la piété point de salut à la cour aussi bien que dans l'autre monde... La comédie représentoit, en quelque sorte, la chute de Mme de Montespan et l'élévation de Mme de Maintenon ; toute la différence fut qu'Esther étoit un peu plus jeune et moins précieuse en fait de piété. » En citant ces paroles de deux femmes illustres, je ne me plais pas à en faire ressortir l'aigreur qui gâta une longue affection. En somme, Mme de Maintenon et Mme de La Fayette étaient deux puissances trop considérables, et qui faisaient trop peu de frais, pour ne pas se refroidir à l'égard l'une de l'autre. Mme de Maintenon, en grandissant la dernière, dut par degrés changer envers Mme de La Fayette qui resta la même ; c'est ce procédé uniforme que Mme de Maintenon aurait peut-être voulu voir changer un peu avec sa fortune[b]. Mme de

a. Lettre à Mme de Saint-Géran, août 1684. De quel *duc* s'agit-il ? est-ce du nouveau duc de La Rochefoucauld ? On voit, par une lettre de Mme de Maintenon à la même, d'avril 1679, qu'elle ne pouvait souffrir les Marsillac, père et fils. — Toutes ces lettres adressées à madame de Saint-Géran sont devenues très-suspectes depuis les derniers travaux critiques sur l'édition de La Beaumelle.

b. La Beaumelle, dans les *Mémoires* qui précèdent son édition des Lettres de Mme de Maintenon, suppose à Mme de La Fayette je ne sais quels torts de caractère et quelles prétentions de vouloir remplacer

La Fayette mourante était celle encore dont Mme Scarron, écrivant à Mme de Chantelou sur sa présentation à Mme de Montespan, avait dit en 1666 : « Mme de Thianges me présenta à sa sœur... Je peignis ma misère... sans me ravaler ; ... enfin Mme de La Fayette auroit été contente du vrai de mes expressions et de la brièveté de mon récit. » En fait de société aimable et polie, unissant le sérieux et le vrai à la grâce, si j'avais été de M. Rœderer, j'en aurais vu et placé le triomphe le plus satisfaisant dans le cercle de Mmes de Sévigné et de La Fayette, plutôt que dans l'élévation et le mariage de Mme de Maintenon. Celle-ci nuisit en un sens à la société polie, comme certains révolutionnaires ont nui à la liberté, en la poussant trop loin et jusqu'aux excès qui appellent la réaction contraire. Il fallait s'arrêter avant la pruderie ou la rigidité, sous peine de provoquer la Régence.

En juillet 1677, un an avant *la Princesse de Clèves*, on voit que la santé de Mme de La Fayette semblait au pire, bien qu'elle dût encore aller quinze ans à dépérir ainsi sans relâche, étant *de celles qui traînent leur misérable vie jusqu'à la dernière goutte d'huile*[a]. C'est pourtant dans l'hiver qui suivit, que M. de La Rochefoucauld et elle s'occupèrent finalement de ce joli roman qui parut chez Barbin le 16 mars 1678[b]. Segrais, que nous trouvons encore

---

Mme de Sablé, qui éloignèrent d'elle ses amis et rendirent sa maison déserte : on ne peut trancher avec plus d'impertinence à l'encontre de tous les témoignages.

a. Mme de Sévigné.

b. Dans une lettre de Mme de Sévigné à sa fille (16 mars 1672), on lit : « Je suis au désespoir que vous ayez eu *Bajazet* par d'autres que par moi : c'est ce chien de Barbin qui me hait, parce que je ne fais pas des Princesses de Clèves et de Montpensier. » Il en faut conclure que le roman de *la Princesse de Clèves* était déjà au moins en projet et en ébauche à cette première date ; qu'il en avait été question dans la société intime de l'auteur ; que Mmes de Sévigné et de Grignan en avaient peut-être entendu le commencement. Dans une lettre, je crois,

sur notre chemin, dit, en un endroit, qu'il n'a pas pris la peine de répondre à la critique que l'on fit de ce roman[a]; et à un autre endroit, que Mme de La Fayette a dédaigné d'y répondre; de sorte qu'il y aurait doute, si on le voulait, sur son degré de coopération. Mais, pour le coup, nous ne le discuterons pas, et ce roman est trop supérieur à tout ce qu'il a jamais écrit pour permettre d'hésiter. Personne, au reste, ne s'y méprit cette fois; les lectures confidentielles avaient fait bruit, et le livre fut bien reçu comme l'œuvre de la seule Mme de La Fayette, aidée du goût de M. de La Rochefoucauld. Dès que cette *Princesse*, ainsi annoncée à l'avance, parut, elle fut l'objet de toutes les conversations et correspondances; Bussy et Mme de Sévigné s'en écrivaient; on était partout sur le *qui-vive* à son propos; on s'abordait dans la grande allée des Tuileries en s'en demandant des nouvelles. Fontenelle lut le roman quatre fois dans la nouveauté; Boursault en tira une tragédie, comme à présent on en eût fait des vaudevilles. Valincour écrivit très-*incognito* un petit volume de critique qu'on attribua au Père Bouhours, et un abbé de Charnes riposta par un autre petit volume qu'on supposa de Barbier d'Aucourt, critique célèbre d'alors et adversaire ordinaire du spirituel jésuite[28]. *La Princesse de Clèves* a survécu à cette vogue qu'elle méritait, et est demeu-

---

de Mme de Scudéry à Bussy, on voit d'ailleurs que, pendant l'hiver qui précède la publication, M. de La Rochefoucauld et Mme de La Fayette s'enferment et préparent quelque chose. La conciliation est simple: *la Princesse de Clèves* ébauchée sommeilla de 1672 à 1677, et alors seulement l'auteur s'y remit de concert avec M. de La Rochefoucauld, pour l'achever.

a. Il est à remarquer qu'à l'endroit où on lui fait dire cela, dans le *Segraisiana*, on lui prête une erreur au sujet du roman qui aurait été le sien: il parle en effet de la rencontre de M. de Nemours et de Mme de Clèves chez le joaillier, tandis que c'est M. de Clèves qui y rencontre celle qui doit être sa femme. On ne peut donc prendre ce propos, mal recueilli, pour une autorité.

rée parmi nous le premier en date des plus aimables romans.

Il est touchant de penser dans quelle situation particulière naquirent ces êtres si charmants, si purs, ces personnages nobles et sans tache, ces sentiments si frais, si accomplis, si tendres ; comme Mme de La Fayette mit là tout ce que son âme aimante et poétique tenait en réserve de premiers rêves toujours chéris, et comme M. de La Rochefoucauld se plut sans doute à retrouver dans M. de Nemours cette fleur brillante de chevalerie dont il avait trop mésusé, et, en quelque sorte, un miroir embelli où recommençait sa jeunesse[a]. Ainsi ces deux amis vieillis remontaient par l'imagination à cette première beauté de l'âge où ils ne s'étaient pas connus, et où ils n'avaient pu s'aimer. Cette rougeur familière à Mme de Clèves, et qui d'abord est presque son seul langage, marque bien la pensée de l'auteur, qui est de peindre l'amour dans tout ce qu'il a de plus frais et de plus pudique, de plus adorable et de plus troublant, de plus indécis et de plus irrésistible, de plus *lui-même* en un mot. Il est question à tout moment de *cette joie que donne la première jeunesse jointe à la beauté*, de *cette sorte de trouble et d'embarras dans toutes les actions que cause l'amour dans l'innocence de la première jeunesse*, enfin de tout ce qui est le plus loin d'elle et de son ami, en leur liaison tardive. Dans la teneur de la vie, elle était surtout sensée ; elle avait le jugement au-dessus de son esprit, lui disait-on, et cette louange la flattait plus que le reste : ici, la poésie, la sensibilité intérieure reprennent le dessus, quoique

a. « M. de La Rochefoucauld, a dit l'abbé de Longuerue, a été toute sa vie fidèle aux romans. Tous les après-midi il s'assembloit avec Segrais chez Mme de La Fayette, et on y faisoit une lecture de l'*Astrée*. » Il lui était resté, à travers tout, un coin de goût romanesque.

la raison ne manque jamais. Nulle part comme dans *la Princesse de Clèves*, les contradictions et les duplicités délicates de l'amour n'ont été si naturellement exprimées: «Mme de Clèves avoit d'abord été fâchée que M. de Nemours eût eu lieu de croire que c'étoit lui qui l'avoit empêchée d'aller chez le maréchal de Saint-André; mais, ensuite, elle sentit quelque espèce de chagrin que sa mère lui en eût entièrement ôté l'opinion...» — «Mme de Clèves s'étoit bien doutée que ce prince s'étoit aperçu de la sensibilité qu'elle avoit eue pour lui; et ses paroles lui firent voir qu'elle ne s'étoit pas trompée. Ce lui étoit une grande douleur de voir qu'elle n'étoit plus maîtresse de cacher ses sentiments, et de les avoir laissés paroître au chevalier de Guise. Elle en avoit aussi beaucoup que M. de Nemours les connût; mais cette dernière douleur n'étoit pas si entière, et elle étoit mêlée de quelque sorte de douceur.» — Les scènes y sont justes, bien coupées, parlantes, en un ou deux cas seulement invraisemblables, mais sauvées encore par l'à-propos de l'intérêt et un certain air de négligence. Les épisodes n'éloignent jamais trop du progrès de l'action, et y aident quelquefois. La plus invraisemblable circonstance, celle du pavillon, quand M. de Nemours arrive singulièrement à temps pour entendre derrière une palissade l'aveu fait à M. de Clèves, cette scène que Bussy et Valincour relèvent, faisait pourtant fondre en larmes, au dire de ce dernier, ceux même qui n'avaient pleuré qu'une fois à *Iphigénie*. Pour nous, que ces invraisemblances choquent peu, et qui aimons de *la Princesse de Clèves* jusqu'à sa couleur un peu passée, ce qui nous charme encore, c'est la modération des peintures qui touchent si à point, c'est cette manière partout si discrète et qui donne à rêver: quelques saules le long d'un ruisseau quand l'amant s'y promène; pour toute description de la beauté de l'amante, *ses cheveux confusément rattachés*; plus loin, *des yeux* UN PEU *grossis par des larmes*, et pour dernier trait, *cette vie qui fut* ASSEZ *courte*, impression finale elle même ménagée. La langue en est également délicieuse, exquise de choix[a], avec des négligences et des irrégularités qui ont leur grâce et que Valincour n'a notées en détail qu'en les supposant dénoncées par un grammairien de sa connaissance, et avec une sorte de honte d'en faire un reproche trop direct à l'aimable auteur. Je n'y distingue que deux locutions qui ont vieilli: «Le roi ne survécut guère *le* prince son fils;» et: «Milord Courtenay étoit aussi aimé de la reine Marie, qui l'auroit épousé du consentement de toute l'Angleterre, *sans qu'elle connût* que la jeunesse et la beauté de sa sœur Élisabeth le touchoient davantage que l'espérance de régner;» pour, *si ce n'est qu'elle connût*, etc.; cette dernière locution revient plusieurs fois.

Le petit volume de Valincour, qu'Adry a réimprimé dans son édition de *la Princesse de Clèves*[29], est un échantillon distingué de la critique polie, telle que les amateurs de goût se la permettaient sous Louis XIV. Valincour n'avait alors que vingt-cinq ans; il aimait peu le monde de Huet, de Segrais; il arrivait plus tard, et représente au net les jugements de Racine et de Boileau. Sa malice, qui se tempère toujours, n'empêche pas en lui l'équité, et qu'il ne fasse la part à la louange; il n'a pas évité pourtant la

a. Un critique que nous aimons à citer[30] a dit: «Il est très-remarquable de voir combien, sous Louis XIV, la langue française dans toute sa pureté, et telle que l'écrivaient Mmes de La Fayette, de Sévigné, M. de La Rochefoucauld, se composait d'un petit nombre de mots qui revenaient sans cesse avec une sorte de charme dans le discours; et quelle était la généralité des expressions qu'on employait... On peut dire particulièrement du style de Mme de La Fayette qu'il est la pureté et la transparence même; c'est le *liquida vox* d'Horace.»

minutie et la chicane du détail. Ceux qui attribuaient la critique au Père Bouhours avaient droit de trouver plaisant que le censeur reprochât à la première rencontre de M. de Clèves et de Mlle de Chartres d'avoir lieu dans une boutique de joaillier plutôt que dans une église. Quoi qu'il en soit, l'ensemble atteste un esprit exact et fin, décemment ironique, et tel que Fontanes l'aurait pu consulter avec plaisir et profit avant de critiquer Mme de Staël. L'abbé de Charnes, qui reprend cette critique mot à mot pour la réfuter avec injure, m'a tout l'air d'un provincial qui n'avait pas demandé à Mme de La Fayette la permission de la défendre ; Barbier d'Aucourt, sans avoir rien de bien attique, s'en fût tiré autrement. On peut voir dans Valincour une théorie complète du roman historique très-bien exposée par un savant qu'il introduit, et cette théorie n'est autre que celle que Walter Scott a en partie réalisée.

Bussy, qui, dans ses lettres à Mme de Sévigné, parle assez longuement de *la Princesse de Clèves*, ajoute avec cette incroyable fatuité qui gâtait tout[31] : « Notre critique est de gens de qualité qui ont de l'esprit : celle qui est imprimée est plus exacte et plaisante en beaucoup d'endroits. » Pour venger Mme de La Fayette de quelques malignités de cet avantageux personnage, il suffit de citer de lui ce trait-là[a].

En avançant dans la composition de *la Princesse de Clèves*, les pensées de Mme de La Fayette, après ce premier essor vers la jeunesse et ses joies, redeviennent graves ; l'idée du devoir augmente et l'emporte. L'austérité de la fin sent bien *cette vue si longue et si prochaine de la mort, qui fait paraître les*

a. On peut voir au tome II, page 304, des *Œuvres diverses* de Bayle, une critique très-agréable de *la Princesse de Clèves*, qui s'est allée loger dans les *Nouvelles Lettres critiques sur l'Histoire du Calvinisme* : cette critique de Bayle est l'antipode de l'idéal, et tout au point de vue de ce qu'on a appelé *la bonne grossièreté naturelle*.

choses de cette vie de cet œil si différent[a], *dont on les voit en santé*. Dès l'été de 1677, elle avait elle-même éprouvé cela, et, comme l'indique Mme de Sévigné, tourné son âme à finir[32]. Le désabusement de toutes choses se montre dans cette crainte qu'elle prête à Mme de Clèves, que le mariage ne soit le tombeau de l'amour du prince, et n'ouvre la porte aux jalousies : cette crainte, en effet, autant que le scrupule du devoir, s'oppose dans l'esprit de Mme de Clèves au mariage avec l'amant. En achevant leur roman idéal, il est clair que les deux amis, — que M. de La Rochefoucauld et elle, — en venaient à douter de ce qu'il y aurait eu de félicité imaginable pour leurs chers personnages, et qu'ils se reprenaient encore à leur douce liaison réelle comme au bien le plus consolant et le plus sûr.

Ils n'en jouirent plus longtemps. Dans la nuit du 16 au 17 mars 1680, deux ans jour pour jour après la publication de *la Princesse de Clèves*, M. de la Rochefoucauld mourut : « J'ai la tête si pleine de ce malheur et de l'extrême affliction de notre pauvre amie, écrit Mme de Sévigné, qu'il faut que je vous en parle... M. de Marsillac est dans une affliction qui ne peut se représenter ; cependant, ma fille, il retrouvera le roi et la cour ; toute sa famille se retrouvera à sa place ; mais où Mme de La Fayette retrouvera-t-elle un tel ami, une telle société, une pareille douceur, un agrément, une confiance, une considération pour elle et pour son fils ? Elle est infirme, elle est toujours dans sa chambre, elle ne court point les rues. M. de La Rochefoucauld étoit sédentaire aussi : cet état les rendoit nécessaires l'un à l'autre, et rien ne pouvoit être comparé à la confiance et aux charmes de leur amitié. Songez-y,

a. Valincour remarque avec raison qu'il faudrait : *de celui dont*.

ma fille, vous trouverez qu'il est impossible de faire une perte plus considérable et dont le temps puisse moins consoler. Je n'ai pas quitté cette pauvre amie tous ces jours-ci ; elle n'alloit point faire la presse parmi cette famille, en sorte qu'elle avoit besoin qu'on eût pitié d'elle. Mme de Coulanges a très-bien fait aussi, et nous continuerons quelque temps encore[33]... » Et dans chacune des lettres suivantes : « La pauvre Mme de La Fayette ne sait plus que faire d'elle-même... Tout se consolera, hormis elle. » C'est ce que Mme de Sévigné répète en cent façons plus expressives les unes que les autres : « Cette pauvre femme ne peut *serrer la file* d'une manière à remplir cette place. » Mme de la Fayette ne chercha pas à la remplir ; elle savait que rien ne répare de telles ruines. Même cette amitié si tendre avec Mme de Sévigné ne suffisait pas, elle le sentait bien : il y avait trop de partage. Pour se convaincre de l'insuffisance de telles amitiés, même des meilleures et des plus chères, qu'on lise la lettre de Mme de La Fayette à Mme de Sévigné, du 8 octobre 1689, si parfaite, si impérieuse et si sans façon à force de tendresse, et qu'on lise ensuite le commentaire qu'en fait Mme de Sévigné écrivant à sa fille : « Mon Dieu ! la belle proposition de n'être plus chez moi, d'être dépendante, de n'avoir point d'équipage et de devoir mille écus ! » et l'on comprendra combien il ne faut pas tout redemander à ces amitiés qui ne sont point uniques et sans partage, puisque les plus délicates jugent ainsi. Après l'amour, après l'amitié absolue, sans arrière-pensée ni retour ailleurs, tout entière occupée et pénétrée, et *la même* que nous, il n'y a que la mort ou Dieu.

Mme de La Fayette vécut treize ans encore : on peut s'enquérir chez Mme de Sévigné des légers détails de sa vie extérieure durant ces années désertes. Une vive entrée en liaison avec la jeune Mme de Schomberg[34] donna quelque éveil curieux et jaloux aux autres amies plus anciennes : on ne voit pas que cet effort d'une âme qui semblait se reprendre à quelque chose ait duré. C'est peut-être par l'effet du même besoin inquiet que, dès les premiers mois de sa perte, elle fit augmenter encore, du côté du jardin, son appartement déjà si vaste, à mesure, hélas ! que son existence diminuait. Il paraît aussi que, pour remplir les heures, Mme de La Fayette se laissa aller à plusieurs écrits, dont quelques-uns ont pu être égarés. *La Comtesse de Tende* doit dater de ces années-là. Le plus fort de la critique de Bussy et du monde en général, au sujet de *la Princesse de Clèves*, avait porté sur l'aveu extraordinaire que l'héroïne fait à son mari[35] : Mme de La Fayette, en inventant une nouvelle situation analogue, qui amenât un aveu plus extraordinaire encore, pensa que la première en serait d'autant justifiée. Elle réussit dans *la Comtesse de Tende*, bien qu'avec moins de développement qu'il n'eût fallu pour que *la Princesse de Clèves* eût une sœur comparable à elle : on sent que l'auteur a son but et qu'il y court. Les *Mémoires de la Cour de France* pour les années 1688 et 1689 se font remarquer par la suite, la précision et le dégagé du récit : aucune divagation, presque aucune réflexion ; un narré vif, empressé, attentif ; une intelligence continuelle. L'auteur d'un tel écrit était, certes, un esprit capable d'affaires positives. J'ai cité le mot assez piquant sur Mme de Maintenon à propos d'*Esther*. Racine, par contre-coup, y est un peu légèrement traité avec sa *comédie de couvent* : « Mme de Maintenon, pour divertir ses petites-filles et le roi, fit faire une comédie par Racine, le meilleur poëte du temps, que l'on a tiré de sa poésie où il est inimitable, pour en faire, à son malheur et celui de ceux qui ont le goût du théâtre, un historien très-imitable. » Mme de La Fayette avait été d'un monde qui préféra longtemps Corneille à Racine ; elle avait aimé et pratiqué dans *Zayde* ce genre espagnol, si cher à l'auteur du *Cid*, et que Racine et Boileau avaient tué. Elle voyait Fontenelle, elle comptait pour amis particuliers des hommes comme Segrais, Huet, qui avaient des antipathies et même des haines[a] contre ces deux poëtes régnants. M. de La Rochefoucauld, qui les goûtait l'un et l'autre comme écrivains, ne leur trouvait qu'une seule sorte d'esprit et les jugeait pauvres d'entretien hors de leurs vers. Valincour enfin, qui avait attaqué *la Princesse de Clèves*, était l'élève, l'ami intime de tous deux. Après cela, Mme de La Fayette avait trop d'esprit et d'équité pour ne pas admirer dignement des auteurs dont la tendresse ou la justesse trouvait en elle des cordes si préparées. Au moment où elle révère le moins Racine, elle l'appelle encore *le meilleur poëte* et *inimitable*. On a vu qu'elle écoutait chez Gourville, c'est-à-dire chez elle, la *Poétique* de Boileau[b]. Elle avait, nous l'avons dit, avec Boileau plus d'un rapport de droiture d'esprit et de critique irréfragable, et était à sa manière un oracle de bons sens dans son beau monde. Les mots à la Despréaux qu'on a retenus d'elle sont nombreux : nous en avons cité beaucoup, auxquels il faut en ajouter encore ; par exemple : « Celui qui se met au-dessus des autres, quelque esprit qu'il ait, se met

a. Voir Huet sur Boileau dans ses *Mémoires* latins.

b. Il y a mieux. Madame, on le sait, avait été à la cour la première protectrice des nouveaux poëtes ; Racine lui avait dédié *Andromaque*. Or, Mme de La Fayette était le conseil de Madame en toutes ces choses de l'esprit ; son influence littéraire, à ce moment décisif, dut être très-directe et des plus puissantes. Seulement elle jugeait ceux qu'elle avait protégés.

au-dessous de son esprit. » Boileau, causant un jour avec d'Olivet, disait : « Savez-vous pourquoi les anciens ont si peu d'admirateurs ? c'est parce que les trois quarts tout au moins de ceux qui les ont traduits étoient des ignorants ou des sots. Mme de La Fayette, la femme de France qui avoit le plus d'esprit et qui écrivoit le mieux, comparoit un sot traducteur à un laquais que sa maîtresse envoie faire un compliment à quelqu'un. Ce que sa maîtresse lui aura dit en termes polis, il va le rendre grossièrement, il l'estropie ; plus il y avoit de délicatesse dans le compliment, moins ce laquais s'en tire bien : et voilà en un mot la plus parfaite image d'un mauvais traducteur[36]. » Boileau paraît donc certifier, en quelque sorte, lui-même cette ressemblance, cet accord d'elle à lui, que nous indiquons. M. Rœderer a mille fois raison au sujet des relations de Molière avec le monde de Mmes de Sévigné, de La Fayette, et en montrant que la pièce des *Femmes savantes* ne les regardait en rien. Quant à La Fontaine, il est constant qu'à une époque il fut fort en familiarité avec Mme de La Fayette ; on a des vers affectueux qu'il lui adressait en lui envoyant un petit billard : ce devait être du temps où il dédiait une fable à l'auteur des *Maximes*, et une autre à Mlle de Sévigné[a].

a. Mme de La Fayette était donc bien réellement du même groupe et comme du même *Parnasse* que La Fontaine, Racine et Despréaux ; et le petit récit suivant n'est que l'image un peu enfantine du vrai : « En 1675, dit Ménage, Mme de Thianges donna en étrennes une chambre toute dorée, grande comme une table, à M. le duc du Maine. Au-dessus de la porte, il y avoit en grosses lettres *Chambre du Sublime*. Au dedans, un lit et un balustre, avec un grand fauteuil, dans lequel étoit assis M. le duc du Maine, fait en cire, fort ressemblant. Auprès de lui M. de La Rochefoucauld, auquel il donnoit des vers pour les examiner. Autour du fauteuil M. de Marsillac et M. Bossuet, alors évêque de Condom. À l'autre bout de l'alcôve, Mme de Thianges et Mme de La Fayette lisoient des vers ensemble. Au dehors du balustre, Despréaux avec une fourche empêchoit sept ou huit méchants poëtes d'entrer. Racine étoit auprès de Despréaux, et un peu plus loin La Fontaine, auquel il faisoit

Depuis la mort de M. de La Rochefoucauld, les idées de Mme de La Fayette se tournèrent de plus en plus à la religion ; on en a un témoignage précieux dans une belle et longue lettre de Du Guet, qui est à elle. Elle l'avait choisi pour directeur. Sans être liée directement avec Port-Royal, elle inclinait de ce côté, et l'hypocrisie de la cour l'y poussait encore plus. Sa mère, on l'a vu, lui avait donné pour beau-père le chevalier Renaud de Sévigné, oncle de Mme de Sévigné, et l'un des bienfaiteurs de Port-Royal-des-Champs, dont il avait fait rebâtir le cloître : il n'était mort qu'en 1676[a]. Mme de La Fayette connut Du Guet, qui commençait à prendre un grand rôle spirituel pour la direction des consciences, et qui, dans cette décadence de Port-Royal, n'en avait que les traditions justes et intimes, sans rien de contentieux ni d'étroit. Voici quelques-unes des paroles sévères qu'adressait ce prêtre selon l'esprit, à la pénitente qui les lui avait demandées :

« J'ai cru, madame, que vous deviez employer utilement les premiers moments de la journée, où

---

signe d'avancer. Toutes ces figures étoient de cire, en petit, et chacun de ceux qu'elles représentoient avoit donné la sienne. » Ménage ne nous dit point s'il a posé pour l'un des cinq ou six mauvais poëtes chassés par Boileau.

a. Vers la fin les relations de Mme de La Fayette avec Port-Royal furent plus directes que je ne l'avais cru d'abord. Je lis dans une lettre de Racine à M. de Bonrepaux (28 juillet 1693) cette partie qui n'est pas dans l'imprimé et que je transcris d'après l'original (Collection de M. Feuillet de Conches) ; il s'agit d'un souper chez la comtesse de Grammont, où se trouvaient Mme de Caylus, Cavoye, Valincour, Despréaux et Racine lui-même : « Votre amie Mme de La Fayette, écrit ce dernier, nous a été d'un bien triste entretien. Je n'avois malheureusement point eu l'honneur de la voir dans les dernières années de sa vie. Dieu avoit jeté une amertume salutaire sur ses occupations mondaines, et elle est morte après avoir souffert dans la solitude, avec une piété admirable, les rigueurs de ses infirmités, y ayant été fort aidée par M. l'abbé Du Guet et *par quelques-uns de Messieurs de Port-Royal* qu'elle avoit en grande vénération, ce qui a fait dire mille biens d'eux par Mme la comtesse de Grammont qui estime fort Port-Royal et ne s'en cache pas... »

vous ne cessez de dormir que pour commencer à rêver. Je sais que ce ne sont point alors des pensées suivies, et que souvent vous n'êtes appliquée qu'à n'en point avoir : mais il est difficile de ne pas dépendre de son naturel, quand on veut bien qu'il soit le maître ; et l'on se retrouve sans peine, quand on en a beaucoup à se quitter. Il est donc important de vous nourrir alors d'un pain plus solide que ne sont des pensées qui n'ont point de but, et dont les plus innocentes sont celles qui ne sont qu'inutiles ; et je croirois que vous ne pourriez mieux employer un temps si tranquille qu'à vous rendre compte à vous-même d'une vie déjà fort longue, et dont il ne vous reste rien qu'une réputation dont vous comprenez mieux que personne la vanité.

« Jusqu'ici les nuages dont vous avez essayé de couvrir la religion vous ont cachée à vous-même. Comme c'est par rapport à elle qu'on doit s'examiner et se connoître, en affectant de l'ignorer vous n'avez ignoré que vous. Il est temps de laisser chaque chose à sa place, et de vous mettre à la vôtre. La Vérité vous jugera, et vous n'êtes au monde que pour la suivre, et non pour la juger. En vain l'on se défend, en vain on dissimule : le voile se déchire à mesure que la vie et ses cupidités s'évanouissent ; et l'on est convaincu qu'il en faudroit mener une toute nouvelle, quand il n'est plus permis de vivre. Il faut donc commencer par le désir sincère de se voir soi-même comme on est vu par son Juge. Cette vue est accablante même pour les personnes les plus déclarées contre le déguisement. Elle nous ôte toutes nos vertus et même toutes nos bonnes qualités, et l'estime que tout cela nous avoit acquise. On sent qu'on a vécu jusque-là dans l'illusion et le mensonge ; qu'on s'est nourri de viandes en peinture ; qu'on n'a pris de la vertu que l'ajustement et la parure, et qu'on en a négligé le fond, parce que ce fond est de rapporter tout à Dieu et au salut, et de se mépriser soi-même en tout sens, non par une vanité plus sage et par un orgueil plus éclairé et de meilleur goût, mais par le sentiment de son injustice et de sa misère.»

Le reste de la lettre est également admirable, et de ce ton approprié et pressant[37]. — Ainsi, vous qui avez rêvé, cessez vos rêves! Vous qui vous estimiez *vraie* entre toutes, et que le monde flattait d'être telle, vous ne l'étiez pas; vous ne l'étiez qu'à demi et qu'à faux: votre sagesse sans Dieu était pur bon goût! — Je lis plus loin une phrase sur ces années «dont on ne s'est point encore sincèrement repenti, parce qu'on est assez injuste pour excuser sa foiblesse et *pour aimer ce qui en a été cause*[a].»

Un an avant de mourir, Mme de La Fayette écrivait à Mme de Sévigné un petit billet qui exprime son mal sans repos nuit et jour, sa résignation à Dieu, et qui finit par ces mots: «Croyez, ma très-chère, que vous êtes la personne du monde que j'ai le plus véritablement aimée.» L'autre affection qu'elle ne nommait plus, qu'elle ne comptait plus, était-elle donc enfin ensevelie, consumée en sacrifice?

Tout concorde jusqu'au bout et tout s'achève: Mme de Sévigné écrit à Mme de Guitaud, le 3 juin 1693, deux ou trois jours après le jour funeste, et déplore la mort de cette amie de quarante ans: «... Ses infirmités, depuis deux ans, étoient devenues extrêmes; je la défendois toujours, car on disoit qu'elle étoit folle de ne vouloir point sortir. Elle avoit une tristesse mortelle: Quelle folie encore! n'est-

a. Du Guet, jeune, s'était essayé au roman tendre et avait fort aimé l'*Astrée*; c'était en tout un directeur comme il le fallait à l'auteur de *la Princesse de Clèves*.

elle pas la plus heureuse femme du monde ? Mais je disois à ces personnes si précipitées dans leurs jugements : Mme de La Fayette n'est pas folle ; et je m'en tenois là. Hélas ! madame, la pauvre femme n'est présentement que trop justifiée... Elle avoit deux polypes dans le cœur, et la pointe du cœur flétrie. N'étoit-ce pas assez pour avoir ces désolations dont elle se plaignoit ?... Elle a eu raison pendant sa vie, et elle a eu raison après sa mort, et jamais elle n'a été sans cette divine raison, qui étoit sa qualité principale... Elle n'a eu aucune connoissance pendant les quatre jours qu'elle a été malade... Pour notre consolation, Dieu lui a fait une grâce toute particulière, et qui marque une vraie prédestination : c'est qu'elle se confessa le jour de la petite Fête-Dieu, avec une exactitude et un sentiment qui ne pouvoient venir que de lui, et reçut Notre-Seigneur de la même manière. Ainsi, ma chère madame, nous regardons cette communion, qu'elle avoit accoutumé de faire à la Pentecôte, comme une miséricorde de Dieu, qui nous vouloit consoler de ce qu'elle n'a pas été en état de recevoir le viatique. »

Ainsi mourut et vécut dans un mélange de douceur triste et de vive souffrance, de sagesse selon le monde et de repentir devant Dieu, celle dont une idéale production nous enchante. Que peut-on ajouter de plus comme matière de réflexion et d'enseignement ? La lettre à Mme de Sablé, *la Princesse de Clèves*, et la lettre de Du Guet, n'est-ce pas toute une vie ?

1er septembre 1836

M. DE LA ROCHEFOUCAULD[a]

Il faut savoir montrer l'esprit de son âge et le fruit de sa saison. Il vient un moment dans la vie où La Rochefoucauld plaît beaucoup et où il paraît plus vrai peut-être qu'il ne l'est. Les mécomptes de l'enthousiasme jettent dans le dégoût. Mme de Sévigné trouve qu'il serait joli d'avoir un cabinet tout tapissé de dessous de cartes ; dans son imprudence aimable, elle n'en voit que le piquant et l'amusant. Le fait est qu'à un certain jour toutes ces belles dames de cœur, ces nobles et chevaleresques *valets* de carreau, avec lesquels on jouait si franc jeu, se retournent ; on s'était endormi en croyant à Hector, à Berthe ou à Lancelot ; on se réveille dans ce cabinet même dont parle Mme de Sévigné, et on n'aperçoit de tous côtés que l'envers. On cherche sous son chevet le livre de la veille : c'étaient Elvire et Lamartine ; on trouve en place La Rochefou-

a. M. de La Rochefoucauld ne nous a point paru pouvoir se séparer des deux femmes qui ont tenu une si grande place dans sa vie ; en le mettant, en exception, dans ce volume tout consacré à des gloires plus douces, nous ne sommes pas pour cela de l'avis que son succès a été un succès de femmes, comme il nous revient de temps en temps qu'on le murmure autour de nous : nous entendons simplement lui faire une faveur dont il est digne et dont, certes, il ne se plaindrait pas.

cauld. Ouvrons-le donc ; il console, à force d'être chagrin comme nous ; il amuse. Ces pensées, qui aux jours de la jeunesse révoltaient comme trop fausses ou ennuyaient comme trop vraies, et dans lesquelles on ne voyait que la morale des livres, nous apparaissent pour la première fois dans toute la fraîcheur de la nouveauté et le montant de la vie ; elles ont aussi leur printemps à elles ; on les découvre : *Que c'est vrai !* s'écrie-t-on. On en chérit la secrète injure, on en suce à plaisir l'amertume. Cet excès même a de quoi rassurer. S'enthousiasmer pour elles, c'est déjà en quelque façon les dépasser et commencer à s'en guérir.

M. de La Rochefoucauld lui-même, il est permis de le conjecturer, en adoucit sur la fin et en corrigea tout bas certaines conclusions trop absolues ; durant le cours de sa liaison délicate et constante avec Mme de La Fayette, on peut dire qu'il sembla souvent les abjurer, au moins en pratique ; et cette noble amie eut quelque droit de se féliciter d'avoir réformé, ou tout simplement d'avoir réjoui son cœur.

La vie de M. de La Rochefoucauld, avant sa grande liaison avec Mme de La Fayette, se divise naturellement en trois parties, dont la Fronde n'est que le milieu. Sa jeunesse et ses premiers éclats datent d'auparavant. Né en 1613, entré dans le monde dès l'âge de seize ans, il n'avait pas étudié, et ne mêlait à sa vivacité d'esprit qu'un bon sens naturel encore masqué d'une grande imagination. Avant le nouveau texte des *Mémoires*, découvert en 1817, et qui donne sur cette période première une foule de particularités retranchées par l'auteur dans la version jusqu'alors connue, on ne se pouvait douter du degré de chevalerie et de romanesque auquel se porta tout d'abord le jeune prince de Marsillac. Buckingham et ses royales aventures paraissent lui avoir fait un point de mire, comme Catilina au jeune de Retz. Ces premiers travers ont barré plus d'une vie. Tout le beau feu de La Rochefoucauld se consuma alors dans ses dévouements intimes à la reine malheureuse, à Mlle d'Hautefort, à Mme de Chevreuse elle-même: en prenant cette route du dévouement, il tournait, sans y songer, le dos à la fortune. Il indisposait le roi, il irritait le cardinal: qu'importe? le sort de Chalais, de Montmorency, de ces illustres décapités, semblait seulement le piquer au jeu. Dans un certain moment (1637, il avait vingt-trois ou vingt-quatre ans), la reine persécutée, «abandonnée de tout le monde, nous dit-il, et n'osant se confier qu'à Mlle d'Hautefort et à moi, me proposa de les enlever toutes deux et de les emmener à Bruxelles. Quelque difficulté et quelque péril qui me parussent dans un tel projet, je puis dire qu'il me donna plus de joie que je n'en avois eu de ma vie. J'étois dans un âge où l'on aime à faire des choses extraordinaires et éclatantes, et je ne trouvois pas que rien le fût davantage que d'enlever en même temps la reine au roi son mari et au cardinal de Richelieu qui en étoit jaloux, et d'ôter Mlle d'Hautefort au roi qui en étoit amoureux.» Toutes ces fabuleuses intrigues finirent pour lui, à la fuite de Mme de Chevreuse, par huit jours de Bastille et un exil de deux ou trois ans à Verteuil (1639-1642): c'était en être quitte à bon compte avec Richelieu, et cet exil un peu languissant se trouvait encore agréablement diversifié, il l'avoue, par les douceurs de la famille[a], les plaisirs de la campagne, et les espérances surtout d'un

a. Il avait épousé fort jeune Mlle de Vivonne, dont je ne vois pas qu'on dise rien de plus par rapport à lui, sinon qu'il en eut cinq fils et trois filles.

règne prochain où la reine paierait ses fidèles services.

Cette première partie des *Mémoires* était essentielle, ce me semble, pour éclairer les *Maximes*, et faire bien mesurer toute la hauteur d'où l'ambitieux chevaleresque était tombé pour creuser ensuite en moraliste ; les *Maximes* furent la revanche du roman.

Il résulte de plus de cette première période mieux connue, que Marsillac, qui, en effet, avait trente-trois ans bien passés lors de son engagement avec Mme de Longueville, et trente-cinq ans à son entrée dans la Fronde, n'y arriva que déjà désappointé, irrité, et, pour tout dire, fort perverti : et cela, sans l'excuser, explique mieux la détestable conduite qu'il y tint. On le voit gâté tout d'abord. Il ne se cache pas sur les motifs qui l'y jetèrent : « Je ne balançai point, dit-il, et je ressentis un grand plaisir de voir qu'en quelque état que la dureté de la reine et la haine du cardinal (Mazarin) eussent pu me réduire, il me restoit encore des moyens de me venger d'eux[1]. » Mal payé de son premier dévouement, il s'était bien promis qu'on ne l'y prendrait plus.

La Fronde présente donc la seconde période de la vie de M. de La Rochefoucauld ; la troisième comprend les dix ou douze années qui suivirent, et durant lesquelles il se refit, comme il put, de ses blessures au physique, et s'en vengea, s'en amusa, s'en releva au moral dans ses *Maximes*. L'intime liaison avec Mme de La Fayette, qui les adoucit et les consola véritablement, ne vint guère qu'après.

On pourrait donner à chacune des quatre périodes de la vie de M. de La Rochefoucauld le nom d'une femme, comme Hérodote[a] donne à chacun de ses

a. Hérodote ou plutôt quelque ancien grammairien et critique comme nous-même.

livres le nom d'une muse. Ce seraient Mme de Chevreuse, Mme de Longueville, Mme de Sablé, Mme de La Fayette[2]; les deux premières, héroïnes d'intrigue et de roman; la troisième, amie moraliste et causeuse; la dernière, revenant, sans y viser, à l'héroïne par une tendresse tempérée de raison, repassant, mêlant les nuances, et les enchantant comme dans un dernier soleil.

Mme de Longueville fut la passion brillante: fut-elle une passion sincère? Mme de Sévigné écrivait à sa fille (7 octobre 1676): « Quant à M. de La Rochefoucauld, il alloit, comme un enfant, revoir Verteuil et les lieux où il a chassé avec tant de plaisir; je ne dis pas où il a été amoureux, car je ne crois pas que ce qui s'appelle amoureux, il l'ait jamais été. » Lui-même, au rapport de Segrais, disait qu'il n'avait trouvé de l'amour que dans les romans. Si la *maxime* est vraie: « Il n'y a que d'une sorte d'amour, mais il y en a mille différentes copies, » celui de M. de La Rochefoucauld et de Mme de Longueville pourrait bien n'être, en effet, qu'une copie des plus flatteuses. Marsillac, au moment où il s'attacha à Mme de Longueville, voulait, avant tout, se pousser à la cour et se venger de l'oubli où on l'avait laissé: il la jugea propre à son dessein. Il nous a raconté comment il traita d'elle, en quelque sorte, avec Miossens[a], qui avait les devants: « J'eus sujet de croire que je pourrois faire un usage plus considérable que Miossens de l'amitié et de la confiance de Mme de Longueville; je l'en fis convenir lui-même. Il savoit l'état où j'étois à la cour; je lui dis mes vues, mais que sa considération me retiendroit toujours, et que je n'essaierois point à prendre des liaisons avec Mme de

a. Depuis maréchal d'Albret.

Longueville, s'il ne m'en laissoit la liberté. *J'avoue même que je l'aigris exprés contre elle pour l'obtenir, sans lui rien dire toutefois qui ne fût vrai*[a]. Il me la donna tout entière, mais il se repentit[3]... » L'attrait s'en mêla sans doute ; l'imagination et le désir s'y entr'aidaient. M. de La Rochefoucauld aimait les *belles passions* et les croyait du fait d'un *honnête homme.* Quel plus bel objet pour s'y appliquer ! Mais tout cela, à l'origine du moins, n'est-ce pas du parti pris ?

Du côté de Mme de Longueville, il n'y aurait pas moins à raisonner, à distinguer. On n'a pas à craindre de subtiliser avec elle sur le sentiment, car elle était plus que tout subtile. En dévotion, nous avons par Port-Royal ses examens secrets de conscience : les raffinements de scrupules y passent toute idée. En amour, en galanterie, c'était de même, sauf les scrupules[b]. Sa vie et son portrait ne sauraient être ici brusqués en passant : elle mérite une place à part et elle l'aura[4]. Sa destinée a de tels contrastes et de telles harmonies dans son ensemble, que ce serait une profanation d'y rien dégrader. Elle est de celles d'ailleurs dont on a beau médire, la raison y perd ses droits ; il en est de son cœur comme de sa beauté, qui, avec bien des défauts, avait un éclat, une façon de *langueur*, et un charme enfin, qui attachaient.

Ses vingt-cinq ans étaient déjà passés quand sa liaison avec M. de La Rochefoucauld commença. Jusqu'alors elle s'était assez peu mêlée de poli-

a. N'admirez-vous pas la franchise ? Durant la Fronde, le sobriquet de La Rochefoucauld était « le camarade *la Franchise* ; » il l'a mieux justifié depuis.

b. « Les femmes croient souvent aimer, encore qu'elles n'aiment pas : l'occupation d'une intrigue, l'émotion d'esprit que donne la galanterie, la pente naturelle au plaisir d'être aimées, et la peine de refuser, leur persuadent qu'elles ont de la passion, lorsqu'elles n'ont que de la coquetterie. » (*Maximes.*)

tique : Miossens avait pourtant tâché de l'initier. La Rochefoucauld s'y appliqua et lui donna le mouvement plus que l'habileté, qu'en ce genre il n'atteignit lui-même qu'à peu près.

Le goût naturel de Mme de Longueville était celui qu'on a appelé de l'hôtel de Rambouillet : elle n'aimait rien tant que les conversations galantes et enjouées, les distinctions sur les sentiments, les délicatesses qui témoignaient de la *qualité* de l'esprit. Elle tenait sur toute chose à faire paraître ce qu'elle en avait de plus fin, à se détacher du commun, à briller dans l'élite. Quand elle se crut une personne politique, elle n'était pas fâchée qu'on l'estimât moins sincère, s'imaginant passer pour plus habile. Les petites considérations la décidaient dans les grands moments. Il y avait chimère en elle, fausse gloire, ce que nous baptiserions aussi *poésie* : elle fut toujours hors du positif. Sa belle-fille[a], la duchesse de Nemours, qui, elle, n'en sortait pas, Argus peu bienveillant mais très-clairvoyant, nous la montre telle dans les *Mémoires* si justes, qu'on voudrait toutefois moins rigoureux. La Rochefoucauld, à sa manière, ne dit pas autre chose, et lui, si bien posé pour le savoir, il se plaint encore de cette facilité qu'elle avait à être gouvernée, dont il usa trop et dont il ne resta pas maître : «... Ses belles qualités étoient moins brillantes, dit-il, à cause d'une tache qui ne s'est jamais vue en une princesse de ce mérite, qui est que, bien loin de donner la loi à ceux qui avoient une particulière adoration pour elle, elle se transformoit si fort dans leurs sentiments qu'elle ne reconnoissoit plus les siens propres[5]. » En tout temps, que ce fût M. de La Rochefoucauld, ou M. de Nemours, ou à Port-Royal

a. Fille de M. de Longueville, d'un premier lit.

M. Singlin, qui la gouvernât, Mme de Longueville se servit moins de son esprit que de celui des autres.

M. de La Rochefoucauld, pour la guider dans la politique, n'y était pas assez ferme lui-même : « Il y eut toujours du je ne sais quoi, dit Retz, en tout M. de La Rochefoucauld. » Et dans une page merveilleuse[6] où l'ancien ennemi s'efface et ne semble plus qu'un malin ami[a], il développe ce *je ne sais quoi* par l'idée de quelque chose d'irrésolu, d'insuffisant, d'incomplet dans l'action au milieu de tant de grandes qualités : « Il n'a jamais été guerrier, quoiqu'il fût très-soldat. Il n'a jamais été par lui-même bon courtisan, quoiqu'il eût toujours bonne intention de l'être. Il n'a jamais été homme de parti, quoique toute sa vie il y ait été engagé. » Et il le renvoie à être le plus honnête homme dans la vie privée. Sur un seul point j'oserai contredire Retz : il refuse l'imagination à La Rochefoucauld, qui me semble l'avoir eue grande[b]. Encore une fois, il commença par pratiquer le roman, du temps de Mme de Chevreuse ; sous la Fronde, il essaya l'histoire, la politique, et la manqua. La vengeance et le dépit l'y poussaient plus qu'une ambition sérieuse : de beaux restes de roman venaient à la traverse ; la vie privée et sa douce paresse, par où il devait finir, l'appelaient déjà. À peine embarqué dans une affaire, il se montrait impatient d'en sortir : sa pensée essentielle n'était pas là[c]. Or, avec la disposition entraînée de Mme de Longueville, qu'on songe à ce qu'elle dut devenir en conduite dès l'instant que ce

a. La Rochefoucauld a laissé un portrait de lui par lui-même ; il y tourne ses défauts même à louange. Retz, dans celui qu'il trace, détourne l'éloge même en malice.

b. Même comme écrivain, quand il dit : « Le soleil ni la mort ne se peuvent regarder fixement. »

c. Matha disait de M. de La Rochefoucauld, « qu'il faisoit tous les matins une brouillerie, et que tous les soirs il travailloit à un rhabillement (c'étoit son mot). »

je ne sais quoi de M. de La Rochefoucauld fut son étoile : et autour de cette étoile, comme autant de lunes, ses propres caprices.

Ce serait trop entreprendre que de les suivre ; et, à l'égard de M. de La Rochefoucauld, ce serait souvent trop pénible et trop humiliant[a], pour ceux qui l'admirent, que de l'accompagner. Le résultat chez lui vaut mieux que le chemin. Qu'il suffise d'indiquer que, durant la première Fronde et le siège de Paris (1649), son ascendant fut entier sur Mme de Longueville. Lorsque, après l'arrestation des princes, elle s'enfuit en Normandie, puis de là par mer en Hollande, d'où elle gagna Stenay, elle se déshabitua un peu de lui[b]. À son retour en France et à la reprise d'armes, on la retrouve gouvernée encore quelque temps par les avis de M. de La Rochefoucauld, qui cette fois les donne meilleurs à mesure qu'il va être plus désintéressé. Elle lui échappe enfin tout à fait (1652), et prête l'oreille à l'aimable duc de Nemours.

M. de Nemours plaisait surtout à Mme de Longueville en ce qu'il lui sacrifiait Mme de Châtillon. « On a bien de la peine à rompre, quand on ne s'aime plus. » On en était à ce point de difficulté : M. de Nemours le trancha, et M. de La Rochefoucauld saisit avec joie une occasion d'être libre, en faisant l'offensé : « Quand nous sommes las d'aimer, nous sommes bien aises qu'on nous devienne infidèle pour nous dégager de notre fidélité. »

Il fut donc bien aise, mais non pas sans mélange ni

a. Ce mot d'*humiliant* ne semblera pas trop fort à ceux qui ont lu sur son compte les *Mémoires* de la duchesse de Nemours, le récit surtout de cette triste scène au Parlement, où il tint Retz entre deux portes, et les propos qu'il y lâcha et qu'il essuya. Oh ! que de sensibles déchirures au noble et galant pourpoint !

b. « L'absence diminue les médiocres passions et augmente les grandes, comme le vent éteint les bougies et allume le feu. » (*Maximes.*)

sans des retours amers : « La jalousie, il l'a dit, naît avec l'amour ; mais elle ne meurt pas toujours avec lui. » Le châtiment de ces sortes de liaisons, c'est qu'on souffre également de les porter et de les rompre. Il voulut se venger et manœuvra si bien que Mme de Châtillon reconquit M. de Nemours sur Mme de Longueville, et qu'en veine de triomphe, elle fit encore perdre à celle-ci le cœur et la confiance du prince de Condé qu'elle s'attacha également. Entre Mme de Châtillon, M. le Prince et M. de Nemours, La Rochefoucauld, qui était l'âme de cette intrigue, s'applaudissait cruellement. Vue et blessure trois fois aigrissante pour Mme de Longueville !

À peu de temps de là, M. de Nemours fut tué en duel par M. de Beaufort, et (bizarrerie du cœur !) Mme de Longueville le pleura comme si elle l'eût encore possédé. Ses idées de pénitence suivirent de près.

M. de La Rochefoucauld fut puni tout le premier de sa vilaine action ; il reçut, au combat du faubourg Saint-Antoine, cette mousquetade qui lui perça le visage et lui fit perdre les yeux pendant quelque temps. On a cité maintes fois, et avec toutes sortes de variantes, les vers tragiques qu'il tourna et parodia à ce sujet. Ils ne furent sérieux à aucun moment, puisqu'à cette époque il était déjà brouillé avec Mme de Longueville :

> Pour ce cœur inconstant qu'enfin je connois mieux,
> J'ai fait la guerre aux Rois : j'en ai perdu les yeux !

Chacun est ainsi. Du jour où on ne répond au jeu du sort que par une moquerie de cette devise héroïque de la jeunesse :

> J'ai fait la guerre aux Rois, je l'aurais faite aux Dieux[7] ;

de ce jour-là, plus de tragédie ni d'acte sérieux ; on est entré dans l'ironie profonde.

Ce fut, à lui, le terme de ses actives erreurs. Il a près de quarante ans : la goutte le tient déjà, et le voilà presque aveugle. Il retombe dans la vie privée et s'enfonce dans le fauteuil pour n'en plus sortir. Les amis empressés l'entourent, et Mme de Sablé est aux petits soins. L'honnête homme accompli commence, et le moraliste se déclare.

M. de La Rochefoucauld va nous paraître tout sage, du moment qu'il est tout désintéressé. Ainsi des hommes : sagesse d'un côté, et action de l'autre. Le bon sens est au comble quand on n'a plus qu'à juger ceux qui n'en ont pas.

Le *je ne sais quoi* dont Retz cherchait l'explication en M. de La Rochefoucauld se réduit à ceci, autant que j'ose le préciser : c'est que sa vocation propre consistait à être observateur et écrivain. Ce fut la fin à quoi lui servit tout le reste. Avec ses diverses qualités essayées de guerrier, de politique, de courtisan, il n'était dans aucune tout entier ; il y avait toujours un coin essentiel de sa nature qui se dérobait et qui déplaçait l'équilibre. Sa nature, sans qu'alors il s'en doutât, avait son *arrière-pensée* dans toutes les entreprises : cette arrière-pensée était d'y réfléchir quand ce serait passé. Toutes les aventures devaient finir chez lui, non comme la Fronde par des chansons, mais par des maximes ; une moquerie aussi, couverte et grave. Ce qui semblait un débris ramassé par l'expérience après le naufrage, composa le vrai centre, enfin trouvé, de sa vie[a].

a. C'est en pleine Fronde qu'il lui échappa un mot souvent cité, et qui révélait en lui le futur auteur des *Maximes*. Pendant les conférences de Bordeaux (octobre 1650), comme il se trouvait avec M. de Bouillon et le conseiller d'État Lenet dans le carrosse du cardinal Mazarin, celui-ci se mit à rire en disant : « Qui auroit pu croire, il y a seulement huit jours, que nous serions tous quatre aujourd'hui dans un même car-

Un léger signe très-singulier me paraît encore indiquer en M. de La Rochefoucauld cette destination expresse de la nature. Pour un homme de tant de monde, il avait (Retz nous le dit) un air de honte et de timidité dans la vie civile. Huet (dans ses *Mémoires*[8]) nous le montre comme tellement embarrassé en public, que s'il avait eu à parler *d'office* devant un cercle de six ou sept personnes, le cœur lui aurait failli. L'effroi de la solennelle harangue l'empêcha toujours d'être de l'Académie Française. Nicole était ainsi, et n'aurait pu prêcher ni soutenir une thèse. Un des traits du moraliste est dans cette observation à la dérobée, dans cette causerie à mi-voix. Montesquieu dit quelque part que s'il avait été forcé de vivre en professant, il n'aurait pu. Combien l'on conçoit cela de moralistes surtout, comme La Rochefoucauld, comme Nicole ou La Bruyère ! Les *Maximes* sont de ces choses qui ne s'enseignent pas : les réciter devant six personnes, c'est déjà trop. On n'accorde à l'auteur qu'il a raison, que dans le tête-à-tête. À l'homme en masse, il faut plutôt du Jean-Jacques ou du La Mennais[a].

---

rosse ? » — « *Tout arrive en France,* » repartit le frondeur moraliste ; et pourtant, remarque M. Bazin, il étoit loin encore d'avoir vu tout ce qui pouvait y arriver. — Un moraliste de l'école de La Rochefoucauld a dit : « Il n'est que de vivre ; on voit tout et le contraire de tout. »

a. M. de La Rochefoucauld n'était pas sans se rendre très-bien compte, sous d'autres noms, de ces différences. Segrais (en ses *Mémoires-anecdotes*) raconte ceci : « M. de La Rochefoucauld étoit l'homme du monde le plus poli, qui savoit garder toutes les bienséances, et surtout qui ne se louoit jamais. M. de Roquelaure et M. de Miossens avoient beaucoup d'esprit, mais ils se louoient incessamment : ils avoient un grand parti. M. de La Rochefoucauld disoit en parlant d'eux, bien loin pourtant de sa pensée : « Je me repens de la loi que je me suis imposée de ne me pas louer ; j'aurois beaucoup plus de sectateurs si je le faisois. Voyez M. de Roquelaure et M. de Miossens, qui parlent deux heures de suite devant une vingtaine de personnes en se vantant toujours ; il n'y en a que deux ou trois qui ne peuvent les souffrir, et les dix-sept autres les applaudissent et les regardent comme des gens qui n'ont point leurs semblables. » Si Roquelaure et Miossens avaient mêlé à leur propre éloge celui de leurs auditeurs, ils se seraient encore mieux fait écouter. Dans un gouvernement constitutionnel, où il

Les *Réflexions ou Sentences et Maximes morales* parurent en 1665. Douze ans s'étaient écoulés depuis la vie aventureuse de M. de La Rochefoucauld et ce coup de feu, sa dernière disgrâce. Dans l'intervalle, il avait écrit ses *Mémoires* qu'une indiscrétion avait divulgués (1662), et auxquels il dut opposer un de ces désaveux qui ne prouvent rien[a]. Une copie des *Maximes* courut également, et s'imprimait en Hollande. Il y para en les faisant publier chez Barbin. Cette première édition, sans nom d'auteur, mais où il est assez désigné, renferme un *Avis au Lecteur* très-digne du livre, un *Discours* qui l'est beaucoup moins, qu'on a attribué à Segrais, qui me semble encore trop fort pour lui, et où l'on répond aux objections déjà courantes avec force citations d'anciens philosophes et de Pères de l'Église. Le petit avis au lecteur y répond bien mieux d'un seul mot : « Il faut prendre garde..., il n'y a rien de plus propre à établir la vérité de ces *Réflexions* que la chaleur et la subtilité que l'on témoignera pour les combattre[b]. »

---

faut tout haut se louer quelque peu soi-même (on en a des exemples) et louer à la fois la majorité des assistants, on voit que M. de La Rochefoucauld n'aurait pu être autre chose que ce qu'il fut de son temps, un moraliste toujours. — J'ajouterai encore cette note écrite après coup, mais qui revient bien à ce qui précède : « Il parlait à ravir devant deux ou trois ou cinq personnes ; mais dès que cela devenait *cercle*, et à plus forte raison devant un *auditoire*, il ne le pouvait plus. — Il avait grande peur du *ridicule*, il le sentait vivement, il le voyait là où d'autres moins délicats ne le voyaient pas. Il se créait ainsi des obstacles sur lesquels de moins fins et de moins délicats auraient sauté à pieds joints. »

a. Il fallait aller au-devant du mécontentement de M. le Prince pour certains passages où il était touché. Il y avait d'autres mécontentements plus violents de personnages secondaires, qui pourtant n'auraient pas laissé d'embarrasser : on en peut prendre idée par la furieuse colère du duc de Saint-Simon, racontée dans les *Mémoires* de son fils, t. I, p. 91.

b. Et encore : « Le meilleur parti que le lecteur ait à prendre est de se mettre d'abord dans l'esprit qu'il n'y a aucune de ces maximes qui le regarde en particulier, et qu'il en est seul excepté, bien qu'elles paroissent générales. Après cela, je lui réponds qu'il sera le premier à y souscrire... » Pourquoi ce malin petit *Avis* ne se trouve-t-il reproduit

Voltaire, qui a jugé les *Maximes* en quelques lignes légères et charmantes, y dit qu'aucun livre ne contribua davantage à former le goût de la nation : « On lut rapidement ce petit recueil ; il accoutuma à penser et à renfermer ses pensées dans un tour vif, précis et délicat. C'était un mérite que personne n'avait eu avant lui, en Europe, depuis la renaissance des lettres[9]. » Trois cent seize pensées formant cent cinquante pages eurent ce résultat glorieux. En 1665, il y avait neuf ans que les *Provinciales* avaient paru ; les *Pensées* ne devaient être publiées que cinq ans plus tard, et le livre des *Caractères* qu'après vingt-deux ans. Les grands monuments de prose, les éloquents ouvrages oratoires qui consacrent le règne de Louis XIV, ne sortirent que depuis 1669, à commencer par l'Oraison funèbre de la reine d'Angleterre. On était donc, en 1665, au vrai seuil du beau siècle, au premier plan du portique, à l'avant-veille d'*Andromaque* ; l'escalier de Versailles s'inaugurait dans les fêtes : Boileau, accostant Racine, montait les degrés ; La Fontaine en vue s'oubliait encore ; Molière dominait déjà, et le *Tartufe*, achevé dans sa première forme, s'essayait sous le manteau. À ce moment décisif et d'entrain universel, M. de La Rochefoucauld, qui aimait peu les hauts discours, et qui ne croyait que causer, dit son mot : un grand silence s'était fait ; il se trouva avoir parlé pour tout le monde, et chaque parole demeura.

C'était un misanthrope poli, insinuant, souriant, qui précédait de bien peu et préparait avec charme l'autre *Misanthrope*.

---

dans aucune des éditions ordinaires de La Rochefoucauld ? En général, les premières éditions ont une physionomie qui n'est qu'à elles, et apprennent je ne sais quoi sur le dessein de l'auteur, que les autres, augmentées et complétées, ne disent plus. Cela est vrai surtout des premières éditions de La Rochefoucauld et de La Bruyère.

Dans l'histoire de la langue et de la littérature française, La Rochefoucauld vient en date au premier rang après Pascal, et comme en plein Pascal[a], qu'il devance même en tant que pur moraliste. Il a cette netteté et cette concision de tour que Pascal seul, dans ce siècle, a eues avant lui, que La Bruyère ressaisira, que Nicole n'avait pas su garder, et qui sera le cachet propre du dix-huitième siècle, le triomphe perpétuellement aisé de Voltaire[10].

Si les *Maximes* peuvent sembler, à leur naissance, n'avoir été qu'un délassement, un jeu de société, une sorte de gageure de gens d'esprit qui jouaient aux proverbes, combien elles s'en détachent par le résultat, et prennent un caractère au-dessus de la circonstance ! Saint-Évremond, Bussy, qu'on a comparés à La Rochefoucauld pour l'esprit, la bravoure et les disgrâces, sont aussi des écrivains de qualité et de société ; ils ont de l'agrément parfois, mais je ne sais quoi de corrompu ; ils sentent leur Régence. Le moraliste, chez La Rochefoucauld, est sévère, grand, simple, concis ; il atteint au beau ; il appartient au pur Louis XIV.

On ne peut assez louer La Rochefoucauld d'une chose, c'est qu'en disant beaucoup il n'exprime pas trop. Sa manière, sa forme est toujours honorable pour l'homme, quand le fond l'est si peu.

En correction il est de l'école de Boileau, et bien avant l'*Art poétique*. Quelques-unes de ses maximes ont été refaites plus de trente fois, jusqu'à ce qu'il fût arrivé à l'expression nécessaire. Avec cela il n'y paraît aucun tourment. Ce petit volume original, dans sa primitive ordonnance qui s'est plus tard

a. Celui-ci était mort dès 1662 ; mais la mise en ordre et la publication de ses *Pensées* furent retardées par suite des querelles jansénistes jusqu'à l'époque dite de la *paix de l'Église* (1669). Il résulte de ce retard que La Rochefoucauld ne put rien lui emprunter : tous deux restent parfaitement originaux et collatéraux.

rompue, offrant ses trois cent quinze pensées si brèves, encadrées entre les considérations générales sur l'*amour-propre* au début et les réflexions sur le *mépris de la mort* à la fin[11], me figure encore mieux que les éditions suivantes un tout harmonieux, où chaque détail espacé arrête le regard. La perfection moderne du genre est là : c'est l'aphorisme aiguisé et poli. Si Racine se peut admirer après Sophocle, on peut lire La Rochefoucauld après Job, Salomon, Hippocrate et Marc-Aurèle.

Tant d'esprits profonds, solides ou délicats, en ont parlé tour à tour, que c'est presque une témérité d'y vouloir ajouter. J'indiquerai parmi ceux dont j'ai sous la main les notices particulières, Suard, Petitot, M. Vinet, tout récemment M. Géruzez. À peine s'il n'y a à glaner encore.

Nul n'a mieux traité de la philosophie des *Maximes*, que M. Vinet[a]. Il est assez de l'avis de Vauvenargues, qui dit : « La Bruyère étoit un grand peintre, et n'étoit pas peut-être un grand philosophe. Le duc de La Rochefoucauld étoit philosophe et n'étoit pas peintre. » Quelqu'un[12] a dit en ce même sens : « Chez La Bruyère, la pensée ressemble souvent à une femme plutôt bien mise que belle : elle a moins de corps que de tournure. » Mais, sans prétendre diminuer du tout La Bruyère, on a droit de trouver dans La Rochefoucauld un angle d'observation plus ouvert, un coup d'œil plus à fond. Je crois même qu'il eut plus de système et d'unité de principe que M. Vinet ne voudrait lui en reconnaître, et que c'est par là qu'il justifie en plein ce nom de philosophe que l'ingénieux critique lui accorde si expressément. Les *souvent*, *quelquefois*, *presque toujours*, *d'ordinaire*, par lesquels il modère ses conclu-

a. *Essais de Philosophie morale*, 1837.

sions fâcheuses, peuvent être pris pour des précautions polies. Tout en mettant le doigt sur le ressort, il faisait semblant de reculer un peu ; il lui suffisait de ne pas lâcher prise. Après tout, la philosophie morale de La Rochefoucauld n'est pas si opposée à celle de son siècle, et il profita de la rencontre pour oser être franc. Pascal, Molière, Nicole, La Bruyère, ne flattent guère l'homme, j'imagine ; les uns disent le mal et le remède, les autres ne parlent que du mal : voilà toute la différence[13]. Vauvenargues, qui commença l'un des premiers la réhabilitation, le remarque très-bien : « L'homme, dit-il, est maintenant en disgrâce chez tous ceux qui pensent, et c'est à qui le chargera de plus de vices ; mais peut-être est-il sur le point de se relever et de se faire restituer toutes ses vertus... et bien au delà[a]. » Jean-Jacques s'est chargé de cet *au delà* ; il l'a poussé si loin, qu'on le pourrait croire épuisé. Mais non ; on ne s'arrête pas en si beau chemin ; la veine orgueilleuse court et s'enfle encore. L'homme est tellement réhabilité de nos jours, qu'on n'oserait lui dire tout haut ni presque écrire ce qui passait pour des vérités au dix-septième siècle[14]. C'est un trait caractéristique de ce temps-ci. Tel rare esprit qui, en causant, n'est pas moins ironique qu'un La Rochefoucauld[b], le même, sitôt qu'il écrit ou parle en public, le prend sur un ton de sentiment et se met à exalter la nature humaine. On proclame à la tribune le beau et le grand dont on fait des gaietés dans l'embrasure d'une croisée, ou des sacrifices d'un trait de plume autour d'un tapis vert[15]. Le philosophe ne pratique que l'intérêt et ne prêche que l'idée pure[c].

a. Vauvenargues répète cette pensée en deux endroits, presque dans les mêmes termes.

b. Benjamin Constant, par exemple.

c. Un descendant de l'auteur des *Maximes*, le duc de La Rochefoucauld, l'ami de Condorcet qui était son oracle, et nourri de toutes les

Les *Maximes* de La Rochefoucauld ne contredisent en rien le Christianisme, bien qu'elles s'en passent. Vauvenargues, plus généreux, lui est bien plus contraire, là même où il n'en parle pas. L'homme de La Rochefoucauld est exactement l'homme déchu, sinon comme l'entendent François de Sales et Fénelon, du moins comme l'estiment Pascal, Du Guet et Saint-Cyran. Ôtez de la morale janséniste la *rédemption*, et vous avez La Rochefoucauld tout pur. S'il paraît oublier dans l'homme le roi exilé que Pascal relève, et les restes brisés du diadème, qu'est-ce donc que cet insatiable orgueil qu'il dénonce, et qui, de ruse ou de force, se veut l'unique souverain ? Mais il se borne à en sourire ; et ce n'est pas tout d'être mortifiant, dit M. Vinet, il faut être utile. Le malheur de La Rochefoucauld est de croire que les hommes ne se corrigent pas : « On donne des conseils, pense-t-il, mais on n'inspire pas de conduite. » Lorsqu'il fut question d'un gouverneur pour M. le Dauphin, on songea un moment à lui : j'ai peine à croire que M. de Montausier, moins aimable et plus doctoral, ne convenait pas mieux.

Les réflexions morales de La Rochefoucauld semblent vraies, exagérées ou fausses, selon l'humeur et

---

idées et les illusions du dix-huitième siècle (voir son Portrait au tome III des *Œuvres* de Rœderer, et au tome I des *Mémoires* de Dampmartin), a écrit une lettre à Adam Smith (mai 1778) sur les *Maximes* de son aïeul ; cette lettre où, tout en cherchant à l'excuser sur les circonstances où il a vécu, il lui donne tort sur l'ensemble, est d'un homme qui lui-même, à cette date, n'avait encore vu les hommes que par le meilleur côté. Le duc de La Rochefoucauld fut depuis victime des journées de septembre 1792, et massacré à Gisors par le peuple, derrière la voiture de sa mère et de sa femme qui entendaient ses cris. Un philosophe de nos jours qui, s'il n'y prend garde, conçoit plus vivement qu'il ne raisonne juste, a cru trouver dans tout ceci une réfutation suffisante des *Maximes*, et il s'est écrié : « Admirables représailles exercées par le petit-fils contre les écrits et la conduite de son grand-père ! » Je ne puis rien voir d'admirable en toute cette destinée du duc de La Rochefoucauld, et, si elle prouvait quelque chose, c'est que son aïeul n'avait pas si tort en définitive de juger les hommes comme il l'a fait.

la situation de celui qui lit. Elles ont droit de plaire à quiconque a eu sa Fronde et son coup de feu dans les yeux. Le célibataire aigri les chérira. L'honnête homme heureux, le père de famille rattaché à la vie par des liens prudents et sacrés, pour ne pas les trouver odieuses, a besoin de ne les accepter qu'en les interprétant. Qu'importe si aujourd'hui j'ai paru y croire ? demain, ce soir, la seule vue d'une famille excellente et unie les dissipera. Une mère qui allaite, une aïeule qu'on vénère, un noble père attendri, des cœurs dévoués et droits, non alambiqués par l'analyse, les fronts hauts des jeunes hommes, les fronts candides et rougissants des jeunes filles, ces rappels directs à une nature franche, généreuse et saine, recomposent une heure vivifiante, et toute subtilité de raisonnement a disparu[16].

Du temps de La Rochefoucauld, et autour de lui, on se faisait les mêmes objections et les mêmes réponses. Segrais, Huet, lui trouvaient plus de sagacité que d'équité, et ce dernier même remarquait très-finement que l'auteur n'avait intenté de certaines accusations à l'homme que pour ne pas perdre quelque expression ingénieuse et vive dont il les avait su revêtir[a] ! Si peu *auteur* qu'on se pique d'être en écrivant, on l'est toujours par un coin. Si Balzac et les *académistes* de cette école n'ont jamais l'idée que par la phrase, La Rochefoucauld lui-même, le strict penseur, sacrifie au mot. Ses lettres à Mme de Sablé, dans le temps de la confection des *Maximes*, nous le montrent plein de verve, mais de préoccupation littéraire aussi ; c'était une émulation entre elle et lui, et M. Esprit, et l'abbé de La Victoire : « Je sais qu'on dîne chez vous sans moi, écrivait-il, et que vous faites voir des sentences

a. *Huetiana*, p. 251.

que je n'ai pas faites, dont on ne me veut rien dire...» Et encore, de Verteuil où il était allé, non loin d'Angoulême: «Je ne sais si vous avez remarqué que l'envie de faire des sentences se gagne comme le rhume: il y a ici des disciples de M. de Balzac qui en ont eu le vent et qui ne veulent plus faire autre chose.» La mode des maximes avait succédé à celle des portraits: La Bruyère les ressaisit plus tard et les réunit toutes les deux. Les *post-scriptum* des lettres de La Rochefoucauld sont remplis et assaisonnés de ces sentences qu'il essaie, qu'il retouche, qu'il retire presque en les hasardant, dont il va peut-être avoir regret, dit-il, dès que le courrier sera parti: «La honte me prend de vous envoyer des ouvrages, écrit-il à quelqu'un qui vient de perdre un quartier de rentes sur l'Hôtel-de-Ville; tout de bon, si vous les trouvez ridicules, renvoyez-les-moi sans les montrer à Mme de Sablé[17].» Mais on ne manquait pas de les montrer, il le savait bien. Courant ainsi d'avance, ces pensées excitaient des contradictions, des critiques. On en a une de Mme de Schomberg, cette même Mlle d'Hautefort, objet d'un chaste amour de Louis XIII, et dont Marsillac, au temps de sa chevalerie première, avait été l'ami et le serviteur dévoué: «Oh! qui l'auroit cru alors, pouvait-elle lui dire; et se peut-il que vous vous soyez tant gâté depuis?» On leur reprochait aussi de l'obscurité; Mme de Schomberg ne leur en trouvait pas, et se plaignait plutôt de trop les comprendre[18]; Mme de Sévigné écrivait à sa fille en lui envoyant l'édition de 1672: «Il y en a de divines; et, à ma honte, il y en a que je n'entends pas[19].» Corbinelli les commentait. Mme de Maintenon, à qui elles allaient tout d'abord, écrivait en mars 1666 à Mlle de Lenclos, à qui elles allaient encore mieux: «Faites, je vous prie, mes compliments à M. de La Rochefoucauld, et dites-lui que le livre de Job et le livre des *Maximes* sont mes seules lectures[a]. »

Le succès, les contradictions et les éloges ne se continrent pas dans les entretiens de société et dans les correspondances; les journaux s'en mêlèrent; quand je dis *journaux*, il faut entendre le *Journal des Savants*, le seul alors fondé, et qui ne l'était que depuis quelques mois. Ceci devient piquant, et j'oserai tout révéler. En feuilletant moi-même[b] les papiers de Mme de Sablé, j'y ai trouvé le premier projet d'article destiné au *Journal des Savants* et de la façon de cette dame spirituelle. Le voici :

« C'est un traité des mouvements du cœur de l'homme qu'on peut dire avoir été comme inconnus, avant cette heure, au cœur même qui les produit. Un seigneur aussi grand en esprit qu'en naissance en est l'auteur. Mais ni son esprit ni sa grandeur n'ont pu empêcher qu'on n'en ait fait des jugements bien différents.

« Les uns croient que c'est outrager les hommes que d'en faire une si terrible peinture, et que l'auteur n'en a pu prendre l'original qu'en lui-même. Ils disent qu'il est dangereux de mettre de telles pensées au jour, et qu'ayant si bien montré qu'on ne fait les bonnes actions que par de mauvais principes, la plupart du monde croira qu'il est inutile de chercher la vertu, puisqu'il est comme impossible d'en avoir si ce n'est en idée; que c'est enfin renverser la morale, de faire voir que toutes les ver-

a. On peut ajouter à ces hommages et témoignages, au sujet des *Maximes*, la fable de La Fontaine (onzième du livre I), une ode et des moralités de Mme Des Houlières, l'ode de La Motte sur l'*Amour-propre*, et la réponse en vers du marquis de Sainte-Aulaire (voir sur ce dernier débat les *Mémoires de Trévoux*, avril et juin 1709).

b. Sur le conseil de M. Libri, si docte en toutes choses. — Bibliothèque du Roi, mss. résidu de Saint-Germain, paquet 3, n° 2.

tus qu'elle nous enseigne ne sont que des chimères, puisqu'elles n'ont que de mauvaises fins.

« Les autres, au contraire, trouvent ce traité fort utile, parce qu'il découvre aux hommes les fausses idées qu'ils ont d'eux-mêmes, et leur fait voir que, sans la religion, ils sont incapables de faire aucun bien ; qu'il est toujours bon de se connoître tel qu'on est, quand même il n'y auroit que cet avantage de n'être point trompé dans la connoissance qu'on peut avoir de soi-même.

« Quoi qu'il en soit, il y a tant d'esprit dans cet ouvrage et une si grande pénétration pour connoître le véritable état de l'homme, à ne regarder que sa nature, que toutes les personnes de bon sens y trouveront une infinité de choses qu'*ils* (sic) auroient peut-être ignorées toute leur vie, si cet auteur ne les avoit tirées du chaos du cœur de l'homme pour les mettre dans un jour où quasi tout le monde peut les voir et les comprendre sans peine. »

En envoyant ce projet d'article à M. de La Rochefoucauld, Mme de Sablé y joignait le petit billet suivant, daté du 18 février 1665 :

« Je vous envoie ce que j'ai pu tirer de ma tête pour mettre dans le *Journal des Savants*. J'y ai mis cet endroit qui vous est si sensible..., et je n'ai pas craint de le mettre parce que je suis assurée que vous ne le ferez pas imprimer quand même le reste vous plairoit. Je vous assure aussi que je vous serai plus obligée, si vous en usez comme d'une chose qui seroit à vous, en le corrigeant ou en le jetant au feu, que si vous lui faisiez un honneur qu'il ne mérite pas. Nous autres grands auteurs sommes trop riches pour craindre de rien perdre de nos productions... »

Notons bien tout ceci : Mme de Sablé dévote, qui, depuis des années, a pris un logement au faubourg

Saint-Jacques, rue de la Bourbe, dans les bâtiments de Port-Royal de Paris; Mme de Sablé, tout occupée, en ce temps-là même, des persécutions qu'on fait subir à ses amis les religieuses et les solitaires, n'est pas moins très-présente aux soins du monde, aux affaires du bel-esprit: ces *Maximes*, qu'elle a connues d'avance, qu'elle a fait copier, qu'elle a prêtées sous main à une quantité de personnes et avec toutes sortes de mystères, sur lesquelles elle a ramassé pour l'auteur les divers jugements de la société, elle va les aider dans un journal devant le public, et elle en *travaille* le succès. Et, d'autre part, M. de La Rochefoucauld, qui craint sur toutes choses de faire l'auteur, qui laisse dire de lui, dans le *Discours* en tête de son livre, «qu'il n'auroit pas moins de chagrin de savoir que ses *Maximes* sont devenues publiques, qu'il en eut lorsque les *Mémoires* qu'on lui attribue furent imprimés;» M. de La Rochefoucauld, qui a tant médit de l'homme, va revoir lui-même son éloge pour un journal; il va ôter juste ce qui lui en déplaît[20]. L'article, en effet, fut inséré dans le *Journal des Savants* du 9 mars; et si on le compare avec le projet[a], l'endroit que Mme de Sablé appelait *sensible* y a disparu. Plus rien de ce second paragraphe: «Les uns croient que c'est outrager les hommes, etc.» Après la fin du premier, où il est question des *jugements bien différents* qu'on a faits du livre, on saute tout de suite au troisième, en ces termes: «L'on peut dire néanmoins que ce traité est fort utile, parce qu'il découvre, etc., etc.» Les autres petits changements ne sont que de style. M. de La Roche-

a. C'est ce que n'a pas fait Petitot, qui a donné, dans sa Notice sur La Rochefoucauld, le projet d'article comme étant l'article même: il n'en a pas tiré parti. — M. Cousin, au contraire, en a tiré depuis grand parti, et selon son habitude il a trompeté sa découverte. En homme délicat, il s'est bien gardé de rappeler que j'avais fait la remarque avant lui.

foucauld laissa donc tout subsister, excepté le paragraphe moins agréable. Le premier journal littéraire qui ait paru ne paraissait encore que depuis trois mois, et déjà on y arrangeait soi-même son article. Les journaux se perfectionnant, l'abbé Prevost et Walter Scott y écriront le leur tout au long[21].

La part que Mme de Sablé eut dans la composition et la publication des *Maximes*, ce rôle d'amie moraliste et un peu littéraire qu'elle remplit durant ces années essentielles auprès de l'auteur, donnerait ici le droit de parler d'elle plus à fond, si ce n'était du côté de Port-Royal qu'il nous convient surtout de l'étudier : esprit charmant, coquet, pourtant solide; femme rare, malgré des ridicules, à qui Arnauld envoyait le Discours manuscrit de la *Logique* en lui disant : « Ce ne sont que des personnes comme vous que nous voulons en avoir pour juges ; » et à qui presque en même temps M. de La Rochefoucauld écrivait : « Vous savez que je ne crois que vous sur de certains chapitres, et surtout sur les replis du cœur. » Elle forme comme le vrai lien entre La Rochefoucauld et Nicole[22].

Je ne dirai qu'un mot de ses *Maximes* à elle, car elles sont imprimées; elles peuvent servir à mesurer et à réduire ce qui lui revient dans celles de son illustre ami. Elle fut conseillère, mais pas autre chose : La Rochefoucauld reste l'auteur tout entier de son œuvre. Dans les quatre-vingt-une pensées que je lis sous le nom de Mme de Sablé, j'en pourrais à peine citer une qui ait du relief et du tour. Le fond en est de morale chrétienne ou de pure civilité et usage de monde; mais la forme surtout fait défaut; elle est longue, traînante; rien ne se termine ni ne se grave. La simple comparaison fait mieux comprendre à quel point (ce à quoi autrement on ne songe guère) La Rochefoucauld est un *écrivain*.

Mme de La Fayette, dont il est très-peu question jusque-là dans la vie de M. de La Rochefoucauld, y intervient d'une manière intime aussitôt après les *Maximes* publiées, et s'applique en quelque sorte à les corriger dans son cœur. Leurs deux existences, dès lors, ne se séparent plus. J'ai raconté, en parlant d'elle, les douceurs graves et les afflictions tendrement consolées de ces quinze dernières années. La fortune, en même temps que l'amitié, semblait sourire enfin à M. de La Rochefoucauld ; il avait la gloire ; la faveur de son heureux fils le relevait à la cour et même l'y ramenait : il y avait des moments où il ne bougeait de Versailles, retenu par ce roi dont il avait si peu ménagé l'enfance. Les joies, les peines de famille le trouvaient incomparable. Sa mère ne mourut qu'en 1672 : « Je l'en ai vu pleurer, écrit Mme de Sévigné, avec une tendresse qui me le faisoit adorer. » Sa grande douleur, on le sait, fut à ce *coup de grêle* du passage du Rhin[23]. Il y eut un de ses fils tué, et l'autre blessé. Mais le jeune duc de Longueville, qui fut des victimes, né durant la première guerre de Paris, lui était plus cher que tout. Il avait fait son entrée dans le monde vers 1666, à peu près l'année des *Maximes* : le livre chagriné et la jeune espérance, ces deux enfants de la Fronde ! Dans la lettre si connue où elle raconte l'effet de cette mort sur Mme de Longueville, Mme de Sévigné ajoute aussitôt : « Il y a un homme dans le monde qui n'est guére moins touché ; j'ai dans la tête que s'ils s'étoient rencontrés tous deux dans ces premiers moments, et qu'il n'y eût eu personne avec eux, tous les autres sentiments auroient fait place à des cris et à des larmes que l'on auroit redoublés de bon cœur : c'est une vision. »

Jamais mort, au dire de tous les contemporains, n'a peut-être tant fait verser de larmes et de belles larmes que celle-là. Dans sa chambre de l'hôtel Liancourt, à un dessus de porte, M. de La Rochefoucauld avait un portrait du jeune prince. Un jour, peu de temps après la fatale nouvelle, la belle duchesse de Brissac, qui venait en visite, entrant par la porte opposée à celle du portrait, recula tout d'un coup ; puis, après être demeurée un moment comme immobile, elle fit une petite révérence à la compagnie, et sortit sans dire une parole. La seule vue inopinée du portrait avait réveillé toutes ses douleurs, et, n'étant plus maîtresse d'elle-même, elle n'avait pu que se retirer[a].

Dans ses soins et ses conseils autour des gracieuses ardeurs de la princesse de Clèves et de M. de Nemours, M. de La Rochefoucauld songeait sans doute à cette fleur de jeunesse moissonnée, et il retrouvait à son tour à travers une larme quelque chose du portrait non imaginaire. Et même sans cela, le front du moraliste vieilli, qu'on voit se pencher avec amour sur ces êtres romanesques si charmants, est plus fait pour toucher que pour surprendre. Lorsqu'au fond l'esprit est droit et le cœur bon, après bien des efforts dans le goût, on revient au simple ; après bien des écarts dans la morale, on revient au virginal amour, au moins pour le contempler.

C'est à Mme de Sévigné encore qu'il faut demander le récit de sa dernière maladie et de ses suprêmes moments ; ses douleurs, l'affliction de tous, sa constance : il regarda *fixement* la mort[b]. Il mourut le

a. Voir tout le récit dans les *Mémoires* de l'abbé Arnauld, à l'année 1672.

b. Dans l'ode sérieuse qu'elle lui adresse, Mme Des Houlières, lui parlant de la mort en des termes virils, avait dit :

Oui, soyez alors plus ferme
Que ces vulgaires humains

17 mars 1680, avant ses soixante-sept ans accomplis. C'est Bossuet qui l'assista aux derniers moments, et M. de Bausset en a tiré quelque induction religieuse bien naturelle en pareil cas. M. Vinet semble moins convaincu : on fera, dit-il, ce qu'on voudra de ces passages de Mme de Sévigné, témoin de ses derniers moments : « Je crains bien pour cette fois que nous ne perdions M. de La Rochefoucauld ; sa fièvre a continué ; il reçut hier Notre-Seigneur : mais son état est une chose digne d'admiration. Il est fort bien disposé pour sa conscience ; *voilà qui est fait*... Croyez-moi, ma fille, ce n'est pas inutilement qu'il a fait des réflexions toute sa vie ; il s'est approché de telle sorte de ses derniers moments, qu'ils n'ont rien de nouveau ni d'étranger pour lui[24]. » Il est permis de conclure de ces paroles, ajoute M. Vinet, qu'il mourut, comme on l'a dit plus tard, *avec bienséance*.

On a rassemblé dans les pages suivantes un certain nombre de pensées qui ont paru plus ou moins analogues de forme ou d'esprit aux *Maximes*. Si, au premier vent qu'on en eut, l'envie en prenait *comme un rhume* vers 1665, rien d'étonnant que nous l'ayons gagnée à notre tour par un long commerce avec le livre trop relu. Il faut y voir surtout un dernier hommage à l'auteur, et même d'autant plus grand qu'on aura moins réussi.

I.

Dans la jeunesse, les pensées me venaient en sonnets ; maintenant c'est en maximes.

Qui près de leur dernier terme
De vaines terreurs sont pleins.
En sage que rien n'offense,

Livrez-vous sans résistance
À d'inévitables traits;
Et d'une démarche égale
Passez cette onde fatale
Qu'on ne repasse jamais.

II.

En entrant au bal masqué, tout paraît nouveau; mais il vient un moment où l'on peut dire à toute cette bigarrure: *Beau masque, je te connais!*

III.

La vanité dans l'homme est comme du vif-argent: chez les uns en masse, en globules chez d'autres. Quelques-uns se flattent de la détruire. Dès qu'ils voient le moindre globule, ils y mettent le doigt et le réduisent en parcelles: mais il y a toujours le même poids et la même quantité.

IV.

Les humeurs et les mœurs sont diverses; mais elles rentrent toutes dans une certaine quantité de formes qui se reproduisent invariablement.

V.

L'étude de la nature humaine est infinie: au moment où l'on croit la tenir et se pouvoir reposer un peu, elle échappe, et c'est à recommencer.

VI.

Nos opinions en tout résultent de la nature individuelle de notre esprit bien plus que des choses.

VII.

L'infirmité de l'esprit humain est telle que les impressions reçues des mêmes objets diffèrent selon les personnes, selon les âges et les moments : la forme ou le fond du vase fait la couleur de l'eau.

Ceci est bon, *pour moi, quant à présent*, disait l'abbé de Saint-Pierre quand il approuvait quelque chose. Le sage qui sait le revers de la trame humaine parle ainsi.

VIII.

Si nous serrions bien de près notre persuasion la plus chère, nous verrions que ce que nous appelons plus ou moins *folie* dans les autres, c'est tout ce qui n'est pas purement et simplement notre pensée propre et elle seule, tout ce qui n'est pas *moi* : *fou*, c'est le synonyme intime de *toi*.

IX.

En vain on tirerait argument, pour la vérité d'une idée, de son triomphe comme merveilleux sur la terre : il faut bien en définitive que quelque chose triomphe en ce monde, et comme l'homme n'est pas nécessairement sage, il y a toute chance pour que ce quelque chose soit une folie.

Les beaux raisonneurs viennent après, et sur le papier ils mettent de l'ordre à tout cela.

(*Ou bien encore cette variante de la même pensée :*)

Il arrive bien souvent que l'idée qui triomphe parmi les hommes est une folie pure : mais, dès que cette folie a éclaté, le bon sens d'un chacun s'y loge insensiblement, l'organise, la rend viable, et la folie ou l'utopie devient une institution qui dure des siècles. Cela s'est vu, et peut-être cela se voit encore.

X.

En avançant dans la vie, il en est déjà des pensées de la plupart des hommes comme il en sera bientôt de leurs corps, qui tous iront en poussière aux mêmes éléments. Quelle que soit la diversité des points de départ, les esprits capables de mûrir arrivent, plus qu'on ne croit, aux même résultats; mais les rôles sont pris, les apparences demeurent, et le secret est bien gardé.

XI.

Il me semble parfois que, dans le système d'équité de la nature inexorable, presque chaque homme ici-bas, malgré l'apparente inégalité des lots, obtient au fond sa part à peu près équivalente de bonheur et de malheur, et qu'aussi, faut-il le dire? chaque âme atteint, en avançant, à tout le *gâté* dont elle est capable.

XII.

Le moment est dur où l'on s'aperçoit clairement qu'on n'a pas fait son chemin dans le monde à cause d'une qualité ou d'une vertu. Mais prenez garde: l'irritation qui en résulte, si elle se prolonge, vaut à elle seule ce mal qui révolte, et l'opère en vous.

XIII.

Par un sens profond, le mot *innocence*, qui littéralement veut dire qu'on ne *fait* pas le mal, signifie qu'on ne le *sait* pas. Savoir le mal, si l'on n'y veille aussitôt, c'est le faire.

XIV.

L'expérience est utile, elle est féconde; oui, mais comme un fumier qui aide à pousser des blés et des fleurs. Mon étable, hélas! en est remplie. Ah! qu'un peu mieux valait cet âge où la terre facile donnait tout d'elle-même:

. . . . Tibi dædala Tellus
Submittit flores[25] . . . . !

XV.

Il y en a qui, pour avoir trop fait, chaque matin et chaque soir, le tour extérieur du Palais-Royal dans les infections et les boues, ne savent plus jouir d'une heure de soleil dans la belle allée.

XVI.

Combien de gens meurent avant d'avoir fait le tour d'eux-mêmes !

XVII.

Il faut un peu d'illusion au train de la vie : quand on en sait trop le fin mot, la nature vous retire, parce que, rien qu'à le regarder d'un certain air, on empêcherait le drame d'aller.

XVIII.

Ce bas monde est une vieille courtisane, mais qui ne cesse d'avoir de jeunes amants.

XIX.

Si l'on se mettait à se dire tout haut les vérités, la société ne tiendrait pas un instant ; elle croulerait de fond en comble avec un épouvantable fracas, comme ces galeries souterraines des mines ou ces passages périlleux des montagnes, dans lesquels il ne faut pas, dit-on, élever la voix.

XX.

Une chose des plus faites pour étonner, c'est lorsque, venant à retrancher tout ce qui n'est que bonne éducation, bonnes intentions, bonnes manières, jugements appris, on découvre un matin combien de gens au fond sont bêtes.

Ce n'est pas là le contraire, c'est le correctif de ce qu'a dit Pascal, qu'à mesure qu'on a plus d'esprit, on trouve qu'il y a plus d'hommes originaux.

XXI.

La plupart des défauts qui éclatent dans la seconde moitié de la vie existaient en nous tout formés bien auparavant; mais ils étaient masqués, en quelque sorte, par la pudeur de la jeunesse. On n'osait pas être tout à fait soi-même; on avait égard aux autres. La rudesse venant, tout se découvre.

J'oserai dire aussi que ces défauts étaient masqués à nous-mêmes et ajournés par les distractions du bel âge: ces gracieux plaisirs cessant, les laideurs commencent.

Chez un petit nombre, ce sont des vertus qui, dérobées un moment par la poussière du char, reparaissent[26].

XXII.

Certaines âmes, après s'être saturées en leur temps du mal qu'elles goûtaient, redeviennent inoffensives en vieillissant et presque bonnes.

XXIII.

À un certain âge, tout l'art du bonheur, si cela méritait encore ce nom, serait de pouvoir s'isoler à point des hommes.

XXIV.

Quel est donc le mystère de la vie? elle devient plus difficile et on la sent qui se complique davantage à mesure qu'elle avance et qu'elle se dénue.

XXV.

Il y a des moments où la vie, le fond de la vie se rouvre au dedans de nous comme une plaie qui saigne et ne veut pas se fermer.

XXVI.

Jeunes, nous aimons, nous admirons à chaque pas ; nous croyons aimer les autres : c'est notre jeunesse que nous aimons en eux.

— Mais quelques-uns, après la jeunesse, continuent d'admirer et d'aimer. — Heureuses natures ! c'est leur jeunesse d'âme prolongée, c'est leur belle humeur heureuse et leur vive source de joie naturelle qu'ils continuent d'aimer autour d'eux.

XXVII.

Il est des hommes qui mènent un tel deuil dans leur cœur de la perte de la jeunesse, que leur amabilité n'y survit pas.

XXVIII.

Les lieux les plus vantés de la terre sont tristes et désenchantés lorsqu'on n'y porte plus ses espé rances[27].

XXIX.

Il en est des lieux comme des œuvres des hommes : quand une fois leur réputation est faite, chacun y passe à son tour et les admire ; si elle était à faire, bien d'autres qui sont sans nom pourraient concourir avec eux.

Des lieux cités, la moitié est à rabattre, une moitié seule reste divine.

XXX.

Le souvenir est comme une plante qu'il faut avoir plantée de bonne heure ensemble ; sans quoi elle ne s'enracine pas.

XXXI.

Dans l'amour même, à le prendre au vrai, et si quelque vanité étrangère ne s'y mêle, on est beaucoup plus sensible à ce qu'on y porte qu'à ce qu'on y trouve. De là vient qu'à l'instant où l'on sent qu'on y porte moins, on s'en dégoûte souvent avec un cœur fier, et qu'on résiste si aisément à celui qu'on inspire.

XXXII.

Il y a assez de variété dans les choses pour que chaque esprit juste, à son jour et selon son humeur, puisse y prendre sa part, paraître se contredire et avoir raison.

XXIII.

En appréciant La Rochefoucauld, on ne doit pas oublier ceci :

Tous ceux qui ont mal usé de leur jeunesse ont intérêt à ce que ce soit une duperie que les hautes pensées de la jeunesse.

Il est vrai que, de leur côté, ceux qui en ont bien usé, c'est-à-dire sobrement, ont intérêt à ne pas perdre le fruit de leur économie.

XXXIV.

Si l'on se demandait à quelle occasion particulière on a commencé à lire dans tel ou tel cœur, on trouverait que c'est presque toujours en une circonstance intéressée où l'amour-propre en éveil est devenu perçant ; mais il n'importe avec quelle vrille on ait fait le trou à la cloison, pourvu qu'on voie.

XXXV.

Montesquieu a dit des *Maximes* de La Rochefoucauld : « Ce sont les proverbes des gens d'esprit. » Et Voltaire : « C'est moins un livre que des matériaux pour orner un livre[28]. » Ce sont des pierres fines gravées qu'on enchâsse ensuite dans le discours.

XXXVI.

Les proverbes de Franklin sont des grains de pur froment à mettre en terre et qui fructifieront.

XXXVII.

Il n'y a pas un seul nom propre dans les *Maximes* de La Rochefoucauld ; pour un penseur de cette condition, c'eût été déroger.

XXXVIII.

Il y a cela de singulier dans certaines Maximes de La Rochefoucauld, qu'on peut les retourner et avoir un sens tout aussi juste ou piquant. Il dit : « Nous n'avons pas assez de force pour suivre toute notre raison. » Ce que Mme de Grignan retournait ainsi : « Nous n'avons pas assez de raison pour employer toute notre force. » Il dit : « On pardonne tant que l'on aime. » On pourrait dire tout aussi bien : « On ne pardonne pas tant que l'on aime[29]. » Hermione s'écrie :

> Ah ! je l'ai trop aimé pour ne le point haïr ![30]

Au reste, cette contradiction possible à l'égard des *Maximes* en justifie, s'il se peut, l'esprit ; elle ne fait que mieux trahir la contradiction même du cœur.

XXXIX.

Le philosophe systématique et le moraliste sont volontiers mal ensemble. Le moraliste, en souriant, importune l'autre; il sait la ficelle secrète et gêne les grands airs du conquérant. Descartes et La Rochefoucauld, s'ils s'étaient vus, auraient pu difficilement se souffrir.

XL.

Une grande partie des qualités du style, chez tel auteur brillant, tient à un défaut du caractère. L'inquiétude chatouilleuse où il est de chacun le force de s'ingénier aux nuances: plus calme, il ferait moins[a].

XLI.

Le gros du monde, même des gens d'esprit, est dupe des genres: il admire à outrance, dans un genre noble et d'avance autorisé, des qualités d'art et de talent infiniment moindres que celles qu'il laissera passer inaperçues dans de moyens genres non titrés.

XLII.

Il y a une certaine forme et comme un certain costume des idées contemporaines de notre jeunesse, qui s'efface plus ou moins en vivant et en causant, mais qui reparaît sitôt que nous écrivons: cela nous date plus que tout.

XLIII.

Le poëte, l'artiste, l'écrivain, n'est trop souvent que celui qui sait rendre: il ne garde rien.

a. Cette pensée fait songer à Villemain, comme la précédente à Cousin. Plus loin, en marge de la pensée XLVII, je lis écrit au crayon sur un ancien exemplaire le nom de Nisard.

XLIV.

Il y a des jours où l'esprit s'éveille au matin, l'épée hors du fourreau, et voudrait tout saccager.

XLV.

Aimez-le, admirez-le, couronnez-le ! mais pensez comme Platon, du poëte. Il jouerait à tout instant et sa vie et l'univers pour une imagination, pour un caprice, pour l'éclair d'un désir[31].

XLVI.

Le degré où l'ennui prend est l'indice le plus direct peut-être de la qualité de l'esprit. Ceux qui s'ennuient vite sont délicats, mais légers. Ceux qui ne s'ennuient pas aisément sont vite ennuyeux. Ceux qui, tout en ressentant l'ennui, le supportent trop longtemps, finissent par s'en imbiber et l'exhaler. Ceux pour qui l'ennui est un charme sont amoureux ou poëtes : la rêverie du poëte, c'est *l'ennui enchanté*.

XLVII.

Un peu de sottise avec beaucoup de mérite ne nuit pas : cela fait levain.

XLVIII.

À la philosophie du dix-huitième siècle, qui préconisait la nature de l'homme, a succédé le gouvernement parlementaire, qui lui fait des compliments soir et matin : comment ne serait-il pas gâté ?

XLIX.

À tous ces édifices fantastiques, à ces façades de palais enchantés que nos philosophes construisent au plus grand honneur et bonheur de l'homme, je lis toujours cette ironique inscription tirée du plus vieux des poëtes : *Mortalibus ægris !*

— C'est la même que le mot habituel du plus antique des chantres : Δειλοῖσι βροτοῖσιν.[32]

L.

On a beaucoup parlé de la folie de vingt ans ; il y a celle de trente-cinq, qui n'est pas moins particulière ni moins fréquente : Alceste après Werther. Rousseau n'a écrit qu'après cette seconde folie et a continuellement mêlé les deux en un même reflet. La Rochefoucauld l'a dit : En vieillissant on devient plus fou et plus sage.

Si quelqu'une des précédentes maximes choquait trop, je me promets bien de ne pas tarder à la réfuter[a].

15 janvier 1840.

a. Cet article sur La Rochefoucauld (s'il m'est permis de le faire remarquer aujourd'hui) indique une date et un *temps*, un retour décisif dans ma vie intellectuelle. Ma première jeunesse, du moment que j'avais commencé à réfléchir, avait été toute philosophique, et d'une philosophie positive en accord avec les études physiologiques et médicales auxquelles je me destinais. Mais une grave affection morale, un grand trouble de sensibilité était intervenu vers 1829, et avait produit une vraie déviation dans l'ordre de mes idées. Mon recueil de poésies, *les Consolations*, et d'autres écrits qui suivirent, notamment *Volupté*, et les premiers volumes de *Port-Royal*, témoignaient assez de cette disposition inquiète et émue qui admettait une part notable de mysticisme. L'Étude sur La Rochefoucauld annonce la guérison et marque la fin de cette crise, le retour à des idées plus saines dans lesquelles les années et la réflexion n'ont fait que m'affermir (1869).

MADAME DE LONGUEVILLE

Les noms de Mme de La Fayette et de M. de La Rochefoucauld, auxquels on s'est précédemment arrêté, semblent en appeler un autre, lié naturellement au leur par toutes sortes de relations attrayantes, de convenances et de réverbérations plus ou moins mystérieuses : Mme de Longueville, dans sa délicate puissance, est encore à peindre. Sa vie, qui s'est partagée en deux moitiés contraires, l'une d'ambition et de galanterie, l'autre de dévotion et de pénitence, n'a trouvé le plus souvent que des témoins trop préoccupés d'un seul aspect. Mme de Sévigné seule, dans une lettre célèbre[1], a éclairé l'ensemble du portrait au plus pathétique moment. Pour nous, à qui une rencontre inévitable l'a offerte, pour ainsi dire, au milieu et au cœur d'un sujet que nous traitions, il nous a été donné de la suivre, et nous avons eu comme l'honneur de la fréquenter en des heures de retraite et à travers ses dispositions les plus cachées. Elle nous apparaissait la plus illustre pénitente et protectrice de Port-Royal durant des années ; c'est d'elle et de sa présence en ce monastère que dépendit uniquement, vers la fin, l'observation de la *paix de l'Église*; c'est sa mort qui la rompit[2]. Sans prétendre retracer une vie si diverse et si fuyante, il y a eu devoir et plaisir pour nous à bien saisir du moins cette physionomie à laquelle s'attache un enchantement immortel, et qui, même sous ses voiles redoublés, nous venait sourire du fond de notre cadre austère. Nous l'en détachons pour la donner ici.

Mlle Annc-Geneviève de Bourbon, fille d'une mère bien belle[a], et dont la beauté, si fort convoitée par Henri IV, avait failli susciter aussi bien des guerres, parut très-jeune à la cour, et y apporta, près de Mme la Princesse, encore hautement brillante, « les premiers charmes de cet angélique visage qui depuis a eu tant d'éclat, et dont l'éclat a été suivi de tant d'événements fâcheux et de souffrances salutaires[b]. »

Ses plus tendres pensées pourtant furent à la dévotion; sa fin ne fit que réaliser et ressaisir lcs rêves mystiques de son enfance. Elle accompagnait souvent Mme la Princesse aux Carmélites du faubourg Saint-Jacques; elle y passait de longues heures, qui se peignirent d'un cercle idéal en son imagination d'azur, et qui se retrouvèrent tout au vif dans la suite après que le tourbillon fut dissipé. Elle avait treize ans (1632) quand son oncle Montmorency fut immolé à Toulouse aux vengeances et à la politique du Cardinal; cette jeune nièce, frappée dans sa fierté comme dans sa tendresse d'un coup si sensible, eût volontiers imité l'auguste veuve, et voué dès lors son deuil à la perpétuité monastique. Cependant sa mère commençait à craindre trop de penchant en elle vers les bonnes carmé-

a. Charlotte de Montmorency, princesse de Condé.
b. Expressions de Mme de Motteville[3].

lites ; elle croyait trouver que ce blond et angélique visage ne s'apprêtait pas à sourire assez au monde brillant qui l'allait juger sur les premiers pas. À quoi Mlle de Bourbon répondait avec une flatterie instinctive qui démentait déjà les craintes : « Vous avez, Madame, des grâces si touchantes que comme je ne vais qu'avec vous et ne parais qu'après vous, on ne m'en trouve point[a]. » Le tour de l'esprit de Mme de Longueville perce d'abord dans ce mot-là.

On raconte que, lorsqu'il s'agit du premier bal où Mlle de Bourbon dut aller pour obéir à sa mère, ce fut chez les carmélites un grand conseil ; il fut décidé, pour tout concilier, qu'avant d'affronter le péril, elle s'armerait en secret, sous sa parure, d'une petite cuirasse appelée cilice. Cela fait, on crut avoir pourvu à tout, et Mlle de Bourbon ne s'occupa plus qu'à être belle. À peine entrée au bal, ce fut autour d'elle un murmure universel d'admiration et de louanges ; son sourire, dont sa mère avait un instant douté, y répondit et ne cessa plus : délicieux ravage ! Le cilice à l'instant s'émoussa, et, à partir de ce jour, les bonnes carmélites eurent tort.

Elle y pensa pourtant encore par intervalles ; dans ses plus grandes dissipations, elle entretenait de ce côté quelque commerce de lettres ; elle leur écrivait à chaque assaut, à chaque douleur ; elle leur revint à la fin, et se partagea entre elles et Port-Royal. Elle était chez ces mêmes Carmélites du faubourg Saint-Jacques lorsqu'elle mourut ; elle y était lorsque Mme de La Vallière y entra, et, parmi les assistants touchés, on put la remarquer pour l'abondance de ses larmes. La vie de Mme de Lon-

a. J'emprunte beaucoup pour ces commencements à *la véritable Vie* de la duchesse de Longueville par Villefore (1739).

gueville a de ces symétries harmonieuses, de ses accords et de ces retours qui la font aisément poétique, et auxquels l'imagination, malgré tout, se laisse ravir. C'est ainsi (j'ai omis de le dire) qu'elle était née au château de Vincennes, durant la prison du prince de Condé son père (1619), à ce Vincennes où son frère le grand Condé, captif, cultivera des œillets un jour, à ce Vincennes de saint Louis, destiné à porter au front, dans l'avenir, l'éclaboussure du sang du dernier Condé.

Elle fréquenta beaucoup, avec le duc d'Enghien, l'hôtel de Rambouillet, alors dans sa primeur, et l'on a des lettres à elle de M. Godeau, évêque de Grasse, qui sont toutes pleines de myrtes et de roses. Ce genre d'influence fut sérieux sur elle, et sa pensée, même repentante, s'en ressentira toujours. À cette époque et avant que la politique s'en mêlât, elle et son frère, et cette jeune cabale, déjà décidée à l'être, ne songeaient encore, est-il dit[a], qu'à faire briller leur esprit dans des conversations galantes et enjouées, qu'à commenter et raffiner à perte de vue sur les délicatesses du cœur. Il n'y avait pour eux d'honnêtes gens qu'à ce prix-là. Tout ce qui avait un air de conversation solide leur semblait grossier, vulgaire. C'était une résolution et une gageure d'être *distingué*[4], comme on aurait dit soixante ans plus tard ; d'être *supérieur*, comme on dirait aujourd'hui : on disait alors *précieux*.

Mlle de Bourbon avait vingt-trois ans (1642) lorsqu'on la maria au duc de Longueville, âgé de quarante-sept ans, déjà veuf d'une princesse de plus de vertu que d'esprit, que j'ai montrée ailleurs[b] très-liée avec les Mères de Port-Royal durant l'époque

a. Mémoires de Mme de Nemours.
b. *Port-Royal*, tome I, livre I, XII.

dite de *l'Institut du Saint-Sacrement* et dans la période de M. Zamet ; il en avait une fille déjà âgée de dix-sept ans, qui, avant d'être duchesse de Nemours, resta longtemps auprès de sa jeune belle-mère, nota tous ses écarts, et finalement, en ses *Mémoires*, ne lui fit grâce d'aucun.

Le duc de Longueville pouvait passer pour le plus grand seigneur de France, mais il ne venait qu'après les princes du sang ; c'était un peu descendre pour Mlle de Bourbon. Son père, M. le Prince, l'avait forcée à ce mariage ; elle fit bonne contenance. Dès les premiers temps, un grand éclat vint irriter à la fois et flatter sa passion glorieuse, et donner jour aux vanités de son cœur.

M. de Longueville, outre la disproportion de son âge, avait le tort de paraître aimer Mme de Montbazon ; les deux rivales n'eurent pas de peine à se haïr. Un jour qu'il y avait cercle chez Mme de Montbazon, quelqu'un ramassa une lettre perdue, sans adresse ni signature, mais qui semblait d'une main de femme écrivant tendrement à quelqu'un qu'on ne haïssait pas. On lut et relut la lettre, on chercha à deviner, on décida bientôt qu'elle devait être de la duchesse de Longueville, et qu'elle était tombée à coup sûr de la poche du comte de Coligny, qui venait de sortir. Il paraît bien réellement qu'à dessein ou non, on se trompait. Cette atteinte était la première qu'on eût encore portée à la vertu de la jeune duchesse. On redit le malin propos sans trop y croire. Au premier bruit qui en vint aux oreilles de l'offensée, celle-ci, qui savait que l'histoire était fausse, mais qui se réservait tout bas peut-être de la rendre vraie, crut qu'il était mieux de se taire. Mme la Princesse sa mère ne le souffrit pas, et prit la chose du ton d'une personne toute fière d'être entrée dans la maison de Bourbon ; elle exigea des réparations solennelles. Sa plainte devint une affaire d'État. On était alors dans la première année de la Régence ; Mazarin essayait son pouvoir, et ce fut pour lui la première occasion de démêler les intrigues de cour, de mettre de côté les amis de Mme de Montbazon, Beaufort et les *Importants* : Mme de Motteville déduit tout cela en perfection[5].

La rédaction des paroles d'excuse fut débattue et arrêtée dans le petit cabinet du Louvre, en présence de la reine ; on les écrivit sur les tablettes mêmes du cardinal, qui faisait son jeu sous cette comédie. Puis on les copia sur un petit papier que Mme de Montbazon attacha à son éventail. Elle se rendit à heure fixe chez Mme la Princesse, et lut le papier, mais d'un ton fier et qui semblait dire : *Je m'en moque*. À peu de temps de là, Coligny, par suite de cette prétendue lettre, *appelait* le duc de Guise, qui tenait pour Mme de Montbazon ; ils se battirent sur la Place-Royale. Coligny reçut une blessure, dont il mourut, et on assura que Mme de Longueville était cachée derrière une fenêtre, à voir le combat. Au moins tout ce bruit pour elle l'avait charmée : c'était l'hôtel de Rambouillet en action. Coligny y allait trouver son compte, s'il avait vécu.

Est-ce avant ou après cette aventure que Mme de Longueville fut atteinte de la petite vérole ? Ce fut probablement un peu avant ; elle l'eut l'année même de son mariage, et sa beauté s'en tira sans trop d'échec ; l'éclipse fut des plus passagères. « Pour ce qui regarde Mme de Longueville, dit Retz, la petite vérole lui avoit ôté la première fleur de sa beauté ; mais elle lui en avoit laissé presque tout l'éclat, et cet éclat, joint à sa qualité, à son esprit et à sa langueur qui avoit en elle un charme particulier, la rendoit une des plus aimables personnes de France.» M. de Grasse se croyait plus fidèle à son caractère d'évêque en lui écrivant, dès qu'elle fut rétablie: «Je loue Dieu de ce qu'il a conservé votre vie... Pour votre visage, un autre que moi se réjouira avec plus de bienséance qu'il n'est pas gâté. *Mlle Paulet me le manda.* J'ai si bonne opinion de votre sagesse, que je crois que vous eussiez été bien aisément consolée si votre mal y eût laissé des marques. Elles sont souvent des caractères qu'y grave la divine Miséricorde, pour faire lire aux personnes qui ont trop aimé leur teint que c'est une fleur sujette à se flétrir devant que d'être épanouie, et qui, par conséquent, ne mérite pas qu'on la mette au rang des choses que l'on peut aimer.» Le courtois évêque ne s'étend si complaisamment sur ces traces miséricordieuses au visage, que parce qu'il est sûr par Mlle Paulet qu'il n'y en a point.

Mme de Motteville va plus loin: elle nous décrit, même après cet accident, cette beauté qui consistait plus dans certaines nuances incomparables du teint[a] que dans la perfection des traits, ces yeux moins grands que doux et brillants, d'un bleu admirable, *pareil à celui des turquoises*; et les cheveux blonds argentés, qui accompagnaient à profusion ces merveilles, semblaient d'un ange. Avec cela une taille accomplie, ce je ne sais quoi qui s'appelait bon air, air galant, dans toute la personne, et de tout point une façon suprême. Personne, en l'approchant, n'échappait au désir de lui plaire;

a. *. . . . . . Glyceræ nitor, ...*
Et vultus nimium lubricus aspici.

(HORACE, *Odes*, I, XIX.)

Un teint *de perle*[6].

son agrément irrésistible s'étendait jusque sur les femmes[a].

Le duc de Longueville, tout descendant de Dunois qu'il était, avait en lui peu de chevaleresque : c'était un grand seigneur magnifique et pacifique, sans humeur, assez habile dans les négociations autant qu'un indécis peut l'être. On l'envoya pour suivre celles de Munster ; Mme de Longueville ne l'y alla rejoindre qu'au bout de deux ans (1646), et lorsque déjà le prince de Marsillac avait fait sur elle une impression qu'il avait également reçue.

Le monde diplomatique et les honneurs dont elle fut l'objet la laissèrent nonchalante et assez rêveuse ; elle en pensait volontiers ce qu'elle dit un jour en bâillant de *la Pucelle* de Chapelain, qu'on lui voulait faire admirer : *Oui, c'est bien beau, mais c'est bien ennuyeux.* — « Ne vaut-il pas mieux, Madame, lui écrivait durant ce temps le soigneux M. de Grasse, que vous reveniez à l'hôtel de Longueville, où vous êtes encore plus plénipotentiaire qu'à Munster ? Chacun vous y souhaite cet hiver. Monseigneur votre frère est revenu chargé de palmes ; revenez couverte des myrtes de la paix : car il me semble que ce n'est pas assez pour vous que des branches d'olivier. » Elle reparut en effet à Paris en mai 1647. Cette année d'absence avait encore renchéri son prix ; le retour mit le comble à son succès. Tous les désirs la cherchèrent. Sa ruelle, est-il dit, devint le théâtre des beaux discours, du fameux duel des deux sonnets[7], et aussi

a. Après ces témoignages d'une personne aussi véridique que Mme de Motteville, et d'un connaisseur désintéressé ici comme Retz, je n'ai garde d'aller demander à cette méchante langue et à ce fou de Brienne quelques détails moins enchanteurs sur une telle beauté, détails suspects et qui ne se rapporteraient d'ailleurs qu'à l'époque déclinante. Ce qui est certain de Mme de Longueville, c'est que, sans posséder peut-être de certains attraits complets, elle sut avoir toute la grâce.

de préludes plus graves. Pour parler le langage de M. Godeau, les myrtes commençaient à cacher des glaives.

Son frère le victorieux, jusque-là si uni à ses sentiments, peu à peu s'en sépare ; elle s'en irrite. Son autre frère, le prince de Conti, s'enchaîne de plus en plus à elle. Marsillac saisit décidément le gouvernail de son cœur.

Suivre la vie de Mme de Longueville à cette époque, dans les rivalités commençantes, dans les intrigues et bientôt les guerres de la Fronde, ce serait se condamner (chose agréable d'ailleurs) à émietter les Mémoires du temps ; ce serait surtout vouloir enregistrer tous les caprices d'une âme ambitieuse et tendre, où l'esprit et le cœur sont dupes sans cesse l'un de l'autre ; ce serait prétendre suivre pas à pas l'écume légère, la risée des flots :

In vento et rapida scribere oportet aqua[a][8].

Attachons-nous au caractère. La Rochefoucauld, qui eut plus que personne qualité pour la juger, nous a dit déjà, et je répète ici ce passage trop essentiel au portrait de Mme de Longueville pour ne pas être rappelé[9] : « Cette princesse avoit tous les avantages de l'esprit et de la beauté en si haut point et avec tant d'agrément, qu'il sembloit que la nature avoit pris plaisir de former en sa personne un ouvrage parfait et achevé ; mais ces belles qualités étoient moins brillantes, à cause d'une tache qui ne s'est jamais vue en une personne de ce mérite, qui est que, bien loin de donner la loi à ceux qui avoient une particulière adoration pour elle, elle se

a. Quatre livres de Mémoires bien lus suffisent, Retz et La Rochefoucauld, Mmes de Motteville et de Nemours.

transformoit si fort dans leurs sentiments, qu'elle ne reconnoissoit plus les siens propres. »

La Rochefoucauld ne put d'abord se plaindre de ce défaut, puisqu'il lui dut de la conduire. Ce fut l'amour qui chez elle éveilla l'ambition ; mais il l'éveilla si vite, pour ainsi dire, qu'il ne s'en distingua jamais.

Contradiction singulière ! plus on considère la politique de Mme de Longueville, et plus elle se confond avec son caprice amoureux ; mais, si l'on serre de près cet amour lui-même (et plus tard elle nous l'avouera), il semble que ce n'est plus que de l'ambition travestie, un désir de briller encore.

Son caractère manquait donc tout à fait de consistance, de volonté propre. Et son esprit, notons-le bien, si brillant et si fin qu'il fût, n'avait rien qui s'opposât trop directement à ce manque de caractère. On peut voir juste et n'avoir pas la force de faire juste. On peut avoir de la raison dans l'esprit et pas dans la conduite, le caractère entre les deux faisant faute. Mais ici le cas diffère : l'esprit de Mme de Longueville n'est pas, avant tout, raisonnable ; il est fin, prompt, subtil, ingénieux, tout en replis ; il suit volontiers son caractère, qui lui-même fuit ; il brille volontiers dans les entrecroisements et les détours, avant de se consumer finalement dans les scrupules. Il y a beaucoup de l'hôtel Rambouillet dans cet esprit-là.

« L'esprit de la plupart des femmes sert plus à fortifier leur folie que leur raison. » C'est encore l'auteur des *Maximes* qui dit cela, et Mme de Longueville, avec toutes ses métamorphoses, lui était certainement présente lorsqu'il l'a dit. Elle, la plus féminine des femmes, lui put servir du plus bel abrégé de toutes les autres. Au reste, s'il a observé évidemment d'après elle, elle aussi semble avoir conclu d'après lui ; l'accord est parfait. La confession finale de Mme de Longueville, que nous lirons, ne nous paraîtra que la traduction chrétienne des *Maximes*.

Retz, moins engagé à ce sujet que La Rochefoucauld, et qui aurait bien voulu l'être autant, a merveilleusement parlé de Mme de Longueville. C'est l'unique gloire de notre portrait de rassembler tous ces traits : « Mme de Longueville a naturellement, dit-il, bien du fonds d'esprit, mais elle en a encore plus le fin et le tour. Sa capacité, qui n'a pas été aidée par sa paresse, n'est pas allée jusques aux affaires dans lesquelles la haine contre M. le Prince l'a portée, et dans lesquelles la galanterie l'a maintenue. Elle avoit une langueur dans les manières qui touchoit plus que le brillant de celles mêmes qui étoient plus belles ; elle en avoit une même dans l'esprit qui avoit ses charmes, parce qu'elle avoit des réveils lumineux et surprenants. Elle eût eu peu de défauts, si la galanterie ne lui en eût donné beaucoup. Comme sa passion l'obligea à ne mettre la politique qu'en second dans sa conduite, d'héroïne d'un grand parti elle en devint l'aventurière. La Grâce a rétabli ce que le monde ne lui pouvoit rendre. »

Autant, dans la Fronde, on voit Mme de Longueville supérieure, comme esprit, à Mme de Montbazon par exemple, ou à Mlle de Chevreuse (ce qui est trop peu dire), ou même à Mademoiselle, autant elle reste inférieure à son amie la princesse Palatine, véritable génie, ferme, ayant le secret de tous les partis, et les dominant, les conseillant avec loyauté et sang-froid ; non pas l'aventurière, elle, mais l'homme d'État de la Fronde. « Je ne crois pas que la reine Élisabeth ait eu plus de capacité pour conduire un État, » dit Retz.

Pourquoi Bossuet n'a-t-il pas célébré Mme de

Longueville comme il a fait cette autre princesse pénitente, dont il prononçait l'oraison funèbre dans l'église de ces mêmes Carmélites du faubourg Saint-Jacques ? M. le Prince, qui lui demanda cet éloquent office pour la mémoire de la Palatine, n'eut pas l'idée, à ce qu'il paraît, quelques années auparavant, de lui exprimer le même désir à l'égard de sa sœur. En jugea-t-il l'accomplissement par trop impossible dans cette bouche retentissante ? Les difficultés, en effet, étaient grandes ; la pénitence même de Mme de Longueville avait gardé quelque chose de rebelle. Bossuet n'aurait pu dire ici bien haut, comme de la princesse Palatine : « Sa foi ne fut pas moins simple que naïve. Dans les fameuses questions qui ont troublé en tant de manières le repos de nos jours, elle déclaroit hautement qu'elle n'avoit d'autre part à y prendre que celle d'obéir à l'Église. » Port-Royal eût été un écueil plus périlleux à toucher que la Fronde ; on aurait pu encore, dans l'arrière-fond, faire, jusqu'à un certain point, vaguement pressentir M. de La Rochefoucauld ou M. de Nemours, mais non pas M. Singlin.

Comme pourtant quelques traits du puissant orateur auraient fixé, dans une majesté gracieuse, cette figure d'éblouissante langueur, ce caractère d'ingénieuse et séduisante faiblesse, d'une faiblesse qui ne fut jamais plus agissante que quand elle était plus subjuguée ! Comme elle se fût admirablement dessinée dans ce même fond de tempêtes et de tourbillons civils, où il a jeté et détaché l'autre princesse ! On connaît cette grande page sur la Fronde, on ne la saurait trop rouvrir ; j'y renvoie[a]. Il ne l'eût

a. Oraison funèbre d'Anne de Gonzague, depuis ces mots : « *Pour la plonger entièrement dans l'amour du monde...,* » jusqu'à cette phrase : « ( ) *éternel Roi des siècles, voilà ce qu'on vous préfère, voilà ce qui éblouit les âmes qu'on appelle grandes !* »

pas écrite autrement pour cette oraison funèbre absente, qui est un de mes regrets.

À défaut de cette grandeur de peinture qui nous supprimerait, la chronique des Mémoires est là qui nous soutient. En me servant de la clef que fournit La Rochefoucauld, j'ai pu déjà, dans le portrait de ce dernier, simplifier et dire comment la direction de Mme de Longueville fut autre avant l'époque de la prison des princes, et après cette prison[10]. Dans le premier temps, c'est-à-dire pendant le siége de Paris (1648), brouillée avec le prince de Condé, elle ne suivit que les intérêts et les sentiments de M. de La Rochefoucauld ; elle les suivait encore, lorsque, après la signature de la paix (avril 1649), elle postulait pour lui en cour brevets et priviléges, lorsque, après l'arrestation des princes ses frères (janvier 1650), elle s'enfuyait avec toutes sortes de périls de Normandie en Hollande par mer[a], et arrivait, bien glorieuse enfin, à Stenay, où elle traitait avec les Espagnols et troublait Turenne.

À son retour en France, après la sortie des princes et dans les préliminaires de la reprise d'armes, elle semblait suivre encore les mêmes sentiments, bien qu'avec un abandon moins décidé. On la voit dans ses conseils près de M. le Prince, à Saint-Maur, tantôt vouloir l'accommodement parce que M. de La Rochefoucauld le désire, tantôt vouloir la rupture parce que la guerre l'éloigne de son mari, « qu'elle n'avoit jamais aimé, dit Retz, mais qu'elle commençoit à craindre. » Et il ajoute : « Cette constitution des esprits auxquels M. le Prince avoit affaire eût

a. Ses aventures près de Dieppe furent romanesques. Elle erra plusieurs jours le long des côtes. Si elle avait pu faire dans le pays une Vendée, ou, comme on disait alors, une Fronde, elle l'aurait entreprise, et se sentait de cœur pour cela. Elle trouva enfin à s'embarquer à bord d'un vaisseau anglais, et y fut reçue sous le nom d'un gentilhomme qui s'était battu en duel.

embarrassé Sertorius[a]. » Fâcheux et bizarre augure ! cette aversion pour le mari combattait ici les intérêts de l'amant, et pour celui-ci, n'en pas triompher, c'était déchoir. Enfin les sentiments de M. de La Rochefoucauld cessent positivement d'être la boussole de Mme de Longueville : elle semble accueillir sans défaveur les hommages de M. de Nemours ; elle les perd peu après par l'intrigue de Mme de Châtillon, qui les ressaisit comme son bien, et qui en même temps trouve moyen d'obtenir ceux du prince de Condé, lequel échappe de nouveau à la confiance de sa sœur. C'est M. de la Rochefoucauld dont la politique et la vengeance ont concerté cette revanche trois fois ulcérante pour Mme de Longueville. Elle était déjà d'ailleurs brouillée ouvertement avec son autre frère, le prince de Conti, qu'elle avait jusqu'alors absolument gouverné et même subjugué[b]. Elle perd bientôt ses derniers restes d'espoir sur M. de Nemours, qui est tué en duel par M. de Beaufort, et dès ce moment sa colère, sa haine contre lui, tournent en larmes, comme s'il lui était pour la première fois enlevé. Vers le même temps, la paix finale se conclut (octobre 1652) ; la cour et le Mazarin triomphent ; la jeunesse fuit, et sans doute aussi la beauté commence à suivre : tout manque donc à la fois ou va manquer à Mme de Longueville. Étant encore à Bordeaux, et d'un couvent de bénédictines où elle s'était logée aux approches de cette paix, elle

a. Lemontey, dans sa notice sur Mme de Longueville, dit qu'on a pu définir ainsi les dernières années de la guerre civile : « Tournoi de deux femmes, Geneviève de Condé et Anne d'Autriche : l'une pour fuir son mari, l'autre pour rapprocher son cardinal. »

b. Ses relations avec ses deux frères eurent tout le train et toute l'apparence orageuse des passions. Le prince de Conti en particulier, dès son entrée dans le monde, s'était mis sur le pied de lui plaire *plutôt en qualité d'honnête homme que comme frère*. Est-il possible de dire plus et en même temps de dire moins ? Ce ne peut être qu'une femme (Madame de Motteville) qui ait trouvé cela.

écrivait à ses chères carmélites du faubourg Saint-Jacques, avec lesquelles, dans les plus grandes dissipations, elle n'avait jamais tout à fait rompu : « Je ne désire rien avec tant d'ardeur présentement que de voir cette guerre-ci finie, pour m'aller jeter avec vous pour le reste de mes jours... *Si j'ai eu des attachements au monde, de quelque nature que vous les puissiez imaginer, ils sont rompus et même brisés.* Cette nouvelle ne vous sera pas désagréable... Je prétends que, pour me donner une sensibilité pour Dieu que je n'ai point encore, et sans laquelle je ferois pourtant l'action que je vous ai dite, si l'on avoit la paix, vous me fassiez la grâce de m'écrire souvent et de me confirmer dans l'horreur que j'ai pour le siècle. Mandez-moi quels livres vous me conseillez de lire. »

Antérieurement à cette époque, on a des lettres d'elle à ces mêmes religieuses ; chaque malheur, je l'ai dit, y ramenait involontairement son regard ; elle leur avait écrit lorsqu'elle avait perdu une petite fille, et à la mort aussi de Mme la Princesse sa mère. Celle-ci mourut pendant que la duchesse était à Stenay[a]. C'est de là qu'en réponse aux condoléances venues du monastère (octobre 1650), partit une touchante lettre adressée à la Mère sous-prieure pour solliciter d'elle des particularités sur les circonstances de cette mort : « C'est en m'affligeant que je me dois soulager, écrivait Mme de Longue-

a. Un éloquent détail à ce sujet nous revient par les *Mémoires* de M. de Chateaubriand, en ce passage dont sa bienveillance nous a permis de nous décorer : « La princesse de Condé, près d'expirer, dit à Mme de Brienne : « Ma chère amie, mandez à cette pauvre misérable qui est à Stenay l'état où vous me voyez, et qu'elle apprenne à mourir. » Belles paroles ! mais la princesse oubliait, continue M. de Chateaubriand, qu'elle-même avait été aimée de Henri IV, qu'emmenée à Bruxelles par son mari, elle avait voulu rejoindre le Béarnais, *s'échapper la nuit par une fenêtre et faire ensuite trente ou quarante lieues à cheval* ; elle était alors une *pauvre misérable* de dix-sept ans. »

ville. Ce récit fera ce triste effet, et c'est pourquoi je vous le demande ; car, enfin, vous voyez bien que ce ne doit point être le repos qui succède à une douleur comme la mienne, mais un tourment secret et éternel : auquel aussi je me prépare, et à le porter en la vue de Dieu et de ceux de mes crimes qui ont appesanti sa main sur moi. Il aura peut-être agréable l'humiliation de mon cœur et l'enchaînement de mes misères profondes... Adieu, ma chère Mère, mes larmes m'aveuglent ; et s'il étoit de la volonté de Dieu qu'elles causassent la fin de ma vie, elles me paroîtroient plutôt les instruments de mon bien que les effets de mon mal. » M. de Grasse[11] ne cessait aussi de lui écrire, et il l'avait fait avec une sorte d'éloquence, sur cette mort. Ainsi s'étaient conservés, même aux saisons du plus prodigue délire, des trésors secrets de cœur chez Mme de Longueville.

Ses larmes, à temps renouvelées et abondantes, empêchaient de tarir en elle les sources cachées.

Une vie vraiment nouvelle pourtant va commencer. Elle a trente-quatre ans. Elle quitte Bordeaux par ordre de la cour, s'avance jusqu'à Montreuil-Bellay, domaine de son mari, en Anjou, et de là jusqu'à Moulins. En cette ville, elle descend aux Filles de Sainte-Marie, et y visite le tombeau du duc de Montmorency, son oncle, dont la mort tragique l'avait tant touchée à cet âge encore pur de treize ans, et lui devenait d'une bien haute leçon, aujourd'hui qu'elle-même sortait vaincue des factions civiles. Sa tante, veuve de M. de Montmorency, était supérieure de ce monastère. Un exemple de si chaste et pieuse uniformité agit plus que tout sur cette imagination aisément saisie, sur cette âme à peine échouée et encore trempée du naufrage. Un jour, à Moulins, au milieu d'une lecture de piété, « il se tira (c'est elle-même qui parle) comme un rideau de devant les yeux de mon esprit : tous les charmes de la vérité rassemblés sous un seul objet se présentèrent devant moi ; la foi, qui avoit demeuré comme morte et ensevelie sous mes passions, se renouvela ; je me trouvai comme une personne qui, après un long sommeil où elle a songé qu'elle étoit grande, heureuse, honorée et estimée de tout le monde, se réveille tout d'un coup, et se trouve chargée de chaînes, percée de plaies, abattue de langueur et renfermée dans une prison obscure. » Après dix mois de séjour à Moulins, elle fut rejointe par le duc de Longueville, qui l'emmena avec toutes sortes d'égards dans son gouvernement de Normandie. De nouvelles atteintes s'ajoutaient à chaque instant aux anciennes ; la moindre annonce de quelque succès de M. le Prince, qui avait passé aux Espagnols, et qui n'y était en définitive que par suite des suggestions de sa sœur, ravivait tous les remords de celle-ci, et prolongeait l'équivoque de sa situation par rapport à la cour. Elle se réconcilia en ces années avec le prince de Conti, et se lia étroitement avec la princesse de Conti sa belle-sœur, qui, nièce du Mazarin, rachetait ce sang suspect par de hautes vertus : ces trois personnes devinrent bientôt à l'envi des émules dans les voies de la conversion. Pourtant Mme de Longueville manquait de direction encore, et avec son genre de caractère, avec cette habitude de ne suivre jamais que des sentiments adoptifs, et de ne les régler que sur une volonté préférée, elle avait plus que personne besoin d'un guide très-ferme. Elle écrivait de Rouen pour demander conseil à Mme de Montmorency sa tante, à une amie intime, la sous-prieure des Carmélites de Paris, Mlle du

Vigean[a], à d'autres encore. Elle s'adressa à l'abbé Le Camus (depuis évêque de Grenoble et cardinal), récemment converti lui-même, et qui lui répondait : « Dieu vous mènera plus loin que vous ne pensez, et demande de vous des choses dont il n'est pas encore temps de vous parler. Quand on examine sa conduite sur les principes de l'Évangile, on y trouve des vides effroyables. » Mais le médecin éclairé, et qui sût prendre en main cette âme oscillante et endolorie, tardait toujours. C'est alors que les conseils de M. de Bernières, de M. Le Nain peut-être (père de M. de Tillemont et chef du conseil de Mme de Longueville), à coup sûr l'entremise de Mme de Sablé[12], indiquèrent à la postulante en peine Port-Royal et ses directeurs.

À la date d'avril 1661, on lit dans une lettre de la Mère Angélique à Mme de Sablé, qu'elle avait vu Mme de Longueville, et l'avait trouvée plus solide et plus mûrie qu'on ne la lui avait annoncée : « Tout ce que j'ai vu en peu de temps de cette princesse m'a semblé tout d'or fin. » M. Singlin, déjà obligé à cette époque de se cacher pour éviter la Bastille, consentit à se rendre près de Mme de Longueville, et il fut celui qui le premier éclaira et régla sa pénitence.

Je trouve une lettre de Mlle de Vertus à Mme de Sablé, ainsi conçue (car, selon moi, tous les détails ont du prix touchant des personnes si élevées, si délicates, et finalement si respectables) :

« Enfin, je reçus hier au soir un billet de la dame (*Mme de Longueville*). On vous supplie donc de

a. Mlle du Vigean avait été aimée du duc d'Enghien autrefois, avant la Fronde ; il voulait même se démarier, dit-on, et l'épouser ; ces amours traversées par Mme de Longueville, qui en avertit M. le Prince son père, avaient eu, du côté de la dame, le cloître pour tombeau.

faire en sorte que votre ami (*M. Singlin*) vienne demain ici. Afin qu'on n'ait pas l'inquiétude qu'il soit connu dans son quartier, il peut venir en chaise et renvoyer ses porteurs, et je lui donnerai les miens pour le reporter où il lui plaira. S'il lui plaît de venir dîner, on le mettra dans une chambre où personne ne le verra qui le connoisse, et il est mieux, ce me semble, qu'il vienne d'assez bonne heure, c'est-à-dire entre dix et onze heures au plus tard... J'ai bien envie que cela soit fait, car cette pauvre femme[a] n'a pas de repos. Faites bien prier Dieu, je vous en conjure. Si je la puis voir en d'aussi bonnes mains, j'aurai une grande joie, je vous l'avoue ; il me semble que je serai comme ces personnes qui voient leur amie pourvue et qui n'ont plus qu'à se tenir en repos pour elles. C'est que, dans la vérité, cette personne se fait d'étranges peines, qu'elle n'aura plus quand elle sera fixée. J'ai bien peur que votre ami ait trop de dureté pour nous. Enfin, il faut prier Dieu et lui recommander cette affaire[b].

M. Singlin, une fois introduit, revint souvent ; il faisait ses visites déguisé en médecin et sous l'énorme perruque qui était alors de rigueur ; il avait besoin de se dire, pour se justifier à lui-même ce déguisement, qu'il était bien médecin en effet. On le tint quelque temps caché à Méru, dans la terre de la

a. *Cette pauvre femme*. Mme de Sévigné, parlant de la mort de M. de Turenne, dit : *Ce pauvre homme*. Si grands que nous soyons ou que nous croyions être, il est plus d'une circonstance, et il viendra tôt ou tard un jour où l'on dira de nous : *Ce pauvre homme ! Cette pauvre femme !* et où l'on ne dira que juste par cette expression de pitié, qui sera encore, à bien prendre, une générosité d'âme.

b. Bibliothèque du Roi, manuscrits. Papiers de Mme de Sablé. Résidu de Saint-Germain, paquet 4, n° 6, 7e portefeuille. — (Je maintiens ces indications techniques, qui marquent ma priorité dans cet ordre de recherches si couru et si exploité depuis.)

princesse. Est-ce trop raffiner que de croire que ces mystères, ces précautions infinies et concertées en vue de la pénitence, étaient pour Mme de Longueville comme un dernier attrait d'imagination romanesque à l'entrée de la voie sévère ?

On possède son Examen de conscience écrit par elle-même après la confession générale qu'elle fit à M. Singlin, le 24 novembre 1661. C'est un morceau à rapprocher de cette autre confession de la princesse Palatine, écrite par celle-ci sur le conseil de l'abbé de Rancé, et si magnifiquement paraphrasée par Bossuet. Il les faut lire sans superbe et d'un cœur simple : il n'y a, dans ces morceaux en eux-mêmes, rien d'agréable ni de flatteur.

Mais, à ne voir encore qu'humainement et au seul point de vue d'observation psychologique, de telles pièces méritent tout regard (*respectus*). Si elles nous détaillent le cœur humain dans sa plus menue petitesse, c'est que cette petitesse en est le fond ordinaire, définitif ; elles le vont ainsi poursuivre et démontrer petit à tous les degrés de sa profondeur.

Mme de Longueville considère ce renouvellement comme étant pour elle le premier pas d'une vie vraiment pénitente :

« Il y avoit longtemps que je cherchois (ce me sembloit) la voie qui mène à la vie, mais je croyois toujours de n'y être pas, sans savoir pourtant précisément ce qui étoit mon obstacle ; je sentois qu'il y en avoit entre Dieu et moi, mais je ne le connoissois pas, et proprement je me sentois comme n'étant pas à ma place ; et j'avois une certaine inquiétude d'y être, sans pourtant savoir où elle étoit ; ni par où il la falloit chercher. Il me semble, au contraire, depuis que je me suis mise sous la conduite de M. Singlin, que je suis proprement à cette place que je cherchois, c'est-à-dire à la vraie entrée du chemin de la vie chrétienne, à l'entour duquel j'ai été jusques ici[a]. »

Avant de s'embarquer à écouter sa confession générale et de s'engager par là à lui donner conduite, M. Singlin voulut d'abord savoir d'elle si elle se sentait disposée à quitter le monde au cas qu'un jour elle fût à même de le faire. Elle lui répondit en toute sincérité que *oui*. Cet aveu et ce vœu obtenus, il exigea qu'elle continuât de s'occuper de ses affaires extérieurement, tant qu'il le fallait, et sans lui permettre de les appeler *misérables*.

En habile docteur et praticien de l'âme qu'il était, M. Singlin, du premier coup d'œil, lui découvrit son défaut capital, cet orgueil qu'elle-même avait quasi ignoré, dit-elle, depuis tant d'années. C'est ce qu'aussi la duchesse de Nemours dénonce dans ses *Mémoires* en cent façons. Il est curieux de voir comme les incriminations de celle-ci, les indications de M. Singlin et les aveux sincères de Mme de Longueville se rejoignent justement et concordent : « Les choses qu'il (*l'orgueil*) produisoit, écrit la pénitente, ne m'étoient pas inconnues ; mais je m'arrêtois seulement à ses effets, que je considérois bien comme de grandes imperfections ; pourtant, par

a. *Supplément au Nécrologe de Port-Royal*, in-4°, pag. 137 et suiv. — On peut remarquer dans cet Examen de la duchesse de Longueville, et en général dans toutes ses lettres manuscrites dont j'ai vu une quantité, un style suranné, et bien moins élégant qu'on ne l'attendrait ; beaucoup moins vif et précis, par exemple, que celui des divines lettres et *réflexions* de Mme de La Vallière, publiées en un volume par Mme de Genlis. C'est qu'il y a vingt-cinq ans de différence dans l'âge de ces deux illustres personnes : Mme de La Vallière est une contemporaine exacte de La Bruyère, presque de Fénelon ; Mme de Longueville était formée entièrement avant Louis XIV. Mais qu'on aille au fond et au bout de ces longueurs de phrases, la finesse se retrouvera. — Et puis le style de Mme de La Vallière a été lui-même légèrement corrigé dans ces dernières éditions.

tout ce qu'on m'en a découvert, je vois bien que je n'allois pas à cette source. Ce n'est pas que je ne reconnusse bien que l'orgueil avoit été le principe de tous mes égarements, mais je ne le croyois pas si vivant qu'il est, ne lui attribuant pas tous les péchés que je commettois ; et cependant je vois bien qu'ils tiroient *tous* leur origine de ce principe-là. » Elle reconnaît à présent que, du temps même de ses égarements les plus criminels, le plaisir qui la touchait était celui de l'esprit, celui qui tient à l'amour-propre, *les autres naturellement ne l'attirant pas*. Ces deux misérables mouvements, plaisir de l'esprit et orgueil, qui n'en sont qu'un, entraient dans toutes ses actions et faisaient l'âme de toutes ses conduites : « J'ai toujours mis ce plaisir, que je cherchois tant, à ce qui flattoit mon orgueil, et proprement à me proposer ce que le Démon proposa à nos premiers parents : *Vous serez comme des Dieux !* Et cette parole, qui fut une flèche qui perça leur cœur, a tellement blessé le mien, que le sang coule encore de cette profonde plaie, et coulera longtemps, si Jésus-Christ par sa grâce n'arrête ce flux de sang... » Cette découverte qu'elle doit pour la première fois dans toute son étendue à M. Singlin, cette veine monstrueuse qu'il lui a fait toucher au doigt et suivre en ses moindres rameaux, et qui lui paraît maintenant composer à elle seule l'entière substance de son âme, l'épouvante et la mène jusque *sur le bord de la tentation du découragement*. Elle appréhende désormais de retrouver l'orgueil en tout, et cette docilité même, qui paraît le seul endroit sain de son âme, lui devient suspecte ; elle craint de n'être docile qu'en apparence, et parce qu'en obéissant on plaît, qu'on regagne par là l'estime qu'on a perdue. Il lui semble, en un mot, voir jusque dans cette docilité son orgueil *qui se trans-*

forme, s'il faut ainsi dire, en Ange de lumière, pour avoir de quoi vivre. Effrayée, elle s'arrête, elle ne peut que s'écrier à Dieu, face contre terre, à travers de longs silences : *Sana me et sanabor.*

Mais une lettre de M. Singlin qu'elle reçoit, et qu'elle lit après avoir prié, la console en lui prouvant que ce serviteur de Dieu ne désespère pas d'elle ni de ses plaies. Je pourrais, si c'était ici le lieu, multiplier les extraits encore, et trahir sans ménagement, dans toute leur subtilité naïve et leur négligence déjà vieillie, ces délicatesses de conscience d'un esprit naguère si élégant et si superbe, à présent si abaissé et comme abîmé. Elle se connaît dorénavant, elle se décrit et se décompose à nu. Sa description, en un endroit, tombe juste avec ce qu'en dit Retz, et semble précisément y répondre. On se rappelle cette paresse et cette langueur, qu'il nous peint interrompue tout d'un coup chez elle par des réveils de lumière. Voici la traduction chrétienne et moralement rigoureuse de ce trait d'apparence charmante. Encore une fois, je ne demande point pardon pour le négligé du récit ; tout indigne qu'on est, quand on s'est plongé à fond dans ces choses, on se sent tenté plutôt de dire comme Bossuet parlant du songe de la princesse Palatine : *Je me plais à répéter toutes ces paroles, malgré les oreilles délicates ; elles effacent les discours les plus magnifiques, et je voudrois ne parler plus que ce langage.*

« En recevant la lettre de M. Singlin, qui m'a paru fort grosse, écrit Mme de Longueville, et qui par là me faisoit espérer bien des choses de cette part qui est présentement ce qui m'occupe, je l'ai ouverte rapidement, comme ma nature me porte toujours à mon occupation d'esprit ; comme au contraire (je dis ceci pour me faire connoître) elle me donne une si grande négligence et froideur pour ce qui n'est pas mon occupation présente, qui est toujours forte et unique en moi. Et c'est ce qui me fait croire violente et emportée aux uns, parce qu'ils m'ont vue dans mes passions ou même dans mes plus petites inclinations et pentes ; et à d'autres, lente et paresseuse, morte même, s'il faut user de ce mot, parce qu'ils ne m'ont pas vue touchée de ce dont je l'ai été, soit en mal, soit en bien. C'est aussi pourquoi l'on m'a définie comme si j'eusse été deux personnes d'humeur même opposée, ce qui a fait dire quelquefois que j'étois fourbe, quelquefois que j'étois changée d'humeur, ce qui n'étoit ni l'un ni l'autre, mais ce qui venoit des différentes situations où on me trouvoit. *Car j'étois morte, comme la mort, à tout ce qui n'étoit pas dans ma tête, et toute vivante aux moindres parcelles des choses qui me touchoient*. J'ai toujours le diminutif de cette humeur, et je ne m'y laisse que trop dominer. Par cette humeur donc, j'ai ouvert avec rapidité cette lettre. »

Elle poursuit de la sorte, et ajoute bien des aveux sur ses prompts dégoûts, ses mobilités d'humeur, ses brusques *sécheresses* envers les gens, si elle n'y prenait garde. J'y surprends surtout d'incroyables témoignages de cet esprit, avant tout délié et fin, qui n'a plus à creuser que son propre labyrinthe[a]. Elle dit en finissant :

a. Par exemple dans ce passage, qui échappe presque à force de ténuité, à force de dédoublement et de reploiement du cheveu de la pensée. Elle se reproche, en se condamnant elle-même, de désirer tout bas de voir ses condamnations condamnées, et de vouloir découvrir, par cette sorte de provocation détournée, si on n'a pas d'elle quelque peu de bonne opinion : « Je me défigure en partie, dit-elle, pour m'attirer le plaisir de connoître qu'on croit plus de bien de moi, et c'est même un artifice de mon amour-propre et de ma curiosité de me pousser à me dépeindre défectueuse, pour savoir au vrai ce que l'on croit de

« Il m'est venu encore une pensée sur moi-même, c'est que je suis fort aise, par amour-propre, qu'on m'ait ordonné d'écrire tout ceci, parce que sur toute chose j'aime à m'occuper de moi-même et à en occuper les autres, et que l'amour-propre fait qu'on aime mieux parler de soi en mal que de n'en rien dire du tout. J'expose encore cette pensée, et la soumets en l'exposant, aussi bien que toutes les autres[a]. »

J'ai copie de plusieurs lettres manuscrites de Mme de Longueville, toutes également de scrupules et de troubles, sur quelque action qu'elle croit de source humaine, sur quelque péché oublié, sur une absolution reçue avec une conscience douteuse[b].

---

moi, et satisfaire par même voie mon orgueil et ma curiosité. » Toujours la méthode d'esprit de l'hôtel Rambouillet ; c'est l'application seule qui a changé.

a. M. de La Rochefoucauld aurait eu quelque droit de revendiquer cette pensée comme très-voisine d'une des siennes : « Ce qui fait, a-t-il dit, que les amants et les maîtresses ne s'ennuient point d'être ensemble, c'est qu'ils parlent toujours d'eux-mêmes. » Je me pose une question : Si M. de La Rochefoucauld avait lu cette confession de Mme de Longueville, en aurait-il été touché ? aurait-il changé de jugement sur elle ? On en peut douter. Il aurait toujours prétendu y suivre la même nature s'inquiétant, se raffinant pour se reprendre à mieux, et persistant sous ses transes. « L'orgueil est égal dans tous les hommes, a-t-il dit encore, et il n'y a de différence qu'aux moyens et à la manière de le mettre au jour. » Il lui eût fallu avoir en lui le rayon pour le voir en elle comme il y était. Là gît la difficulté toujours.

b. Ce sont ces mêmes lettres que M. Cousin a publiées récemment au complet dans ses *Fragments littéraires* (1843)[13] ; j'en ai fait constamment usage dans ce portrait, mais je n'avais pas jugé que la mémoire de Mme de Longueville dût gagner à une publication complète. M. Cousin obéissant à un certain entraînement, qui est bien souvent un charme dans un si grand esprit, a pensé tout autrement et ne s'est pas ménagé à le dire. Les verves de ce merveilleux talent, on le sait, de quelque côté qu'elles se portent, ne sont ni rapides ni éloquentes à demi. Il est un seul point sur lequel je lui demanderai la permission de ne pas le suivre, c'est lorsqu'il veut faire décidément de Mme de Longueville un esprit fort *supérieur* pour la *trempe* à Mme de La Fayette. Malgré toute notre déférence pour ses paroles, et notre admiration pour les belles pages, pleines de largeur comme toujours, dont il a fait la bordure de sa publication, nous ne saurions lui concéder un tel jugement. De ce qu'on cite Mme de Longueville dans des moments de pénitence, et de

Elle pratiquait la pénitence et la mortification par ces vigilances continuelles et par ces angoisses encore plus que par les cilices.

Sur le conseil de M. Singlin, Mme de Longueville s'occupa avant tout d'aumônes et de restitutions dans les provinces ravagées par sa faute durant les guerres civiles. À la mort de M. Singlin, elle passa sous la direction de M. de Saci. Lorsque celui-ci fut à la Bastille, elle eut M. Marcel, curé de Saint-Jacques, et d'autres également sûrs; elle écrivait très-assidûment au saint évêque d'Aleth (Pavillon), et suivait en détails ses réponses comme des oracles.

Le duc de Longueville étant mort en mai 1663, elle pouvait courir dorénavant avec moins de retard

---

ce que l'on ne possède guère Mme de La Fayette que dans des écrits littéraires et romanesques, a-t-on le droit de juger de la qualité de leurs esprits par la différence des sujets? Pour juger de deux femmes, il ne serait pas tout à fait équitable d'aller prendre la plus sérieuse un soir de bal, et la plus légère un jour de vendredi saint. Si l'on avait les confessions de Mme de La Fayette à Du Guet, ce serait autre chose. Mais on ne peut, sans contredire tous les témoignages du temps, ce me semble, et à ne consulter même que les écrits de ces deux dames un peu de sang-froid, ne pas voir dans Mme de La Fayette un esprit surtout ferme et juste en sa finesse, et dans Mme de Longueville un bel-esprit tendre, subtil, glorieux, intéressant, mais pas du tout de la même trempe; si j'attache un sens juste à ce mot, c'est cette trempe précisément qui lui aurait manqué. Pardon de cette querelle de détail et presque d'intérieur; mais je tiens fort à ce que ma bonne, ma sage, ma judicieuse et sérieuse Mme de La Fayette conserve toute sa part. — Depuis que cette note est écrite, voilà que dans un très-piquant morceau sur *les Femmes illustres du XVIIe siècle* (*Revue des Deux Mondes*, 15 janvier 1844), M. Cousin revient avec éloquence, avec passion, sur cette même gracieuse querelle; il l'étend même cette fois davantage et traite M. de La Rochefoucauld de telle sorte qu'il nous donnerait bien envie de relever le gant, si nous en avions le droit et si déjà nous n'en avions trop dit. Mais laissons le lecteur agiter lui-même ces agréables débats qui consolent de beaucoup d'autres, et remercions M. Cousin, un si illustre maître, de les raviver par sa puissance. Et remarquez-le bien: en tout ceci encore, c'est le charme de Mme de Longueville qui opère, et qui nous rend tous diversement épris et rivaux autour d'elle. C'est toujours le duel de la place Royale qui continue. — Faut-il le dire enfin (1852)? le duel, à force de se prolonger, s'est un peu écarté des premiers termes de courtoisie. Ne serait-ce point que l'un des chevaliers, en s'engageant de plus en plus, et se croyant plus favorisé sans doute, a aussi par trop pris des héros de la Fronde l'air glorieux et conquérant, de ces airs de triomphe qui n'admettent plus ombre de rivalité et de partage?

dans cette voie de pénitence qui la réclamait tout entière. Les troubles seuls de l'Église à cette époque la retenaient encore. Elle fut très-active pour Port-Royal dans ces années difficiles. La révision du Nouveau-Testament dit *de Mons* s'acheva dans des conférences qui se tenaient chez elle. À partir de 1666, elle eut cachés dans son hôtel Arnauld, Nicole et le docteur Lalane. On en raconte quelques anecdotes assez vraisemblables, qui durent égayer un peu les longueurs de cette retraite.

Arnauld, un jour, y fut attaqué de fièvre ; la princesse fit venir le médecin Brayer, et lui recommanda d'avoir un soin particulier d'un gentilhomme qui logeait depuis peu chez elle ; car Arnauld avait pris l'habit séculier, la grande perruque, l'épée, tout l'attirail d'un gentilhomme. Brayer monte, et, après le pouls tâté, il se met à parler d'un livre nouveau qui fait bruit, et qu'on attribue, dit-il, à messieurs de Port-Royal : « Les uns le donnent à M. Arnauld, les autres à M. de Saci ; mais je ne le crois pas de ce dernier, il n'écrit pas si bien. » À ce mot, Arnauld oubliant le rôle de son habit et secouant vivement son ample perruque : « Que voulez-vous dire, monsieur ? s'écrie-t-il ; mon neveu écrit mieux que moi. » Brayer descendit en riant, et dit à Mme de Longueville : « La maladie de votre gentilhomme n'est pas considérable. Je vous conseille cependant de faire en sorte qu'il ne voie personne : il ne faut pas le laisser parler. » Tel était au vrai, dans son ingénuité, le grand comploteur et chef de parti Arnauld.

On voit dans les fragments (à la suite de l'Histoire de Port-Royal, par Racine) que Nicole était plus au goût de Mme de Longueville qu'Arnauld, comme plus poli en effet, plus attentif. Dans les entretiens du soir, le bon Arnauld, près de s'endormir au coin du feu, et rentrant tête baissée dans l'égalité chrétienne, défaisait tout doucement ses jarretières devant elle, *ce qui la faisait un peu souffrir.* Nicole avait plus d'usage ; on dit pourtant qu'un jour, par distraction, il posa en entrant son chapeau, ses gants, sa canne et son manchon sur le lit de la princesse ! Tout cela pour elle faisait partie de sa pénitence.

Elle contribua autant qu'aucun prélat à la Paix de l'Église. Ces négociations croisées, si souvent renouées et rompues, leur activité secrète, et le centre où elle était, recommençaient pour elle la seule Fronde permise, et lui en rendaient quelques émotions à bonne fin et en toute sûreté de conscience. En apprenant un matin (vers 1663) l'une des ruptures qu'on imputait aux Jésuites, elle disait avec son tour d'esprit : « J'ai été assez simple pour croire que les Révérends Pères agissaient sincèrement ; il est vrai que je n'y croyais que d'hier au soir. » Enfin des négociations sérieuses s'engagèrent : M. de Gondrin, archevêque de Sens, concertait tout avec elle. Elle écrivit au pape pour justifier les accusés et garantir leur foi ; elle écrivit au secrétaire d'État, le cardinal Azolin, pour l'intéresser à la conclusion. Avec la princesse de Conti, elle mérita d'être saluée une *Mère de l'Église.*

La paix faite, elle fit bâtir à Port-Royal-des-Champs un corps-de-logis ou petit hôtel qui communiquait par une galerie avec une tribune de l'église. À partir de 1672, elle se partagea entre ce séjour et celui de ses fidèles Carmélites du faubourg Saint-Jacques, chez lesquelles elle avait déjà un logement. Des épreuves bien douloureuses du dehors achevèrent de la pousser vers ces deux asiles, où elle allait être si ardente à se consumer : la perte d'abord de sa belle-sœur, la princesse de Conti, l'imbécillité et la mauvaise conduite de son fils aîné, le comte de Dunois, la mort surtout de son fils chéri, le comte de Saint-Paul. Elle ne quitta tout à fait l'hôtel de Longueville qu'après cette dernière mort si cruelle, et qui nous est tant connue par l'admirable lettre de Mme de Sévigné. Le jeune M. de Longueville fut tué, on le sait, un moment après le passage du Rhin, en se jetant, par un coup de valeur imprudente, dans un gros d'ennemis qui fuyaient, et avec lui périrent une foule de gentilshommes. Il fallait annoncer ce malheur à Mme de Longueville. De peur de rester trop incomplet, nous répétons ici la page immortelle :

« Mlle de Vertus, écrit Mme de Sévigné (20 juin 1672), étoit retournée depuis deux jours à Port-Royal, où elle est presque toujours ; on est allé la quérir avec M. Arnauld, pour dire cette terrible nouvelle. Mlle de Vertus n'avait qu'à se montrer ; ce retour si précipité marquoit bien quelque chose de funeste. En effet, dès qu'elle parut : « Ah ! mademoiselle, comment se porte monsieur mon frère (*le grand Condé*) ? » Sa pensée n'osa aller plus loin. — « Madame, il se porte bien de sa blessure. » — « Il y a eu un combat ! et mon fils ? » — On ne lui répondit rien. « Ah ! mademoiselle, mon fils, mon cher enfant, répondez-moi, est-il mort ? » — « Madame, je n'ai point de paroles pour vous répondre. » — « Ah ! mon cher fils ! est-il mort sur-le-champ ? N'a-t-il pas eu un seul moment ? Ah ! mon Dieu ! quel sacrifice ! » Et là-dessus elle tomba sur son lit, et tout ce que la plus vive douleur peut faire, et par des convulsions, et par des évanouissements, et par un silence mortel, et par des cris étouffés, et par des larmes amères, et par des élans vers le Ciel, et par des plaintes tendres et pitoyables, elle a tout éprouvé. Elle voit certaines gens, elle prend des bouillons, parce que Dieu le veut; elle n'a aucun repos; sa santé, déjà très-mauvaise, est visiblement altérée. Pour moi, je lui souhaite la mort, ne comprenant pas qu'elle puisse vivre après une pareille perte.»

Et sept jours après cette lettre (27 juin): «J'ai vu enfin Mme de Longueville; le hasard me plaça près de son lit: elle m'en fit approcher encore davantage, et me parla la première, car pour moi, je ne sais point de paroles dans une telle occasion; elle me dit qu'elle ne doutoit pas qu'elle ne m'eût fait pitié; que rien ne manquoit à son malheur; elle me parla de Mme de La Fayette, de M. d'Hacqueville, comme de ceux qui la plaindroient le plus; elle me parla de mon fils, et de l'amitié que son fils avoit pour lui: je ne vous dis point mes réponses; elles furent comme elles devoient être, et, de bonne foi, j'étois si touchée que je ne pouvois pas mal dire: la foule me chassa. Mais, enfin, la circonstance de la paix est une sorte d'amertume qui me blesse jusqu'au cœur, quand je me mets à sa place; quand je me tiens à la mienne, j'en loue Dieu, puisqu'elle conserve mon pauvre Sévigné et tous nos amis.»

On découvrit bientôt (un peu complaisamment peut-être) qu'avant de partir pour la guerre, M. de Longueville s'était converti en secret, qu'il avait fait une confession générale, que messieurs de Port-Royal avaient mené cela, qu'il répandait d'immenses aumônes; enfin que, nonobstant ses maîtresses et un fils naturel qu'il avait, il était quasi un saint. Ce fut une sorte de douceur dernière, et bien permise, à laquelle son inconsolable mère fut crédule.

Aussitôt ce premier flot de condoléances essuyées, Mme de Longueville alla à Port-Royal-des-Champs, où sa demeure était prête, et elle y redoubla de solitude. Elle en sortait de temps en temps, et revenait faire des séjours aux Carmélites, où elle voyait successivement passer comme un convoi des grandeurs du siècle, Mme de La Vallière y prendre le voile, et peu après arriver le cœur de Turenne, — ce cœur, qu'hélas ! elle avait un jour troublé.

Ses austérités, jointes à ses peines d'esprit, hâtèrent sa fin : un changement s'opéra dans sa dernière maladie, et elle entra dans l'avant-goût du calme. Elle mourut aux Carmélites le 15 avril 1679, âgée de cinquante-neuf ans et sept mois. Son corps fut enterré en ce couvent même, ses entrailles à Saint-Jacques-du-Haut-Pas ; son cœur alla à Port-Royal.

Un mois après sa mort, l'archevêque de Paris, M. de Harlay, se rendit en personne à cette abbaye pour signifier, par ordre du roi, aux religieuses, de renvoyer leurs pensionnaires et leurs postulantes et pour leur défendre d'en recevoir à l'avenir. On n'attendait que la mort de cette princesse pour commencer le blocus final où le célèbre monastère devait succomber. Il n'y avait plus de palladium dans Ilion.

L'oraison funèbre de Mme de Longueville fut prononcée un an après sa mort, non point par Bossuet, je l'ai regretté, mais par l'évêque d'Autun, Roquette, le même qu'on suppose n'avoir pas été étranger à l'idée du *Tartufe*, et duquel encore on a dit que les sermons qu'il prêchait étaient bien à lui, puisqu'il les achetait. Mme de Sévigné (lettre du 12 avril 1680) loue d'étrange sorte, et non sans de vives pointes d'ironie, cette oraison funèbre qu'on ne permit pas même d'imprimer. Ce qui était plus éloquent que les phrases de M. d'Autun, c'étaient, à cet anniversaire de Mme de Longueville, Mlles de La Rochefoucauld qui pleuraient leur père ; c'était

Mme de La Fayette, qu'au sortir de la cérémonie Mme de Sévigné visitait et trouvait en larmes ; car Mme de Longueville et M. de La Rochefoucauld étaient morts dans la même année : « Il y avoit bien à rêver sur ces deux noms ! »

Nos dignes historiens de Port-Royal ont dit bien des banalités et des petitesses sur Mme de Longueville : cette qualité d'Altesse sérénissime les éblouissait. Quand ils parlent d'elle, ou de Mlle de Vertus, ou de M. de Pontchâteau, ils ne tarissent plus, et dans l'uniformité de leur louange, dans la plénitude bien légitime de leur reconnaissance, il ne leur faut pas demander le discernement des caractères. On voit par un petit fragment qui suit l'*Abrégé* de Racine, et qu'il n'a pas eu le temps de fondre, de dissimuler dans son récit, que si Mme de Longueville avait gardé jusqu'aux dernières années la grâce, la finesse, et comme dit Bossuet de ces personnes revenues du monde, *l'insinuation dans les entretiens*, elle avait gardé aussi les prompts chatouillements, les dégoûts, les excès d'ombrage : « elle étoit quelquefois jalouse de Mlle de Vertus, qui étoit plus égale et plus attirante. » Enfin, pourquoi s'étonner ? jusque dans le froid abri des cloîtres, jusque sur les dalles funéraires où elle se collait le visage, elle s'était emportée elle-même, et, bien qu'en une sphère plus épurée, c'étaient les mêmes ennemis toujours, et la continuation secrète des mêmes combats.

La vraie couronne de Mme de Longueville en ces années, celle qu'il faut d'autant plus révérer en elle qu'elle ne l'apercevait pas, qu'elle la couvrait comme de ses deux mains, qu'elle l'abaissait et la cachait contre le parvis, c'est la couronne d'humilité. Voilà sa gloire chrétienne, que les inévitables défauts ne doivent pas obscurcir. On en rapporte des traits touchants. Elle avait ses ennemis, ses envieux ; des mots blessants ou même insultants lui arrivaient ; elle souffrait tout, et elle disait à Dieu : *Frappe encore !* Un jour, allant en chaise des Carmélites à Saint-Jacques-du-Haut-Pas, elle fut abordée par un officier qui lui demanda je ne sais quelle grâce ; elle répondit qu'elle ne le pouvait, et cet homme, là-dessus, s'emporta aux termes les plus insolents. Ses gens allaient se jeter sur lui : « Arrêtez, leur cria-t-elle, qu'on ne lui fasse rien ; j'en mérite bien d'autres ! » Si j'indique à côté de ce grand trait principal d'humilité les autres petitesses persistantes, c'est donc bien moins pour infirmer une pénitence si profonde et si sincère, que pour trahir jusqu'au bout les secrètes misères obstinées et les faux-fuyants de ces élégantes natures[a].

a. Dans la riche correspondance manuscrite que possède la bibliothèque de Troyes, je trouve nombre de lettres de M. de Pontchâteau à la duchesse d'Épernon sa sœur, dans lesquelles il est question de Mme de Longueville. M. de Pontchâteau, pénitent à Port-Royal, voudrait bien y amener sa sœur déjà retirée au Val-de-Grâce. L'exemple de Mme de Longueville revient souvent : « Mme de Longueville n'a que deux laquais : ne seroit-ce pas assez pour vous ? car lorsque vous êtes au Val-de-Grâce, qu'est-ce que tous vos gens font dans votre maison ?... » Mais je citerai plutôt quelques extraits de lettres sur la mort de notre pénitente ; on y retrouve surtout ce trait d'humilité que nous avons signalé ; pour qui connaît la rigueur de M. de Pontchâteau, le moindre mot d'éloge dans sa bouche a tout son prix : « (17 avril 1679). Voilà donc Mme de Longueville partie pour ce grand voyage de l'Éternité d'où l'on ne revient jamais... Des morts de cette nature des personnes qui tiennent un grand rang parmi le monde, et surtout lorsque nous y avons quelque rapport, nous frappent dans le moment ; mais l'impression s'en efface bientôt, et nous ne tâchons pas même d'ordinaire à la retenir. On ne va parler d'autre chose durant quelque temps... Je la crois heureuse et que Dieu lui aura fait miséricorde. Elle aimoit beaucoup l'Église et les pauvres, qui sont les deux objets de notre charité sur la terre, et je me souviens d'avoir vu quantité de ses lettres dans les commencements de sa conversion, qui étoient remplies de sentiments fort pénitents et fort humbles. Elle les avoit encore, et les peines qu'elle avoit supportées depuis un an lui auront servi de pénitence... » Et dans une lettre du 22 avril 1679 : « Je n'aime pas les exagérations, mais il faut avouer de bonne foi qu'il y a eu des choses assez singulières dans la pénitence de Mme de Longueville, et pour le corps et pour l'esprit ; car il est certain que, dans les commencements de sa pénitence, il lui étoit fort ordinaire de coucher sur la dure, prendre la dis-

Lemontey[14], dans une notice spirituelle, mais sèche et légère, n'a pas craint de l'appeler une *âme théâtrale et vaine*. Qui oserait, après avoir assisté avec nous de près à sa pénitence, l'appeler autrement qu'une pauvre âme délicate et angoissée ?

Nicole, cet esprit si délicat aussi, et qui la fréquenta si longtemps, l'a très-bien jugée. Il avait toujours été fort en accord avec elle. Elle trouvait qu'il avait raison dans toutes les petites querelles de Port-Royal. Il disait agréablement qu'elle morte, il avait baissé de beaucoup en considération : « J'y ai même perdu, disait-il, mon abbaye, car on ne m'appelle plus M. l'abbé Nicole, mais M. Nicole tout simplement. » Au tome XII des *Ouvrages de morale et de politique* de l'abbé de Saint-Pierre, on trouve sur le genre d'esprit et la qualité intellectuelle de Mme de Longueville ce témoignage assez particulier qu'on n'aurait guère l'idée d'aller chercher là, et dont l'espèce de bizarrerie n'est pas sans piquant[a] :

« Je demandai un jour à M. Nicole quel étoit le caractère d'esprit de Mme de Longueville ; il me dit

cipline, porter une ceinture de fer. Et pour ce qui est de l'esprit, je sais ce que peu de personnes savent sur cela, qui étoit bien humiliant pour une personne comme elle. Ce n'est pas que je voulusse la faire passer pour une sainte qui est allée jouir de Dieu au sortir de ce monde ; tout ce qui se passe dans l'autre nous est caché. Mais il est vrai qu'on verra peu de gens de cette qualité embrasser un genre de vie comme le sien, et demeurer fermes jusqu'au bout dans les grandes vérités de la religion, dans un grand mépris de soi-même, ce qui paroissoit jusque dans ses habits, et dans une uniformité pour ses devoirs essentiels comme elle l'a toujours témoigné. Il y avoit des foiblesses : qui n'en a point ? Elle les voyoit et en gémissoit ; c'est presque tout ce que Dieu demande de nous. On peut excéder en la louant, et il est si naturel de se chercher soi-même quand on loue les autres, parce qu'il est aisé que nous nous regardions là dedans, que le meilleur est de peu louer, et d'attendre ce grand jour auquel Dieu ne rend pas seulement à chacun selon ses œuvres, mais où il louera lui-même ses saints. » Cette lettre de M. de Pontchâteau, dans sa naïveté et sa discrétion, est la plus digne oraison funèbre.

a. Je supprime la singulière orthographe de l'abbé de Saint-Pierre ; il y aura assez d'algèbre sans cela.

qu'elle avoit l'esprit très-fin et très-délicat sur la connoissance des caractères des personnes, mais qu'il étoit très-petit, très-foible, et qu'elle étoit très bornée sur les matières de science et de raisonnement, et sur toutes les choses spéculatives dans lesquelles il ne s'agissoit point de sujets de sentiment. — Par exemple, ajouta-t-il, je lui dis un jour que je pouvois parier et démontrer qu'il y avoit dans Paris au moins deux habitants qui avoient même nombre de cheveux, quoique je ne pusse pas marquer quels sont ces deux hommes. Elle me dit que je ne pouvois jamais en être assuré qu'après avoir compté les cheveux de ces deux hommes. Voici ma démonstration, lui dis-je : Je pose en fait que la tête la mieux garnie de cheveux n'en possède pas 200 000, et que la tête la moins garnie, c'est celle qui n'a qu'un cheveu. Si maintenant vous supposez que 200 000 têtes ont toutes un nombre de cheveux différent, il faut qu'elles aient chacune un des nombres de cheveux qui sont depuis un jusqu'à 200 000 ; car si l'on supposoit qu'il y en avoit deux parmi ces 200 000 qui eussent même nombre de cheveux, j'aurois gagné le pari. Or, supposant que ces 200 000 habitants ont tous un nombre différent de cheveux, si j'y apporte un seul habitant de plus qui ait des cheveux, et qui n'en ait pas plus de 200 000, il faut nécessairement que ce nombre de cheveux, quel qu'il soit, se trouve depuis un jusqu'à 200 000, et par conséquent soit égal au nombre de cheveux d'une de ces 200 000 têtes. Or, comme au lieu d'un habitant en sus des 200 000, il y a en tout près de 800 000 habitants dans Paris, vous voyez bien qu'il faut qu'il y ait beaucoup de têtes égales en nombre de cheveux, quoique je ne les aie pas comptés. — Mme de Longueville ne put jamais comprendre que l'on pût faire une démonstration de cette égalité de cheveux, et soutint toujours que la seule voie de la démontrer était de les compter. »

Ceci nous prouve que Mme de Longueville, qui avait tant de rapports en délicatesses et démangeaisons d'esprit avec Mme de Sablé, était bien différente d'elle en ce point ; Mme de Sablé aimait et suivait les dissertations, et en était bon juge ; mais Arnauld n'aurait pas eu l'idée de faire lire la Logique de Port-Royal à Mme de Longueville, pour la divertir et tirer d'elle un avis compétent.

Elle était proprement de ces *esprits fins* que Pascal oppose aux esprits géométriques, de ces « esprits fins qui ne sont que fins, qui, étant accoutumés à juger les choses d'une seule et prompte vue, se rebutent vite d'un détail de définition en apparence stérile, et ne peuvent avoir la patience de descendre jusqu'aux premiers principes des choses spéculatives et d'imagination, qu'ils n'ont jamais vues dans le monde et dans l'usage. »

Mais, géométrie à part, l'usage même, le monde et son coup d'œil, sa finesse et ses élégances, le sang de princesse dans toutes les veines, une âme féminine dans tous ses replis, cette vocation, ce point d'honneur de plaire qui est déjà une victoire, de belles passions, de grands malheurs, une auréole de sainte en mourant, l'entrelacement suprême autour d'elle de tous ces noms accomplis, de Condé, de La Rochefoucauld et de Port-Royal, cela suffit à composer à Mme de Longueville une distinction durable, et lui assure dans la mémoire française une part bien flatteuse, que nul renom d'héroïne ne surpasse, que nulle gloire, même de femme supérieure, n'effacera. Que dirai-je encore ? si du sein du monde sérieux où elle est entrée, elle pouvait sourire à l'effet, au charme de son nom seul sur ceux qui la jugent, elle y sourirait.

1er août 1840.

P.S. Depuis que ce portrait est écrit, il m'est tombé entre les mains une agréable pièce à l'appui, que je tire d'un manuscrit janséniste (Bibliothèque du Roi, supplém. franç. 1485):

CARACTÈRE DE MADAME DE LONGUEVILLE[15].

« C'étoit une chose à étudier que la manière dont Mme de Longueville conversoit avec le monde.

« On y pouvoit remarquer ces qualités également estimables selon Dieu et selon le monde: elle ne médisoit jamais de personne, et elle témoignoit toujours quelque peine quand on parloit librement des défauts des autres, quoique avec vérité;

« Elle ne disoit jamais rien à son avantage, cela étoit sans exception;

« Elle prenoit autant qu'elle pouvoit sans affectation toutes les occasions qu'elle trouvoit de s'humilier.

« Elle disoit si bien tout ce qu'elle disoit, qu'il auroit été difficile de le mieux dire, quelque étude qu'on y apportât.

« Il y avoit plus de choses vives et rares dans ce que disoit M. de Tréville; mais il y avoit plus de délicatesse, et autant d'esprit et de bon sens, dans la manière dont Mme de Longueville s'exprimoit.

« Elle parloit sensément, modestement, charitablement et sans passion;

« On ne remarquoit jamais dans ses discours de mauvais raisonnements.

« Elle écoutoit beaucoup, n'interrompoit jamais, et ne témoignoit point d'empressement de parler.

« L'air qui lui revenoit le moins étoit l'air décisif et scientifique, et je sais des personnes très-estimables d'ailleurs, qu'elle n'a jamais goûtées, parce qu'elles avoient quelque chose de cet air.

« C'étoit au contraire faire sa cour auprès d'elle, que de parler de tout le monde avec équité et sans passion, et d'estimer en eux tout ce qu'ils pouvoient avoir de bon.

« Enfin, tout son extérieur, sa voix, son visage, ses gestes étoient une musique parfaite ; et son esprit et son corps la servoient si bien pour exprimer tout ce qu'elle vouloit faire entendre, que c'étoit la plus parfaite actrice du monde.

« Cependant, quoique je sois persuadé qu'elle étoit un excellent modèle d'une conversation sage, chrétienne et agréable, je ne laisse pas de croire que l'état d'une personne qui n'auroit rien de tout cela, et qui seroit sans esprit et sans agrément, mais qui sauroit bien se passer de la conversation du monde, et se tenir en silence devant Dieu en s'occupant de quelque petit travail, est beaucoup plus heureux et plus souhaitable que celui-là, parce qu'il est moins exposé à la vanité, et moins tenté par le spectacle des jugements favorables qu'on attire par ces belles qualités. »

La fin de ce portrait est peut-être de trop pour nous autres jansénistes mondains, et qui ne faisons pas fi de l'agrément, même chez Mme de Longueville convertie. Mais quel charmant et sérieux exemple de la maîtresse de maison, chrétienne rigoureuse et pourtant aimable !

Ce petit portrait pourrait bien être de Nicole ; on sait, en effet, qu'il trouvait à M. de Tréville plus d'esprit qu'à Pascal même : ici on lui accorde plus de trait qu'à Mme de Longueville. Quelle fleur de janséniste cela devait faire ! Une femme d'esprit me faisait remarquer que ce M. de Tréville était le *M. Joubert* du beau temps du Jansénisme. Ce sont d'heureux hommes que ceux qui vivent ainsi grands hommes pour tous leurs amis, et que tous les autres ignorent[a].

a. Si complet que puisse sembler ce portrait de Mme de Longueville, les lecteurs qui n'en auraient pas assez pourront chercher dans l'édition de 1867 de mon *Port-Royal*, au tome V, pages 123-139, et aussi dans l'*Appendice* du tome IV, pages 591-593 ; ils auront épuisé tout ce que j'ai su trouver et dire.

UNE RUELLE POÉTIQUE SOUS LOUIS XIV

PAVILLON. — SAINT-PAVIN. — HESNAULT. — Mme DES HOULIÈRES, ETC.

Revenons à nos moutons, et ne mordons plus personne[a]. On me l'a conseillé; c'est le plus sage. Un peu d'idylle, même en critique: je reprends ma houlette et je fais taire mon chien.

En parcourant dernièrement cette quarantaine de petits volumes où, sous le titre d'*Annales poétiques*, est enterré, en fait de vers, tout ce qu'on ne lit plus, où La Monnoie tient autant de place que Racine, où Pavillon offre deux fois plus de façade que Despréaux, un petit résultat évident m'est apparu.

Il y a eu toute une école poétique au dix-septième siècle et au commencement du dix-huitième, pour laquelle, à certains égards essentiels, le siècle de Louis XIV n'a pas existé; elle se continue avec le goût Louis XIII et de la première Régence, et finit à la seconde, sous La Motte et Fontenelle. Elle part

a. Ce morceau, lors de sa publication dans une revue, succédait à un autre article tout de polémique lancé contre un des nombreux fléaux dont la littérature du jour est infestée[1].

de Voiture, Saint-Évremond ; elle est assez d'accord avec la première manière de La Fontaine ; elle se cantonne, durant Boileau et Racine, à l'hôtel Bouillon, chez les Nevers, les Des Houlières, Hesnault, Pavillon, Charles Perrault ; voici l'anneau trouvé avec Fontenelle.

Un double caractère de cette petite école est d'être à la fois en arrière et en avant, de tenir à l'âge qui s'en va et au siècle qui vient, d'avoir du précieux et du hardi ; enfin, de mêler dans son bel-esprit un grain d'esprit fort.

Ce dernier point n'est vrai que de quelques-uns sans doute, mais l'est assez pour qu'on y voie un trait de caractère. Saint-Pavin, Hesnault, Mme Des Houlières elle-même, tenaient du philosophe, de l'indévot : par leur liberté de pensée en morale non moins que par leur goût en poésie, ils devaient être antipathiques à Despréaux, à Racine. Le goût élevé, exclusif, de ceux-ci, se combinait au fond avec la gravité morale, et s'y appuyait : ils représentent le siècle de Louis XIV à son centre. Bayle, qui vécut toujours hors de France, qui ne tient point, à vrai dire, au règne de Louis XIV, qui, par le style comme par les idées, fut plutôt du siècle d'avant ou de celui d'après, Bayle admira beaucoup cette petite école ; il la jugeait très-poétique et tout à fait à son gré. Ces affinités comme ces antipathies, quand elles s'adressent non pas à un individu, mais à des groupes, dénotent l'esprit secret et ne trompent pas.

Une certaine conscience intérieure, au milieu de tous leurs succès de société, semble avoir averti les poëtes et beaux-esprits de ce bord, qu'ils n'étaient pas à leur vraie place dans le siècle, que leur moment était passé ou n'était pas venu, que d'autres, véritablement grands, régnaient, qu'ils étaient évincés, en un mot. J'aime à croire que cette sorte de découragement et de dépit ajouta, chez quelques-uns, à l'incomplet du talent et contribua au chétif emploi qu'ils en firent ; c'est du moins une excuse. Chassés du haut du pavé, ils prirent et gardèrent la ruelle[2]. Rien de grand chez eux, ni de haute haleine. Ils ont vécu au jour le jour, en épicuriens de la gloire, heureux des roses et des faveurs de chaque matin, gaspillant à des riens mille grâces.

Quand on parcourt leurs œuvres décousues, inégales, sans composition et sans dessein, on est souvent surpris de trouver un morceau charmant, une idylle, une épigramme heureuse : tous ces gens-là ont fait en leur vie une bonne petite pièce ; mais la seconde ne s'y rencontre pas. Ce qui les a perdus, c'est le *tous-les-jours*.

Si quelqu'un mérita, par son talent, de prétendre à plus et d'oser mieux, c'est certainement Hesnault[3], c'est lui aussi qui, de tout ce groupe, paraît avoir le mieux compris la position fausse où l'esprit, le goût *libertins*, allaient se trouver sous Louis XIV, pardevant Despréaux le censeur, et en regard du *décorum* grandissant. Il considéra de bonne heure sa vie, même de poëte, comme une partie perdue, et, tournant le dos à l'avenir comme au grand ennemi, il ne s'occupa qu'à piller tout le premier le butin.

L'aimable et moins hardi Pavillon[4] n'était point ainsi ; je ne sais s'il se tourmenta beaucoup de la renommée, mais il ne la méprisait pas et crut la posséder suffisamment. Les trois quarts de sa longue vie, toute diaprée de madrigaux et de conseils à Iris, se passèrent dans les jouissances littéraires sans envie, dans la goutte sans aigreur : il eut de la gloire dans sa chambre. Également bien avec Boileau et avec Tallemant, il succédait aussi coulamment à Benserade dans l'Académie française qu'à Racine dans l'Académie des inscriptions. Il mourut âgé de soixante-treize ans, écrit l'honnête Niceron, *ayant conservé jusqu'à son dernier moment son bon sens, sa réputation et ses amis* : rien que cela ! En pourrait-on dire autant aujourd'hui de beaucoup de nos grands hommes ? Sa fable intitulée *l'Honneur*, très-courte, il est vrai, semble du La Fontaine au temps de Fouquet[a].

Saint-Pavin, qui lui est supérieur en vivacité, en hardiesse, a du prix comme poëte. Fontenelle le goûtait beaucoup. Dans un choix en six volumes[b], fort bien fait, où le siècle de Louis XIV en poésie est d'ailleurs comme non avenu, et où il paraît que Fontenelle a mis la main, Saint-Pavin tient une bonne place entre Charleval et Voiture. Il la mérite de tout point. Fut-il un peu contrefait, comme son portrait tracé par lui-même l'indiquerait[5] ? son esprit, en ce cas, justifia le proverbe en redoublant de gentillesse : c'était du plus coquet et du plus fin dans le monde même de Mme de Sévigné, sa voisine de campagne à Livry[6]. Il eut du Chaulieu dans ses mœurs, dans sa vie de bénéficier assez licencieux ; son tour exquis, railleur, ne rappelle pas mal cet autre abbé poëte, Mellin de Saint-Gelais. Il hanta fort Des Barreaux dans sa jeunesse : on l'a même voulu rattacher au poëte Théophile. Du milieu de ses délices, il songeait à l'art et le pratiqua. Ses vers sont très-soignés ; il a fait nombre de sonnets, et à peu près les derniers en date, avant l'espèce de renaissance que nous-même avons ten-

a. Est-elle bien de Pavillon ? Je la trouve également attribuée à Fontenelle ; en un si grave procès je ne décide pas. — Les *Annales poétiques* l'attribuent même en troisième lieu au poëte Ferrand ; de sorte, me disait un plaisant, que votre pauvre M. Pavillon n'aurait fait qu'une bonne pièce, et encore elle n'est pas de lui.

b. Recueil des plus belles pièces des Poëtes françois depuis Villon jusqu'à Benserade, 6 vol. in-12 ; 1752. La première édition est de 5 volumes, Barbin, 1692. On attribue à la plume même de Fontenelle les petites vies des poëtes qui y sont touchées avec une netteté élégante.

tée. On peut dire que si le rondeau, à cette époque, est mort sous Benserade[a], le sonnet a fini avec Saint-Pavin. Mais celui-ci n'abusa point autant que l'autre du genre, et dans ses mains la pointe ne s'est pas émoussée. J'en pourrais citer de délicatement tendres; en voici un de piquant:

Il ne faut point tant de mystère;
Rompons, Iris; j'en suis d'accord.
Je vous aimois, vous m'aimiez fort;
Cela n'est plus, sortons d'affaire.

Un vieil amour ne sauroit plaire;
On voudroit déjà qu'il fût mort:
Quand il languit ou qu'il s'endort,
Il est permis de s'en défaire.

Ce n'est plus que dans les romans
Qu'on voit de fidèles amants,
L'inconstance est plus en usage.

a. Le dernier rondeau en date que je connaisse est celui-ci, adressé de nos jours à une beauté qui faisait la Diane chasseresse dans les bois de Fontainebleau:

Doux Vents d'automne, attiédissez l'amie!
Vaste Forêt, ouvre-lui tes rameaux!
Sous les grands bois la douleur endormie,
En y rêvant, souvent calma ses maux.
Aux maux plus doux tu fus hospitalière,

Noble Forêt! Ici vint La Vallière,
Ici Diane, en ces règnes si beaux;
Et la charmille éclatait aux flambeaux.
La chasse court, le cerf fuit, le cor sonne:
Pour prolonger ce que l'ombre pardonne,
Vous ménagiez le feuillage aux berceaux,
Doux Vents d'automne!

Ô ma Beauté, n'y soupirez-vous pas?
Pourquoi ce cri vers le désert sauvage?
Sur son coursier le voilà qui ravage
Rocs et halliers, et franchit tous les pas.
Cœur indompté, l'air des bois l'aiguillonne,
L'odeur des pins l'enivre. Ah! c'est assez;
Quand la forêt la va faire amazone,
Soufflez sur elle et me l'attiédissez,
Doux Vents d'automne[7]*!*

Si je vous quitte le dernier,
N'en tirez pas grand avantage :
Je fus dégoûté le premier.

Dans la première scène de *Mademoiselle de Belle-Isle*[8], la marquise de Prie, attendant le duc de Richelieu, ne pourrait-elle pas trouver ce sonnet-là sur sa toilette, comme à-propos ? Saint-Pavin en a donné une quantité d'aussi jolis, d'aussi aiguisés : il ne se laissait pas faire[a]. Boileau l'a touché et y a attrapé sa

a. Il a dit lui-même de son esprit :

Je l'ai vif dans les reparties
Et plus piquant que les orties.

Il eut fort souvent affaire aux coquettes et s'en vengea : on vient de voir ce qu'il dit à l'une ; voici pour une autre

Le changement vous est si doux,
Que, quand on est bien avec vous,
On n'ose s'en donner la gloire.
Celui qui vous peut arrêter
A si peu de temps pour le croire,
Qu'il n'en a pas pour s'en vanter.

À une dévote un peu tendre, mais qui ne l'était pas assez :

N'écoutez qu'une passion :
Deux ensemble, c'est raillerie.
Souffrez moins la galanterie,
Ou quittez la dévotion...
Tout le monde se met en peine
De vous voir toujours incertaine,
Sans savoir à quoi vous borner.
Vous finirez comme une sotte :
Vous ne serez jamais dévote,
Vous ne pourrez jamais aimer.

Mais voici peut-être l'épigramme en ce genre la plus sanglante, qui, si elle n'est pas de lui, est de quelqu'un de ses élèves, et je la cache tout au bas :

Vous voulez en femme d'honneur
Me refuser le point suprême :
Vous marchandez à qui vous aime
L'entier abandon du bonheur.
Mais allez, vous avez beau faire
Et triompher d'un air sévère
Quand de là je reviens battu :
Au lieu du tout, si l'on ne donne
Qu'une moitié de sa personne,
On n'est qu'une demi-vertu.

piqûre[9]. Il espérait l'avenir pour ses vers : rendons-le-lui du moins, autant qu'il nous est possible, en les goûtant.

Et pourquoi faire fi de son plaisir ? Un vieil ami que j'ai dans le canton de Vaud, vrai connaisseur en poésie, un homme qui a vu André Chénier en 89, et qui faisait alors lui-même, à Paris, un journal très en vogue ; qui depuis s'est enfermé dans les vieux livres, et qui sait son La Fontaine mieux qu'éditeur au monde, M. Cassat, me disait : « Quand j'ai lu Théocrite, je lis encore Fontenelle ; je préfère l'un, mais je sais passer à l'autre. *Je chausse alors un autre bonnet de nuit, et je jouis d'une autre oreille.* »

Ce serait trop demander pourtant au lecteur d'aujourd'hui que de me suivre en détail près de chaque poëte de cette famille, de cette coterie. On aime à retrouver tout un monde dans un fraisier ; mais il ne faut pas que le fraisier soit trop desséché ni mort[10]. La plupart d'entre eux, d'ailleurs, reviennent de droit à notre confrère M. Chasles, à titre de victimes de Boileau[11]. Il est un nom célèbre qui va me suffire à résumer, à développer mon aperçu ; je m'en tiendrai à Mme Des Houlières.

Malgré ses injustices contre Racine, malgré l'inimitié de Boileau et les allusions vengeresses du satirique peu galant, elle a survécu ; elle a joui longtemps de la première place parmi les femmes poëtes, et ce n'est que devant un goût plus nouveau et dédaigneux que sa renommée est venue mourir. On s'est impatienté à la fin contre ses *petits moutons* toujours ramenés ; on avait commencé par les lui contester, et l'accuser sérieusement de les avoir

---

M. Monmerqué possède beaucoup de vers inédits de Saint-Pavin. (Voir aussi, à la Bibliothèque de l'Arsenal, *Recueil de plusieurs pièces très-plaisantes du sieur Théophile avec d'autres pièces de différents auteurs*, in-fol., n° 122, Belles-Lettres franç. Mss.)

dérobés ailleurs ; mais il a suffi, sans tant y prendre garde, de les lui attribuer, pour la faire paraître insipide. Elle vaut, elle valait beaucoup mieux que sa réputation aujourd'hui.

Quand on lit un choix bien fait de ses vers, desquels il faut retrancher absolument et ignorer tant de fadaises de société sur sa chatte et sur son chien, on est frappé chez elle de qualités autres encore que celles qu'on lui accordait jadis. Elle semble plus moraliste qu'il ne convient à une bergère ; il y a des pensées sous ses rubans et ses fleurs. Elle est un digne contemporain de M. de La Rochefoucauld ; on s'aperçoit qu'elle savait le fond des choses de la vie, qu'elle avait un esprit très-ami du vrai, du positif même ; on ne s'en serait pas douté, à lui en voir souvent si peu dans l'expression. Mais ces contraires se concilient. On s'appelle *Iris* ou *Climène*, ou de nos jours de quelque nom à la Médora[12] : la nature retrouve son compte là-dessous.

Mme Des Houlières, n'étant encore que Mlle de La Garde, eut pour maître Hesnault, et Bayle prétend qu'on s'en aperçoit bien. Il paraît qu'Hesnault fut un peu amoureux d'elle, comme Ménage de Mme de La Fayette son écolière[a] ; mais, très-peu pédant qu'il était, il ne le lui dit pas en vers grecs ni latins. On a son *Épître à Sapho*, dans laquelle il s'attache à lui déconseiller la gloire, et à l'édifier sur l'amour : c'est une très-ingénieuse pièce contre l'immortalité poétique. Hesnault n'y croyait pas. En revanche, on nous dit qu'il avait trois systèmes différents sur la mortalité de l'âme, tant il avait peur d'y manquer. Après avoir démontré, fort joliment, que la gloire *après la mort* n'est rien, il continue :

a. Dans des vers adressés à Mlle Des Houlières la fille, Ménage l'appelle *Hulleria*, comme il avait appelé Mme de La Fayette *Laverna* ; ces noms en latin prennent un air effrayant.

Cessez donc, ô Sapho, de vous en faire accroire ;
Dans un monde nouveau ne cherchez plus la gloire,
Et faites succéder, au soin de l'acquérir,
Le soin de la connoître et de vous en guérir.
Mais quoi ! faut-il purger d'une erreur si grossière
Un esprit si perçant et si plein de lumière ?
. . . .
Si vous avez besoin d'être désabusée,
C'est d'une erreur plus fine et plus autorisée :
Le partage des morts se fait peu souhaiter,
Mais celui des vivants a de quoi vous tenter ;
Si la gloire pour vous n'est rien après la vie,
Tandis que vous vivez, elle vous fait envie.
Cependant pourrait-elle exciter un désir,
Si l'on ne la croyoit elle-même un plaisir ?
C'en est un, il est vrai, pour quelques âmes vaines ;
Mais, hélas ! c'en est un qui donne mille peines.
Il en est, ô Sapho, qui n'ont rien que de doux :
Si vous les connoissez, que ne les cherchez-vous ?
S'ils vous sont inconnus, vous manque-t-il un maître ?
. . . .
Écoutez donc, Sapho, la nature et l'amour.
Je vous viens, de leur part, révéler leur mystère,
Je n'en parle pas mal, et je sais bien me taire.

Hesnault n'y allait point par deux chemins, on le voit : Mme Des Houlières ne le suivit sans doute qu'avec discrétion. Dans ses vers pourtant, elle s'est ressentie des préceptes généraux du maître. Bayle leur a fait à tous les deux l'insigne et maligne faveur de les impliquer dans une note de son article *Spinosa*. Il cite d'elle les vers qui terminent l'idylle du *Ruisseau* :

Courez, Ruisseau, courez, fuyez-nous, reportez
Vos ondes dans le sein des mers dont vous sortez ;
Tandis que, pour remplir la pure destinée
  Où nous sommes assujettis,

Nous irons reporter la vie infortunée
  Que le hasard nous a donnée,
Dans le sein du néant d'où nous sommes sortis !

En paraissant admettre comme correctif que probablement la dame, en cela, n'avait suivi que des idées poétiques qui ne tirent pas à conséquence, Bayle a soin d'ajouter tout aussitôt, selon sa méthode de nous dérouter : « Ce n'est pas qu'on ne puisse cacher beaucoup de libertinage sous les priviléges de la versification. »

À côté des vers du *Ruisseau*, on en trouverait bon nombre d'autres notables par la portée philosophique, et moins contestables pour la doctrine. Sous le titre de *Moralités*, elle a exprimé bien des réflexions graves, vraies, amères, qui tendent à démasquer la vanité de notre nature. Quoi de plus sévèrement pensé, de plus sérieusement rendu que ce point d'une méditation sur la mort ?

Que l'homme connoît peu la mort qu'il appréhende,
  Quand il dit qu'elle le surprend !
Elle naît avec lui, sans cesse lui demande
Un tribut dont en vain son orgueil se défend.
Il commence à mourir longtemps avant qu'il meure :
Il périt en détail imperceptiblement[a] ;
Le nom de mort qu'on donne à notre dernière heure
  N'en est que l'accomplissement.

Mme Des Houlières, qu'on voit de loin dans un costume couleur de rose, était triste : c'est une des personnes qui, avec le plus de moyens naturels d'être heureuse, eurent aussi le plus à se plaindre

a. Racan, dans ses belles stances sur *la Retraite*, avait dit :

L'âge insensiblement nous conduit à la mort.

Mais c'est dans un sentiment doux comme le *tacitisque senescimus annis* d'Ovide : le vers de Mme Des Houlières est d'un autre accent.

de la fortune. Née vers 1638, environ sept ans après Mme de La Fayette[a], mariée encore enfant à M. Des Houlières, brave et habile officier, qui suivit le prince de Condé dans la Fronde et chez les Espagnols, elle passa ses premières années de mariage, solitaire, retirée chez ses parents. La philosophie de Descartes et celle de Gassendi étaient aux prises. Au lieu de s'enflammer, comme Mme de La Sablière, pour Descartes, elle pencha vers Gassendi[13] : ce qui au fond n'était pas moins s'occuper

> De certaine philosophie
> Subtile, engageante et hardie.

Étant allée rejoindre son mari dans les Pays-Bas espagnols, elle y trouva le prince de Condé et toute une cour à Bruxelles. Sa beauté, son esprit, y firent des conquêtes : elle y brilla, et ce fut son plus heureux moment[b]. Le retour bien prompt en eut plus d'amertume. Des réclamations trop vives pour les

a. Cette date de la naissance de Mme Des Houlières a été fixée, pour la première fois, par M. Ravenet (*Annuaire historique*, pour l'année 1840, publié par la Société de l'histoire de France) ; jusqu'alors on l'avait crue née plus tôt, vers 1634. Il résulte des registres de l'état civil qu'elle a été baptisée le 2 janvier 1638, à Saint-Germain-l'Auxerrois ; elle était probablement née la veille, ou au plus tôt, le dernier jour de l'année 1637. Mariée, le 18 juillet 1651, à M. Des Houlières, elle n'avait guère que treize ans et demi, ce qui ne laisse pas d'être une petite difficulté. Il faut croire que des arrangements de famille déterminèrent cette conclusion précoce. Il paraît qu'elle ne rejoignit son mari dans les Pays-Bas que plusieurs années après. Elle était bien jeune encore pour le rôle qu'on lui prête ; mais tout annonce que sa maturité, comme ensuite son désabusement, devança l'âge.

b. On a dit qu'elle plut au prince de Condé, et il paraît bien qu'il y eut en effet quelque chose entre eux d'assez particulier. Au tome VI des *Mélanges publiés par la Société des Bibliophiles*, on lit la lettre suivante de Mme Des Houlières au prince : « 22 décembre 1656. Ma petite vérole m'a fait différer mon voyage ; mais, malgré mon mal et les menaces des médecins, je ne laisserai pas de partir dans six jours. On m'assure qu'il y aura du danger pour ma vie ; mais elle m'est si peu considérable quand il s'agit de vos intérêts, que je la hasarderai avec toute la joie dont est capable une personne qui a pour vous une tendresse infinie. C'est une vérité dont je sais que vous doutez ; mais, quelque difficile

appointements de son mari la firent jeter en prison : elle y resta huit mois. Rentrée en France, ayant négocié la grâce de M. Des Houlières, qui reprit du service et vécut fort peu à ses côtés, elle ne put jamais relever ses affaires de fortune, dérangées par une longue absence, et sa vie se passa dans des gênes continuelles, que l'agrément de la société ne recouvrait qu'à demi. Les vers allégoriques à ses enfants : *Dans ces prés fleuris*, etc., ne sont qu'une manière de placet à Louis XIV, désigné comme le dieu Pan, une inspiration très-*positive* enveloppée avec grâce. Ainsi de ses autres idylles : presque toujours une plainte au fond. Sa santé se dérangea d'assez bonne heure ; elle mourut le 17 février 1694, d'une maladie au sein, n'ayant pas plus de cinquante-six ans. Un voyage dans le Dauphiné, aux bords du Lignon, une visite à Vaucluse,

---

que vous soyez à persuader, je m'engage à vous faire dédire, et à faire, pour peu que vous ayez de reconnoissance pour mon amitié, que vous en aurez autant que moi. J'espère, l'hiver qui vient, vous dire des douceurs plus à mon aise. Si vous voulez que cela soit, il faut être secret et vous garder de faire connoître à M. M. (mon mari ?) que je vous aie jamais parlé ni écrit à Charleville ; car, s'il en savait quelque chose, cela nous mettroit en mauvaise intelligence, et feroit cesser celle que vous savez. Il faut encore que vous empêchiez une chose, qui est que cent contes que quelques méchants railleurs de votre cour font de moi ne soient sus par la personne qui y a intérêt, car cela feroit le même effet que le reste. Vous pouvez y mettre ordre, et nos intérêts sont si fort mêlés qu'on ne peut me faire une affaire, sans détruire celle qui vous donne tant d'impatience, et qui se terminera bientôt. Pour celle de Paris, continuez à faire arrêter les lettres de Mons. J'en ai reçu qui m'assurent des choses si effroyables, que je ne veux pas vous en rien mander que je n'en aie des preuves tout à fait assurées ; car ce sont des choses qu'il ne faut pas dire à demi, quand elles sont d'une personne importante. Quand j'aurai l'esprit plus libre, je vous ferai des reproches des conseils que vous donnâtes ici au maréchal de La Ferté sur mon sujet. Le pauvre homme n'y a pas trouvé son compte, et il m'avoua toute votre confidence sur cela : c'est être bien malicieux, et si j'avois loisir de vous quereller, je le ferois avec la plus grande joie du monde. Cela ne m'empêchera pas de vous conjurer d'avoir de l'amitié pour une personne de qui vous êtes chèrement aimé. — Brûlez ma lettre : il est important pour moi. » Malgré les quelques obscurités qu'on y voudrait éclaircir, une telle lettre, de la part d'une jeune femme de dix-neuf ans, ne laisse pas d'être significative.

rentrent davantage dans le genre d'existence bocagère qu'on lui suppose. Elle n'en eut que le regret et le rêve. Observant autour d'elle et en elle l'humanité d'une vue un peu chagrine, elle envia tour à tour les moutons, les fleurs, les oiseaux, les ruisseaux, cette nature enfin qu'elle voyait trop peu. Elle ne cessa d'envisager le sort, ses jeux bizarres, ses injustices, d'agiter en idée la faiblesse de l'homme, ses déceptions vaines, l'insuffisance de sa raison :

Homme, vante moins ta raison ;
Vois l'inutilité de ce présent céleste
Pour qui tu dois, dit-on, mépriser tout le reste.
Aussi foible que toi dans ta jeune saison,
Elle est chancelante, imbécile ;
Dans l'âge où tout t'appelle à des plaisirs divers,
Vile esclave des sens, elle t'est inutile ;
Quand le sort t'a laissé compter cinquante hivers,
Elle n'est qu'en chagrins fertile :
Et quand tu vieillis tu la perds.

Reprenant la question posée par son maître Hesnault sur le désir immodéré qu'ont les hommes de léguer leurs noms à la postérité, elle en réfute non moins sérieusement que lui la chimère : espère-t-elle donc les en guérir, s'en guérir elle-même ?

Non, mais un esprit d'équité
À combattre le faux incessamment m'attache,
Et fait qu'à tout hasard j'écris ce que m'arrache
La force de la vérité.

Elle s'est plu à rimer en les variant, à traduire çà et là en espèce de madrigal moral quelqu'une des maximes de La Rochefoucauld, dont l'esprit lui convenait fort : comme lui aussi elle avait vu périr son idéal dans la Fronde.

Elle avait, à sa rentrée en France, fréquenté les derniers jours de l'hôtel Rambouillet, et pris un rang distingué entre les précieuses. Somaise n'a pas manqué de l'enregistrer dans son *grand Dictionnaire* sous le nom de *Dioclée*[14]. Son ton, son goût s'était fixé dès lors, et, à la différence de Mmes de Sévigné et de La Fayette, elle ne le modifia guère en avançant : de là, dans ses poésies, une mode qui pouvait, dès les années finissantes du siècle, paraître un peu vieillie. Au plus plein milieu du règne de Louis XIV, aux années d'*Iphigénie* et de *Phèdre*, elle croyait à la décadence ; mais passons vite, c'est là son crime[a]. Disons seulement qu'elle fut fidèle aux souvenirs et aux admirations

a. Mlle Des Houlières, recevant le 4 juin 1711 la visite de Brossette, le dévot commentateur de Boileau et le curieux questionneur en matières littéraires, lui répondait, entre autres choses, sur cette animosité qui s'était déclarée entre sa mère et M. Despréaux :

« M. Racine en étoit la cause, car, pour M. Despréaux, il n'y étoit pas intéressé personnellement. Dans le temps que M. Racine faisoit des tragédies, Pradon en faisoit aussi. Quoique M. Racine fût bien au-dessus de Pradon, il ne laissoit pas de le regarder comme une espèce de concurrent, surtout quand il sut que Pradon composoit en même temps que lui la tragédie de *Phèdre*... Pradon venoit souvent chez ma mère, pour laquelle il avoit beaucoup de considération, et au goût de qui il avoit assez de confiance pour la consulter sur les ouvrages qu'il faisoit... La *Phèdre* de M. Racine et celle de M. Pradon furent prêtes à être jouées en même temps. Celle de Racine fut promise et annoncée pour le premier jour de l'année 1677 ; celle de Pradon fut jouée quelques jours après à l'hôtel de Guénégaud.

« Ma mère voulut voir la première représentation de la *Phèdre* de Racine : elle envoya retenir une loge quelques jours à l'avance à l'hôtel de Bourgogne ; mais Champmêlé, qui avoit soin des loges, fit toujours dire aux gens qui venoient de la part de madame Des Houlières, qu'il n'y avoit pas de places et que toutes les loges étoient retenues. Ma mère sentit l'affectation de ce refus et en fut piquée. *J'irai pourtant en dépit d'eux*, dit-elle, *et je verrai la première représentation*. — Quand l'heure de la comédie fut venue, elle se mit en négligé, avec une de ses amies, qui prit des billets ; elle se cacha tout de son mieux sous une grande coiffe de taffetas et au lieu d'entrer par la grande porte du théâtre comme elle avoit accoutumé de faire, elle entra par la porte des loges, et s'alla placer au fond des secondes loges, car toutes les autres étoient remplies.

« Elle vit la pièce qui fut jouée en perfection. Elle revint souper chez elle au logis avec cinq ou six personnes, du nombre desquelles étoit Pradon. On ne parla d'autre chose pendant tout le souper ; chacun dit son sentiment sur la tragédie, et on se trouva plus disposé à la critique

de sa jeunesse, à l'ancienne et galante cour, comme elle l'appelait; elle remontait ainsi en idée jusqu'aux Bellegarde et aux Bassompierre: tout ce qui survenait de nouveau, même à Versailles, lui paraissait peu poli; elle ne s'y mêlait que malgré elle, et se croyait au moment de perdre les seuls derniers auditeurs auxquels volontiers elle s'adressait:

> Que ferez-vous alors? Vous rougirez sans doute
> De tout l'esprit que vous aurez;
> Amarante, vous chanterez
> Sans que personne vous écoute[a]!

Ce qu'elle disait là à une amie, elle se l'appliquait à elle-même; le lendemain de *Genséric*[15], elle dut le croire bien davantage. Dans ses vers d'idylle ou de chanson, elle n'était pourtant pas si raffinée toujours qu'il semblerait d'après ses délicatesses. L'hôtel Rambouillet n'avait pas réduit toute la matière en vapeur. Ses *Sylvandres* sont quelquefois pressants, et ses *Iris* savent rougir de manière à se faire comprendre. Si, par hasard, les ombrages qui

---

qu'à la louange. Ce fut pendant ce même souper que ma mère fit ce fameux sonnet: *Dans un fauteuil doré, Phèdre tremblante et blême...* »

Je tire ce récit des manuscrits de Brossette. — Mettez-vous à la place de la femme auteur à qui on refuse une loge; il y a là, à ses torts envers Racine, une circonstance atténuante.

a. Dans une ode de l'élégant poëte Maynard, ce survivant de l'école de Malherbe, on lit une plainte toute pareille, et qui, à chaque génération, trouverait son écho.

> *L'âge affoiblit mon discours,*
> *Et cette fougue me quitte*
> *Dont je chantois les amours*
> *De la reine Marguerite.*
> *C'est en vain que je prétends*
> *De plaire aux polis du temps:*
> *Trouve bon que je me taise;*
> *Tout ce que j'ai d'auditeurs*
> *Est de ce règne où Nervèze*
> *Fut le roi des orateurs.*

renaissent ne servent qu'à cacher des pleurs, c'est bien malgré la bergère qui s'écrie :

> Ah ! je n'aurai jamais d'autre besoin de vous !

Jusque près de la fontaine de Vaucluse, elle s'est imaginée (qui le croirait ?) de voir Laure attendrie et *Pétrarque victorieux*.

On sait le mot peu platonique de Mme de La Sablière, repris depuis par Figaro : « Eh quoi ! toujours aimer, recommencer sans cesse ? les bêtes du moins n'ont qu'une saison. » — « C'est que ce sont des bêtes. » Mme Des Houlières, sans le dire de ce ton de prose, et sous air innocent de donner l'avantage aux bêtes, n'est pas si loin de cette idée en ses idylles : ses petits moutons sont *aussitôt aimés qu'amoureux*.

> Petits oiseaux qui me charmez,
> Voulez-vous aimer ? vous aimez.

Mlle de Lenclos, sur le luth, devait chanter ses *airs* : plus d'un rappelle cette *Chanson pastorale* du poëte Lainez, qui commence par le rossignol et finit par les moineaux[16].

En un mot, un peu de dix-huitième siècle déjà en Mme Des Houlières, puisqu'on est convenu d'appeler dix-huitième siècle cela[a]. À côté de ces libertés de muse, elle avait la vie pure, irréprochable, disent ses biographes, et peut-être assez de pratique religieuse, au moins pour la bienséance d'abord, et vers la fin (selon toute apparence) avec sincérité. Ainsi se gouverne l'inconséquence de nos esprits, assemblant les contradictions selon le siècle et les âges. Mais la tendance était chez elle, et j'ai voulu la noter. Elle fit

a. Par exemple la chanson sur l'abbé Testu.

une ode chrétienne en 1686, au milieu des souffrances physiques qui, dès lors, l'éprouvaient ; le ton en est élevé, senti ; j'y remarque ce vers :

Ôte-moi cet esprit dont ma foi se défie !

L'esprit persistait ; la philosophie revient toute voisine de cette pièce pénitente et de quelques paraphrases des Psaumes, dans des réflexions hautement stoïques ; on dirait qu'elle essaie la mort de tous les côtés :

Misérable jouet de l'aveugle fortune,
Victime des maux et des lois,
Homme, toi qui, par mille endroits,
Dois trouver la vie importune,
D'où vient que de la mort tu crains tant le pouvoir ?
Lâche, regarde-la sans changer de visage ;
Songe que si c'est un outrage,
C'est le dernier à recevoir !

Elle fut très-sensible à l'amitié ; on la trouve entourée de mille noms alors en vogue, dont quelques-uns ont pâli sans doute ; mais, pour la douceur de la vie, il n'est pas nécessaire d'avoir affaire aux seuls immortels. Elle jouissait de tous : on ne dit pas que, comme Mme de La Fayette, elle se soit singulièrement attachée à aucun. Elle semblait leur dire, au milieu des fleurs qu'elle en recevait, comme à l'abbé de Lavau :

Que vous donner donc en leur place ?
Un simple bonjour ? c'est trop peu ;
Mon cœur ? c'est un peu trop, quoique sa saison passe.

Des noms graves s'y mêlaient, et sous un reflet très-radouci. Elle a écrit à Mascaron une épître badine datée des bords mêmes du Lignon. Elle cultiva précieusement Fléchier, qui le lui rendit ; Fléchier, caractère noble, esprit galant, qui n'a d'autre tort que d'avoir été trop comparé par les rhéteurs à Bossuet, qu'il fallait seulement (à part son éclair sur Turenne) rapprocher de Bussy, de Pellisson, de Bouhours, et dont le portrait par lui-même est bien la plus jolie pièce sortie de la littérature Rambouillet. Ce n'est pas à Mme Des Houlières, mais à sa fille (ou du moins à une demoiselle de ce même cercle), qu'il l'adressa. Vivant dans ses diocèses, à Lavaur, à Nîmes, c'est-à-dire en province, il regrettait quelque peu le monde de Paris et les belles compagnies lettrées ; il était d'autant mieux resté sur le premier goût de sa jeunesse. Il correspondait à ses loisirs avec Mme Des Houlières, qui se plaignait quelquefois en vers de ses involontaires négligences :

Damon, que vous êtes peu tendre !

Elle le traite comme un *sage du Portique*, et le menace d'appeler l'amour au secours de l'amitié :

Un sage être amoureux ! Qu'est-ce qu'on en diroit ?

Fléchier lui envoyait en offrande, pour l'apaiser, du miel de Narbonne[a].

Dans ses meilleurs et ses plus poétiques moments, Mme Des Houlières a fait de jolis *airs* : c'est ainsi

a. Ils furent tous les deux élus membres de l'Académie des *Ricovrati* de Padoue. Charles Patin, fils de Gui Patin, et qui résidait à Padoue même, intervient comme le négociateur de ces brevets. Elle fut aussi de l'Académie d'Arles. À propos de derniers rondeaux, j'en sais un sur Arles, moins académique que gaulois, et qui remonte tout à fait pour le ton à l'école bourguignonne de La Monnoie, autre ami de Mme Des Houlières. C'est une allusion au *calidus juventa consule Planco* d'Horace. Il faut se rappeler encore que les *Aliscamps* ou Champs-Élysées sont l'antique et célèbre cimetière de la ville, et que les femmes d'Arles sont d'une insigne beauté. Le voici[17] :

qu'elle appelle un simple couplet, une idée tendre, fugitive, un sentiment rapide qui nous arrive comme à travers un son de vieux luth ou de clavecin. Nos pères aimaient cette émotion suffisante, vive, non prolongée; Bertaut a des couplets de cette sorte charmants, de vraies *naïvetés enchantées*. Mme Des Houlières en a juste dans ce goût, dans cette même coupe déjà ancienne alors, et qui rappelait la jeunesse de Mme de Motteville. Presque toujours le printemps, comme chez les trouvères, en est le sujet:

L'aimable Printemps fait naître
Autant d'amours que de fleurs;
Tremblez, tremblez, jeunes Cœurs:
Dès qu'il commence à paroître,

RONDEAU.

Sous le consulat de Plancus,
En Arles la belle Romaine,
Devant la grâce souveraine,
Les coups d'œil lancés et reçus
De ces beautés au front de reine,
Cher ami que ta jeune veine
Range encor dans les invaincus,
Qui pourtant comprendras ma peine,
Ah! quels jours j'eusse là vécus
Sous le consulat de Plancus!

Redisant le mot de Flaccus,
Répétant ma plainte trop vaine,
Je vais donc où mon pas me mène,
Vers les grands débris aperçus.
Vaste amas de poussière humaine,
Blancs Aliscamps, *je vous ai vus!*
J'erre seul, et de loin à peine
J'entends les savants convaincus:
À ce fronton l'un veut Bacchus,
L'autre Constantin fils d'Hélène;
Moi, j'ai ma date plus certaine,
Et je lis encore aux murs nus:
Sous le consulat de Plancus.

Mme Des Houlières elle-même a bien dans ses œuvres quelque rondeau tout aussi vif. Voir celui à l'abbé Testu: *Fleur de vingt ans tient lieu de toutes choses*, et un autre encore, bien agréable, sur ce qu'il est difficile en amour de résister aux gens d'esprit: *Contre l'amour voulez-vous vous défendre?...*

Il fait cesser les froideurs;
Mais ce qu'il a de douceurs
Vous coûtera cher peut-être.
Tremblez, tremblez, jeunes Cœurs:
L'aimable Printemps fait naître
Autant d'amours que de fleurs.

N'est-ce pas comme un chant de gaie fauvette qui le salue? Mais quoi de plus touchant comme simple note, et de plus sensible que cet *air*-ci:

Aimables habitants de ce naissant feuillage
Qui semble fait exprès pour cacher vos amours,
  Rossignols, dont le doux ramage
Aux douceurs du sommeil m'arrache tous les jours,
    Que votre chant est tendre!
Est-il quelques ennuis qu'il ne puisse charmer?
Mais, hélas! n'est-il point dangereux de l'entendre
  Quand on ne veut plus rien aimer[a]?

Ainsi, chez Mme Des Houlières, la sensibilité, la mélodie, remplacent quelquefois ce qui manque pour l'imagination, et font taire le bel esprit moraliste et raisonneur. Dans ses pièces plus longues, elle a moins réussi; en quelques stances pourtant, on découvrirait des éclairs de passion et surtout des traits de grâce. Dans certaines de ses églogues, la bergère délaissée accuse les bocages de s'être prêtés aux amours infidèles de l'ingrat durant toute une saison,

Depuis que les beaux jours, à moi seule funestes,
D'un long et triste hiver eurent chassé les restes,
Jusqu'à l'heureux débris de vos frêles beautés.

a. Pour les dilettanti qui aiment les rapprochements et les contrastes, lire en regard le sonnet de Milton *au Rossignol*.

Mme Des Houlières offre trop peu de vers comme ce dernier.

Je crois toutefois en avoir assez dit pour montrer qu'elle mérita de vivre. Il ne s'agit ni de réhabiliter ni de proposer pour modèle, mais simplement de reconnaître ce qui fut, de retrouver, s'il se peut, la poésie aux moindres traces où elle a passé. La destinée posthume de Mme Des Houlières ne manqua pas de vicissitudes ; elle semblait d'avance s'y attendre en se disant :

Tandis que le soleil se lève encor pour nous,
Je conviens que rien n'est plus doux
Que de pouvoir sûrement croire
Qu'après qu'un froid nuage aura couvert nos yeux,
Rien de lâche, rien d'odieux
Ne souillera notre mémoire ;
Que, regrettés par nos amis,
Dans leur cœur nous vivrons encore,
Pour un tel avenir tous les soins sont permis ;
C'est par cet endroit seul que l'amour-propre honore :
Il faut laisser le reste entre les mains du sort.

On l'accusa pourtant d'une action presque odieuse, d'avoir pillé son idylle des *Moutons* dans le recueil de Coutel. Ce fut vers 1735 que se fit cette grande découverte : presque à la fois le *Mercure Suisse*, dans le numéro d'avril de cette année, le baron de La Bastie et le président Bouhier, dans des lettres à l'abbé Le Clerc (janvier et février 1735)[a], dénonçaient ou discutaient le prétendu plagiat. Fréron, depuis, et d'autres sont entrés en lice : nous les y laissons, certain que l'idée de s'adresser à des moutons n'est pas neuve, et que la manière dont l'a

a. Tome V des *Nouveaux Mémoires d'Histoire, de Critique et de Littérature*, par l'abbé d'Artigny.

fait Mme Des Houlières s'approprie au tour exact de son esprit[a]. À part ce soupçon injurieux, elle continuait de garder sa place. J.-B. Rousseau, il est vrai, dans sa correspondance, affecte de la rabaisser : vieille rancune de versificateur à la suite de Racine, contre l'école de Fontenelle[b]. Voltaire, si plein de tact en courant quand il est désintéressé, nous indique du doigt, dans son *Temple du Goût*, « le doux mais faible Pavillon, faisant sa cour humblement à Mme Des Houlières, qui est placée fort au-dessus de lui. » Pour revenir à l'école même qu'elle représente, et que nous avons montrée un peu jetée de côté dans le dix-septième siècle, il semble qu'elle ait eu sa revanche au dix-huitième ; je veux dire que, même sans qu'on s'en rendît compte, cette manière avant tout spirituelle, métaphysique, moraliste et à la fois pomponnée, de faire des vers prévalut et marqua désormais au front la poésie du siècle, avec quelques différences de rubans et de nœuds seulement. On en peut demander des nouvelles à Saint-Lambert, qui est en plein milieu. Voltaire, de toutes parts entouré, y échappe le plus souvent à force d'esprit et de saillie vive. La cour de Sceaux s'y complut trop pour en sortir. Et

a. Pour les curieux ou ceux qui douteraient, une excellente note de Lemontey, dans son morceau sur Mme Des Houlières, éclaircit ce point définitivement. — Comme s'il était décidé que rien ne restera certain, voilà que M. Viollet-le-Duc, dan sa *Bibliothèque poétique* (1843), article *Coutel*, cite au long la pièce de ce dernier et remet le point d'interrogation.

b. Lettre de Rousseau à Brossette du 4 juillet 1730 : « Il y a plus de substance dans le moindre quatrain de Mlle Chéron que dans tout ce qu'a fait en sa vie Mme Des Houlières… » Peste ! Rousseau est bien sévère : ses Stances à lui, trop vantées, sur les Misères de l'homme : *Que l'homme est bien durant sa vie*, etc., sont loin de valoir le couplet philosophique de Mme Des Houlières qu'on a lu plus haut (p. 443) : *Homme, vante moins ta raison…* C'est le même sentiment, mais les vers sont bien autrement concis et frappés. — Sur les relations de Fontenelle et de Mme Des Houlières, il y a une note de Trublet (*Mémoires sur Fontenelle*). Bien qu'étant de la même école en poésie, et ayant des ennemis communs, ils n'eurent pourtant pas entre eux de liaison particulière.

combien n'y a-t-il pas, en effet, de Mme Des Houlières dans le goût comme dans les idées de cette spirituelle Launay, contre laquelle un illustre critique a été si ingénieusement sévère ! Il a eu raison de l'être[a] : le genre plus ou moins précieux, qui s'était tenu dans les coulisses sous Louis XIV, rentrait en scène en s'émancipant. Des révolutions sérieuses rompirent cette filiation, qui n'était vraie que par un point à l'origine. La plupart des noms surtout, en s'éloignant, s'évanouirent. Au commencement de ce siècle on se retourna encore pour regarder un moment ces petites gloires près de disparaître : Mlle de Meulan, qui n'était pas sans quelque rapport de bel-esprit moraliste avec Mme Des Houlières, a parlé d'elle plus d'une fois et assez bien[18]. Mais puisque nous en sommes à ce qui est fini, il est une femme poëte, plutôt nommée que lue, qui me paraît à certains égards de l'école dont j'ai parlé, et en reproduire qualités et défauts, avec la différence des époques, Mme Dufrénoy.

La différence est d'abord dans la distance même qui sépare la fin du dix-huitième siècle et le dix-septième. Les contemporains de Mme Dufrénoy crurent que c'était pour celle-ci un avantage et qu'elle allait être classique plus sûrement. M. Jay a écrit, dans des *Observations* sur elle et sur ses œuvres : « Supérieure sous tous les rapports à Mme Des Houlières, mais ne devant peut-être cette supériorité qu'à l'influence des grands spectacles dont elle fut témoin et dont elle reçut les impres-

a. M. Villemain, *Tableau du dix-huitième Siècle*, onzième leçon. — Il a eu raison dans tout ce qu'il a dit du style, mais il a été injuste en ce qui concerne la personne et le caractère. M. Villemain qui, avec tant de qualités supérieures du critique, n'a pas le courage du jugement, n'a pu se défaire de l'idée que Mlle de Launay avait été femme de chambre, une *soubrette* ! Il a voulu voir un pli essentiel et comme une marque de nature dans ce qui n'a été qu'une injure du sort et un accident ironique de la destinée.

sions, elle a conquis une palme immortelle...» L'originalité poétique de Mme Dufrénoy (si on lui en trouve) n'est pas dans les chants consacrés à des événements publics, mais dans la simple expression de ses sentiments tendres. Béranger y songeait surtout, quand il a dit :

Veille, ma Lampe, veille encore,
Je lis les vers de Dufrénoy.

De bonne heure, le maître habile qu'elle eut (comme Mme Des Houlières, Hesnault), et qui n'était autre que Fontanes, la détourna des graves poëmes et lui indiqua son sentier :

Aimer, toujours aimer, voilà ton énergie.

Chez elle, dans ses élégies, plus de petits moutons ni de bergère Célimène ; il était moins besoin de travestissement : c'est de l'amour après Parny ; Boufflers a déjà chanté le *cœur* ; le positif enfin se découvre tout à nu. Je remarque dans le style quelque chose de précis, pas plus d'imagination et bien moins d'esprit que chez Mme Des Houlières. Mais le goût d'un jour, la manière, est-elle pour cela absente ? Quand l'amante poëte [19] nous dit :

Arrangeons ce nœud, la parure
Ne messied point au *sentiment*,

pompon pour pompon, n'est-ce pas un peu comme à l'hôtel Rambouillet ? Les premières élégies de Mme Dufrénoy commencèrent de paraître dans les recueils poétiques aux environs de 89. Si on en compare le texte à celui des dernières éditions, on est frappé des différences. Elle-même avait pu assister déjà au changement de couleur de ses rubans, et elle essayait de les reteindre. Si on lit, dans l'Almanach des Muses de 1790, la pièce qui a pour titre *le Pouvoir d'un Amant* :

J'aime tout dans celui qui règne sur mon cœur, etc.,

on est surpris du jargon qu'elle a osé hasarder, et qui semblait tout simple à cette date. Elle l'a senti depuis : dans les réimpressions, l'air *vaurien* d'Elmandre s'est corrigé en air *lutin* ; elle a supprimé ce vers incroyable :

Son infidélité devient une faveur !

On lit un peu plus délicatement :

Son tendre repentir donne encor le bonheur.

J'appelle cela des ressemblances avec Mme Des Houlières, parce que ce délire à la Zulmé, du temps de Bertin[20], eût été fadeur d'Iris au temps des bergeries. C'est ainsi, à la distance d'un siècle, que les défauts de goût, en quelque sorte, se *transposent*. Un rapport entre elles, qu'on aime mieux signaler, est dans les traits de passion, évidents chez Mme Dufrénoy, mais non pas absents dans l'autre muse. Toutes les deux paraissent avoir senti l'infidélité avec une douleur qui n'éteignit pas l'amour :

Amour, redonnez-lui le dessein de me plaire ;
Mais, quoi que l'ingrat puisse faire,
Ne sortez jamais de mon cœur.

Mme Des Houlières, en des stances, l'a dit ; Mme Dufrénoy l'a redit en cent façons dans ses élégies, et dans la plus ardente, *les Serments*. C'est la mise en action de ce mot de La Rochefoucauld : *On pardonne tant que l'on aime*. Il semble que cette inspiration d'un amour sans bonheur, la douleur passionnée, ait fait aussi le premier génie de Mme Valmore. Corinnes et Saphos, toutes vont là. Toujours le cœur brisé qui chante, toujours le cri en poésie de cette autre parole dite à voix plus basse, en prose plus résignée, et que bien des existences sensibles ont pensée en avançant : « Il n'y a qu'une date pour les femmes et à laquelle elles devraient mourir, c'est quand elles ne sont plus aimées. » Mais je touche à l'élégie moderne, et je n'y veux pas rentrer aujourd'hui[a].

Ce n'était qu'un rien que ce point littéraire ici aperçu ; j'ai tenu pourtant à ne le pas laisser fuir. En feuilletant au hasard quelques petits in-12 oubliés, un reflet de soleil m'a paru éclairer et comme dessiner exactement cette traînée de parcelles dans la poussière ; si je ne l'avais pas saisie à l'instant, je ne l'aurais sans doute plus revue jamais. Nous passons si vite nous-mêmes, nous paraîtrons si peu ! il est doux de comprendre tout ce qui a vécu.

15 octobre 1839.

a. On trouvera au tome IX de mes *Nouveaux Lundis*, à l'occasion des *Réminiscences* de M. Coulmann, quelques pages sur Mme Dufrénoy (p. 145 et suiv.), qui se rejoignent bien à ce qu'on vient de lire.

MADAME DE KRÜDNER[a]

Dans les personnes contemporaines dont les productions nous ont amené à étudier la physionomie et le caractère, nous aimons quelquefois à chercher quels traits des âges précédents dominent, et à quel moment social il serait naturel de les rapporter comme à leur vrai jour. Ce genre de supposition, en ne le forçant pas, a son avantage : c'est comme pour un tableau que l'on comprend mieux quand on s'en éloigne à différents points de vue, ou quand on le fait déplacer, monter, baisser peu à peu, jusqu'à ce qu'on ait atteint la vraie, la profonde perspective. Si nous avons trouvé, par exemple[1], que Mme de Souza était simplement du dix-huitième siècle qu'elle continuait dans le nôtre, il nous a semblé que, tout en représentant de près la Restau-

a. Comme biographie, ce simple *pastel*, dans lequel on s'est attaché à l'esprit et à la physionomie plus encore qu'aux faits, laisse sans doute à désirer ; un de nos amis, M. Charles Eynard, à qui l'on doit déjà une *Vie* du célèbre médecin Tissot, prépare depuis longtemps une biographie complète de Mme de Krüdner : renseignements intimes, lettres originales, rien ne lui aura manqué, surtout pour la portion religieuse. Nous hâtons de tous nos vœux cette publication (1844). — Depuis lors la *Vie* de Mme de Krüdner par M. Eynard a paru, et nous a donné lieu d'écrire un article qui rectifie et corrige à plus d'un égard celui-ci. (Voir *Derniers Portraits*, ou au tome III des *Portraits littéraires*, édit. de 1864.) Nous y renvoyons, en laissant au premier portrait sa nuance.

ration dans sa meilleure nuance, Mme de Duras ne représentait pas moins, dans un lointain poétique, par sa vie, par ses pages élégantes, par ses sentiments passionnés suivis de retours chrétiens, et par sa mort, quelque chose des plus touchantes destinées du dix-septième siècle. Aujourd'hui, en abordant Mme de Krüdner sous son auréole mystique, dans sa blancheur nuageuse, dans la vague et blonde lumière d'où elle nous sourit, notre vue et notre conjecture se reportent d'abord bien au delà de notre siècle et des deux précédents: nous n'hésitons pas à la replacer plus haut. C'est comme une sainte du moyen-âge qui nous apparaît, une sainte du Nord, du treizième siècle, une sainte Élisabeth de Hongrie, ou encore quelque sœur du Grand-Maître des Chevaliers *porte-glaive*, qui, du fond de sa Livonie[2], attirée sur le Rhin, et longtemps mêlée aux délices des cours, ayant aimé et inspiré les illustres *minnesinger* du temps, ayant fait elle-même quelque roman en vers comme un poëte de la Wartbourg, ou plutôt ayant voulu imiter notre Chrestien de Troyes ou quelque autre fameux trouvère en rime française, en cette langue *la plus délitable*[3] d'alors, serait enfin revenue à Dieu, à la pénitence, aurait désavoué toutes les illusions et les flatteries qui l'entouraient, aurait prêché Thibaut, aurait consolé des calomnies et sanctifié Blanche, serait entrée dans un Ordre qu'elle aurait subi, qu'elle aurait réformé, et, autre sainte Claire, à la suite d'un saint François d'Assise, aurait remué comme lui des foules, et parlé dans le désert aux petits oiseaux.

Voilà, en effet, Mme de Krüdner, telle qu'elle aurait dû venir pour remplir toute sa destinée, pour ne pas être seulement un romancier charmant et bientôt une illuminée qui fit sourire, pour ne pas manquer, comme il lui est arrivé, cette seconde partie de son rôle et d'une vie qu'elle avait voulu rendre sans réserve à Dieu, à la charité, à l'œuvre de la sainte parole, au salut et au renouvellement du monde. Mais qu'y faire? elle était née au plein milieu du dix-huitième siècle; les descendants de l'Ordre Teutonique étaient devenus luthériens; luthérienne donc, et puis femme d'ambassadeur, elle eut à essuyer d'abord toute cette vie de monde, de scepticisme et de plaisirs; et lorsqu'elle y échappa, lorsque la flamme des événements publics vint éprendre cette âme si fervente sous une enveloppe si frêle, et lui fit croire à l'heure de prédire, de frapper tour à tour et de consoler, il se trouve que bien peu l'entendirent; qu'elle fut comme la prophétesse stérile d'Ilion en cendres; que ceux même que sa rapide éloquence de cœur avait un moment saisis, comme la poussière éparse que la nue électrique enlève, elle passée, retombèrent; et qu'elle-même, sans ordre fixe, sans discipline, sans tradition, soulevée par le souffle ardent des catastrophes et n'ayant entrevu que des lueurs, perdit aussitôt la trace de l'avenir, et mourut dans une Crimée, sans rien laisser, sans rien servir, flocon de neige apporté et remporté par l'aquilon, un simple éclair et un cri de plus dans le vaste orage!

La dernière limite où l'on conçoit Mme de Krüdner possible avec ses facultés complètes et toute la convenance de son développement, c'est la fin du seizième ou le commencement du dix-septième siècle. Elle aurait pu alors, comme sainte Thérèse, et un peu plus tard comme Mme de Chantal, trouver encore appui à l'une des colonnes subsistantes du grand édifice catholique ébranlé; elle aurait rouvert une route monastique nouvelle dans la ligne encore indiquée des saintes carrières. Elle aurait eu, à ses moments de vertige et d'obscurcissement, ces savants et sûrs docteurs des âmes, un saint François de Borgia, un vénérable Pierre d'Alcantara, un saint François de Sales. Je ne lui aurais pas conseillé de venir plus tard, même au temps de l'adorable Fénelon, qui eût déjà un peu trop abondé en son sens et peut-être bercé sa chimère[a]. Mais de nos jours, qu'est-ce ? où furent ses guides ? Faible femme en ses plus beaux élans, vase débordé d'amour, où puisa-t-elle sa doctrine ? Roseau parlant, mais agité par tous les vents qui se combattent, à qui demandait-elle le souffle pur de la parole ? Je cherche et ne vois pas à ses côtés l'ombre même d'un Fénelon ; ce ne sont qu'apôtres à l'aventure. Qu'on la presse de questions, qu'on la pousse sur les moyens, sur le but, sur la tradition légitime et le symbole, la voilà qui s'arrête ; son abondance de cœur lui fait défaut, et elle se retourne, en l'interrogeant, vers M. Empeytas[4].

Pour nous, au reste, qui avons à l'envisager surtout comme auteur d'un délicieux ouvrage, elle est assez complète, et l'inachèvement même de sa destinée devient un tour romanesque de plus. Puisqu'elle n'a pas été une sainte, *Valérie* demeure son titre principal, celui autour duquel, bon gré mal gré, se rattache sa vie. Sans plus donc chercher à la déplacer en idée et à la transporter par delà les lointains de l'horizon, nous allons l'envisager et la suivre dans ce qu'il lui a été permis d'être au jour qu'elle a vécu.

Née à Riga, aux bords de la Baltique, vers l'année où Mme de Staël naissait en France, Mme Juliana

a. Il n'aurait pas fallu non plus que Mme de Krüdner, même en venant au treizième siècle, eût vécu trop avant dans ce siècle et jusqu'au moment où des mystiques commencèrent de prêcher l'*Évangile éternel* ; son imagination, toujours périlleuse, aurait pu s'échapper de ce côté, si voisin de la pente de ses rêves.

de Krüdner, fille du baron de Wietinghoff, un des grands seigneurs du pays, et d'une famille qu'avait récemment encore illustrée le maréchal de Münnich, eut une première enfance telle qu'elle s'est plu à la peindre dans les souvenirs de sa Valérie. Elle fut élevée d'abord au sein d'une campagne pittoresque et sauvage : ce charmant petit lac où le vent jetait quelquefois les pommes de pins de la forêt, et où elle conduisait, en se jouant, une barque légère, ces sorbiers, amis des oiseaux, ces pyramides de sapins tout peuplés d'écureuils qui se miraient dans les ondes, ces plaintes des joncs, ces rayons de lune sur les bouleaux pâlissants, tel fut le fond de tableau à jamais cher, où se déclara son innocente et déjà passionnée rêverie. Les élégances du monde et de la société s'y joignirent bientôt. La haute noblesse du Nord était alors attirée par un attrait invincible vers Paris, vers cette Athènes des arts et des plaisirs. Les princes et les rois s'honoraient d'y venir passer quelques instants, et d'y prendre, pour ainsi dire, leurs grades de beaux-esprits ou d'esprits-forts. Leurs ambassadeurs étaient eux-mêmes un des ornements essentiels de la philosophie et de la conversation française : on se rappelle sur quel pied distingué y vivaient le baron de Gleichen, ambassadeur de Danemark, et celui de Suède, le baron de Creutz[5]. La jeune Livonienne, lorsqu'elle vint de bonne heure à Paris, y vit la continuation de ce monde. Mariée à dix-huit ans au baron de Krüdner, son parent, qui, bien que jeune encore, avait un bon nombre d'années plus qu'elle, elle ne paraît jamais s'être plus occupée de lui que lorsqu'elle l'a peint, en l'idéalisant un peu, dans le personnage du *Comte*, époux de Valérie. C'était l'habitude alors dans ces mœurs de grande compagnie : un mari vous donnait un nom définitif, une situation et une contenance convenable et commode; il ne prétendait guère à rien de plus, et de lui, passé ce point, dans la vie de la femme célèbre, il n'était jamais fait mention. On le découvrait tout au plus de profil, ou le dos tourné, dans le coin du prochain roman. M. de Krüdner, ambassadeur pour la Russie en diverses cours de l'Europe, y introduisit successivement la personne qui nous occupe, et qui partout ravissait, enchaînait les cœurs sur ses pas.

Les particularités de sa première vie sont déjà bien loin: elle avait atteint vingt ans avant que la Révolution française eût commencé; n'ayant encore aucune célébrité ni prétention littéraire, elle était simplement une femme à la mode: tout ce que sa grâce, son esprit et son âme ne manquèrent pas alors d'inspirer ou de ressentir, n'a laissé que des traces légères comme elle. Il serait vain et fastidieux de les rechercher autre part que dans *Valérie* qui en réunit, comme en un miroir, tous les rayons les plus purs.

Il ne paraît pas que la Révolution française, en éclatant, ait dérangé la vie et la tournure, encore toute mondaine, de celle que plus tard les événements de la fin devaient tant exalter. Ses passions, ses tendresses et ses gaietés lui faisaient encore trop de bruit dans cet âge heureux pour qu'elle entendît autre chose. La partie profonde de son âme était (pour me servir d'une expression de *Valérie*) comme ces sources dont le bruit se perd dans l'activité et dans les autres bruits du jour, et qui ne reprennent le dessus qu'aux approches du soir. Malgré 89, malgré 93, quand déjà des voix prophétiques et bibliques devenaient distinctes, quand Saint-Martin, moins inconnu qu'auparavant, écrivait son *Éclair*[6], quand De Maistre lançait ses premières et hautes menaces, quand Mme de Staël arrivait, en parlant de *sentiment*, à de puissants éclats d'éloquence politique, Mme de Krüdner ne paraît pas avoir cessé de voir dans Paris, dans ce qu'elle traitera finalement comme Ninive, une continuelle Athènes.

Une lettre de février 93, écrite par elle de Leipsick à Bernardin de Saint-Pierre[a], prouve seulement que de grandes douleurs personnelles, la mort d'un père, quelque secret déchirement d'une autre nature peut-être[7], le climat aussi de Livonie, avaient, durant les quatorze derniers mois, porté dans cette organisation nerveuse un ébranlement dont elle commençait enfin à revenir : « La fièvre qui brûlait mon sang, dit-elle, a disparu ; mon cerveau n'est plus affecté comme il l'était autrefois, et l'espérance et la nature descendent derechef sur mon âme soulevée par d'amers chagrins et de terribles orages. Oui, la nature m'offre encore ses douces et consolantes distractions ! elle n'est plus recouverte à mes yeux d'un voile funèbre... En reprenant mes facultés, en recouvrant mes souvenirs, ma pensée a volé vers vous[b]... Quelle est votre existence dans un moment de troubles si universels ? » Ce mot est le seul de la lettre qui fasse allusion à l'état des événements publics. M. de Krüdner occupait alors, en Danemark, son poste d'ambassadeur. Quant à elle, d'accord avec lui, elle devait habiter Leipsick pour l'éducation de son fils. Mais son premier regard, aussitôt sa vie morale renaissante, se reportait vers l'auteur de *Paul et Virginie*

a. *Œuvres complètes*, tome XII, édition de M. Aimé-Martin.

b. Dans l'expression de cette simple relation avec Bernardin de Saint-Pierre, on sent combien Mme de Krüdner était exaltée. Avec un grand écrivain et poëte qui s'y serait prêté, on croit deviner qu'elle se fût montrée, elle aussi, de cette race de femmes du Nord, Lili, la comtesse de Bernstorf, Bettine, ces enthousiastes et dévotes de Gœthe.

(de Virginie qui sera un jour pour Valérie une sœur), et vers Paris.

Elle y revint après plusieurs voyages à travers l'Europe, en 1801, à ce moment de paix et de renaissance brillante de la société et des lettres. Elle était assez jeune et belle toujours, délicieuse de grâce ; petite, blanche, blonde, de ces cheveux *d'un blond cendré qui ne sont qu'à Valérie*, avec des yeux d'un bleu sombre ; une voix tendre, un parler plein de douceur et de chant, comme c'est le charme des femmes livoniennes ; une walse enivrante, une danse admirée. Ses toilettes n'allaient qu'à elle ; son imagination les composait sans cesse, et il lui en est échappé quelques secrets. Qu'on se rappelle la danse du schall, et cette toilette de bal dans laquelle on pose sur les cheveux blonds de Valérie une douce guirlande bleue de mauves[8]. Telle je me l'imagine toujours, entrant vivement en quelque soirée splendide, au milieu d'un chant de Garat : chacun se retourne au bruit aérien de ses pas ; on crut voir la Musique elle-même.

C'est à Paris où venait de paraître *René*, c'est à Berlin où elle retourna bientôt, et où elle recevait à chaque courrier des caisses de parures nouvelles, c'est là, et pendant que Mme de Staël de son côté publiait en France *Delphine*, que Mme de Krüdner, rassemblant des souvenirs déjà anciens, et peut-être aussi des pages écrites précédemment, se mit à composer *Valérie*.

Valérie parut en l'an XII (1804), sans nom d'auteur, à Paris[a]. Quand Mme de Staël en pleine célé-

a. On trouve dans le *Mercure* du 18 frimaire an XII (10 décembre 1803) un article sur *Valérie* par M. Michaud, qui avait alors la tête très-montée pour Mme de Krüdner. Plus d'un an auparavant, le *Mercure* avait déjà publié d'elle des *Pensées* (10 vendémiaire an XI). Chateaubriand goûtait *Valérie* qu'il appelait tantôt « la sœur cadette de René, » tantôt « la fille naturelle de René et de Delphine. »

brité, et hautement accueillie par l'école française du dix-huitième siècle, commençait à tourner à l'Allemagne, Mme de Krüdner, du sein de la patrie allemande, et malgré la littérature alors si glorieuse de ce pays, n'avait d'yeux que vers le nôtre. Dans cette langue préférée, elle nous envoyait un petit chef-d'œuvre, où les teintes du Nord venaient, sans confusion, enrichir, étendre le genre des La Fayette et des Souza. Après Saint-Preux, après Werther, après René, elle sut être elle-même, à la fois de son pays et du nôtre, et introduire son mélancolique Scandinave dans le vrai style de la France. Gustave, au plus fort de son délire amoureux, écrit sur son journal : « J'ai avec moi quelques auteurs favoris ; j'ai les odes de Klopstock, Gray[9], Racine ; je lis peu, mais ils me font rêver au delà de la vie... » Remarquez Gray, et surtout Racine, après Klopstock ; cela se tempère. Dans *Valérie*, en effet, plus que chez Mme de Staël, l'inspiration germanique, si sentimentale qu'elle soit, se corrige en s'exprimant, et, pour ainsi dire, se termine avec un certain goût toujours, et par une certaine forme discrète et française. Ce qui, à l'origine, serait aisément devenu une ode de Klopstock, nous arrive dans quelques sons du langage de *Bérénice*.

Delphine est certainement un livre plein de puissance, de passion, de détails éloquents ; mais l'ensemble laisse beaucoup à désirer, et, chemin faisant, l'impression du lecteur est souvent déconcertée et confuse[10] : les livres, au contraire, qui sont exécutés fidèlement selon leur propre pensée, et dont la lecture compose dans l'esprit comme un tableau continu qui s'achève jusqu'au dernier trait, sans que le crayon se brise ou que les couleurs se brouillent, ces livres, quelle que soit leur dimension, ont une valeur d'art supérieur, car ils sont en eux-mêmes complets. Je lisais l'autre jour, dans un recueil inédit de pensées[11] : « La faculté poétique n'est autre chose que le don et l'art de produire chaque sentiment vrai, *en fleur*, selon sa mesure, depuis le lys royal et le dahlia jusqu'à la pâquerette. » Ce qui est dit là de la poésie, à proprement parler, peut s'appliquer à toute œuvre créée et composée, où l'idée du beau se réfléchit. *Eugène de Rothelin* est certes un tableau de moindre dimension et, si l'on veut, de moindre *portée* que *Delphine* ; mais c'est un chef-d'œuvre en son genre et dans sa mesure. Une petite rivière brillante, aux ondes perlées, encaissée à merveille, et courant sur un lit de sable fin sous une atmosphère transparente, a son prix, et comme beauté, à l'œil du peintre, elle est supérieure au fleuve plus large, mais inégal, brisé, et tout d'un coup vaseux ou brumeux. Si nous nous reportons aux maîtres, Jean-Jacques, voulant recommander pour les finesses de cœur la quatrième partie de sa *Nouvelle Héloïse*, n'a pas dédaigné de la rapprocher de *la Princesse de Clèves*[a], et il paraît envisager celle-ci comme modèle. Il avait raison de le croire, et aujourd'hui même, comme charme, sinon comme puissance, plus peut-être que *la Nouvelle Héloïse*, *la Princesse de Clèves* demeure. C'est ainsi qu'*Eugène de Rothelin*, *Valérie* et *Adolphe* sont des pièces d'une qualité et d'un prix fort au-dessus de leur volume. *Valérie*, au reste, par l'ordre des pensées et des sentiments, n'est inférieure à aucun roman de plus grande composition ; mais surtout elle a gardé, sans y songer, la proportion naturelle, l'unité véritable ; elle a, comme avait la personne de son auteur, le charme infini de l'ensemble.

Valérie a des côtés durables en même temps que

a. *Confessions*, partie II, livre XI.

des endroits de mode et déjà passés. Il y a eu dans le roman des talents très-remarquables, qui n'ont eu que des succès viagers, et dont les productions exaltées d'abord se sont évanouies à quelques années de là. Mlle de Scudéry et Mme Cottin, malgré le grand esprit de l'une et le pathétique d'action de l'autre, sont tout à fait passées. Pas une œuvre d'elles qu'on puisse lire autrement que par curiosité, pour savoir les modes de la sensibilité de nos mères. Mme de Montolieu est encore ainsi : *Caroline de Lichtfield*, qui a tant charmé une première fois à quinze ans, ne peut se relire, pas plus que *Claire d'Albe*[12] ; *Valérie*, au contraire, a un coin durable et à jamais touchant ; c'est une de ces lectures qu'on peut se donner jusqu'à trois fois dans la vie, aux différents âges.

La situation de ce roman est simple, la même que dans *Werther* : un jeune homme qui devient amoureux de la femme de son ami. Mais on sent ici, à travers le déguisement et l'idéal, une réalité particulière qui donne au récit une vie non empruntée. Werther se tuerait quand même il n'aimerait pas Charlotte ; il se tuerait pour l'infini, pour l'absolu, pour la nature ; Gustave ne meurt en effet que d'aimer Valérie. La naissance de cet amour, ses progrès, ce souffle de tous les sentiments purs qui y conspirent, remplissent à souhait toute la première moitié : des scènes variées, des images gracieuses, expriment et figurent avec bonheur cette situation d'un amour orageux et dévorant à côté d'une amitié innocente et qui ignore. Ainsi quand à Venise, au bal de la Villa-Pisani, Gustave, qui n'y est pas allé, passant auprès d'un pavillon, entend la musique, et, monté sur un grand vase de fleurs, atteint la fenêtre pour regarder ; quand il assiste du dehors à la merveilleuse danse du schall dansée par Valérie, et qu'à la fin, enivré et hors de lui, à l'aspect de Valérie qui s'approche de la fenêtre, il colle sa lèvre sur le carreau que touche en dedans le bras de celle qu'il aime, il lui semble respirer des torrents de feu; mais, elle, n'a rien senti, rien aperçu. Quel symbole plus parfait de leurs destinées et de tant de destinées plus ou moins pareilles! Une simple glace entre eux deux: d'un côté le feu brûlant, de l'autre l'affectueuse indifférence! — Ainsi encore, quand, le jour de la fête de Valérie, le Comte étant près de la gronder, Gustave envoie un jeune enfant lui souhaiter la fête et rappelle ainsi au Comte de ne pas l'affliger ce jour-là, Valérie est touchée, elle embrasse l'enfant et le renvoie à Gustave, qui l'embrasse sur la joue au même endroit, et qui y trouve une larme: «Oui, Valérie, s'écrie-t-il en lui-même, tu ne peux m'envoyer, me donner que des larmes[a].»

a. Cet enfant, innocent messager d'un baiser et d'une larme, rappelle une petite pièce du minnesinger allemand Hadloub, traduite par M. Marmier (*Revue de Paris*, 2 avril 1837), et ce fragment d'André Chénier, sans doute d'origine grecque: *J'étais un jeune enfant qu'elle était grande et belle*, etc. Notons les nuances et les progrès de l'idée. Dans André Chénier, imitant quelque épigramme grecque, le seul sentiment exprimé est celui de la beauté superbe et des rivaux confus. Dans Hadloub, ce qui ressort, c'est surtout la douleur de l'amant respectueux et timide, dont les lèvres vont chercher les traces adorées; l'amour chevaleresque, que couronnera Pétrarque, vient déjà d'éclore. Mais ils n'ont eu ni l'un ni l'autre l'idée de cette larme sur la joue de l'enfant, qui est dans *Valérie*. Voici la pièce de Hadloub, traduite en vers, avec cette dernière idée de plus, et dans un style légèrement rajeuni du seizième siècle, où l'on peut supposer que quelque Clotilde de Surville[13], voisine de Ronsard et de Baïf, ou mieux quelque Marie Stuart la rima:

Vite me quittant pour Elle,
Le jeune enfant qu'elle appelle
Proche son sein se plaça:
Elle prit sa tête blonde,
Serra sa bouchette ronde,
Ô malheur! et l'embrassa.

Et lui, comme un ami tendre,
L'enlaçoit d'un air d'entendre
Ce bonheur qu'on me défend.
J'admirois avec envie
Et j'aurois donné ma vie
Pour être l'heureux enfant.

Cette même idée de séparation et de deuil, cet anneau nuptial qu'il sent au doigt de Valérie dès qu'il lui tient la main, reparaît sous une nouvelle forme à chaque scène touchante.

Le portrait de Valérie elle-même revient, repasse sans cesse à travers cela, dans toutes les situations, dans toutes les poses, souriant, attristé, mobile, et comme amoureusement répété par mille glaces fidèles.

Le second volume offre quelques défauts qui tiennent au romanesque : je crois sentir que l'*invention* y commence. La fin, en effet, de ces romans intimes, puisés dans le souvenir, n'est guère jamais conforme à la réalité. Ils sont vrais à moitié, aux trois quarts ; mais il faut les continuer, les achever par l'idéal, ce qui exige une attention extrême, pour ne pas cesser de paraître naturel. Il faut faire mourir en toute vraisemblance son héros, tandis qu'il vit demi-guéri quelque part, à Bade ou à Genève. Il y a dans la seconde moitié un endroit où Gustave, près de quitter Valérie, et l'entretenant avec trouble, se blesse tout d'un coup au front en s'appuyant contre une fenêtre ; c'est là une blessure un peu illusoire et de convention ; le plus délicat des amants ne saurait se blesser ainsi. Un peu après, quand Gustave, passant durant la nuit près de la

---

Puis, Elle aussitôt sortie,
Je pris l'enfant à partie,
Et me mis à lui poser,
Aux traces qu'elle avoit faites,
Mes humbles lèvres sujettes :
Même lieu, même baiser.

Mais quand j'y cherchois le bâme (baume)
Et le nectar de son âme,
Une larme j'y trouvai.
Voilà donc ce que m'envoie,
Ce que nous promet de joie,
Le meilleur jour achevé !

chambre de Valérie, chastement sommeillante, ne peut résister au désir de la regarder encore une fois, et qu'il l'entend murmurer en songe les mots de *Gustave* et de *mort*, c'est là un songe officiel de roman, c'est de la fable sentimentale toute pure, couleur de 1803. Heureusement, le vrai de la situation de Gustave se retrouve bientôt. Un des endroits le mieux touchés est celui où Valérie en gondole, légèrement effrayée, et qui vient de mettre familièrement sur son cœur la main de Gustave, au moindre effroi sérieux, se précipite sur le sein du Comte: «Oh! que je sentis bien alors tout mon néant, et tout ce qui nous séparait!» Lorsque Gustave s'en est allé seul avec sa blessure dans les montagnes, quand, durant les mois d'automne qui précèdent sa mort, il s'enivre éperdument de sa rêverie et des brises sauvages, quand il devient presque René, comme il s'en distingue aussitôt et reste lui-même encore, par cette image gracieuse de l'amandier auquel il se compare, de l'amandier exilé au milieu d'une nature trop forte, et qui pourtant a donné des fleurs que le vent disperse au précipice! Comme on retrouve là cette frêle et tendre adolescence jetée au bord de l'abîme, cette nature d'âme aimable, mystique, ossianesque, parente de Swedenbourg, amante du sacrifice, ce jeune homme qui, comme René, a dépassé son âge, qui n'en a su avoir ni l'esprit, ni le bonheur, ni les défauts, mais que le Comte, d'une voix moins austère que le Père Aubry pour Chactas, conviait seulement à ces douces affections qui sont les grâces de la vie, et qui fondent ensemble notre sensibilité et nos vertus!... Gustave qui, à certains moments de sa solitude enthousiaste, se rapproche aussi de Werther; qui égale même cette voix éloquente et poétique, en cette espèce d'hymne où il s'écrie: «*Je me promène dans ces montagnes parfumées par la lavande...,»* Gustave s'en distingue encore à temps et demeure lui-même, rejetant l'idée de se frapper, pieux, innocent et pur jusque dans son égarement, rendant grâce jusque dans son désespoir. En un mot, Gustave réussit véritablement à laisser dans l'âme du lecteur, comme dans celle de Valérie, ce qu'il ambitionne le plus, *quelques larmes seulement*, un de ces souvenirs qui durent toute la vie, et qui honorent ceux qui sont capables de les avoir.

M. Marmier, qui a écrit sur Mme de Krüdner un morceau senti[a], a très-bien remarqué dans *Valérie* nombre de pensées déjà profondes et religieuses, qui font entrevoir la femme d'avenir sous le voile des premières élégances; j'en veux citer aussi quelques traits qui sont des présages:

«Son corps délicat est une fleur que le plus léger souffle fait incliner, et son âme forte et courageuse braverait la mort pour la vertu et pour l'amour.»

«... Non, poursuivis-je, la beauté n'est vraiment irrésistible qu'en nous expliquant quelque chose de moins passager qu'elle, qu'en nous faisant rêver à ce qui fait le charme de la vie, au delà du moment fugitif où nous sommes séduits par elle; il faut que l'âme la retrouve quand les sens l'ont assez aperçue.»

«Tu le sais, mon ami, écrit Gustave, j'ai besoin d'aimer les hommes; je les crois en général estimables; et si cela n'était pas, la société depuis longtemps ne serait-elle pas détruite? L'ordre subsiste dans l'univers, la vertu est donc la plus forte. Mais le grand monde, cette classe que l'ambition, les grandeurs et la richesse, séparent tant du reste de l'humanité, le grand monde me paraît une arène

a. *Revue Germanique*, juillet 1833.

hérissée de lances, où, à chaque pas, on craint d'être blessé ; la défiance, l'égoïsme et l'amour-propre, ces ennemis-nés de tout ce qui est grand et beau, veillent sans cesse à l'entrée de cette arène et y donnent des lois qui étouffent ces mouvements généreux et aimables par lesquels l'âme s'élève, devient meilleure, et par conséquent plus heureuse. J'ai souvent réfléchi aux causes qui font que tous ceux qui vivent dans le grand monde finissent par se détester les uns les autres, et meurent presque tous en calomniant la vie. Il existe peu de méchants ; ceux qui ne sont pas retenus par la conscience le sont par la société ; l'honneur, cette fière et délicate production de la vertu, l'honneur garde les avenues du cœur et repousse les actions viles et basses, comme l'instinct naturel repousse les actions atroces. Chacun de ces hommes séparément n'a-t-il pas presque toujours quelques qualités, quelques vertus ? Qu'est-ce qui produit donc cette foule de vices qui nous blessent sans cesse ? C'est que l'indifférence pour le bien est la plus dangereuse des immoralités !... »

On le voit, Mme de Krüdner, en substituant ici son expérience à celle de Gustave, s'exprime déjà dans cette page avec le sérieux de ses prédications futures. Elle y dénonce la plaie qui n'est pas seulement celle du grand monde, mais du monde entier, cette vieille plaie de Pilate, que Dante punissait par l'*enfer des tièdes*, et que, de nos jours, tant de novateurs généreux, à commencer par elle, se sont fatigués à insulter.

Le style de *Valérie* a, comme les scènes mêmes qu'il retrace, quelques fausses couleurs de la mode sentimentale du temps : je ne saurais aimer que le Comte envoie, pour le tombeau de son fils, une belle table de marbre de Carrare, *rose* (dit-il) *comme la jeunesse, et veinée de noir comme la vie.* Mais ces défauts de goût y sont rares, aussi bien que quelques locutions vicieuses (*en imposer* pour *imposer*), qu'un trait de plume corrigerait. Le style de ce charmant livre est au total excellent, eu égard au genre peu sévère ; il a le nombre, le rhythme, la vivacité du tour, un perpétuel et parfait sentiment de la phrase française.

Le succès de *Valérie* fut prodigieux, en France et en Allemagne, dans la haute société. On trouve, dans l'interminable fatras intitulé *Mélanges militaires, littéraires et sentimentaires*[14] du prince de Ligne, une suite de *Valérie* qui n'est qu'une plaisanterie de cet homme d'esprit, par trop écrivain de qualité. La charmante princesse Serge Galitzin, dit-il, n'ayant pu souper chez lui, tant la lecture de *Valérie* l'avait mise en larmes, il voulut lever cet obstacle pour le lendemain, en lui envoyant une fin rassurante, où Gustave ressuscite. C'est une parodie, dont le sel fort léger s'est dès longtemps évaporé. On sut d'ailleurs un gré médiocre à Mme de Krüdner, dans le monde allemand poétique, d'avoir déserté sa langue pour la nôtre, et Goëthe a lui-même exprimé quelque part le regret qu'une femme de ce talent eût passé à la France.

Pourtant le mouvement teutonique de réaction contre la France, ou du moins contre l'homme qui la tenait en sa main, allait bientôt gagner Mme de Krüdner et la pousser, par degrés, jusqu'au rôle où on l'a vue finalement. Déjà dans *Valérie* il y a trace de quelque opposition au Consul, à l'endroit des réflexions du Comte sur les tableaux et les statues des grands maîtres qu'il faut voir en Italie même, sous leur ciel, et qu'il serait déraisonnable de déplacer. Le meurtre du duc d'Enghien ajouta l'indignation à ce premier sentiment indisposé. Le séjour à

Berlin, l'intimité avec la reine de Prusse, et les événements de 1806, y mirent le comble ; c'est vers ce temps, en Suède, je crois, au milieu d'une vie encore toute brillante, mais à l'âge où l'irréparable jeunesse s'enfuit, qu'une révolution s'opéra dans l'esprit de Mme de Krüdner ; qu'un rayon de la Grâce, disait-elle, la toucha, et qu'elle se tourna vers la religion, bien que pourtant d'abord avec des nuances légèrement humaines, et sans le caractère absolu et prophétique qui ne se décida que plus tard. On peut voir au tome second des Mémoires de Mlle Cochelet[a], et se détachant dans des pages fort plates, une admirable lettre d'elle, datée de Riga, décembre 1809, qui marque parfaitement le point où se trouvait portée alors cette âme merveilleuse. Si elle ne prophétisait pas encore, elle prêchait déjà ses amis avec tout le zèle et l'obsession d'une sainte tendresse. Son influence chrétienne sur la reine de Prusse, son dévouement sans bornes à cette héroïque et touchante infortune, et les bienfaits de consolation, d'espoir céleste, dont elle l'environna, sont suffisamment attestés. Il paraît qu'à cette époque elle avait composé d'autres ouvrages qui n'ont jamais été publiés ; elle cite dans sa lettre à Mlle Cochelet une *Othilde*, par laquelle elle aurait voulu retracer le dévouement chevaleresque du moyen-âge : « Oh ! que vous aimeriez cet ouvrage ! écrit-elle naïvement ; il a été fait avec le Ciel ; voilà pourquoi j'ose dire qu'il y a des beautés. » En se replaçant ainsi au moyen-âge, aux horizons de la

a. Le journal *le Semeur* (octobre 1843) a consacré deux articles à Mme de Krüdner en insistant naturellement sur le côté religieux et mystique : nous ne l'avions pris qu'au sérieux, le respectable écrivain le prend tout à fait au grave et veut bien nous reprocher d'avoir une fois légèrement souri. Il cite les lettres à Mlle Cochelet, non pas seulement celle de 1809, mais d'autres encore qui sont tout à côté dans le même volume ; les curieux les y trouveront.

croisade teutonique et chrétienne, il semblait que Mme de Krüdner revenait par instinct à ses origines naturelles.

Un grand poëte, le Tasse, sujet à l'illusion comme Mme de Krüdner et idéalement touchant comme elle, dut, ce me semble, offrir à sa pensée, dans le tableau qu'elle essaya, quelques tons de la même harmonie, et je me figure que cette *Othilde* pouvait être écrite et conçue dans la couleur de Clorinde baptisée.

Mme de Krüdner passa ces années de transition à parcourir l'Allemagne, tantôt à Bade, avec des retours de monde, tantôt visitant des Frères moraves, tantôt écoutant, à Carlsruhe, l'illuminé Jung Stilling et prêchant avec lui les pauvres[a]. Elle travaillait à s'élever, à se détacher de plus en plus, suivant son nouveau langage, des pensées des *hommes du torrent*; mais elle changea moins qu'elle ne le crut. Si l'on a pu dire de la conversion de quelques âmes tendres à Dieu: *C'est de l'amour encore*, il semble que le mot aurait dû être trouvé tout exprès pour elle. Elle portait dans ses nouvelles voies et dans cette *royale route de l'âme*, comme elle disait d'après Platon, toute la sensibilité et l'imagination affectueuse de sa première habitude, et comme la séduction de sa première manière. L'inépuisable besoin de plaire s'était changé en un immense besoin d'aimer, ou même s'y continuait toujours[b].

a. On peut lire quelques détails sur le séjour de Mme de Krüdner dans le grand duché de Bade, pages 5 et suiv. de l'*Éclaircissement* qui précède le tome X de l'Histoire de France sous Napoléon, par M. Bignon.

b. On rapporte (et c'était déjà dans ces années de conversion) qu'un homme distingué qui venait souvent chez elle, épris des charmes de sa fille qui lui ressemblait avec jeunesse, s'ouvrit et parla à la mère, un jour, de l'émotion qu'il découvrait en lui depuis quelque temps, des espérances qu'il n'osait former; et Mme de Krüdner, à ce discours assez long et assez embarrassé, avait tantôt répondu *oui* et tantôt gardé le silence; mais tout d'un coup, à la fin, quand le nom de sa fille fut

Les événements de 1813 achevèrent d'éclairer, de dessiner la mission que Mme de Krüdner se figurait avoir reçue, et ce mouvement de l'Allemagne régénérée qui produisait tant de guerriers enthousiastes, de poëtes nationaux, de pamphlétaires éloquents, l'amena aussi à son rang, elle, la Velléda évangélique, la prophétesse du Nord. Outre le caractère religieux qu'elle revêt et qui la distingue, ce qu'a de particulier le rôle de Mme de Krüdner entre tous les enthousiasmes teutoniques d'alors, c'est qu'elle s'appuie plutôt sur l'extrême Nord, sur la Russie, et, comme elle le dit, sur les peuples de l'Aquilon ; elle les concilie dans son cœur avec un ardent amour de la France. Son imagination frappée va chercher la ressource et la renaissance de la civilisation par delà l'antique Germanie même, dans ce qui était la barbarie glacée et qui est devenu, selon elle, le réservoir de la pureté perdue. Ce qu'elle appelle de ses vœux, ce qu'elle se peint en vision avec contraste, c'est la revanche et le contrepied de l'invasion d'Attila, cette fois pour le bien du monde.

Elle passa 1814 à Paris, surtout en Suisse, à Bade, dans la vallée de Lichtenthal où affluaient sur ses traces les pauvres nourris et consolés ; en Alsace, à Strasbourg où elle vit mourir d'une mort tragique et chrétienne le préfet M. de Lézai-Marnésia, dans les Vosges au village du *Banc-de-la-Roche*, fécondé et édifié par Oberlin[15]. Tout ce qu'elle voyait rentrait dans son inspiration et y poussait. Elle ne connaissait encore l'empereur Alexandre qu'indirectement,

---

prononcé, elle s'évanouit : elle avait cru qu'il s'était agi d'elle-même. — Au reste, pour bien entendre, selon la mesure qui convient, ce reste de facilité romanesque chez Mme de Krüdner au début de sa conversion, et aussi la décence toujours conservée au milieu de ses inconséquences du monde, il faut ne pas oublier ce mélange particulier en elle de la légèreté et de la pureté livonienne qui explique tout.

bien qu'elle l'appelât déjà le *Sauveur universel*, l'*Ange blanc*, et qu'elle l'opposât sans cesse à l'*Ange noir*, Napoléon. La seule pensée de celui-ci, son ombre, lui donnait, dès l'instant qu'elle en parlait, le vertige sacré des prêtresses; elle prédisait à tous venants sa sortie de l'île d'Elbe et les maux qui se déchaîneraient avec lui. Son idée fixe était l'année 15, et elle assignait à cette date prochaine la catastrophe et le renouvellement de la terre.

1815, en justifiant une partie de ses prédictions, exalta sa foi et réalisa son influence politique. Elle avait vu l'empereur Alexandre en Suisse, peu avant les Cent-Jours, et avait trouvé en lui une nature toute disposée. On avait déjà comparé ce prince à l'autre Alexandre ou à Cyrus; elle rajeunit tout, en le comparant à Jésus-Christ. Elle le croyait sincèrement sans doute; mais un reste d'adresse, d'insinuation flatteuse du monde, s'y mêlait et n'y nuisait pas. Son ascendant, tout d'abord, fut immense. À Paris, aussitôt l'arrivée d'Alexandre, elle devint son conseil habituel[a]. Il sortait de l'Élysée-Bourbon par une porte de jardin pour aller, tout auprès, chez elle, plusieurs fois le jour, et là ils priaient ensemble, invoquant les lumières de l'Esprit. Elle a confessé alors à un ami qu'elle avait peine parfois à réprimer ses accès de vanité, quand elle songeait qu'elle était ainsi toute-puissante sur le souverain le plus puissant. Dans les premiers jours de septembre de cette année, une grande revue des troupes russes

a. En 1814, l'empereur Alexandre avait été sous l'influence de son digne précepteur le général La Harpe, influence purement libérale, à la façon des hommes de 89 et de l'an III; en 1815, lorsqu'il passa sous celle de Mme de Krüdner, il parut bien moins libéral à nos libéraux français, à M. de La Fayette par exemple, qui relève en ses Mémoires la métamorphose. Mais combien cette seconde influence, mystiquement chrétienne et charitable, lui conservait d'amour de la liberté encore, au prix de ce qui s'opéra en lui lorsqu'elle se fut refroidie à son tour!

eut lieu, sous les yeux d'Alexandre, dans les plaines de Vertus en Champagne. Mme de Krüdner, avec son monde, sa fille, son gendre, et le jeune ministre Empeytas qui la dirigeait, était allée loger au château du Mesnil, près de là. Dès le matin, les voitures de l'empereur la vinrent prendre, et les honneurs que Louis XIV rendit à Mme de Maintenon, au camp de Compiègne, ne surpassent point la vénération avec laquelle le conquérant la traita. Ce n'était pas la petite-fille du maréchal de Münnich, sa sujette favorite, c'était une Envoyée du Ciel qu'il recevait et conduisait dans ses armées. Tête nue, ou tout au plus couverte d'un chapeau de paille qu'elle jetait volontiers, cheveux toujours blonds, séparés et pendant sur les épaules, avec une boucle quelquefois qu'elle ramenait et rattachait au milieu du front, en robe sombre, à taille longue, élégante encore par la manière dont elle la portait, et nouée d'un simple cordon, telle à cette époque on la voyait, telle, dans cette plaine, elle arriva dès l'aurore, telle debout, au moment de la prière, elle parut comme un Pierre l'Ermite au front des troupes prosternées. Elle a écrit et publié dans le temps, au sujet de cette solennité, une petite brochure sous le titre du *Camp de Vertus*; ses sentiments et ses magnificences de désirs s'y expliquent mieux que nous ne pourrions les interpréter:

«... Qui ne s'est dit, en *assistant*[a] dans les plaines de Champagne qui ont vu la défaite d'Attila: «Une autre verge a été brisée?...» C'est qu'il n'a jamais existé qu'un seul crime, celui de vouloir se passer du Dieu vivant... Qu'ils ont dû être remplis, les

a. Il y a ici une incorrection de langage (*assistant* ne se prenant point dans un sens absolu); l'auteur de *Valérie*, en se faisant instrument divin et prophétesse, soignait beaucoup moins son expression. Au temps d'Ausone, saint Paulin, depuis sa conversion, se permit ou même s'imposa toutes sortes d'incorrections dans ses vers.

immenses vœux de votre cœur, heureux Alexandre, quand, dans cette journée du Ciel, vous avez vu dans ces plaines où, il y a six cents ans, cent mille Français, en présence d'un roi de Navarre[a], virent le supplice de cent quatre-vingts hérétiques à la clarté des torches funèbres; vous avez vu, dis-je, cent cinquante mille Russes faire amende honorable à la religion de l'amour!... Ah! qui n'a pas, en voyant cette journée du Ciel, vécu avec nous de toutes les espérances? Qui n'a pas pensé, en voyant Alexandre sous ces grands étendards, à toutes les victoires de la foi, à toutes les leçons de la charité? Qui a osé douter qu'il n'y ait là de hautes inspirations, et qui n'a dit avec l'Apôtre: «Les choses vieilles sont passées, voici que toutes choses sont faites nouvelles?»

«Eh! qui n'a pas eu besoin de quelque chose de nouveau au milieu de tant de ruines? Les hommes, placés sur le haut de l'échelle par les grandes lumières, ont vu cette époque à la clarté que jetait sur elle la majesté des Écritures... La nature l'a confiée à ses observateurs; les sciences s'en sont doutées; la politique, couverte de honte, l'a pressentie dans ses chutes...

«Oui, tous, soit en jouissant de ce grand secret encore voilé comme Isis, soit en tremblant de crainte que le voile des temps ne se déchirât, tous ont eu l'espoir ou la terreur de cette époque...

«Quel cœur, en voyant tout cela, n'a pas aussi battu pour vous, ô France jadis si grande, et qui ressortirez plus grande encore de vos désastres! France qui avez voulu exiler de vos conseils le

a. Thibaut de Champagne probablement, qui fut mêlé aux rigueurs contre les Albigeois, contre les juifs d'Orléans, contre les pastoureaux. On a conservé dans le pays la tradition du supplice des cent quatre-vingts hérétiques immolés au Mont-Aimé, qui domine ces plaines, et dont la tour était encore debout il y a quelques années.

Tout-Puissant, et avez vu des bras de chair, quoique appuyés sur des empires, tomber d'épouvante et redevenir impuissants !

« Dites aux peuples étonnés que les Français ont été châtiés par leur gloire même ; dites aux hommes sans avenir que la poussière qui s'élève retombe pour être rendue à la terre des sépulcres !

« Et vous, France première, antique héritage des Gaules, fille de saint Louis et de tant de saints qui attirèrent sur elle des bénédictions éternelles, et pensée (*patrie ?*) de la Chevalerie, dont les rêves ont charmé l'univers, revenez tout entière, car vous êtes vivante d'immortalité ! Vous n'êtes point captive dans les liens de la mort, comme tout ce qui n'a eu que le domaine du mal pour régner ou pour servir. »

Et elle finit en montrant la Croix laissée dans ces lieux comme un autel magnifique qui doit tout rallier, et qui dira : « Ici fut adoré Jésus-Christ par le héros et l'armée chère à son cœur : ici les peuples de l'Aquilon demandèrent le bonheur de la France. »

Ces pages expriment clairement en quel sens Mme de Krüdner concevait et conseillait la *sainte-alliance* ; mais ce qui était son rêve, ce qui fut un moment celui d'Alexandre, se déconcerta bientôt, et s'évanouit en présence des intérêts contraires et des ambitions positives, qui eurent bon marché de ces nobles chimères. L'espèce de triomphe de Mme de Krüdner au camp de Vertus marqua le plus haut point et, pour ainsi dire, le sommet lumineux de son influence. On s'en effraya sérieusement, on s'efforça de l'éloigner de l'empereur, et de faire en sorte qu'il la vît moins. Lorsque Alexandre eut quitté la France, Mme de Krüdner déclina rapidement dans son esprit : cette vénération pieuse qu'il ressentait pour elle finit par l'aversion, par la persécution même.

Ceux qui croient sérieusement à l'intervention de la Providence dans les choses de ce monde ne doivent pas juger avec trop de sourire le rôle et la tentative de Mme de Krüdner; il est certain que 1815 fut un moment décisif, et aux esprits religieux il doit sembler que l'épreuve était de force à susciter son témoin mystique et son prophète. Mme de Krüdner s'est moins trompée sur l'importance de 1815 même que sur les conséquences qu'elle en augurait. En ces moments de craquement universel, il arrive, j'imagine, que l'idéal, qui est derrière ce monde terrestre, se révèle, apparaît rapidement à quelques yeux, et l'on croit qu'il va s'introduire: mais la fente se referme aussitôt, et l'œil qui avait vu profondément et juste un instant, en continuant de croire aux rayons disparus, s'abuse et n'est plus rempli que de sa propre lumière. Le malheur de certaines âmes, le tort de Mme de Krüdner n'est peut-être que d'avoir conçu le beau dans les choses humaines à un certain moment décisif et terrible, où il suffisait, en effet, d'un grand homme pour l'opérer. Mais l'homme a fait faute, et celui qui concevait le rôle n'est plus que visionnaire. Et nous-même, rêveur, ne disons-nous pas tous les jours: « Qu'aurait-ce été en 1830, s'il y avait eu au gouvernail un grand cœur! » Si le noble, l'intéressant, mais trop fragile Alexandre avait été un Charlemagne véritable, un monarque en tout à la hauteur de sa fortune, Mme de Krüdner était plus que justifiée: mais alors eût-elle été nécessaire? Sa plus grande illusion fut de croire que de telles pensées se conseillent et s'inspirent là où elles ne germeraient pas d'elles-mêmes.

Après tout, sous une forme particulière, dans son langage biblique vague, mais avec un sentiment vivant et nouveau, Mme de Krüdner n'a fait autre chose qu'entrevoir à sa manière et proclamer de bonne heure, du sein de l'orage politique, cette plaie du néant de la foi, de l'indifférence et de la misère moderne, qu'avec plus ou moins d'autorité, de génie, d'illusion et de hasard, ont sondée, adoucie, aigrie, déplorée et tourmentée tour à tour ceux qui, en des sens divers, tendent au même but de la grande régénération du monde, Saint-Martin, de Maistre, Saint-Simon, Ballanche, Fourier et La Mennais.

Hors de la politique, l'influence de Mme de Krüdner en 1815 à Paris, son action purement religieuse fut bien passagère, mais également vive et frappante sur ceux même chez qui elle ne durait pas. Tous ceux qui l'approchaient un peu souvent subissaient le charme de sa parole, et prenaient au parfum de son âme abondante et toujours répandue. On en citerait une foule d'exemples. Mme de Lézai-Marnésia, une jeune femme charmante qui avait vu périr si affreusement son mari à Strasbourg[16], s'était remise en sa douleur à Mme de Krüdner et partageait chaque nuit le même cilice, espérant par elle retrouver quelque communication avec celui qu'elle avait perdu, et qui déjà se révélait à la sainte amie plus détachée. Dans ce château où elle fut, près du camp de Vertus, tout l'entourage de Mme de Krüdner, plus ou moins, prêchait à son exemple ; sa fille, son gendre prêchaient la famille du vieux gentilhomme qui les logeait ; la jeune femme de chambre elle-même prêchait le vieux domestique du château. Quelques mots engagés à la rencontre, n'importe à quel sujet et en quel lieu, servaient de texte, et sur un escalier, sur un perron, au seuil d'un appartement, l'entretien tournait vite en prédication. Le respect pourtant et une sorte d'admiration s'attachaient à elle et corrigeaient l'impression de ses alentours.

Bien des railleurs à Paris, qui allaient l'entendre dans son grand salon du faubourg Saint-Honoré, ouvert à tous, revenaient, sinon convaincus, du moins charmés et pénétrés de sa personne. Tel de sa connaissance familière, qui se croyait tenu de résister quand elle était là, prêchait un peu à son exemple dès qu'elle n'y était plus. Elle avait une éloquence particulièrement admirable et un redoublement de plénitude quand elle parlait des misères humaines chez les grands : « Oh ! combien j'ai habité de palais, disait-elle à une jeune fille bien digne de l'entendre ; oh ! si vous saviez combien de misères et d'angoisses s'y recèlent ! Je n'en vois jamais un sans avoir le cœur serré. » Mais c'est surtout quand elle parlait aux pauvres de ces misères qui égalent les leurs, que l'effet de sa parole était souverain. Une fois, à Paris, sollicitée par l'amitié d'un homme de bien, M. Degérando[17], elle pénétra, avec l'autorisation du préfet de police, dans la prison de Saint-Lazare, et là elle se trouva en présence de la portion véritablement la plus malade de la société. Elle commença au milieu de ces femmes étonnées et bientôt touchées : les plaies des puissants furent étalées ; elle frappa son cœur ; elle se confessa aussi grande pécheresse qu'elles toutes ; elle parla de ce Dieu qui, comme elle disait souvent, *l'avait ramassée au milieu des délices du monde*. Cela dura plusieurs heures ; l'effet fut soudain, croissant ; c'étaient des sanglots, des éclats de reconnaissance. Quand elle sortit, les portes étaient assiégées, les corridors remplis d'une double haie. On lui fit promettre de revenir, d'envoyer de bons livres. Mais d'autres émotions survinrent : elle n'y retourna pas ; et c'est dans ce peu de suite que, chez Mme de Krüdner, le manque de discipline, d'ordre fixe, et aussi de doctrine arrêtée, se fait surtout sentir.

Combien de fois, quand on la pressait sur cette doctrine, quand on lui en demandait la source et les témoignages, quand on disait à ses idées mystiques : « Qui êtes-vous ? d'où êtes-vous ? » elle se contentait, après les premiers mots, de faire un geste vers Empeytas qui répondait : « Je vous expliquerai cela ; » et le vent de l'inspiration tournait, et de l'explication il n'en était jamais question davantage.

Dans les résultats et les actions de la vie, cette vacillation se retrouvait. Elle eût peut-être sauvé Labédoyère[18], si elle avait obéi à une seule pensée : mais des suggestions diverses se succédaient près d'elle ; l'inspiration variait au gré de la dernière personne qu'elle voyait ; et l'une de ces personnes, hostile à Labédoyère, avait grand soin de ne la quitter que peu d'instants avant l'heure de l'empereur Alexandre, lequel trouvait la bonne inspiration clémente toute combattue et refroidie.

Sa sensibilité, son imagination, non retenues, se donnaient carrière. Ses illusions sur les choses de fait étaient extrêmes, et souvent piquantes ; elle les avait eues faciles de tout temps. Un jour, en 1815, à quelqu'un qui la venait voir dans la soirée à l'heure de sa prière, elle disait : « De grandes œuvres s'accomplissent ; tout Paris jeûne... » Et cet ami, qui sortait du Palais-Royal où il avait vu tout le monde dîner, ne put la détromper comme il aurait voulu. Ce trait est bien de celle qui, femme du monde, s'était figuré volontiers que *Gustave* ou quelque autre était mort d'amour pour elle[a].

On aime à rechercher quelles furent, à cette

a. — « Mais quoi ? répliquait quelqu'un devant qui elle disait que le jeune homme était mort ; mort ? mais il est à Genève ! » — « Oh ! mon très-cher, s'écriait-elle avec sa grâce naturelle, s'il n'est pas mort, il n'en est guère mieux pour cela. »

époque de 1815, les relations de Mme de Krüdner avec quelques personnes célèbres, dont l'âme devait, par plus d'un point, rencontrer la sienne. Mme de Staël goûtait Mme de Krüdner auteur de *Valérie*, mais elle était d'un esprit politique et historique trop prononcé pour entrer dans son exaltation prophétique, et elle en souriait plutôt. Benjamin Constant, lui, n'en souriait pas. Il vit beaucoup Mme de Krüdner en 1815 ; il trouvait près d'elle consolation dans ses crises, et aliment pour toute une partie de son âme. On sait quelles furent alors les vicissitudes politiques de l'illustre publiciste ; ses sentiments religieux n'étaient pas moins agités, et, à cette limite extrême de la jeunesse, revenant à la charge en lui, ils livraient comme un dernier combat. D'autres troubles secrets s'y joignaient, et formaient un autre dernier orage[19]. C'est près de Mme de Krüdner qu'il allait, durant des heures, chercher quelque repos, partager quelque prière, Adolphe toujours le même, près de Valérie régénérée. Une bienveillance précieuse nous permet de reproduire quelques lignes qui peignent cette situation intérieure : « J'ai vu hier Mme de Krüdner, écrivait Benjamin Constant[a], d'abord avec du monde, ensuite seule pendant plusieurs heures. Elle a produit sur moi un effet que je n'avais pas éprouvé encore, et ce matin une circonstance y a ajouté. Elle m'a envoyé un manuscrit, avec prière de vous le communiquer et de ne le remettre qu'à vous. Je voudrais le lire avec vous : il m'a fait du bien ; il ne contient pas des choses très-nouvelles ; ce que tous les cœurs éprouvent, ou comme bonheur ou comme besoin, ne saurait être bien neuf ; mais il a été à mon âme en plus d'un endroit... Il y a des véri-

a. C'est à Mme Récamier qu'il s'adressait.

tés qui sont triviales, et qui tout d'un coup m'ont déchiré. Quand j'ai lu ces mots qui n'ont rien de frappant : « *Que de fois j'enviais ceux qui travaillaient à la sueur de leur front, ajoutaient un labeur à l'autre et se couchaient à la fin de tous ces jours sans savoir que l'homme porte en lui une mine qu'il doit exploiter ! Mille fois je me suis dit : Sois comme les autres* ; » j'ai fondu en larmes. Le souvenir d'une vie si dévastée, si orageuse, que j'ai moi-même menée contre tous les écueils avec une sorte de rage, m'a saisi d'une manière que je ne peux peindre. »

Contradiction piquante et touchante ! en même temps qu'alors, près d'une personne admirée et aimée, il se plaignait d'une certaine rigueur habituelle, qu'il eût voulu attendrir, il se faisait l'organe d'une certaine sainteté mystique qu'il essayait de suggérer. Il écrivait : « Je me dis qu'il faut que je sois ainsi pour vous ramener à la sphère d'idées dans laquelle je n'ai pas le bonheur d'être tout à fait moi-même ; mais la lampe ne voit pas sa propre lumière et la répand pourtant autour d'elle… J'avais passé ma journée tout seul, et je n'étais sorti que pour aller voir Mme de Krüdner. L'excellente femme ! elle ne sait pas tout, mais elle voit qu'une peine affreuse me consume ; elle m'a gardé trois heures pour me consoler ; elle me disait de prier pour ceux qui me faisaient souffrir, d'offrir mes souffrances en expiation pour eux, s'ils en avaient besoin. » Et ailleurs : « … Je suis une lyre que l'orage brise, mais qui, en se brisant, retentit de l'harmonie que vous êtes destinée à écouter… Je suis destiné à vous éclairer en me consumant… Je voudrais croire, et j'essaie de prier… » Par malheur pour Benjamin Constant, ces élans qui se ranimaient près de Mme de Krüdner, et qui étaient au comble pendant la durée du *Pater* qu'il récitait avec elle, ne se soutinrent pas, et il retomba bientôt au morcellement, à l'ironie, au dégoût des choses, d'où ne le tiraient plus que par assauts ses nobles passions de citoyen[a].

À sa sortie de France après 1815, Mme de Krüdner traversa successivement divers États de l'Allemagne, émouvant partout à sa voix les populations, et bientôt éconduite par les gouvernements. M. de Bonald l'ayant à ce propos persiflée, dans le *Journal des Débats* du 28 mars 1817, d'un ton tout à fait badin[b], une plume amie, qui n'est peut-être autre que celle de Benjamin Constant, la défendit dans le *Journal de Paris* du 30, et rappela au patricien offensant les simples égards qu'au moins il devait, lui, l'homme des races, à la petite-fille du maréchal de Münnich. Bientôt, en s'éloignant des échos de la Suisse et de la vallée du Rhin, les accents de Mme de Krüdner ne nous arrivèrent plus. Nous la perdrons aussi de vue dans notre récit ; ce que nous aurions à ajouter ne serait guère qu'une variante monotone de ce qui précède. Elle publia quelques petits écrits en allemand, dont on peut voir les extraits dans la notice de M. Marmier. Des professeurs d'université imprimèrent le détail des conversations qu'ils avaient eues avec elle. Dans toute

a. En fait de relations qu'on aime, indiquons encore que Mme de Krüdner connut M. de Chateaubriand dès l'heure d'*Atala* (1801). Les illustres Mémoires produiront une lettre tout affectueuse, tout empressée, qu'elle lui adressait à Rome sur la nouvelle de la mort de Mme de Beaumont.

b. M. de Bonald commençait de la sorte : « Mme de Krüdner a été jolie, elle a publié un roman, peut-être le sien ; il s'appelait, je crois, *Valérie* ; il était sentimental et passablement ennuyeux. Aujourd'hui qu'elle s'est jetée dans la dévotion mystique, elle fait des prophéties, c'est encore du roman, mais d'un genre tout opposé... » Il finissait et concluait du même ton : « L'Évangile en main, j'oserai lui dire que nous aurons toujours des pauvres au milieu de nous, ne fût-ce que de pauvres têtes. » L'anonyme du *Journal de Paris* se permit de trouver ce jeu de mots final plus digne de Potier ou de Brunet, que d'un chrétien sérieusement pénétré de l'Évangile.

cette dernière partie de son apostolat, Mme de Krüdner ne me paraît pas différer des nombreux sectaires qui s'élèvent chaque jour en Angleterre et aux États-Unis d'Amérique : l'originalité de son rôle est finie. Ayant obtenu, à un moment, la permission de se rendre à Saint-Pétersbourg, elle en fut bannie peu après pour s'être déclarée en faveur des Grecs, et elle mourut en 1824 en Crimée, où elle essayait de fonder une espèce d'établissement pénitentiaire. Honneur et bénédiction à celle qui sut demeurer jusqu'au bout, et sous le scandale de son zèle, un infatigable martyr de la charité !

Mais c'est à la France, pour ne pas être ingrate, qu'il convient surtout de garder le souvenir d'une personne qui, de bonne heure, a tourné vers elle ses regards, qui a embelli sa société, adopté sa langue, orné sa littérature, qui l'a aimée en tout temps comme Marie Stuart l'aima, et qui, trahissant encore le fond de son âme à son heure de mystique ivresse, ne rêva d'autre rôle, en la revoyant, que celui d'une Jeanne d'Arc de la paix, de l'union et de la miséricorde[a].

1er juillet 1837.

a. Sur un tout autre ton que le nôtre, mais sans malveillance et en pleine connaissance de cause, un cousin de Mme de Krüdner, le comte d'Allonville, lui a consacré un chapitre qui est à lire (au tome VI, page 292, des *Mémoires secrets*).

MADAME DE CHARRIÈRE

Est-ce de la critique que nous faisons en esquissant ces portraits ? Il y a des personnes qui le croient, et qui veulent bien nous plaindre de nous y absorber ou dissiper. D'autres, qui sont pour la critique au contraire, et qui nous la conseilleraient fort, en contestent le titre à ces essais et doutent de la rigueur du genre. Nous-même, avouons-le, nous en doutons. Pour nous, en effet, faut-il le trahir ? ce cadre où la critique, au sens exact du mot, n'intervient souvent que comme fort secondaire, n'est dans ce cas-là qu'une forme particulière et accommodée aux alentours, pour produire nos propres sentiments sur le monde et sur la vie, pour exhaler avec détour une certaine poésie cachée. C'est un moyen quelquefois, au sein d'une Revue grave, de continuer peut-être l'élégie interrompue. Si nous réussissions à souhait et selon tout notre idéal, un bon nombre de ces articles médiocrement sévères et de ces portraits ne seraient guère autre chose qu'une manière de coup d'œil sur des coins de jardins d'Alcibiade, retrouvés, retracés par-ci par-là, du dehors, et qui ne devraient pas entrer dans la carte de l'Attique : cette carte, c'est, par exemple, l'histoire générale de la littérature, telle que la professait ces années précédentes et que l'écrira bientôt, nous l'espérons, notre ami Ampère[1], ou quelqu'un de pareil. En choisissant avec prédilection des noms peu connus ou déjà oubliés, et hors de la grande route battue, nous obéissons donc à ce goût de cœur et de fantaisie qui fait produire à d'autres, plus heureux d'imagination, tant de nouvelles et de romans. Seulement nos personnages, à nous, n'ont rien de créé, même quand ils semblent le plus imprévus. Ils sont vrais, ils ont existé ; ils nous coûtent moins à inventer, mais non pas moins peut-être à retrouver, à étudier et à décrire. Il résulte de ce soin même et de ce premier mystère de notre étude avec eux, que nous les aimons, et qu'il s'en répand un reflet de nous à eux, une teinte qui donne à l'ensemble de leur figure une certaine émotion : c'est souvent l'intérêt unique de ces petites nouvelles à un seul personnage. En voici un encore vers lequel le hasard nous a conduit, et auquel une connaissance suivie nous a attaché.

Horace aime à poser sa Vénus près des lacs d'Albane, en marbre blanc, sous des lambris de citronnier : *sub trabe citrea*. Volontiers certains petits livres, nés de Vénus et chers à la grâce, se cachent ainsi parfumés dans leurs tablettes de bois de palissandre. Pour qui, il y a vingt ans, a jeté parfois un œil curieux, dans une attente chérie, et a promené une main distraite sur quelqu'un de ces volumes préférés, rien de plus connu que *Caliste, ou Lettres écrites de Lausanne* ; rien ne l'est moins que l'auteur. C'est de lui que j'ai à parler.

Au titre de l'ouvrage, on croirait l'auteur de Lausanne même ou de la Suisse française. Mme de Charrière y habitait, mais n'en était pas. Son nom est à ajouter à cette liste d'illustres étrangers qui ont cultivé et honoré l'esprit français, la littérature française au dix-huitième siècle, tels que le prince de Ligne, Mme de Krüdner. Elle était Hollandaise ; il faut oser dire tous ses noms.

Mlle I.-A.-E. van Tuyll van Serooskerken van Zuylen était fille des nobles barons ainsi au long dénommés. On l'appelait *Belle* de son prénom, abréviation d'Isabelle ou d'Arabelle. J'ai eu entre les mains nombre de lettres d'elle à sa mère et à une tante, dans l'intervalle des années 1760-1767. Elle n'était pas mariée à ces dates ; elle pouvait avoir vingt ans environ en 1760. Elle passe sa vie dans la haute société hollandaise, ses étés à la campagne, à Voorn, à Heer, à Arnhem ; elle écrit à sa mère toujours en français, et du plus leste : c'est sa vraie langue de nourrice. Elle lit avec avidité nos auteurs, Mme de Sévigné, la *Marianne* de Marivaux, même *l'Écossaise* de Voltaire, ces primeurs du temps ; *le Monde moral* de Prevost, qu'elle appelle « une sorte de roman nouveau et très-bien écrit, sans dénoûment encore : aussi est-ce moins une intrigue que des réflexions sur diverses histoires détachées : il y a du riant et du tragique, de la finesse et de la solidité dans les remarques. Il m'en coûte toujours un peu, ajoute-t-elle, au sortir de ces lectures, d'en venir à relire, comme je voulais faire cette fois, Pascal et Dubos. » Elle les relit pourtant, et d'autres sérieux encore, et sans trop d'effort, quoi qu'elle en dise, dans cette patrie adoptive de Descartes et de Bayle.

Aux grandes-tantes, aux grands-parents respectables (quand il vient d'eux quelque lettre), on l'avertit qu'il faut répondre en *hollandais* : « Je me suis hâtée, dit-elle, de le faire du mieux que j'ai pu. Les *h w gb* n'y sont pas épargnés, non plus que les *tk*. » Elle se moque juste comme Boileau en son temps faisait du Wahal ou du Leck, et des généraux du pays avec leurs noms tudesques :

Wurts... Ah ! quel nom, grand Roi, quel Hector que ce
[Wurts !

Elle peint au naturel et avec enjouement la société hollandaise d'alors[a], comme eût fait une Française détachée de Paris et qui aurait noté à livre ouvert les ridicules et les pesanteurs : « Hier, nous jouîmes des plaisanteries d'un jeune Amsterdamois. » Et les demoiselles nobles à marier, elle oublie qu'elle l'est et qu'elle n'aura que peu de dot ; elle s'égaie en attendant :

« Faites, je vous prie, mes compliments à cette *freule*. Ne trouverait-elle point, comme Mme Ruisch, que, pendant un temps si pluvieux où l'on ne sait que faire, il faudrait, pour s'amuser, se marier un peu ? »

« Ce que vous dites du pouvoir de la dot et de l'inutilité de la parure m'a fait rire, tout comme si je n'y avais point d'intérêt et comme si je n'avais rien de commun avec ces demoiselles qui perdent leurs peines et leur temps, sans s'attirer autre chose que de stériles douceurs. Ah ! laissez-nous ce plaisir, cette légère espérance pour consolation. Qui sait ? il y a des amants moins solides. »

« Ah ! ma chère mère, n'y pensez plus. Regardez plutôt ma cousine (*qui se mariait*), son air, sa robe, ses pensées ; car je vous demanderai compte de tout cela. Il me semble qu'un volume entier de titres ne me ferait pas envier ce jour-ci : il faut bien

a. *D'alors*, et, dans tout ce qui suit, je prie de remarquer que je n'entends parler avec Mme de Charrière que du passé ; la société actuelle de La Haye est, m'assure-t-on, des plus désirables.

autre chose pour compenser ce qu'un engagement éternel a d'effrayant. Je souhaite que ma cousine sente cette autre chose, ou qu'elle ne sente point d'effroi. Je voudrais qu'elle fût bien gaie et qu'elle ne pleurât qu'un peu; car elle pleurera; cela est, dit-on, dans l'ordre.»

Ce sont des riens, mais on a le ton; comme c'est net et bien dit! De pensée ferme autant que de vive allure, elle sait de bonne heure le monde, réfléchit sur les sentiments, et voit les choses par le positif. Elle a l'esprit fait, elle moralise: «Nous sommes (*sa tante et elle*) à merveille jusqu'à présent. Nous faisons ensemble des découvertes sur le caractère des hommes: par exemple, nous nous sommes finement aperçues qu'il y a dans ce monde beaucoup de vanité, et que la plupart des gens en ont. Jugez par là de la nouveauté et de la subtilité de nos remarques.» On le voit au ton: c'est une Mlle De Launay égarée devers Harlem. Quand elle se moque du *Landdag* extraordinaire à Nimègue, *où l'on délibère sur quelques vaisseaux de foin, et qui occupe toutes les bêtes de la province*, elle nous rappelle Mme de Sévigné aux États de Bretagne. Le Teniers pourtant n'est pas loin. Il y a des caricatures d'intérieur touchées d'un mot:

«Au déjeuner, M. de Casembrood (*le chapelain*) lit d'ordinaire dans la Bible, en robe de chambre et bonnet de nuit, et cependant en bottes et culottes de cuir, ce qui compose en vérité une figure très-risible et point charmante. Sa femme paraît le regarder comme un autre Adonis. Il est de bonne humeur, obligeant, assez commode et toujours pressé. Hier, il nous régala de la compagnie du baron van H..., cousin de la suivante, gentilhomme très-noble et non moins gueux. Le langage, l'habillement et les manières, tout était plaisant. Je demandai : Qu'est-ce que la naissance ? Et d'après ses discours, je me répondis : C'est le droit de chasser. »

Il me semble qu'on commence à la connaître ; voilà son esprit qui se dessine, mais son cœur... Elle le mit à la raison autant qu'elle put, et, impétueux qu'elle le sentait, travailla de bien bonne heure à le contenir. Elle était médiocrement jolie, elle était sans dot ou à peu près (les fils dans ces familles ayant tout), elle était très-noble et ne pouvant déroger. Elle comprit sa destinée tout d'un regard, et s'y résigna d'un haut dédain sous air de gaieté. Mme de Charrière était une âme forte. Près de mourir, en 1804, elle écrivait à un ami particulier, à propos d'une visite importune et indiscrète qu'elle avait reçue :

« Si vous croyez que M. et Mme R... pourront vous mettre au fait de nous, vous êtes dans l'erreur. Monsieur m'a fait quelques lourdes questions pendant que M. de Charrière dormait. Après l'avoir écouté avec une sorte de surprise : « Tout ce que je puis vous répondre, monsieur, c'est que M. de Charrière se promène beaucoup dans son jardin, lit une partie du jour, et joue tous les soirs... » Quand j'étais jeune, j'ai cent mille fois répété en arpentant le château de Zuylen :

> Un esprit mâle et vraiment sage,
> Dans le plus invincible ennui,
> Dédaigne le triste avantage
> De se faire plaindre d'autrui[a].

a. Gresset, *la Chartreuse*.

Je n'ai pas assez oublié ma leçon pour entretenir une Mme R... de moi. À peine puis-je me résoudre à parler à un médecin de mes maux ; et lorsque je parle à quelqu'un de ma tristesse, il faut que j'y sois, pour ainsi dire, forcée par un excès d'impatience que je pourrais appeler désespoir. Je ne me montre volontairement que par les distractions que je sais encore quelquefois me donner. »

Ce qu'elle était stoïquement à la veille de sa mort, elle tâchait de l'être dès l'âge de quinze ans. Au sortir de l'enfance, vers 1756, elle écrivait ces réflexions attristées et bien mûres à l'un de ses frères mort peu après :

« ... L'on vante souvent les avantages de l'amitié, mais quelquefois je doute s'ils sont plus grands que les inconvénients. Quand on a des amis, les uns meurent, les autres souffrent ; il en est d'imprudents, il en est d'infidèles. Leurs maux, leurs fautes nous affligent autant que les nôtres. Leur perte nous accable, leur infidélité nous fait un tort réel, et les bonheurs ne sont point comme les malheurs : il y en a peu d'imprévus ; l'on n'y est pas si sensible. La bonne santé d'un ami ne nous réjouit pas tant que ses maladies nous inquiètent. Sa fortune croît insensiblement : elle peut tomber tout d'un coup, et sa vie ne tient qu'à un fil. Un malentendu, un oubli, une mauvaise humeur peut changer ses sentiments à notre égard ; et combien sur un pareil sujet les moindres reproches qu'on se fait à soi-même ne doivent-ils pas être douloureux ! Ne vaudrait-il pas mieux faire tout par devoir, par raison, par charité, et rien par sentiment ? Je vois un homme malade, je le soulage autant qu'il m'est possible : s'il meurt, quel qu'il soit, cela me touche peu. Je vois un autre homme qui commet des fautes ; je le reprends, je lui donne les conseils les plus conformes à la raison : s'il ne les suit pas, tant pis pour lui ! Je crois qu'il serait heureux d'aimer tout le monde comme notre prochain, et de n'avoir aucun attachement particulier ; mais je doute fort que cela fût possible. Dieu a mis dans notre cœur un penchant naturel à l'amitié qu'il nous serait, je crois, difficile ou même impossible de vaincre. Une bonté générale ne serait pas capable peut-être de nous faire avoir assez de soin de ceux qui nous environnent, et Dieu a voulu que nous les aimassions, afin que nous pussions trouver un plaisir réel à leur faire du bien, même lorsqu'ils ne sont pas assez malheureux pour exciter notre compassion. Pensez-y un moment, mon cher frère, et vous me direz si vous trouvez autant d'avantage à pouvoir *verser notre cœur dans le sein d'un ami*, à lui découvrir nos fautes et nos alarmes, à recevoir ses avis et ses consolations, qu'il y a d'amertume à pleurer sa mort ou à compatir à ses souffrances… »

Et en post-scriptum ajouté après la mort de son frère : « Il m'a fait éprouver celle de ce premier chagrin. »

Mlle de Zuylen lisait et parlait l'anglais, et possédait cette littérature. Elle fit le voyage d'Angleterre dans l'automne de 1766, y resta jusqu'au printemps de 1767, y vit le grand monde, toutes les ambassadrices et la *nobility*. Son champ d'observation s'y varia. Le dix-huitième siècle de cette société anglaise se peint à ravir dans ses lettres, comme il se reflétera ensuite dans ses romans :

« Vous seriez étonné de voir de la beauté sans aucune grâce, de belles tailles qui ne font pas une révérence supportable, quelques dames de la première vertu ayant l'air de grisettes, beaucoup de magnificence avec peu de goût. C'est un étrange pays. On compta hier dans notre voisinage six femmes séparées de leurs maris ; j'ai dîné avec une septième. La femme du meilleur air que j'aie encore vue, la plus polie, la mieux mise, a donné un nombre infini de pères à ses enfants ; elle a une fille qui ressemble à mylord..., et qui est belle. Elle ne cesse pas de remarquer cette ressemblance, et m'en a parlé les deux fois que je l'ai vue. »

On était alors, en Angleterre, dans la première vivacité de renaissance gothique, dans ce goût du *Château d'Otrante*[2] qui, depuis, s'est perfectionné, mais n'a pas cessé :

« Mars 1767. — Rien ne m'avait étonnée à Londres ; mais j'ai vu plusieurs campagnes depuis quinze jours qui m'ont étonnée et charmée : même au commencement de mars, cela me paraît cent fois plus agréable que tout ce que j'ai admiré ailleurs dans la plus embellissante saison. Mais, ma chère tante, admireriez-vous des ruines bâties à neuf ? Cela est si bien imité, des trous, des fentes, la couleur, les pierres détachées, du vrai lierre qui couvre la moitié du vieux bâtiment ; c'est à s'y tromper, mais on ne s'y trompe point. On sait que cela est tout neuf, et je suis étonnée de la fantaisie et j'admire l'imitation sans pouvoir dire que je sois contente de cet ornement... Je ne bâtirai point de ruines dans mon jardin, de peur qu'on ne se moque de moi... Ces ruines sont fort à la mode. On choisit le siècle et le pays comme l'on veut ; les unes sont gothiques, les autres grecques, les autres romaines. Ma mère, qui a tant de goût pour les anciens bâtiments, aimerait bien mieux l'église de Windsor avec les bannières des chevaliers et leurs armures complètes : j'ai fait une grande révérence à l'armure du Prince-Noir. »

Son caractère de naturel, comme son piquant d'observation, nous demeure donc bien établi.

C'est au retour de ce voyage que Mlle de Zuylen, prise d'inclination, à ce qu'il paraît, pour M. de Charrière, gentilhomme vaudois, instituteur de son frère (le pays de Vaud était volontiers un séminaire d'instituteurs et institutrices de qualité), se décida à l'épouser et à le suivre dans la Suisse française. Sa vocation littéraire y trouva son jour. Dans cette patrie de Saint-Preux, dans le voisinage de Voltaire, elle songea à remplir ses loisirs. Elle dut connaître Mme Necker ; elle connut certainement Mme de Staël. Elle fut la première *marraine*[3] de Benjamin Constant.

De Paris, dans tout cela, il en est peu question : y vint-elle ? on me l'assure[a]. Le comte Xavier de Maistre, ce charmant et fin attique, y arrive en ce moment, pour la première fois de sa vie, à l'âge de soixante-seize ans. Peu importe donc que Mme de Charrière y soit jamais venue, puisqu'elle en était.

Elle habitait d'ordinaire à Colombier, à une lieue de Neuchâtel ; elle observa les mœurs du pays avec l'intérêt de quelqu'un qui n'en est pas, et avec la parfaite connaissance de quelqu'un qui y demeure. De là son premier roman. Les *Lettres Neuchâteloises*[b] parurent en 1784. Grand orage au bord du lac et surtout dans les petits bassins d'eau à côté. Elle-

a. Elle y vint. Plus d'une question que nous posions ici trouve sa réponse dans l'article sur *Benjamin Constant et madame de Charrière* inséré dans les *Derniers Portraits* (1852) et, depuis, dans le tome III des *Portraits littéraires*, édit. de 1864.

b. Amsterdam, petit in-12 de 119 pages, sans nom d'auteur.

même en a raconté dans une lettre quelques circonstances piquantes :

« Le chagrin et le désir de me distraire me firent écrire les *Lettres Neuchâteloises*. Je venais de voir dans *Sara Burgerhart*[a] qu'en peignant des lieux et des mœurs que l'on connaît bien, l'on donne à des personnages fictifs une réalité précieuse. Le titre de mon petit livre fit grand'peur ; on craignit d'y trouver des portraits et des anecdotes. Quand on vit que ce n'était pas cela, on prétendit n'y rien trouver d'intéressant. Mais, ne peignant personne, on peint tout le monde : cela doit être, et je n'y avais pas pensé. Quand on peint de fantaisie, mais avec vérité, un troupeau de moutons, chaque mouton y trouve son portrait, ou du moins le portrait de son voisin. C'est ce qui arriva aux Neuchâtelois : ils se fâchèrent. Je voudrais pouvoir vous envoyer l'extrait que fit de mes *Lettres* M. le ministre Chaillet dans son journal ; il est flatteur et joli. L'on m'écrivit une lettre anonyme très-fâcheuse, où l'on me dit de très-bonnes bêtises. Mlle *** dit que tout le monde pouvait faire un pareil livre : « Essayez, » lui dit son frère. L'on pensa que j'avais voulu peindre de mes parents ; mais cela ne leur ressemble pas du tout : c'est pour dépayser. Les Genevois me jugèrent avec plus d'esprit que tout le monde. Une femme très-spirituelle, très-Genevoise, dit à une autre : « On dit que c'est *tant bête*, mais cela m'amuse. » — Ce mot me plut extrêmement. »

Au reste, la fâcherie des bourgeois susceptibles aida au succès que la simplicité touchante n'eût pas seule obtenu. Une seconde édition des *Lettres Neu-*

a. Roman hollandais.

châteloises se fit dans l'année même. On continuait d'être si piqué, que des vers gracieux et flatteurs, que l'auteur mit en tête par manière d'excuse (car Mme de Charrière tournait agréablement les vers), furent mal pris et regardés comme une ironie de plus. « Est-il donc si clair, disait à ce propos un homme d'esprit du lieu, qu'on ne puisse rien nous dire d'obligeant que dans le but de se moquer de nous ? »

Pour nous autres désintéressés, les *Lettres Neuchâteloises* sont tout simplement une petite perle en ce genre naturel dont nous avons eu *Mademoiselle de Liron*, dont Geneviève, dans *André*, figure l'extrême poésie, et dont *Manon Lescaut* demeure le chef-d'œuvre passionné[4]. À défaut de passion proprement dite, un pathétique discret et doucement profond s'y mêle à la vérité railleuse, au ton naïf des personnages, à la vie familière et de petite ville, prise sur le fait. Quelque chose du détail hollandais, mais sans l'application ni la minutie, et avec une rapidité bien française. Comme je n'exagère rien, je ne craindrai pas de beaucoup citer. — La première lettre est de Juliane C..., à sa tante ; Juliane, pauvre ouvrière en robes (une petite *tailleuse*[5], comme on dit), raconte, dans son patois ingénu, comment il lui est arrivé avant-hier une grande aventure : on avait travaillé tout le jour *autour* de la robe de Mlle de La Prise, une belle demoiselle de la ville, et, sitôt faite, ses maîtresses avaient chargé Juliane de l'aller porter. Mais, en descendant le Neubourg, la pauvre fille dans un embarras trébuche, et la robe tombe : il avait plu. Comment oser la porter en cet état ? comment oser retourner chez ses maîtresses si *gringes* ? Elle demeurait immobile et tout pleurant. Mais un jeune monsieur était là ; il a vu l'embarras de la pauvrette, et, sans se soucier des moqueurs, il l'aide à ramasser la robe, lui offre de l'accompagner vers ses maîtresses, l'excuse près d'elles en effet, et lui glisse une pièce d'argent en la quittant. Et il y avait à tout cela, notez-le, de la bonté et une sorte de courage ; car la petite fille, jolie à la vérité, était si mal mise et avait si mauvaise façon, qu'un élégant un peu vain ne se serait pas soucié d'être vu dans les rues avec elle.

Ce gentil monsieur, qui trotte déjà dans le cerveau de la pauvre fille, est un jeune étranger, Henri Meyer, fils d'un honnête marchand de Strasbourg, neveu d'un riche négociant de Francfort, et arrivé depuis peu à Neuchâtel pour y étudier le commerce ; c'est un *apprenti de comptoir*, rien de plus. Mais il a de l'esprit, des sentiments, assez d'instruction : il est bien né. Ses lettres, qui suivent celles de Juliane, et qu'il adresse à son ami d'enfance, Godefroy Dorville, à Hambourg, nous décèlent sa distinction naturelle et nous le font aimer. Il commence par juger assez sévèrement Neuchâtel et ses habitants. Aussi pourquoi faut-il qu'il soit tombé tout d'abord en pleines vendanges dans des rues sales et encombrées ? Grands et petits, on n'a raison de personne en ces moments, chacun n'étant occupé que de son vin :

« C'est une terrible chose que ce vin ! Pendant six semaines je n'ai pas vu deux personnes ensemble qui ne parlassent de la vente[a] ; il serait trop long de t'expliquer ce que c'est, et je t'ennuierais autant que l'on m'a ennuyé. Il suffit de te dire que la moitié du pays trouve trop haut ce que l'autre trouve trop bas, selon l'intérêt que chacun peut y avoir ; et aujourd'hui on a discuté la chose à neuf, quoiqu'elle soit

a. La *vente*, fixation annuelle du prix du vin, faite par le Gouvernement.

décidée depuis trois semaines. Pour moi, si je fais mon métier de gagner de l'argent, je tâcherai de n'entretenir personne du vif désir que j'aurais d'y réussir ; car c'est un dégoûtant entretien. »

Henri Meyer, tout bon commis qu'il est au comptoir, a donc le cœur libéral, les goûts nobles ; il a pris, à ses moments perdus, un maître de violon ; il songe aux agréments permis, ne veut pas renoncer aux fruits de sa bonne éducation, et se soucie même d'entretenir un peu son latin. Il cite en un endroit *le Huron ou l'Ingénu*, et par conséquent ne l'est plus tout à fait lui-même. Rien d'étonnant pour nous, après cela, qu'il observe autour de lui et s'émancipe en quelque malice innocente. Voici l'une de ces pages railleuses que les Neuchâtelois d'*alors* (c'est comme pour la Hollande, je ne parle qu'au passé) ne pardonnaient pas à Mme de Charrière d'avoir mises au jour :

« Une chose m'a frappé ici. Il y a deux ou trois noms que j'entends prononcer sans cesse. Mon cordonnier, mon perruquier, un petit garçon qui fait mes commissions, un gros marchand, portent tous le même nom ; c'est aussi celui de deux tailleurs avec qui le hasard m'a fait faire connaissance, d'un officier fort élégant qui demeure vis-à-vis de mon patron, et d'un ministre que j'ai entendu prêcher ce matin. Hier je rencontrai une belle dame bien parée ; je demandai son nom, c'était encore le même. Il y a un autre nom qui est commun à un maçon, à un tonnelier, à un conseiller d'État. J'ai demandé à mon patron si tous ces gens-là étaient parents, il m'a répondu qu'oui en quelque sorte : cela m'a fait plaisir. Il est sûrement agréable de travailler pour ses parents quand on est pauvre, et de donner à travailler à ses parents quand on est riche. Il ne doit point y avoir entre ces gens-là la même hauteur ni la même triste humilité que j'ai vue ailleurs.

« Il y a bien quelques familles qui ne sont pas si nombreuses ; mais quand on me nommait les gens de ces familles-là, on me disait presque toujours : « C'est madame une telle, fille de monsieur un tel » (d'une de ces nombreuses familles), ou : « C'est monsieur un tel, beau-frère d'un tel » (aussi d'une des nombreuses familles) : de sorte qu'il me semble que tous les Neuchâtelois sont parents ; et il n'est pas bien étonnant qu'ils ne fassent pas de grandes façons les uns avec les autres, et s'habillent comme je les ai vus dans le temps des vendanges, lorsque leurs gros souliers, leurs bas de laine et leurs mouchoirs de soie autour du cou m'ont si fort frappé. »

Meyer est invité à un concert, peu de jours après l'aventure de la robe, qui a bien du côté de la petite *tailleuse* quelques légères conséquences, reprises ou déchirures, qui du reste se retrouveront ; mais il n'y attache, pour le moment, que peu d'importance. Pourtant, lorsqu'il a entendu annoncer au concert Mlle Marianne de La Prise, cette belle demoiselle dont tout le monde dit du bien, et à qui la robe était destinée ; quand il voit monter à l'orchestre cette jeune personne, assez grande, fort mince, très-bien mise, quoique fort simplement ; quand il reconnaît cette même robe qu'il a un jour relevée du pavé le plus délicatement qu'il a pu ; quoiqu'il n'y ait rien à tout cela qui doive lui sembler bien imprévu, il se trouble. Elle devait chanter à côté de lui, il devait l'accompagner : tout est oublié ; il la regarde marcher et s'arrêter et prendre sa musique :

« Je la regardais avec un air si extraordinaire, à ce que l'on m'a dit depuis, que je ne doute pas que ce ne fût cela qui la fit rougir, car je la vis rougir jusqu'aux yeux ; elle laissa tomber sa musique, sans que j'eusse l'esprit de la relever ; et quand il fut question de prendre mon violon, il fallut que mon voisin me tirât par la manche. Jamais je n'ai été si sot, ni si fâché de l'avoir été : je rougis toutes les fois que j'y pense, et je t'aurais écrit le soir même mon chagrin, s'il n'eût mieux valu employer une heure qui me resta entre le concert et le départ du courrier, à aider à nos messieurs à expédier nos lettres. »

Qu'est-ce donc que Mlle de La Prise ? Virginie, Valérie, Nathalie, Sénange, Clermont, Princesse de Clèves, créations enchantées, abaissez-vous, — baissez-vous un peu, pour donner à cette simple, élégante, naïve et généreuse fille, un baiser de sœur ! Et vous, belle Saint-Yves de certain conte par trop badin[6], élevez-vous, ennoblissez-vous un peu, mêlez de la raison dans vos larmes, redevenez tout à fait pure et respectée pour l'atteindre.

Depuis l'incident du concert, qui avait fait nécessairement jaser, Meyer n'avait pas revu Mlle de La Prise. Il la retrouve à un bal pour lequel on lui avait envoyé, de deux côtés différents, deux billets : un de ces billets, il en a disposé assez légèrement pour un ami de comptoir qui était présent lorsqu'il recevait le second ; il n'a pu résister à lui faire ce plaisir.

« Hier, vendredi, fut le jour attendu, redouté, désiré ; et nous nous acheminons vers la salle, lui fort content, et moi un peu mal à mon aise. L'affaire du billet n'était pas la seule chose qui me tînt l'esprit en suspens : je pensais bien que Mlle de La Prise serait au bal, et je me demandais s'il fallait la saluer, et de quel air ; si je devais lui parler, si je pouvais la prier de danser avec moi. Le cœur me battait ; j'avais sa figure et sa robe devant les yeux ; et quand en effet, en entrant dans la salle, je la vis assise sur un banc près de la porte, à peine la vis-je plus distinctement que je n'avais vu son image. Mais je n'hésitai plus, et sans réfléchir, sans rien craindre, j'allai droit à elle, lui parlai du concert, de son ariette, d'autre chose encore ; et sans m'embarrasser des grands yeux curieux et étonnés d'une de ses compagnes, je la priai de me faire l'honneur de danser avec moi la première contredanse. Elle me dit qu'elle était engagée. — Eh bien ! la seconde ? — Je suis engagée. — La troisième ? — Je suis engagée. — La quatrième ? la cinquième ? Je ne me lasserai point, lui dis-je en riant. — Cela serait bien éloigné, me répondit-elle ; il est déjà tard, on va bientôt commencer. Si le comte Max, avec qui je dois danser la première, ne vient pas avant qu'on commence, je la danserai avec vous, si vous le voulez. — Je la remerciai ; et, dans le même moment, une dame vient à moi et me dit : — Ah ! monsieur Meyer, vous avez reçu mon billet ? — Oui, madame, lui dis-je ; j'ai bien des remercîments à vous faire ; j'ai même reçu deux billets, et j'en ai donné un à M. Monin. — Comment ! dit la dame ; un billet envoyé pour vous !... Ce n'était pas l'intention, et cela n'est pas dans l'ordre. — J'ai bien craint, après coup, madame, que je n'eusse eu tort, lui répondis-je ; mais il était trop tard, et j'aurais mieux aimé à ne point venir ici, quelque envie que j'en eusse, que de reprendre le billet et de venir sans mon ami. Pour lui, il ne s'est point douté du tout que j'eusse commis une faute, et il est venu avec moi dans la plus grande sécurité. — Oh bien ! dit la dame, il n'y a point de mal pour une fois. — Oui, ajoutai-je, madame ; si on est mécontent de nous, on ne nous invitera plus, mais si on veut bien encore que l'un de nous revienne, je me flatte que ce ne sera pas sans l'autre. — Là-dessus elle m'a quitté, en jetant de loin sur mon camarade un regard d'examen et de protection. — Je tâcherai de danser une contredanse avec votre ami, m'a dit Mlle de La Prise d'un air qui m'a enchanté. — Et puis voilà que l'on s'arrange pour la contredanse, et que le comte Max n'était pas encore arrivé. Elle m'a présenté sa main avec une grâce charmante, et nous avons pris notre place. Nous étions arrivés au haut de la contredanse, et nous allions commencer, quand Mlle de La Prise s'est écriée : — Ah ! voilà le comte. — C'était lui en effet, et il s'est approché de nous d'un air chagrin et mortifié. Je suis allé à lui ; je lui ai dit : — Monsieur le comte, mademoiselle ne m'a prié de danser avec elle qu'à votre défaut. Elle trouvera bon, j'en suis sûr, que je vous rende votre place, et peut-être aura-t-elle la bonté de me dédommager. — Non, monsieur, a dit le comte ; vous êtes trop honnête, et cela n'est pas juste : je suis impardonnable de m'être fait attendre ; je suis bien puni, mais je l'ai mérité. — Mlle de La Prise a paru également contente du comte et de moi ; elle lui a promis la quatrième contredanse, et à moi la cinquième pour mon ami, et la sixième pour moi-même. J'étais bien content : jamais je n'ai dansé avec tant de plaisir. La danse était pour moi, dans ce moment, une chose toute nouvelle ; je lui trouvai un *meaning*, un esprit que je ne lui avais jamais trouvé : j'aurais volontiers rendu grâce à son inventeur ; je pensais qu'il devait avoir eu de l'âme et une demoiselle de La Prise avec qui danser. C'étaient sans doute de jeunes filles comme celles-ci qui ont donné l'idée des Muses.

« Mlle de La Prise danse gaiement, légèrement et décemment. J'ai vu ici d'autres jeunes filles danser avec encore plus de grâce, et quelques-unes avec encore plus d'habileté, mais point qui, à tout prendre, danse aussi agréablement. On en peut dire autant de sa figure ; il y en a de plus belles, de plus éclatantes, mais aucune qui plaise comme la sienne ; il me semble, à voir comme on la regarde, que tous les hommes sont de mon avis. Ce qui me surprend, c'est l'espèce de confiance et même de gaieté qu'elle m'inspire. Il me semblait quelquefois, à ce bal, que nous étions d'anciennes connaissances ; je me demandais quelquefois si nous ne nous étions point vus étant enfants ; il me semblait qu'elle pensait la même chose que moi, et je m'attendais à ce qu'elle allait dire. Tant que je serai content de moi, je voudrais avoir Mlle de La Prise pour témoin de toutes mes actions ; mais quand j'en serai mécontent, ma honte et mon chagrin seraient doubles, si elle était au fait de ce que je me reproche. Il y a certaines choses dans ma conduite qui me déplaisaient assez avant le bal, mais qui me déplaisent bien plus depuis que je souhaite qu'elle les ignore. Je souhaite surtout que son idée ne me quitte plus et me préserve de rechute. Ce serait un joli ange tutélaire, surtout si on pouvait l'intéresser. »

Mlle de La Prise est fille unique d'un gentilhomme des plus nobles, issu de Bourgogne, d'une branche cadette venue dans le pays avec Philibert de Châlons, mais des plus déchus de fortune. Il a servi en France ; il s'est à peu près ruiné et a la goutte. Sa femme, qui n'a pas l'air d'être la femme de son mari ni la mère de sa fille, et qui l'est pourtant, a été belle, épousée pour cela sans doute, tracassière et un peu commune. Le père chérit sa fille et dévore souvent ses larmes en la regardant; car les biens diminuent, il a fallu vendre une petite campagne au Val-de-Travers, les vignes d'Auvernier rapportent à peine, et chaque jour ses jambes continuent d'enfler. Sa pension s'éteindra avec lui; et que sera l'avenir de cette adorable enfant? Nous ne la connaissons encore que par Meyer; mais elle-même va directement se révéler. Elle écrit à sa meilleure amie, Eugénie de Ville, qui est depuis un an à Marseille; il lui échappe de raconter assez en détail ses ennuis:

«Et toi, que fais-tu? passeras-tu ton hiver à Marseille ou à la campagne? Songe-t-on à te marier? As-tu appris à te passer de moi? Pour moi, je ne sais que faire de mon cœur. Quand il m'arrive d'exprimer ce que je sens, ce que j'exige de moi ou des autres, ce que je désire, ce que je pense, personne ne m'entend; je n'intéresse personne. Avec toi tout avait vie, et sans toi tout me semble mort. Il faut que les autres n'aient pas le même besoin que moi; car, si l'on cherche un cœur, on trouverait le mien.»

Elle n'est pourtant pas toujours aussi plaintive ni aussi découragée qu'en ce moment; mais, le matin même, sa mère a renvoyé une ancienne domestique qui les servait depuis dix ans, et la tristesse de l'aimable fille a débordé. Dans sa première lettre, il n'est encore question que des noms de jeunes gens à la mode, des deux comtes allemands nouveaux venus (le comte Max et son frère); dès la seconde, Meyer, pour nous, s'entrevoit:

« Les concerts, écrit-elle, sont commencés : j'ai chanté au premier ; je crois qu'on s'est un peu moqué de moi à l'occasion d'un peu d'embarras et de trouble que j'eus, je ne sais trop pourquoi ; c'est un assemblage de si petites choses, que je ne saurais comment te le raconter. Chacune d'elles est un rien, ou ne doit paraître qu'un rien, quand même elle serait quelque chose. »

Mais voici qui se dessine déjà mieux et correspond, pour l'éclairer, à notre mystère :

« Il me semble que j'ai quelque chose à te dire ; et quand je veux commencer, je ne vois plus rien qui vaille la peine d'être dit. Tous ces jours je me suis arrangée pour t'écrire : j'ai tenu ma plume pendant longtemps, et elle n'a pas tracé le moindre mot. Tous les faits sont si petits que le récit m'en sera ennuyeux à moi-même et l'impression est quelquefois si forte que je ne saurais la rendre : elle est trop confuse aussi pour la bien rendre. Quelquefois il me semble qu'il ne m'est rien arrivé ; que je n'ai rien à te dire ; que rien n'a changé pour moi ; que cet hiver a commencé comme l'autre ; qu'il y a, comme à l'ordinaire, quelques jeunes étrangers à Neuchâtel, que je ne connais pas, dont je sais à peine le nom, avec qui je n'ai rien de commun. En effet, je suis allée au concert ; j'ai laissé tomber un papier de musique ; j'ai assez mal chanté ; j'ai été à la première assemblée ; j'y ai dansé avec tout le monde, entre autres deux comtes alsaciens et deux jeunes apprentis de comptoir : qu'y a-t-il dans tout cela d'extraordinaire, ou dont je pusse te faire une histoire détaillée ? D'autres fois il me semble qu'il m'est arrivé mille choses ; que, si tu avais la patience de m'écouter, j'aurais une immense histoire à te faire. Il me semble que je suis changée, que le monde est changé, que j'ai d'autres espérances et d'autres craintes, qui, excepté toi et mon père, me rendent indifférente sur tout ce qui m'a intéressée jusqu'ici, et qui, en revanche, m'ont rendu intéressantes des choses que je ne regardais point ou que je faisais machinalement. J'entrevois des gens qui me protégent, d'autres qui me nuisent; c'est un chaos, en un mot, que ma tête et mon cœur. Permets, ma chère Eugénie, que je n'en dise pas davantage jusqu'à ce qu'il se soit un peu débrouillé et que je sois rentrée dans mon état ordinaire, supposé que j'y puisse rentrer.»

En extrayant ces simples paroles, je ne puis m'empêcher de remarquer que je les emprunte précisément à l'exemplaire des *Lettres Neuchâteloises* qui a appartenu à Mme de Montolieu, et je songe au contraste de ce ton parfaitement uni et *réel* avec le genre romanesque, d'ailleurs fort touchant, de *Caroline de Lichtfield*[7]. Mme de Charrière n'a rien non plus de Jean-Jacques; tout est *nature* en son roman, comme en quelque antique nouvelle d'Italie.

Mlle de La Prise a la franchise de cœur; comme l'abbesse de Castro[8], comme Juliette, elle ose aimer et se le dire; elle sait regarder en face l'éclair, dès qu'il a brillé:

«Quoi qu'il puisse m'arriver d'ailleurs, il me semble que, si on m'aime beaucoup et que j'aime beaucoup, je ne saurais être malheureuse. Ma mère a beau gronder depuis ce jour-là, cela ne trouble pas ma joie. Mes amies ne me paraissent plus maussades: vois-tu, je dis *mes amies*, mais c'est par pure surabondance de bienveillance; car je n'ai d'amie que toi. Je te préfère à M. Meyer lui-même, et si tu étais ici et qu'il te plût, je te le céderais. Ne va pas croire que nous nous soyons encore parlé ; je ne l'ai pas même revu depuis le concert. Mais j'espère qu'il viendra à la première assemblée[9] : nos dames, sans que je les en prie, me feront bien la galanterie de l'y inviter. Alors nous nous parlerons sûrement, dussé-je lui parler la première. Je me trouverai près de la porte, quand il entrera. Alors aussi se décidera la question : savoir, si M. Meyer sera l'âme de la vie entière de ton amie, ou si je n'aurai fait qu'un petit rêve agréable, qui m'aura amusée pendant un mois ; ce sera l'un ou l'autre, et quelques moments décideront lequel des deux. Adieu, mon Eugénie ! mon père est plus content de moi que jamais ; il me trouve charmante : il dit qu'il n'y a rien d'égal à sa fille, et qu'il ne la troquerait pas contre les meilleures jambes du monde. Tu vois que ma folie est du moins bonne à quelque chose. Adieu. »

Cette amante si résolue, c'est la même qui écrit à son amie qu'on veut marier là-bas, cette autre page toute pleine de capricieux conseils, d'exquises et gracieuses finesses :

« Tous tes détails, à toi, sont charmants : tu n'aimeras, tu n'aimeras jamais l'homme qu'on te destine, c'est-à-dire tu ne l'aimeras jamais beaucoup. Si tu ne l'épouses pas, tu pourras en épouser un autre. Si tu l'épouses, vous aurez de la complaisance l'un pour l'autre, vous vous serez une société agréable. Peut-être tu n'exigeras pas que tous ses regards soient pour toi, ni tous les tiens pour lui : tu ne te reprocheras pas d'avoir regardé quelque autre chose, d'avoir pensé à quelque autre chose, d'avoir dit un mot qui pût lui avoir fait de la peine un instant ; tu lui expliqueras ta pensée ; elle aura été honnête, et tout sera bien. Tu feras plus pour lui que pour moi, mais tu m'aimeras plus que lui. Nous nous entendrons mieux ; nous nous sommes toujours entendues, et il y a eu entre nous une sympathie qui ne naîtra point entre vous. Si cela te convient, épouse-le, Eugénie. Penses-y cependant : regarde autour de toi pour voir si quelque autre n'obtiendrait pas de toi un autre sentiment. N'as-tu pas lu quelques romans, et n'as-tu jamais partagé le sentiment de quelque héroïne ? Sache aussi si ton époux ne t'aime pas autrement que tu ne l'aimes. Dis-lui, par exemple, que tu as une amie qui t'aime chèrement, et que tu n'aimes personne autant qu'elle. Vois alors s'il rougit, s'il se fâche : alors ne l'épouse pas. Si cela lui est absolument égal, ne l'épouse pas non plus. Mais s'il te dit qu'il a regret de te tenir loin de moi, et que vous viendrez ensemble à Neuchâtel pour me voir, ce sera un bon mari, et tu peux l'épouser. Je ne sais où je prends tout ce que je te dis ; car avant ce moment je n'y avais jamais pensé. Peut-être cela n'a-t-il pas le sens commun. Je t'avoue que j'ai pourtant fort bonne opinion de mes observations... non pas observations, mais comment dirai-je ? de cette lumière que j'ai trouvée tout à coup dans mon cœur, qui semblait luire exprès pour éclairer le tien. Ne t'y fie pourtant pas : demande et pense. Non, ne demande à personne ; on ne t'entendra pas ! Interroge-toi bien toi-même. Adieu. »

Et Meyer est digne d'elle, même par l'esprit ; écrivant à son ami Godefroy, il n'est pas en reste, à son tour, pour ces finesses d'âme subitement révélées :

« Tu trouves le style de mes lettres changé, mon cher Godefroy ! Pourquoi ne pas me dire si c'est en mal ou en bien ? Mais il me semble que ce doit être en bien, quand j'aurais moi-même changé en mal. Je ne suis plus un enfant, cela est vrai ; j'ai presque dit, cela n'est que trop vrai. Mais, au bout du compte, puisque la vie s'avance, il faut bien avancer avec elle ! Qu'on le veuille ou non, on change, on s'instruit, on devient responsable de ses actions. L'insouciance se perd, la gaieté en souffre ; si la sagesse et le bonheur voulaient prendre leur place, on n'aurait rien à regretter. Te souvient-il du *Huron* que nous lisions ensemble ? Il est dit que Mlle K. (j'ai oublié le reste de son nom) devint en deux ou trois jours une autre personne : *une personne*, je ne comprenais pas alors ce que cela voulait dire ; à présent je le comprends. Je sens bien qu'il faut que je paie moi-même l'expérience que j'acquiers ; mais je voudrais que d'autres ne la payassent pas. Cela est pourtant difficile, car on ne fait rien tout seul, et il ne nous arrive rien à nous seuls. »

Il faut pourtant omettre ; le mieux, en vérité, eût été de réimprimer ici au long, et par une contrefaçon très-permise, tout le livret inconnu, qui n'eût occupé que l'espace d'une nouvelle ; mais cela eût pu sembler bien confiant. Je continue d'y glaner. — Une rencontre par un temps de pluie, au retour d'une promenade, conduit Meyer et son ami le comte Max à faire compagnie à Mlle de La Prise, qui, arrivée devant sa maison, les invite à entrer. Cet intérieur nous est de tous points touché. Un petit concert s'improvise, le plus agréable du monde : Meyer est bon violon ; Mlle de La Prise accompagne très-bien ; on ne peut avoir, sur la flûte, une meilleure embouchure que le comte Max, et la flûte est un instrument touchant qui va au cœur plus qu'aucun autre. La soirée passe vite. Neuf heures approchent, heure du souper. « Messieurs, dit M. de La Prise en regardant la pendule, et nonobstant certain geste de sa femme ; messieurs, quand j'étais riche, je ne savais pas laisser les gens me quitter à neuf heures ; je ne l'ai pas même appris depuis que je ne le suis plus ; et si vous voulez souper avec nous, vous me ferez plaisir. » On reste ; la gaieté s'engage, et Mme de La Prise elle-même ne gronde plus.

« À dix heures (*c'est Meyer qui raconte*), un parent et sa femme sont venus veiller. On a parlé de nouvelles, et on a raconté, entre autres, le mariage d'une jeune personne du pays de Vaud, qui épouse un homme riche et très-maussade, tandis qu'elle est passionnément aimée d'un étranger sans fortune, mais plein de mérite et d'esprit. *Et l'aime-t-elle ?* a dit quelqu'un. On a dit que oui, autant qu'elle en était aimée. — *En ce cas-là elle a grand tort,* a dit M. de La Prise. — *Mais c'est un fort bon parti pour elle,* a dit madame, *cette fille n'a rien ; que pouvait-elle faire de mieux ? — Mendier avec l'autre !* a dit moitié entre ses dents Mlle de La Prise, qui ne s'était point mêlée de toute cette conversation. — *Mendier avec l'autre !* a répété sa mère. *Voilà un beau propos pour une jeune fille ! Je crois en vérité que tu es folle ! — Non, non ; elle n'est pas folle : elle a raison,* a dit le père. *J'aime cela, moi ! c'est ce que j'avais dans le cœur quand je t'épousai. — Oh bien ! nous fîmes là une belle affaire ! — Pas absolument mauvaise,* dit le père, *puisque cette fille en est née.*

« Alors Mlle de La Prise, qui depuis un moment avait la tête penchée sur son assiette et ses deux mains devant ses yeux, s'est glissée le long d'un tabouret qui était à moitié sous la table entre elle et son père, et sur lequel il avait les deux jambes, et s'est trouvée à genoux auprès de lui, les mains de son père dans les siennes, son visage collé dessus, ses yeux les mouillant de larmes, et sa bouche les marquant de baisers : nous l'entendions sangloter doucement. C'est un tableau impossible à rendre. M. de La Prise, sans rien dire à sa fille, l'a relevée et l'a assise sur le tabouret devant lui, de manière qu'elle tournait le dos à la table : il tenait une de ses mains ; de l'autre elle essuyait ses yeux. Personne ne parlait. Au bout de quelques moments, elle est allée vers la porte sans se retourner, et elle est sortie. Je me suis levé pour fermer la porte qu'elle avait laissée ouverte. Tout le monde s'est levé. Le comte Max a pris son chapeau, et moi le mien.

« Au moment que nous nous approchions de Mme de La Prise pour la saluer, sa fille est rentrée. Elle avait repris un air serein. *Tu devrais prier ces messieurs d'être discrets*, lui a dit sa mère. *Que pensera-t-on de toi dans le monde, si on apprend ton propos ? — Eh ! ma chère maman*, a dit sa fille, *si nous n'en parlons plus, nous pouvons espérer qu'il sera oublié. — Ne vous en flattez pas, mademoiselle*, a dit le comte : *je crains de ne l'oublier de longtemps*.

« Nous sommes sortis. Nous avons marché quelque temps sans parler. À la fin, le comte a dit : *Si j'étais plus riche !... Mais c'est presque impossible ; il n'y faut plus penser : je tâcherai de n'y plus penser un seul instant. Mais vous ?...* a-t-il repris en me prenant la main. J'ai serré la sienne ; je l'ai embrassé, et nous nous sommes séparés. »

Si Diderot avait connu ces pages, que n'aurait-il pas dit ? il eût couru, le livre en main, chez Sedaine. Le bien, c'est qu'il n'y a pas eu ici ombre de système, rien qui sente l'auteur ; rien même qui sente le peintre : ce délicieux *Terburg* est venu sans qu'il y ait eu de pinceau.

Nous touchons au point délicat, pour lequel il a fallu à Mme de Charrière des qualités supérieures à celles d'un talent simplement aimable, une veine franche, et, comme l'a très-bien dit un critique d'alors, une sorte de *courage d'esprit*[a]. — La pauvre *tailleuse* Juliane, que nous avons un peu négligée, que Meyer a négligée aussi, ne l'a pourtant pas été assez tôt pour ne point s'en ressentir. Il n'a pas eu à lui tendre de piége ; l'innocente est venue comme d'elle-même, mais telle elle ne s'en est point retournée. Juliane va être mère : elle se l'avoue avec effroi ; autour d'elle, on peut s'en apercevoir à chaque heure. Que devenir ? Un jour, travaillant chez Mlle de La Prise qui a eu des bontés pour elle, et qui, la voyant pâle, triste et tremblante, l'a pressée de questions affectueuses, ce soir-là, avant de sortir, les sanglots éclatent : elle lui confesse tout ! Meyer, qui a rompu depuis des mois avec la pauvre enfant, ne sait rien : c'est Mlle de La Prise qui va le lui apprendre. Le lendemain au bal, *à l'assemblée*, pâle elle-même, plus grave et avec un je ne sais quoi de solennel, elle arrive. Meyer en est frappé ; il

a. Dans le *Nouveau Journal de Littérature*, Lausanne, 15 juin 1784, le ministre Chaillet prit en main la défense des *Lettres Neuchâteloises* contre ses compatriotes, dans un spirituel article, et pas du tout béotien, je vous assure. Il y disait : « Ce n'est qu'une bagatelle, assurément ; mais c'est une très-jolie bagatelle ; mais il y a de la facilité, de la rapidité dans le style, des choses qui font tableau, des observations justes, des idées qui restent ; mais il y a dans les caractères cet heureux mélange de faiblesse et d'honnêteté, de bonté et de fougue, d'écarts et de générosité, qui les rend à la fois attachants et vrais ; il y a une sorte de *courage d'esprit* dans tout ce qu'ils font, qui les fait ressortir, et je soutiens qu'avec une âme commune on ne les eût point inventés ; mais il y a une très-grande vérité de sentiments : toutes les fois qu'un mot de sentiment est là, c'est sans effort, sans apprêt ; c'est ce débordement si rare qui fait sentir qu'il ne vient que de la plénitude du cœur, dont il sort et coule avec facilité, sans avoir rien de recherché, de contraint, d'affecté, ni d'enflé... »

pâlit aussi sans savoir ; il lui demande pourtant de danser. Mais il s'agit bien de cela ! Ici une scène, à mon sens, admirable, profondément touchante et réelle et *chaste*, mais de ces scènes pour lesquelles ceux qui les ont goûtées avec pleurs craignent le grand jour et l'ordinaire indifférence[a]. Mlle de La Prise a donc à parler au long à Meyer, et elle le doit faire sans attirer l'attention : pour cela, elle ne trouve rien de mieux dans sa droiture que de prier le comte Max, le loyal ami de Meyer, de s'asseoir aussi près d'elle, et là, sur un banc, entre ces deux jeunes gens qui l'écoutent (scène chaste, précisément parce qu'ils sont *deux*), comme si elle n'avait causé que bal et plaisirs, parfois interrompue par quelque propos de femmes qui passent et repassent, y répondant avec sourire, puis reprenant avec les deux amis le fil plus serré de son récit, elle dit tout, et la faute, et que *cette fille est grosse*, et qu'elle ne sait que devenir, et le devoir et la pitié. Meyer, bouleversé, n'a que deux pensées et que deux mots : satisfaire à tout, et convaincre Mlle de La Prise qu'il n'y a pas eu *séduction*, et que tout ceci est antérieur à elle. La simplicité des paroles égale la situation. Meyer a demandé un moment pour se remettre du coup ; il sort de la salle, agitant en lui la douleur, la honte, et même, faut-il le dire ? l'ivresse confuse d'être père. Après un quart d'heure, il est rentré ; Mlle de La Prise et le comte Max ont repris avec lui leur place sur le banc :

« *Eh bien ! monsieur Meyer, que voulez-vous donc que je dise à la fille ? — Mademoiselle*, lui ai-je

a. Les *Lettres Neuchâteloises* ont été réimprimées en 1833 à Neuchâtel, chez Petitpierre et Prince, in-18 ; si l'on y prend goût, on peut de ce côté se les procurer. La réimpression pourtant, je dois le dire, n'en est pas toujours parfaitement exacte.

répondu, *promettez-lui, ou donnez-lui, faites-lui donner, veux-je dire, par quelque ancien domestique de confiance, votre nourrice, ou votre gouvernante, faites-lui donner, de grâce, chaque mois, ou chaque semaine, ce que vous jugerez convenable. Je souscrirai à tout. Trop heureux que ce soit vous!... Je ne vous aurais pas choisie peut-être; cependant je me trouve heureux que ce soit vous qui daigniez prendre ce soin. C'est une sorte de lien, mais qu'osai-je dire? c'est du moins une obligation éternelle que vous m'aurez imposée; et vous ne pourrez jamais repousser ma reconnaissance, mon respect, mes services, mon dévouement. — Je ne les repousserai pas,* m'a-t-elle dit avec des accents enchanteurs; *mais c'est bien plus que je ne mérite.* — Je lui ai encore dit: *Vous aurez donc encore ce soin? vous me le promettez? Cette fille ne souffrira pas? elle n'aura pas besoin de travailler plus qu'il ne lui convient? elle n'aura point d'insulte ni de reproche à supporter? — Soyez tranquille,* m'a-t-elle dit: *je vous rendrai compte, chaque fois que je vous verrai, de ce que j'aurai fait; et je me ferai remercier de mes soins et payer de mes avances.* Elle souriait en disant ces dernières paroles. — *Il ne sera donc pas nécessaire qu'il la revoie?* a dit le comte. — *Point nécessaire du tout,* a-t-elle dit avec quelque précipitation. Je l'ai regardée: elle l'a vu; elle a rougi. J'étais assis à côté d'elle: je me suis baissé jusqu'à terre. — *Qu'avez-vous laissé tomber?* m'a-t-elle dit; *que cherchez-vous? — Rien. J'ai baisé votre robe. Vous êtes un ange, une divinité!* Alors je me suis levé et me suis tenu debout à quelque distance vis-à-vis d'eux. Mes larmes coulaient; mais je ne m'en embarrassais pas, et il n'y avait qu'eux qui me vissent. Le comte Max attendri et Mlle de La Prise émue ont parlé quelque temps de moi avec bienveillance. *Cette histoire finissait bien*, disaient-ils; *la fille était à plaindre, mais pas absolument malheureuse*. Ils convinrent enfin de l'aller trouver sur l'heure même chez Mlle de La Prise, où elle travaillait encore. On m'ordonna de rester, pour ne donner aucun soupçon, de danser même, si je le pouvais. Je donnai ma bourse au comte, et je les vis partir. Ainsi finit cette étrange soirée.»

Les dernières lettres, qui suivent cette scène, descendent doucement sans déchoir. Mlle de La Prise, depuis ce moment, a quelque chose de changé dans ses manières; toujours aussi naturelle, mais moins gaie, et, aux yeux de Meyer, plus imposante. Une lettre d'elle, à son amie Eugénie, achève de nous ouvrir son cœur. Elle aime; la crise passée, elle est heureuse; elle s'est convaincue de la sincérité, de la loyauté de l'amant: elle n'a pas eu à pardonner. Un peu de fleur est tombé sans doute, mais le parfum y gagne, plus profond. «Nous étions certainement nés l'un pour l'autre, dit-elle; non pas peut-être pour vivre ensemble, c'est ce que je ne puis savoir, mais pour nous aimer... Adieu, chère Eugénie, je ne te le céderais plus.» Une maladie de son ami Godefroy force Meyer de partir pour Strasbourg inopinément: il n'a que le temps d'écrire son départ à Mlle de La Prise, avec l'aveu de son amour; car jusque-là il n'y a pas eu d'aveu en paroles, et cette lettre est la première qu'il ose adresser. Il la confie au loyal Max, qui court dans une soirée où doit être Mlle de La Prise; Max la lui remet sans affectation et à haute voix, comme d'un ami: elle prend une carte, et, tout en y dessinant quelque fleur, elle a répondu au crayon deux mots discrets, mais certains, qui laissent à l'heureux Meyer et à son avenir toute espérance.

C'est là une véritable fin, la seule convenable. Pousser au delà, c'eût été gâter; en venir au mariage, s'il eut lieu, c'eût été trop réel. Au contraire, on ne sait pas bien; l'œil est encore humide, on a tourné la dernière page, et l'on rêve. Les *Lettres Neuchâteloises* n'eurent pas de suite et n'en devaient pas avoir.

Deux ans après, en 1786, Mme de Charrière donna son ouvrage le plus connu, *Caliste ou Lettres écrites de Lausanne*. Il pourrait s'intituler *Cécile* à meilleur droit que *Caliste*; car Caliste n'y fait qu'épisode, Cécile en est véritablement l'héroïne, comme Mlle de La Prise dans le précédent[a]. La mère de Cécile écrit régulièrement à une amie et parente du Languedoc; elle ne lui parle que de cette chère enfant sans fortune, qui a dix-sept ans déjà et qu'il faut penser à marier: rien de plus gracieux que ces propos d'une mère jeune encore. Elle décrit sa Cécile, ses beautés, sa santé, sa fraîcheur, ses légers défauts même, le cou *un peu gros*, mais en tout bien du charme: «Eh bien! oui. Un joli jeune homme Savoyard, habillé en fille. C'est assez cela. Mais n'oubliez pas, pour vous la figurer aussi jolie qu'elle l'est, une certaine transparence dans le teint; je ne sais quoi de satiné, de brillant, que lui donne souvent une légère transpiration; c'est le contraire du mat, du terne; c'est le satiné de la fleur rouge des pois odoriférants.» On commence de tous côtés à faire la cour à Cécile; elle n'a qu'à choisir entre les *amants*: un cousin ministre, un Bernois de mérite...; mais, décidément, le préféré de la jeune fille est un petit *milord* en passage, qui

a. Pour l'entière exactitude bibliographique, je dois dire que le titre de *Caliste ou Lettres écrites de Lausanne* n'appartient qu'aux éditions postérieures à la première: celle-ci s'intitulait simplement au premier volume *Lettres écrites de Lausanne*, et au second *Caliste ou Suite des Lettres*, etc.; les deux titres se sont bientôt confondus.

lui fait la cour assez tendrement, mais ne se déclare pas. Tous ces détails de coquetterie innocente, d'émotion naïve, de prudence maternelle et de franchise presque de sœur, sont portés sur un fond de paysage brillant et de légère peinture du monde vaudois. Pas de drame, des situations très-simples, et je ne sais quel intérêt attachant. Cécile ne se fait pas illusion ; elle voit bien qu'elle ne remplit pas, comme elle le mérite, ce cœur du petit Lord trop léger ; deux larmes brillent dans ses yeux en le confessant, et pourtant elle garde sa préférence ! La lettre XVI offre, entre la mère et la fille, une de ces scènes comme les *Lettres Neuchâteloises* en peuvent faire augurer. Les derniers accents s'élèvent :

« ... Nos paroles ont fini là, écrit la mère, mais non pas nos pensées... Les intervalles d'inquiétude sont remplis par l'ennui. Quelquefois je me repose et je me remonte en faisant un tour de promenade avec ma fille, ou bien comme aujourd'hui en m'asseyant seule vis-à-vis d'une fenêtre ouverte qui donne sur le lac. Je vous remercie, montagnes, neige, soleil, de tout le plaisir que vous me faites. Je vous remercie, Auteur de tout ce que je vois, d'avoir voulu que ces choses fussent si agréables à voir. Elles ont un autre but que de me plaire. Des lois, auxquelles tient la conservation de l'univers, font tomber cette neige et luire ce soleil. En la fondant, il produira des torrents, des cascades, et il colorera ces cascades comme un arc-en-ciel. Ces choses sont les mêmes là où il n'y a point d'yeux pour les voir ; mais, en même temps qu'elles sont nécessaires, elles sont belles. Leur variété aussi est nécessaire, mais elle n'en est pas moins agréable, et n'en prolonge pas moins mon plaisir. Beautés frappantes et aimables de la nature, tous les jours mes yeux vous admirent, tous les jours vous vous faites sentir à mon cœur ! »

Le petit Lord a un parent, une espèce de gouverneur, bien différent de lui, et qu'un sérieux prématuré, une tristesse mystérieuse environne. C'est dans la confidence qu'il fait à la mère de Cécile qu'apparaît Caliste. Il aimait dans son pays, il aime toujours Caliste, et celle-ci, créature adorable, l'aimait également : mais elle avait monté sur le théâtre, elle avait joué dans *the Fair Penitent*[10] le rôle dont le nom lui est resté ; sa réputation première avait été équivoque. Grâces, talents, âme céleste, fortune même, tant de perfections ne purent fléchir un père ni obtenir à son fils le consentement pour l'union. Cette histoire toute romanesque a dans le détail une couleur bien anglaise, quelque chose de ce qu'Oswald, plus tard, reproduira un peu moins simplement à l'égard de Corinne ; et cette première Corinne, remarquez-le, esquisse ingénue de la seconde, a elle-même longtemps vécu en Italie. Après bien des souffrances et des vicissitudes, Caliste, mariée à un autre, pure et dévorée, meurt ; elle meurt, comme cet empereur voulait mourir, au milieu des musiques sacrées ; génie des beaux-arts et de la tendresse, elle exhale à Dieu sa belle âme en faisant exécuter le *Messiah* de Haendel et le *Stabat* de Pergolèse. Celui qu'elle aimait reçoit la nouvelle funeste pendant qu'il est encore à Lausanne ; si on ne l'entourait en ces moments, son désespoir le porterait à des extrémités. Cependant son pupille, le jeune Lord, ne s'est toujours pas déclaré ; Cécile et sa mère partent pour voir leur parente du Languedoc.

Ce roman a l'air de ne pas finir ; il finit pourtant. La conclusion, la moralité, faut-il la dire ? c'est qu'au moment où, à côté de nous, un ami éploré et repentant s'accuse d'avoir brisé un cœur et se tuerait par désespoir d'avoir laissé mourir, vous-même, jeune homme, qui le plaignez et le blâmez peut-être, vous recommencez la même faute ; vous en traitez un à la légère aussi en vous disant : *C'est bien différent !* et les conséquences, si vous n'y prenez garde bien vite, viendront trop tard et terribles aussi, pour peu que vous ayez un cœur. Et même quand elles sembleraient ne pas venir et quand on ne mourrait pas, n'est-ce donc rien que de faire souffrir ? N'est-ce rien, enfin, que de méconnaître et de perdre le bien inestimable d'être uniquement aimé ? Ainsi va le monde, illusion et sophisme, dans un cercle toujours recommençant de désirs, de fautes et d'amertumes.

Caliste eut du succès à Paris ; elle s'y trouva introduite au centre par le salon de Mme Necker. En cherchant bien, on trouverait des articles dans les journaux du temps[a]. Le *Mercure* d'avril 1786 en contient un tout à l'avantage du *Mari sentimental*, qui est de M. de Constant (un oncle de Benjamin), et à la suite duquel Mme de Charrière avait ajouté une ingénieuse contre-partie sous le titre de *Lettres de mistriss Henley*. Ce roman de M. de Constant est philosophique et très-agréable : en voici l'idée. M. de Bompré, âgé d'environ quarante-cinq ans, retiré du service, habite en paix une terre dans le pays de Vaud ; mais il est allé à Orbe, à la noce d'un ami, et il se met à envier ce bonheur. Malgré son bon cheval, son chien fidèle, son excellent et vieux Antoine, il s'aperçoit qu'il est bien seul, les soirées

a. Voir dans *l'Esprit des Journaux*, décembre 1786 et avril 1788, deux articles assez étendus. — Mlle de Meulan a écrit sur *Caliste*, mais bien plus tard, à propos d'une réimpression (*Publiciste* du 3 octobre 1807).

d'hiver commencent à lui paraître longues. Bref, étant un jour à Genève, il y rencontre, dans la famille d'un ami, une jeune personne honnête, instruite, charmante à voir, et il se marie : le voilà heureux. Mais sa femme a d'autres goûts, un caractère à elle, de la volonté. En arrivant à la terre de son mari, elle tient le bon Antoine à distance ; elle a lu *les Jardins* de l'abbé Delille, et elle bouleverse l'antique verger. Un portrait du père de M. de Bompré était dans le salon d'en bas, mauvaise peinture, mais ressemblante : il faut que le portrait se cache et monte d'un étage. La bonne monture que M. de Bompré avait sans doute ramenée de ses guerres, et qui lui avait plus d'une fois sauvé la vie, est vendue pour deux chevaux de carrosse ; et le pauvre chien Hector, qui vieillit, qui, un jour d'été, a couru trop inquiet après son maître absent, s'est trouvé tué, de peur de rage. M. de Bompré est malheureux. Cela même finit par une catastrophe, et, de piqûres en douleurs, il arrive au désespoir : il se tue. Le piquant, c'est que dans le temps, à Genève, on crut reconnaître l'original de M. et de Mme de Bompré ; en fait de roman, on y entend peu de raillerie. Une Mme *Caillat, née de Chapeaurouge*, se fâcha et réclama par une brochure contre l'application qu'on lui faisait : son mari s'était tué en effet. Dans une lettre écrite à un respectable pasteur, et qu'elle environna de toutes sortes d'attestations et de certificats en forme signés des bannerets, baillis, châtelains et notaires[a], elle s'attacha à démontrer qu'il n'y avait eu chez elle, à Aubonne, ni cheval vendu, ni chien tué, ni portrait déplacé. On eut beau la rassurer, l'auteur du roman eut

a. Lettre à M. Mouson, pasteur de Saint-Livré, près d'Aubonne, ou Supplément nécessaire au *Mari sentimental*.

beau lui écrire pour prendre les choses sur le compte de son imagination, pour l'informer avec *serment* qu'il n'avait en rien songé à elle, elle imprima tout cela; et, en dépit ou à l'aide de tant d'attestations, il resta prouvé pour le public de ce temps-là que l'anecdote du roman était bien au fond l'histoire de la réclamante. Mme de Charrière, dans les *Lettres* qu'elle a ajoutées au *Mari sentimental*, n'est nullement entrée dans cette querelle; mais elle a montré le côté inverse et plus fréquent du mariage, une femme délicate, sentimentale et *incomprise*: le mot pourtant n'était pas encore inventé. Mistriss Henley, personne romanesque et tendre, épouse un mari parfait, mais froid, sensé, sans passion, un Grandisson insupportable, lequel, sans s'en douter et à force de riens, la laisse mourir. Ce qu'il y a de plus clair à conclure, c'est qu'entre ce *Mari sentimental* de M. de Constant et cette *Femme sentimentale* de Mme de Charrière, l'idéal du mariage est très-compromis; ce double aspect des deux romans en vis-à-vis conduit à un résultat assez triste, mais curieux pour les observateurs de la nature humaine. Dans ces lettres de mistriss Henley, il y a plus que des pensées aimables et fines; la mélancolie y prend parfois de la hauteur, et je n'en veux pour preuve que cette page profonde:

« Ce séjour (*la terre d'Hollowpark*) est comme son maître, tout y est trop bien; il n'y a rien à changer, rien qui demande mon activité ni mes soins. Un vieux tilleul ôte à mes fenêtres une assez belle vue: j'ai souhaité qu'on le coupât; mais quand je l'ai vu de près, j'ai trouvé moi-même que ce serait grand dommage. Ce dont je me trouve le mieux, c'est de regarder, dans cette saison brillante, les feuilles paraître et se déployer, les fleurs s'épanouir, une foule d'insectes voler, marcher, courir en tout sens. Je ne me connais à rien, je n'approfondis rien ; mais je contemple et j'admire cet univers si rempli, si animé. Je me perds dans ce vaste Tout si étonnant, je ne dirai pas si sage, je suis trop ignorante ; j'ignore les fins, je ne connais ni les moyens, ni le but, je ne sais pas pourquoi tant de moucherons sont donnés à manger à cette vorace araignée ; mais je regarde, et des heures se passent sans que j'aie pensé à moi, ni à mes puérils chagrins. »

Depuis que le *panthéisme* est devenu chez nous un lieu commun, une thèse romanesque et littéraire, je doute qu'il ait produit quelque chose de plus senti que ces simples mots d'aperçu comme échappés à la rêverie d'une jeune femme[a].

Je n'entrerai pas dans le détail des différents ouvrages de Mme de Charrière qui suivirent ; ils sont de toutes sortes et nombreux. L'inconvénient du manque d'art, et aussi (*Caliste* à part) du manque de succès central, s'y fait sentir. Elle compose pour elle et ses amis, au jour le jour, à bâtons rompus, c'est-à-dire qu'elle ne compose pas. La moindre circonstance de société, une lecture, une conversation du soir, fait naître un opuscule de quelques matinées, et qui s'achève à peine : ainsi se succèdent sous sa plume les petites comédies, les contes, les diminutifs de romans. Malgré mes soins sur les lieux, je ne me flatte pas d'avoir tout recueilli ; on en découvrait toujours quelque petit nouveau, inconnu ; la

a. Dans tout ce qui précède, je n'ai pas parlé du *style* chez Mme de Charrière ; les citations en ont pu faire juger. C'est du meilleur français, du français de Versailles que le sien, en vérité, comme pour Mme de Flahaut[11]. Elle ne paie en rien tribut au terroir... en rien ; pourtant je lis en un endroit de *Caliste* : « Mon parent n'est plus si triste d'être marié, parce qu'il oublie *qu'il le soit,* » au lieu de *qu'il l'est*. Toujours, toujours, si imperceptible qu'il se fasse, on retrouve le signe.

bibliographie de ses œuvres deviendrait une vraie érudition, et s'il y avait aussi bien deux mille ans qu'elle fût morte, ce serait un vrai cas d'Académie des inscriptions que d'en pouvoir dresser une liste exacte et complète[a]. Nous n'en sommes pas là. Je m'en tiendrai pour l'ensemble au témoignage de Mme Necker de Saussure, qui, étant encore enfant, vit un jour à Genève Mme de Charrière, et fut fort frappée de la grâce de son esprit : « Ce souvenir, écrit-elle, m'a fait lire avec intérêt tous ses romans, et les plus médiocres m'ont laissé l'idée d'une femme qui sent et qui pense[b]. »

Dès les années des *Lettres Neuchâteloises* et des *Lettres de Lausanne*, Mme de Charrière connut Benjamin Constant sortant de l'enfance. Mais Benjamin Constant eut-il une enfance ? À l'âge d'environ douze ans (1779), on le voit, par une lettre à sa grand'mère, déjà lancé, l'épée au côté, dans le grand monde de Bruxelles ; il y parle de la musique qu'il apprend, des airs qu'il jou avece, et dans quelle manière : « Je voudrais qu'on pût empêcher mon sang de circuler avec tant de rapidité et lui donner une marche plus cadencée ; j'ai essayé si la musique pouvait faire cet effet. Je joue des *adagio*, des *largo*, qui endormiraient trente cardinaux. Les premières mesures

a. Voici une liste approchante : — *Lettres Neuchâteloises*, 1784 ; — *Caliste ou Lettres écrites de Lausanne*, 1786 ; — *Lettres de mistriss Henley*, à la suite du *Mari sentimental* de M. de Constant, 1786 ; — *Aiglonette et Insinuante*, conte, 1791 ; — *l'Émigré*, comédie, 1793 ; — *le Toi et Vous* ; — *l'Enfant gâté* ; — *Comment le nomme-t-on ?* etc., etc. ; — sous le nom de *l'abbé de La Tour* : *les trois Femmes*, 1797 ; *Sainte-Anne* ; *Honorine d'Uzerche* ; *les Ruines d'Yedburg* ; — *Louis et Albert, ou le Danger d'être trop exigeant*, 1803 ; — *Sir Walter Finch et son fils William*, 1806 ; — *le Noble*, etc. etc. — On en trouverait d'autres qui n'ont jamais paru qu'en allemand ; il y a des lettres d'elle imprimées dans les œuvres posthumes de son traducteur, Louis-Ferdinand Herder (Tubingen, 1810).

b. Je dois la connaissance de ce jugement, ainsi que plusieurs des documents de cette biographie, à la bienveillance d'un homme spirituel et lettré du canton de Vaud, M. de Brenles.

vont bien ; mais je ne sais par quelle magie les airs si lents finissent toujours par devenir des *prestissimo*. Il en est de même de la danse : le menuet se termine toujours par quelques gambades. Je crois, ma chère grand'mère, que ce mal est incurable. » — Et à propos du jeu dont il est témoin dans ses soirées mondaines : « Cependant le jeu et l'or que je vois rouler me causent quelque émotion. » Il est déjà avec toute sa périlleuse finesse, avec tous ses germes éclos, dans cette lettre[a].

Au retour de ses voyages et son éducation terminée, il vit Mme de Charrière et s'attacha quelque temps à elle, qui surtout l'aima. Le souvenir s'en est conservé. On raconte que, lorsqu'il était à Colombier chez elle, comme ils restaient tard le matin chacun dans sa chambre, ils s'écrivaient de leur lit des lettres qui n'en finissaient pas, et la conversation se faisait de la sorte ; c'était un message perpétuel d'une chambre à l'autre ; cela leur semblait plus facile que de se lever, étant tous deux très-paresseux, très-spirituels et très-*écriveurs*[12]. Près d'un esprit si fin, si ferme et si hardiment sceptique en mille points, le jeune Constant aiguisa encore le sien. Dans ce tête-à-tête des matinées de Colombier, discutant et peut-être déjà doutant de tout, il en put venir, dès le premier pas, à ce grand principe de dérision qu'il exprimait ainsi : Qu'*une vérité n'est complète que quand on y fait entrer le contraire*[b].

a. On la peut lire tout entière dans la *Chrestomathie* de M. Vinet, 2e édition, tome I. — L'authenticité de cette lettre a été, depuis, révoquée en doute ; ce ne serait qu'un pastiche qui a trompé de bons juges.

b. Il avait, en causant, une singulière manière de donner raison à son interlocuteur un peu étonné : « Ce que vous dites là est si juste que le contraire est parfaitement vrai. » — Il disait encore, par manière de variante, que sur toute question il avait toujours *une idée de plus* qui dérangeait tout.

— Ces paroles presque mystifiantes de Benjamin Constant m'en rappellent une autre qui n'y ressemble qu'extérieurement et pour la forme, mais dont le sens affectueux, judicieux et large, est bien différent : c'est

Mme de Charrière, dans ses hardiesses du moins, avait des points fixes, des portions morales élevées où elle tenait bon : elle put souffrir de n'en pas trouver chez autrui de correspondantes. Plus tard, quand Benjamin Constant fut lancé sur une scène toute différente, et qu'elle l'allait rappeler au passé, il répondait peu. Il parlait d'elle légèrement, dit-on, comme un homme qui a quitté un drapeau et aspire à servir sous quelque autre. Il se plaignait que les lettres qu'il recevait d'elle étaient pleines d'*errata* sur les ouvrages qu'elle avait publiés, et semblait croire que l'infidélité des imprimeurs l'occupait encore plus que la sienne. « Voilà le sort qui menace les femmes auteurs : on croit toujours que les affections tiennent chez elles la seconde place. » C'est un moraliste profond et femme qui a dit cela.

Mme de Charrière connut Mme de Staël ; elles correspondirent ; on m'a parlé d'une controverse considérable entre elles, précisément sur ces points litigieux, chers aux femmes, qui se retrouvent discutés dans plusieurs des lettres de *Delphine*, et sur lesquels nous allons avoir le mot direct de Mme de Charrière elle-même. Dans cette correspondance, Mme de Charrière devait plutôt ressembler par le ton à une autre Mme de *Staal* (Mlle De Launay[14]).

Sur toutes ces choses, elle allait au fond et au fait avec un esprit libre, avec beaucoup moins de *talent*, comme on l'entend vulgairement, mais aussi avec bien moins d'emphase et de déclamation qu'on ne

---

le mot charmant d'une femme que l'avenir aussi connaîtra (Mme d'Arbouville) : « Eh ! bien oui, écrivait-elle un jour après la visite de quelqu'un de qui elle espérait beaucoup, votre ami l'abbé n'a pas répondu à mon rêve ; nous en causerons, je ne me décourage pas. *Qu'il y a de choses bonnes à côté de celles que nous aimons ! Il faut faire place en nous pour un certain contraire.* »

Quand je lus pour la première fois cette parole, je me dis : Ce devrait être là la devise du critique étendu et intelligent[13].

l'a fait alors et depuis[a]. On en peut surtout juger par son petit roman des *Trois Femmes*, bien remarquable philosophiquement, bien agréable (pruderie à part), et le seul, pour ces raisons, sur lequel nous ayons encore à insister. Mlle Pauline de Meulan, qui était très-informée des divers ouvrages de Mme de Charrière et qui avait de commun avec elle tant de qualités, entre autres le courage d'esprit, n'a pas craint de parler avec éloge des *Trois Femmes* dans *le Publiciste* du 2 avril 1809. Après une discussion sérieuse et moyennant une interprétation motivée, elle conclut par dire « qu'en y pensant un peu, on trouvera que cette dernière production de l'auteur de *Caliste* est une des compositions *les plus morales*, comme elle est *une des plus originales et des plus piquantes* qui ait paru depuis longtemps. » Nous oserons donc ne point paraître plus effarouché en morale que ne l'a été Mme Guizot[b].

(On est chez la jeune baronne de Berghen, vers 94 ou 95). « — Pour qui écrire désormais ? disait l'abbé de La Tour. — Pour moi, dit la baronne. — On ne pense, on ne rêve que politique, continua l'abbé. — J'ai la politique en horreur, répliqua la

a. C'était déjà la mode de son temps d'entasser tous les mots imaginables et contradictoires pour peindre avec renchérissement les personnes et les choses ; elle ne se laissait pas payer de cette monnaie : « J'ai toujours trouvé, disait-elle, que ces sortes de mérites et de merveilles n'existent que sur le papier, où les mots ne se battent jamais, quelque contradiction qu'il y ait entre eux. » — Je ne sais qui[15] a dit : « Mme Sand peut faire encore bien du chemin avant d'arriver en fait d'idées sociales là où Mme de Charrière est allée droit sans phrase et du premier coup. »

b. Pourquoi ne réimprimerait-on pas dans le pays, sous le titre d'*Œuvres choisies* de Mme de Charrière, *Caliste, les Lettres Neuchâteloises* et *les Trois Femmes* ? — Pour répondre à mon appel et sous l'impulsion de mes articles, on a réimprimé à Paris *Caliste ou Lettres écrites de Lausanne* (1845), en y joignant nombre de lettres de l'auteur et un choix de documents intimes, le tout formant véritablement ce qu'on eût intitulé autrefois : l'*Esprit* de Mme de Charrière.

baronne, et les maux que la guerre fait à mon pays me donnent un extrême besoin de distraction. J'aurais donc la plus grande reconnaissance pour l'écrivain qui occuperait agréablement ma sensibilité et mes pensées, ne fût-ce qu'un jour ou deux. — Mon Dieu! madame, reprit l'abbé après un moment de silence, si je pouvais... — Vous pourriez, interrompit la baronne. — Mais non, je ne pourrais pas, dit l'abbé; mon style vous paraîtrait si fade au prix de celui de tous les écrivains du jour! Regarde-t-on marcher un homme qui marche tout simplement, quand on est accoutumé à ne voir que tours de force, que sauts périlleux? — Oui, dit la baronne, on regarderait encore marcher quiconque marcherait avec passablement de grâce et de rapidité vers un but intéressant. — J'essaierai, dit l'abbé. Les conversations que nous eûmes ces jours passés sur Kant, sur sa doctrine du devoir, m'ont rappelé trois femmes que j'ai vues. — Où? demanda la baronne. — Dans votre pays même, en Allemagne, dit l'abbé. — Des Allemandes? — Non, des Françaises. Je me suis convaincu auprès d'elles qu'il suffit, pour n'être pas une personne dépravée, immorale, et totalement méprisable ou odieuse, d'avoir une idée quelconque du devoir, et quelque soin de remplir ce qu'on appelle *son devoir*. N'importe que cette idée soit confuse ou débrouillée, qu'elle naisse d'une source ou d'une autre, qu'elle se porte sur tel ou tel objet, qu'on s'y soumette plus ou moins imparfaitement: j'oserai vivre avec tout homme ou toute femme qui aura une idée quelconque du devoir.»

Là-dessus, grand débat! Un kantiste de la compagnie donne son explication du devoir, idée universelle, indestructible; un théologien se récrie à cette explication naturelle, et veut recourir à l'intervention divine ; un amateur, qui a lu Voltaire et Montaigne, doute qu'un sauvage éprouve rien de semblable à ce que le kantiste proclame. — Qu'en savez-vous ? dit l'abbé. — Allez écrire, lui dit la baronne. — L'abbé rapporte bientôt son conte des *Trois Femmes*.

Émilie est une émigrée de seize ans ; elle a perdu ses parents, ses derniers moyens d'existence, et l'espoir d'en retrouver aucun. Joséphine, sa femme de chambre, lui a tenu lieu de tout. Attentive, respectueuse, zélée, elle est à la fois la mère et la servante d'Émilie, elle la sert et la nourrit, elle s'est dévouée à elle, elle n'aime qu'elle. C'est au milieu des sentiments d'une affection exaltée par la reconnaissance, qu'Émilie découvre les désordres de Joséphine. Cette petite Joséphine, dans sa naïveté, sa générosité et son vice, ne laisse pas que d'être un embarrassant philosophe. Tout ce qu'elle dit dans le premier entrain d'aveux à Émilie, ce que celle-ci apprend sur son oncle le grand-vicaire, sur son oncle le marquis, sur sa tante la marquise, fait ouvrir de grands yeux à l'orpheline, et nous exprime le dix-huitième siècle dans sa facile nudité. D'une autre part, une jeune veuve, Mme Constance de Vaucourt, s'est attachée à Émilie. Vive, aimable, sensible, irréprochable dans sa conduite, Mme de Vaucourt ne cherche de jouissance que dans l'emploi généreux et bienfaisant d'une grande fortune : mais cette fortune, que lui ont laissée ses parents, est un peu mal acquise, elle le sait ; et, comme elle n'a aucun moyen de retrouver ceux aux dépens de qui ils l'ont faite, elle se contente de la bien dépenser. Entre Constance et Joséphine, Émilie, bonne, droite et candide, est à chaque instant obligée, pour rester fidèle à l'esprit même de sa vertu, d'en relâcher, d'en rompre quelque forme trop rigoureuse.

Ainsi quand d'abord, pour ne pas se commettre près de Henri, l'amant de Joséphine, elle semble moins sensible qu'elle ne devrait à la peine de celle-ci, elle se le reproche bientôt; la crainte de quelque malheur s'y mêle, et elle se laisse aller avec sa chère coupable à son mouvement généreux: «Oh bien! dit Joséphine, je ne me tuerai pas, je ne voudrais pas contrarier vos idées; rendez-moi un peu de bonheur, et je ne me tuerai pas. Déjà cette conversation me fait quelque bien; mais j'étais au désespoir quand je vous voyais tout occupée de vous et d'un certain mérite que vous voulez avoir, et avec lequel vous laisseriez tranquillement souffrir tout le monde...»

Ainsi encore, quand Émilie, sur l'aveu de Mme de Vaucourt que ses biens avaient été mal acquis, cherche à lui donner des scrupules, celle-ci, après une justification de son motif, ajoute en souriant: «Cependant, permettez-moi de vous dire que l'on pourrait vous chicaner à votre tour sur bien des choses que vous trouvez toutes simples, et cela parce qu'elles vous conviennent et que vos principes s'y sont pliés peu à peu. — Que voulez-vous dire? s'écria Émilie. — Ne voyez-vous pas, dit Constance, qu'au château vous séduisez Théobald, inquiétez sa mère, et désolez sa cousine?...»

«Ce que Constance venait de faire éprouver à Émilie ressemblait si fort à ce que Joséphine lui avait fait éprouver il y avait environ trois mois, qu'elle se trouva dans la même souffrance, et que ses réflexions furent à peu près les mêmes. L'une avait des amants auxquels elle ne voulait pas renoncer, l'autre possédait un bien mal acquis qu'elle ne voulait pas rendre. L'une et l'autre lui étaient chères, l'une et l'autre lui étaient utiles, l'une et l'autre avaient mêlé le blâme aux aveux, le reproche à la justification. Aux yeux de l'une ni de l'autre elle n'était parfaitement innocente, elle qui s'était crue en droit de juger, de censurer, de montrer presque du mépris... »

Théobald lui-même (le jeune baron allemand, amoureux d'Émilie), quand il veut faire trop le sévère, le partisan absolu du devoir, est convaincu de faiblesse aussi et ramené à la tolérance :

« — Monsieur votre fils, dit Constance à Mme d'Altendorf, est-il lui-même ce qu'il veut que soient les autres ?... — Comment vous répondre ? dit Mme d'Altendorf. En supposant que mon fils ne courbe jamais la règle, mais que, dans certains cas, il la méconnaisse, la brise, la jette loin de lui, est-il ou n'est-il pas ce qu'il veut que l'on soit ? — Quand la passion aveugle, égare, dit Théobald en baissant les yeux, qu'est-ce que l'on est ? On cesse d'être soi-même. — Quoi ? monsieur, dit Constance, vos passions vous maîtrisent à ce point ! Cela est bien redoutable. — Théobald, d'accusateur devenu accusé, se sentit plus doux comme plus modeste, et fut reconnaissant à l'excès du silence qu'Émilie voulut bien garder. »

La seconde partie des *Trois Femmes*, qui se compose de lettres écrites du château d'Altendorf par Constance à l'abbé de La Tour, ressemble souvent à des conversations qu'a dû offrir le monde de Mme de Charrière, en ces années 94 et 95, sur les affaires du temps. Le culte de Jean-Jacques et de Voltaire au Panthéon, un clergé-philosophe substitué à un clergé-prêtre, la liberté, l'éducation, tous ces sujets à l'ordre du jour, y sont touchés : aucun engouement, chaque chose jugée à sa valeur, même

Mme de Sillery (de Genlis): « J'admire, dit Constance, quelques-unes de ses petites comédies ; je fais cas de cet esprit roide et expéditif que je trouve dans tous ses ouvrages ; j'y reconnais à la fois sa vocation et le talent de la remplir. On devrait l'établir Inspectrice générale des écoles de la République française. » — L'*Adèle de Sénange* y est fort louée.

Constance n'aurait pas voulu vivre, dit-elle, avec Jean-Jacques ni avec Voltaire. — Avec Duclos ? oui. — Avec Fénelon ? oh ! oui. — Avec Racine ? oui. — Avec La Fontaine ? pourquoi non ?... « Mais peut-être qu'après tout, ajoute-t-elle, le meilleur n'en vaudrait rien. Tous ces gens-là sont sujets non-seulement à préférer leur gloire à leurs amis, mais à ne voir dans leurs amis, dans la nature, dans les événements, que des récits, des tableaux, des réflexions à faire et à publier. » Nous croyons que Constance se trompe pour Racine, La Fontaine et Fénelon ; nous craignons qu'elle ne fasse que reporter un peu trop en arrière ce qui était vrai de son siècle, ce qui l'est surtout du nôtre[a].

La conclusion de la première partie des *Trois Femmes* se débat entre l'abbé et la baronne :

a. Le plus manifeste exemple de cet égoïsme souverain et radieux, soumettant et même sacrifiant à l'art les relations privées, c'est Gœthe en son *Werther* : « Il faut, mes chers irrités, écrivait-il aux deux jeunes époux Kestner qu'il y avait mis tout vifs, il faut que je vous écrive de suite pour en débarrasser mon cœur : c'est fait, c'est publié, pardonnez-moi si vous pouvez. » Et bientôt après : « Si vous pouviez sentir la millième partie de ce qu'est *Werther* pour des milliers de cœurs, vous ne regretteriez pas la part que vous y avez prise... Au péril de ma vie je ne voudrais pas révoquer *Werther*... Il faut que *Werther* existe, il le faut... Oh ! toi (c'est à l'époux qu'il s'adresse, à celui qu'il a peint si flegmatique sous le nom d'*Albert*), tu n'as pas senti comment l'humanité t'embrasse, te console. » Le véritable Albert goûtait peu cette insigne faveur et il était plutôt de l'avis de celui qui lui écrivait : « Sauf le respect pour votre ami, il est dangereux d'avoir un auteur pour ami. » — Les raisons de Gœthe pourtant, au point de vue poétique, ont leur beauté et leur grandeur.

« Je n'ai pas trouvé, dit Mme de Berghen quand elle revit l'abbé, que vos trois femmes prouvassent quoi que ce soit, mais elles m'ont intéressée. — Cela doit me suffire, dit l'abbé ; mais n'avez-vous pas quelque estime pour chacune de mes trois femmes ? — Je ne puis le nier, répondit la baronne. — Eh bien ! dit l'abbé, ai-je prétendu autre chose ?... Si je vous eusse parlé d'un de ces êtres comme j'en connais beaucoup, qui, même lorsqu'ils ne font pas de mal, ne font aucun bien, ou ne font que celui qui leur convient ; qui, n'ayant que leur intérêt pour guide, n'en supposent jamais aucun autre au cœur d'autrui, vous l'eussiez sûrement méprisé. De l'esprit, des talents, des lumières, rien ne vous réconcilierait avec un homme de cette trempe ; il faut voir en un homme, pour le pouvoir estimer, que quelque chose lui paraît être *bien*, quelque chose être *mal* ; il faut voir en lui une moralité quelconque. »

Ainsi parle à la jeune baronne de Berghen cet aimable et sceptique abbé de La Tour, qui *trouve peu sûr pour son repos de passer un hiver entier à Altendorf, près de Constance*.

La conclusion de la seconde partie répète la même idée, mais d'un ton moins léger, et avec un certain accent d'élévation dans la bouche de Constance :

« Oh ! la rectitude est bonne. Je n'aurai point de dispute avec Théobald. Je respecte tous les scrupules, les scrupules religieux, les scrupules de l'honneur, enfin tous ceux même qui n'auraient point de nom, et jusqu'à la soumission à des lois que rien ne sanctionne. Mon esprit, si ennemi de tous les galimatias, respectera toujours celui-ci ; j'aimerai toujours voir l'extrême délicatesse se soumettre à des règles qu'elle ne peut définir, et dont elle ne sait point d'où elles émanent. »

Ce roman achevé, duquel je n'ai extrait que la pensée, en négligeant mainte délicatesse de détail, il reste de quoi réfléchir longtemps. Qu'il y a là, me disais-je, plus de choses qu'il ne semble ! combien de résultats et d'observations y passent sans prétendre à se faire admirer ! et qu'il est agréable, dans un mot, dans un trait, de les saisir ! La morale en est bien sceptique, mais en somme elle tourne au bien ; il y a une vraie tolérance qui n'est pourtant pas l'indifférence totale. C'est *un roman de Directoire*, mais qui se peut avouer et relire, même après toutes les Restaurations.

Ne soyons pas si fiers en effet : austères régents de notre âge, et qui le preniez si haut, kantistes, éclectiques, doctrinaires et tous, nous ne sommes pas si riches en morale, et vous-mêmes l'avez bien, à la longue, un peu prouvé. Qu'est-ce à dire ? après trente ans, qui n'a lu dans bien des intérieurs d'hommes, sans parler du sien, et qui n'a compris ? En littérature, si l'on y regarde, c'est encore pis qu'ailleurs : l'esprit seul désormais y fait loi. Intrigue, piraterie, vanité sans frein, vénale cupidité ! oh ! si, dans tous ces gens d'esprit à foison, il y avait au cœur un endroit sain, une once, un grain d'honnêteté, un seul dans chacun, que ce serait beaucoup ! En ces moments de dissolution de doctrines et de cohue universelle, à tout prix il importe d'avoir au dedans de soi, dans son caractère, dans sa conduite, des points invincibles et inexpugnables, fussent-ils isolés et sans rapport avec le reste de nous-même, — oui, des espèces de rochers de Malte ou de Gibraltar où l'on se rabatte en désespoir de cause et où l'on maintienne le drapeau. Ou, pour parler moins haut et plus à l'unisson de la nature, en fait de morale je suis comme Mme de Charrière : il me suffit qu'il y ait quelque chose dans quelqu'un[a].

Mme de Charrière eut, ce semble, une vieillesse assez triste qui renfermait stoïquement sa plainte. Âme forte et fière, comme on l'a pu voir par un fragment de lettre cité au commencement, et qui se rapporte à sa fin, elle s'était faite aux nécessités diverses de la société ou de la nature. Elle s'appliquait tout bas ce qu'elle a rendu avec un accent pénétré, éloquent, en cet endroit des lettres de sa Constance : « ... Mme de Horst (quelque dame d'Osnabruck) y était (dans la compagnie) ; elle se plaignit de son état, de son ennui. — *Et moi, suis-je sur des roses ?* dit l'émigrée en souriant. — Mme de

a. Comme corollaire à ceci, j'ai besoin d'ajouter un point tout d'expérience, un précepte également contraire au *Tout ou rien* d'une morale inaccessible. L'indulgence qu'on a pour les autres, on ne doit point sans doute la porter à l'égard de soi-même ; il faut autant que possible ne se rien passer : mais, enfin, c'est une règle bien essentielle dans la conduite, de ne jamais tirer raison d'une première faute pour en commettre une nouvelle, comme un désespéré qui le sait et qui s'abandonne. Quelqu'un voyait Mme de Montespan fort exacte aux rigueurs du carême et paraissait s'en étonner : « Parce qu'on commet une faute, faut-il donc les commettre toutes ? » dit-elle. Je ne m'empare que du mot. Hier, vous méditiez une vie dure, dévouée, honorée de toutes les vertus, semant de chaque main les bienfaits. Ce matin, parce qu'un tort, une souillure grave a, depuis hier, obscurci votre vie, à l'heure du bienfait que vous projetiez, le ferez-vous moindre, comme quelqu'un qui déserte le combat, qui a perdu l'espoir de s'honorer lui-même ? Oh ! faites le bienfait, comme si vous étiez resté pur ; faites-le, non pour vous honorer (ce n'est pas de cela qu'il s'agit), mais pour soulager le souffrant. Que le pauvre ne s'aperçoive pas de votre tort, de votre souillure survenue envers vous-même ; c'est le moyen, d'ailleurs, qu'elle disparaisse, qu'elle s'efface un peu. Que le mal auquel vous cédez ne vous empêche pas de recommencer, à l'instant qui suit, votre effort, votre retour vers le bien. Faites, faites en vue d'autrui, et indépendamment de cet arrangement décent envers vous-même, de cette satisfaction morale, de cette *propreté sans tache* qu'il est beau de garder, mais qui n'est pas l'unique but ; tendez, tendez votre main à celui qui tombe, même quand vous la sentiriez moins blanche à offrir.

Horst fut la seule qui ne l'entendit pas. Eh bien ! voilà une obligation que les gens sensibles et judicieux ont au deuil qui couvre l'Europe : ils rougiraient de parler de leurs pertes particulières ; ils dissimulent des maux légers et de petites humiliations. Depuis plus de trois ans, je vois, j'entends Gatimozin partout, et la plainte commencée meurt sur mes lèvres, et, dans le silence auquel je me force, mon âme se raffermit. »

Elle avait peu compté sur l'amour, elle n'avait pas désiré la gloire ; mais, lors même que la raison fait bon marché des chimères, la sensibilité sevrée se retrouve là-dessous et n'y perd rien. Ce doux jardin du pays de Vaud et la vue de ces pentes heureuses ne l'avaient qu'à demi consolée ; l'anneau mystérieux du bonheur était dès longtemps enseveli pour elle dans l'abîme des lacs tranquilles. Sa santé se détruisait avant l'âge. Elle cessa de respirer le 27 décembre 1805, à trois heures du matin : depuis plusieurs jours, elle n'avait pas donné d'autre signe de vie. Elle n'avait que soixante-quatre ou soixante-cinq ans environ. Son mari lui survécut ; c'est ce que j'en ai su de plus vif.

J'avais été mis depuis longtemps sur la trace de Mme de Charrière par la lecture des *Lettres de Lausanne* ; mieux informé de toutes choses par rapport à elle durant mon séjour dans le pays, j'aurais cru manquer à une sorte de justice que de ne pas venir, tôt ou tard, parler un peu en détail d'une des femmes les plus distinguées assurément du dix-huitième siècle, d'une personne si parfaitement originale de grâce, de pensée et de destinée aussi, qui, née en Hollande et vivant en Suisse, n'écrivait à la fin ses légers ouvrages que pour qu'on les traduisît en allemand, et qui pourtant, par l'esprit et par le ton, fut de la pure littérature française, et de la plus rare aujourd'hui, de celle de Gil Blas, d'Hamilton et de Zadig.

15 mars 1839.

(Au moment de cette réimpression, j'ai sous les yeux les lettres de Benjamin Constant à Mme de Charrière (1787-1795), que M. Gaullieur, de Lausanne, se propose de publier. La famille Constant possède, de son côté, les lettres de Mme de Charrière à Benjamin. Des accents douloureux en sortiraient. Elle a éprouvé toutes les tristesses de la vie, celle qui écrivait: « Vous n'avez pas comme moi ces moments où je ne sais plus seulement si j'ai le sens commun; mais encore faudrait-il être connue et entendue. » Ou bien encore: « On ne veut pas seulement que quelqu'un s'imagine qu'il pouvait être aimé et heureux, nécessaire et suffisant à un seul de ses semblables. Cette illusion douce et innocente, on a toujours soin de la prévenir ou de la détruire. » C'est à Mme de Charrière et à son esprit, sinon à son cœur, que l'auteur rend hommage au début d'*Adolphe,* lorsqu'il parle de cette femme âgée, si remarquable, près de laquelle, dans des conversations inépuisables, il a tout analysé. J'y renvoie en finissant (Note de 1839). — Je renvoie aussi à l'article que j'ai fait depuis, avec les documents de M. Gaullieur, sur la jeunesse de Benjamin et ses relations avec Mme de Charrière (Voir *Derniers Portraits* ou au tome III des *Portraits littéraires*, édit. de 1864) — Enfin il faut lire encore (car la source une fois ouverte n'a plus tari) tout ce que le même M. Gaullieur, possesseur des papiers de Mme de Charrière, a publié d'elle dans la *Revue Suisse* de l'année 1856; j'y recommande aux bibliographes la page 692 où se trouvent toutes les indications désirables pour qui veut se compléter sur son compte, ce qui devient difficile. Après la disette la surabondance).

MADAME DE RÉMUSAT

J'ai toujours eu un grand faible pour les auteurs qui le sont sans qu'on s'en doute. On vit dans le monde à côté d'eux; on goûte leur esprit; on joue avec le sien en leur présence; on est à cent lieues de penser à l'homme de lettres, à la femme de lettres, à l'auteur, et en effet rien n'y ressemble moins. Mais, un jour, un été, à une certaine saison d'ennui, après les années brillantes, cette personne, à la campagne, prend une plume, et trace, sans but arrêté d'abord, un roman ou des souvenirs pour elle, pour elle seule ou même seulement ce sont des lettres un peu longues qu'elle écrit à des amis sans y trop songer; et dans cinquante ans, quand tous seront morts, quand on ne lira plus l'homme de lettres de profession à la mode en son temps, et que ses trente volumes de couleur passée iront lourdement s'ensevelir dans les catalogues funèbres, l'humble et spirituelle femme sera lue, sera goûtée encore presque autant que par nous contemporains; on la connaîtra, on l'aimera pour sa nette et vive parole, et elle sera devenue l'un des ornements gracieux et durables de cette littérature à laquelle elle ne semblait point penser, non plus que vous près d'elle.

Les exemples à citer de ce genre de fortune ne manqueraient pas dans le passé, et l'avenir, il faut l'espérer, en réserve quelques-uns encore. Tout désormais ne sera pas réglé en profession, et l'imprévu saura trouver ses retours. Dans cette rare et fine lignée des Sévigné ou des Motteville, Mme de Rémusat tiendrait bien sa place ; elle l'aura surtout du jour où les Mémoires qu'elle a laissés sur l'Empire pourront être publiés. En attendant, nous avons droit de la revendiquer ici comme l'auteur d'un excellent *Essai sur l'Éducation des Femmes*, qu'on vient de réimprimer[1]. Mais notre coup d'œil ne se bornera pas au livre, la personne nous attirera bien plus avant ; et ce sera notre plaisir, notre honneur d'introduire quelques lecteurs, de ceux même qui se souviennent d'elle, comme de ceux qui ont tout à en connaître, dans l'intimité d'un noble esprit qu'une confiance amicale nous a permis à loisir de pénétrer. Parler d'elle dignement et en toute nuance semblerait sans doute à bien des égards la tâche toute naturelle et facile d'une autre plume aussi délicate que sérieuse, si la pudeur filiale n'était pas la première des délicatesses.

Claire-Élisabeth Gravier de Vergennes naquit à Paris, en 1780. Elle était petite-nièce du ministre de Louis XVI. Son père, maître des requêtes, avait été intendant à Auch, et occupait à Paris, au moment de la Révolution, une place importante, quelque chose comme une direction générale ; il fit partie en 89 de l'administration de la commune de Paris, mais fut très-vite dépassé : il périt en 94 sur l'échafaud. Sa veuve (Mlle de Bastard), qui exerça une grande influence sur l'éducation de ses filles, était une femme de mérite, d'un esprit original, gai, piquant et très-sensé. Fortement marquée de l'expérience de son siècle, elle paraît avoir été douée de cette supériorité de caractère et de vue qui, saisissant la vie telle qu'elle est, la domine et sait la refaire aux autres telle qu'elle devrait être. Mme de Vergennes éleva gravement et même sévèrement ses deux filles, en idée des conditions nouvelles qu'elle prévoyait dans la société. La ruine soudaine de crédit qui s'était fait sentir au sein de la famille à la mort de l'oncle ministre (1787) avait été pour elle une première leçon, et qui ne l'étonna point : elle savait de bonne heure son La Bruyère. La Révolution la trouva très en méfiance, elle eût été d'avis de quitter la France avant les extrémités funestes ; mais son mari n'y ayant pas consenti, elle ne s'occupa plus que d'y tenir bon, de faire face aux malheurs, et, au lendemain des désastres, de sauver l'avenir de sa jeune famille.

Le berceau de Mme de Rémusat est donc bien posé ; ces circonstances premières et décisives, qui environnent l'enfance, vont y introduire et y développer les germes prudents qui grandiront. Du milieu social où elle naquit, comme de celui où se forma son aînée, Mlle Pauline de Meulan[2], on peut dire (et je m'appuie ici pour plus de facilité sur des paroles sûres) que « c'était une de ces familles de hauts fonctionnaires et de bonne compagnie, qui sans faire précisément partie ni de la société aristocratique, ni même de la société philosophique, y entraient par beaucoup de points et tenaient du mouvement du siècle, bien qu'avec modération, à peu près comme en politique M. de Vergennes, qui contribua à la révolution d'Amérique, fut collègue de Turgot et de M. Necker, et prépara la Révolution française, sans être philosophe ni novateur. »

Protégée et abritée jusqu'au sortir des plus affreux malheurs sous l'aile de son excellente mère, la jeune Clary, dans une profonde retraite de campagne, prolongeait, près de sa sœur cadette[a], une enfance paisible, unie, studieuse, et abordait sans trouble la tendre jeunesse, ne cessant d'amasser chaque jour ce fonds inappréciable d'une âme sainement sensible et finement solide : telle la nature l'avait fait naître, telle une éducation lente et continue la sut affermir. Sa physionomie même et la forme de ses traits exprimaient, accusaient un peu fortement peut-être ce sérieux intérieur dans les goûts qu'il ne faudrait pas pourtant exagérer, et qui ne sortait pas des limites de son âge. Sa figure régulière s'animait surtout par l'expression de très-beaux yeux noirs ; le reste, sans frapper d'abord, gagnait plutôt à être remarqué, et toute la personne paraissait mieux à mesure qu'on la regardait davantage. Elle devait observer dès lors cette simplicité de mise à laquelle elle revint toujours dès qu'elle le put, et qui n'était jamais moins qu'une négligence décente. Je ne sais si, comme plus tard, ses cheveux volontiers ramenés voilaient le front, qui aurait eu son éclat.

Mariée dès seize ans, et par affection, à M. de Rémusat, ancien magistrat de cour souveraine[b], elle trouva en cet époux du double de son âge un guide instruit, un ami sûr, et entre sa mère, sa sœur et lui, durant les premières années de son mariage, elle continua sa vie de retraite, de bonheur caché et de culture intérieure. Quelques citations d'Horace, qui lui sont échappées, me montrent même que, comme Mme de La Fayette, comme Mme de Sévigné, elle sut le latin : elle l'apprit, durant ces saisons de calme loisir, par les soins de son mari, et près du berceau de son fils ; car elle était mère à dix-sept ans.

a. Aujourd'hui Mme la comtesse de Nansouty.
b. Avocat général à la Cour des aides de Provence.

Ainsi tout concourait à accomplir en elle son sens délicat et ce que j'appellerai sa justesse ornée. La vallée de Montmorency était l'heureux enclos ; on habitait Saint-Gratien d'abord, qu'on ne quitta que pour Sannois. Je trouve, dans des papiers et des notes d'un temps un peu postérieur, l'expression et le regret de son bonheur si complet d'alors, auprès d'une mère qu'elle ne devait pas longtemps posséder : « Il me semble la voir encore (écrivait-elle pour son fils) dans cette petite maison que vous vous rappellerez peut-être. Mon imagination me la représente au milieu de nous, travaillant à quelque ouvrage destiné à l'une de ses filles, égayant nos soirées par sa conversation si piquante et si variée, tantôt racontant, avec une originalité qui lui était particulière, mille histoires plaisantes, ou qui nous le paraissaient, parce qu'elle leur prêtait un charme qu'elle seule savait donner, tantôt animant la société par une discussion sérieuse qu'elle savait de même, et selon la convenance, ou prolonger avec intérêt, ou terminer avec saillie. Du milieu de cette foule de bonnes plaisanteries qui lui échappaient sans cesse, jaillissaient encore des réflexions fortes et profondes, que son bon goût avait soin de revêtir toujours d'une sorte de couleur féminine... » Sans trop m'arrêter sur cet ancien portrait de famille placé aux origines de notre sujet, et qui le domine du fond, sans prétendre non plus pénétrer dans le mystère de la transmission des esprits, ne semble-t-il donc pas, presque à la première vue, que de si amples et si vives qualités maternelles aient suffi à se partager dans sa descendance, et à y fructifier en divers sens, comme un riche héritage ? L'une de ses filles, celle qui nous occupe, développera plutôt le côté sérieux et philosophique, si je puis ainsi l'appeler ; on possède, on retrouve chaque jour chez l'autre (j'allais dire, on applaudit) l'ingénieuse et riante fertilité, le brillant d'imagination[a]; tandis que de cette veine originale primitive, de cette haute source d'excellente raillerie, il restera encore assez pour rejaillir en dons heureux et piquants sur le petit-fils dont elle chérissait et charmait l'enfance.

D'un caractère, d'un tour d'esprit tout autre que Mme de Vergennes et appartenant à une génération de beaucoup antérieure, Mme d'Houdetot habitait Sannois; un mur mitoyen séparait les deux familles; le voisinage et toutes les convenances aimables les lièrent. L'intimité qui s'ensuivit eut un effet durable sur l'esprit de Mme de Rémusat, et détermina en quelque sorte le milieu social où elle passa sa vie. Mme d'Houdetot ne mourut qu'en janvier 1813, à l'âge de quatre-vingt-trois ans. Dans les années où nous la prenons, c'est-à-dire un peu avant 1800, le salon de cette aimable vieille réunissait les débris de la bonne compagnie et de la société philosophique, qui même, en aucun temps, ne s'en était absolument exilée. On peut dire de Mme d'Houdetot que son idéal d'existence ne sortit jamais de cette vallée de Montmorency où la flamme de Jean-Jacques a comme gravé son souvenir en chiffres immortels. Son printemps d'idylle y refleurit bien des fois; sa fraîcheur d'impressions se conserva jusqu'au dernier jour. Mme d'Houdetot passa à la campagne le temps même de la Terreur; sa retraite fut respectée; ses parents s'y pressaient autour d'elle, et il se pourrait bien (écrit Mme de Rémusat dans un charmant *portrait*[3] de sa vieille amie) qu'elle n'eût gardé de ces jours affreux que le souvenir des obligations plus douces et des

a. Mme de Nansouty a fait quantité de proverbes et petites comédies de société.

relations plus affectueuses qu'ils lui valurent. Mme d'Houdetot était de ces âmes qu'on peindrait d'un mot : *elles ont passé dans le monde en voyant le bien*. C'est encore une manière de le faire, au moins tout auprès de soi. L'heureuse illusion dont s'enveloppe une nature aimante rayonne autour d'elle et en rend ou en prête aux autres. Mais je veux, de ce portrait étendu que j'ai sous les yeux, et qui a pour épigraphe le mot de Massillon : *C'est l'amour qui décide de tout l'homme,* — je veux tirer ici quelques passages qui en fixeront mieux les nuances, et nous accoutumeront ainsi à l'observation judicieuse et fine, à la ligne gracieuse et pure de celle qui l'a tracé :

« On ne peut guère, écrit Mme de Rémusat, porter plus loin que Mme d'Houdetot, je ne dirai pas la bonté, mais la bienveillance. La bonté demande une sorte de discernement du mal : elle le voit et le pardonne. Mme d'Houdetot ne l'a jamais observé dans qui que ce soit. Nous l'avons vue souffrir à cet égard, souffrir réellement, lorsqu'on exprimait le moindre blâme devant elle ; et dans ces occasions elle imposait silence d'une manière qui n'était jamais désobligeante, car elle montrait tout simplement la peine qu'on lui faisait éprouver. Cette bienveillance a prolongé la jeunesse de ses sentiments et de ses goûts. L'habitude du blâme aiguise peut-être l'esprit beaucoup plus qu'elle ne l'étend : mais, à coup sûr, elle dessèche le cœur et produit un mécontentement anticipé qui décolore la vie. Heureux celui qui meurt sans être détrompé ! le voile clair et léger qui sera demeuré sur ses yeux donnera à tout ce qui l'environne une fraîcheur et un charme que la vieillesse ne ternira point. Aussi Mme d'Houdetot disait-elle souvent : Les plaisirs m'ont quittée, mais je n'ai point à me reprocher de m'être dégoûtée d'aucun. — Cette disposition la rendait indulgente dans l'habitude de la vie, et facile avec la jeunesse. Elle lui permettait de jouir des biens qu'elle avait appréciés elle-même, et dont elle aimait le souvenir ; car son âme conservait une sorte de reconnaissance pour toutes les époques de sa vie.

« Par une suite de la même disposition expansive, elle avait éprouvé de bonne heure un goût très-vif pour la campagne. Avide de saisir tout ce qui s'offrait à ses impressions, elle s'était bien gardée de ne pas connaître celles que peut inspirer l'aspect d'un beau site et d'une riante verdure ; elle demeurait en extase devant un point de vue qui lui plaisait ; elle écoutait avec ravissement le chant des oiseaux, elle aimait à contempler une belle fleur, et tout cela jusque dans les dernières années de sa vie. Jeune, elle eût voulu tout aimer, et ceux de ses goûts qu'elle avait pu garder sur le soir de ses ans embellissaient encore sa vieillesse, comme ils avaient concouru à parer cette heureuse époque qui nous permet d'attacher un plaisir à chacune de nos sensations.

« … Rentrée dans le monde quand nos troubles cessèrent, elle y rapporta sa bienveillance accoutumée, et chercha à jouir encore des biens qui ne pouvaient lui échapper. Le besoin d'aimer, qui fut toujours le premier chez elle, la conduisit à faire succéder à des amis qu'elle avait perdus d'autres amis plus jeunes qu'elle choisit avec goût, et dont la nouvelle affection la trompait sur ses pertes. Elle croyait honorer encore ceux qu'elle avait aimés, et dont elle se voyait privée, en cultivant dans un âge avancé les facultés de son cœur. Trop faible pour se soutenir dans sa vieillesse par ses seuls souvenirs, elle ne crut pas qu'il fallût cesser d'aimer avant de cesser de vivre. Une Providence indulgente la servit encore en préservant ses dernières années de l'isolement qui d'ordinaire les accompagne. Des soins assidus et délicats embellirent ses vieux jours de quelques-unes des couleurs qui avaient égayé son printemps; une amitié complaisante[a] consentit à prendre avec elle la forme qu'elle était accoutumée de donner à ses sentiments. La raison austère et détrompée pouvait quelquefois sourire de cette éternelle jeunesse de son cœur; mais ce sourire était sans malignité, et sur la fin de sa vie Mme d'Houdetot trouva encore dans le monde cette indulgence affectueuse que l'enfance aimable paraît avoir seule le droit de réclamer.

« D'ailleurs elle a prouvé, par le courage et le calme qu'elle a montrés dans ses derniers moments, que l'exercice prolongé des facultés du cœur n'en affaiblit point l'énergie. Elle a senti qu'elle mourait, et cependant, en quittant une vie si heureuse, elle n'a laissé échapper que l'expression d'un regret aussi tendre que touchant : — Ne m'oubliez pas, disait-elle à ses parents et à ses amis en pleurs autour de son lit de mort; j'aurais plus de courage s'il ne fallait pas vous quitter, mais du moins que je vive dans votre souvenir!

« C'est ainsi qu'elle ranimait encore par le sentiment une vie prête à s'éteindre, et ces seuls mots *j'aime* ont été le dernier accent que son âme, en s'exhalant, ait porté vers la Divinité[b]. »

a. Celle de M. de Sommariva. Ce serait toute une histoire renouvelée du fleuve de *Tendre* que de dire la feinte pastorale à laquelle il se prêta. — Jeune, riche, il fit semblant d'être malheureux, ruiné, exilé, afin de mieux jouer près d'elle son rôle d'étranger ému, attendri, reconnaissant, et pour que Mme d'Houdetot pût avoir prétexte à se dire dans sa candeur : « Pauvre jeune homme! Ce n'est pas étonnant qu'il m'aime. »

b. À l'appui et comme au bas de ce doux pastel[4], il nous sera permis d'écrire quelques vers de Mme d'Houdetot elle-même, de ces vers du

Mme de Rémusat crayonnait l'aimable portrait en 1813 ; quinze ans auparavant elle entrait avec nouveauté dans ce monde restauré que recomposaient tant de débris et qui se remettait à sourire si gracieusement sous ses rides. Cette société de Mme d'Houdetot où régnaient encore les derniers philosophes, M. de Saint-Lambert, M. Suard, l'abbé Morellet, n'était plus philosophique que littérairement, pour ainsi parler. La Révolution avait beaucoup désabusé, beaucoup refroidi. Il y avait là, nous dit un très-bon juge, un mélange assez pacifique de lumières modernes, de vœux rétrogrades, de goûts d'ancien régime, de mœurs simples amenées par le malheur des temps, de tristes regrets à la suite des douleurs de 93 : il y avait surtout un vif besoin de bonheur, de repos final et de plaisirs de société. Ce qui eût été contradiction dix ans plus tôt s'assortissait en ce moment à merveille. À travers ce croisement d'idées et de sentiments, rien n'opprimait le jeu libre de la pensée et n'en forçait la direction ; les jeunes esprits avaient de quoi s'y gouverner eux-mêmes dans leur droiture et y faire leur voie. En politique, on y était royaliste en ce sens qu'on aimait mieux Louis XVI que ses juges, et les émigrés que les jacobins ; mais on s'y montrait, en général, assez disposé à embrasser tout gouverne-

---

bon vieux temps dont plusieurs sont restés agréables encore sous leur couleur passée ; voici une *imitation* qu'elle avait faite *de Marot*, et où le tendre aveu se retrouve dans un léger déguisement :

Jeune, j'aimai : ce temps de mon bel âge,
Ce temps si court, l'amour seul le remplit.
Quand j'atteignis la saison d'être sage,
Encor j'aimai, la raison me le dit.
Me voilà vieux, et le plaisir s'envole ;
Mais le bonheur ne me quitte aujourd'hui,
Car j'aime encore, et l'amour me console :
Rien n'aurait pu me consoler de lui.

ment régulier, tout ce qui garantirait l'ordre et le repos. C'était la bonne compagnie du Consulat. Le Consulat, dès le premier jour, en fut reconnu et salué.

Mme de Vergennes avait eu de tout temps quelques relations avec Mme de Beauharnais, et elle ne les avait pas discontinuées avec Mme Bonaparte. Le hasard les avait rapprochées une première fois dans un petit village des environs de Paris, où elles allaient passer le terrible été de 93 ; le hasard les rapprocha encore durant le temps de l'expédition d'Égypte. Mme Bonaparte habitait dès lors la Malmaison, et Mme de Vergennes vint séjourner quelques mois à Croissi, tout près de là, dans le château d'un ami. La fortune de l'illustre absent, à cette époque, n'était pas à beaucoup près aussi nette que nous la jugeons aujourd'hui ; son astre lointain semblait par moments près de s'éclipser. Mme Bonaparte, après le radieux éclat de la première campagne d'Italie, se trouvait déjà un peu veuve, un peu répudiée, ce semble, et en proie à mille gênes comme à mille soucis, au sein des restes somptueux d'une première et passagère grandeur. Naturellement expansive et d'un abandon facile, elle n'eut pas plus tôt retrouvé Mme de Vergennes, qu'elle ne ménagea point l'arriéré des récits et toutes sortes de confidences. Le débarquement à Fréjus la vint saisir au milieu de ses craintes et replacer brusquement sur le char. Lorsque, après un an environ, le nouveau gouvernement s'étant tout à fait affermi, Mme de Vergennes eut recours à elle et lui exprima le désir d'une position pour son gendre, de quelque place, par exemple, au Conseil d'État, elle la retrouva toute grâce, toute bienveillance. Les Tuileries se rouvraient ; Mme Bonaparte eut à l'instant l'idée de prendre près d'elle pour dame du palais, Mme de Rémusat, et d'attacher par suite son mari au service du Consul. C'était plus qu'on n'avait désiré, c'était trop. Mais déjà de telles faveurs étaient des ordres et ne se discutaient plus. M. de Rémusat devint préfet du palais.

On essayait d'un commencement de cour. C'est dans l'automne de 1802 que Mme de Rémusat s'établit pour la première fois à Saint-Cloud, où était alors le premier Consul. Elle avait vingt-deux ans. Sa nomination et celle de son mari parurent un événement au sein de cet entourage jusque-là tout militaire. On y pouvait voir une pensée du maître, une première avance et comme un premier anneau pour se rattacher à l'ordre civil, et pour en gagner les personnes considérées. Il y avait bien des degrés dans les anciens noms ; mais celui de *Vergennes* était connu, était historique, et tenait à l'ancien régime. Il frayait la voie à de plus grands, encore rebelles, qui ne firent pas faute pourtant dès que le Consulat se changea en Empire, et qui se précipitèrent en foule. De plus, le Consul, qui *aimait assez qu'on sût pour lui ce qu'il ignorait*, trouvait particulièrement en M. de Rémusat un tact sûr, la connaissance parfaite des convenances et de certains usages à rétablir, tout ce qui enfin, à cette époque, pouvait servir cette partie importante et délicate de son dessein. Il ne s'agissait de rien moins que de restaurer la dignité dans les formes et la politesse.

J'aurais trop à dire, et je dirais trop peu, si je voulais suivre Mme de Rémusat dans cette cour où elle se trouva ainsi lancée à vingt-deux ans, au sortir d'une existence solitaire et morale. Douée d'une maturité et d'une prudence supérieure à son âge, son âme droite évita les écueils, et son esprit ferme recueillit les enseignements. L'enthousiasme reconnaissant et dévoué, dont elle s'était d'abord senti le besoin, essuya trop d'échecs consécutifs pour résister et subsister bien longtemps. Elle a peint elle-même cette décroissance graduelle dans des Mémoires que je me crois à peine le droit d'effleurer[a]. Nous retrouverons tout à l'heure quelques-uns des résultats de son expérience retracés sous voile dans un roman, et nous serons là plus à l'aise du moins pour les faire ressortir.

Une particularité essentielle et, pour ainsi dire, historique, reste à noter : Mme de Rémusat fut une des personnes qui, pendant ces premières années, causèrent le plus avec le Consul. À quoi dut-elle cette faveur ? Elle-même nous en déduit les raisons, non sans quelque raillerie. Elle arrivait simple et franche, avec ses habitudes de conversation aisée, au sein de ce monde de mot d'ordre et d'étiquette où, à ce début, l'on était, en général, assez ignorant et timide. Elle admirait Bonaparte et n'avait pas appris encore à le craindre. Aux brusques questions qu'il adressait, à ses rapides monologues, les autres femmes ne répondaient le plus souvent que par monosyllabes, tandis qu'elle, elle avait quelquefois une pensée et se permettait de la dire. Les premiers jours, cela fit presque scandale et causa grande jalousie : elle dut se le faire pardonner par des len-

a. Elle avait fait mieux. Admise, comme Mme de Motteville, à voir d'une très-bonne place cette *belle comédie*, elle avait songé à en fixer sur le temps même les complets souvenirs. Elle avait écrit chaque soir, autant qu'elle l'avait pu, les événements, les impressions, les entretiens de la journée. Par malheur, en 1815, pendant les Cent-Jours, quelques circonstances particulières, que sans doute elle s'exagéra, la poussèrent à craindre pour des papiers si pleins de choses et de noms : ce qui est véridique est presque toujours terrible. Elle sortit pour les mettre en sûreté chez un ami ; mais ne l'ayant pas trouvé, elle rentra précipitamment et les jeta au feu. Une heure après elle en était aux regrets. Ce n'est qu'après la publication de l'écrit de Mme de Staël sur la Révolution française qu'elle eut l'idée et le courage de rassembler encore une fois ses souvenirs ; à défaut du premier et incomparable récit, ceux qui liront l'autre un jour auront de quoi se consoler.

demains de silence. Mais surtout elle avait mieux encore qu'à répondre, quand Bonaparte pensait tout haut, comme il s'y échappait souvent : elle savait écouter, elle savait comprendre et suivre ; il était très-sensible à ce genre d'intelligence et en savait un gré infini, particulièrement à une femme. Était-ce que, par hasard, il s'en étonnait ? M. de La Mennais, en un récent écrit, d'où l'on tirerait des pensées assurément plus gracieuses, a dit : « Je n'ai jamais rencontré de femme en état de suivre un raisonnement pendant un demi-quart d'heure. » Voilà qui est bien dur, et qui sent la rancune. Bonaparte n'était pas précisément galant et se montrait sévère surtout pour l'esprit des femmes ; mais il n'aurait jamais dit pareille chose : il n'aurait eu qu'à se souvenir de Mme de Rémusat.

Diverses raisons et circonstances arrêtèrent assez tôt ces débuts communicatifs, et mirent comme le signet aux conversations du héros avec la femme spirituelle : d'abord sa propre prudence à elle-même, une fois éclairée sur le peu de sûreté du lieu ; puis l'étiquette souveraine de l'Empire qui étendit son niveau. Sans doute aussi Mme de Rémusat était un esprit trop sérieux, trop actif, pour écouter causer de politique sans y réfléchir ; l'Empereur put s'en apercevoir et se méfier. Attachée d'ailleurs par affection comme par position à l'impératrice Joséphine, elle se sentait pour rôle unique de suivre sa fortune. Elle fut atteinte de très-bonne heure dans sa santé, ce qui ne lui permit guère de faire activement son service, pourtant simplifié vers la fin dans cette retraite de la Malmaison. M. de Rémusat continuait de remplir le sien près de l'Empereur avec plus d'exactitude et de conscience que d'empressement. La situation assez grande qu'ils avaient obtenue du premier jour n'alla donc jamais jusqu'à la faveur. Depuis le divorce, il y eut arrêt marqué, définitif ; et la liaison étroite où ils furent avec M. de Talleyrand, durant ces dernières années de l'Empire, étendit sur eux comme une ombre de la même disgrâce.

Vers cette époque, le goût de la société comme conversation, et celui de la littérature à titre presque d'occupation suivie, prirent une place croissante dans la vie de Mme de Rémusat. Les réflexions graves lui vinrent avant l'âge, et sa maturité data du cœur même de sa jeunesse. Ses cahiers de pensées nous permettent de la suivre à cet égard de beaucoup plus près qu'il ne semblerait possible. Dans un voyage qu'elle fit à Cauterets pour sa santé en 1806, l'isolement où elle se trouva au sortir d'une cour qui avait hâté son expérience, lui donna lieu d'en rassembler les fruits déjà tristes et amers. Son état de souffrance la reporta vers les idées religieuses dont son enfance n'avait jamais manqué, et qui depuis n'avaient été que distraites ; elle rêva, elle pria, surtout elle médita : « La méditation, a-t-elle dit, diffère de la rêverie en ce qu'elle est l'opération volontaire d'un esprit ordonné. » Des réflexions qu'elle écrivit vers le même temps, après avoir lu celles de Mme Du Châtelet sur le Bonheur, nous la montrent bien contraire à cette morale égoïste et sèchement calculée de l'amie de Voltaire, comme d'ailleurs elle eût été peu encline à la morale purement sentimentale que de plus tendres avaient puisée dans Rousseau. La sienne cherchait plutôt son appui dans la raison, et se dirigeait par l'effort au devoir. Pourtant des idées et même des pratiques religieuses positives (nous en avons la preuve et nous y reviendrons) s'y mêlèrent en avançant, et agirent beaucoup plus que le monde et peut-être les amis ne l'auraient cru, mais peut-être aussi un peu moins que Mme de

Rémusat ne se le disait à elle-même. Dans un excellent morceau que je lis, daté de 1813, *sur la coquetterie*, elle n'avait eu besoin que de consulter son observation de moraliste, son jugement sain et ses goûts délicatement sérieux, pour dire, par exemple :

« C'est de trente à quarante ans que les femmes sont ordinairement le plus portées à la coquetterie : plus jeunes, elles plaisent sans effort, et par leur ignorance même. Mais quand leur printemps a disparu, c'est alors qu'elles commencent à employer de l'adresse pour conserver des hommages auxquels il serait pénible de renoncer[5]. Quelquefois elles essaient de se parer encore des apparences de cette innocence qui leur a valu tant de succès. Elles ont tort ; chaque âge a ses avantages, et aussi ses devoirs. Une femme de trente ans a vu le monde, elle sait le mal, même en n'ayant fait que le bien... À cet âge, elle est ordinairement mère ; depuis longtemps l'expérience est devenue sa véritable sauvegarde. Alors elle doit être calme, réservée, je dirai même un peu froide. Ce n'est plus l'abandon et la grâce de la confiance qui doivent l'entourer, mais la dignité majestueuse que lui donnent les titres d'épouse et de mère. À cette époque, il faut avoir le courage de dénouer la ceinture de Vénus. Voyez les charmes dont le poëte l'a composée[a] : sont-ce là les ornements de la vertu et de la maternité ?

« Mais qu'on a besoin de force pour quitter la première un semblable ornement ! Avec un peu de soins, il sied encore si bien ! Cependant, encore quelques années, la ceinture tombera d'elle-même, se refusant à parer des charmes flétris. Alors on

a. « Là sont enfermés tous les charmes ; là l'amour, le désir, le murmure des amants, l'insinuant propos qui dérobe leur cœur même aux plus sages. » (HOMÈRE, *Iliade*, XIV.)

rougira en la regardant ; on dira tristement comme cette courtisane grecque qui consacrait son miroir à la Beauté éternelle : *Je le donne à Vénus puisqu'elle est toujours belle*...

« N'est-il pas plus sage de se prémunir d'avance contre l'amertume d'un pareil moment, et de chercher des consolations contre l'inévitable mécompte dans le courage avec lequel on l'aura prévu ? Les sacrifices dictés par la raison ont cet avantage, que l'effort qu'ils ont coûté en devient toujours la récompense. Ô mères ! entourez-vous de bonne heure de vos enfants. Dès qu'ils sont au monde, osez vous dire que votre jeunesse va passer dans la leur ; ô mères ! soyez mères, et vous serez sages et heureuses ! »

Elle écrivait ces choses avec un sentiment profond, elle les disait avec un accent pénétré et un retour pratique sur elle-même ; dès cet âge, en effet, elle dénoua la ceinture, qui n'avait renfermé pour elle que les grâces pudiques. Tout nous dit qu'elle eût pu se la permettre encore. On prendrait une heureuse idée de sa personne à ce moment dans un très-fin portrait de *Clary*, tracé par une main, j'allais dire une griffe, bien connue, non en telle matière pourtant, et peu coutumière d'écrire[a]. Sa physionomie avait, comme son esprit, l'agrément durable ; des lèvres, des dents belles, et la vivacité des yeux, éclairaient le visage à proportion qu'on causait. Sa taille était restée jeune. Elle avait trente-deux ans, et en paraissait vingt-huit.

Elle voyait beaucoup, en ces années, Mme de Vintimille[6], et cette société d'élite dont le mouve-

a. M. de Talleyrand, un jour qu'il présidait le Sénat, se mit à s'ennuyer de la séance, et, prenant une feuille de papier officiel qui était devant lui, il traça de sa petite écriture le portrait de *Clary*.

ment intérieur nous a été tout récemment rendu avec une vivacité aussi affectueuse que piquante par les lettres de M. Joubert. La société de Mme de Vintimille était plus et mieux qu'une suite du dix-huitième siècle. En ce temps où tout renaissait, il y avait en certains coins comme une reflorescence et, si l'on peut dire, un *regain* du pur Louis XIV. Le goût remontait à ses hautes sources ; la religion, servie par M. de Chateaubriand, représentait ses grands modèles. Tandis qu'au dehors une librairie intelligente, aidant à ce retour du public, réimprimait des collections d'anciens mémoires, de petits choix de lettres de Mme de Montmorency, de Mme de Scudery, de Mme de Coulanges, on citait tel cercle où les femmes prenaient le deuil à l'anniversaire de la mort de Mme de Sévigné.

La mode des portraits de société, qui n'avait jamais entièrement cessé, semblait revivre comme au beau temps de Mademoiselle. Après celui de Mme d'Houdetot par Mme de Rémusat[7], je pourrais citer d'elle encore le portrait de Mme de Vintimille et celui de M. Pasquier, lequel, à beaucoup d'égards, nous paraîtrait d'hier, tant les facultés aimables, que la société exerce, accompagnent sans peine jusqu'au bout les mérites solides. Mme de Rémusat, aux heures de liberté que lui laissaient ses fonctions de service officiel, désormais fort ralenties, aimait à rester chez elle. On y venait régulièrement ; on y causait beaucoup, à la manière de l'ancien régime, et son salon de la place Louis XV fut tout à fait un de ceux du temps de l'Empire. Le monde de Mme de Vintimille et celui de Mme d'Houdetot s'y retrouvaient avec quelques variantes et quelques rajeunissements : c'étaient M. Molé, M. Suard et l'abbé Morellet, M. de Bausset (le cardinal), M. Galloix, M. Cuvier, Mlle de

Meulan et M. Guizot, M. de Barante, un peu M. de Fontanes, Gérard le peintre, plus tard M. Villemain. Dans un cahier de souvenirs, dans un de ces albums alors plus rares qu'aujourd'hui et plus intimes, où on lit inscrits les noms des amis, et où l'on recherche de chacun d'eux, avec une curiosité mêlée de tristesse, quelques témoignages particuliers et déjà lointains, je saisis avec bonheur et je dérobe une page toute lumineuse signée du nom de Chateaubriand. Rien de ce qui échappe à certaines plumes ne saurait fuir et pâlir. M. de Chateaubriand porte de la grandeur, même dans la grâce ; je me figure qu'Homère eût été Homère encore jusque dans les proportions de l'Anthologie. Voici l'éclatant fragment :

« La Gloire, l'Amour et l'Amitié, descendirent un jour de l'Olympe pour visiter les peuples de la terre. Ces divinités résolurent d'écrire l'histoire de leur voyage et le nom des hommes qui leur donneraient l'hospitalité. La Gloire prit dans ce dessein un morceau de marbre, l'Amour des tablettes de cire, et l'Amitié un livre blanc. Les trois voyageurs parcoururent le monde, et se présentèrent un soir à ma porte : je m'empressai de les recevoir avec le respect que l'on doit aux Dieux. Le lendemain matin, à leur départ, la Gloire ne put parvenir à graver mon nom sur son marbre ; l'Amour après l'avoir tracé sur ses tablettes, l'effaça bientôt en riant : l'Amitié seule me promit de le conserver dans son livre.

DE CHATEAUBRIAND.

— 1813[a]

a. Lorsque je publiai ceci pour la première fois, M. de Chateaubriand fut mécontent d'être ainsi surpris en liaison et en bonne grâce avec une personne de ce monde impérial ou doctrinaire, avec lequel il

Il serait bien solennel de se demander si Mme de Rémusat apporta quelque chose de particulier et de nouveau dans la conversation de son temps : elle dut pourtant viser à introduire le sérieux dans la société. Les deux parts autrefois étaient sensiblement séparées ; on avait le sérieux, si l'on pouvait, dans le cabinet et dans la solitude ; on portait, on cherchait le frivole et le purement amusant dans le monde : il y avait lieu sans doute à un essai de transaction, de conciliation. Mme de Rémusat dut au moins y songer. Pour nous littérateurs, et à ne juger que d'un peu loin et par les livres, nous dirions que si Mme de Staël introduisit et maintint une sorte de sérieux plus exalté, que si Mme Guizot (Mlle de Meulan) ne craignit pas un sérieux plus raisonneur et parfois contredisant, Mme de Rémusat dut rechercher un sérieux plus uni à la fois et plus doux. Mais toutes ces distinctions sont des *formules* rédigées après coup et à l'usage de ceux qui n'ont pas vu. Je me hâte d'en sortir, car je vois d'ici les vrais témoins, les seuls qui ont vécu et qui savent, et ils sourient.

---

avait été constamment depuis en froid et même en antipathie. Il dit à Mme Récamier qu'il n'avait jamais rien écrit sur l'album de Mme de Rémusat, et que le *fragment* n'était pas de lui. Mme Récamier s'empressa de m'en faire part : la vérité pour cette charmante femme n'était jamais que celle que désiraient ses amis. Il n'y avait au désaveu de M. de Chateaubriand qu'une petite réponse à faire et que je fis à peine, c'est que le *fragment* était écrit et signé de sa main sur le livre où je l'avais copié. Les éloges dont je l'avais accompagné, et qu'on vient de lire, ce grand nom même d'Homère que j'y avais mêlé à dessein et par précaution, n'avaient pu conjurer un accès de mauvaise humeur et de vive contrariété dans l'homme de parti et de coterie dont se compliquait en lui l'homme supérieur. On ne se doute pas de toutes les peines et de toutes les ruses à bonne fin qu'il nous a fallu avoir, nous autres critiques qui tenions à accroître sur quantité de points délicats et neufs l'histoire littéraire contemporaine ; qui avions besoin d'être bien informé, et qui ne voulions écrire sous la dictée de personne. Je n'ai, grâce à Dieu, jamais rien eu à gouverner dans ce monde, mais j'ai eu le maniement des amours-propres d'auteur, et c'est bien assez.

Dans l'histoire (à peu près impossible malheureusement) de la conversation en France, un trait suffirait à qualifier Mme de Rémusat, à lui faire sa part, et on peut se rapporter à ce qu'il signifie pour le mélange du sérieux et de la grâce : elle est peut-être la femme avec laquelle ont le mieux aimé causer Napoléon et M. de Talleyrand.

L'histoire de la conversation, je viens de le dire, me paraît impossible, comme celle de tout ce qui est essentiellement relatif et passager, de ce qui tient aux impressions mêmes[8]. Où retrouver les éléments et la mesure ? Quand les propos assez exacts se transmettraient dans des écrits, dans des lettres, ils y arriveraient la plupart du temps *figés*, car le papier ne sourit pas[a]. Rien n'est plus adapté au goût de chaque époque que la conversation qui y règne. L'entretien sérieux d'hier semblerait demain un peu timide, ou superficiel, ou fade, s'il revenait dans un entier écho. La conversation délicate et polie d'un temps semblera empesée dans un autre. Mme de Rémusat l'a ingénieusement remarqué dans son *Essai sur l'Éducation* (chap. XI) : l'idéal de la conversation passée, lorsqu'on veut en fixer le beau moment, recule et s'enfuit à l'horizon comme tous les âges d'or. Mme du Deffand et Mme du Châtelet se plaignent déjà des manières des hommes, et Mme de Lambert déclare qu'ils ont perdu le vrai ton. Mme Des Houlières croyait qu'il eût fallu remonter jusqu'à Bassompierre, et Mme de La Fayette a rejeté la date de son roman sous les Valois. J'aimerais à en conclure que même pour nous, et malgré nos plaintes habituelles, tout à cet égard n'est pas

a. On l'a dit, l'inconvénient des livres de *Pensées*, quand elles ne sont pas communes, est qu'elles paraissent souvent prétentieuses ; les mêmes choses dites ne l'étaient pas. Le sourire et l'accent les faisaient passer ; mais, fixées sur le papier, c'est autre chose : le papier est bête.

désespéré encore. Quand on regrette si vivement les plaisirs de la conversation (c'est comme pour les scrupules en morale), on est bien près de mériter l'exception heureuse et de rattraper quelques bons moments. Après tout, y eut-il jamais plus que cela ?

Et puisque j'en suis à cette question de l'introduction du sérieux dans les entretiens de société, j'en veux signaler, en passant, une conséquence, d'autant plus qu'elle est tout particulièrement littéraire. L'oserai-je bien dire ? tout n'est pas avantage dans ce courant continuel et extérieur plus élevé et plus soutenu. Au point de vue de l'écrivain, un inconvénient est d'apporter plus d'uniformité entre ce qu'on *parle* et ce qu'on *écrit* ; on parle avec plus de verve, on écrit avec moins[9]. Le tact, la convenance qu'on retrouve sous sa plume, n'est pas toujours pour le talent une compensation suffisante. Quand on cause ainsi beaucoup des mêmes choses qu'on écrira, on les assouplit peut-être, on les évapore aussi, on les décolore à l'avance, et on en écrit avec moins de fraîcheur. On ne les découvre jamais un matin avec émotion ; quelqu'un l'a dit très-spirituellement, on a l'air de les savoir de toute éternité. La société cependant y gagne en intérêt, en noble emploi des loisirs ; et, en effet, quand elle n'est pas pour les personnes un accident, un lieu de passage et quelquefois de contrainte, mais un séjour habituel et nécessaire, il faut bien en tirer tout le parti possible, même y penser et y réfléchir tout haut, sans quoi on courrait risque de ne pas trouver le temps de réfléchir. Or penser tout haut, devant tous, opérer sur les idées devant témoins, est un exercice brillant, un jeu plein de charme, et qui finit par envahir. La pensée chaste, recueillie et ardente, s'en effarouche : elle aussi a ses orgueils et ses pudeurs. On ne pense pas seulement tout haut, on étudie tout haut ; la manière s'y aiguise en clarté, en rapidité, en intérêt ; elle marque moins en originalité et en profondeur. La sensibilité et l'imagination dans le style, l'expression continente et jalouse, s'acquièrent, se conservent autrement. M. de Buffon le savait bien, et trop bien ; hors de sa tour de Montbard, il ne les prodiguait pas.

Revenons bien vite. Mme de Rémusat avait toujours eu le goût de la littérature ; elle avait écrit de très-bonne heure avec facilité, avec agrément ; on a retrouvé d'elle de petites compositions faites à quinze ou seize ans, des nouvelles, des essais de traduction (même en vers) de quelques odes d'Horace. Pendant des années, chaque soir, elle couchait au vif sur le papier ses souvenirs. Toute sa vie, elle a écrit beaucoup de lettres, et longues, qui se sont conservées la plupart et pourraient se recueillir[10]. Mais je ne parlerai un peu que de ses romans ; elle en a composé plusieurs : j'en ai lu deux. L'un, qui s'intitulerait *Charles et Claire, ou la Flûte*, est de 1814. Il repose sur une donnée singulière et gracieuse : dans une certaine ville d'Allemagne, deux émigrés français, un jeune homme et une jeune fille, voisins l'un de l'autre, s'aiment sans s'être jamais vus. Le jeune homme est souffrant de santé, et pourtant, le soir d'ordinaire, en rentrant, il joue de la flûte. La jeune fille qui, logée au couvent d'à-côté, soigne sa grand'mère malade, lui écrit un jour, ayant su qu'il était Français, pour le prier de ne pas jouer à de certaines heures où cela incommode sa grand'mère, et en même temps, toutefois, elle le prie de jouer encore, car, à certaines autres heures, cela pourrait faire distraction à sa pauvre grand'mère et à elle-même. De là, de ce commerce vague et porté par des sons, entretenu par des lettres, et où divers incidents assez naturels retardent la rencontre, naît un amour tel qu'on le peut supposer entre deux êtres très-jeunes, très-purs et très-malheureux. La jeune servante, Marie, qui sert de messagère auprès du jeune homme, répond à quelques questions qu'il lui adresse, et ce peu suffit pour fixer l'imagination de l'amant, tout en l'excitant davantage. La jeune fille se dit qu'elle montrera les lettres à son père dès qu'il arrivera, et on l'attend de jour en jour. Cette idée la rassure, et de part et d'autre on s'écrit. La flûte et ses sons les plus touchants ont des heures réglées, de vrais rendez-vous. Le jeune homme dit *nos petits concerts*, et il en a le droit, quoiqu'il n'y ait que lui qui joue ; car les deux cœurs font l'accord. Un jour, des airs languedociens bien choisis arrachent des larmes à l'aïeule et vont réveiller d'attendrissants souvenirs dans sa mémoire affaiblie. Un autre jour, c'est la fête de Claire ; puis les airs royalistes ne font pas défaut, *Charmante Gabrielle ! Richard, ô mon roi !* les doux sentiments personnels redoublent le pas en s'associant à ceux des pères et des aïeux. À un certain moment, le jeune homme, qui lit *Werther*, se monte la tête ; le style de ses lettres s'échauffe ; cela va se gâter, quand tout à coup le père, au lieu d'arriver, envoie une de ses sœurs, une tante de la jeune fille, qui la vient chercher et comme enlever du soir au lendemain. La pauvre enfant n'a que le temps de prévenir le voisin aimable et tendre qu'elle n'a jamais vu. Une minute, une seconde seulement à l'instant du départ, à cinq heures du matin, dans le court intervalle qui sépare le seuil du couvent et le marchepied de la chaise de poste, le jeune homme va l'entrevoir enfin et la rencontrer ; mais un mouchoir qu'elle porte à ses yeux, le mouvement même que lui cause l'émotion de la présence de l'ami, la dérobe peut-être, et remplit l'unique instant. Elle a laissé du moins tomber le mouchoir dont il se saisit, et elle est partie pour toujours ! C'est là, on le conçoit, un bien joli cadre : deux âmes sœurs, séparées par une cloison, par un voile, et qui se sont devinées du premier jour, sans jamais devoir se reconnaître en face. Mais peut-être l'idée est-elle plus piquante à énoncer qu'à suivre ; peut-être cela prêtait-il plus à un chapitre de *Voyage sentimental*, ou de *Voyage autour de ma chambre*, qu'à un développement sous forme de lettres. On se rappelle, dans les Mémoires de Silvio Pellico, le touchant roman ébauché avec cette Madeleine repentie, dont il n'entend que la voix et les cantiques à travers le mur ; mais le roman reste, pour ainsi dire, dans l'air, à l'état de fil de la Vierge, et flotte en pur rêve. La suite des diverses petites scènes, chez Mme de Rémusat, est bien dessinée, bien motivée ; je demanderais au style toujours élégant et pur, sinon plus d'éclat par places, du moins plus d'imprévu, quelques molles négligences. Il manque très-peu à cette nouvelle pour être digne de se glisser entre telle agréable production de Mme Riccoboni et telle autre de Mme de Souza : il y manque un certain duvet de jeunesse, même d'ancienne jeunesse, c'est-à-dire tout simplement peut-être d'être sortie à temps du tiroir, d'avoir su éclore en sa saison et d'avoir essuyé un air de soleil.

En ces sortes d'ouvrages surtout, où il y a couleur et fleur, c'est une différence incomparable de vieillir dans le tiroir ou de vieillir à la lumière. Les ouvrages qui sont dans ce dernier cas (et c'est le lot commun même des meilleurs) peuvent dire : *J'ai eu mon jour*. Ils ont épousé le public ; ils sont entrés dans ses impressions une fois ; il y a gradation jusque dans leurs pertes : ils vieillissent avec harmonie.

Le second roman de Mme de Rémusat dont j'aie à parler, les *Lettres espagnoles ou le Ministre*, est une composition d'un autre ordre, et plus importante. Commencée vers 1805, à la cour impériale, elle ne se reprit ou ne s'acheva qu'en 1820 ; elle porte dans sa trame l'empreinte des modifications successives que subirent les idées de l'auteur ; et l'esprit de Mme de Rémusat, toujours actif, se modifia, se mûrit incessamment.

La première Restauration l'avait trouvée toute disposée. La fatigue et le détachement des esprits étaient grands sur la fin de l'Empire. Elle avait trop vu, pour son compte, et touché de trop longue main les ressorts, pour n'en être pas froissée ; elle en causait confidemment, depuis des années déjà, avec le personnage le plus revenu[a]. Ce fut donc par un sentiment d'espérance, et même avec une certaine vivacité d'anciens souvenirs, qu'elle accueillit l'ordre renaissant, qui devait briser peut-être et certainement diminuer pour elle la position acquise. Le petit roman des deux jeunes émigrés, qui date de 1814, exprime assez bien, dans plusieurs détails, cette espèce de teinte bourbonienne que prirent à ce moment ses pensées. Mais les excès et les ridicules de la réaction royaliste, surtout en 1815, la remirent bien vite et naturellement dans la justesse de son point de vue et dans le vrai de ses opinions. Les idées constitutionnelles reparaissaient sur le tapis comme pour la première fois : son intelligence ferme en embrassa d'abord l'étendue. Les conditions d'une société nouvelle et d'un avenir laborieux se vinrent démasquer de toutes parts dans la

a. M. de Talleyrand.

lutte : elle y appliqua ses méditations et ses prévoyances de mère. Les résultats principaux de son expérience définitive allèrent aboutir à son ouvrage sur l'*Éducation des Femmes* ; mais le roman des *Lettres espagnoles* en profita aussi, et ouvrit son cadre à cette observation plus entière des choses et des hommes.

Dans la première idée, ce roman ne devait probablement analyser et poursuivre que l'embarras amoureux d'un jeune Espagnol, don Alphonse d'Alovera, placé entre deux jeunes filles charmantes, mais dont il aime l'une, tandis que son ambition lui conseillerait de préférer l'autre. Le ton général, j'imagine, eût été donné par des pensées comme celle-ci : « Pourquoi faut-il que la prudence qui soupçonne ait toujours raison sur la confiance qui espère ? Pourquoi faut-il que tous les arrangements de la société s'accordent pour troubler les jouissances du cœur ? » En avançant, l'idée s'est agrandie et transformée : le jeune amoureux se trouve mêlé aux grandes affaires ; le ministre, père d'Inès, de celle qu'il faudrait aimer, a pris plus de place, et la peinture de son caractère a envahi le premier plan. Les romans de Walter Scott passaient alors le détroit ; on commençait à songer à l'exactitude dans la reproduction des lieux et des époques. La première donnée historique ici était vague ; on ne disait pas le règne, on ne désignait qu'en termes généraux le ministre : pourtant Mme de Rémusat, en y insistant, parvint à imprimer à ses tableaux une couleur fidèle, à reproduire de vrais Espagnols, une vraie cour, de vrais moines : il y a un père jésuite qui agit et parle merveilleusement. Cette lecture fait passer sous les yeux un long roman par lettres, développé, sensé, régulier, d'un intérêt lent et croissant, avec des caractères étudiés et suivis, avec des situations prolongées et compliquées, parfaitement définies et menées à fin. J'y trouve des observations du monde, et des délicatesses sentimentales, dans une mesure pourtant qui n'est peut-être ni tout à fait le monde même, ni tout à fait l'idéal romanesque. On voit une personne qui connaît le cœur, qui possède à fond la réalité des cours, et qui ne dit pas tout. On peut y ressaisir sous d'autres noms le calque ou le reflet de ses propres impressions successives dans sa vie de palais. Comment ne pas reconnaître son début enthousiaste de 1802, lorsque don Alphonse, après un mot flatteur du souverain, s'écrie : « Ah ! ma sœur, que les paroles des rois ont de force et de puissance ! Quels engagements peuvent nous faire prendre les moindres témoignages de leur bienveillance ! Une légère marque de bonté, une preuve de leur souvenir décide souvent de notre destinée ; le dévouement de notre vie entière est presque toujours la réponse que nous croyons devoir à la simple apparence de leur intérêt. » Je m'étonnerais bien s'il n'entrait pas quelque souvenir assez présent, et même d'en deçà des Pyrénées, dans le récit de cette course de campagne qu'imagine la reine, pour reposer le roi malade et le distraire des affaires et de l'étiquette : « En effet, dès notre arrivée à Aranjuez, le roi nous annonça que, se fiant à notre respect, le cérémonial serait suspendu, et que chacun aurait la liberté d'agir à peu près à sa propre fantaisie. Vous, ma sœur (c'est une lettre d'Alphonse), dont l'humeur est parfois tant soit peu railleuse à l'égard de nous autres courtisans, vous n'auriez pas manqué de vous amuser de l'embarras où nous a jetés cette déclaration. Il est vrai qu'elle nous était faite avec cette gravité sévère dont le roi ne sait point se départir. L'improvisation en tout est chose assez difficile, et particulièrement celle de la liberté. Il faut que je confesse que nous n'avons su que faire de la nôtre. L'imagination n'osait aller bien loin sur cet article, et nos souverains eux-mêmes s'efforçaient en vain de chercher ce qu'ils pouvaient permettre. Aussi, malgré la bonne disposition du maître et des sujets, les choses se sont-elles passées à peu près comme à l'ordinaire, et, de retour à Madrid, chacun est rentré volontiers dans ses habitudes, les uns reprenant avec leur logement le droit de commander, les autres l'obligation d'obéir[a]. » Et les réflexions qui suivent sont d'une parfaite et triste justesse : « Au fond, ma sœur, le cérémonial des cours, dont on se plaint souvent, a, ce me semble, quelque chose d'utile et même de moral. Auprès des princes, l'intérêt personnel est tellement éveillé, les mauvaises passions humaines sont si fréquemment en jeu, que, s'il nous fallait agir d'après nos sensations réelles et nos vraies émotions, nous donnerions à qui nous observe un triste spectacle. L'étiquette jette un voile uniforme sur tout cela : c'est une sorte de mesure positive qui donne à des tons discordants les apparences de l'harmonie. »

Il y a dans cette cour une comtesse de Lémos, femme d'esprit, qui ose être elle-même et se soucier peu de ce qu'on suppose : « L'attitude indépendante qu'elle sait y conserver, dit l'auteur, m'a fait imaginer quelquefois que, dans cette même cour où l'on ne parle guère, il ne serait pas si difficile qu'on le croit de se permettre de tout dire, pourvu que l'on

a. Un jour, à je ne sais quelle occasion, et à Saint-Cloud, je crois, l'Empereur avait fait venir, pour jouer, les comédiens des petits théâtres, et il permettait, il désirait que ce fût plus gai que ne le sont d'ordinaire les spectacles de cour. M. de Talleyrand, comme grand-chambellan, signifiait l'auguste désir avec son visage le plus solennel : « Messieurs, l'Empereur ne badine pas, il entend qu'on s'amuse. »

consentît en revanche à permettre d'y tout penser.» On est très-prompt, en effet, à y penser beaucoup de choses. Don Alphonse a eu le bonheur, dans une chasse, de sauver la vie de la reine; elle lui en a témoigné sa reconnaissance avec une vivacité qui est sortie une fois de l'étiquette, et voilà dès lors qu'on le suppose amoureux et favorisé. Il est de l'intérêt et de la politique du ministre qu'on le croie, et qu'Alphonse au moins s'y prête. L'art léger avec lequel l'habile patron essaye de lui en inoculer l'idée, l'espèce de négligence qu'il met à lui en apprendre, comme par hasard, la nouvelle courante; le premier mouvement d'Alphonse qui regimbe, qui va s'indigner, et qui pourtant, peu à peu gagné par l'esprit de son rôle, s'y soumet presque: ce sont là des points savamment touchés. Ce premier ministre, dans tout le roman, reste aussi honnête homme qu'il sied, en se montrant aussi contraire au sentiment et au romanesque qu'il est nécessaire. On devine, pour une foule de scènes et pour un certain fond permanent, combien M. de Talleyrand a posé; et la peinture, extrêmement reconnaissable, peut sembler en général adoucie plutôt que déguisée par l'amitié. Cette figure impassible, *trop habile pour trahir même son triomphe, ce ton demi-railleur, demi-bienveillant, qui lui est assez habituel, cette douceur qui est peut-être une ruse de plus*, voilà bien des traits de signalement qui ne se rapportent qu'à lui. L'auteur est loin de refuser au ministre espagnol toute qualité affectueuse: «Nous nous trompons souvent dans nos jugements, quand nous penchons trop à supposer qu'un homme est tout à fait, est complétement ce qu'il est beaucoup. La nature n'a pas cette unité, et parce que la vie de la cour et la pratique de ses intrigues auront émoussé les facultés sensibles de tel personnage, il ne faut pas conclure pourtant qu'elles soient entièrement détruites. » — Un jour, après un dîné d'apparat chez ce ministre, la conversation se soutient avec un remarquable intérêt : « Chose assez étrange (dit l'un des personnages du roman), grâce à la liberté d'esprit dont le ministre donnait l'exemple à tous, ses conviés diplomatiques n'avaient point l'air de s'étudier à ne prononcer que des paroles qui n'eussent aucun sens. J'en fis la remarque au duc quand, vers le soir, tout son monde l'eut quitté : « Je pense, m'a-t-il répondu, que c'est un signe de médiocrité autant que de dédain, chez un homme d'État, que de ne pas permettre qu'aucune question sérieuse soit traitée devant lui. Il existe des notions importantes qu'on ne peut acquérir que par la conversation. Il suffit de savoir résister à l'entraînement qui l'accompagne, car il y a bien aussi quelque sorte d'ivresse dans les plaisirs de l'esprit. » — La machination tramée par le ministre, et qui manque de briser l'existence des personnages qui lui restent le plus chers, ne fait que retarder de peu sa chute. Sa vieille amie, la comtesse de Lémos, lui avait dit : « Prenez-y garde, l'intrigue, quand elle complique, n'est plus un moyen, c'est une difficulté de plus. » Au moment de sa retraite et de son voyage à travers les belles campagnes qu'il n'a pas aperçues depuis si longtemps, et où se promène avec une ombre de sourire son regard éteint je salue une haute pensée : « Dans tous les malheurs qui nous arrivent, il se rencontre un moment douloureux qu'on doit se hâter de franchir : c'est comme un passage obscur et difficile, une sorte de portique entre le désespoir et la résignation. J'y placerais précisément l'inscription contraire à celle que le Dante a mise aux portes de l'Enfer. Une fois au delà, l'esprit mieux rassis mesure ses pertes et s'aperçoit des consolations qui lui restent. Pour un ministre en retraite, ce moment doit se trouver dans le premier jour, ou dans la première nuit qui suivent sa disgrâce... » Il faut souhaiter à tous nos ministres qui sont tombés, ou qui tomberont, de franchir en un jour, ou en une nuit, ce passage souterrain, qui, comme celui du Pausilype, doit leur rendre si vite la vue des plus beaux cieux.

Je ne fais que courir sur un sujet dont tous ne peuvent juger comme moi, et où les preuves seraient trop longues à produire. Il y aurait eu à citer pourtant des scènes vraiment touchantes et profondes, dans lesquelles cette reine si enchaînée par l'étiquette, se laissant prendre au semblant d'affection que tout le monde autour d'elle prête à don Alphonse, trahit devant lui sa faiblesse de femme et ne peut étouffer ses larmes. En somme, si les *Lettres espagnoles* ont manqué d'autre chose encore que de la publicité pour être un beau roman, c'en était une très-belle étude.

Nous arrivons au dernier écrit de Mme de Rémusat, à son livre sur l'*Éducation des Femmes*, publié par son fils. Assez ordinairement les femmes sérieuses et sensibles sont très-frappées, dans leur jeunesse, de l'obstacle que le monde oppose aux sentiments vrais, aux affections naturelles, et plus tard des entraves qu'il met, pour leur sexe encore, aux études et aux pensées suivies, aux applications sérieuses et profondes. De là elles sont tentées de faire des romans de sentiment quand elles sont jeunes, et plus tard des plans d'éducation. Pour Mme de Rémusat en particulier, tout un concours de considérations et de circonstances dut contribuer à donner ce dernier tour à sa maturité. La Révolution avait changé les conditions des diverses classes de la société, et déplacé, en quelque sorte, le centre des forces: il tendait à se fixer désormais dans les classes moyennes. Mais les troubles civils, et, aussitôt après, l'éclat de l'Empire, avaient dérobé ce résultat, qui n'apparut un peu nettement qu'au début de la Restauration. Le retour subit à de certains usages surannés rendit, du premier jour, le nouveau point central plus sensible, en le tiraillant et le faisant crier. Mme de Rémusat, un peu distraite par les grands événements qu'elle avait considérés de si près, se trouva tout d'un coup, avec son genre d'esprit méditatif, en présence de ces questions survenantes[11] et dans la position la plus propre à en être bien informée, autant que vivement excitée. Sa place désormais et celle de son mari étaient dans le parti constitutionnel de la Restauration, dans cette nuance d'opinion qui formait le Centre gauche d'alors. M. de Rémusat, nommé préfet à Toulouse en 1815, et à Lille en 1817, ne devait être destitué que par le ministère Villèle, dont ce fut le premier acte en fait de réaction. Cette vie de province, qui n'était pas d'ailleurs sans d'assez fréquents retours, laissait à Mme de Rémusat plus de loisirs; elle ne continuait pas moins de participer au mouvement le plus intime de Paris par la précocité de son fils, qui entrait alors dans le monde, et qui correspondait de tout avec sa mère. Il lui donna même quelques nouveaux amis; elle se trouvait naturellement liée avec M. et Mme Guizot, avec M. de Barante: il la lia avec Mme de Broglie, qu'elle a trop peu vue, mais avec qui elle a entretenu, dans ses dernières années, de vraies et tendres relations.

Si le plus noble besoin d'un fils confiant et pieux est d'avoir sa mère pour première confidente et pour compagne, j'y vois aussi, et avant tout, un bien touchant rajeunissement de la mère. Si intelligente qu'elle soit, son meilleur lot est encore de comprendre toutes les idées par le cœur. Des mères aux fils surtout, on l'a remarqué, l'affinité est grande. Par eux, elles deviennent plus courageuses d'esprit. Avec eux, volontiers, elles iraient jusque dans les voyages, dans les combats; elles les suivent dans les idées nouvelles. Cette femme tendre, calme, habituée aux devoirs aimables de la société, s'y contenant, dont l'esprit sérieux et orné n'avait jamais trop songé pourtant à franchir les limites d'un gracieux horizon, la voilà tout d'un coup qui, à l'âge du repos, à ce moment où l'esprit est le plus sujet à s'arrêter, où le cœur se plaint et gémit tout bas des choses qui s'en vont, la voilà qui se ranime au contraire, qui s'excite et sourit à des vues neuves, prend part à de jeunes projets, et, au lieu de tourner le dos à l'avenir, y marche comme au matin, accompagnant ou plutôt précédant son guide bien-aimé: à la voir de loin si active et si légère, on dirait une sœur.

Comme Mme Necker de Saussure, comme Mme Guizot, Mme de Rémusat s'est préoccupée vivement de l'avenir de son sexe dans cette prochaine société qui était en train de s'asseoir sur des bases encore vacillantes. Je n'aborderai pas le détail d'un livre que chacun peut apprécier. Tout le but, tout l'esprit en est dans l'accord de la morale, du sérieux et de la grâce. Une inspiration particulière s'y mêle, on le sent, et en est comme la muse secrète. Il faut être mère pour s'occuper aussi tendrement de ce qui sera après nous; c'est encore songer à son fils que de tracer l'idéal de sa compagne.

Mme de Rémusat était donc, vers 1820, dans la maturité de son esprit, dans le développement de ses opinions probablement définitives, mais pourtant actives ; devenue très-simple de manières, gaie même, nous dit-on, et d'une grande aisance d'esprit et de conversation ; aimant la jeunesse et le nouveau, un peu railleuse, pieuse ou plutôt chrétienne, sans grande ferveur apparente, mais décidée et appuyée sur des points précis. Quoique vieillie avant le temps, sa santé semblait un peu meilleure, ou du moins lui laissait plus de liberté d'action. Elle avait pris le goût de la vie intérieure et domestique, tout entière adonnée au bonheur des siens, quand elle leur fut enlevée bien prématurément en décembre 1821.

Dans un petit cahier de Pensées, je lis de précieuses confidences qu'elle se traçait à elle-même sur la suite de ses sentiments religieux en tout temps, sur ses distractions aux années légères, sur son retour à une certaine heure. C'est toute une vie intime, une veine cachée au monde, et dont il ne se doute pas. Ne soyons jamais trop prompts à préjuger sur ces mystères des âmes. Il est consolant de penser que, si l'on ne devine pas tout le mal qui fuit, on ne soupçonne pas non plus tout le bien. Depuis un voyage qu'elle fit à Cauterets étant malade, en 1806, la pensée chrétienne lui revint et ne la quitta plus entièrement ; on en suivrait la trace dans ce recueil secret par une suite d'extraits de Pascal, de Fénelon, de Bossuet, de Nicole, de saint Augustin, par des prières même composées par elle, ou que lui avait communiquées Mme de Vintimille. Elle prenait copie de la belle lettre de Mme de Maintenon à la duchesse de Ventadour. Mais ce n'était là encore que ce qu'elle appelle des *demi-engagements* ; le grand événement intérieur, la réconciliation data, pour elle, d'avril 1812. Une maladie grave qu'elle avait faite au commencement de cette année, une autre maladie qui survint à son fils, émurent coup sur coup ses inquiétudes et fixèrent ses irrésolutions. Pâques approchait ; elle résolut de s'adresser au sage abbé Le Gris-Duval [12]. Elle s'exagérait un peu l'accès de la religion, la difficulté des œuvres, la nécessité des épreuves peu ordinaires ; le respectable ecclésiastique la rassurait. Osons, non pas en vue de louange pour elle, mais en vue du fruit pour quelques-uns, osons soulever un coin du saint voile ; elle s'écriait : « ... C'est vous, mon Dieu, qui avez permis que je vinsse un moment dans ce monde, où nous sommes tous appelés, pour y faire un court et pénible voyage. Quand il sera terminé, alors nous reviendrons vers vous. Comment me recevrez-vous alors, quand j'apporterai au pied de votre saint tribunal le récit craintif d'une vie à peu près vide de bonnes œuvres ? Oserai-je vous parler de ces faibles vertus dont les hommes insensés me louaient, parce qu'ils ignoraient qu'elles n'étaient point accompagnées de sacrifices ? Me vanterai-je d'avoir été sage, quand vous me direz que j'étais si heureuse ? Pourrai-je vous raconter quelques légères aumônes, qui ne me coûtaient aucunes privations ? Dirai-je que je ne haïssais point mes ennemis, lorsque vous aviez permis que mon cœur fût entièrement occupé par les sentiments les plus doux ? Que deviendrai-je quand vous me reprocherez de m'être enorgueillie de ma félicité, et d'avoir été fière quelquefois d'être si heureuse fille, si heureuse femme et si heureuse mère ? Je me souviendrai alors, avec amertume, que je négligeais de rendre grâce à mon Créateur de tous ces biens qu'il m'avait départis... » Et l'abbé Duval, avec cet accent simple et persuasif qui était le sien, lui répondait : « Vous êtes heureuse, dites-vous ; pourquoi donc vous en affliger ?

Votre bonheur est une preuve de l'affection de Dieu pour vous ; et si, en effet, votre âme est aimante, peut-elle se refuser à répondre à la bienveillance divine ? La religion, hors dans certains cas particuliers, veut une vie active. Il est plus facile, croyez-moi, d'abandonner son cœur à l'amour et au repos dans la retraite, que de servir Dieu dans le monde ; c'est l'œuvre aussi d'une vraie piété d'y parvenir en cette dernière voie... Gravez au dedans de vous-même cette première vérité, que la religion veut *l'ordre* avant tout, et que, puisqu'elle a permis et consacré l'établissement des sociétés, elle se plaît à encourager tous les devoirs qui concourent à les maintenir... Mais surtout chassez de votre esprit cette erreur, que les peines seules peuvent nous rendre agréables à Dieu. La disposition générale à les supporter nous suffit. Laissez faire à la vie et au temps pour nous en apporter. Disposez-vous d'avance à la résignation, et, en attendant, ne cessez de rendre grâces à Dieu de la paix qui habite autour de vous. »

De si sages paroles la calmèrent, et elles achevèrent probablement de régler sa ligne intérieure de conduite. Ces humbles prières de Mme de Rémusat en rappellent d'autres, également pénétrantes, de Mme de Duras. On aime à voir les âmes plus douces, comme les plus orageuses, proclamer le besoin d'un même port. Mais je m'arrête, n'ayant eu dessein, en tout ceci, que d'aborder un côté moins insondable, et de signaler à l'estime attentive un des esprits les plus sérieux, les plus délicatement intelligents et les plus perfectibles, que l'ancienne société ait donnés à la nouvelle.

Au milieu des divers rôles, si bien remplis, de critiques, d'historiens littéraires et de biographes, il m'a semblé que c'en était encore un à prendre et à garder que celui qui aurait pour devise : introduire le plus possible et fixer pour la première fois dans la littérature ce qui n'en était pas tout à fait auparavant, c'est-à-dire ce qui se tenait surtout dans la société et qui y a vécu.

15 juin 1842.

MADAME DE PONTIVY[a]

Non, il n'est pas vrai que l'amour n'ait qu'un temps plus ou moins limité à régner dans les cœurs ; qu'après une saison d'éclat et d'ivresse, son déclin soit inévitable ; que *cinq années*[1], comme on l'a dit, soit le terme le plus long assigné par la nature à la passion que rien n'entrave et qui meurt ensuite d'elle-même. Non, il n'est pas vrai que l'amour, en des cœurs complets, soit comme un je ne sais quoi qu'un rien a fait naître et qu'un rien aussi fait évanouir ; que cette passion la plus élevée et la plus belle soit comme un cristal précieux que tôt ou tard un accident détruit, et qui d'un coup se brise à terre, sans plus pouvoir se réparer. Cela quelquefois a lieu ainsi. Mais quand la pensée et l'âme y tiennent la place qui convient à ce nom d'amour, quand les souvenirs déjà anciens et en mille façons charmants se sont mêlés et pénétrés, quand les cœurs sont restés fidèles, un accident, une froideur momentanée ne sont pas irréparables.

a. Quoique les deux portraits qui suivent n'aient rien de littéraire, on s'est risqué à les glisser en ce volume ; et combien on serait heureux qu'ils n'y parussent pas trop déplacés, ni trop près de ces autres portraits de femmes, les auteurs de *la Princesse de Clèves* et de *Valérie*[2].

L'amour, comme tout ce qui tient à la pensée, ne saurait être à la merci d'un jeu du dehors, d'un tort sans intention; il ne se brise pas comme le verre dont le cadre neuf a tout d'un coup joué sous un rayon ardent ou sous une pluie humide[3]. Ces sortes d'images n'ont rien de commun avec lui. Ce n'est pas même un diamant qui peut être rayé. Car, lui, il est l'âme même; il vit d'une vie invisible; il se guérit par ses propres baumes, il se répare, il recommence, il n'a pas cessé; il va jusqu'à la tombe et s'éternise au delà. Voilà bien l'amour, tel qu'il mérite d'être rappelé sans cesse, tel qu'on l'a vu en de tendres exemples. Plus d'un (et des plus beaux sans doute) ont été cachés: car c'est le propre de l'amour le plus vrai de chérir le mystère et de vouloir être enseveli. Dévoilons-en pourtant, avec la pudeur qui sied, un modèle de plus, déjà bien ancien, et dont les monuments secrets nous sont venus dans un détail heureux où nous n'aurons qu'à choisir. On y verra, en situation simple, toute l'ardeur et toute la subtilité de ce sentiment éternel; on y verra surtout la force de vie et d'immortalité qui convient à l'amour vrai, cette impuissance à mourir, cette faculté de renaître, et cette jeunesse de la passion recommençante avec toutes ses fleurs, comme on nous le dit des rosiers de Pœstum qui portent en un an deux moissons.

Mme de Pontivy, d'abord Mlle d'Aulquier, orpheline, avait été appelée par une tante à Paris, et placée avec la faveur de Mme de Maintenon à la maison de Saint-Cyr. Au milieu de cette génération gracieuse, jaseuse, légère et peu passionnée, qui allait devenir l'élite des jeunes femmes du commencement de Louis XV, elle gardait sa sensibilité concentrée et dormante. Une sorte de fierté modeste, ou de sauvagerie timide, isolait son âme et permettait de la méconnaître. On l'eût crue indifférente de nature, quand seulement elle était indifférente aux riens, et qu'elle attendait. Elle ne vit point Racine et n'eut point ses leçons pour *Esther* : il était mort qu'elle naissait à peine. Mais les traditions du tendre instituteur s'étaient transmises ; elle vit jouer ses pièces sacrées, elle y eut son rôle peut-être ; elle dut néanmoins peu réussir à ces jeux, comme si elle se réservait pour les affections sérieuses.

Un voile couvrait sa voix ; un voile couvrait son âme et ses yeux et toutes ses beautés, jusqu'à ce que vînt l'heure. Sa vie devait être comme ces vallées presque closes, où le soleil ne paraît que lorsqu'il est déjà ardent, et sur les onze heures du matin. Pour ses sentiments, comme pour ses agréments, il y avait eu peu de signes précurseurs et peu de nuances. On aurait pu dire d'elle, en changeant quelque chose au vers du poëte :

Et la grâce elle-même attendit la beauté[4].

Au sortir de Saint-Cyr, quand déjà la mort de Louis XIV entraînait la chute des pouvoirs élevés par ce roi avec le plus de complaisance, Mlle d'Aulquier, qui perdait l'appui de Mme de Maintenon, fut demandée en mariage par un gentilhomme breton qui la rencontra à la terre de sa tante et en devint soudainement amoureux. Le peu de fortune qu'elle avait, et l'envie de sa tante de se débarrasser d'une pupille de cet âge, décidèrent à l'accorder. M. de Pontivy l'emmena aussitôt en Bretagne dans un manoir des plus sombres. C'était le moment où des troubles commencèrent à éclater dans cette province, et l'on passa vite à la rébellion ouverte. Une correspondance avec l'Espagne envenimait la situation. La jeune fille de Saint-Cyr, tombée ainsi au milieu de ces gentilshommes révoltés, et de ce *prochain* de Bretagne moins *joli* et plus tumultueux que jamais, le prit sur un tout autre ton d'intérêt et d'émotion, on peut le croire, que Mme de Sévigné en son temps simple spectatrice pour son plaisir, du bout de son avenue des *Rochers*. M. de Pontivy se trouvait au nombre des plus ardents et des plus compromis. Mme de Pontivy croyait l'aimer, et elle l'aimait d'une première amour peut-être, mais faible et de peu de profondeur : elle ne soupçonnait pas alors qu'on pût sentir autrement. Plus tard elle se rappela qu'un jour, un soir, six mois environ après le mariage, elle qui était inquiète d'ordinaire et toute à la minute quand son époux ne rentrait pas, avait laissé sonner l'heure à la petite et à la grosse horloge sans faire attention et s'oubliant à quelque rêverie. C'est qu'à partir de ce jour-là, ce premier amour, comme un enfant qui ne devait pas vivre, était mort en elle. Mais elle ne se rendit compte de cela qu'ensuite, et alors elle était simplement et aveuglément dévouée, quoique souffrant de cette vie étrange.

La révolte manqua, comme on eût pu s'y attendre. Un grand nombre de gentilshommes furent arrêtés. M. de Pontivy avec d'autres parvint à s'échapper par mer, et se réfugia en Espagne. Mme de Pontivy arriva en hâte à Paris, réclamée par sa tante, qu'effrayait cette idée d'une parente compromise. Pour elle, elle ne songeait qu'à obtenir, à force de démarches, la grâce de son mari, ou du moins le maintien des biens en vue de sa fille ; car elle avait, de la première année de son mariage, une fille qu'elle chérissait avec une passion singulière, telle que M. de Pontivy n'en avait jamais excité en elle, et qui donnait à entrevoir la puissance de tendresse de cette âme encore confuse.

Établie chez sa tante, elle se trouva dans le monde le plus différent de celui qu'elle venait de quitter, dans un monde pourtant à sa manière presque aussi belliqueux. On était au fort des intrigues molinistes, et Mme de Noyon, sa tante, liée avec les Tencin, les Rohan, tenait bannière levée pour ce parti. Mais, à travers toutes les sortes de discussions sur la Bulle[5], et au plus vif de ses propres inquiétudes pour obtenir la grâce impossible de son mari, Mme de Pontivy rencontra chez sa tante M. de Murçay.

M. de Murçay était un caractère très à part, fort peu extérieur et tout nuancé, qu'elle n'aurait jamais eu l'occasion d'apprécier sans doute, si, pour lui rendre service dans l'angoisse touchante où il la vit, il ne s'était approché d'elle avec plus d'entraînement qu'il n'avait coutume. Allié ou parent éloigné de Mme de Maintenon, il était né protestant : on l'avait converti de bonne heure à la religion catholique. Fort jeune, il avait servi avec distinction dans la dernière guerre de Louis XIV, et il avait été honoré à Denain d'une magnifique apostrophe de Villars. Mais une délicatesse très-éveillée et très-fine lui eût défendu, même si ce règne avait duré, de se prévaloir de la faveur de sa parente et des avantages d'une conversion imposée à son enfance. Il rougissait à ce seul souvenir, peu calviniste d'ailleurs, aussi bien que légèrement catholique, homme *sensible*, comme bientôt on allait dire, inclinant à la philosophie, mais dissimulant tout cela sous une discrétion habituelle. Le poli de ses dehors recouvrait à la fois un caractère ferme et un cœur tendre. Quoique l'expiration du règne de Louis XIV et de la dévotion régnante fût pour lui un énorme poids de moins, quoiqu'il se sentît avec joie délivré de cette condition de faveur à laquelle il aurait pu difficilement se soustraire, et dont l'idée le blessait par une honte secrète (lui converti, enfant, par astuce et intérêt), pourtant il ne voyait dans la Régence qu'un débordement déplorable et la ruine de toutes les nobles mœurs. Sa pensée se reportait en arrière, et ce temps, dont il n'aurait pas voulu la continuation, il le regrettait par une sorte de contradiction singulière, et qui n'est pas si rare. En un mot, ses mœurs et ses rêves d'idéal étaient assez au rebours de ses autres opinions, et, comme on aurait dit plus tard, de ses principes. Cette espèce d'opposition s'est depuis rencontrée souvent, mais jamais, je crois, dans une nature d'âme plus noblement composée et mieux conciliante en ses contrastes que celle de M. de Murçay.

Par sa condition dans le monde et ses avantages personnels, il avait d'ailleurs conservé assez d'accès et de crédit, un crédit toujours désintéressé. Lorsqu'il vit chez Mme de Noyon cette jeune nièce, belle et naïve, redevenue ou restée un peu sauvage malgré l'éducation de Saint-Cyr, si entièrement occupée d'un mari qui l'avait mise en de cruels embarras, et apportant un dévouement vrai parmi tant d'agitations factices, il en fut touché d'abord, et demanda à la tante la permission d'offrir à Mme de Pontivy, avec ses hommages, le peu de services dont il serait capable. Il fut agréé et se mit à solliciter, pour elle, dans une affaire de plus en plus désespérée.

À force de voir Mme de Pontivy, de s'intéresser à ce mari en fuite, de chercher du moins à maintenir les biens, à force de visiter les gens du roi convoqués à l'Arsenal, et de rapporter son peu de succès à la cliente qu'il voulait servir, il l'aima, et ne put plus en douter un soir que son cœur, comme de lui-même, se trahit. Mme de Pontivy était plus charmante ce soir-là que de coutume ; la mode des paniers, qu'elle adoptait pour la première fois, faisait ressortir la finesse d'une taille qui n'en avait pas besoin ; une langueur plus douce semblait attendrir sa figure, soit que ce fût l'effet de la poudre légère répandue sur ses boucles de cheveux jusque-là si bruns, soit que ce fût déjà un peu d'amour. On venait de s'entretenir avec feu du désastre du *Système*[6], et la perte que plus d'un interlocuteur y faisait avait animé le discours. On y avait mêlé, avec non moins de zèle, l'enregistrement de la Bulle. L'affaire de Mme de Pontivy, venant après sur le tapis, profita d'un reste de ce feu et de ce zèle. Chacun ouvrait un avis et essayait un conseil. Il faut dire encore que la figure et la situation de Mme de Pontivy commençaient à faire bruit ; que ce dévouement, si naturel chez elle et si simple, allait lui composer, sans qu'elle y songeât, une existence à la mode, et que Mme de Noyon, d'abord indifférente ou contrariée, s'accommodait déjà mieux, dans sa vanité de tante, d'une nièce à réputation d'Alceste. On était donc à s'étendre assez complaisamment à l'article des sollicitations de Mme de Pontivy, quand Mme de Tencin, qui venait de la complimenter sur son redoublement de beauté, ajouta tout d'un coup, comme saisie d'une inspiration lumineuse : « Mais que ne voit-elle M. le Régent ? c'est M. le Régent qu'il faut voir. » Un sourire rapide et équivoque passa sur quelques visages de femmes, mais presque toutes s'accordèrent à répéter : « C'est M. le Régent qu'il faut que vous voyiez ! » Mme de Noyon, que frappait une nouvelle perspective, entrait dans cet avis avec une facilité et une satisfaction qui ne semblait en peine d'aucune conséquence ; et Mme de Pontivy elle-même, dans la franchise de son âme, ouvrait la bouche pour dire : « Eh bien ! oui, je verrai, s'il le faut, M. le Régent, » quand M. de Murçay, qui jusque-là avait gardé le silence, s'avançant brusquement vers Mme de Pontivy, dont le bilboquet (c'était alors la fureur) venait fort à propos de tomber à terre, lui dit assez bas en le lui remettant et en lui serrant la main avec signification : « Gardez-vous en bien ! » Mme de Pontivy, qui allait consentir, rougit subitement, et sans trop savoir pourquoi, répondit avec bonheur : « Il serait peu convenable, j'imagine, de voir moi-même M. le Régent ; » et l'avis de Mme de Tencin, qui allait passer tout d'une voix, se retira et tomba de lui-même comme indifféremment.

Mais, à son geste, à son bond impétueux de cœur, M. de Murçay avait senti qu'il aimait.

Mme de Pontivy avait senti aussi s'agiter en elle quelque chose d'inconnu ; et quand elle fut seule et qu'elle en chercha le nom, et que celui d'amour vint à sa pensée, elle s'effraya et se jeta à genoux dans son oratoire en cachant sa face dans ses mains ; et le lendemain, dans la matinée, comme, sans se rendre compte, elle embrassait plus fréquemment sa fille, l'enfant réveilla son effroi en lui disant : « Pourquoi est-ce que vous m'aimez encore plus aujourd'hui ? »

Elle se rassurait pourtant en pensant que toutes les démarches et toutes les conversations de ces derniers jours avaient eu pour but M. de Pontivy, son rappel, ou du moins la conservation des biens et l'honneur de sa maison. Et il arrivait que cette pensée, commençant par M. de Pontivy, n'aboutissait bientôt qu'à sentir et à admirer tout ce qu'avait de délicat la conduite de M. de Murçay, qui, l'aimant (elle n'en pouvait douter), agissait si sincèrement pour le retour et dans l'intérêt d'un rival. Mais cette idée de rival était un trait qui la faisait de nouveau bondir, en lui montrant présent le danger. Ce qui n'empêchait pas qu'à la prochaine visite, en ne voulant causer avec M. de Murçay que des moyens de sauver et de ramener l'absent, elle l'oubliait insensiblement tout à fait, pour jouir du charme de cette conversation si attentive et si tendre, si variée dans son prétexte unique, et si doucement conduite.

Elle luttait ainsi en vain contre une passion dont elle ne s'était pas soupçonnée capable, et qu'elle découvrait déjà formée en elle. Elle souffrait, et sa santé s'en altérait; mais chaque jour, sous la langueur croissante, dans les traits un peu pâlis de sa beauté, redoublait la grâce.

Le printemps venait de l'emmener dans une terre assez éloignée avec sa tante, lorsque M. de Murçay, qui était resté à Paris jusqu'à la terminaison de l'affaire, arriva une après-midi de mai pour leur en annoncer le résultat. Ces dames étaient au jardin, et il les alla joindre sous les berceaux. Il ne fit qu'entrevoir et saluer en chemin Mme de Noyon, qu'une visite, au même moment, rappelait au salon, et il se trouva seul en face de Mme de Pontivy qui ne l'attendait pas, assise ou plutôt couchée sur un banc, au pied d'une statue de l'Amour qui semblait secouer sur elle son flambeau, et dans une effusion d'attitude à faire envie aux nymphes. Il la put voir quelques instants du fond de l'entrée, avant qu'elle l'aperçût. Elle s'élança à sa voix, et balbutia toute troublée. — «J'arrive, lui dit-il; la grâce absolue a été bien loin rejetée. Le bannissement à vie, c'est à quoi il a fallu se rabattre. Voilà toute notre amnistie. À ce prix, les biens sont conservés.» — «Le bannissement!» dit-elle, et elle montra du doigt une lettre qu'elle venait de recevoir, et qui était restée entr'ouverte sur le banc du berceau. M. de Murçay, enhardi par ce signe, la prit et la lut, tandis qu'elle gardait le silence; il y vit que M. de Pontivy, qui l'écrivait, y parlait, en cas de bannissement définitif, d'un projet de départ pour elle-même qui irait le rejoindre en Espagne : « Eh ! quoi ? partirez-vous ? » s'écria-t-il ; et il l'interrogeait bien moins qu'il ne l'implorait. — « Oh ! je le devrais, répondit-elle avec pleurs, je le devrais pour lui, pour moi. Ma fille, il est vrai, est un lien ; mais, ma fille !... pour elle aussi je devrais partir ; ... et je ne puis, je ne puis ! » Et elle cachait sa tête dans ses mains avec sanglots. Il s'approcha d'elle, et mit un genou en terre ; elle ne le voyait pas. Il lui prit une main avec force et respect, et, sans lever les yeux vers elle : « À toujours ! lui dit-il ; partez, restez, vous avez ma vie ! »

Mme de Noyon, qui ne tarda pas à rentrer dans le cabinet de verdure, rompit leur trouble. Une vie nouvelle commença pour eux. La souffrance de Mme de Pontivy se changea par degrés en une délicieuse rêverie qui elle-même, à la fin, disparut dans une joie charmante. M. de Murçay avait une terre voisine de celle de Mme de Noyon. Ces dames l'y vinrent voir durant toute une semaine, et il put jouir, à chaque pas, dans ses jardins et ses prairies, de l'ineffable partage d'un amant sensible qui fait les honneurs de l'hospitalité à ce qu'il aime. Quant à elle, la seule idée d'avoir dormi sous le même toit que lui, *sous le toit de son ami*, était sa plus grande fête et l'attendrissait à pleurer.

L'hiver, à Paris, multipliait les occasions naturelles de se voir, chez Mme de Noyon et ailleurs ; leur vie put donc s'établir sans rien choquer. Les assiduités de M. de Murçay, même lorsqu'elles devinrent continuelles, changèrent peu de chose à la situation extérieure de Mme de Pontivy. La plus prudente discrétion, il est vrai, ne cessait de régler leurs rapports. Et puis le monde, ayant voulu d'abord absolument que Mme de Pontivy fût une héroïne conjugale, tint bon dans son dire. Cela arrangeait apparemment. Mme de Pontivy était à peu près la seule en ce genre, et le monde, qui a besoin de personnifier certains rôles, lui garda le sien dont aucune femme, il faut le dire, n'était bien jalouse. Ce fut donc comme une *utilité* convenue, dans les propos du monde, que ce rôle de dévouement assigné à Mme de Pontivy ; et je ne répondrais pas que bien des femmes n'aient cru faire une épigramme piquante, en disant d'elle et de ses rêveries, comme Mme du Deffand ne put s'empêcher un jour : « Quant à Mme de Pontivy, on sait qu'elle n'a de pensée que pour son prochain absent. »

La passion, telle qu'elle peut éclater en une âme puissante, illuminait au dedans les jours de Mme de Pontivy. L'amour, l'amour même et l'amour seul ! Le reste était comme anéanti à ses yeux, ou ne vivait que par là. Les ruses de la coquetterie et ses défenses gracieusement irritantes, qui se prolongent souvent jusque dans l'amour vrai, demeurèrent absentes chez elle. L'âme seule lui suffisait ou du moins lui semblait suffire : mais quand l'ami lui témoigna sa souffrance, elle ne résista pas, elle donna tout à son désir, non parce qu'elle le partageait, mais parce qu'elle voulait ce qu'elle aimait pleinement heureux. Puis, quand les gênes de leur vie redoublaient, ce qui avait lieu en certains mois d'hiver plus observés du monde, elle ne souffrait pas et ne se plaignait pas de ces gênes, pourvu qu'elle le vît. Elle était divinement heureuse quand elle avait pu, durant une absence de Mme de Noyon, passer une journée entière avec lui sous prétexte d'aller à la Visitation de Chaillot voir une amie d'enfance, et elle désirait alors avec passion jours et nuits semblables. Elle n'était pas moins heureuse divinement, quand elle l'avait vu une demi-heure de soirée au milieu d'une compagnie qui empêchait toute confidence, et ce bonheur dû au seul regard et à la présence de la personne chérie la possédait tout entière sans qu'elle crût manquer de rien. Il est des poisons si violents, qu'une goutte tue aussi bien que le feraient toutes les doses. Son amour, en sens contraire, était pour elle un de ces généreux poisons. La violence du philtre rejetait les mesures. Elle vivait autant d'un quart d'heure de présence quasi muette, qu'elle aurait vécu d'une éternité partagée.

M. de Murçay était aussi bien comblé; mais le bonheur dans chacun a ses teintes; elles étaient pâlissantes chez lui. Il s'y mêlait vite une sorte de tristesse qui en augmentait peut-être le charme, mais qui en dérobait l'éclat. C'était l'aspect habituel de son amour: il n'y manquait rien, mais une certaine ardeur désirable ne le couronnait pas. Cet esprit si fin, cette âme si tendre, qui avait eu tous ses avantages dans les préambules de la passion, se reposait volontiers maintenant et se perdait dans les flammes de son amie, comme l'étoile du matin dans une magnifique aurore. Mme de Pontivy remarquait par instants ce peu de rayonnement d'un cœur au fond si pénétré, et elle lui en faisait des plaintes tendres qu'apaisaient bientôt de parfaites paroles ou mieux des soupirs brûlants; et puis, son propre soleil, à elle, couvrait tout. Ils étaient donc heureux sans que le monde les soupçonnât et les troublât. Pas de jalousie entre eux, nulle vanité; elle, toute flamme; lui, toute certitude et quiétude. L'histoire des heureux est courte. Ainsi se passèrent des années.

Il arriva pourtant que le désaccord de la situation et des caractères se fit sentir. Mme de Pontivy ne voyait que la passion. Pourvu que cette passion régnât et eût son jour, son heure, ou même seulement un mot à la dérobée et un regard, les sacrifices, les absences et les contraintes ne lui coûtaient pas : elle l'estimait de valeur unique qu'on ne pouvait assez payer. M. de Murçay, qui pensait de même, souffrait pourtant à la longue de ces heures vides ou envahies par les petitesses. Esprit libre, éclairé, il avait fini par se révolter de cette fabrique d'intrigues molinistes[7] dont la maison de Mme de Noyon devenait le foyer de plus en plus animé. Il en avait ri autrefois, il s'en irritait désormais, car il lui fallait adorer Mme de Pontivy dans ce cadre, et l'en séparer sans cesse par la pensée. Son esprit si juste allait par moments jusqu'à l'exagération sur ce point, et quand il se la représentait, elle, sa chère idole, comme au milieu d'un arsenal et d'une fournaise théologique, et qu'il lui recommandait de ne pas s'y fausser les yeux, elle n'avait qu'un mot à dire pour lui montrer qu'il se grossissait un peu le fantôme, et qu'il oubliait les du Deffant, les Caylus et les Parabère[8] (sans compter lui-même), qui apportaient parfois à cette monotonie de bulles et de conciles un assez agréable rafraîchissement. Son monde à lui, en effet, selon ses goûts, aurait été plutôt celui dont elle citait là les noms, ou encore le monde de Mme de Lambert et de M. de Fontenelle. Il penchait assez décidément pour les *modernes*, et s'il avait fallu placer Mme de Pontivy au milieu de quelque querelle, il aurait mieux aimé qu'elle fût dans celle-ci que dans l'autre.

Une lettre encore de l'époux arrivait à de certains intervalles, et ramenait, au sein de leur certitude habituelle, une crainte, un point noir à l'horizon, que Mme de Pontivy écartait vite de sa passion, comme un soleil d'été repousse les brouillards, mais que lui, moins ardent quoique aussi sensible, ne perdait jamais entièrement de vue. Par une délicatesse rare, autant il avait été question entre eux, au début, de cet époux, leur matière ordinaire, autant, depuis l'amour avoué, il n'en était jamais fait mention qu'à l'extrémité, pour ainsi dire. M. de Murçay, qui peut-être y pensait le plus constamment, évitait surtout d'en parler ; c'était au plus par quelque allusion de lieu qu'il le désignait ; et je croirais, en vérité, que, depuis la déclaration du berceau, il ne lui arriva jamais de nommer le mari de Mme de Pontivy par son nom dans le tête-à-tête. Cette pensée ne laissait pourtant pas d'être une épine cachée.

Mme de Pontivy, sans être exigeante, mais parce qu'elle était passionnée, trouvait nécessaire et simple que M. de Murçay se retranchât quelquefois certaines paroles, certains jugements, certaines relations même, qui pouvaient aliéner de lui l'esprit de sa tante, plus absolue en vieillissant, et rendre leur commerce moins facile. Placée au centre d'une seule idée, elle ne voyait partout alentour que des moyens, et elle ne concevait pas qu'un goût de philosophie, judicieux ou non, une opinion quelconque sur les oracles ou les miracles, ou encore sur le chapeau de l'abbé Dubois, pût venir jeter le moindre embarras dans la chose essentielle et sacrée. Il lui répliquait là-dessus avec toutes sortes de développements :

« Mon amie, la passion, croyez-le, est chez moi comme en vous, mais avec ses différences de nature qu'il faut bien accepter. Vous êtes mon soleil ardent, vous le savez ; je ne suis peut-être que l'astre qui s'éclaire de vous, qui s'éteint en vous, et que vous ne revoyez briller que quand vous semblez disparaître. Mais, quoi qu'il en soit de moi en particulier, n'oubliez pas aussi que l'homme a des facultés diverses, et que l'amour le mieux régnant laisse encore à un amant réfléchi le loisir de regarder.

Tâchons donc que ce soit du même point que nous regardions même ce qui n'est pas nous. Et je ne parle pas seulement de ce qui intéresse l'honnêteté naturelle et la justice : soyons d'accord en causant de tout, même des choses de bel-esprit, afin de mieux appuyer l'exact rapport de nos âmes. Voyons avec justesse les spectacles même indifférents à notre amour, pour que la préférence de notre amour ait tout son prix. Quand vous lisez Mme de Motteville ou Retz qui vous charment tant, et que nous en causons, il nous est doux de sentir notre amour tendrement animé sous cette concordance unie de notre jugement, comme il nous était doux l'autre jour, en marchant, de causer à travers la grande charmille. On se retrouve à de certaines ouvertures du feuillage ; on se regarde un moment, on se touche la main ; et l'on continue derrière le riant rideau. »

Il lui parlait souvent ainsi, essayant d'orner et d'introduire une part de raison durable dans la passion toujours vive, et rien alors ne semblait plus manquer à leur vie embellie. Mais comme l'illusion d'une certaine perspective a besoin de se retrouver même dans les choses de l'amour lorsque son règne se prolonge, ces personnages, qui, de loin, sous leurs lambris élégants et leurs berceaux, nous semblent réaliser un idéal de vie amoureuse enviaient eux-mêmes d'autres cadres et d'autres groupes qui leur figuraient un voisinage plus heureux. Ils auraient voulu vivre près d'Anne d'Autriche avant la Fronde, à la cour de Madame Henriette durant ses voyages de Fontainebleau, ou aux dernières belles années de Louis XIV, dans les labyrinthes encore illuminés de Versailles, entre Mmes de Maintenon et de Montespan. Ils étaient bien d'accord à former ensemble ces vœux, sur lesquels ils reportaient et variaient sans cesse leur présent bonheur. Leur roman était là, car le roman n'est jamais le jour que l'on vit : c'est le lendemain dans la grande jeunesse ; plus tard c'est déjà la veille et le passé.

Aux raisonnements aimables de M. de Murçay, Mme de Pontivy, charmée par instants et souriant en toute complaisance, répondait que c'était juste, mais au fond ne demeurait pas convaincue. Elle en revenait toujours à son idée, que la passion est tout, et le reste insignifiant ou très-secondaire ; ou bien elle accordait que les distinctions de M. de Murçay étaient parfaites, qu'il y avait nécessité pour elle de se rendre plus raisonnable et un peu moins tendre, et qu'elle tâcherait l'un et l'autre ; ce qu'il n'entendait pas du tout ainsi. Il résultait de là, souvent de simples contradictions enjouées, parfois aussi des tiraillements réels et des froideurs, à la suite desquelles, au milieu de leurs entraves, se ménageaient bientôt des raccommodements passionnés. L'entraînement, après ces désaccords, reprenant avec moins d'équilibre et de prudence, aurait pu leur devenir fatal. En ces instants de vrai délire, elle était capable de tout témoignage. La mort ou la ruine lui eussent peu coûté ; elle désirait mourir avec lui ; elle allait jusqu'à désirer un fils. Mais ce gage si dangereux lui était refusé. Une chute qu'elle avait faite, il y avait peu d'années, sans lui laisser douleur ni trace, avait apporté quelque dérangement dans son être.

Cet amour durait depuis des saisons et composait, après tout, un rare bonheur dans une exacte fidélité, sans aucune des coquetteries du monde, ni aucun échec du dehors ; il n'était troublé que de lui-même et par des torts légers. Un jour qu'ils étaient à une grande fête de Sceaux (quand la duchesse du

Maine, dans les années qui suivirent sa prison, eut rouvert sa cour), la soirée avait été belle ; la nuit étoilée repoussait de sa blancheur les flambeaux qui luttaient avec elle d'éclat ; les promenades s'étaient prolongées tard dans les parterres, au bruit des orchestres voilés, et les couples fuyants et reparus, les clartés scintillantes dans le feuillage, les douces bizarreries des ombres sur les gazons, devenaient une magie complète où ne manquait pas le concert des deux amants. M. de Murçay, après les lents détours vingt fois recommencés, salua Mme de Pontivy, comme pour retourner à Paris cette nuit même, y ayant une affaire dès le matin ; il promettait d'être de retour à Sceaux au réveil des dames. Elle lui dit : « Quoi ! vous ne restez pas ! » — « C'est impossible, répondit-il, j'ai promis ; » et il répéta qu'il serait de retour au lever même. Mais cette idée, après une nuit presque toute passée ensemble dans les bosquets, de coucher encore sous le même toit (même sans aucune autre facilité de tendresse), cette pure idée lui échappa : il eut un tort. Le lendemain au réveil, il était là, il avait dévoré le chemin. Mais l'impression n'était pas la même. « Oh ! ce n'eût pas été ainsi dans les premiers temps, » lui dit-elle alors, en respirant tristement la rose et le réséda du matin qu'il lui offrait ; et elle le fit souvenir du sentiment délicieux qu'elle avait eu en dormant chez lui à la campagne, *sous son toit*, dans ce premier printemps : « Oh ! alors ce n'eût pas été ainsi, » répétait-elle. Il comprit qu'il avait manqué ; il se confessa coupable de n'avoir pas saisi à l'instant cette même impression. Mais la passion de Mme de Pontivy avait souffert, et elle travaillait sur elle-même, pour la diminuer, disait-elle, et la mettre à ce niveau de raisonnable tendresse.

« Allez ! lui disait-elle encore d'autres fois, l'âge arrive, le cœur se flétrit, même dans le bonheur ; je n'aurai plus tant d'efforts à faire bientôt pour éteindre en moi ce dont votre juste affection se plaint, cette flamme imprudente où elle se brûle. » Et il la rassurait, la conjurait de rester ainsi, et qu'il l'aimait pour telle, et qu'il s'estimerait éternellement malheureux comme objet d'une passion moindre. Elle le croyait un moment ; mais le lendemain elle revenait à la charge, et disait : « Hier, dans mon amour de vingt ans, je croyais qu'il n'y a rien d'impossible, de la part d'un homme qui aime, pour l'objet aimé. Mon ami, c'était une illusion. Aujourd'hui j'ai vieilli, j'ai réfléchi, je me suis donné tort ; et vous n'avez, mon ami, à recevoir aucun pardon, n'étant en rien coupable. » La combattant sur ce découragement qu'il sentait injuste, il obtenait de meilleurs aveux, et négligeait ces petits souvenirs accumulés, les croyant dévorés chaque fois par la passion survenante. Il comptait de toute certitude sur elle, sur son amour toujours le même, quand un automne arriva.

Mme de Pontivy, emmenée par sa tante dans une campagne éloignée, dut ne pas voir durant tout ce temps M. de Murçay, qui (en refroidissement d'ailleurs avec Mme de Noyon pour quelques sorties un peu vives contre l'esprit persécuteur) se confina de son côté dans une terre isolée, autre que celle où il avait reçu une fois son amie. C'est alors que, sans cause extérieure, et en ce calme triste et doux, une révolution faillit arriver dans leur amour. Les lettres de Mme de Pontivy étaient plus rares, plus abattues ; tous les souvenirs attiédissants s'accumulaient en elle de préférence, et lui devenaient son principal aliment. Une sorte de scrupule de convenance lui naissait aussi, comme prétexte qu'elle se donnait involontairement dans ses sentiments un peu froissés. L'idée de sa fille, encore au couvent, mais qui n'avait plus un très-grand nombre d'années pour en sortir, l'idée aussi de son mari, alors en Amérique, et qui avait peu de chances sans doute, peut-être même assez peu de fantaisie de revenir en France, mais dont pourtant, depuis la mort du Régent, on pouvait parler à M. le Duc, ces flottantes pensées s'élevaient et grossissaient en elle comme des vapeurs, dans le vide où elle se sentait. Elle n'y résistait pas, et s'en laissait entourer, réservant seulement en son sein l'affection profonde. « Oh ! mon ami, lui écrivait-elle, quelle femme riche d'amour et de flamme est morte en moi ! Ne croyez pas, mon bien cher ami, que je puisse ne plus vous aimer ; au fond et au-dessous vous êtes toujours l'être nécessaire à mon existence... Mais votre Hermione n'est plus qu'une bien triste Aricie. Mon ami, j'ai bien souffert ! » Et lui, sans douter d'elle, sans croire à la mort de l'amour, ne pouvait pourtant se dissimuler un changement essentiel. Il se disait qu'elle ne l'aimait plus autant, qu'elle ne l'aimait plus de la même manière qu'aux autres absences des dernières années ; que quelque chose s'était calmé en elle à son sujet ; et, tout en se répétant cela dans l'avenue la plus enfoncée et la plus ténébreuse où il passait ses journées, il heurtait machinalement du pied chaque tronc d'arbre, il aspirait le soupir du vent à travers les feuilles à peine émues, et se surprenait à désirer de se perdre bientôt dans d'autres Élysées funèbres, sans plus garder de sentiment immortel ni de souvenir.

La crise était grave. Cet amour sans infidélité, sans soupçons, sans accident du dehors, se mourait, en quelque sorte, de lui-même et de sa propre langueur. Quant à M. de Murçay pourtant, son sentiment, un peu éclipsé durant le règne enflammé de l'autre, recommençait à briller dans sa nuance la plus douce, et cette saison solitaire lui était d'un attendrissement inexprimable, dont les plaintes n'arrivaient qu'imparfaites dans ses lettres à Mme de Pontivy.

Tout pour lui donnait cours et sujet à l'unique pensée. Que ne le savait-elle ? que ne le suivait-elle dans les bois ? Il était sorti un matin selon son habitude ; les derniers jours avaient été ardents ; et il regagnait son avenue voilée, quoique le ciel, ce jour-là, fût plus frais et comme formé d'un dais de petits nuages suspendus. Il remarquait pour la première fois quelque arbre qui avait déjà jonché la terre de ses feuilles jaunies : « Oh ! ce n'est pas l'automne, c'est un coup de soleil, disait-il ; c'est ce pauvre arbuste des îles qui se dépouille avant l'heure. » Mais, le soir, quand les nuages eurent fui, et qu'il vit vers les collines, sur un horizon transparent et froid, la lune naissante, il comprit que c'était l'automne, venu cette année-là plus tôt, et il en tirait présage, se demandant et demandant à ce croissant, à ce ciel pâli, à la nuit, si c'était déjà aussi l'automne de l'amour.

Il y avait des moments plus sombres et comme désespérés, quand le silence de Mme de Pontivy, après une lettre tendre qu'il avait écrite, se prolongeait trop longtemps. Il errait aux endroits les plus déserts, ne sachant que se redire à lui-même ces mots : *Laissez-moi, tout a fui*[9] *!* Et, pour continuer sa plainte et la tirer tout entière, il aurait fallu les pleurs d'Orphée.

Ce qu'il écrivait de ses pensées rompues à Mme de Pontivy ne recevait que réponses rares et bonnes, mais chaque fois plus découragées. L'automne s'achevant, il revint à Paris, et il attendait, pour se présenter chez Mme de Noyon, qu'il avait quittée en froid, un mot, un signe de Mme de Pontivy, elle-même de retour. Mais rien. Il allait se hasarder à une démarche, quand, un soir, en entrant chez Mme de Ferriol qui avait nombreuse compagnie, il y trouva Mme de Noyon[10] et sa nièce déjà arrivées. Sa vue avait porté du premier coup d'œil sur Mme de Pontivy : il contint mal son émotion.

Elle était entourée de femmes, assez proche de la cheminée, dont la séparait un seul fauteuil occupé ; et elle semblait elle-même assez émue pour ne pas songer à se prêter à un entretien avec lui. Elle ne bougea point de sa place. Après plus d'une heure d'attente et de propos saccadés, frivoles, par où s'exhalait une irritation étouffée, après avoir essuyé quelques traits de Mme de Noyon, et avoir fait une espèce de paix suffisante pour le moment, M. de Murçay, allant droit à Mme de Pontivy, toujours entourée, lui dit assez haut pour que sa voisine du coin de la cheminée l'entendît, qu'il désirait l'entretenir quelques instants de ce qu'elle savait, et qu'il lui en demandait la faveur avant qu'elle se retirât. « Certainement, » répondit Mme de Pontivy ; et la voisine, qui voulut bien comprendre à demi, se leva après quelques minutes. M. de Murçay, s'asseyant à la hâte près de celle dont il ne pouvait se croire désuni, commença en des termes aussi passionnés que le permettait le lieu, et avec des regards que mouillaient, malgré lui, des larmes à grand'peine dévorées : « Quoi ! lui disait-il, est-il possible ? est-ce bien possible que ce soit là en effet la fin d'un amour comme le nôtre ? Quoi ! madame, le ralentissement, le silence, et puis rien ? Quoi ! si je n'avais insisté presque contre la convenance tout à l'heure, je manquais, après des mois, la première occasion de vous parler ? Quoi ! votre cœur n'a pas eu un cri à ma rencontre ? J'ai eu des torts, des détails de froideur, de négligence ; je le confesse et j'en pleure : mais que sont-ils ? et combien me les suis-je reprochés ! combien de fois en ai-je souffert ! Je les aurais rachetés aussitôt échappés, mais le monde survenant me contraignait ; et ma foi en vous, d'ailleurs, répondait à tout. Je croyais à un feu perpétuel qui purifie. Je croyais tellement à un abîme sans fond où aucun de mes torts ne s'amassait ! Oh ! madame, ajoutait-il, en élevant de temps en temps la voix sur ce mot (car il fallait aussi songer au monde d'alentour), cette amitié, cette affection que vous m'offrez à toujours et avec fidélité, avec une fidélité à laquelle je crois tout aussi fermement que jamais, oh ! je ne la méprise pas, je ne la rejette pas avec dédain, cette affection, mais je ne puis m'en satisfaire. Elle me laisse vide et désert au prix des précédentes douceurs. Je ne veux pas être aimé ainsi. Non, et si les obstacles qui séparent notre existence cessaient, si *celui* d'Amérique mourait demain dans son exil, je ne voudrais pas, au taux de cette tendresse que vous m'offrez sans passion, je ne voudrais pas des douceurs d'un commerce et d'une union continue. Non, être aimé comme devant, ou être malheureux toujours ! Le souvenir de la passion perdue m'est plus beau qu'une tiède jouissance. Je partirai, j'irai en de lointains voyages, je reviendrai dans cette vieille terre pleine de vous, où je vous ai reçue ; je ne vous reverrai jamais ! mais je vivrai d'un passé détruit, et ma vie sera une désolation éternelle et fidèle. » Et en parlant ainsi, il reprenait ses avantages près de ce cœur qui le revoyait s'animer comme au temps des premiers charmes. Cette nature sensible, à côté de l'autre nature plus passionnée mais lassée, lui rendait en ce moment tous les rayons pleins de chaleur qu'il en avait longtemps reçus, et elle le regardait avec larmes : « Eh bien ! c'est assez ; demain, onze heures, à Chaillot, » lui dit-elle ; et il se retira dans une angoisse et une attente voisines des plus jeunes serments.

Le lendemain, à l'heure de midi, par un de ces ciels demi-riants dont on ne saurait dire la saison, ils marchaient ensemble dans les allées solitaires, et vertes encore, d'un vaste jardin non cultivé, qui ne recevait qu'eux. M. de Murçay, reprenant le discours de la veille, récapitulait leur amour et disait : « Quoi ! tout cela brisé en un jour... sans cause ! pour un mot dit ou omis çà et là sans intention ! pour un tort indéfinissable et dont on ne saurait marquer le moment ! Quoi ! l'amour brisé comme un simple ressort, comme une porcelaine tombée des mains ! vous ne le croyez pas !... Laissez-moi faire, ô mon amie ! Oubliez, oubliez seulement. Promettez que rien n'est accompli, supposez que rien n'est commencé. Redevenez *Sylvie*. Je veux reconquérir votre cœur ; je l'espère. Je veux remonter en vous pas à pas les degrés de mon trône. Je le ferai ; vous ne me reconnaîtrez plus, ce sera un autre que vous croirez aimer, et ce n'est qu'à la fin, en comparant, que vous verrez que c'était bien le même. Laissez, je veux ressusciter en vous l'Amour, cet enfant mort qui n'était qu'endormi. » Elle écoutait avec charme et silence, et, soulevant du doigt, pendant qu'il parlait, la dentelle noire qui la voilait à demi, elle ne perdait rien de ce qu'ajoutaient les regards. « Oh ! permettez-moi, disait-il en lui tenant la main avec le respect le plus tendre, dites que vous me permettez de reprendre courage et de vous adresser mes timides espérances, dites que vous tâcherez de m'aimer et que vous me permettez de vouloir vous convaincre.» — «Eh bien! je tâcherai, lui dit-elle avec une grâce attendrie, et je vous permets. À ce soir donc, chez ma tante.» Et elle s'échappa là-dessus, et courut à la petite porte qui donnait vers le couvent voisin, le laissant assez étonné de sa brusque sortie, et comme si, dans ce début nouveau qu'il implorait, elle essayait déjà les ruses des premières rencontres.

Elle n'eut pas à s'efforcer beaucoup ni à raffiner les ruses; la flamme revint naturelle, où l'ardeur n'avait pas cessé. Un peu plus d'attention, de volonté, s'y mêla sans doute de part et d'autre, mais pour unir tout et sans rien refroidir. Il reprit son assiduité chez Mme de Noyon, et, partout où Mme de Pontivy alla durant cet hiver, il était le premier, en entrant, qu'elle y rencontrât; le dernier, à la sortie, qui la quittât du regard. Il l'entourait d'un soin affectueux, d'une fraîcheur de désir et de jeunesse, que son sentiment n'avait jamais connue d'abord dans cette vivacité, mais qu'une fois averti, il puisait avec vérité dans sa profondeur. Elle recevait tout avec une grâce plus clairvoyante, avec un sourire plus pénétré, qu'elle-même n'en avait témoigné autrefois dans les temps de l'aveugle ardeur. Il y avait un léger échange de rôles entre eux; ils s'étaient donné l'un à l'autre quelque chose d'eux-mêmes qui s'entre-croisait dans cette seconde moisson; ou plutôt ils arrivaient à la fusion véritable et parfaite des âmes. Elle évitait pourtant de se prononcer encore. Aux premiers jours du printemps, ils allèrent à Sceaux pour une semaine; la petite cour s'y trouvait d'un brillant complet. Une après-dînée, la conversation tourna, comme il arrivait souvent, sur les questions de cœur, et on y agita les caractères et la durée de l'amour. De grandes autorités furent invoquées; on cita le grand Condé, alors duc d'Enghien, aux prises avec Voiture et Mlle de Scudéry ; on cita M. le Duc son fils, à la maison de Gourville à Saint-Maur, tenant tête à Mmes de Coulanges et de La Fayette, en leurs grands jours de subtilités. Madame du Maine, en vraie Condé qu'elle était, possédait à merveille tous ces précédents. Mais lorsqu'on en vint à la durée de l'amour, même fidèle, Mme du Deffand, de son esprit railleur, éclata, et dit que la plus longue éternité, quand éternité il y avait, en était de cinq ans. Et comme quelques-uns se récriaient sur ce lustre tracé au compas, M. de Malezieu, l'oracle, et qui avait connu La Bruyère, cita de lui ce mot : « En amour, il n'y a guère d'autre raison de ne s'aimer plus que de s'être trop aimés. » M. de Murçay et Mme de Pontivy se regardèrent et rougirent ; ils se taisaient dans une même pensée plus sérieuse que tous ces discours. On discuta à perte de vue ; mais on en était généralement à adopter la pensée de La Bruyère dans le tour plus épigrammatique de Mme du Deffand, quand Madame du Maine, s'adressant à Mlle de Launay[11] qui ne s'était pas mêlée aux propos : « Et vous, Launay, que décidez-vous ? » dit-elle. Et celle-ci, de ce ton de gaieté, pourtant sensible, où elle excellait : « En fait d'amour et de cœur, je ne sais qu'une maxime, répliqua-t-elle ; le contraire de ce qu'on en affirme est possible toujours[12]. »

À un quart d'heure de là, M. de Murçay et Mme de Pontivy, qui avaient le besoin de se voir seuls, se rencontrèrent, par un instinct secret, en un endroit couvert du jardin. De subites larmes brillèrent dans leurs yeux, et ils tombèrent aux bras l'un de l'autre. Après le premier épanchement et le renouvellement confus des aveux, M. de Murçay, promenant ses regards, fit remarquer à son amie que ce berceau, dans sa disposition, était tout pareil à celui où ils s'étaient pour la première fois déclarés. Une statue de l'Amour était ici également ; mais le dieu (sans doute pour les illuminations des nuits) élevait et croisait sur sa tête deux flambeaux : « Voilà notre second amour, dit-il. Oh ! non, ce n'est pas l'automne encore ! »

Ils eurent de la sorte plusieurs printemps, et, dans cette harmonie rétablie, il eût été de plus en plus malaisé de distinguer en eux les différences premières. Son ardeur, à elle, laissait les nuances ; ses lueurs, à lui, allaient à l'ardeur. L'ivresse entre eux régnait plus égale, plus éclaircie, bien que toujours de l'ivresse. Le mari cependant, qui était aux Antilles, mourut. Mais il était tard déjà, et ils se trouvaient si heureux, si amoureux du passé, qu'ils craignirent de rien déranger à une situation accomplie, d'où disparaissait même la crainte lointaine. Sa fille d'ailleurs avait grandi ; et c'était elle plutôt qu'il fallait songer à marier. On la maria en effet ; mais bientôt elle mourut à son premier enfant. Ce fut une grande douleur, et leur lien encore, s'il était possible, se resserra. Et ils s'avançaient ainsi dans les années qu'on peut appeler *crépusculaires*, et où un voile doit couvrir toutes choses en cette vie, même les sentiments devenus chaque jour plus profonds et plus sacrés.

15 mars 1837.

CHRISTEL

Durant l'hiver de 1819, vers la fin de février, dans une petite ville du Perche, arrivèrent, pour s'y établir, une mère et sa fille ; elles venaient tenir le bureau de poste aux lettres, que de graves plaintes portées contre le prédécesseur avaient rendu vacant. Elles arrivèrent le soir, et, dès le lendemain, elles occupaient, dans la rue qui continue la place, la petite maison où depuis bien des années était situé le bureau. Le loyer de cette maison leur avait été cédé ; la pièce du rez-de-chaussée sur la rue devint leur résidence habituelle.

Après quelques légers changements qu'elles firent exécuter, la distribution du bureau se présentait ainsi : la pièce, avec deux fenêtres, n'avait point d'entrée par la rue ; la porte extérieure était celle de l'ancienne allée, dont la cloison, du côté de la chambre, avait été à moitié abattue, et où l'on avait placé une grille de bois à travers laquelle se faisaient les échanges de lettres. Comme suite à la grille, vers le fond de l'allée, une porte grillée aussi, et non fermée, donnait entrée dans le bureau.

Les deux personnes qui venaient occuper cette humble et assujettissante position, et passer de longues journées sans murmure à ces fenêtres monotones et en vue de cette grille de bois, étaient bien loin de s'y trouver accoutumées par leur vie antérieure. La baronne M..., veuve d'un chef d'escadron mort en 1815 de chagrin et de fatigue après les désastres des Cent-Jours, était Allemande de naissance. Rencontrée à Lintz, aimée et enlevée de son gré par M. M..., alors lieutenant sous Moreau, elle s'était brouillée pour la vie avec sa très-noble famille, et avait suivi partout son mari dans les diverses contrées. Sa fille, née en Suisse, dans le frais Appenzel, avait plus tard doré son enfance au soleil d'Espagne. Cette jeune personne qui avait atteint dix-huit ans faisait l'unique soin de sa mère. À la mort de M. M..., sans fortune, sans pension, la fière et noble veuve avait vécu, durant deux années, de quelques économies, de la vente de quelques bijoux, des restes enfin d'une situation qui avait pu sembler brillante. Elle préférait tout à la seule idée de renouer communication avec sa famille d'Allemagne à dix quartiers, qui, même après le mariage de Marie-Louise, avait été pour elle sans pardon. La détresse menaçante, la vue surtout de sa fille, allaient la forcer peut-être à écrire. L'arrivée du général Dessolle au ministère fut un éclair d'espérance ; son mari avait servi sous lui. Le général, en attendant mieux, fit aussitôt accorder ce bureau de poste, et c'est ainsi qu'elles arrivaient.

Il y avait deux mois environ que la mère et la fille remplissaient l'office qui devenait leur unique ressource dans le présent, et même leur dernière perspective d'avenir (on disait déjà que M. Dessolle se retirait) ; leur vie était établie telle, ce semble, qu'elle devait demeurer longtemps. Elles ne sortaient pas, elles n'avaient fait aucune connaissance dans la ville; une ancienne domestique amenée avec elles les servait. La mère malade, et à jamais brisée au dedans, ne bougeait guère du fauteuil placé près de la fenêtre du fond. Dès que la porte de la rue s'ouvrait et qu'un visage paraissait à la grille, la jeune fille était debout, élancée, polie, prévenante pour chacun (comme si elle n'avait été élevée qu'à cela), recevant de sa main blanche les gros sous des paysans qui affranchissaient pour leur *pays* ou *payse* en condition à Paris. Les jours de marché particulièrement, elle répondait à tous et les aidait quelquefois à écrire l'adresse de leurs lettres ou même la lettre tout entière. Elle fut bientôt connue et respectée de ces gens des environs, bien qu'ils fussent d'une fibre en général ingrate, d'une nature revêche et dure.

Un jour, une après-midi, pendant que sa mère, au sortir du dîner, sommeillait dans son fauteuil, comme il lui arrivait souvent (et c'étaient ses meilleures heures de repos), la jeune fille, Christel[a], rêveuse, attentive au rayon de premier printemps qui perçait jusqu'à elle ce jour-là et jouait dans la chambre, rangeait d'une main distraite les lettres reçues, la plupart à distribuer, quelques-unes (pour les châteaux des environs) à garder poste restante. Parmi ces dernières, il lui arriva d'en remarquer jusqu'à trois à la même adresse, à celle du comte Hervé de T..., et toutes les trois de la même main, d'une main qui semblait élégante, et de femme, et comme mystérieuse. Parmi ces autres papiers grossiers, la netteté du pli les séparait et disait qu'un ongle délicat y avait passé. L'odeur fine qui s'en

a. *Christel*, dans les ballades du Nord, quelque chose de plus doux que *Christine*.

exhalait sentait encore le lieu embaumé d'où le triple billet coup sur coup était sorti. Ces traces légères remirent Christel aux regrets de la vie élevée et choisie pour laquelle elle était née. Fille simple, généreuse, capable de tous les devoirs et de tous les sacrifices, elle avait un fonds de distinction originelle, plus d'une goutte de sang des nobles aïeux de sa mère, qui se mêlait, sans s'y perdre, à toutes les franchises d'une nature ingénue et aux justes notions d'une éducation saine. Sa soumission au sort dissimulait seulement l'intime fierté, comme sa simplicité courante permettait toutes les grâces, comme sa douceur recélait des flammes. Christel souffrait ; ce jour-là elle souffrait plus. Elle se cachait soigneusement de sa mère, et de peur de se trahir, elle tâchait de ne se l'avouer à elle-même que durant l'heure de ce sommeil de chaque après-dînée[1], qui la laissait comme seule à sa tristesse.

Christel n'avait aimé encore ni pensé à aimer que sa mère ; elle ne l'avait jamais quittée que pendant une année pour aller à Écouen, et ç'avait été la dernière année de cette maison[2]. Les douleurs de sa patrie française tenaient une grande place dans la jeune âme, et couvraient pour elle le vague des autres sentiments. Pourtant les frais souvenirs d'enfance qu'elle évoquait à cette heure, les beaux lieux qu'elle avait traversés et qui s'étaient peints si brillants en elle, tel bosquet d'Alsace, tel balcon de Burgos, les mille échos d'une militaire fanfare dans le labyrinthe gazonné d'un jardin des camps, n'étaient là, sans qu'elle le sût, que comme un prélude sans cesse recommençant, comme un cadre en tous sens remué pour celui qu'elle ignorait et qui ne venait pas. Christel prit les trois petites lettres et les mit à part sur un coin du bureau, comme pour ne pas les mêler aux autres : Quel bonjour empressé, se disait-elle, quel appel impatient et redoublé, quel gracieux chant d'avril devait-il en sortir pour celui qui les lirait! Elle achevait à peine de les poser qu'un jeune homme entra, et, se découvrant respectueusement derrière la grille, demanda si l'on n'avait pas de lettres à l'adresse qu'il nomma. Christel, au moment où la porte de la rue s'était ouverte, avait brusquement quitté sa place et était déjà debout, à demi élancée, comme elle faisait pour tous (craignant toujours, la noble enfant, de ne pas assez faire). À la question de l'adresse, elle répondit *oui* vivement, sans avoir besoin de regarder au bureau, et avant d'y songer; puis, s'apercevant peut-être de sa promptitude, elle remit les trois lettres en rougissant.

Le comte Hervé était trop occupé de ce qu'il recevait pour s'apercevoir d'autre chose; il sortit en saluant, et lorsqu'il passa devant les fenêtres, Christel vit qu'il avait déjà brisé l'un des cachets, et qu'il commençait à lire avidement ce qui semblait si pressé de l'atteindre.

D'autres lettres vinrent les jours suivants; il revint lui-même, poli, silencieux, tout entier à ce qu'il recevait. Un singulier intérêt s'y mêlait pour Christel: évidemment ce jeune homme aimait, il était aimé. Le comte Hervé n'avait pas vingt-cinq ans; il était beau, bien fait; il avait servi quelque temps dans les gardes d'honneur, puis dans les mousquetaires, je crois, en 1814. Depuis plusieurs mois il avait quitté le service, Paris et le monde, pour vivre dans la terre de son père, à une lieue de là. C'était une des plus anciennes et des grandes familles du pays. Christel n'apprit ces détails que successivement, et sans rien faire pour s'en enquérir; mais, quoique sa mère et elle ne reçussent habituellement aucune personne du lieu, les simples propos des voisines, la plupart du temps en émoi si l'on voyait le jeune homme arriver au galop du bout de la place, puis mettre son cheval au pas en approchant, auraient suffi pour instruire. Cet *intérêt* de Christel pour une situation qu'elle devina du premier coup fut-il, un seul instant, purement curieux, attentif sans retour, et, si l'on peut dire, *désintéressé* ? Un certain trouble et la souffrance ne s'y joignirent-ils pas aussitôt ? Elle même l'a-t-elle jamais su ? Ce qui est certain, c'est qu'un jour en agitant dans ses mains quelqu'une de ces lettres mignonnes, odorantes, et transparentes presque sous la finesse du pli, elle se sentit saigner comme d'une soudaine blessure ; elle se trouva empoisonnée comme dans le parfum. En les remettant ce jour-là, une rougeur plus brûlante lui monta au front, elle pâlit aussitôt ; elle aimait.

Amour, amour, qui pourra sonder un seul de tes mystères ? depuis la naissance du monde et son éclosion sous ton aile, tu les suscites toujours inépuisés dans les cœurs, et tu les varies. Chaque génération de jeunesse recommence comme dans Éden, et t'invente avec le charme et la puissance des premiers dons. Tout se perpétue, tout se ranime chaque printemps, et rien ne se ressemble, et chaque coup de tes miracles est toujours nouveau. Le plus incompréhensible et le plus magique des amours est encore celui que l'on voit et, s'il est possible, celui que l'on sent. Ne dites pas qu'il ne naît qu'une seule fois pour un même objet dans un même cœur, car j'en sais qui se renflamment comme de leur cendre et qui ont eu deux saisons[3]. Ne dites pas qu'il naît ou ne naît pas tout d'abord décidément d'un seul regard, et que l'amitié une fois liée s'y oppose ; car un poëte qui savait aussi la tendresse a dit :

Ah ! qu'il est bien peu vrai que ce qu'on doit aimer,
Aussitôt qu'on le voit, prend droit de nous charmer,
Et qu'un premier coup d'œil allume en nous les flammes
Où le Ciel, en naissant, a destiné nos âmes[a] !

Dante, Pétrarque, ces mélodieux amants ont pu noter l'an, et le mois, et l'heure, où le dieu leur vint ; ils ont eu l'étincelle rapide, sacrée, le coup de tonnerre lumineux. Un autre aussi sincère, après deux années de lenteur[4], a pu dire :

Tout me vint de l'aveugle habitude et du temps.
Au lieu d'un dard au cœur comme les combattants,
J'eus le venin caché que le miel insinue,
Les tortueux délais d'une plaie inconnue,
La langueur irritante où se bercent les sens ;
Tourments moins glorieux, moins beaux, moins innocents,
Mais plus réels au fond pour la moelle qui crie,
Qu'une resplendissante et prompte idôlatrie[5] !

Chacun à son tour se croit le mieux aimant et le plus frappé. La jeunesse va penser que ces chers orages ne sont complets que pour elle : attendez ! l'âge mûr en son retard, s'il les rencontre, les accusera plus violents et plus amassés. Ainsi chacun aime d'un amour souverain et parfait, s'il aime vraiment. Mais de tous ces amours le plus parfait pourtant et le plus simple, à les bien comparer, sera toujours celui qui est né le plus *sans cause*.

Pourquoi Christel aima-t-elle le comte Hervé ? Pourquoi du second jour l'admirait-elle si passionnément ? Il vient, il entre et salue, et n'est que froidement poli ; pas une parole inutile, pas un regard. Elle ne le connaît que de nom et par une

a. Molière, *Princesse d'Élide*, acte I, scène I.

simple information dérobée aux propos voisins. Elle l'admire par ce besoin d'admirer qui est dans l'amour. Qu'a-t-il donc fait pour cela ? Comme si, pour être aimé, il était besoin de mériter ! Il est beau, jeune, ému, fidèle évidemment, et peut-être malheureux : que faut-il de plus ? Il a de la grâce à cheval quand il repasse devant les fenêtres et qu'elle le voit monter. Il lui semble qu'elle connaisse tout de lui : oh ! combien elle compterait fermement sur lui, si elle était celle qu'il aime.

Ces lettres perpétuelles faisaient comme un feu qui circulait par ses mains et qui rejaillissait dans son cœur. Le courrier de Paris arrivait vers deux heures et demie, à l'issue du dîner ; bien peu après, dès que sa mère lassée commençait à sommeiller, Christel s'approchait sans bruit du bureau et faisait rapidement le départ ; puis elle prenait la lettre pour Hervé, mise tout d'abord de côté, et la tenait longtemps dans sa main, et non pas sans trembler, comme si elle se fût permis quelque chose de défendu. Elle la tenait quelquefois jusqu'à ce que sa mère s'éveillât ou que lui-même il vînt, ce qu'il faisait d'ordinaire vers quatre heures. Elle avait fini par lire couramment la pensée du cachet qui se variait sans cesse avec caprice, facile blason de coquetterie encore plus que d'amour, et qui ne demande qu'à être compris. Le cachet du jour lui disait donc assez bien la nuance de sentiment qu'elle allait transmettre, et fixait en quelque sorte son tourment.

Elle voulait quelquefois s'abuser encore : l'empreinte de cire rose ou bleue lui montrait-elle une *fleur*, une *pensée* haute et droite sur sa tige comme un lys (le lys était alors fort régnant) : C'est peut-être un lys et non une pensée, se disait-elle. Mais le lendemain le *lévrier* fidèle et couché ne lui laissait aucun doute et la poursuivait de tristes et amères langueurs. Le *lion* au repos la faisait rêver ; à de certaines fois où il n'y avait autour du cachet que le nom même des jours de la semaine, elle respirait plus librement. Un jour, y considérant avec surprise une tête de mort et deux os en croix, elle se dit : Est-ce sérieux, n'est-ce qu'un jeu ? s'affiche-t-elle donc ainsi, la douleur ?

Elle n'avait pas tardé non plus à distinguer, entre toutes, les lettres qu'il écrivait, tantôt mises dans la boîte par lui-même, qui revenait exprès pour cela, tantôt apportées par un domestique qu'elle eut vite reconnu. Son coup d'œil saisissait, sans qu'un seul mot fût dit. Ses lettres, à lui, étaient simples, sous enveloppe, sans cachet, adressées à Paris, poste restante, à un nom de femme qui ne devait pas être le véritable ; il semblait qu'elles fussent au fond bien plus sérieuses. Avec quelle émotion elle les pressait, quand elle y imprimait le timbre voulu !

Quel était-il, cet amour qui occupait tant le comte Hervé, qui l'avait arraché aux plaisirs d'une vie brillante, et le reléguait depuis près de six mois aux champs dans une unique pensée ? Peu nous importe ici, et le récit en serait trop semblable à celui de tant de liaisons incomplètes et avortées. Une femme du grand monde, à laquelle il avait rendu de longs soins, avait paru l'accueillir, lui promettre quelque retour ; elle avait même semblé lui accorder, lui permettre sans déplaisir quelqu'un de ces gages qui ne se laissent pas effleurer impunément. Elle avait fait semblant de l'aimer un peu, ou elle l'avait cru. Des obstacles survenus dans leur situation l'avaient décidé, lui, à partir, à se confiner pour un temps dans cet exil fidèle. Elle lui témoigna d'abord qu'elle lui en savait gré, eut l'air de l'en aimer mieux, et se multiplia à le lui dire. Mais peu à peu, les obstacles ou les distractions aidant, elle se rabattit à l'*amitié* (grand mot des femmes, soit pour introduire, soit pour congédier l'amour), et elle en vint le plus ingénument du monde à oublier de plus douces promesses si souvent écrites, et même faites à lui parlant, et non-seulement de la voix.

On n'en était pas là encore; pourtant il y avait quelquefois des ralentissements dans la correspondance. Hervé semblait s'y attendre en ne venant pas, ou par moments il venait en vain.

Quand la correspondance allait bien, quand les cachets de Paris marquaient une *pensée* (car décidément, si royalistes qu'on les voulût faire, cela ne pouvait ressembler à un lys), quand chaque courrier avait une réponse d'Hervé, Christel le sentait avec une anxiété cruelle, et il lui semblait que le courrier qui emportait cette réponse lui arrachait, à elle, le plus tendre de son âme, le seul charmant espoir de sa jeunesse.

Mais si les lettres de Paris tardaient, s'il revenait plus d'une fois sans rien trouver; si, poli, discret, silencieux toujours, se bornant avec elle à l'indispensable question, il avait pourtant trahi son angoisse par une main trop vivement avancée, par quelque mouvement de lèvre impatient, elle le plaignait surtout, elle souffrait pour lui et pour elle-même à la fois; pâle et tremblante en sa présence sans qu'il s'en doutât, elle lui remettait la missive tant attendue, à lui pâle et tremblant aussi, mais de ce qu'il redoute d'un seul côté ou de ce qu'il espère. Elle voudrait la lettre heureuse pour lui, et elle la craint heureuse; elle est déchirée si elle l'a vu sourire aux premières lignes (car en ces cas d'attente il décachetait brusquement), et s'il lui semble plus triste après avoir parcouru, elle demeure triste et déchirée encore.

Oh ! si alors, un peu après, quelque pauvre jeune fille paysanne venait apporter, en la tournant dans ses mains, une lettre de sa façon pour un soldat du pays, et la remettait, pour l'affranchir, avec toute sorte d'embarras et rougissant jusqu'aux yeux, elle aussi, tout bas, rougissait en la prenant et se disait : *C'est comme moi !*

Vers ce temps, un jeune homme, fils d'un riche notaire de l'endroit, pour lequel Mme M... avait eu en arrivant quelque lettre, mais qu'elle n'avait pas cultivé, parut désirer d'être présenté chez elle et d'obtenir le droit de la visiter. L'intention était évidente. Mme M... en toucha un soir quelque chose à sa fille ; dès les premiers mots, celle-ci coupa court, et, se jetant dans les bras de sa mère, la supplia avec un baiser ardent de ne jamais lui en reparler ni de rien de pareil. La mère n'insista pas, mais, à la chaleur du refus et à mille autres signes que son œil silencieux depuis quelque temps saisissait, elle avait compris.

Pourtant, depuis des mois déjà que le comte Hervé venait plusieurs fois par semaine, il ne s'était rien passé au dehors entre Christel et lui, rien qui fût le moins du monde appréciable, sinon à la sagacité d'un cœur tout à fait intéressé. Pour deviner qu'une passion était en jeu, il aurait fallu être un rival, ou il fallait être une mère, une mère prudente, inquiète et malade, qu'éclaire encore sur l'avenir secret de sa fille la crainte affreuse de la trop tôt quitter. Lui-même, Hervé, avait à peine distingué, dans cette chambre où il n'entrait jamais, la jeune fille, messagère passive de son amour. Elle en eut un jour la preuve bien cruelle. C'était un dimanche ; elle était sortie avec sa mère pour une promenade, ce qui leur arrivait si rarement. Toutes deux suivaient à pas lents la grande route, à cet endroit, fort agréable, d'où la vue s'étend sur des champs arrosés et coupés comme de plusieurs petites rivières, et, par delà encore,

> *Sur* ce pays si vert, en tout sens déroulé,
> Où se perd en forêts l'horizon ondulé[6].

Il y avait assez de monde le long de la route ; de loin on vit venir, à cheval, le comte Hervé ; c'était l'heure ordinaire de sa visite, et une lettre au bureau l'attendait. Christel trembla ; elle pria, à ce moment, sa mère de s'appuyer plus fort sur son bras, sans crainte de la lasser. Hervé passa bientôt sur la chaussée devant elles au petit trot ; il les regarda d'une façon assez marquée ; mais, ne les ayant jamais vues au dehors, ne s'était jamais demandé apparemment ce que pouvait être Christel avec sa souple et fine taille en plein air, il ne les reconnut pas à temps et ne les salua pas. Dix minutes après, au retour, les rencontrant encore et ayant deviné sans doute (à ne voir que la domestique au bureau) que ce pouvait être elles, il les salua. Juste image du degré d'attention de sa part et d'indifférence !

Que fait donc à certains moments le cœur, et quelles sont ses distractions étranges ! Absorbé sur un point et comme aveugle, tout à côté il ne discerne rien. Mille fois du moins, dans ces vieux romans tant goûtés, on voit le page, messager d'amour, dans sa grâce adolescente, faire oublier à la dame du château celui qui l'envoie. Les brillants ambassadeurs des rois, près des belles fiancées qu'ils vont quérir aux rivages lointains, ont souvent touché les prémices des cœurs. Ici, c'est près du jeune homme qu'une belle jeune fille est messagère ; élégante, légère, demi-penchée, émue et alarmée, lisant, depuis des mois, la mort ou la vie dans son regard, et il ne l'a pas vue ! Il est vrai qu'elle ne lui apparaît qu'en toilette simple, sans autre fleur qu'elle-même, derrière des barreaux non dorés, dans une chambre étroite que masque un bureau obscur : mais est-ce qu'elle ne l'éclaire pas ?

Christel avait d'affreux moments, des moments durs, humiliés, amers ; la langueur et la rêverie premières étaient bien loin ; le souvenir de ce qu'elle était la reprenait et lui faisait monter le sang au front ; elle se demandait, en se relevant, pour qui donc elle se dévorait ainsi. Elle faisait appel dans sa détresse, oh ! non plus à ses goûts anciens, à ses gracieux amours de jeune fille, à ses lectures chéries (tout cela était trop insuffisant et dès longtemps flétri pour elle), mais à des sentiments plus mâles et plus profonds, comme à des ressources désespérées, — à son culte de la patrie, par exemple. Elle se représentait son père, le drapeau sous lequel il avait combattu, le deuil de l'invasion ; elle excitait, elle provoquait en elle l'orgueil blessé des vaincus ; elle cherchait à impliquer dans l'inimitié de ses représailles le jeune noble royaliste, le mousquetaire de 1814, mais en vain ; le ressort sous sa main ne répondait pas ; l'amour, qui aime à brouiller les drapeaux, se riait de ces factices colères. L'Empereur évoqué en personne sur son rocher n'y pouvait rien. — Elle voulait voir du mépris de la part d'Hervé, de la fierté insolente dans cette inattention soutenue, et tâchait de s'en irriter ; mais non, c'était moins et c'était pis, elle le sentait bien ; ce prétendu dédain s'enfonçait plus cruel, précisément en ce qu'il était plus involontaire ; c'était de l'oubli.

Comment donc oublier à son tour ? Comment se

fuir elle-même, s'isoler contre l'incendie intérieur qui s'acharnait ? Elle jetait dans un coin ces lettres odieuses, et se jurait de ne les plus voir ni toucher. Si elle avait pu, du moins, sortir, se distraire par le monde, vivre de la vie de bal et s'étourdir comme la plus frivole dans le tourbillon insensé, ou mieux, s'échapper et courir par les bois, biche légère, et chercher, s'il en est, le dictame dans les antres secrets, au sein de la nature éternelle !

> Dieux ! que ne suis-je assise à l'ombre des forêts[7] !

Mais non, encore non ; sa cage la tient ; il faut qu'elle y reste enfermée, sous cette grille, près du poison lent qui passe par ses mains et qui la tue, elle-même devenue jusqu'au bout l'instrument docile et muet de son martyre. Des larmes d'impuissance, de jalousie, d'humiliation et de honte, brûlent ses joues, et, versées au dedans de son âme, y dévastent partout la vie, l'espérance, la fraîcheur des bosquets du souvenir. — S'il entre pourtant, s'il a paru au seuil, en ce moment même, avec sa simple question habituelle, tête découverte et strictement poli, la voilà touchée ; tout cet assaut de fierté s'amollit en humble douleur, et le reste n'est plus.

Six longs mois s'étaient écoulés depuis la première visite ; on atteignait à la mi-octobre. Depuis quelque temps, les lettres venaient plus rares ; une fois, deux fois, il s'était présenté sans en trouver. Il avait peine à y croire. À la seconde fois, déjà sorti à demi, il revint sur ses pas, et insista pour qu'on voulût bien chercher encore. Elle le fit pour le satisfaire, sachant elle-même trop bien le résultat. Elle apporta le paquet entier des lettres restantes sur la petite tablette en dedans de la grille, et là tous deux penchés, dans leur inquiétude si diverse, suivaient une à une les adresses ; leurs têtes s'effleuraient presque à travers les barreaux ; mais, même ce jour-là, il n'eut pas l'idée de franchir la porte tout à côté pour chercher plus près d'elle, avec elle.

La pauvre mère sommeillait-elle alors ? Elle se taisait dans son fauteuil du fond, et palpitait, à en mourir, autant que sa chère enfant. Que faire ? Plus souffrante depuis quelques jours, elle était dans une presque impuissance de se lever. Un mouvement brusque eût éclairé sa fille, l'eût avertie qu'elle s'était trahie, eût, pour ainsi dire, donné de l'air à cet incendie secret qui autrement, toute issue fermée, avait chance de s'étouffer peut-être. La sage mère s'en flattait encore, et elle contint au dedans toute pensée.

Une troisième fois il revint, et il n'y avait pas de lettres davantage. Il insista de nouveau, lui, si convenable toujours, comme un homme que l'inquiétude égare un peu, et qui ne prend pas garde de dissimuler. Elle, au milieu de la chambre, debout, plus pâle que lui, répondait par monosyllabes sans comprendre, lorsque tout à coup, ne pouvant soutenir une lutte si inégale, elle se sentit chanceler, fit un geste comme pour se prendre à la grille, et tomba évanouie. La mère, qui, dès le commencement, n'avait rien perdu de ce trouble, s'arrachant précipitamment de son siège, où la clouait jusque-là la douleur, et essayant de soulever la défaillante : « Oh ! monsieur ! s'écriait-elle elle-même égarée ; ma chère fille ! ma pauvre fille ! qu'en avez-vous fait ? Quoi ? monsieur... vous ne devinez pas ! » Il s'était avancé pourtant, il avait franchi la grille, et était entré dans la petite chambre pour la première fois, — trop tard !

Bien souvent, entre les sentiments humains qui se

pourraient compléter et satisfaire dans un mutuel bonheur, il y a pour obstacle... Quoi? ni muraille, ni cloison, ni grille de fer, mais une simple grille de bois comme ici, et entr'ouverte encore, et on regarde à travers, et on ne devine pas, et on meurt ou on laisse mourir!

Christel reprit ses sens avec lenteur; elle vit, en rouvrant les yeux, Hervé près d'elle, comme s'il eût attendu son retour à la vie, et elle répondit à ce premier regard par un indéfinissable sourire. Il revint tous les jours suivants; il ne demanda plus de lettres, et il n'en vint plus (du moins de cette main-là).

Un singulier et touchant concert tacite s'établit entre ces trois êtres. Nulle explication ne fut demandée ni donnée. La mère ne parla point en particulier à sa fille. Hervé, attentif et discret, vint, revint, et s'y trouva naturellement assis, chaque après-midi, pour de longues heures. Il apprécia, dès qu'il eut tourné son regard, ces deux personnes si distinguées, si nobles vraiment. La faiblesse de Christel continuait; la pâleur et le froid du marbre n'avaient pas quitté ses joues; seulement elle souriait désormais, et ses yeux, d'un bleu plus céleste, semblaient remercier d'un bonheur. Son mal réel l'obligeant à garder le repos, on ne se tenait plus dans la pièce du devant; une personne qu'Hervé avait indiquée, une ancienne femme de charge, capable et sûre, y passait le jour, à des conditions modiques, et, tout en suivant son travail d'aiguille, répondait aux venants. C'était dans une chambre du fond proche de celle de Mme M..., qu'on vivait retiré. La fenêtre donnait sur un petit jardin, dont le mur, très-bas et assez éloigné, laissait voir au delà, bien loin, les prairies et les collines, mais toutes dépouillées ; c'était maintenant l'hiver. Que cette chambre d'une simple et virginale élégance, qu'ornait en un coin le portrait du père, et, au-dessous, la harpe (hélas ! trop muette) de Christel, eût été agréable et riante l'été, devant cette nature bocagère, près de ces hôtes chéris : Hervé se le disait pour la première fois aux premières neiges.

La dure saison ne fut cependant pas dénuée, pour eux, d'intimes douceurs. Sans s'interroger, ils se racontaient insensiblement leur vie jusque-là, et elle se rejoignait par mille points. Oh ! souvent, combien d'îles charmantes et variées à ce confluent des souvenirs ! Hervé et Christel n'avaient pas besoin de confronter longuement leurs âmes, de s'en expliquer la source et le cours :

On s'est toujours connu, du moment que l'on aime[8],

a dit un poëte ; mais il est doux de se reconnaître, de faire pas à pas des découvertes dans une vie amie comme dans un pays sûr, de jouir jour par jour de ce nouveau, à peine imprévu, qui ressemble à des réminiscences légères d'une ancienne patrie et à ces songes d'or retrouvés du berceau. En peu de temps ils mirent ainsi bien du passé dans leur amour. La famille d'Hervé avait des alliances en Allemagne : lui-même en savait parfaitement la langue. Quelle joie pour Christel, quel attendrissement pour la mère de s'y rencontrer avec lui comme en un coin libre et vaste de la forêt des aïeux ! La petite bibliothèque de Christel possédait quelques livres favoris, venus de là-bas pour sa mère ; il leur en lisait parfois, une ode de Klopstock, quelque poëme de Matthisson[9], une littérature allemande déjà un peu vieillie, mais élevée et cordiale toujours. Un livre alors tout nouveau[10], et qu'il leur avait apporté, enchanta fréquemment les heures : c'étaient les *Méditations poétiques* ; plus d'une fois, en lisant ces élégies d'un deuil si mélodieux, il dut s'arrêter par le trop d'émotions et comme sous l'éclair soudain d'une allusion douloureuse. Cette harpe immobile dans un angle de la chambre attirait aussi son regard, et il eût désiré que Christel y touchât ; mais la faiblesse de la jeune fille ne le lui eût pas permis sans une extrême fatigue. On se disait que ce serait pour le printemps, et qu'elle le saluerait d'un chant plus joyeux après tant de silence. Ils eurent ainsi des soirs de bonheur, sans rien presser, sans trop prévoir.

Hervé, certes, aimait Christel : l'aimait-il de véritable amour, c'est-à-dire de ce qui n'est ni voulu ni motivé, de ce qui n'est ni la reconnaissance, ni la compassion, ni même l'appréciation profonde, raisonnée et sentie de tous les mérites et de toutes les grâces ? Car l'amour en soi n'est rien de tout cela, et, en de certains moments étranges, il s'en passerait. Je n'ose affirmer tout à fait pour Hervé : mais il l'aimait avec tendresse, il la chérissait plus qu'une sœur ; et il est certain que, dès le second jour de cette intimité, il agita de naturels, de délicats et loyaux projets. Mieux il connut Mme M… et ses origines, et moins il prévit d'obstacles insurmontables à ses désirs dans sa propre famille à lui. Bien des fois déjà les propositions d'avenir avaient erré sur ses lèvres, et la seule timidité, cette pudeur de toute affection sincère, avait fait ses paroles moins précises qu'il n'aurait voulu. Un soir qu'on avait plus longuement causé de guérison et d'espérance, qu'on avait projeté pour Christel des promenades à cheval au printemps, qu'on s'était promis de se diriger sur les domaines d'Hervé, vers un bois surtout de hêtres séculaires qu'avaient habité les fées de son enfance, et dont il aimait à vanter la royale beauté, il crut le moment propice, et, après quelques mots sur sa mère, à laquelle il avait parlé, disait-il, de cette visite désirée : « Il est temps, ajouta-t-il d'un ton marqué, qu'elle connaisse celle qui lui vient. » Christel tressaillit et l'arrêta ; ce fut un simple geste, un signe de tête accompagné d'un coup d'œil au ciel, le tout si résigné, si reconnaissant, si négatif à la fois, avec un sourire si pâli, et dans un sentiment si profond et si manifeste du néant de pareils projets à l'égard d'une malade comme elle, que la mère navrée ne put qu'échanger avec Hervé un lent regard noyé de larmes.

Le printemps revenait ; avril, dès le matin, perçait avec sa pointe égayée, et les rayons autour des bourgeons, et les oiseaux à la vitre, se jouaient comme au jour où Christel, il y avait juste un an, avait remarqué les lettres fatales pour la première fois. L'horizon champêtre du petit salon s'arrangeait au loin déjà vert, et présageait peu à peu l'ombrage et les fleurs. Christel ne quittait plus cette chambre ; on y avait placé à un bout son lit si modeste, qui, sans rideaux, sous un châle jeté, paraissait à peine. Elle se levait pourtant, et restait sur sa chaise toute l'après-midi et les soirs comme auparavant. Malgré sa faiblesse croissante, depuis quelques jours elle semblait mieux ; je ne sais quel mouvement de physionomie et de regard, plus de couleur à ses joues, avaient l'air de vouloir annoncer l'influence heureuse de la jeune saison. Hervé se disait qu'il fallait croire, ses discours aussi le disaient, et depuis deux heures, aux rayons du soleil baissant, on parlait de l'avenir. Christel s'était prêtée à l'illusion et en avait tiré parti pour tracer à

Hervé, avec un détail rempli tout bas de vœux et de conseils, une vie de bonheur et de vertu, où lui, qui l'écoutait, la supposait active et présente en personne, mais où elle se savait d'avance absente, excepté d'en haut et pour le bénir : « Vous vivrez beaucoup dans vos terres, lui disait-elle ; Paris et le monde ne vous rappelleront pas trop ; il y a tant à faire autour de soi pour le bien le plus durable et le plus sûr ! Vous prendrez garde à toutes ces haines de là-bas, et vous tâcherez surtout de concilier ici. » Et la famille, et les enfants, elle venait aussi à en parler, et embellissait par eux les devoirs : « Ils auront les mêmes fées que vous sous vos mêmes ombrages. » Hervé n'essayait plus de comprendre, il nageait dans une sainte joie ; le jour tombant et de si franches paroles l'enhardissaient ; il exprima nettement ce désir prochain d'union, et cette fois, soit qu'elle fût trop faible, après tant d'efforts, ou trop attendrie, elle le laissa s'expliquer jusqu'au bout sans l'interrompre. Il avait fini lorsqu'il vit dans l'ombre une main qui s'avançait comme pour chercher la sienne ; il la donna et sentit qu'après une tremblante étreinte, celle de Christel ne se retirait qu'après lui avoir remis celle même de sa mère. Un long silence d'émotion suivit ; le jour était tout à fait tombé ; on n'entendait qu'un soupir. Après un certain temps, tout d'un coup la domestique entra, sans qu'on l'eût appelée, apportant un flambeau : mais la brusque lumière éclaira d'abord le front blanc de Christel renversé en arrière, et ses yeux calmes à jamais endormis.

Ô Mort[11], que tu as de formes diverses, et que celui qui t'a déjà rencontrée peut néanmoins te trouver nouvelle ! On t'a vue, quand tu te prends à la jeunesse et à la beauté, t'y acharner avec violence, y revenir coup sur coup, pour les ébranler, comme avec sa hache le bûcheron furieux, et leur livrer de longs assauts dans des agonies terribles. D'autres fois, tu t'attaques lentement et d'une ruine continue à l'enveloppe en même temps qu'au fond, tu opères degré par degré l'œuvre de destruction dans les plus florissantes natures, tu y ravages tout avec un art cruel avant de frapper le dernier coup au cœur : une vieillesse comme centenaire est empreinte sur des visages de vingt ans. Mais d'autres fois aussi, et quand tu te sers, ô Clémente, de tes plus douces flèches, tu ne fais qu'affaiblir, diminuer insensiblement le souffle, en conservant aux traits leur harmonie et au front son pur contour ; et quand tu y imprimes ton baiser glacé, il semble que ce soit une dernière couronne. — Ô Mort, que tu as de formes diverses ! tu en as presque autant que l'amour.

Dès le lendemain, Hervé emmena la mère et la conduisit au château de sa famille, où tous les égards délicats, et de sa part un soin vraiment filial, l'environnèrent. Ce ne fut pas pour longtemps, et, avant la fin du prochain automne, elle avait rejoint, sous les premières feuilles tombantes du cimetière, l'unique trésor qu'elle avait perdu.

Et qu'est devenu Hervé ? Oh ! ceci importe moins ; les hommes, même les meilleurs souvent, et les plus sensibles, ont tant de ressources en eux, tant de successives jeunesses ! Il a souffert, mais il a continué de vivre. Le monde l'a repris ; les passions politiques l'ont distrait, peut-être aussi d'autres passions de cœur, si ce n'en est pas profaner le nom que de l'appliquer à des attraits si passagers. Quoi qu'il soit devenu, et quoi qu'il fasse, il se ressouvient éternellement, du moins, de cette divine douleur de jeune fille, et, à ses bons et plus graves moments, sous cette neige déjà que le bel âge enfui a laissée par places à son front, il en fait le refuge secret de ses plus pures tristesses, et la source la plus sûre encore de ce qui lui reste d'inspirations désintéressées.

« — C'est trop vrai, dit alors une jeune et belle femme, et déjà éprouvée, qui avait écouté jusque-là en silence toute cette histoire ; ô hommes, combien vous faut-il donc ainsi de ces existences cueillies en passant pour vous tresser un souvenir ! »

15 novembre 1839.

LES FLEURS

Apologue

Un soir d'automne, dans un château où pourtant Voltaire avait autrefois passé[a], deux ou trois jeunes femmes très-spirituelles et très-aimables s'étaient mises à causer métaphysique, spiritualisme, platonisme pur; il avait été à peu près décidé par elles que l'âme, non-seulement était chose à part, mais qu'elle était tout. Le lendemain, quelqu'un qui les avait beaucoup écoutées écrivit:

Il y avait une fois une belle exposition de fleurs à l'Orangerie du Luxembourg; c'était la plus belle qu'on eût vue depuis bien des saisons. Je voudrais pouvoir vous dire les noms et surtout les nuances de ces admirables produits où l'art du jardinier s'était surpassé, car c'étaient des fleurs composées et non pas toutes simples, et il avait fallu bien des combinaisons savantes et bien des caprices heureux pour croiser à ce point les variétés les plus choisies. N'étant pas Mme Sand, je ne décrirai rien, et je ne les nommerai même pas, de peur de faire quelque grossière confusion: ce que je sais bien, c'est que c'étaient des fleurs rares, de qualité, nobles de port, vives ou tendres de couleur, exquises de parfum. Un

a. Le château de Maisons.

soir que le public s'était retiré, que les derniers rayons mourants éclairaient encore la serre, que les calices qui s'ouvrent de jour n'étaient pas encore fermés, et que ceux qui attendent la nuit pour éclore commençaient déjà à s'entr'ouvrir, à cette heure charmante, les plus nobles des fleurs rapprochées et faisant cercle vers le haut de la serre se mirent à rêver, à s'enivrer de leurs propres parfums, et à causer entre elles dans la langue des fleurs. Quoique je ne sois pas rossignol, je l'ai entendu, mais je ne saurai bien traduire. Essayons pourtant et balbutions.

Elles se disaient que leur destin était beau, que leur rôle était unique entre toutes les créatures, qu'il n'y avait rien de pareil à être fleur, surtout fleur à parfum. Ce parfum surtout les touchait beaucoup, et bientôt, comme s'il leur eût monté légèrement à la tête, elles ne firent plus que s'en entretenir et s'en raconter les finesses les plus subtiles et les délicatesses. — Pour moi, dit l'une, je suis persuadée que ce parfum nous est venu exprès d'en haut pour embellir et pour animer la fleur. Sans parfum une fleur ne vit pas, ce n'est qu'une herbe plus ou moins brillante et colorée ; le parfum seul lui donne l'âme et fait qu'elle respire de la même vie que les essences célestes.

— Et comment ne serait-ce pas, dit une autre qui exhalait une délicieuse odeur de vanille (la première avait, je crois, cette odeur fine qui rappelle plutôt celle de la fleur du thé), comment n'en serait-il pas ainsi ? Je ne vois rien dans ce qui forme l'écorce ou la tige ou les racines, — les viles racines, s'il est permis de les nommer, — je ne vois rien dans cette enveloppe de nous-mêmes qui soit en rapport avec le parfum : c'est chose à part, légère, sacrée, et quels effets ne produit-il pas ? Hier, j'étais encore chez Olivia, j'ornais son boudoir ; j'étais seule, et pas une autre fleur que moi ne partageait cette faveur si enviée. Elle entra rêveuse, elle s'assit et, se retournant lentement, elle me respira. Ses yeux s'animèrent peu à peu, un nuage comme voluptueux chargea sa paupière, un trouble né d'un souvenir agita son beau sein, des larmes suivirent, et une longue rêverie qui dura toute une heure. Non, le parfum, s'il n'était chose céleste, ne produirait pas de ces effets-là.

— Et moi, dit une autre (une petite fleur coquette qui sentait le musc), que n'aurais-je pas à vous dire ? et n'ai-je pas eu mes miracles aussi ? J'étais chez Cordélia, mais j'y étais sans qu'elle le sût ; une de ses femmes m'avait placée derrière un rideau et l'on ne me voyait pas, quoique je sois belle. Cordélia vint à entrer, elle s'assit ; presque aussitôt une langueur comme enivrante la saisit et enchaîna ses sens ; elle poussait de légers soupirs, mais bientôt ce furent des cris étouffés, des mouvements convulsifs et rapides. On entra : « Qu'est-ce ? dit-elle, dès qu'elle put parler. Il y a ici quelque chose, une fleur ; cherchez ! » — C'était moi invisible et cachée, dont le parfum, dont l'âme produisait à distance de ces merveilles. Si nous n'étions qu'une racine, une tige, ou même une corolle brillante aux yeux, aurions-nous à nous vanter de tels mystères ?

— Mais, mes sœurs, se hasarda à dire une autre qui n'était pourtant pas sans parfum, ne serait-ce point parce que nous sommes ici oisives et en serre, que nous nous avisons de tant raisonner sur la fine essence ? Pour moi, j'ai longtemps, s'il m'en souvient bien, et durant bien des printemps antérieurs, — j'ai été tout simplement fleur des champs. Il y avait là bien des fleurs, moins belles que vous, ô mes sœurs ! des fleurs pourtant qui jetaient leurs senteurs aux vents, aux brises du désert, ou quelquefois aux groupes joyeux qui passaient. J'ai vu même des animaux sauvages (ne vous scandalisez pas) tressaillir autant que votre belle Cordélia pour un parfum et se rouler avec délices sur ces fleurs naïves qui les enivraient. Pour elles, elles ne raisonnaient pas, elles vivaient, elles ne se croyaient pas d'une autre nature que les autres herbes voisines, moins favorisées ; et ces herbes-là, quand on les pressait bien, avaient, je vous assure, leur parfum aussi, pas toujours agréable, il est vrai ; mais enfin c'était le leur. Mes sœurs, tout cela dans l'immensité des prairies et des bois naissait, vivait, mourait, se renouvelait sans cesse, tout cela se touchait et s'enchaînait sans se le dire, et par une sorte d'harmonie qui se suffisait à elle-même.

— Or il y avait près de là, non pas dans la serre ni à titre de fleur rare (il n'en était pas digne), mais sur une fenêtre, un petit brin de réséda, poussé par hasard dans une fente de muraille ; il écoutait ces charmants discours des nobles fleurs, et quand la dernière eut parlé, il murmura de manière à être entendu :

« Oui, mes sœurs (car vous l'êtes en parfum), oui le parfum est la gloire et l'orgueil des fleurs. Que cet orgueil pourtant n'aille pas jusqu'à le vouloir séparer du reste ! Jouissons-en, donnons-le surtout avec délices, et, quand nous l'aurons exhalé, sachons bien qu'il renaîtra pour d'autres encore ; car la nature est grande, et son parfum, né dans chaque repli, est universel. »

MARIA

… … In comptum Lacænæ
More comas religata nodum[1]

À M. DE LURDE[2].

Sur un front de quinze ans la chevelure est belle.
Elle est de l'arbre en fleur la grâce naturelle,
Le luxe du printemps et son premier amour :
Le sourire la suit et voltige alentour ;
La mère en est heureuse, et dans sa chaste joie
Seule en sait les trésors et seule les déploie ;
Les cœurs des jeunes gens, en passant remués,
Sont pris aux frais bandeaux décemment renoués ;
Y poser une fleur est la gloire suprême :
Qui la pose une fois la détache lui-même[3].

Même aux jeunes garçons, sous l'airain des [combats,
La boucle à flots tombants, certes, ne messied pas :
Qu'Euphorbe si charmant, la tête renversée,
Boive aux murs d'Ilion la sanglante rosée[4],
C'est un jeune olivier au feuillage léger,

Qui, tendrement nourri dans l'enclos d'un verger,
N'a connu que vents frais et source qui s'épanche,
Et, tout blanc, s'est couvert de fleurs à chaque
[branche;
Mais d'un coup furieux l'ouragan l'a détruit:
Il jonche au loin la terre, et la pitié le suit.

Quand une vierge est morte, en ce pays de Grèce,
Autour de son tombeau j'aperçois mainte tresse,
Des chevelures d'or avec ces mots touchants:
« De l'aimable Timas, ou d'Érinne aux doux chants,
La cendre ici repose; à l'aube d'hyménée,
Vierge, elle s'est sentie au lit sombre entraînée.
Ses compagnes en deuil, sous le tranchant du fer,
Ont coupé leurs cheveux, leur trésor le plus cher. »

Et que fait parmi nous, dans sa ferveur sacrée,
Héloïse elle-même, Amélie égarée,
Celle qui, sans retour, va se dire au Seigneur?
Dès la grille, en entrant, elle a livré l'honneur
De son front virginal au fer du sacrifice,
Pour être sûre enfin que rien ne l'embellisse,
Que rien ne se dérobe à l'invisible Époux.
Du rameau sans feuillage aucun nid n'est jaloux[a].
Or, puisque c'est l'attrait dans la belle jeunesse
Que ce luxe ondoyant que le zéphir caresse,
Et d'où vient jusqu'au sage un parfum de désir,
Je veux redire ici, d'un vers simple à plaisir,
Non pas le jeu piquant d'une boucle enlevée,
Mais sur un jeune front la grâce préservée.

« J'étais, me dit un jour un ami voyageur,
D'un souvenir lointain ressaisissant la fleur,

a. Apulée l'a dit: « Si cuilibet eximiæ pulcherrimæque fœminae caput capillo spoliaveris,... licet Venus ipsa fuerit,... placere non poterit, ne Vulcano suo[5]. »

J'étais en Portugal, et la guerre civile,
Tout d'un coup s'embrasant, nous cerna dans la
[ville :
C'est le lot trop fréquent de ces climats si beaux ;
On y rachète Éden par les humains fléaux.
Le blocus nous tenait, mais sans trop se poursuivre ;
Dans ce mal d'habitude, on se remit à vivre ;
La nature est ainsi : jusque sous les boulets,
Pour peu que cela dure, on rouvre ses volets ;
On cause, on s'évertue, et l'oubli vient en aide ;
Le marchand à faux poids vend, et le plaideur
[plaide ;
La coquette sourit. Chez le barbier du coin,
Un Français, un Gascon (la graine en va très-loin),
Moi j'aimais à m'asseoir, guettant chaque figure :
Molière ainsi souvent observa la nature.
Un matin, le barbier me dit d'un air joyeux ;
« Monsieur, la bonne affaire ! (et sur les beaux
[cheveux
D'une enfant là présente et sur sa brune tête
Il étendait la main en façon de conquête),
Pour dix francs tout cela ! la mère me les vend.
— Quoi ? dis-je en portugais, la pitié m'émouvant,
Quoi ? dis-je à cette mère empressée à conclure,
Vous venez vendre ainsi la plus belle parure
De votre enfant ; c'est mal. Le gain vous tente : eh !
[bien,
Je vous l'achète double, et pour n'en couper rien.
Mais il faut m'amener l'enfant chaque semaine :
Chaque fois un à-compte, et la somme est
[certaine. »
Qui fut sot ? mon barbier. Il sourit d'un air fin,
Croyant avoir surpris quelque profond dessein.
La mère fut exacte à la chose entendue :
Elle amenait l'enfant, et je payais à vue.
Puis, lorsqu'elle eut compris que pour motif secret

Je n'avais, après tout, qu'un honnête intérêt,
Elle me l'envoya seule ; et l'enfant timide
Entrait, me regardait de son grand œil humide,
Puis sortait emportant la pièce dans sa main.
À force toutefois de savoir le chemin,
Elle s'apprivoisa : — comme un oiseau volage
Que le premier automne a privé du feuillage,
Et qui, timidement laissant les vastes bois,
Se hasarde au rebord des fenêtres des toits ;
Si quelque jeune fille, âme compatissante,
Lui jette de son pain la miette finissante,
Il vient chaque matin, d'abord humble et [tremblant,
Fuyant dès qu'on fait signe, et bientôt revolant ;
Puis l'hiver l'enhardit, et l'heure accoutumée :
Il va jusqu'à frapper à la vitre fermée ;
Ce que le cœur lui garde, il le sait, il y croit ;
Son aile s'enfle d'aise, il est là sur son toit ;
Et si, quand février d'un rayon se colore,
La fenêtre entr'ouverte et sans lilas encore
Essaye un pot de fleurs au soleil exposé,
Il entre en se jouant, innocent et rusé ;
Il vole tout d'abord à l'hôtesse connue,
En sons vifs et légers lui rend la bienvenue,
Et becquète son doigt ou ses cheveux flottants,
Comme un gai messager des bonheurs du [printemps.

Telle de Maria (c'était ma jeune fille)
Jusqu'à moi, du plus loin, la caresse gentille
Souriait, s'égayait, et d'un air glorieux
Elle accourait montrant à deux mains ses cheveux.
Je pourrais bien ici faire le romanesque,
Vous peindre Maria dans la couleur mauresque,
Quelque gitana[6] fière, à l'œil sombre, au front d'or ;
Mais je sais peu décrire et moins mentir encor[7].

Non, rien de tout cela, sinon qu'elle était belle,
Belle enfant comme on l'est sous ce climat fidèle,
Comme l'est tout beau fruit et tout rameau vermeil
Prêt à demain éclore au pays du soleil.
Elle avait jusque-là très-peu connu sa grâce ;
Elle oubliait son heure et que l'enfance passe.
L'intérêt délicat qu'un regard étranger
Marquait pour les trésors de son front en danger
Éveilla dans son âme une aurore naissante :
Elle se comprit belle, et fut reconnaissante.
Pour le mieux témoigner, en son charme innocent,
La jeune fille en elle empruntait à l'enfant ;
Ses visites bientôt n'auraient été complètes
Sans un bouquet pour moi de fraîches violettes,
Qu'elle m'allait cueillir, se jouant des hasards,
Jusque sous les boulets, aux glacis des remparts.

« Souvenir odorant, même après des années !
Violettes d'un jour, et que rien n'a fanées !
J'ai quitté le pays, j'ai traversé des mers ;
Ce doux parfum me suit parmi d'autres amers.
Toujours, lorsqu'en courant je me surprends
[encore
À contempler un front que son avril décore,
Un cou d'enfant rieuse élégamment penché,
Un nœud de tresse errante à peine rattaché,
Toujours l'idée en moi renaît pure et nouvelle :
Sur un front de quinze ans la chevelure est belle. »

15 avril 1843.

DOSSIER

CHRONOLOGIE

1804-1869

1804 23 décembre. Naissance, à Boulogne-sur-Mer, de Charles-Augustin Sainte-Beuve, fils de Charles-François de Sainte-Beuve[1] — contrôleur des octrois, mort le 4 octobre précédent — et d'Augustine Coilliot, fille d'une Anglaise et d'un capitaine de navire.

1805 1818 Charles-Augustin, élevé par sa mère et sa tante Carmier, fait ses premières études à la pension Blériot, à Boulogne.

1818-1823 Conduit par sa mère à Paris, l'adolescent entre à la pension Landry et suit les cours du collège Charlemagne, puis du collège Bourbon (actuel lycée Condorcet). — En rhétorique, il est l'élève de P.-F. Dubois, futur directeur du *Globe*.

1824-1827 Tout en poursuivant ses études de médecine — il est externe à l'hôpital Saint-Louis de 1825 à 1827 —, Sainte-Beuve fait ses débuts en littérature : le 10 octobre 1824 il écrit son premier article dans *Le Globe* auquel il collaborera jusqu'en 1831. En janvier 1827, il fait la connaissance de ses voisins, Adèle et Victor Hugo.

1828 Juillet. Publication du *Tableau historique et critique de la poésie française et du théâtre français au XVIe siècle.* Août-octobre. Sainte-Beuve séjourne en Angleterre, près d'Oxford, chez ses amis Neate.

1829 Avril. *Vie, Poésies et Pensées de Joseph Delorme.*

1. Malgré la particule, toute l'ascendance paternelle de Sainte-Beuve est roturière.

5 avril. Début de la collaboration de Sainte-Beuve à la *Revue de Paris*, avec un article sur Boileau.
Octobre-novembre. Il voyage au bord du Rhin et en Belgique, avec le peintre Louis Boulanger et Charles Robelin, tous deux amis de Victor Hugo.

1830 Mars. *Les Consolations*.
Septembre. Baptême d'Adèle Hugo, filleule de Sainte-Beuve.
Liaison avec Adèle Hugo, sans doute demeurée, du fait de Sainte-Beuve, platonique (1830-1837). La pièce « Laissez-moi ! tout a fui... » est datée de 1837 dans le *Livre d'amour*.

1831 Mai. Séjour à Juilly auprès de Lamennais.
Juin. Sainte-Beuve donne son article sur George Farcy à la *Revue des Deux Mondes*, à laquelle il collaborera jusqu'en 1849. — Après sa réconciliation avec Buloz, il y fera un semblant de retour en 1863-1864.

1832-1834 Sainte-Beuve collabore au *National*.

1832 Avril. Premier recueil, en un volume, des *Critiques et Portraits littéraires*. — En 1836, nouvelle édition en trois tomes. — En 1839 paraîtront les tomes IV et V.
Août. La mère de Sainte-Beuve achète une maison 1 *ter*, rue du Montparnasse. Sainte-Beuve préfère la discrétion d'un pseudonyme (Delorme !) et d'une chambre d'hôtel 2, cour du Commerce.

1834 Juillet. *Volupté*.

1837 Juillet-août. Séjour en Suisse (Genève et Lausanne).
Septembre. *Pensées d'août*.
Octobre. Sainte-Beuve est nommé professeur à l'Académie de Lausanne. Il y donne son cours sur *Port-Royal* de novembre 1837 à mai 1838[1].

1839 Mai-août — Voyage en Italie (Naples et Rome) et à Lausanne.

1840 Avril. Renduel publie le t. I de *Port-Royal* ; il donnera le t. II en 1842. Hachette publiera le t. III en 1848, les t. IV et V en 1859.
Août. Sainte-Beuve est nommé conservateur à la bibliothèque Mazarine. Il occupe à partir de 1841 un logement à l'Institut.

1843-1849 Sainte-Beuve collabore au *Journal des Débats*.

1. Jean Pommier a édité le manuscrit du cours de Lausanne (E. Droz, 1937).

1843 11 novembre. *Le Livre d'amour*, tiré à très peu d exemplaires, est enregistré à la *Bibliographie de la France* sans nom d'auteur. L'auteur indique par testament, le 19 décembre, les conditions de diffusion différée de l'ouvrage.

1844 14 mars. Sainte-Beuve est élu à l'Académie française, où Hugo le recevra le 27 février 1845.
Il décide de scinder les *Critiques et Portraits littéraires* en trois lots distincts, publiés chez Didier :
Portraits littéraires, consacré aux auteurs morts, 2 vol., 1844.
Portraits de femmes, 1 vol., 1844.
Portraits contemporains, consacré aux vivants, 3 vol., 1846.

1848 Septembre. Accusé d'avoir émargé aux fonds secrets, Sainte-Beuve quitte la bibliothèque Mazarine.
Accueilli par l'Université de Liège, il y professe un cours sur *Chateaubriand et son groupe littéraire* de novembre 1848 à juin 1849.

1849 1er octobre. Sainte-Beuve donne son premier *Lundi* au *Constitutionnel* qu'il quittera en décembre 1852 pour le très officiel *Moniteur*. Il reviendra le 16 septembre 1861 au *Constitutionnel* qu'il quittera de nouveau en janvier 1867 pour *Le Moniteur*, à son tour lâché (au grand dam de la princesse Mathilde) en janvier 1869 pour *Le Temps*, organe des orléanistes.

1851 Entre février et octobre, publication des trois premiers tomes des *Causeries du lundi*.
Mars. Sainte-Beuve emménage dans la maison laissée par sa mère 1 ter, rue du Montparnasse.

1852 Janvier-août. *Causeries du Lundi*, t. IV et V.
Février. *Derniers Portraits littéraires*, chez Didier.

1853 *Causeries du Lundi*, t. VI à VIII.

1854 *Causeries du Lundi*, t. IX et X.
Sainte-Beuve est élu professeur de poésie latine au Collège de France. — Sa première leçon, sur Virgile, le 9 mars 1855, sera troublée par des manifestations : la jeunesse libérale lui reproche ses sympathies pour le pouvoir. La seconde leçon, le 14 mars, le sera plus encore. Le cours est suspendu. Sainte-Beuve donne sa démission, qui n'est pas acceptée.

1856 *Causeries du Lundi*, t. XI.

1857 Mars. Publication de l'*Étude sur Virgile,* contenant l'ensemble des leçons que Sainte-Beuve n'a pas pu prononcer au Collège de France.
Mai-décembre. *Causeries du Lundi,* t. XII et XIII.
Octobre. Sainte-Beuve est nommé maître de conférences à l'École normale supérieure, où il enseignera d'avril 1858 à juillet 1861.

1860 Novembre. Publication de *Chateaubriand et son groupe littéraire,* composé à partir du cours donné à Liège en 1848-1849.

1861 Avril. *Causeries du Lundi,* t. XIV.
16 septembre. Sainte-Beuve revient au *Constitutionnel,* où il donne le premier de ses *Nouveaux Lundis.*

1862 *Causeries du Lundi,* t. XV et dernier.

1863 Mars-novembre. *Nouveaux Lundis,* t. I et II.

1865 Janvier-juin. *Nouveaux Lundis,* t. III et IV.
Avril. Sainte-Beuve « est élevé à la dignité de sénateur ».

1866-1868 *Nouveaux Lundis,* t. V à X. — Les t. XI à XIII seront publiés en 1870.

1868 10 avril. « Dîner [gras] du Vendredi saint » chez Sainte-Beuve, dénoncé par Louis Veuillot dans *L'Univers.*
27 août. Mort de Mme Victor Hugo.

1869 Juillet. *Portraits contemporains,* nouvelle éd. revue et très augmentée, t. I et II. — Les t. III, IV et V, revus par Sainte-Beuve, seront publiés en 1871.
Octobre. Sainte-Beuve meurt le 13 dans sa maison de la rue du Montparnasse ; ses obsèques civiles sont célébrées le 16 au cimetière Montparnasse.

NOTICE

L'application de Sainte-Beuve à se relire et à s'amender nous imposait de reproduire la dernière édition « revue et corrigée » par lui avec l'aide de Jules Troubat. Le volume porte la date de 1870 ; mais il parut en réalité le 2 octobre 1869, onze jours avant la mort de son auteur.

Les premières publications *en recueil* des dix-huit « portraits » que comprend l'édition définitive se répartissent chronologiquement ainsi : un seul *(Madame de Sévigné)* remonte à la première édition des *Critiques et Portraits littéraires* (1832) ; dix à la deuxième (1836-1839) — dont cinq figurent au sommaire de 1836 et cinq à celui de 1839 ; quatre autres apparaissent dans la brochure *La Bruyère et La Rochefoucauld* (1842) ; deux dans la première édition des *Portraits de femmes* (1844) ; un enfin *(Les Fleurs)* dans celle de 1852.

Sainte-Beuve a lui-même revu et complété les éditions ci-après des *Portraits de femmes* :

Didier, 1844
Didier, 1852
Didier, 1855
Garnier, 1870 (en fait 1869)

L'orthographe de Sainte-Beuve a été intégralement respectée.

On a corrigé les très rares coquilles qui subsistaient dans la dernière édition revue du vivant de l'auteur.

Principaux sigles utilisés dans les Notes :

C.G. : Sainte-Beuve. *Correspondance générale* recueillie, classée et annotée par Jean puis Alain Bonnerot. Paris, Stock, puis Privat-Didier, 1935-1983.

C.L. : *Causeries du Lundi*.

LOV. : Collection Spoelberch de Lovenjoul, naguère à Chantilly, aujourd'hui à Paris, bibliothèque de l'Institut.

N.L. : *Nouveaux Lundis*.

O.C. : *Œuvres complètes*.

P.C. (a) : *Portraits contemporains*, éd. de 1846 en 3 vol.

P.C. (b) : *Portraits contemporains*, éd. de 1869-1871 en 5 vol

P.F. : *Portraits de femmes*.

P.L. : *Premiers Lundis*.

P. lit. : Sainte-Beuve. *Portraits littéraires*. Éd. établie par Gérald Antoine, Paris, Robert Laffont, 1993.

RDM. : *Revue des Deux Mondes*.

Les notes introduites par Sainte-Beuve lui-même en bas de page sont appelées ici par des lettres (*a, b, c*...). Les notes de l'éditeur sont appelées par des chiffres.

BIBLIOGRAPHIE SOMMAIRE

I. Ouvrages bibliographiques

Bonnerot Jean, *Bibliographie de l'Œuvre de Sainte-Beuve*, 3 vol. Giraud-Badin, 1938-1952. La bibliographie exhaustive des *Critiques et Portraits littéraires*, *Portraits littéraires* et *Portraits de femmes* occupe le tome I.

Bonnerot Jean, *Un demi-siècle d'études sur Sainte-Beuve* (1904-1954), Les Belles Lettres, 1957.

II. Principales éditions modernes de l'œuvre critique

Les Grands Écrivains français par Sainte-Beuve. Études des *Portraits* et des *Lundis* classées selon un ordre nouveau et annotées par Maurice Allem, Librairie Garnier, 1926 (23 vol.).

Œuvres, Bibliothèque de la Pléiade, Gallimard, 2 vol., texte présenté et annoté par Maxime Leroy, 1949.

Port-Royal, Bibliothèque de la Pléiade, Gallimard, 3 vol., texte présenté et annoté par Maxime Leroy, 1953-1955.

Portraits littéraires, édition préfacée et annotée par Gérald Antoine, Bouquins, Laffont, 1993.

III. Autour de Sainte-Beuve, l'homme et l'œuvre

Leroy Maxime, *La Pensée de Sainte-Beuve*, Gallimard, 1940.

Leroy Maxime, *La Politique de Sainte-Beuve*, Gallimard, 1941.

Billy André, *Sainte-Beuve, sa vie et son temps*, 2 vol., Flammarion, 1952.

Regard Maurice, *Sainte-Beuve*, Hatier, 1959, avec une excellente bibliographie.

Lehmann A. G., *Sainte-Beuve, A Portrait of the Critic 1804-1842*, Oxford, Clarendon Press, 1962.

Sainte-Beuve et la critique littéraire contemporaine, Colloques de l'Université de Liège, vol. 63, 1972.

Molho Raphaël, *L'Ordre et les ténèbres ou la Naissance d'un mythe du* XVIIe *siècle chez Sainte-Beuve*. A. Colin, 1972.

Fayolle Roger, *Sainte-Beuve et le* XVIIIe *siècle*, A. Colin, 1972.

« The Legacy of Sainte-Beuve », in *L'Esprit Créateur*, vol. XIV, n° 1, University of Kansas, 1974.

Sainte-Beuve. *Pour la critique*, éd. par Annie Prassoloff et José-Luis Diaz, Folio, Gallimard, 1992. Présentation suggestive (pp. 11-76), bibliographie utile (pp. 383-391).

Casanova Nicole, *Sainte-Beuve*, Mercure de France, 1995. À consulter avec prudence.

Lepenies Wolf, *Sainte-Beuve. Auf der Schwelle zur Moderne*. Munich, Hanser, 1997.

IV. Autour des *Portraits de femmes*

Decreus-Van Liefland Juliette, *Sainte-Beuve et la critique des auteurs féminins*, Boivin, 1949.

Bénichou Paul, *L'École du désenchantement*, Gallimard, 1992, chapitre « Sainte-Beuve » pp. 11-36.

Ozouf Mona, *Les Mots des femmes*, Fayard, 1995. Sur les « dix voix de femmes » étudiées, six ont eu l'oreille de Sainte-Beuve.

NOTES

Épigraphe

1. Une note du *Cahier vert* (p. 314, n° 1325) annonce ce *Dialogue inédit* : « Épigraphe à mettre aux *Portraits de femmes* [...] ». Sainte-Beuve changera seulement un verbe imprudent. Il avait d'abord écrit : « Avez-vous été femme, Monsieur, pour prétendre ainsi nous pénétrer ? » — L'image du devin Tirésias reparaîtra dans le *Lundi* du 18 février 1850 (sur *George Sand*) : « Oh ! qu'un poëte sait donc de choses, surtout quand il lui a été donné d'être tour à tour homme et femme, comme à feu le devin Tirésias ! »

MADAME DE SÉVIGNÉ

Paru dans la *Revue de Paris* du 3 mai 1829.

Page 40.

1. Saint-Mandé et Vaux : les deux châteaux de Fouquet.
2. Déjà s'exprime le souci de distinguer, en les plaçant à leur date, « générations » et « groupes littéraires ».

Page 41.

3. Athénée : Sainte-Beuve allait en suivre les cours. Cf. « Ma biographie » d'après Jules Troubat, *Souvenirs et indiscrétions*, p. 28 : « Jouissant à ma pension d'une grande liberté, parce que je n'en abusais pas, j'allais tous les soirs à l'Académie, rue de Valois, au Palais-Royal, de sept heures à dix

heures, suivre les cours de physiologie, de chimie, d'histoire naturelle [...], entendre des lectures littéraires, etc. »

Page 42.

4. Régence d'Anne d'Autriche : elle s'étendit de la mort de Louis XIII (1643) jusqu'au lendemain de celle de Mazarin (mars 1661) où Louis XIV annonça son intention de gouverner en maître.

Page 43.

5. Sainte-Beuve reviendra plus en détail sur ce mariage dans un *Lundi* de novembre 1860 (*C.L.*, XV, pp. 48-49).

6. *Paupières bigarrées* : l'expression n'est pas d'elle, mais de son cousin Bussy-Rabutin, dans son *Histoire amoureuse des Gaules*. Elle n'en était d'ailleurs point du tout satisfaite : « Ce serait mal connaître cependant Mme de Sévigné que d'imaginer qu'elle oubliât jamais cette méchante satire sur ses yeux bigarrés » (G. Montigny, « Bussy-Rabutin », *Revue de Paris*, 1842, t. VII, p. 331).

Page 44.

7. Sur Mme de Sévigné et Fouquet, dont « le nom [...] ne se présente à la postérité qu'environné et comme protégé de ces trois noms de Mme de Sévigné, de Pellisson et de La Fontaine », voir *C.L.*, V, pp. 305-306 (« Le Surintendant Fouquet »).

Page 46.

8. Symboles que l'on a retenus de la grande époque de la Préciosité : le sonnet de Voiture sur Uranie, celui de Benserade sur Job, chacun ayant ses véhéments défenseurs ; la carte du Tendre illustrant la *Clélie* de Mlle de Scudéry ; enfin les Portraits du Romain. Cf. *LOV.*, D 569, n° 537 : « Balzac adressait à Mme de Rambouillet ses portraits du citoyen romain. »

9. Voir sur le baron d'Hacqueville la lettre du 16 octobre 1675, et sur Brancas celles des 10 et 29 avril et du 10 juin 1671.

Page 47.

10. À Mme de Grignan, 19 juin 1675.

11. À la même, 26 et 29 juillet 1671.

Page 48.

12. À M. de Coulanges, 15 décembre 1670. Son début est resté dans les mémoires : « Je m'en vais vous mander la chose la plus étonnante, la plus surprenante, la plus merveilleuse [...]. »

13. À Mme de Grignan. 22 juillet, et à M. de Coulanges, 26 juillet 1671.

14. Mme de Coulanges à Mme de Sévigné, 10 avril 1673.

Page 49.

15. À Mme de Grignan, 22 janvier 1672.

16. Sainte-Beuve, dans une note de *La Bruyère et La Rochefoucauld [...]*, p. 53, a signalé l'inexactitude qu'il avait commise dans son article de 1829, reproduite dans les deux éditions des *Critiques et Portraits littéraires*, mais corrigée en 1844 : « C'est par erreur que [...] j'ai attribué à Madame de Sévigné d'avoir la première employé ce mot ; elle l'appliqua maintes fois à son amie, à sa fille ; mais il paraît bien que ce fut M. de La Rochefoucauld qui le dit d'abord. » — Le Portrait de Mme de La Fayette lui sera une occasion de revenir sur cette trouvaille de La Rochefoucauld : cf. *infra*, p. 316.

17. M. de Pomponne, lettre du 24 juillet 1675.

Page 50.

18. L'abbé de Coulanges avait une abbaye à Livry, près de Melun. Sainte-Beuve rapportera, dans son *Lundi* sur Mme du Deffand (*C.L.*, I, p. 427) : « Mme de Sévigné était alors très en vogue dans la société ; on lisait le recueil de ses lettres, assez récemment publié [...]. Horace Walpole raffolait d'elle et ne l'appelait que *Notre-Dame-de-Livry*. Oh ! que de fois Mme Du Deffand, pour lui plaire, envia le style de cette *sainte de Livry* ! »

19. Voir *supra*, p. 40 et n. *a*.

20. *Pastor fido* et *Aminta* : ces deux célèbres drames pastoraux, l'un de Guarini (1590), l'autre du Tasse (1572), sont volontiers mis en parallèle par les lettrés de l'époque.

21. Lettres des 9 et 20 octobre 1675 : les deux citations sont empruntées au *Pastor fido*, III, 3.

Page 51.

22. Lettre du 3 novembre 1677.

23. Lettre du 26 juin 1680.

24. Cf. les lettres datées : 29 avril 1671 ; 9 octobre 1676 ; 27 mai 1680.

25. L'amante d'Oswald : périphrase pour Corinne. — Sainte-Beuve va revenir plus loin sur les réflexions qu'inspire le rapprochement entre Mme de Sévigné et Mme de Staël.

Page 52.

26. *Influence des Passions sur le Bonheur* : Sainte-Beuve s'arrêtera plusieurs fois à cet écrit de jeunesse de Mme de Staël, lu quand lui-même était très jeune : voir *infra*, pp. 137, 148, 151-152.

27. À Bussy-Rabutin, 6 août 1675.

28. *Glisser* : c'est un mot de Mme de Sévigné, mais Sainte-Beuve le relève déjà chez Montaigne (voir *Port-Royal*, L. III, II, p. 829, n. **).

Page 53.

29. Louvois : lettre du 26 juillet 1691 : « Le voilà donc mort, ce grand ministre, cet homme si considérable, qui tenait une si grande place ; dont le *moi*, comme dit M. Nicole, était si étendu [...]. »

30. Les *Essais de Morale* sont de Nicole ; le *Socrate chrétien* de Guez de Balzac.

31. À Mme de Grignan, dans une lettre du 16 novembre 1689.

Page 54.

32. Cette *Cléopâtre* est un roman de La Calprenède en douze tomes (1646-1658). — Sainte-Beuve y fait encore référence dans une note ajoutée en 1836 à son Portrait de l'abbé Prévost ; voir *P. lit.*, p. 193, n. *.

33. Lettre datée du jour de Noël 1671.

34. Il faut lire, dans Bussy-Rabutin, *Histoire amoureuse des Gaules* (éd. Folio, p. 155), le récit du contentement de sa cousine le soir où Louis XIV la fit danser. — Quant au compliment du Roi après la représentation d'*Esther*, Mme de Sévigné en a fait elle-même la relation dans une lettre à Mme de Grignan, le 21 février 1689.

35. Dans le *Lundi* de décembre 1861 sur l'éd. des *Lettres* de Mme de Sévigné, Sainte-Beuve marquera, mais non sans nuances, la parenté de Mme de Sévigné avec Molière et Rabelais (*N.L.*, I, pp. 284 et 294).

Page 57.

36. Lettre du 25 juin 1670.

Page 58.

37. Voir *P. lit.*, p. 266, n. 32.

Page 59.

38. Ces quatre lettres « d'une renommée classique » portent les dates suivantes : 15 décembre 1670 ; 26 avril 1671 ; 31 juillet 1675 ; 20 juin 1672.

39. Le titre exact en est : *Lettres de Mme de Sévigné, de sa famille et de ses amis*, à Paris, chez J.-J. Blaise (1818), en dix volumes.

DU ROMAN INTIME,

OU MADEMOISELLE DE LIRON

Paru dans la *Revue des Deux Mondes* du 15 juillet 1832.

Page 60.

1. Ce n'est pas un hasard si Sainte-Beuve retrouve ces trois qualificatifs « discret », « intime », « délicat » pour peindre le mode d'expression de Mlle Aïssé : ce sont les marques d'un talent qu'il goûte de façon particulière. Voir *P. lit.*, p. 797 et n. 2.

2. Dans son article de l'année suivante consacré à *Lélia* (*P.C.* (b), I, pp. 498-499), Sainte-Beuve reviendra sur certains effets pervers de cette appellation neuve.

Page 62.

3. Sur ces lettres « d'une Portugaise », voir *P. lit.*, p. 797 et n. 1.

4. Les *Lettres* de Mlle de Lespinasse furent éditées en 1809. Elles sont tirées de sa correspondance avec le comte de Gui bert. Voir *infra*, p. 74.

5. Première référence à Mlle Aïssé. D'autres vont suivre aux pages 63, 67-69 et surtout 77-81.

6. Étienne-Jean Delécluze fut d'abord peintre, puis se tourna vers la littérature. *Mlle de Liron* est, comme le dit Sainte-Beuve, son « chef-d'œuvre ». Cependant, ses *Souvenirs de soixante années* ont touché un public beaucoup plus vaste.

Page 63.

7. Voir *P. lit.*, pp. 1000-1010, le Portrait de Mlle de Launay, *alias* Mme de Staal-Delaunay.

8. La marquise de Lambert tint salon en l'hôtel de Nevers, à Paris, de 1710 à sa mort (1733). Ses « mardis » étaient plus littéraires, ses « mercredis » plus mondains.

9. Il sera de nouveau question des *Lettres de Lausanne* aux pages 69-70 et plus encore 75-77.

Page 68.

10. On se souvient (cf. *P. lit.*, p. 816) que la « belle Circassienne » prenait plaisir, elle aussi, à se faire plus maigre et défaite qu'elle n'était. — La comparaison des bras avec des « cotrets » appartient, selon Littré, à la langue familière.

Page 71.

11. Ce redoublement de pronom « lui, il » n'est pas de bonne langue. Sainte-Beuve s'y laisse aller à plusieurs reprises : cf *P. lit.*, pp. 1032, 1041 ; *infra*, pp. 214, 360.

Page 74.

12. Comment en douter : il songe à son Adèle, mariée jeune au jeune Victor Hugo. Lorsque Sainte-Beuve écrit ces lignes, Victor n'est pas loin de tromper Adèle, et Sainte-Beuve joue les consolateurs.

Page 75.

13. *Mademoiselle de Clermont* (1802) est « ce que Mme de Genlis a fait de mieux comme page d'histoire et comme page de roman », écrira Sainte-Beuve dans son *Lundi* du 14 octobre 1850 (*C.L.*, III, p. 30).

Page 78.

14. Tout ceci sera relaté plus en détail en 1846, dans le Portrait de Mlle Aïssé (v. *P. lit.*, pp. 796-832, et plus spécialement pp. 805-806). — Mme de Parabère était la maîtresse en titre du Régent ; la Princesse Palatine l'appelait la « sultane-reine ». La veuve du marquis de Villette, ayant épousé Lord Bolingbroke, ami de Voltaire (voir *P. lit.*, p. 794 et n. 16), était devenue Lady Bolingbroke.

Page 79.

15. La Lemaure et la Pelissier : chanteuses à l'Opéra ; l'une et l'autre seront à nouveau citées dans l'article sur Mlle Aïssé ; cf. *P. lit.*, p. 813.

16. Le terme *découpure* désignait aussi bien l'action de découper bois, métal, étoffe ou papier que son résultat. Le *parfilage* peut signifier l'action soit de tisser une étoffe avec des fils de diverses sortes, soit de défaire fil à fil un tissu de prix.

Page 80.

17. Cette citation sera reproduite dans l'étude sur Mlle Aïssé : Cf. *P. lit.*, p. 813.

18. Sainte-Beuve se souviendra de cette lettre de Mlle Aïssé lorsqu'il examinera celles de Mme Du Deffand : « Quand Mlle Aïssé mourante désira un confesseur, ce fut Mme Du Deffand qui, avec Mme de Parabère, aida à le lui procurer. »

MADAME DE SOUZA

Paru dans la *Revue des Deux Mondes* du 15 mars 1834.

Page 82.

1. « Délicatesse », « limpidité », « nuances », — un peu plus loin « grâces discrètes » : on retrouve là des termes employés pour peindre des talents naturels, d'un éclat moins tapageur que d'autres. Cf. par exemple la manière dont Sainte-Beuve présente les lettres de Mlle Aïssé (*P. lit.*, p. 797) ou *Mlle de Liron* (*supra*, p. 60).

Page 83.

2. C'est *Adèle de Sénange* qui paraît avoir les préférences de Sainte-Beuve : il la cite à plusieurs reprises en dehors même du Portrait de son auteur : cf. *infra*, pp. 115, 186 ; *C.L.*, VI, p. 70.

Page 85.

3. C'est sous le nom de son premier mari (M. de Flahaut) qu'on la trouve souvent désignée (*infra*, p. 207). — Adèle Filleul, qui devait épouser en 1802 le baron de Souza, préférait, quant à elle, faire oublier son premier mariage, selon ses dires non consommé. Elle avait cependant un fils, mais décla-

rait qu'il lui venait de Talleyrand. Ce fils sera le père du duc de Morny.

4. Ou, de manière plus complète : *Émilie et Alphonse, ou le Danger de se livrer à ses premières impressions*, 1799.

Page 86.

5. Là encore, Mme de Souza a usé d'un titre prolixe : *Eugénie et Mathilde, ou Mémoires de la famille du comte de Revel*, 1811. — L.-S. Auger a consacré à *Mathilde* une étude recueillie in *Mélanges philosophiques et littéraires*, II, pp. 485-499.

6. Sainte-Beuve a narré dans son article « Des soirées littéraires ou les poètes entre eux » (voir *P. lit.*, p. 296-297) la rebuffade essuyée par Bernardin de Saint-Pierre. Il s'est d'ailleurs inspiré d'un passage d'Aimé-Martin : « M. de Buffon regarde sa montre et demande ses chevaux ; Thomas s'endort ; M. Necker sourit en voyant pleurer les dames. »

Page 87.

7. H. J. G. Patin était chargé, à l'Académie, de rédiger le *Dictionnaire historique de la langue* : cf. *P. lit.*, p. 392, note et *C.L.*, XIV, p. 217.

Page 89.

8. Valérie est l'héroïne du roman qui porte le même nom, de Mme de Krüdner (1803) : voir *infra*, pp. 464-467.

9. Identifions les moins connus de ces titres et noms : *Mlle de Clermont* a pour auteur Mme de Genlis ; *Édouard*, Mme de Duras ; *Le Lépreux*, c'est celui de *la cité d'Aoste*, de Xavier de Maistre. — On retrouvera, cités côte à côte, les mêmes titres et auteurs en compagnie de quelques autres dans le Portrait de Mme de Charrière. Voir *infra*, p. 504.

Page 90.

10. Dans un article sur *Valentine* donné au *National* du 31 décembre 1832 et recueilli au t. II des *Critiques et Portraits littéraires* en 1836.

Page 91.

11. M.-J. Chénier, *Tableau historique de la littérature française depuis 1789 jusqu'à 1808*, 3e éd., 1818, p. 231.

12. Sainte-Beuve cite volontiers côte à côte Mmes de Mon-

tolieu et Cottin, l'une auteur de *Caroline de Lichtfield*, l'autre de *Claire d'Albe*. Cf. *infra*, pp. 137, 467.

Page 94.

13. Ce quatrain est resté jusqu'ici introuvable. C'est bien dommage, si l'on songe à ce que Diderot écrivait à Sophie Volland le 30 septembre 1760 : « Mme d'Houdetot fait de très jolis vers ; elle m'en a récité quelques-uns qui m'ont fait grand plaisir. Je n'ai osé les lui demander, mais si je puis lui arracher un *hymne aux tétons* qui pétille de feu, de chaleur, d'images et de volupté, je vous l'enverrai. »

14. Un passage d'*Eugénie et Mathilde*, paru en 1811, a été cité plus haut (p. 88-89). *La Comtesse de Fargy* est de 1822.

Page 98.

15. Voir *supra*, p. 85, n. 3.

Page 100.

16. Avec ce dernier roman, Mme de Souza revient à son habitude des titres prolongés : *La Duchesse de Guise, ou Intérieur d'une famille illustre dans le temps de la Ligue* (1831).

17. Déjà dans son article du 8 juillet 1826 au *Globe* sur le *Cinq-Mars* de Vigny, Sainte-Beuve avait rapproché *La Princesse de Clèves*, *Mlle de Clermont* et le roman de Vigny. Cet article du *Globe* se retrouve dans les *P.C.* (a), I, pp. 533-537.

Page 101.

18. Sainte-Beuve fréquente le salon de Mme de Souza, sans toutefois le mettre au même rang que ceux de Mme Suard, de Mmes de La Briche et Molé, ou de Mme de Beaumont. Cf. là-dessus *Cahier vert*, n° 1557 et *C.L.*, I, p. 167 (article sur M. Joubert).

19. L'abbé Morellet (1727-1819), ami des Encyclopédistes, fut enfermé à la Bastille pour avoir composé des *Réflexions* jugées subversives. Il tournera le dos aux excès révolutionnaires. C'est lui qui mettra en lieu sûr les archives de l'Académie française et le manuscrit de son *Dictionnaire*.

Page 102.

20. Voir J. Janin, *Variétés littéraires*, s. d., p. 38, et le jugement que porte sur lui Sainte-Beuve dans *Mes poisons*, p. 34 :

« Janin, malgré tout son esprit, et quoi qu'il fasse, est un écrivain qu'il ne faut jamais prendre au sérieux : le fond même de son inspiration est le turlupinage. »

MADAME DE DURAS

Paru dans la *Revue des Deux Mondes* du 15 juin 1834.

Page 104.

1. L'allusion est ici assez claire à l'école éclectique, inspirée par V. Cousin.

Page 105.

2. Il s'agit du comte Louis Clair de Sainte-Aulaire (1778-1854), chambellan puis préfet sous l'Empire, député libéral puis ambassadeur sous la Restauration, éditeur entre autres des lettres de Mme Du Deffand.

3. Est-il besoin de le nommer ? Il s'agit de Chateaubriand, aussi ardent défenseur de la Monarchie selon la Charte que de la liberté de la presse.

Page 106.

4. Chateaubriand a peint Mme de Duras en s'y prenant à deux fois dans les *Mémoires d'Outre-Tombe*, L. XXII, chap. 24 et XXIII, chap. 5. — Mme de Duras, quant à elle, ne lui cachait point combien elle souffrait de la place prise par Mme Récamier dans son cœur : « Une amitié comme la mienne n'admet pas de partage. Elle a les inconvénients de l'amour, et j'avoue qu'elle n'en a pas les profits » (lettre d'avril 1822, Bardoux, *La comtesse de Duras*, 1898, p. 290-291).

Page 107.

5. Le duc de Duras était premier gentilhomme de la chambre du Roi.

Page 108.

6. Le comte de Kersaint, vice-amiral, fut député girondin à la Convention. Il paya de sa vie sor. indépendance courageuse en décembre 1793.

Page 109

7. « Retiré à » n'est attesté ni dans le Dictionnaire de l'Académie, ni chez Littré. Sainte-Beuve a, comme on sait, de ces caprices de syntaxe.

8. Mme de Duras surveilla l'éducation de ses deux filles : Félicie qui sera princesse de Talmont, puis comtesse de La Rochejaquelein, — et Clara, marquise de Duras-Chastellux, duchesse de Rauzan. C'est à cette dernière que Sainte-Beuve demanda de le documenter sur sa mère, et qu'il dédia deux sonnets et une autre pièce dans les *Pensées d'août* (éd. Renduel, 1837, pp. 71-72 et 134).

Page 110.

9. Cf. ce qu'écrivait d'elle Chateaubriand dans ses *Mémoires d'Outre-Tombe* (L. XXII, chap. 24) : « La duchesse de Duras avait de l'imagination, et un peu même dans le visage de l'expression de Madame de Staël. »

Page 111.

10. Villemain a parlé de la société de Mme de Duras dans ses *Souvenirs contemporains* (I, p. 460 et suiv.).

Page 112.

11. *Ourika*, son roman le plus célèbre, est de 1824 ; *Édouard* (en deux volumes), de 1825.

Page 113.

12. Sainte-Beuve composera le Portrait de Mlle Aïssé en 1846 : voir *P. lit.*, pp. 796-832.

Page 114.

13. Dans le Portrait de Mme de Souza : cf. *supra*, p. 93.

Page 117.

14. Cette page pleine d'effusion est publiée le 15 juin 1834. *Volupté* va paraître le mois suivant : pareille proximité engendre des correspondances.

Page 118.

15. Au début de la session de 1824, Villèle présente deux projets de loi qui avaient été annoncés dans le discours de la

Couronne, l'un modifiant la durée du mandat parlementaire, l'autre relatif à la conversion des rentes, de 5 à 3 %.

16. Le comte Roy, à la Chambre des Pairs, parla contre le projet de conversion des rentes. Chateaubriand vota avec le Gouvernement, mais ne se privait pas de combattre le projet dans les salons. Cette attitude entraîna son départ du ministère des Affaires étrangères.

Page 123.

17. Ici prenait place, dans l'article de la *Revue des Deux Mondes* comme dans l'édition des *Critiques et Portraits littéraires* en 1836 et des *Portraits de femmes* en 1844, la note suivante : « Parmi les personnes que nous avons dû consulter plusieurs fois, il est impossible de ne pas nommer M. Villemain à qui nous avons dérobé des jugements et des impressions. » — Sainte-Beuve la supprima en 1852, comme pour marquer ses distances envers un homme auquel il avait retiré son amitié.

MADAME DE STAËL

Paru en deux articles, dans la *Revue des Deux Mondes* du 1er et du 15 mai 1835.

Page 125.

1. Sainte-Beuve reprendra cette remarquable expression dans le Portrait de Mme de Krüdner (*infra*, p. 457) en 1837 et dans celui de Nodier (*P. lit.*, p. 305) en 1840.

2. Allusion certaine à « La jeune captive » de Chénier, peut-être aussi aux « Vierges de Verdun » de Hugo *(Odes et Ballades)*.

Page 126.

3. À cette Correspondance Sainte-Beuve consacrera un *Lundi* en mars 1850 (*C.L.*, I, pp. 412-431).

Page 127.

4. Sur le salon des Beauvau, voir *C.L.*, I, p. 431 : « Je ne dirai même rien de l'esprit et du ton de la société de Mme Du Deffand qui se perpétua assez fidèlement après elle dans le cercle des Beauvau. »

5. Sainte-Beuve est plusieurs fois revenu sur le parallèle

entre Mme de Staël et Mme Roland, toutes deux marquées par leur « virilité d'âme » : cf. l'étude sur Mme de Genlis (*Premiers Lundis*, éd. Pléiade, t. I, p. 103), une chronique du *Globe* sur la 2e éd. de *Joseph Delorme* (*id.*, I, p. 378) et le *Lundi* sur « *Les Mémoires* de Mme Roland » (*Nouveaux Lundis*, VIII, p. 201).

6. Voir le *Lundi* consacré en 1851 au procès de la Reine (*C.L.*, IV, p. 345).

7. Le titre complet est : *De l'influence des Passions sur le Bonheur des individus et des nations* (1796).

8. Exactement quatre ans après.

Page 128.

9. Il s'agit de Mathieu de Montmorency. Sur son penchant déclaré pour Mme de Staël et la manière dont elle lui répondit, on lira une note introduite vers la fin du t. XI des *C.L.* (pp. 438-439). — À consulter : Paul Gautier, *Mathieu de Montmorency et Mme de Staël*, 1908.

10. Ce « royalisme libéral », c'est la nuance propre au salon de Mme de Duras. Cf. *supra*, p. 105.

Page 129.

11. Cf. Sainte-Beuve, *Chateaubriand et son groupe littéraire*, 2e leçon, p. 70 : « Elle avait, avant tout, ce besoin de conversation. »

Page 130.

12. « "Mais c'est l'habitude des hommes de refuser qu'*un seul* excelle en plusieurs choses." Et à plus forte raison quand, au lieu de *un seul*, on a *une seule*. »

Page 131.

13. Ce jugement de Chateaubriand a été recueilli dans ses *Mélanges littéraires*, *Œuvres complètes* (Paris, 1836), IV, p. 578.

Page 132.

14. À des degrés divers : sur A.-L. Thomas, voir *P. lit.*, p. 406 et n. 18 ; 523 et n. 44. Sur l'Anglais Gibbon et son *Histoire de la décadence et de la chute de l'Empire romain*, voir *ibid.*, p. 875, n. * et le dossier *LOV*. D. 569, 1re liasse, *passim*.

Page 133.

15. Mme de Staël, *Du caractère de M. Necker et de sa vie privée, Œuvres complètes*, XVII, pp. 6 et 11.

Page 135.

16. *Sophie ou les sentiments secrets* est une pièce en trois actes et en vers. *Mirza ou lettre d'un voyageur, Adélaïde et Théodore, L'Histoire de Pauline* sont des nouvelles. On les trouvera aux tomes II et XVII des *Œuvres complètes*, éd. Treuttel et Würtz, 1820-1821. — Sainte-Beuve va en parler avec quelque détail.

Page 138.

17. Mme Necker de Saussure a plus largement reproduit ce portrait dans son introduction aux *Mémoires de Mme de Staël*, édition Charpentier, p. 21. — Sur M. de Guibert qui sut se faire aimer de Mlle de Lespinasse, puis de Mme de Staël, voir ci-après p. 139-140 et aussi *C.L.*, II, p. 130.

Page 139.

18. Ce lien de filiation de Mme de Staël (comme de Bernardin de Saint-Pierre et de Chateaubriand) à Rousseau est un point auquel tient Sainte-Beuve. Cf. *P.C.* (b), I, pp. 174, 282 ; II, p. 148 ; *C.L.*, II, pp. 63-65.

Page 140.

19. On connaît Rivarol, mais moins les trois autres critiques mentionnés. Le chevalier de Champcenetz, son compagnon, n'ayant pu le suivre dans sa fuite, fut arrêté et guillotiné ; parmi ses pamphlets retenons ici sa réponse aux lettres de Mme de Staël sur « le caractère et les œuvres de Jean-Jacques Rousseau » (1789). — Sur J. Fiévée, voir *P. lit.*, p. 511 et n. **. Sainte-Beuve a rendu compte dans le *Globe*, en août 1830, de son ouvrage : *Causes et conséquences des événements du mois de juillet 1830*. Il publiera une longue étude sur lui en 1851 (*C.L.*, V, p. 217 et suiv.). — J. Michaud va être cité à trois autres reprises dans le Portrait de Mme de Staël.

Page 141.

20. *Correspondance littéraire* de Grimm, XVI, p. 79.

21. Les *Considérations sur les principaux événements de la*

Révolution française, écrites entre 1813 et 1816, ne seront publiées qu'après sa mort, en 1818.

Page 142.

22. Le 2 septembre 1793, après la chute des girondins et à la veille des massacres de septembre.

23. Le marquis de Jaucourt fut de ceux qui croyaient pouvoir allier Constitution et Monarchie. Mme de Staël lui prendra certains traits pour peindre M. de Lebensei dans *Delphine* : voir plus loin, p. 180, n. *a*.

24. Cette « Épître au malheur, ou Adèle et Édouard » a été recueillie au t. XVII de ses *Œuvres complètes*, pp. 401-412.

25. *Œuvres complètes*, t. II, pp. 95-172.

Page 146.

26. *Corinne*, II, IV.

Page 147.

27. « Un des plus harmonieux et grands poëtes » : c'est Lamartine. — Déjà dans son article de 1833 sur Musset (*P.C.* (b), II, p. 178), Sainte-Beuve avait analysé, non sans brio, cette incapacité d'excellents prosateurs à faire de bonne poésie.

28. Clémentine est l'héroïne de l'*Histoire du chevalier Grandison* de Richardson. Clarisse est, bien entendu, Clarisse Harlowe. — Sainte-Beuve fait à plusieurs reprises référence à *Grandison* (qu'il écrit aussi *Grandisson*) : cf. *P. lit.*, p. 193 et n. 23.

Page 150.

29. Voici ce « mot douteux » relevé dans l'essai *De l'influence des passions* [...] (*O.C.*, 1838, II, p. 74) : « Un homme diversement célèbre, M. de Condorcet, avait [...] le caractère de l'esprit de parti. Ses amis assurent qu'il aurait écrit contre son opinion [...], s'il avait cru que ce moyen pût servir à faire triompher la cause de cette opinion même. »

Page 151.

30. *Considérations sur la France*, chap. II.

Page 156.

31. La *Décade philosophique, littéraire et politique* fut fon-

dée par Ginguené en avril 1794 ; elle se maintiendra jusqu'en septembre 1807.

32. *Beautés morales et poétiques de la Religion chrétienne* : premier titre du *Génie du Christianisme* ou *Beautés de la religion chrétienne.*

Page 157.

33. Cette citation de Bacon se retrouve dans le dossier *LOV.* D. 569, nº 135 : « Oui, dit Bacon, mais c'est nous qui sommes l'Antiquité ; ce sont les Anciens qui sont jeunes, *Antiquitas saeculi, juventus mundi.* Comme cela est vrai et simple. »

Page 158.

34. Ces textes sont empruntés au « Discours préliminaire » sur lequel s'ouvre *De la Littérature.* — Dans la deuxième leçon de *Chateaubriand et son groupe littéraire,* Sainte-Beuve cite un passage du cours professé par Vinet à Lausanne en 1844 où il trouve « en peu de mots l'analyse du livre ».

35. Voltaire donna *Tancrède* en 1760. Delphine, dans sa lettre XIV, déclare : « De toutes les tragédies c'est celle qui m'a fait verser le plus de larmes. »

Page 159.

36. C'est très exactement l'espoir et l'ambition des saint-simoniens. Cf. *Exposition de la doctrine de Saint-Simon,* 13e et 14e séances. Cependant, lorsque Sainte-Beuve s'interroge : « où est le Christianisme nouveau... ? », il se peut qu'il fasse encore confiance à celui de l'abbé Gerbet et de Lamennais : celui-ci vient de publier ses *Paroles d'un croyant.*

Page 160.

37. Articles datés : 10, 20 et 30 prairial an VIII, c'est-à-dire 30 mai, 9 et 19 juin 1800.

Page 161.

38. *La Clef du Cabinet des Souverains* : fondé en 1797, ce journal parut du 12 nivôse an V au 9 nivôse an VIII (1er janvier 1797-30 décembre 1800).

Page 162.

39. Cf. le Portrait de M. de Fontanes (*P. lit.*, p. 521-522) :

« On relira toujours, en les blâmant, les deux articles de Fontanes contre Mme de Staël, comme on relit les deux petites lettres de Racine contre Port-Royal. »

40. Sur la « réaction religieuse » de 1800, on lira les deux articles de 1863 recueillis dans les *N.L.*, IV, pp. 392-434 : « Le Père Lacordaire. Quatre moments religieux au XIXe siècle ».

41. Voir *P. lit.*, p. 511, et sur Gueneau de Mussy, *Chateaubriand et son groupe littéraire*, II, pp. 325-380.

Page 164.

42. Dans le « Poëme sur le désastre de Lisbonne, ou Examen de cet axiome : *Tout est bien* » (1756).

Page 165.

43. Voir *supra*, note 32.

Page 166.

44. « C'est ainsi, dit-on, que jadis, l'esprit égaré, fuyant la rencontre et les pas des humains, par les lieux inviolés, alla vaguant Bellérophon. »

Page 167.

45. Ce fragment n'apparaît dans aucune édition des lettres de Boileau à Brossette, ni des *Bolaeana*.

Page 168.

46. Sur Népomucène Lemercier passé de l'innovation à la réaction classique, voir *infra*, pp. 283 et n. 5, un passage plus explicite. Sur l'emploi transitif du verbe « épiloguer », signifiant « censurer », qui se rencontre encore chez Balzac et G. Sand y parlant justement de Sainte-Beuve, voir *P. lit.*, p. 852 et n. 7.

Page 170.

47. Sur la prédilection de Sainte-Beuve pour ces expressions « les survenants », « les talents survenants », « les générations survenantes », voir *P. lit.*, p. 488 et n. 39 et *infra* p. 573 et n. 11.

Page 172.

48. Sainte-Beuve ne respecte pas l'orthographe de

J. Michaud. Ce texte étonnant se trouve dans la « Seconde lettre à Madame de Staël Holstein, auteur de *Delphine* » publiée par le *Journal des Débats* le 9 janvier 1803 (p. 4). Une première lettre avait paru dans le n° du 4 (pp. 2-4). Toutes deux sont signées « l'Admireur ».

49. Il s'agit de la page que Chateaubriand « relit avec un orgueil pardonnable » et recopie dans les *Mémoires d'Outre-Tombe*, L. XVI, chap. 10.

Page 173.

50. Sainte-Beuve songe à une page éloquente des *Destinées de la Poésie* (*Œuvres complètes*, éd. de 1845, t. I, p. 48).

Page 174.

51. Ces paroles sont rapportées par Mme Necker de Saussure, dans sa Notice sur les *Mémoires de Mme de Staël*, p. 192.

52. Cet hommage tempéré figure *in Œuvres complètes*, 1836, IV, p. 577.

53. On y lit par exemple : « Une femme qui n'a point de rivale nous a donné dans les *Considérations*, une idée de ce qu'elle aurait pu faire si elle eût appliqué son esprit à l'histoire. Les *Considérations* sont empreintes d'un vif sentiment de gloire et de liberté [...]. La noble indépendance de Mme de Staël lui valut l'exil et les persécutions qui ont avancé sa mort. Buonaparte apprit, et Buonaparte aurait dû le savoir, que le génie est le seul roi qu'on n'enchaîne pas à un char de triomphe » (*ibid.*, I, p. 233).

Page 175.

54. Ce « monument dernier » ne sera pas réellement édifié. À défaut de portrait grandiose, les *Mémoires d'Outre-Tombe* contiennent de nombreuses évocations et citations de Mme de Staël. Ce qui, plus que tout, a frappé Chateaubriand, c'est que ses deux premières rencontres avec Mme Récamier ont eu lieu chez Mme de Staël — et la seconde à un mois de sa mort. On retiendra aussi le très bel éloge de Mme de Staël épistolière, au L. XXIX, chap. 9.

Page 177.

55. *Corinne ou l'Italie* paraît au printemps 1807.

Page 178.

56. Sainte-Beuve revient à sa double pierre de touche du roman tel qu'il l'aime: naturel, réel. Cf. *P. lit.*, p. 797 et n. 2; et ici pp. 60 et 500.

Page 180.

57. L'auteur plus libre de *Mes poisons* (p. 73) donne deux «clefs»: «dans *Delphine* le portrait de Mathilde est celui de Montmorency (Mlle de Luynes), ainsi dévote et étroite; le portrait de Mme de Vernon est M. de Talleyrand retourné en femme.»

Page 183.

58. Le baron J. de Norvins publia en 1827-1828 une *Histoire de Napoléon*, en 4 volumes.

Page 184.

59. Cette «héroïne d'un roman injurieux», c'est la Justine du marquis de Sade.

Page 186.

60. J. Fiévée, déjà cité *supra* (pp. 140, 162), rédacteur à *La Quotidienne*, avec J. Michaud. Il a surtout publié une *Correspondance politique et administrative, commencée au mois de mai 1814* (Paris, Le Normant, 1815-1819, 3 vol.).

61. On l'a reconnue; il s'agit de G. Sand, vivement attaquée lorsque parut *Lélia*. Voir *P.C.* (b), t. I, p. 515.

62. Marie-Joseph-Hyacinthe de Gaston, auteur d'une *Énéide* en français: *Virgile, l'Énéide traduite en vers* [...], Paris, 1803-1807, 3 vol.

Page 188.

63. Thérèse d'Ervins est dans le roman une amie de Delphine: catholique austère, elle veut achever sa vie dans un couvent.

Page 190.

64. Necker est mort le 9 avril 1804.

Page 192.

65. Sainte-Beuve emploie au moins deux fois (cf. *infra*,

p. 206), pour définir *Corinne*, ce composé «roman-poëme» que l'on croira inventer à l'époque du *Grand Meaulnes*.

Page 194.

66. *La Petite Ville*, comédie en 4 actes et en prose [...] par L.-B. Picard [donnée au Théâtre Louvois le 19 floréal an IX], Paris, Huet, Charon, an IX-1801.

67. La comtesse de Castellane, amie de Mme de Tracy, se lia (nul ne l'ignore) avec Chateaubriand et le comte Molé.

68. Dans son article sur Gresset (*P.C.* (a), III, p. 237), Sainte-Beuve cite le mot de Cicéron enviant du fond de la Cilicie un ami demeuré à Rome: «Urbem, urbem, mi Rufe, cole et in ista luce vive» [La ville, la ville, cher Rufus, aime-la et sache vivre dans la lumière] et glisse en note: «Cet *ista luce* de Cicéron, c'est le *ruisseau de la rue du Bac* que regrettait madame de Staël aux bords du Léman. Des deux parts le sentiment est aussi vrai.» — On retrouve le même rapprochement, avec d'heureuses variantes, dans le *Cahier vert*, n° 543.

Page 195.

69. Dans le second article sur les *Mémoires* de La Fayette, Sainte-Beuve cite plusieurs fois (voir *P. lit.*, pp. 476, 478, 479, 484) «la spirituelle et bonne Madame de Tessé».

Page 197.

70. Parmi ceux-ci, deux nous sont déjà connus: B. Constant et A.-W. Schlegel; deux autres au moins méritent mention: S. de Sismondi (1773-1842) et Ch. V. de Bonstetten (1745-1832). Le premier, «Genevois de la belle époque», accompagna Mme de Staël en Allemagne et en Italie; il publia un cours intitulé *De la littérature du midi de l'Europe*. Le second, Bernois d'origine, lui aussi grand voyageur et lié à Mme de Staël, écrivit pour sa part un ouvrage sur *L'Homme du Midi et l'homme du Nord* (1824). Sainte-Beuve l'appréciait beaucoup et lui consacra plusieurs articles, dont l'un dans *Le Globe* en 1825; l'autre occupera trois *Lundis* en 1860 (*C.L.*, XIV, pp. 417-479).

Page 198.

71. M. Leroy (*Œuvres* de Sainte-Beuve, éd. Pléiade, t. II, p. 1492) donne la traduction d'un passage des lettres de Z. Werner sur lesquelles, par égard pour la duchesse de Broglie, fille de Mme de Staël, Sainte-Beuve a cru devoir glisser:

« Mme de Staël est de corpulence moyenne, et son corps, sans être d'une sveltesse de nymphe, est voluptueusement joli, surtout la poitrine et la nuque. Elle est fortement brune, et sa figure n'est pas régulièrement jolie. »

Page 199.

72. Le « bon Werner », tout bizarre et illuminé qu'il était, sut capter l'intérêt de Goethe et de Mme de Staël. — X. Marmier, éditant en 1842 *De l'Allemagne*, a précisé la référence de la citation qui va suivre : Œlenschlaeger Levnet, II, p. 174.

Page 203.

73. Il s'agit de l'essai paru en 1809, sous le voile de l'anonymat : *De la littérature française pendant le* XVIII*e siècle.*

Page 205.

74. M.-J. Chénier, *Tableau historique de la littérature française*, Paris, 1818, p. 235.

Page 206.

75. On pourra trouver du piment à comparer cet hommage avec telle mise en garde distillée dans *Mes poisons* (p. 74) : « si j'avais un jeune ami à instruire de mon expérience, je lui dirais : — Aimez une coquette, une dévote, une sotte, une grisette, une duchesse. Vous pourrez réussir et la dompter, la réduire. Mais si vous cherchez quelque bonheur dans l'amour, n'aimez jamais une muse [...]. N'aimez pas Corinne, et surtout si Corinne n'est point encore montée au Capitole ; car le Capitole alors est au-dedans et à tout propos, sur tout sujet (et même les plus doux sujets), elle y monte. — Tout amant préfère le sentier, mais Corinne aime la voie romaine. »

76. Bernardin de Saint-Pierre, *Essai sur Jean-Jacques Rousseau*, éd. des Textes français modernes, p. 45.

77. Cf. *supra*, p. 192 et n. 65.

Page 207.

78. Cf. *supra*, p. 85 et n. 3.

79. L'un de ces « éléments » était Prosper de Barante. Cf. *C.L.*, XI, p. 440 : « Madame de Staël avait bien ses distractions aussi, son cercle d'adorateurs, M. de Schlegel, M. de Sabran, M. de Barante [...] ; elle aimait beaucoup ce dernier, dont elle avait mis quelques traits et quelques situations dans Oswald. »

Page 208.

80. La lettre du duc de Rovigo figure dans la préface de la 2e édition publiée en 1814 chez H. Nicolle (3 vol.). Elle sera reprise dans *Dix années d'exil* (éd. Charpentier p. 306).

81. Ch. de Villers (1765-1815) ouvrit la voie à Mme de Staël en quête du génie allemand. Officier français devenu professeur à l'université de Goettingue, il publie en 1801 une *Philosophie de Kant* et en 1808 un *Coup d'œil sur les Universités et le mode d'instruction publique de l'Allemagne protestante.* Il donne d'autre part en 1823, à Leipzig et Paris, une édition en 4 volumes du livre *De l'Allemagne*, avec une Introduction.

Page 209.

82. Voir *De l'Allemagne*, IVe partie, chap. VI: « De la douleur ».

83. Ou plus exactement les *Réflexions sur le Suicide.* Elles figurent au t. III des *Œuvres complètes*, à la suite de l'essai *De l'influence des passions.*

Page 210.

84. Allusion à ses difficultés morales et financières avec B. Constant. Voir *Lettres de Mme de Staël à B. Constant* publiées par P.-L. Léon, p. 135.

85. Genevois d'origine, J.-A.-M. Rocca, au retour des campagnes de Prusse et d'Espagne où il fut blessé, s'éprend de Mme de Staël et la suit à partir de 1812 dans ses voyages. Leur mariage secret ne sera célébré qu'en octobre 1816. Il faut lire dans les *Mémoires d'Outre-Tombe* (L. XXIX, chap. 22) le récit de l'ultime visite de Chateaubriand au chevet de Mme de Staël, auprès de laquelle se tient l'infortuné Rocca.

Page 211.

86. Sur Mathieu de Montmorency, voir *supra*, p. 128 et n. 9.

87. Mme de Staël apporte quelques détails sur cette révocation dans *Dix années d'exil* (éd. P. Gautier, S. Balayé, 1966, p. 114).

Page 212.

88. C'est à Londres que Mme de Staël rencontra le comte de Provence, futur Louis XVIII.

Page 213.

89. Louis XVIII s'était arrêté à Saint-Ouen, le 2 mai 1814, pour y faire une déclaration posant les principes de la Charte, avant d'entrer dans la capitale.

90. Sir James Mackintosh (1765-1832), ami de collège de B. Constant à Édimbourg, se rendit célèbre en 1803 comme défenseur du polémiste Pelher, traduit en justice par Bonaparte.

Page 214.

91. Cf. la lettre qu'écrivit Mme de Staël à Mme Récamier, le 30 septembre 1810, lorsqu'il lui fallut à nouveau s'exiler : « Mathieu est là, l'ami de vingt années, l'être le plus parfait que je connaisse ; et il faut le quitter ! »

Page 215.

92. Ainsi les pages données par Ch. de Rémusat, en 1818, aux *Archives philosophiques, politiques et littéraires* sous le titre : « De l'influence du dernier ouvrage de Madame de Staël sur la jeune opinion publique » ; elles étaient précédées de quelques lignes de M. Guizot (voir *P. lit.*, p. 927). En sens contraire, le vicomte de Bonald écrivit ses « Observations sur l'ouvrage ayant pour titre : *Considérations* [...] par Mme la baronne de Staël. »

93. Dans son Portrait de M. de Rémusat (voir *P. lit.*, p. 928, n. *), Sainte-Beuve signale l'accord qui se fit au lendemain de sa mort, sur Mme de Stael dans les rangs du groupe doctrinaire.

MADAME ROLAND

Ce Portrait se compose en fait de deux morceaux très distincts, l'un publié en introduction à une édition des *Lettres autographes de Mme Roland adressées à Bancal des Essarts* (Renduel, 1835), l'autre dans la *Revue des Deux Mondes* du 15 novembre 1840.

Page 219.

1. Les « autres » chez qui « le tumulte des passions redouble », ce sont les républicains qui fomentent émeutes et attentats sous la monarchie de Juillet, tandis que lui, Sainte-Beuve, en appelle à la mesure et à la paix.

Page 221.

2. La suite de ce premier volet du Portrait nous renseigne sur le conventionnel Bancal des Essarts, ami de cœur de Mme Roland.

Page 223.

3. Brissot — ci-devant Pierre Brissot de Warville — avait créé, dès 1788, la Société des amis des Noirs et fondé en 1789 *Le Patriote français* qui vécut jusqu'à la chute des girondins, le 2 juin 1793.

Page 224.

4. *Tortillage,* jugé « familier » par Littré, est employé par Mme de Sévigné comme par Madame Du Deffand.

Page 225.

5. Le 5 octobre 1789, c'est le jour où le peuple va chercher le Roi à Versailles ; il le ramènera le lendemain à Paris.

6. Grâce à l'historien Cl. Perroud, les *Mémoires* (2 vol., 1905), et la *Correspondance complète* (4 vol., 1900-1913) de Mme Roland sont accessibles à tous.

Page 226.

7. « Ce dieu *Progrès* », naguère encensé par Mme de Staël (voir *supra*, pp. 157-159), apôtre de « la perfectibilité indéfinie de l'espèce humaine », fut honoré à sa suite par les saint-simoniens, Pierre Leroux en tête.

Page 227.

8. L'histoire a surtout retenu du marquis de Lally-Tollendal les efforts qu'il fit, avec l'aide de Voltaire, pour obtenir la réhabilitation de son père. Il défendit toujours les idées constitutionnelles.

Page 228.

9. Louis-Auguste-Guillaume Bosc, monarchiste constitutionnel, lui aussi.

Page 233.

10. Groupe assez représentatif et soudé autour de son chef pour qu'on ait pu baptiser ses membres « les Brissotins ».

11. Duranton, ou Duranthon, garde des Sceaux en 1792, devait périr sur l'échafaud l'année suivante.

Page 234.

12. On a relevé, dans le Portrait de Mme de Staël, plusieurs rapprochements entre celle-ci et Mme Roland. Vont y répondre maintenant des comparaisons symétriques : cf. *infra*, pp. 238, 245.

Page 235.

13. Les auteurs « systématiques » auxquels s'en prend Sainte-Beuve sont Ph. Buchez et P.-C. Roux. Leur *Histoire parlementaire de la Révolution française, ou Journal des assemblées nationales, depuis 1789 jusqu'en 1815 [...]* en 40 vol., (Paris, 1834-1838) prend en effet délibérément le parti des Jacobins. — Quant à Brissot, il suffirait de produire le témoignage de l'abbé Grégoire, peu suspect de tendresse envers les tièdes : « Brissot, un homme calomnié avec acharnement, puis assassiné judiciairement, Brissot, citoyen d'une probité rigide qui est mort pauvre comme il avait vécu » (*De la littérature des nègres* [...], 1808, p. 177).

14. Sur Charles Theveneau de Morande, âme damnée de Brissot comme de Beaumarchais (« ce monstre s'appelle Morande », a pu dire le père de Figaro !), voir G. et M. von Proschwitz, *Beaumarchais et le Courrier de l'Europe*, pp. 111-117 et *passim*.

15. L'Écossais Samuel Swinton, compagnon de Brissot à Boulogne, était le propriétaire du *Courrier de l'Europe*, Morande son rédacteur en chef à partir de 1784.

Page 237.

16. Ces « 71 » furent en fait 73. Il s'agit d'un groupe de conventionnels qui avaient protesté contre les excès robespierristes dès le début de juin 1793. Le bannissement les fit échapper à la mort. Cf. Michelet, *Histoire de la Révolution française*, L. XI, chap. III (éd. Pléiade, t. II, p. 434).

17. La Constitution de l'an III, préparée dans le milieu des idéologues, eut pour principal inspirateur Daunou, enfant de Boulogne-sur-Mer comme Sainte-Beuve. Celui-ci garda jusqu'au bout respect et fidélité à son grand aîné.

Page 238.

18. Cf. *supra*, p. 219 et n. 1 ; ici Sainte-Beuve précise ses craintes et sa mise en garde : les girondins d'aujourd'hui seraient sans excuses s'ils laissaient se reformer une nouvelle école jacobine.

Page 239.

19. Entendez : de *La Nouvelle Héloïse*.

Page 240.

20. Corneille, *Rodogune*, I, 5.

Page 244.

21. Ce ruisseau de la rue de la Harpe nous renvoie à celui de la rue du Bac, si cher à Mme de Staël (cf. *supra*, p. 194 et n. 68) dont Sainte-Beuve se plaît à rapprocher Mme Roland de toutes les manières possibles.

22. « Les rustiques saletés d'une ferme nantie », Martial, *Épigrammes*, X, XCVI, 4.

Page 245.

23. Les romans de Louvet, à commencer par le fameux *Faublas*, sentant le frelaté de la Régence : Sainte-Beuve reviendra, dans son Portrait de Mme Guizot, sur le qualificatif *joli* appliqué par Mme Roland à cette littérature épicée : voir *infra*, p. 282.

Page 246.

24. Cette observation figurait déjà dans le Portrait de Mme de Staël : voir *supra*, p. 127.

Page 247.

25. Cf. *supra*, p. 241 et la note de Sainte-Beuve.

Page 252.

26. On sait l'admiration que Sainte-Beuve porte à Gray, en particulier à son célèbre *Cimetière de campagne*. Cf. *P. lit.*, p. 350 et n. 2 ; p. 502 et n. 18 ; etc.

27. L'Académie fait place à « un mauvais, un meschant coucheur » dès 1694, sans le taxer de vulgarité ni même de familiarité.

Page 253.

28. Mme Permon était la mère de la duchesse d'Abrantès — laquelle avait épousé l'aide de camp de Bonaparte, Junot.

29. Jean-Louis Delolme (1740-1796), jurisconsulte suisse, avocat à Genève, fut banni en 1787 pour ses opinions démocratiques et trouva refuge à Londres. Il est l'auteur d'une *Constitution de l'Angleterre* et d'un *Parallèle entre le gouvernement anglais et celui de Suède.*

Page 256.

30. *Affiquets : le mot est chez Mathurin Régnier, Satires IX :*

... ces femmes jolies
Qui par les affiquets se rendent embellies.

Il se retrouve chez La Fontaine et Saint-Simon. Le Dictionnaire de l'Académie l'accueille dès sa 1re édition (1694).

Page 257.

31. *Frisselis (friselis)* ne figure, lui, ni dans le Dictionnaire de l'Académie, ni dans le Littré, pas même dans son Supplément.

Page 258.

32. Confidente de Julie dans *La Nouvelle Héloïse* : tandis que Julie écrit à Saint-Preux, Claire d'Orbe correspond avec Julie.

Page 260.

33. La Blancherie se lia non seulement avec Greuze, mais aussi avec Brissot. Il publia en 1776 un *Extrait du journal de mes voyages* et l'*Histoire d'un jeune homme pour servir d'école aux pères et aux mères.*

Page 262.

34. Corneille, *Polyeucte*, II, 2.

Page 270.

35. Cf. *Odyssée*, XII, 425 et suiv.

MADAME GUIZOT

Paru dans la *Revue des Deux Mondes* du 15 mai 1836.

Page 274.

1. *Onuphre* : l'hypocrite dans les *Caractères* de La Bruyère.

Page 276.

2. Sur M. de Rulhière, voir *P. lit.*, p. 916 et n. 2. — À propos de M. de Vaines, qu'on retrouvera plus loin, voir l'étonnante Note CXV au t. XI des *C.L.*, p. 488.

Page 282.

3. Quelques indications sur les sujets traités par Mlle de Meulan : Collé, homme de théâtre et chansonnier, fut un des fondateurs du Caveau sous la Régence. Il laissa un *Journal historique* (voir *P. lit.*, p. 1018). — *Eugène de Rothelin* est un roman de Mme de Souza (voir *supra*, pp. 89 et suiv.). — De Louvet on connaît surtout *Les Amours du Chevalier de Faublas*.

4. Sainte-Beuve a déjà cité le fait dans son Portrait de Mme Roland : voir *supra*, p. 245.

Page 283.

5. On retient aujourd'hui de Népomucène Lemercier ses prises de position affichées dans le très classique *Cours analytique de littérature générale* (4 vol., 1817). Pourtant, plus jeune, il avait fait jouer un *Christophe Colomb* (1809), présenté comme « pièce shakespearienne », dont les audaces provoquèrent une émeute.

Page 284.

6. L'année précédente (1835), dans son Portrait de Mme de Staël, Sainte-Beuve avait déjà employé des termes très proches pour caractériser l'esprit du *Publiciste*. Il avait en outre signalé la présence, dans cet « organe modéré du monde de M. Suard », de « bons articles signés D.D., qui doivent être de Mlle de Meulan (p. 203). » Il va y revenir plus bas.

Page 285.

7. Geoffroy, Fiévée, La Harpe, Bonald : les quatre auteurs

cités forment un carré représentatif de l'esprit opposé à la philosophie du XVIIIe siècle et aux courants libéraux. Sainte-Beuve les a déjà mentionnés à ce titre, en compagnie de quelques autres, dans le Portrait de Mme de Staël.

Page 288.

8. L'abbé de Vauxcelles voisinait déjà avec La Harpe dans le Portrait de Mme de Staël : cf. *supra*, p. 162.

Page 290.

9. Les *Huit lettres sur la sympathie* de Mme de Condorcet furent éditées à la suite de sa traduction d'Adam Smith, *Théorie des sentimens moraux* [...] à Paris, an VI-1798.

Page 292.

10. Sainte-Beuve a confondu Béranger, avec le professeur L.-P. Bérenger, auteur des *Soirées provençales*. Sur cette plaisante méprise, voir J. Bonnerot, *Bibliographie*, I, pp. 459-460.

Page 296.

11. Racine, *Athalie*, II, 5.

Page 299.

12. Sur ce tour peu recommandable (« débuter par » plus infinitif), employé par Sainte-Beuve en plusieurs endroits, voir *P. lit.*, p. 741 et n. 1 ; *P.C.* (a), II, p. 152, etc. « Douairière du Marais » : trouvaille qui figure déjà *supra*, p. 288.

Page 301.

13. Gray est, avec Cowper, Crabbe, Goldsmith, Wordsworth, un des poètes anglais que Sainte-Beuve préfère. Il le mentionne à plusieurs reprises dans les années 1836-1838 : cf. *supra*, p. 252, *infra* p. 465 et n. 9. — Les quatre strophes qui suivent sont extraites d'un poème « Le Collège d'Eton. Imité de Gray », recueilli tout entier à la fois dans la *Suite de Joseph Delorme*, éd. Poulet-Malassis, 1861, pp. 273-277 et dans le *Livre d'amour*, XXXII.

Page 303.

14. Voir son *Essai sur l'éducation des femmes* sur lequel Sainte-Beuve reviendra plus longuement en 1842 dans son

Portrait de Mme de Rémusat. Cf. *infra*, pp. 542 et n. 1, puis 561.

Page 305.

15. Mme Necker de Saussure, cousine de Mme de Staël, a publié chez Sautelet, en 1828-1832, un ouvrage intitulé de manière novatrice *L'Éducation progressive ou Étude du cours de la vie.*

Page 307.

16. En 1828, Guizot épouse Élisa Dillon, nièce de Pauline de Meulan que celle-ci, sentant venir ses derniers jours, lui avait destinée.

17. Alexis Piron donna sa fameuse comédie de *La Métromanie* en 1738.

MADAME DE LA FAYETTE

Paru dans la *Revue des Deux Mondes* du 1er septembre 1836.

Page 311.

1. C'est l'abbé d'Olivet qui rapporte ce jugement de Boileau. Voir Pellisson et d'Olivet, *Histoire de l'Académie française depuis 1652 jusqu'à 1700*, Paris, J.-B. Coignard, 1729, p. 104.

Page 312.

2. Ce « mot de Segrais », comme les suivants, est tiré du recueil des *Segraisiana* que Sainte-Beuve avait en main lorsqu'il préparait son article. Les fragments cités sont, dans l'ordre, aux pages 27, 196, 36, 42, 102, 89, 9, 66 (éd. de 1721).

3. Mettons en face des œuvres citées les noms de leurs auteurs : *Le Grand Cyrus* et *Clélie* : Mlle de Scudéry ; *Cléopâtre* (en 12 vol.) : La Calprenède ; *Polexandre* : Gomberville ; *Moïse sauvé* : Saint-Amant ; *Saint Louis* : P. Le Moyne ; *La Pucelle* : Chapelain.

Page 314.

4. On trouvera deux de ces œuvres analysées dans les Portraits de leurs auteurs : Mme de Souza, Mme de Duras. — Sainte-Beuve mentionne souvent *Mlle de Clermont* de Mme de Genlis.

5. Tibulle, *Élégies*, I, VI : « Soyons l'un et l'autre un exemple sous nos cheveux blancs. »

Page 315.

6. La mère de l'abbé de Choisy, auquel Sainte-Beuve consacrera un *Lundi* en 1851 (*C.L.*, III, pp. 428-450). Elle figure dans le *Dictionnaire des Précieuses* de Somaize.

7. Ménage, « Ad Lavernam », dans les *Poemata* (Paris, 1687), p. 123 : « Sous d'heureux auspices les destins prophétiques t'ont donné ton nom. La belle Laverna est la déesse des voleurs. Belle, tu voles aux autres femmes tous leurs attraits et tu fais perdre la raison à tous les hommes. » — Faut-il faire passer en français le madrigal qui ne « paraît un peu plus senti que parce qu'il est en italien » ? — « En vain, Phyllis, tu me demandes si survivra longtemps l'ardeur que ton beau regard alluma dans mon cœur. Qui le pourrait dire ? Incertaine, ô Phyllis, est l'heure de la mort. »

Page 316.

8. Voir *supra*, p. 49 et n. 16 : Sainte-Beuve avait d'abord cru pouvoir attribuer cette nouveauté d'expression à Mme de Sévigné.

9. Le fait est rapporté dans les *Menagiana*, 3e éd., 1715, I, 319.

Page 317.

10. Cardinal de Retz, *Mémoires*, éd. Belin-Leprieur (1844), II, p. 279.

Page 318.

11. Sainte-Beuve se réfère assez souvent aux travaux du comte P.-L. Rœderer, en particulier à ses *Mémoires pour servir à l'histoire de la société polie en France* (1835).

12. L.-S. Auger a donné, dans la collection des Grands écrivains de la France chez Hachette, des éditions des *Œuvres complètes* de plusieurs grands classiques.

Page 320.

13. Cette citation et les suivantes sont empruntées au volume de Mme de La Fayette intitulé *Histoire de Mme Henriette d'Angleterre* par dame Marie de La Vergne, Cesse de La Fayette. Éd. posth. Amsterdam, M.-C. Le Cène, 1720. Voir

aussi *La Princesse de Clèves* et autres romans, Folio, 1972, où l'on trouvera des extraits de cet ouvrage.

Page 323.

14. Vardes et Guiche : sur ces deux personnages, leurs intrigues et, pour finir, leur exil, on consultera Saint-Simon *Mémoires*, éd. Ad. Régnier (Grands Écrivains de la France), VIII, 275 ; XV, 330 ; XVI, 428 ; etc. : il évite néanmoins les détails supposés connus de tous. Mme de La Fayette, dans la première partie de son *Histoire de Mme Henriette d'Angleterre*, et Bussy-Rabutin, au premier chapitre de *La France galante*, en disent bien davantage.

15. Voir la *Correspondance de Roger de Rabutin, comte de Bussy, avec sa famille et ses amis* (1666-1693), nouvelle édition, 1858-1859, t. I, pp. 231, 241 et 262.

Page 327.

16. En fait, comme l'a remarqué M. Allem, cette lettre avait déjà été publiée par J. Delort en 1821 dans *Mes voyages aux environs de Paris*, I, p. 217.

Page 328.

17. Relevons cette addition de 1855, discrète vengeance envers les procédés peu délicats de V. Cousin. Le scénario va se renouveler, avec plus d'ampleur, à propos du Portrait de Mme de Longueville : voir *infra*, p. 416 et la longue note *b* de Sainte-Beuve.

Page 330.

18. Cette exquise sentence est recueillie dans les *Segraisiana*, p. 28. De même le « petit billet » qui suit, daté de 1663.

Page 332.

19. Lettre du 20 juin 1672 à Mme de Grignan.

20. Madame (Henriette d'Angleterre) est morte le 30 juin 1670. Bossuet prononcera son oraison funèbre, si fameuse, le 21 août suivant.

21. Lettre du 5 avril 1680, adressée à Mme de Grignan, comme toutes les suivantes.

Page 333.

22. Lettre du 8 janvier 1674. — Monmerqué, éditeur de

Mme de Sévigné, signale (III, pp. 358-359) : ce n'est pas *Cadmus* qui fut représenté, mais *Alceste.*

Page 334.

23. Lettre du 15 novembre 1684.

Page 335.

24. Lettre du 15 avril 1672.

Page 336.

25. Allusion au mot cité de Mme de La Fayette : « j'ai réformé son cœur ». Voir *supra*, p. 330 et la n. 18.

26. Lettre de Mme de La Fayette à Mme de Sévigné du 30 juin 1672 (*Lettres de Mmes de Villars, de Coulanges et de La Fayette* [...], 2e éd., t. 2, p. 29).

27. Voir *supra*, p. 316, n. 8 : l'italique, ici, vaut référence.

Page 340.

28. Ces deux « petits volumes » s'intitulent : *Lettres à Madame la Marquise *** sur le sujet de la « Princesse de Clèves »*, 1678 [de Valincourt]. — *Conversation sur la critique de la « Princesse de Clèves »*, 1679 [de l'abbé de Charnes].

Page 343.

29. J.-F. Adry a de fait donné en 1807 à l'imprimerie des Sourds-Muets une édition de « La Princesse de Clèves, suivie des lettres à Mme la Marquise *** sur ce roman ; et de la Comtesse de Tende ». C'est à la suite de *La Comtesse de Tende* que figurent les « Extraits des Manuscrits de M. de Valincourt » *[sic]* (pp. 291-308).

30. Allem et Leroy se sont abusés. Il ne s'agit pas d'A. Vinet, mais de Sainte-Beuve lui-même. Il recopie à peu de chose près deux de ses « vieilles notes » : *LOV.*, D. 569, nos 60 et 61.

Page 344.

31. Bussy, lettre du 12 août 1678. — Cf. celle du 29 juin précédent.

Page 345.

32. Mme de Sévigné, lettre du 9 juillet 1677.

Page 346.

33. Lettre du 17 mars 1680 à Mme de Grignan. Les lettres citées ou évoquées ensuite sont du 3 avril et du 26 mars 1680, des 8 et 12 octobre 1689.

Page 347.

34. Sur Mme de Schomberg, cf. *Segraisiana*, p. 196-198.
35. Bussy, lettre du 29 juin 1678.

Page 349.

36. Sainte-Beuve a déjà reproduit, au début de son Portrait, un fragment de ces propos de Boileau rapportés par Pellisson et d'Olivet dans leur *Histoire de l'Académie française* [...], éd. cit., p. 104.

Page 352.

37. Ce « reste de la lettre » est cité dans *Port-Royal*, L. VI, pp. 494-496.

M. DE LA ROCHEFOUCAULD

Paru dans la *Revue des Deux Mondes* du 15 janvier 1840.

Page 357.

1. La Rochefoucauld, *Mémoires*, collection des Grands écrivains, Hachette, II, 28, p. 109.

Page 358.

2. Plus tard, dans un *Lundi* de 1857 consacré à Tallemant et à Bussy (*C.L.*, XIII, p. 176), Sainte-Beuve suggérera en passant la présence d'une cinquième héroïne à glisser dans le lot : Madame d'Olonne auprès de laquelle « Marsillac s'embarqua », avant que le chevalier de Grammont ne vînt la prendre à son bord.

Page 359.

3. La Rochefoucauld, *Mémoires*, II, p. 95.
4. Voir *infra*, pp. 392-430.

Page 360.

5. Voir La Rochefoucauld, *Mémoires*, II, p 525. — J. Gour-

lettres des 17 au 24 juin 1672 à Mme de Grignan et au comte de Bussy.

Page 380.

24. Mme de Sévigné, lettre à Mme de Grignan du 15 mars 1680.

Page 384.

25. Lucrèce, *De natura rerum*, I, 7-8 : « Sous tes pas [ô déesse] la terre industrieuse étend son doux tapis de fleurs. » — Ce même fragment figure, cité moins exactement mais introduit de même, dans *Mes poisons*, p. 19.

Page 385.

26. Le texte de cette Pensée se retrouve dans le *Cahier vert*, nº 859.

Page 386.

27. On retrouve mot pour mot cette Pensée amère entre toutes dans le carnet du *Voyage à Naples*, éd. Gabriel Faure, Crès, 1932, p. 37-38.

Page 388.

28. Cf. Montesquieu, *Cahiers*, éd. Grasset, p. 89, et Voltaire, *Le Siècle de Louis XIV*, éd. Renouard, XVIII, p. 246.

29. Sainte-Beuve aurait pu citer aussi la réponse de Mme de Sévigné à sa fille (avril 1690) : « Vous m'expliquez fort agréablement cette amitié que vous avez pour M. de Grignan, qui fait que vous ne sauriez être longtemps fâchée contre lui. Je vois qu'on pourrait faire de ce sentiment une maxime fort vraie : *Quand on aime à un certain point, on oublie, c'est-à-dire on pardonne toujours.* »

30. Racine, *Andromaque*, II, 1.

Page 390.

31. Allusion aux passages de la *République* où Platon demande qu'on salue bien bas les dons du poète, mais qu'on le maintienne hors de la cité : cf. 398 a et 568 b. — On se souvient aussi du mot de Malherbe rapporté par Racan (*Les Œuvres de Malherbe*, éd. 1722, I, p. 31) : « il répondit [...] qu'un bon Poëte n'était pas plus utile à l'État, qu'un bon joueur de quille. »

Page 391.

32. La première «inscription» est de Virgile, *Énéide*, II, 268: *Tempus erat quo prima quies mortalibus aegris/Incipit.* «C'était l'heure où les malheureux mortels goûtent leur premier repos.» La seconde est un cliché homérique: Cf. *Iliade*, XXII, 31, 75; XXIV, 525, etc. On retrouve les deux expressions rapprochées dans le *Cahier vert*, n° 408.

MADAME DE LONGUEVILLE

Paru dans la *Revue des Deux Mondes* du 1er août 1840.

Page 392.

1. Lettre du 20 juin 1672 déjà mentionnée dans le Portrait de M. de La Rochefoucauld (voir *supra*, p. 378).

Page 393.

2. Voir les passages de *Port-Royal* où Mme de Longueville est en scène. Au l. V, chap. XI (III, p. 129) Sainte-Beuve renvoie à son texte des *Portraits de femmes*.

3. Sainte-Beuve recourt en cinq endroits aux *Mémoires* de Mme de Motteville pour préciser tel ou tel trait. Cf. *infra*, p. 400, n. *a* de Sainte-Beuve.

Page 395.

4. Voir *P. lit.*, p. 206 et n. *.

Page 397.

5. Pour mieux «démêler» ces intrigues voir les *Mémoires* de La Rochefoucauld, *Œuvres complètes*, collection des Grands écrivains, II, pp. 82 et suiv.

Page 398.

6. Traduction moins poétique: «L'éclat de Glycère, ... Et un visage trop spécieux pour qu'on y résiste.»

Page 399.

7. Il s'agit du duel entre les Uranistes et les Jobelins, partisans les uns du sonnet de Voiture sur Uranie, les autres du sonnet sur Job de Benserade. Mme de Longueville était pour Voiture (cf. *Port-Royal*, l. II, chap. IX, Appendice, éd. cit. I, p. 988). — Sur ce «duel», cf. *supra*, p. 46 et n. 8.

Page 400.

8. Traduction de ce vers de Catulle, LXX, 4, passé en proverbe : [Ce qu'une femme dit à un amant très épris,] « il faut l'écrire sur le vent et sur l'onde rapide ».

9. Sainte-Beuve reproduit ici en effet un passage déjà cité dans son article sur La Rochefoucauld. Voir *supra*, p. 360 et n. 5.

Page 404.

10. De nouveau Sainte-Beuve renvoie ici à son étude sur La Rochefoucauld : cf. *supra*, p. 361.

Page 407.

11. M. de Grasse : Godeau, déjà nommé plus haut (p. 395). Le siècle classique fut fertile en prélats amis des Muses : Fléchier, évêque de Nîmes ; Huet, d'Avranches ; Le Camus, de Grenoble ; Mascaron, d'Agen ; etc.

Page 409.

12. Tous se retrouvent dans l'histoire de *Port-Royal*.

Page 416.

13. Voir J. Bonnerot, *Bibliographie de l'Œuvre de Sainte-Beuve*, I, pp. 437-438 et 461.

Page 425.

14. Sainte-Beuve se réfère assez volontiers à E. de Lemontey, dont les recherches portent sur des sujets variés — Le cardinal de Retz et Mme de Longueville en 1821, *Paul et Virginie* en 1823 ; mais il ne déteste pas non plus de l'égratigner : cf. *P. lit.*, pp. 437, 479 et n. 29, 1003 et n. *.

Page 428.

15. Cette manière de citer un « Caractère de Madame de Longueville » par un contemporain de celle-ci (sans doute Nicole) rappelle un précédent, enchâssé dans le portrait de Mlle Aïssé : le « Portrait de M. le Chevalier d'Aydie par Madame la marquise du Deffand ». Voir *P. lit.*, pp. 809-810.

UNE RUELLE POÉTIQUE SOUS LOUIS XIV

Paru dans la *Revue des Deux Mondes* du 15 octobre 1839.

Page 431.

1. L'« autre article » en question est le fameux pamphlet paru dans la *Revue des Deux Mondes* du 1er septembre 1839 sous le titre « De la Littérature industrielle », et recueilli dans les *P.C.* (a), I, pp. 495-515.

Page 433.

2. Cette image permet d'éclaircir le titre de la présente étude : il ne s'agit point tant de la « ruelle » des précieux, mais, au sens propre, de la petite rue où se loge la « petite école », par opposition au « haut du pavé » où trône la grande.
3. Sainte-Beuve évoque plus précisément dans son Portrait de Molière « ce poëte Hesnault qui attaquait Colbert puissant ». Cf. *P. lit.*, p. 357 et n. 17.
4. Étienne Pavillon — à ne pas confondre avec Nicolas Pavillon, évêque d'Alet, ami des jansénistes — est ce « poète galant » dont Sainte-Beuve mentionne, dans le Portrait de Mlle Aïssé, « la lettre, moitié vers et moitié prose, adressée à Mlle Julie de Pellissary, âgée de *huit ans* » (voir *P. lit.*, p. 811 et n. *). Ses œuvres seront recueillies et publiées à La Haye en 1715.

Page 434.

5. Ledit autoportrait commence ainsi : « Court, entassé, la panse grosse... » Il figure dans le *Recueil des plus belles pièces des poëtes français depuis Villon jusqu'à Benserade* (1752), V, pp. 137-141.
6. Cf. *supra*, p. 50 et n. 18.

Page 435.

7. Ces vers sont de Sainte-Beuve lui-même. Ils figurent dans la *Suite de Joseph Delorme*, éd. Charpentier, 1840, p. 148.

Page 436.

8. *Mademoiselle de Belle-Isle* : pièce d'Alexandre Dumas, 1839.

Page 437.

9. Sainte-Beuve a ici en tête les vers de Boileau, *Satires*, I, 126-128 :

On pourra voir la Seine à la Saint-Jean glacée,
Arnauld à Charenton devenir huguenot,
Saint-Sorlin janséniste et Saint-Pavin bigot.

Or Saint-Sorlin, une fois passée sa période de libertinage, s'était jeté dans le camp des jésuites au point de vouloir lever une milice sacrée contre les jansénistes. En revanche, Saint-Pavin continue à faire partie du groupe des libertins les plus affranchis à l'égard de la religion. Boileau lui décoche son Épigramme XIII « Contre un athée ».

10. Ce « fraisier » fait référence à celui qui tint tant de place, au départ, dans les observations de Bernardin de Saint-Pierre sur la nature. Cf. *P. lit.*, p. 425 et n. 7.

11. Ph. Chasles, dont Sainte-Beuve va devenir le voisin à la Mazarine, a composé douze « Études sur quelques victimes de Boileau », réunies dans *La France, l'Espagne et l'Italie au XVIIe siècle* (Charpentier, 1877), pp. 281-405.

Page 438.

12. Médora : héroïne du *Corsaire*, de Byron.

Page 441.

13. Ce partage des opinions entre l'école de Descartes et celle de Gassendi a compté dans le mouvement des idées à l'époque classique. Dans son Portrait de Molière, Sainte-Beuve ne signale pas moins de trois fois que l'auteur de *L'Avare* fut disciple de Gassendi.

Page 444.

14. Il s'agit plus précisément de la seconde édition du *Grand Dictionnaire des Précieuses* (1661) de Baudeau de Somaize, comprenant 395 notices consacrées à des précieux et précieuses.

Page 445.

15. *Genséric*, tragédie, par Mme XXX [Deshoulières], Paris, C. Barbin, 1680.

Page 446.

16. De fait, le «poète Lainez», dans sa «Chanson pastorale», passe du rossignol et de la fauvette aux tourterelles et aux moineaux.

Page 448.

17. Ce rondeau, comme celui qui, plus haut (pp. 435, n. 1), s'adressait «à une beauté qui faisait la Diane chasseresse dans les bois de Fontainebleau», est de Sainte-Beuve. Mais — chose rare — il n'a été reproduit dans aucun de ses recueils de poésies.

Page 453.

18. Sainte-Beuve a cité un extrait du jugement porté par Mlle de Meulan (future Mme Guizot) sur Mme des Houlières, dans son Portrait de Mme Guizot. Voir *supra*, p. 292.

Page 454.

19. Allusion aux liens qui unissaient Mme Dufrénoy à Fontanes. Dans le Portrait de ce dernier Sainte-Beuve rappelle qu'aux jours sombres de la Terreur le futur grand-maître trouva refuge chez elle, à Sevran (*P. lit.*, p. 509). Plus tard (*N.L.*, IX, p. 146), il indiquera que le vers cité un peu plus loin: «J'aime tout dans celui qui règne sur mon cœur» s'adressait au même Fontanes.

Page 455.

20. Il s'agit d'Antoine Bertin, auteur d'Élégies, né dans l'île Maurice, ancienne île de France, comme Parny dont Sainte-Beuve l'a rapproché: cf. *P. lit.*, p. 573.

MADAME DE KRÜDNER

Paru dans la *Revue des Deux Mondes* du 1er juillet 1837.

Page 457.

1. Dès 1834 Sainte-Beuve signalait cette même différence d'inspiration entre Mme de Souza et Mme de Duras (voir *supra*, pp. 91-92 et 106). Ici intervient un troisième modèle: celui de Mme de Krüdner.

Page 458.

2. La Livonie est l'ancien nom de la Lettonie actuelle, ayant pour capitale Riga.

3. *Délitable*: l'expression est empruntée au maître de Dante, Brunetto Latini, qui avait choisi vers 1260 d'écrire son *Trésor* en français, «por ce que la parleüre est delitable et plus commune à toutes gens».

Page 460.

4. Empeytas: pasteur suisse, directeur de conscience et confident de Mme de Krüdner. Dans son article de 1849 (voir *P. lit.*, p. 908), Sainte-Beuve se montrera plus circonspect à son endroit: «Comment ne me resterait-il pas dans l'esprit un léger nuage sur le rôle que remplira près d'elle le pasteur Empeytaz [...]?» Cf. plus loin, pp. 478 et 484.

Page 461.

5. Légère inexactitude: Gustav Philip de Creutz était comte et non baron. Représentant de la Suède auprès de la cour de France pendant quinze ans, il fut le plus français des Suédois, ami de Marmontel et grand admirateur de Voltaire.

Page 462.

6. Cet écrit de Louis-Claude de Saint-Martin, dit le Philosophe inconnu, s'intitule: *Éclair sur l'association humaine* [...], Paris, Cercle social, 1797 an V.

Page 463.

7. Sainte-Beuve évoquera cet épisode sentimental avec plus de précision dans son article de 1849, à la lumière de la *Vie de Mme de Krüdner* par Ch. Eynard. Voir *P. lit.*, p. 901.

Page 464.

8. Allusion au chap. XVIII du roman de Mme de Krüdner où Valérie apparaît «divine» dans «la danse du schall». En 1828, J. de Rességuier donnera pour épigraphe à un poème intitulé «Le schall» une phrase de *Valérie*. — Cf. *infra*, pp. 467-468.

Page 465.

9. Sainte-Beuve avait un goût si prononcé pour les *Odes* de Gray qu'il composa un poème inspiré de l'une d'elles. Il cite un extrait de son imitation dans le Portrait de Mme Guizot; le

poème tout entier est recueilli dans la *Suite de Joseph Delorme*. Voir *supra* pp. 301-302 et n. 13.

10. Dans son article de 1832 sur *Indiana* (*P.C.* (b), I, p. 472), Sainte-Beuve avait déjà formulé des réserves qu'il appliquait autant à *Delphine* qu'à *Indiana* et qu'il épargnait à *Valérie*.

Page 466.

11. Recueil, on s'en doute, composé par lui-même. Le texte cité figure dans le dossier LOV. D 543, f° 146. En marge Sainte-Beuve a retravaillé son expression.

Page 467.

12. *Caroline de Lichtfield* est de Mme de Montolieu ; *Claire d'Albe* de Mme Cottin. Par deux fois déjà, Sainte-Beuve avait rapproché ces deux noms : cf. *supra*, pp. 91 et 137.

Page 468.

13. Sur l'identité véritable de cette Clotilde de Surville, voir le Portrait de Ch. Nodier, *P. lit.*, p. 329 et n. 35.

Page 473.

14. « Sentimentaire » est une pure trouvaille du prince de Ligne, née du plaisir de la rime. — Cet « interminable fatras » encombre 34 volumes. La page du titre vaut d'être citée : *Mélanges militaires, littéraires et sentimentaires.* « À mon refuge sur le Leopoldberg près de Vienne ; et se vend à Dresde chez les frères Walter, 1795-1811. »

Page 476.

15. Dans cette phrase Sainte-Beuve égratigne deux fois l'orthographe des noms propres. Le préfet victime d'un accident de voiture en 1814, lors de la réception du duc de Berry, est Adrien Lezay-Marnesia. Il fonda la première École normale primaire en 1810 à Strasbourg. — D'autre part il faut lire *Ban* et non *Banc-de-la-Roche*.

Page 482.

16. Cf. *supra*, n. 15.

Page 483.

17. M. Degérando (ou de Gérando), ami d'André-Marie Ampère, fréquentait comme lui le cercle de Maine de Biran.

Sainte-Beuve, à part soi, le classait parmi les « esprits essentiellement mous » (Notes et Pensées, *C.L.*, XI, p. 477).

Page 484.

18. Le général de Labédoyère (ou plutôt La Bédoyère), déclaré coupable d'avoir ouvert les portes de Grenoble à Napoléon lors du retour de l'île d'Elbe, fut arrêté et fusillé en 1815.

Page 485.

19. Allusion à sa passion d'alors pour Mme Récamier : B. Constant avait conjuré Mme de Krüdner de favoriser ses desseins amoureux. Celle-ci lui faisait partager en retour ses délires théosophiques.

MADAME DE CHARRIÈRE

Paru dans la *Revue des Deux Mondes* du 15 mars 1839.

Page 490.

1. Jean-Jacques Ampère, fils d'André-Marise, appartenait au groupe de l'Abbaye-aux-Bois. Il va justement publier dans la *Revue des Deux Mondes*, le 15 juillet 1839, une « Vue générale de la littérature française au Moyen-Âge ».

Page 497.

2. *Le Château d'Otrante* est demeuré l'œuvre la plus lue d'Horace Walpole : Paul Éluard, préfaçant la traduction française de D. Corticchiato, l'appelle « le livre de l'invisible [...] précurseur du Roman noir » (*Œuvres complètes*, éd. Pléiade, II, pp. 856-857).

Page 498.

3. Sainte-Beuve, ici comme à nouveau dans l'article de 1844 (« B. Constant et Mme de Charrière »), s'applique à éviter au moins dans les mots le côté « scabreux ». Écrivant à E. Gaullieur, il mettra les points sur les i (lettre du 2 mars 1844, *C.G.*, V, p. 467) : « je n'ai pas entendu dire qu'elle ait été la *marraine* (à l'Église) de B. Constant. Je n'ai que voulu faire entendre poliment qu'elle avait été sa première *maîtresse*, bien que plus âgée. »

Page 500.

4. Ce passage, joint à deux autres déjà signalés (cf. *P. lit.*,

p. 797 et n. 2 ; *supra*, p. 60 et n. 1 de Sainte-Beuve) permet de tirer au clair des nuances de jugement porté par Sainte-Beuve sur trois variétés du genre romanesque qu'il préfère : *André* de G. Sand représente le pôle de « l'extrême poésie » ; *Manon Lescaut* celui de l'extrême passion ; *Mlle de Liron* et les *Lettres Neuchâteloises* le juste milieu alliant naturel et discrétion sans nuire (au contraire) à la poésie ni à la passion.

5. *Tailleuse*, comme plus loin *gringes*, est un mot du parler vaudois qui se lit dans les *Lettres Neuchâteloises*.

Page 504.

6. Si l'on identifie sans peine Virginie (celle de *Paul et Virginie*) et la « belle Saint-Yves » de *L'Ingénu*, il est permis d'oublier *Valérie*, de Mme de Krüdner (voir *supra* pp. 460 et suiv.) ; *Nathalie*, de Mme de XXX (peut-être Mme de Montpezat), publiée par N.A. de Salvandy en 1833 ; *Adèle de Sénange*, de Mme de Souza (voir *supra*, pp. 83 et suiv.), *Mlle de Clermont*, de Mme de Genlis.

Page 510.

7. Déjà dans le Portrait de Mme de Krüdner Sainte-Beuve a évoqué cet ouvrage de Mme de Montolieu « qui a tant charmé une première fois à quinze ans » mais qui « ne peut se relire » (voir *supra*, p. 467).

8. L'abbesse de Castro : Hélène, plus connue sous ce titre qui est celui d'un récit de Stendhal (*Chroniques italiennes*).

Page 511.

9. Assemblée : plus loin (p. 516) Sainte-Beuve mettra le mot en italique ; c'est l'une des appellations régionales de la fête votive : kermesse ou ducasse dans le Nord, frairie dans les pays de l'Ouest, etc.

Page 522.

10. *The Fair Penitent* est le titre donné par Mme de Charrière à la pièce où son héroïne tient le rôle de Caliste, nom qu'elle gardera. Cf. *Caliste*, éd. de 1845, p. 137.

Page 526.

11. Mme de Flahaut : plus connue sous le nom de son second mari, M. de Souza. Voir *supra*, p. 85.

Page 528.

12. Littré tient «écriveur» pour un «terme familier». Il note qu'on dit aussi *écriveux* et cite un exemple de Mme de Sévigné. — Dans son Portrait de Ch. Labitte, Sainte-Beuve emploiera le féminin *écriveuse*. Voir *P. lit.*, p. 956 et n. 8.

Page 529.

13. Sainte-Beuve lui consacrera une étude en 1846 (voir *P. lit.*, pp. 1000-1010). Il se réfère souvent à cette «spirituelle Mlle De Launay» (*ibid.*, p. 816; *infra*, p. 603), mais en variant l'orthographe de son nom: Delaunay, De Launay, de Launay.

14. Cf. *P. lit.*, p. 897 et n. 26.

Page 530.

15. Ce «je ne sais qui» s'est démasqué dans *Mes poisons* (p. 206).

MADAME DE RÉMUSAT

Paru dans la *Revue des Deux Mondes* du 15 juin 1842.

Page 542.

1. Ch. de Rémusat en avait donné une 1re édition en 1824. Le livre va connaître un long succès: en 1903, O. Gréard le recueillera dans la «Collection des principaux ouvrages pédagogiques» avec une longue étude préliminaire.

Page 543.

2. Pauline de Meulan sera la première Mme Guizot: voir son Portrait *supra*, pp. 272-310. Elle aussi composa des traités sur l'éducation.

Page 546.

3. Il est beaucoup question de *portraits* à l'intérieur du Portrait de Mme de Rémusat: cf. *infra*, p. 557 et la note de Sainte-Beuve.

Page 549.

4. Sainte-Beuve usait déjà de cette image du «pastel» pour désigner son premier Portrait de Mme de Krüdner: cf. *supra*, p. 457, note de Sainte-Beuve, et *Mes poisons*, p. 72.

Page 556.

5. Dans son second Portrait de Mme de Krüdner, Sainte-Beuve à son tour peindra l'adresse que sait déployer une femme entre trente et quarante ans pour continuer à plaire : voir *P. lit.*, p. 905.

Page 557.

6. Mme de Vintimille, nièce de Mme d'Houdetot, faisait partie de la société de Joubert et de Chateaubriand. Liée de grande amitié avec Mme de Beaumont, elle fréquentait son salon rue Neuve-du-Luxembourg : cf. *C.L.*, I, p. 167.

Page 558.

7. Sainte-Beuve en a cité plus haut (pp. 547-549) un large extrait.

Page 561.

8. De même note-t-il en marge des souvenirs de J.-J. Coulmann : « Les traits qui parurent le mieux lancés ne portent plus. Décidément, on ne raconte pas les dîners, même les meilleurs » (*N.L.*, IX, p. 145).

Page 562.

9. Le problème des rapports entre langage écrit et parlé intéresse le styliste et le grammairien qui se côtoient chez Sainte-Beuve. — Cf. surtout *P. lit.*, p. 771 et n. 3 (Portrait du Chevalier de Méré).

Page 563.

10. Paul de Rémusat, fils de Charles, publiera les *Mémoires de Mme de Rémusat (1802-1808)*, 3 vol., puis ses *Lettres* (1804-1811), 2 vol., chez C.-Lévy en 1880-1881.

Page 573.

11. On suit le goût de Sainte-Beuve pour ce participe-adjectif et sa fréquence, en particulier dans l'expression « les générations survenantes ». Voir *P. lit.*, p. 488 et n. 39, et *supra*, p. 170 et n. 47.

Page 576.

12. L'abbé R.-M. Legris-Duval (1765-1818) s'était offert à assister le roi Louis XVI à l'échafaud, avant d'y échapper lui-

même de justesse. Sous l'Empire, son talent de prédicateur et sa charité lui valurent un grand renom.

MADAME DE PONTIVY

Paru dans la *Revue des Deux Mondes* du 15 mars 1837.

Page 579.

1. Pensée attribuée plus loin (p. 603) à Mme Du Deffand, mais le terme de «cinq années» se trouve correspondre à la durée de la «liaison» entre Sainte-Beuve et Adèle.

2. À deux endroits (*supra*, pp. 89, 504), Sainte-Beuve nous invite à regarder *Valérie* et *La Princesse de Clèves* comme des «sœurs».

Page 580.

3. Cette «pluie humide» ne justifie que trop certaines rosseries balzaciennes à l'égard du style de Sainte-Beuve (voir *Chronique parisienne* du 25 août 1840).

Page 581.

4. N'allons pas chercher dans Racine ce qui appartient à Sainte-Beuve, et plus précisément au *Livre d'amour*, «L'Enfance d'Adèle», v. 152.

Page 583.

5. Il s'agit de la célèbre bulle *Unigenitus* déclarant hérétiques cinq propositions contenues dans le traité de Jansénius; voir *infra*, p. 585.

Page 585.

6. Le système de Law. — Sainte-Beuve, dans son Portrait de l'abbé Prévost, se reprochait de ne pas lui faire assez de place: «J'omets toujours *Manon* et son Paris du temps du *Système*, son Paris de vice et de boue» (*P. lit.*, p. 191).

Page 591.

7. Intrigues molinistes: expression déjà utilisée plus haut, p. 583.

8. Mme de Caylus, fille du marquis de Villette; Mme de Parabère, maîtresse du Régent, sont des figures qu'on a vues passer dans plusieurs Portraits (Mlle Aïssé; Mme de Souza).

Page 598.

9. C'est le début du poème sur lequel se referme *Le Livre d'amour*: Sainte-Beuve l'a également recueilli dans le volume des *Poésies complètes*, 1846, p. 465.

Page 599.

10. Cf. *Mlle Aïssé* (*P. lit.*, p. 799): «Mme de Ferriol [...], Tencin de son nom, sœur de la célèbre chanoinesse et du futur cardinal.»

Page 603.

11. «La spirituelle Mlle de Launay» à laquelle Sainte-Beuve a consacré un Portrait dans les *P. lit.*, pp. 1000-1010 (voir *supra*, p. 529 et n. 1).

12. Nous retrouvons ici une maxime qui décidément occupe une place majeure dans l'esprit et le cœur de Sainte-Beuve. Cf. *P. lit.*, p. 897 et n. 26; *supra* p. 529 et n. 13.

CHRISTEL

Paru dans la *Revue des Deux Mondes* du 15 novembre 1839.

Page 608.

1. Voir déjà cette forme vieillie *supra*, p. 326.

2. Napoléon avait installé la maison d'éducation de la Légion d'honneur dans le château d'Écouen, mais Louis XVIII le rendit aux Condé.

Page 610.

3. Retour fugitif du thème sur lequel reposait tout entière *Madame de Pontivy*.

Page 611.

4. «Lenteur»: les éditions précédentes donnent «langueur» qui semble meilleur Peut-être Sainte-Beuve a-t-il voulu éviter une répétition avec «tristes et amères langueurs» (p. 613) et plus loin encore «la langueur et la rêverie» (p. 617).

5. Ces huit vers appartiennent au *Livre d'amour*, VIII. Récit, éd. Troubat, p. 41.

Page 616.

6. Ces deux vers, qui ne brillent ni par le choix des mots ni par l'harmonie, sont hélas! de Sainte-Beuve.

Page 618.

7. Racine, *Phèdre*, I, 3.

Page 621.

8. Ce vers, d'une meilleure veine cette fois, est encore de Sainte-Beuve.

9. Inutile de présenter Klopstock, l'auteur de la *Messiade*, qui devait rivaliser avec le *Paradis perdu* de Milton. Matthisson, poète allemand lui aussi, contemporain de Mme de Staël qu'il fréquenta, a composé des *Lieder* d'inspiration grave et mélancolique.

Page 622.

10. M. Levaillant a eu tort d'écrire (éd. de *Mme de Pontivy. Christel*, Société littéraire de France, 1920, p. 154) : « Il faut presser un peu les dates pour sauver la vraisemblance de ce détail. » L'arrivée de Christel et de sa mère est datée, dès la première ligne du récit, de février 1820. Christel s'éteindra en avril. Or les *Méditations* parurent précisément au début de mars.

Page 624.

11. Cette invocation presque finale à la mort (« Ô Mort [...] autant que l'amour ») est une addition de 1852, clairement destinée à faire pendant à l'invocation presque initiale à l'amour (*supra*, p. 610). Le parallélisme est d'ailleurs accusé par la dernière phrase : « — Ô mort, que tu as de formes diverses ! tu en as presque autant que l'amour. »

LES FLEURS

Paru pour la première fois dans la nouvelle édition, Didier, 1852, des *Portraits de femmes*. Ms. non daté LOV, D 524, f°s 3-4.

MARIA

Paru dans la *Revue des Deux Mondes* du 15 avril 1843.

Page 631.

1. L'épigraphe est empruntée à Horace, *Odes*, II, XI : « Qu'elle se hâte ayant, à la mode laconienne, rassemblé ses cheveux dans un nœud bien ajusté. »

2. Sans doute le comte de Lurde, diplomate dont on sait peu de chose : voir J. Bonnerot, *Bibliographie*, I, 448.

3. On pourrait croire n'avoir affaire ici qu'à un tableau de genre. La Pensée glissée à la fin du t. III des *P. lit.*, sous le n° VI, tend à prouver qu'en fait l'image de cette tendre Sylphide « couronnée » d'une belle chevelure a hanté les rêves de Sainte-Beuve : « (À 44 ans.) [...] Ce que je veux, c'est une femme toute jeune [...]. Je la vois : elle est dans sa fleur, elle a passé quinze ans à peine ; son front plein de fraîcheur se couronne d'une chevelure qui amoncelle ses ondes » (voir *P. lit.*, p. 1071). — N'oublions pas non plus le sonnet de *J. Delorme* :

Sur un front de quinze ans les cheveux blonds d'Aline...

4. Euphorbe, Troyen plein de force et de vaillance, blessa Patrocle, mais fut ensuite tué par Ménélas sous les murs de Troie.

Page 632.

5. « Si tu prives la plus noble et la plus belle des femmes de sa chevelure, fût-ce Vénus elle-même, elle ne pourra plus séduire quiconque, son cher Vulcain pas plus qu'un autre. »

Page 634.

6. La forme francisée *gitane* est dans *Notre-Dame de Paris* (1832) ; mais Littré ne donne encore que les formes espagnoles. L'Académie n'accueille *gitano*, *gitana* qu'en 1878 ; *gitane* devra attendre la 8e éd. (1932-1935), laquelle continue d'ignorer *gitan*.

7. Cf. au début de l'Apologue précédent (*supra*, p. 627) : « N'étant pas Mme Sand, je ne décrirai rien. »

Préface de Gérald Antoine 7

PORTRAITS DE FEMMES

Avertissement 37
Madame de Sévigné 39
Du Roman intime,
ou mademoiselle de Liron 60
Madame de Souza 82
Madame de Duras 104
Madame de Staël 125
Madame Roland 217
Madame Guizot 272
Madame de La Fayette 311
M. de La Rochefoucauld 354
Madame de Longueville 392
Une Ruelle poétique,
ou madame Des Houlières 431

Madame de Krüdner 457
Madame de Charrière 489
Madame de Rémusat 541
Madame de Pontivy 579
Christel 605
Les FLEURS, apologue 627
Maria 631

DOSSIER

Chronologie 639
Notice 643
Bibliographie sommaire 645
Notes 647

DU MÊME AUTEUR

Dans la même collection

VOLUPTÉ. *Édition présentée et établie par André Guyaux.*

Composition Interligne.
Impression Grafica Veneta
à Trebaseleghe, le 4 janvier 2012
Dépôt légal : janvier 2012
1er dépôt légal dans la collection: octobre 1998

ISBN : 978-2-07-039493-7./Imprimé en Italie

241431